Kafka Tagebücher
卡夫卡日記

Franz Kafka
法蘭茲·卡夫卡

姬健梅 譯

編輯人語

◎梁燕樵（商周出版編輯）

漢娜·鄂蘭曾經形容：在閱讀卡夫卡時，不管你是誰、不管你理不理解故事本身，都會感受到其中存在某種若隱若現、似曾相識的真理。因此村上春樹第一次閱讀《城堡》時，就覺得「這本書是為我而存在的」。如果「經典」的定義，即是超越空間與時間、超越了詮釋和語言，卡夫卡的作品無疑就是這樣的人類寶藏之一。

眾所周知，卡夫卡生前出版的作品極少，大部分仰賴其好友布羅德在其身後整理編輯而成。其中《日記》多達三十餘萬字，於一九四八年在紐約首先出版了英文本。一九五一年出版德文版，是時卡夫卡已成為風靡世界文壇的名字。一九九〇年，德國 Fischer 出版社又依據原始手稿出版了「評註版」（Kritische Ausgabe），並添加了大量注釋。這些日記的重要性並不亞於小說，它們是卡夫卡文學的真實源頭，呈現了這個無比奇異心靈世界的內部運作。卡夫卡向來擅長以極富想像的意象譬喻幾乎不可能描寫的處境，在日記中便留存了許多他最妙不可言的此類書寫。

本書是台灣第一部完整的《卡夫卡日記》中譯本，由負責過卡夫卡多部小說的姬健梅小姐精心翻譯。考量易讀性，我們選擇以布羅德所編纂的德文版為底本，另參酌評註本與相關研究，對中文讀者不熟悉的人物與背景加以注釋。在每年篇首，皆附上該年的大事提要，可與日記內容相互參閱，這部分要特別感謝外子雨鍾的協助。此外，本書也參考英文版的做法，針對日記中較長而完整的創作片段、夢境、重要事件等，以索引小標標出，並列於目錄。日記原本是無論整體經營或佈局的，然而透過這些標題，仍能略略尋繹卡夫卡內在反覆的主題旋律，惟有些主題如文學、寫作、孤獨等，因為出現太過頻繁，就不再一一標示。

在日益艱辛的台灣書市，出版這部規模龐大的作品實屬不易。但身為卡夫卡迷，能為他在台灣的作品版圖補上日記這塊遺落已久的重要拼圖，依然深感欣喜與榮幸。明年就是卡夫卡誕生一百四十週年了，非常期待更多未出版作品（如藍色筆記本、短篇遺稿），以及一些絕版的卡夫卡小說佳譯，都有機會重新問世。

導讀

成爲卡夫卡的親人與朋友

◎耿一偉

「打開日記，就只為了讓我能夠入睡。」

——卡夫卡日記（1915.12.25）

馬克斯．布羅德編輯的《卡夫卡日記》最早出版的是英文本，一九四八年由紐約的肖肯出版社（Schocken Books）分成《一九一〇—一九一三》與《一九一四—一九二三》兩冊發行。當時在肖肯出版社擔任編輯的漢娜．鄂蘭，也參與了第二冊的翻譯工作。這個翻譯經驗對鄂蘭後來的思想發展，扮演了重要角色。鄂蘭於一九五〇年與海德格恢復聯繫後，隨即寄了一套《卡夫卡日記》給海德格，我們可以在海德格於一九五〇年六月二十七日的回信中，讀到他的致謝。這套日記的德文版要到一九五一年，才由在法蘭克福的費雪出版社（S. Fisher Verlag）以《日記：一九一〇—一九二三》（*Tagebücher 1910-1923*）為名，發行單行本。

一九二四年六月三日，年僅四十一歲的卡夫卡病逝於維也納郊外的基爾林療養院。一週後，他的喪禮在布拉格的新猶太墓園進行。喪禮過後，卡夫卡的父母邀請布羅德到他們的公寓頂樓，去檢視卡夫卡的遺物。卡夫卡的父親赫爾曼（Hermann）簽署了一份文件，將卡夫卡過世後所有作品的出版，全權授予布羅德處理。布羅德在桌子的抽屜裡，發現了大量的筆記本、信件與殘稿。他還找到兩份沒有註明時間的遺囑，一張用墨水寫，另一張用鉛筆寫，都是署名給他。第一份明確指示必須燒毀他所有的遺稿、包括日記、手稿、信件（不論是自己的或在別人那裡的）、素描等。第二份則寫道：「若有萬一，關於我書寫的一切，我的願望如下——我所書寫的一切當中，僅有以下書籍適用——《判決》、《司爐》、《變形記》、《在流放地》、《鄉村醫生》與短篇小說《飢餓藝術家》……反之，對於其他一切我所書寫的……所有這些要無例外地被焚毀。我請求你盡可能快地去做。」這兩份遺囑的完整內容，收錄在《卡夫卡中短篇全集I：沉思、判決、司爐》（謬思出版，二〇一四）之中。

眾所皆知，布羅德違反了卡夫卡的意願，將其遺稿出版。這個作法是否合理，布羅德的回應是：「我之所以能下決定將他的遺稿出版，是來自對過往出版卡夫卡作品的回憶，每次都得絞盡心力，對他強迫勒索，甚至苦苦哀求。但是等到出版之後，他又對我的作法感到釋然，並滿意這些作品的出版。」在卡夫卡的日記中，亦證實了這種狀況：「苦惱多時。終於寫信給馬克斯，說我還無法將其餘幾篇寫成清稿，說我不想勉強自己。因此將不會交出這本書。」（1912.8.7）換言之，卡夫卡自己對作品的高標準要求，使他無法忍受這些文字會出現在世人眼前，但他又對自己作品的出版感到欣喜，這種矛盾心態，大概只有他大學時期就認識的同窗布羅德，看得最清楚。布羅德認為，如果卡夫卡真的想銷毀他的遺稿，大可自己完成，或是交代家人執行，何必把任務交給那個他明知不會執行這件事的終身好友。

卡夫卡的日記，精確來說，不能算是純粹的日記本，而是十二本四開的大筆記本。在這些筆記本中，卡夫卡以時間標示的方式，寫下大量的日記內容，但裡面也夾雜了創作草稿、信件，遊記與素描等。一九一一年二月二十一日的日記，就包含了一篇名為〈城市的世界〉的殘稿，而實際上，這篇作品就是後來的短篇小說〈判決〉的雛型。布羅德將這些筆記本的內容作了一些編輯，整理成日記出版，但像原來包含在筆記本的塗鴉，就沒有完全收錄在布羅德編的《卡夫卡日記》裡。對這些塗鴉有興趣的朋友，可以參閱商周出版的《曾經，有個偉大的素描畫家：卡夫卡和他的41幅塗鴉》（二〇一四年）。一九九〇年費雪出版社發行了三冊版的卡夫卡日記評註本（Kritische Ausgabe），便將布羅德編輯與刪改過的一些文字做了還原。

卡夫卡的日記書寫，並非是不可公開的私密文字。在一九一一年十二月三十一日與一九一二年一月三日的日記中，他都提到打算朗誦其中片段給布羅德聽。他後來甚至將日記送給捷克情人米蓮娜（參見一九二〇年十月十五日日記）。既然如此，說這些私密文字對卡夫卡而言，具有某種文學性的展示特質，其實也不為過。卡夫卡的日記與書信後來都出版了，但他有可能預見到這種狀況。在閱讀瑞士畫家史陶博－伯恩的書信集後，他在日記裡評論道：「一本書信或回憶錄，不管作者是什麼樣的人⋯如果我們在閱讀時靜止不動，不用自身的力量將他拉進自己的體內⋯而是獻上自己——只要不去抵抗，很快就會發生——讓自己被那個陌生人拉走，成為他的親人，那麼當我們闔上書本，重新回復自我，經過這趟神遊與休息，重新認識了自己的本質……」（1911.12.9）。卡夫卡自己也讀過別人的日記，他在日記提到：「今天我拿到了《齊克果日記》，一如我的預感，他的情況與我非常類似。儘管有根本上的差異，至少他和我位在世界的同一邊。他像朋友一樣支持了我的想法。」（1913.8.21）

就卡夫卡的詮釋觀點，對日記的閱讀，是一個讀者獻出自我，成為對方的過程。我們在閱讀這些親密文字時，作者腦中的想法也與我們同步，讀者的大腦被日記的內容所佔據。日記原本設定的讀者，就只有作者自己，所以在這段閱讀過程中，讀者佔據了作者的位置，讀者就是作者。只有卡夫卡的親人與朋友，才有資格閱讀他的日記，但我們也可以倒過來說，閱讀卡夫卡的日記的過程，就是成為他的親人與朋友。

「我對文學不感興趣，我就是文學本身。不然我甚麼都不是，也不可能是其他的。」卡夫卡在一九一三年八月二十四日給未婚妻菲莉絲的信中，如此寫道。但這不是狂妄，卡夫卡的日記就是對這個文學理想追逐過程的忠實紀錄。卡夫卡視自己為文學命運的化身，這不是追求情人時的夸夸其談，而是他對內在自我的真實寫照。他在尚未向菲莉絲坦承之前，就曾先在日記中表白：「有誰來向我證實這件事的真實或可能性，亦即我就只是由於我的文學使命才對其他的事都不感興趣。因此而冷淡無情」（1912.3.21）我們可以在日記中讀到，他對自己無法專注在寫作時的自我譴責與懊惱，比如「我將不容許自己感到疲倦。我要跳進我的小說，就算那會割傷我的臉」（1910.11.15）、「重新開始寫日記是必要的。我不安的腦袋，菲莉絲，辦公室裡的崩潰，身體的情況不允許我寫作，內心卻有寫作的渴望」（1913.5.2）、「沒有寫作，只寫了一頁。」（1914.12.14）、「寫作的終結，何時它會再度接納我？」（1915.1.20）等等。

卡夫卡生前幾乎是沒沒無名，前面提到他在日記裡描述不願交稿給馬克斯的那本書，是一九一二年十二月出版的《沉思》（*Betrachtung*）。這本書第一年售出兩百五十八本，第二年是一百零二本，第三年六十九本，到卡夫卡過世的一九二四年，首刷八百本才全部賣完。可是，透過布羅德的努力，卡夫卡對這個世界的影響，終於符合他視自己為文學代名詞的斷言。

正因為這份使命感，卡夫卡對文學的思考，不單單落在個人是否能成為作家的反省，也擴及到文學的時代使命。對於關注台灣文學發展的讀者，卡夫卡對小國文學的思考，是非常具有啟發的討論。卡夫卡因為猶太劇團演員勒維的啟發，在一九一一年十二月二十五日的日記中，書寫一篇長文，探討了文學、民族與國家的關係：「國家透過本國的文學而得到自豪與支持，猶如一個國家在寫日記……小國的記憶並不等於大國的記憶，因此小國能把現有材料處理得更為徹底，研究文學史的專家雖然比較少，但文學更是整個民族的事，而不是文學史的事……」法國哲學家與精神分析師德勒茲與瓜達希，就以這篇關於「小文學」（kleine literatur，亦譯為少數文學、小眾文學或弱勢文學）的日記出發，撰寫了《卡夫卡：為弱勢文學而作》（*Kafka: pour une littérature mineure*, 1975）一書，建構他們的文學批評理論。德勒茲與瓜達希詮釋卡夫卡的想法：「弱勢文學不是用某種次要語言寫成的文學，而是一個少數族裔在一個主要語言內部締造的文學。」

卡夫卡的日記甚至成為藝術家的靈感來源。當代音樂界最受敬重的匈牙利作曲家庫泰格（György Kurtág），從卡夫卡日記與書信取材，譜成聯篇歌曲《卡夫卡斷章》（Kafka Fragments），成為他最常被演出的作品之一。

不論你是卡夫卡粉絲、創作者、文學愛好者，或是靈魂曾經受傷、覺得空虛厭世、感受到自己不受世界的理解，《卡夫卡日記》都能為你帶來慰藉，不再感到孤單。

本文作者為台北藝術大學戲劇系兼任助理教授，曾翻譯與注解卡夫卡的《給菲莉絲的情書》（麥田出版／漫遊者文化）

content

編輯人語◎梁燕樵 001
導讀：成爲卡夫卡的親人與朋友◎耿一偉 003
卡夫卡手稿．塗鴉 019

1910年
舞伶艾德多娃 026
日本雜耍藝人 028
教育對我的損害 031
街上的單身漢 033
過去和未來 037
離不開我的日記 044
打量我的書桌 048

1911年
續—單身漢 054
兩兄弟的故事 058
寫給上司的信 059
續—單身漢 060
〈城市的世界〉 063
猶太女子 071
拜訪史代納博士 074
〈四個朋友〉 079

老新猶太會堂 088
夢：盲眼小孩 090
辦公室 093
猶太劇團 095
夢：妓院 104
戲劇 135
夢：驢子 136
汽車小故事 151
夢：劇院 160
入睡之前 168
夢：在劇院 171
夢：樹林裡的少女 174
安娜與艾彌爾 176
續—安娜與艾彌爾 178
女孩的教育 186
單身漢的不幸 187
書信集或回憶錄 192
畫家 204
割禮 208
小文學 210
母親的家族 215
兩個地洞 218
差勁的衣服 223

1912年
續－差勁的衣服 226
出門 232
朗誦之夜 248
我打開屋子大門 251
一個年輕人 253
朗誦會 262
小茱莉 265
夢：和父親搭乘電車 273
魔鬼的發明 279
寫信給羅沃爾特 281
菲莉絲．包爾小姐 283
夢：紐約港 286
〈判決〉 291
古斯塔夫．布廉克特 292

1913年
校對〈判決〉 296
恩斯特．李曼 297
〈司爐〉 304
結婚的利弊 309
我愛她 313
《齊克果日記》 316

給菲莉絲父親的信 316
大學生 320
讀〈變形記〉 321
「我究竟是誰？」 324
威廉・曼茲 324
夢：上坡路 325
夢：法國政府部門 328
夢：療養院的庭園 329
商人梅斯納 330
死去 333
續—商人梅斯納 343

1914年

厭惡〈變形記〉 350
夢：在柏林 358
菲莉絲 359
婚姻與文學工作 363
大學生與克萊普 367
車伕約瑟夫 371
白馬 373
房東太太 375
隔壁房間的鄰居 377
我作著計畫 380
公務員布魯德 383

村莊裡的誘惑 385
社會生活 398
天使 399
旅館裡的法庭 403
約瑟夫．K 410
小偷 410
主管鮑茲 412
回憶卡爾達鐵路 418
《審判》 428
寫給布洛赫小姐的信 430
心滿意足地死去 440
〈鄉村教師〉 441
繼續寫〈鄉村教師〉 443

1915年

〈助理檢察官〉 448
劍 451
和菲莉絲碰面 452
狗故事 456
納吉—米哈伊 461
羅斯曼和K 474

1916年
夢：拉住父親 486
夢：兩群男子 487
漢斯和阿瑪莉亞 488
奇特的司法程序 502
續・奇特的司法程序 503
給菲莉絲的信 507
1917年
獵人格拉庫斯 512
尋求建議 517
〈在流放地〉殘稿 519
夢：父親 526
和菲莉絲的談話 528
〈司爐〉與狄更斯 530
夢：塔利亞門托河戰役 532
1919年 535
1920年 539
1921年
把日記給了米蓮娜 542
夢：兄弟的罪行 545

沒辦法踏進的屋子 546
米蓮娜 550

1922年
一次崩潰 554
幸福是無畏 555
記憶中的單身漢 559
我的不幸 562
寫作帶來的安慰 564
我的孤單 566
將軍與士兵 572
兩個人的孤單 582
反猶太 583

1923年 587

【旅行日記】前往弗里德蘭特及賴興貝格之旅途日記 589
（一九一一年，一月／二月）

【旅行日記】盧加諾－巴黎－埃倫巴赫之旅 599
（一九一一年，八月／九月）

【旅行日記】威瑪—容波恩之行（一九一二年六月二十八日至七月二十九日） 653
卡夫卡年表 689

Die Zuschauer erstarren, wenn der Zug vorbeifährt.

"Wenn er mich immer frägt" das ä losgelöst vom Satz flog dahin wie ein Ball auf der Wiese.

Sein Ernst bringt mich um. Den Kopf im Kragen, die Haare unbeweglich um den Schädel geordnet, die Muskeln unten an den Wangen an ihrem Platz gespannt

Ist der Wald noch immer da? Der Wald war noch so ziemlich da. Kaum aber war mein Blick zehn Schritte weit, ließ ich ab wieder eingefangen vom langweiligen Gespräch.

Im dunklen Wald im durchweichten Boden fand ich mich nur durch das Weiss seines Kragens zurecht.

Ich bat im Traum die Tänzerin Eduardowa, sie möchte doch den Czardas noch einmal tanzen. Sie hatte einen breiten Streifen Schatten oder Licht mitten

1910 年日記手跡

Ich schreibe dies ganz bestimmt aus Verzweiflung über meinen Körper und über die Zukunft mit diesem Körper.

Wenn sich die Verzweiflung so bestimmt gibt, so an ihren Gegenstand gebunden ist, so zurückgehalten wie von einem Soldaten, der den Rückzug deckt und sich dafür zerreißen läßt, dann ist es nicht die richtige Verzweiflung. Die richtige Verzweiflung hat ihr Ziel gleich und immer überholt, (bei diesem Beistrich zeigte es sich, daß nur der erste Satz richtig war)

1910 年「舞伶艾德多娃」

meine Leiter nicht einmal jene Sohlen zur Verfügung stehn. Es ist das natürlich nicht alles und eine solche Anfrage bringt mich noch nicht zum Reden. Aber jeden Tag soll zumindest eine Zeile gegen mich gerichtet werden wie man die Fernrohre jetzt gegen den Kometen richtet. Und wenn ich dann einmal vor jenem Satze erscheinen würde hergelockt von jenem Satze so wie ich z. B. letzte Weihnachten gewesen bin und wo ich so weit war, dass ich mich nur noch gerade fassen konnte und wo ich wirklich auf der letzten Stufe meiner Leiter schien, die aber ruhig auf dem Boden stand und an der Wand. Aber was für ein Boden! was für eine Wand! Und doch fiel jene Leiter nicht, so drückten sie meine Füsse an den Boden, so hoben sie meine Füsse an die Wand.

1910 年「日本雜耍藝人」

~~lich~~ gewohnheitsmäßig schlafen geht, wenn draussen ein unfreundliches Wetter ist, das das Zuhausebleiben selbstverständlich macht, wenn man jetzt auch schon so lange bei Tisch still gehalten hat, dass das Weggehn nicht nur väterlichen ~~Erstaunen~~ Ärger sondern allgemeines Staunen hervorrufen müsste, wenn nun auch schon das Treppenhaus dunkel und das Haustor gesperrt ist und wenn man nun trotz alledem in einem plötzlichen Unbehagen aufsteht, den Rock wechselt, sofort strassenmässig angezogen erscheint weggehn zu müssen erklärt, es nach kurzem Abschied auch tut, je nach der Schnelligkeit mit der man die Wohnungstüre zuschlägt und damit die allgemeine Besprechung des Fortgehns abschneidet, mehr oder weniger Ärger zu hinterlassen glaubt, wenn man sich auf der Gasse wiederfindet mit Gliedern, die diese schon unerwartete ~~[illegible]~~ Freiheit, die man ihnen verschafft hat mit besonderer Beweglichkeit belohnen, wenn man durch diesen einen Entschluss alle Entschlussfähigkeit in sich aufgeregt fühlt, wenn man mit grösserer als der gewöhnlichen Bedeutung erkennt, dass man mehr Kräfte als Bedürfnis hat, die schnellsten

1912 年日記手跡

1914 年「回憶卡爾達鐵路」

1916 年日記塗鴉

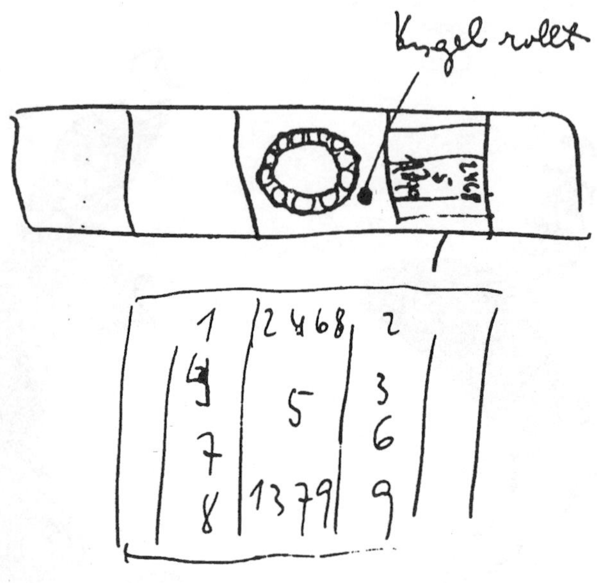

盧加諾—巴黎—埃倫巴赫旅行日記中的賭場

1910年

Kafka Tagebücher

卡夫卡在前一年曾寫過一些旅行日記，但正式開始寫日記，則是從這一年開始。

寫日記很快就成為卡夫卡一個強迫症式的習慣，他在年末的一則日記中聲稱自己「再也離不開日記了」。更重要的是，卡夫卡的日記可視為他為正式創作所做的準備與磨練。從這一年開始的接下來三年中，他所寫的日記佔了全部日記的一半篇幅。

根據卡夫卡自己的說法，在這一年裡他其實寫了不少創作，但絕大部分都被他毀掉了，其中或許有一小部分被收錄進後來出版的《沉思》當中。

當火車從旁駛過，觀眾愣住了。

「如果他一直問我（Wenn er mich immer frägt）。」那個 ä 從句子裡脫離，飛走了，就像草地上的一顆球。

他的嚴肅真是要命。衣領裡的腦袋，頭髮圍著頭顱梳理得紋風不動，肌肉緊緊綳在臉頰上……森林還在那兒嗎？大體上還在。可是我的目光才移開了十步之遠，我就放棄了，再度被無聊的談話俘虜。

在陰暗的森林裡，在濕透的泥土地上，我只能依靠他衣領的白色來指引方向。

在夢裡，我請舞伶艾德多娃[1]再跳一次那支查爾達什舞[2]。她臉上有一道寬寬的光影，在臉部正中央，從前額下緣到下巴中央。剛才有人以居心叵測而不自覺的噁心動作走過來，對她說火車就要開了。從她聽取這個消息的態度，我驚覺她不會再跳舞了。「我是個邪惡的壞女人，不是嗎？」她說。「噢，不」，我說，「並不是」，說完轉身隨便挑了一個方向走開。先前我向她問

1 艾德多娃（Eugenie Eduardowa, 1882-1960），俄國芭蕾舞者，「聖彼得堡皇家芭蕾舞團」的成員，一九〇九年五月曾隨團在布拉格演出。

2 查爾達什（Csárdás）是一種匈牙利傳統民俗舞蹈，作曲家柴可夫斯基也曾將之寫進自己的作品，例如《天鵝湖》中就有一段。

起插在她腰帶上的那許多花朵。「它們來自歐洲各國的王侯」，她說。我思索著這件事的意義，亦即這些插在腰帶上的鮮花乃是歐洲各國的王侯獻給舞伶艾德多娃的。

舞伶艾德多娃熱愛音樂，不管搭車去哪兒都有兩個提琴手隨行，在電車上也一樣，她經常要他們演奏。反正並沒有禁止在電車上演奏的規定，如果演奏得好，令乘客感到愉快，而又不花一毛錢，意思是在演奏之後沒有向大家討賞。不過，起初這令人有點驚訝，而有那麼一會兒，每個人都覺得這不太恰當。可是當電車全速行駛，氣流強勁，在安靜的街道上那樂聲很是悅耳。

舞伶艾德多娃在戶外不像在舞台上那麼漂亮。膚色蒼白，顴骨把皮膚繃得緊緊的，使得臉上幾乎不可能有比較強烈的動作，大大的鼻子宛如從凹處隆起，是沒辦法拿來開玩笑的——像是檢查鼻尖的硬度，或是輕輕捏住鼻梁，來回拉扯，一邊說道：「現在你可得跟我走了。」寬身形、高腰身，裹在皺褶太多的裙子裡——誰會喜歡呢——她看起來就像我的一個阿姨，一位上了年紀的女士，很多人上了年紀的很多阿姨看起來都很像。而除了那雙相當不錯的腳，在戶外的艾德多娃身上沒有什麼能夠彌補這些缺點，實在沒有令人醉心、讚嘆或者就只是令人尊敬之處。因此，我也經常看見艾德多娃受到冷淡的對待，就連那些平素非常世故、非常得體的男士也隱藏不了這份冷淡，雖然他們在她面前當然努力想要隱藏，畢竟艾德多娃是個享有盛名的舞伶。

我的耳殼摸起來清新、粗糙、涼爽、滋潤，像一片葉子。

我這樣寫肯定是出於絕望，對於這具身體以及我在這具身體裡的未來。

當這份絕望顯得如此確定，如此與其對象緊密相連，像是被一名掩護撤退、並且為此粉身碎骨的士兵使勁阻擋，那麼這就不是真正的絕望。真正的絕望總是馬上就超越了它的目標，（這個逗號就顯示出只有第一個句子是正確的）。

你絕望嗎？

是嗎？你感到絕望？

要逃嗎？你想躲起來嗎？

作家說的話臭氣沖天。

滂沱大雨中的裁縫女。

有五個月的時間我寫不出任何令我滿意的東西，也沒有任何力量能彌補我這段時間，雖然八方神力都有義務要彌補我，然後我終於想到了再一次對自己說話。只要我真正詢問自己，我就仍會回答，這時就總還是能從我身上敲出一點東西來，從我這個麥桿堆裡，這五個月以來我就是個麥桿堆，其命運似乎是在夏季被點燃，然後燃燒殆盡，速度比觀眾眨眼的時間更快。就讓這個命

日本雜耍藝人

運發生在我身上吧！而且這個命運十倍地應該發生在我身上，因為我甚至並不懊悔這段不幸的時間。我的情況並非不幸福，但也不是幸福，不是漠然，不是虛弱，不是疲倦，不是另有興趣，那麼究竟是什麼呢？弄不清楚這一點想來就與我沒有能力寫作有關。而我認為我了解自己的沒有能力寫作，雖然並不明白其原因。因為所有出現在我腦海的事物，都不是從根部開始出現，而是從中間某處。有誰要試著去抓住它們，試著去抓住一根從草莖中央開始生長的草，並且緊緊握住。也許有少數人辦得到，例如日本雜耍藝人，他們能夠爬上一具梯子，梯子不是豎立在地上，而是豎在一個半躺之人抬起來的腳底，也沒有倚著牆壁，而只是凌空伸向空中。這我辦不到，姑且不論我的梯子甚至沒有那雙腳底可用。這當然不是全部，這樣的詢問也還無法讓我開口說話。可是每天至少應該有一行字是對準了我而發的，就像現在有人拿著望遠鏡對準了彗星一樣。而我若是出現在那個句子前面，被那個句子吸引而來，例如去年聖誕節的情況，當我只能勉強控制住自己，當我似乎真的踩在我那具梯子的最後一級上，而那具梯子卻穩穩地豎立在地面，倚著牆壁。那是什麼樣的地面！什麼樣的牆壁！但那具梯子沒有倒下，我的雙腳把它緊緊壓在地上，也把它抬起來倚在牆上。

例如，今天我做了三件放肆的事，對一個司機、對一個主管，好吧，就只有兩件，但是它們就像胃痛一樣令我痛苦。不管是誰做了這樣的事都是放肆，而由我做出來更是如此。我脫離了自己，在空中在霧裡戰鬥，而最討厭的是：沒有人察覺我當著同行者的面做出了那件放肆的事，不得不做，不得不擺出正確的表情，不得不負起責任；但最糟的是，一個熟人沒有把這種放肆視為一種性格的特徵，而視之為性格本身，向我指出我的放肆，並且表示欽佩。為什麼我不能自持？但現在我告訴自己：看哪，世人任由你打擊，那個司機和那個主管在你走開時都態度冷靜，後者甚至還向你道別。但是這不意味著什麼。當你遺棄了自己，你什麼都無法達成，可是留在你的圈子裡你又錯過了多少。對於這番詢問我只能回答：我也寧願在圈子裡挨打，勝過在圈子外打人，可是這個見鬼的圈子在哪裡？有一段時間我看見它躺在地上，就像用石灰灑出來的，如今它卻只在我四周飄盪，嗯，甚至連飄盪也談不上。

五月十七／十八，彗星夜[1]。和布萊[2]還有他的妻子小孩聚會，偶爾跳脫於自身之外聽我說話，大約就像一隻小貓的哀鳴，但好歹是個聲音。

有多少天又無言地流逝；今天是五月二十八日。我甚至下不了決心每天把這支筆桿拿在手裡。我認為我沒有這份決心。我划船，騎馬，游泳，躺在陽光下。因此小腿很好，大腿還不錯，腹部還可以，但是胸部就已經可憐兮兮，而我的頭若是在後頸……

1 係指哈雷彗星，於一九一〇年五月十九日早晨四點至五點之間在布拉格可以觀測得到。

2 布萊（Franz Blei, 1871-1942），奧地利作家、翻譯家與文學評論家，卡夫卡透過布羅德與他結識，初次發表作品就是在他所發行的文藝雙月刊《西培里翁》（*Hyperion*）。

一九一〇年七月十九日，星期天，睡了又醒，醒了又睡，可悲的生活。

思考起來，我必須要說，我受的教育在某一方面對我造成了很大的損害。我並不是在哪個偏鄉僻壤受的教育，比如說在山中的廢墟，對此我一句指責的話也說不出來。哪怕我從前的老師一個個都無法理解，我卻很樂意、甚至巴不得自己當年是那個廢墟的小小居民，被太陽曬得焦黑，陽光從斷垣殘壁之間從四面八方照在溫熱的長春藤上，就算我起初在我優良特質的壓力下是虛弱的，這些優良特質以雜草的力量在我體內生長。

思考起來，我必須要說，我受的教育在某一方面對我造成了很大的損害。這個指責針對一大群人，亦即我的父母、一些親戚、幾個到我們家來的訪客、好些作家、有一年裡每天送我上學的那個廚娘、一堆老師（在我的記憶裡我必須把他們緊緊擠在一起，否則我有時候就會忽然忘了一個，但是由於我把他們擠在一起，整體的某些部位又會剝落）、一位校長、緩步行走的路人，簡而言之，這個指責像一把短劍迂迴地穿過社會，而沒有一個人，我再重複一次，可惜沒有一個人能有把握，這個劍尖不會突然從前後左右出現。我不想聽見有人反駁這個指責，由於我已經聽過太多，也由於大多數的反駁都駁倒了我，我把這些反駁也納入我的指責，在此聲明，我受的教育和這種駁斥在某些方面對我造成了很大的損害。

我常常思考這件事，而我總是必須要說，我受的教育在某些方面對我造成了很大的損害。這個指責是針對許多人而發，而他們在這裡站在一起，就像在舊日的團體照片上，不知道該拿彼此怎麼辦，他們一時想不到要垂下目光，而由於期望，他們也不敢微笑。他們是我的父母、一些親戚、幾個老師、某個廚娘，舞蹈課上的幾個女生、從前到我們家來的幾個訪客、一些作家、一個游泳教練、一個帶位員、一個校長，另外還有幾個我只在街上遇見過一次的人，再加上幾個我此刻想不起來的人，還有一些我將再也想不起來的人，最後還有那些我當年因為分心而根本沒注意到他們在授課的人，簡而言之，他們的人數如此眾多，我得要留心不要重複提起同一個人。而我當著所有這些人的面說出我的指責，以這種方式讓他們互相認識，但是我不容忍反駁。因為我實在已經受夠了反駁，而由於大多數的反駁都把我駁倒，我沒有別的辦法，只好把這些反駁也納入我的指責，並且說，除了我受的教育之外，這些反駁在某些方面也對我造成了很大的損害。也許有人會以為我是在某個偏鄉僻壤受的教育？不，我是在城市裡受的教育，在市中心，並不是在山中或海邊的廢墟。我的父母和他們這些隨從直到此刻都被我的指責遮蓋，是灰色的，這會兒他們把我的指責輕輕推開，露出了微笑，因為我把雙手從他們身上移開，拉到我的額頭上，心想：我其實應該在那個廢墟當個小小的居民，聆聽寒鴉的叫聲，讓牠們的影子從我身上掠過，在月光下冷卻，就算我起初有點虛弱，在我優良特質的壓力下，這些優良特質本來必須以雜草的力量在我體內生長，被太陽曬得焦黑，陽光穿過斷垣殘壁從四面八方照在我當成床鋪的長春藤上。

據說，男人在面臨危險時，就連美麗的陌生女子都不會去注意，而我們傾向於相信這個說法；如果這些女人妨礙了他們從失火的劇院裡逃出去，他們會推她們去撞牆，會用頭、手、膝蓋和手肘去推她們。這時，那些愛聊天的女人沉默了，她們滔滔不絕的話語有了動詞和句點，眉毛從原本靜止的位置揚了起來，大腿和臀部的呼吸動作暫停，由於害怕而只微微閉上的嘴裡吸進了比平常更多的空氣，臉頰顯得微微鼓起。

「喂」，我說，用膝蓋輕輕撞了他一下（突然開口說話時，些許口沫從我嘴裡飛出去，是個壞預兆），「別睡著了！」

「我沒有睡著」，他回答，睜開眼睛時搖了搖頭。「如果我睡著了，我要怎麼守護你？而我不是必須守護你嗎？當初在教堂前面，你不就是為了這個才抓住我不放嗎？沒錯，那已經是很久以前的事了，我們都知道，你就別去看錶了。」

「因為已經很晚了」，我說，忍不住微笑，為了遮掩，我使勁地看進屋裡。

「你真的喜歡這裡嗎？意思是，你很想上樓去，非常想？那你就明說吧，我又不會咬你。聽著，如果你認為在樓上你會過得比在樓下這裡更好，那你就上樓去吧，立刻就去，不必顧慮我。

我的看法，也就是一個路人甲的看法，是你很快就會再下樓來，而若是有某個人以某種方式站在這裡將會很好，你根本不會去看他的臉，但他將會挽起你的手臂，在附近一家酒館用葡萄酒讓你振作起來，再帶你到他的房間去，房間固然簡陋，卻還是有幾片玻璃把你和黑夜隔開，這個看法你暫時可以不去理會。的確，這句話我可以當著任何人的面再說一次，在樓下這裡我們過得不好，甚至過得糟糕之至，但我是無藥可救了，不管我是躺在這兒的排水溝裡灌雨水，還是在樓上的吊燈下用同樣的嘴唇喝香檳，對我來說沒有差別。再說，我甚至無從在這兩者之間做選擇，能夠吸引人們注意的事從來不曾發生在我身上，在對我而言必要的儀式結構下，它又怎麼可能發生，在這些儀式下我只能繼續匍匐前進，不比一隻蟲子好多少。可是你，誰曉得你有多少潛力。你有勇氣，至少你自認為有勇氣，去嘗試一下吧，你會冒什麼險呢——只要留心，一個人往往從門口僕人臉上的表情就能看清自己。」

「假如我能確定你對我是真誠的就好了。那我早就上樓去了。我要如何才能弄清楚你對我是否真誠？現在你看著我，好像我是個小孩子似的，這對我沒有幫助，甚至把事情弄得更糟了。但是也許你就是想讓事情更糟，而我已經受不了這條街上的空氣了，所以我是該屬於樓上那群人。我一留意，喉嚨裡就發癢，看吧，我咳嗽了。而你預想得到我在樓上會過得如何嗎？我踏進大廳裡的那隻腳在我的另一隻腳跟上來之前就會已經變樣了。」

「你說得對，我對你並不真誠。」

「我的確想走，想要上樓去，如果必要，也可以翻筋斗上去。從那群人身上我期望著我所缺少的一切，主要是把我的力量組織起來，單是集中力量並不夠，而集中力量卻是街上這個單身漢唯一的機會。這個單身漢很容易滿足，只要他差勁的身體能撐得下去，只要能保住他的三餐飯，能避開其他人的影響，簡而言之，在這個逐漸瓦解的世界上盡量保留住還能夠保留的東西。至於他所失去的，他試圖用蠻力重新得回，就算那些東西已經改變了，削減了，就只還看似是他從前所擁有的東西（通常都是這樣）。也就是說，他的本質是自殺性的，牙齒只會咬自己的肉，肉也只讓自己的牙齒去咬。因為，缺少了重心，沒有職業、愛情、家庭和養老金，亦即大體上面對這個世界沒有能夠堅持下來，當然只是嘗試性地堅持，亦即沒有能夠藉由大批複雜的擁有物來在某種程度上使世人驚豔，一個人就無法保護自己免於眼前毀滅性的損失。這個單身漢所擁有的是他單薄的衣裳、禱告的藝術、耐用的雙腿、租來的可憎公寓，還有他平常支離破碎、這一次在長時間以後重新被喚出的本質，他用兩隻手臂把所有這些東西抱在一起，每次他若是僥倖抓住了某件微不足道的東西，都得失去另外兩件東西。這當然就是明擺著的事實，再清楚不過。因為，誰要是想當個好公民，就好比乘船出海旅行，前有白浪，後有尾波，亦即對周圍產生許多影響，和一個抱著幾塊浮木在海浪裡載浮載沉的人截然不同，而那些浮木還互相撞擊，把彼此往下壓——而那位紳士和公民所面臨的危險也不會比較小。因為他和他所擁有的東西並非一體，而是兩者，如果有人擊碎了兩者之間的連結，就把他也一併擊碎。從這個角度來說，我們和我們熟識的人是難以辨識的，因為我們完全被遮蔽了，以我來說，目前遮蔽我的是我的職業、我想像出來的痛苦或真實的痛苦、對文學的喜好……等等。但是我太常、也太強烈地感覺到這底下的我，使我無法滿足，哪怕只是勉強感到滿足。而我只需要連續十五分鐘感覺到這底下的我，這個有毒的世界就會流進我嘴裡，就像水流進溺水之人的嘴裡。

目前我和這個單身漢幾乎沒有差別，只不過我還想著我在村莊裡度過的年少時光，而也許，如果我願意，我可以再把自己拋回村莊裡，只要我的處境需要我這麼做。可是這個單身漢面前空無一物，因此身後也空無一物。眼前沒有差別，而這個單身漢就只有眼前。在那個時間他錯過了，當他持續感覺到表面底下的自己，就像我們忽然察覺到自己身上的一個膿瘡，在那之前是我們身體上最不重要的東西，甚至連最不重要的東西都不是，因為它似乎還不存在，而此刻卻比我們自出生以來身體上所有的東西都更重要。那個時間如今無人能夠認出，因為沒有別的東西會被摧毀得那麼厲害。如果說在這之前我們全心專注於自己雙手所做的工作、專注於自己雙眼所見、雙耳所聞、以及雙腳的步伐，我們會忽然轉而專注於完全相反的東西，就像山上的風向標驟然轉向。

而他沒有跑走，即使是跑向這最後一個方向，因為只有跑走能夠把他留在腳尖上，而只有腳尖能把他留在這個世上，他沒有跑走，而是躺了下來，就像冬天裡偶爾會有小孩為了凍僵而躺在雪地上。他和這些小孩都明白這是他們的錯，是他們躺了下來或是以別種方式屈服了，他們知道自己無論如何不該這麼做，但是他們無法知道，經過此刻在原野上或城市裡發生在他們身上的改變，他們將會忘卻從前的每一樁過錯和每一種約束，將會在這個新的環境裡活動，彷彿這是他們的第一個環境。但是忘卻這個字眼在這裡並不恰當。這個人的記憶就跟他的想像力一樣沒有受損，但是它們無法移山；這個人置身我們的族群之外，在我們人類之外，他一直都被迫挨餓，只有當下這一刻屬於他，一直持續的苦難片刻，沒有片刻的休憩，他始終就只擁有一件東西：他的痛苦，但是在整個世間都沒有第二件東西能以解藥自居，他就只有一雙腳所需要的土地，就只有一雙手所能覆蓋的支撐物，亦即比雜耍劇場裡的空中飛人擁有的支撐更少，何況空中飛人的下方還張開了安全網。

我們其他人是由我們的過去和未來支撐著。我們全部的休閒時間和大部分的工作時間幾乎都是用來使過去和未來在平衡中擺動。未來在長度上所佔的優勢，過去就用重量來彌補，到最後，兩者無法再加以區分，最早年的青春在日後會變得和未來一樣明亮，而未來的盡頭連同我們所有的嘆息其實是我們已逝的過去。這個圓幾乎就這樣闔上了，而我們就走在這個圓圈邊上。這個圓圈的確屬於我們，但是只有在我們沿著它行走時才屬於我們，只要我們往旁邊移動了一下，由於忘我，由於心不在焉，由於受到驚嚇、感到訝異還是疲倦，我們就失去了它，在這之前，我們把鼻子伸進時間的洪流，此刻我們向後退，曾經的泳者，現在的行人，就這樣迷失了。我們置身於法律之外，沒有人識得這法律，儘管如此，每個人都按照法律來對待我們。」

「你現在不可以想到我。你要怎麼和我比？我在這個城市已經超過二十年了。你可曾好好想過這是什麼情況？我在這裡度過了二十個四季。」——此刻他把鬆鬆的拳頭在我們頭上搖了搖。——「這裡的樹木往上生長了二十年，我們在樹下變得多麼矮小。還有這許許多多的夜晚，在所有那些公寓裡。有時候你躺在這面牆旁邊，有時候在那面牆旁邊，於是窗戶就繞著你移動。還有這些早晨，你看出窗外，把椅子從床邊拉過來，坐下來喝咖啡。還有這些晚上，你撐著手臂，用手扶著耳朵。啊，但願這不是全部！如果你至少培養出幾種新習慣，如同在此處街巷裡每日所見。——現在你也許會覺得我像是想要抱怨？不，我為什麼要抱怨，我根本不被允許去抱怨。我只該做我的散步，這就應該足夠，可是我在這世上任何一個地方都可以散步。不過，現在看起來又像是我為此感到自傲。」

「所以說，我的日子很好過。我不該待在這棟房子前面不走。」

「不要在這件事情上拿你來跟我比，也不要被我弄得沒有了把握。你畢竟是個成年人，而且看起來在這個城市裡相當孤獨。」

我也的確接近孤獨。保護著我的本質在這個城市裡似乎已經逐漸瓦解，在頭幾天裡我是美麗的，因為這種瓦解以一種神化發生，所有讓我們維持生命的東西都從我們身上飛走，但是就在飛走之際還以人性的光亮最後一次照在我們身上。我就這樣站在我的單身漢面前，而他很可能因此而愛我，卻不明白是為什麼。偶爾他的言談似乎表示出他很了解情況，表示出他知道在他面前的是誰，因此他可以為所欲為。不，事情並非如此。不如說他會以這種方式出現在每個人面前，因為他只能當個隱士或是寄生蟲。他成為隱士只是被迫，一旦這份強迫由於未知的力量而被消除，他就成了寄生蟲，厚顏無恥地盡量去依附。然而，這世上再沒有任何東西能夠拯救他，因此可以把他的舉止想像成一個溺水之人的屍體，那屍體被一道水流帶到了水面，撞到了一個疲倦的泳者，把雙手擱在他身上，想要抓緊了。屍體不會復活，甚至不會被打撈起來，但是它能把那個人拖下水。

十一月六日。一位雪努夫人的演講，談的是繆塞[1]。猶太女性的咂嘴習慣。透過講述軼事的所有準備和困難來理解法文，直到接近結語時，法文在我們眼前消失，那句結語意欲在整件軼事的瓦礫堆裡在心中長存，也許在那之前我們聽得太吃力，那些懂法文的人在結束之前就走了，因

1 繆塞（Alfred de Musset, 1810-1857），法國作家，法國浪漫主義時期的代表人物。

為他們已經聽夠了，其他人還遠遠沒有聽夠，講堂的音響效果放大的不是講者的聲音，而是包厢座位裡的咳嗽聲；繆塞描述他在拉雪[1]家吃晚餐，她和繆塞一起朗讀拉辛[2]的《費德爾》，那本書就擺在桌上，在他們兩人中間，除此之外，桌上還擺著所有你想得到的東西。

克勞德領事，雙眼明亮，那張大臉吸收了這份光亮並且反射出來，他不停地想要告辭，個別而言他也成功了，但整體而言卻沒有成功，因為當他向一個人道別，就又來了另一個人，而那個已經告別過的人又去排在此人後面。在講台上方有一個供樂團演奏的廊台。各式各樣擾人的噪音。走道上服務生的聲音，房間裡客人的聲音，一架鋼琴，遠處一支弦樂隊，最後是一陣鍾打聲，一場爭吵，很難確定發生的地點，因此使人惱怒。在一個包厢裡，一個女士戴著鑲鑽耳環，幾乎不斷閃爍。在售票處有一群身穿黑衣的年輕人，是一群相熟的法國人。一個行禮問候時猛地一鞠躬，使他的目光從地面上滑過。同時他露出大大的笑容。不過他只在女孩面前才這樣做，在男士面前他馬上就坦率地看著對方的臉，嘴巴嚴肅地閉著，藉此他同時表示出先前的行禮問候是一種也許可笑、但無法避免的儀式。

---

1 拉雪（Elisa Rachel Félix, 1821-1858），猶太裔法國女演員，被視為那個時代頂尖的悲劇女伶，也是法國社交圈的名媛。

2 拉辛（Jean Racine, 1639-1699），法國古典主義時期重要劇作家，以寫作悲劇著名，《費德爾》（*Phèdre*）是他的最後一部悲劇作品。

十一月七日。威格勒[3]的演講，談的是黑貝爾[4]。他坐在布置成一個現代房間的舞台上，彷彿他的愛人將會從一扇門裡衝進來，讓這齣戲終於開場。不，他作了演講。講黑貝爾的飢餓，和艾莉莎·連辛[5]之間的複雜關係。在學校裡他有個老師是個老小姐，她又抽菸、又吸鼻煙，會打學生，也會送葡萄乾給乖學生。他去過許多地方（海德堡、慕尼黑、巴黎），並沒有明顯的目的。起初擔任一個教區執事的僕人，和馬車伕合睡在樓梯底下的一張床上。

尤里烏斯·施諾爾·馮·卡羅斯費爾德[6]——弗里德里希·歐利維耶[7]所繪製的畫像，他在一個斜坡上作畫，他的樣子多麼美、多麼嚴肅（一頂高帽子像是壓扁的小丑帽，硬挺的窄帽沿壓在臉上，有波浪的長髮，眼睛專注於他的畫上，冷靜的雙手，畫板擱在膝蓋上，一隻腳在斜坡上往下滑，比另一隻腳更低一點）。噢，不對，這是歐利維耶的畫像，由施諾爾所畫。

十一月十五日，十點。我將不容許自己感到疲倦。我要跳進我的小說裡，就算那會割傷我的

---

3 威格勒（Paul Wiegler, 1878-1949），德國作家、劇評家，出版過許多與文學史有關的著作。

4 黑貝爾（Friedrich Hebbel, 1813-1863），出身寒微的德國寫實主義劇作家與詩人，他的許多詩作都被譜寫成歌曲，作曲家舒曼所寫的歌劇《蓋諾維瓦》（*Genoveva*）也改編自他的同名劇作。

5 艾莉莎·連辛（Elisa Lensing, 1804-1854）是黑貝爾長年的朋友與資助者，後來成為他的情人，黑貝爾二十二歲時與她相識，當時三十歲的她是個裁縫師。

6 尤里烏斯·施諾爾·馮·卡羅斯費爾德（Julius Schnorr von Carolsfeld, 1794-1872），德國浪漫主義畫家，畫作多以《聖經》故事為題材，也曾替大教堂設計彩繪玻璃。

7 弗里德里希·歐利維耶（Friedrich Olivier, 1791-1859），德國浪漫主義畫家，卡羅斯費爾德之好友。

臉。

十一月十六日，十二點。我在讀《在陶里斯的伊菲格尼亞》[1]。撇開幾處明顯有誤的地方不談，乾硬的德語在一個純潔男孩的嘴裡簡直令人驚嘆。在閱讀的那一瞬間，那詩句把每一個字在閱讀者面前都高高抬起，立在一道光裡，那道光也許細瘦，但是耀眼逼人。

十一月二十七日。伯恩哈德．凱勒曼[2]的朗誦會。「我寫的幾篇尚未出版的作品」，他這樣開場。他模樣可親，豎起來的頭髮幾近灰色，費了工夫把鬍子刮得乾乾淨淨，尖鼻子，臉頰的肉在顴骨上方經常像波浪一樣起起伏伏。他是個中等的作家，有些章節寫得挺好（一個男子離座去走道上咳嗽，一邊東張西望，看看是否四下無人），也是個誠實的人，想要朗誦他答應要朗誦的作品，但是觀眾不讓他這麼做，由於他們被第一個故事給嚇到了，那是一個以精神病療養院為背景的故事，也由於朗誦的方式引不起他們的興趣，儘管故事堪稱懸疑，不斷有人趕著離座，彷彿朗誦會是在隔壁舉行。當他在讀完故事的三分之一之後停下來喝點礦泉水，有一大群人趁機離座。他嚇了一跳，乾脆撒了個謊，說他「快讀完了」。等故事結束，大家都站了起來，有掌聲響起，聽起來像是在所有站起來的人之間還有一個人坐在那兒自顧自地鼓掌。可是凱勒曼還想繼續

1 《在陶里斯的伊菲格尼亞》（*Iphigenie auf Tauris*）是歌德的一齣劇作，一七七九年在威瑪首演。

2 伯恩哈德．凱勒曼（Bernhard Kellermann, 1879-1951），德國作家，作品以小說為主，是二十世紀初的暢銷作家。

朗誦另一個故事，或是好幾個故事。眼看這麼多人要走，他就只張開了嘴巴。最後，在聽取建議之後，他說：「我想再朗讀一個短篇童話故事，只需要十五分鐘。現在先休息五分鐘。」仍有幾個觀眾留下，於是他就朗誦了那篇童話故事，裡面有些段落讓每個人都有理由從最外圍的位置穿過中央所有的聽眾奪門而出。

十二月十五日。我就是不相信我從自己如今已持續了將近一年的情況所得出的結論，我的情況比這更嚴重。我甚至不知道我能否說這不是一種新的情況。不過，我真正的想法是：這個情況是新的，類似的情況我曾經有過，但是還不曾有過這種情況。我就像一尊石頭，就像我自己的墓碑，沒有空隙留給懷疑或信仰、愛憎、勇氣或恐懼，不管是在特別的事情上還是一般而言，只有一份模糊的希望還活著，但是不比墓誌銘好多少。我寫的東西幾乎沒有一個字與另一個字相稱，我聽見那些子音互相摩擦發出金屬般的聲音，那些母音則歌唱著加進來，就像展覽會上的黑人。我的懷疑圍繞著每一個字，從前我把我的懷疑看成那個字，但是其實我根本沒看見那個字，是我想像出來的。這本來還不是最大的不幸，我只需要想像出一些字，能夠把那股屍臭吹往一個方向，不至於馬上對我和讀者撲面而來。當我在書桌前坐下，我的感覺就像一個在巴黎歌劇院廣場的車水馬龍之中跌倒而摔斷兩條腿的人。儘管車聲隆隆，所有的車輛都默默無言地從四面八方駛往四面八方，而此人的疼痛要比警察更能夠維持交通秩序，這份疼痛使他閉上眼睛，使廣場和街道變得荒涼，雖然車輛無須折返。那片熱鬧令他痛苦，因為他是個妨礙交通的障礙物，但那片空無也一樣糟，因為它釋放了他真正的痛苦。

十二月十六日。我再也離不開我的日記了。我得在這裡抓緊自己，因為唯有在這裡我才做得到。我很想解釋在如同此刻的某些時候我心中感到的幸福。那真是一種會嘶嘶冒泡、讓我充滿了輕鬆愉快的震顫，讓我相信自己擁有能力，那些我時時刻刻，包括此時此刻，都能說服自己它其實並不存在的能力。

黑貝爾誇讚凱爾納[1]的《旅行影子》。「而這樣一部作品幾乎不存在，沒有人知道這本書。」W．弗瑞德[2]所寫的《孤獨的街道》。這種書是怎麼寫出來的？一個在小格局裡能寫出優秀作品的人，把他的才華以如此可悲的方式拉長到一部小說的長度，使人反胃，就算你不會忘記去佩服他用來糟蹋自身才華的精力。

對於我在小說和劇作中讀到的那些配角的關注。我心中所湧起的歸屬感！在《主教山的少

1 凱爾納（Justinus Kerner, 1786-1862），德國醫生兼作家，在寫作文學作品之外，也撰寫了許多醫學與自然科學的著作，《旅行影子》（*Reiseschatten*）是他寫的一本小說。

2 W．弗瑞德（W. Fred，原名 Alfred Wechsler, 1879-1922），德國作家，寫過不少遊記和描述藝術文物的文章，常刊載於報章雜誌，《孤獨的街道》（*Die Straße der Verlassenheit*）是他的一本小說。

女》[3]（劇名是叫這個嗎？）中提到兩個裁縫女，她們替劇中的一個新娘縫製亞麻布品。這兩個女孩過得如何？她們住在哪裡？她們做了什麼？才導致她們無法一起進入劇中，而簡直像是在諾亞方舟外面，在大雨滂沱之中，只允許她們在溺水之前最後一次把臉壓在船艙的一扇窗戶上，好讓一樓的觀眾在瞬間看見那裡有個黑漆漆的東西。

十二月十七日。是否沒有什麼東西是靜止的？針對這個迫切的問題，芝諾[4]說：有的，一支飛行的箭是靜止的。

假如法國人本質上是德國人的話，德國人對他們更不知道會多麼佩服。

我擱置和劃掉的東西是這麼多，幾乎是我在這一年裡所寫的全部，這也大大妨礙了我的寫作。這是一座山，比我曾經寫出來的東西多上五倍，單是由於它的巨量，它就把我所寫的一切從我筆下拉走，拉到它那兒去。

十二月十八日。我之所以讓信件沒拆封地擱上一段時間（包括那些可以預見內容無關緊要的信，就像此刻這一封），其原因無疑就只是軟弱和怯懦，猶豫著去拆開一封信，就像猶豫著去打

3 《主教山的少女》（*Jungern vom Bischofsberg*）是一九一二年諾貝爾文學獎得主豪普特曼（Gerhart Hauptmann, 1862-1946）的一齣劇作，於一九〇七年首演。

4 芝諾（Zeno, 約公元前 490-425），古希臘哲學家，提出一系列關於運動的悖論，此處提到的是他的「飛矢不動」悖論。

開一扇門，門裡也許有個人已經不耐煩地在等我；若非如此，那麼用做事認真徹底來解釋擱置信件這件事或許更恰當。因為，假定我是個認真徹底的人，我就必須努力把一切都盡量拖長，拿這封信來說，就是慢慢地打開，慢慢地讀上好幾遍，久久思索，在繕寫清稿之前先寫好幾份草稿，最後再猶豫要不要寄出。這一切都在我掌控之中，只不過卻避免不了忽然收到一封信。於是我也以人為的方式放慢這件事的速度，久久不把信拆開，信擺在我面前的桌上，不斷地把自己呈獻給我，我不斷地收到它，但是並不把它拿起來。

晚上，十一點半。在我從辦公室裡解脫出來之前，我是沒有指望的，這一點我再清楚不過，事情就只在於把頭高高抬起，免得我溺死，能撐多久算多久。這會有多麼困難，必須耗費我多少力氣，從這件事上就能看得出來，亦即今天我沒有遵守我新訂的時間表，從晚上八點到十一點坐在書桌旁，而我目前甚至不認為這有多糟，就只匆匆寫下這幾行字，以便上床去睡覺。

十二月十九日。 開始在辦公室工作。下午去找馬克斯[1]。

讀了一點歌德的日記。遙遠的過去已經平靜地記錄下這段生活，這些日記在上面燃起了一把

1 係指卡夫卡的摯友馬克斯．布羅德（Max Brod, 1884-1968），這個名字在卡夫卡的日記裡將一再出現。布羅德也是猶太裔捷克作家，很早便看出卡夫卡在寫作上的才華，一直鼓勵他寫作並發表作品，並且在卡夫卡去世後整理了他的大量殘稿，加以編輯出版，包括這部日記。

火。所有事件的明澈使它們充滿神秘，就像公園的柵欄讓眼睛在靜觀遠處的草地時得以休憩，並且讓我們油然生起自嘆不如的敬意。

已出嫁的妹妹剛才頭一次來探望我們。

十二月二十日。我該如何辯解我昨天對歌德的評論（那不是真的，幾乎跟它所描述的感覺一樣，因為真實的感覺被我妹妹趕走了）？無從辯解。我該如何辯解我今天一個字都沒寫出來？無從辯解。再說我的狀況並沒有那麼糟。耳中不斷聽見一聲呼喚：「來吧，看不見的法庭！」

這些寫壞的段落硬是賴在故事裡不走，為了讓它們別再來糾纏我，我在這裡寫出兩段：

「他的呼吸聲音大得像是對一場夢的嘆息，比起在我們的世界裡，在夢中要承受不幸比較容易，所以單純的呼吸就足可作為嘆息。」

「現在我把他看清楚了，就像一個人摸清楚了一個小小的益智遊戲，針對這個遊戲，你對自己說：如果我沒辦法把這顆小球弄進它的凹洞裡又怎麼樣，反正這些東西全是我的，這片玻璃、這個邊框、這些小球還有其他東西；我可以把這整套東西乾脆塞進口袋。」

十二月二十一日。米夏．庫斯敏[2]《亞歷山大大帝事蹟》裡引人注目之處：

2　米夏．庫斯敏（Michail Kusmin, 1872-1936），俄國作家兼作曲家，屬於俄國文學「白銀時代」的代表人物。

「孩童，上半身已死，下半身活著，童屍的紅色細腿還在動。」

「不潔的國王歌革和瑪各吃蟲子和蒼蠅維生，他把他們趕進裂開的峭壁，用所羅門王的封印把他們封住，直到世界末日。」

「石河，河中無水，而有石頭轟轟滾動，從沙溪旁流過，朝南方流了三天，又朝北方流了三天。」

「亞馬遜人，女性有著燒掉的右乳，短髮，穿著男人的鞋子。」

「鱷魚用牠們的尿液燒毀樹木。」

去鮑姆[1]家，聽了些愉快的事。我就跟從前一樣虛弱，向來如此。感覺自己受到羈絆，同時又覺得假如鬆開了羈絆，情況還會更糟。

十二月二十二日。今天我甚至不敢責備自己。假如對著這空洞的一天大喊，就會得到一陣令人作嘔的回聲。

十二月二十四日。此刻我更仔細地打量我的書桌，看出在這張桌子上不可能寫出什麼好作品。桌上擺了這麼多東西，構成了一種不均衡的紊亂，而且缺少平常使得紊亂變得能夠忍受的那

1 鮑姆（Oskar Baum, 1883-1941），猶太裔捷克作家，幼年因病導致全盲，與卡夫卡在一九〇四年相識，和布羅德同屬卡夫卡的親密好友，經常結伴出遊或是在聚會時朗誦彼此的作品。

種協調。綠色的桌布上再怎麼亂都無妨，在老劇院的一樓座位上也一樣。可是從站位上……

十二月二十五日……從桌面上的開放式置物格裡冒出來的有舊報刊、目錄、風景明信片、信件，全都部分撕碎、部分打開，以露天階梯的形狀伸出來，這種狼籍的狀態毀了一切。一樓座位相對巨大的一件件物品以極大的活動性登場，彷彿在劇院裡允許商人在觀眾席上整理帳簿，允許木匠敲敲打打，軍官揮舞軍刀，神職人員勸告人心，學者勸說理智，政客訴諸公民意識，相愛的人可以大膽示愛，諸如此類。只是在我的書桌上，刮鬍子的鏡子豎著，就像在刮鬍子時需要用到它時那樣，刷衣服的刷子面朝下地擺在桌上，錢包打開著，以便萬一我想付錢，一支鑰匙從鑰匙圈裡伸出來準備被使用，領帶還有部分纏繞在脫下來的衣領上。下面那層置物格由於兩側有幾個關上的小抽屜本來就很窄，就只是個雜物間，彷彿觀眾席上低矮的樓座，基本上是劇院最顯眼的地方，被保留給最粗魯的人，保留給已經逐漸從裡面髒到外面的闊老爺，粗野的傢伙，把腿翹在欄杆上，讓一雙腳垂下來。小孩眾多的家庭，多到別人就只瞄上一眼，沒有辦法去數，在這裡製造出窮人育兒室裡的污穢（已經流到一樓座位了），在陰暗的背景中坐著無法治癒的病人，幸好只有當你把光線照進去的時候才看得見。在這個置物格裡擺著我老早就會丟掉的廢紙，假如我有個字紙簍，筆尖折斷了的鉛筆，一個空火柴盒，一個來自卡爾斯巴德的紙鎮，一把尺，邊緣凹凸不平，假如是一條道路的話就糟了，好幾顆衣領鈕釦，用鈍了的刮鬍刀片（在這世上沒有這種東西容身之處），領夾，還有另一個沉重的鐵製紙鎮。在上面那一層置物格裡——悲慘，悲慘，但卻是善意的。午夜了，而由於我睡得很飽，這只在我白天裡什麼也寫不出來時才是藉口。點亮的燈泡，安靜的寓所，外面的黑暗，醒著的最後幾個瞬間，它們賦予我寫作的權利。而我急於使用這份權利。這就是我。

十二月二十六日。有兩天半的時間我獨自一人——雖然不是全然獨處——而我就已經起了變化，就算沒有脫胎換骨，也是在途中。獨處對我施展出一種從來不曾失靈的力量。我的內心鬆開了（暫時只是表面上），並且準備好釋放出更深層的東西。我內心開始建立起一種小小的秩序，而我別無所需，因為就小小的能力而言，失去秩序是最糟的。

十二月二十七日。我的力量不足以再寫出一個句子。是的，假如重點只在於文字，假如只要寫下一個字，而你能夠轉身離去，心中平靜，知道你在這個字裡投注了全部的自己。

我睡掉了一部分的下午，在我醒著時，我躺在沙發上，重新思考我年少時的幾次愛情經驗，惱人地在一次錯失的機會上流連（當時我有點著涼，躺在床上，我的家庭女教師朗讀《克羅采奏鳴曲》[1]給我聽，而她懂得享受我的興奮），想像著我的素食晚餐，對我的消化感到滿意，並且擔心我的視力是否能用一輩子。

十二月二十八日。只要我有幾個小時表現得人模人樣，如同今天起初和馬克斯在一起，後來又去了鮑姆家，我在睡覺前就已經感到自大。

1 《克羅采奏鳴曲》是俄國文豪托爾斯泰晚年所寫的短篇小說，探討情慾與道德問題，包含一些露骨的描寫，在俄國曾被列為禁書。

1911年

Kafka Tagebücher

這一年的卡夫卡頗爲忙碌，旣充滿苦惱也不乏積極精神。

本年値得注意的一件事，是卡夫卡與父親矛盾的升級。三月時，卡夫卡在日記中寫了題爲〈城市的世界〉的小說未完稿，其中描繪緊張而微妙的父子關係，與隔年寫成的短篇小說〈判決〉有著耐人尋味的相呼應之處。在本年年末，卡夫卡的父親又創辦了一個石棉廠，而且常常要求卡夫卡在上班之餘去工廠幫忙管理、監督，這件事在未來幾年成了卡夫卡的一大煩惱。本年的日記中還提到了對父親的恨意。

另一方面，卡夫卡忽然對一個東歐猶太人的意第緒語劇團產生了極大熱情，爲其到處奔走、籌備活動，並與劇團演員勒維成爲好友。有人認爲這或許正代表著卡夫卡在家庭矛盾之下，開始想要了解他所認爲的眞正猶太生活。從十月開始的日記中，有大量篇幅在描繪劇團表演的劇情及相關演員，讀者讀起來可能會覺得有點乏味。但這是個饒富意義的起點，日後，卡夫卡還進一步學習了希伯來文與閱讀猶太歷史。

一月三日。「喂」，我說，接著用膝蓋輕輕撞了他一下。

「我想告別了。」驟然開口說話時，些許口沫從我嘴裡飛出去，是個壞預兆。

「這件事你倒是考慮了很久」，他說，離開了牆邊，伸了個懶腰。

「不，我根本沒有考慮。」

「那你在思考些什麼呢？」

「我還為了那個聚會再做最後一次準備。這是你再怎麼努力也不會了解的。我，一個鄉下來的普通人，別人隨時都可以把我換掉，從某幾列火車進站之後一起站在火車站前面的那幾百個人當中隨便找一個。」

一月四日。荀黑爾[1]的劇作《信仰與家鄉》。

我下方廊台座位上的觀眾潮濕的手指，他們在擦眼淚。

一月六日。「喂」，我說，用膝蓋瞄準了，輕輕撞了他一下，「現在我要走了。如果你想在旁邊看著，就睜開你的眼睛。」

「終究要走？」他問，一邊用完全睜開的眼睛直勾勾地看著我，不過那道目光很微弱，假如

---

1 荀黑爾（Karl Schönherr, 1867-1943），奧地利醫生兼作家，《信仰與家鄉》（*Glaube und Heimat*）是他一九一〇年創作的一齣悲劇，在當時大獲成功。

我把手臂一揮，就能擋下。「所以你還是要走？我該怎麼做？我不能把你留住。就算我能，我也不想。因此我只想向你說明你的感受，在這之後也許你還是可以被我留下來。」而他立刻擺出卑微的僕人臉孔，在一個平素有秩序的國家裡，這些僕人被准許用這種臉孔來讓主人的小孩聽話或是嚇唬他們。

一月七日。馬克斯的妹妹深深愛上了她的未婚夫，因此她設法安排和每個訪客個別談話，因為在面對單單一個人的時候更能夠述說自己的愛，並且一再重複。

彷彿透過魔法（因為不管是外在或內在的情況都沒有阻撓我，目前的情況要比這一年來都更順利），這是個週日，不必上班的這一整天，我都被阻止了去寫作。——關於我這個不幸的人，我有了一些新的認知，這安慰了我。

一月十二日。這些天裡有很多關於我的事我都沒有寫下來，部分是出於懶惰（現在我白天睡得又久又沉，我在睡覺時比較重），部分是出於害怕，怕洩漏我對自己的認知。這種害怕是有道理的，因為透過書寫，自我認知將成定局，所以它若非完整而面面俱到，把所有枝微末節的可能後果都考量進去，並且是完全真實的，實不宜貿然下筆。因為若非如此——而我反正沒有能力做到——所寫下來的東西就會按照自己的意圖，帶著已成定局的優勢，取代了那只是泛泛感受到的東西，使得真正的感受消失無蹤，而太晚才看出所寫下來的東西毫無價值。

幾天前，「維也納城」[1]的歌舞演員蕾歐妮．弗里朋。一頭綁起來的濃密鬈髮。劣質的緊身胸衣，衣服很舊，但是人很漂亮，有著悲劇性的動作，使勁眨動眼皮，伸出長腿，懂得沿著身體伸長手臂。用僵硬的脖頸來暗示含意曖昧之處。唱的是〈在羅浮宮收集鈕釦〉[2]。

席勒，由沙都[3]所畫的素描，一八〇四年在柏林，在那裡他備受尊敬。除了用這個鼻子，你無法更牢地抓住一張臉。鼻中隔稍微被拉下了一點，由於習慣在工作時去拉扯鼻子。一個和善的人，臉頰略微凹陷，刮掉鬍子的臉可能使得他看起來像個老人。

一月十四日。貝拉德[4]的小說《夫妻》。很多不好的猶太特質。例如作者忽然單調地搞笑上場，大家都很快活，但是有一個在場之人並不快活。或是：來了一位史坦恩先生（我們對於小說

---

1 「維也納城」（Stadt Wien）是布拉格一座歌舞劇院的名字。

2 〈在羅浮宮收集鈕釦〉（Die Ballade von der Knopfsammlung im Louvre von Paris）是猶太裔奧地利作曲家法爾（Leo Fall, 1873-1925）所寫的敘事曲。

3 沙都（Johann Gottfried Schadow, 1764-1850），德國古典主義時期畫家與雕塑家，柏林布蘭登堡門上的四馬雙輪戰車就是他的作品。

4 貝拉德（Martin Beradt, 1881-1949），猶太裔德國作家兼律師，納粹掌權後移民美國，《夫妻》（*Eheleute*）是他一九一〇年的作品。

中的他已經熟之入骨）。在漢森[5]的作品中也有類似的情況，但是在漢森筆下就像木頭裡的節瘤一樣自然，在貝拉德筆下卻像是時髦的藥物滴在糖上一樣滴進故事情節裡。——沒理由地堅持奇特的轉折，例如：他努力又努力地想要她的頭髮。——個別的人物刻畫得很好，雖然沒有讓他們呈現出新的一面，好到偶爾出現的錯誤也無傷大雅。配角人物大多缺少吸引力。

一月十七日。馬克斯朗誦了《告別青春》[6]的第一幕給我聽。以我今天的狀態，我怎麼應付得來；我得要找上一年，才能在我心中找到一種真實的感受，卻得要在深夜的咖啡館裡，由於消化不良而受到脹氣的折磨，面對這樣一部偉大的作品，而得要有個理由可以繼續坐在我的椅子上。

一月十九日。我看來是徹底完蛋了——去年我清醒的時間還不到五分鐘——每一天我若非但願自己不在這個世上，就是必須從當個幼兒從頭開始，雖然我在其中可能連最保守的希望都看不見。表面上我會比當年要輕鬆。因為在那時候我還幾乎沒有帶著隱約的預感去追求一種一字一句都與我的生活相連的描述，我應該把它從我胸膛裡拉出來，它則應該把我從我的位置上拉開。我是以何等的悲慘開始的（和目前的悲慘當然無法相提並論）！何等的寒意從我寫下來的東西裡跟

5 漢森（Knut Hamsun, 1859-1952），出身窮苦的挪威作家，一九二〇年的諾貝爾文學獎得主，《飢餓》為其代表作。

6 《告別青春》（*Abschieds von der Jugend*）是馬克斯．布羅德所寫的一部浪漫喜劇，後來在一九一二年出版。

著我好幾天！危險何其大，而且幾乎不斷地產生影響，使我根本感覺不到那份寒意，但整體而言這也沒有怎麼減少我的不幸。

我曾想寫一本小說，兩兄弟鬩牆，其中一個飛往美國，另一個留在歐洲並且身繫囹圄。我只零零落落寫了幾行，因為那馬上就令我感到疲倦。就這樣，有一次在一個週日下午，當我們去探望外公外婆，吃了一種當地常見的麵包，塗上了奶油，我也寫下了一些關於我小說裡監獄的描述。我那麼做的確有可能主要是出於虛榮，藉由在桌布上挪動紙張、用鉛筆敲桌、在燈下環顧圍坐在桌旁的人，想要引誘某個人來搶走我所寫的東西，認真看一眼，然後對我感到佩服。那幾行字主要是描述監獄裡的走廊，尤其是那裡的寂靜和寒冷；針對那個留下來的兄弟也說了一句同情的話，因為他是兩兄弟當中善良的那一個。也許我當時就已經覺得我的描寫沒有價值，只是在那個下午之前，我從來不太去留意這種感覺，當我和熟悉的親戚在一起（我是那麼害羞，乃至於熟悉的事物就已經使我快樂一半了），圍坐在熟悉的房間裡那張圓桌旁，沒法忘記我正年輕，從現在這片安詳中注定要成就大事。一個喜歡嘲笑別人的叔叔終於拿走了我只輕輕拿著的那張紙，看了一下，再還給我，甚至沒有大笑，就只對其他那些盯著他看的人說，「就是些一般的東西」，對我則什麼也沒說。我雖然仍然坐著，跟先前一樣俯身在我那張無用的紙張上，但事實上我從聚會中一下子被驅逐了，那個叔叔的評語在我心中重複，幾乎具有真正的意義，而即使在感受到親情的同時，我也瞥見了這個世界冰冷的空間，我應該要用一把火使那個空間溫暖起來，而我想要先找到那把火。

二月十九日。今天當我想要下床的時候，我一下子就暈倒了。這有一個十分單純的原因，我徹底工作過度。不是由於辦公，而是由於我的其他工作。在這件事情上，辦公室只佔無辜的一份，亦即當我不必去辦公室時，我能安心地為了我的工作而活，而不必把這六個小時花在辦公室裡，這在週五和週六尤其折磨著我，是您無法想像的，因為我全心都在我自己的事情上。說到底，我也知道這只是廢話，我有責任，而辦公室對我的要求再明確不過、也再合理不過。只不過對我來說這是一種可怕的雙重生活，要脫離這種生活，可能只有發瘋一途。我在明亮的晨光裡寫下這段話，而我肯定不會這樣寫，假如這不是如此真實，假如我不是像個兒子一樣愛您。

此外，明天我肯定就會恢復健康，就會進辦公室，屆時我聽見的第一件事將會是您想要我離開您的部門。[1]

二月十九日。此刻在深夜兩點，最幸福也最不幸的我帶著我的靈感去睡覺（它也許會留下來，因為它比之前所有的靈感都更高明，只要我承受得了這個念頭），我的靈感特別之處在於我

1 這是卡夫卡想寫給他頂頭上司佛爾（Eugen Pfohl, 1867-1919）的一封信的草稿。

無所不能，並非只是針對一件特定的作品。如果我隨便寫下一個句子，例如：「他看出窗外」，那麼這個句子就已經是完美的。

「你還要在這裡待很久嗎？」我問。驟然開口說話時，些許口沫從我嘴裡飛出去，是個壞預兆。

「這會妨礙你嗎？如果這會妨礙你，或者說阻止了你上樓，那我馬上就走，否則我就還想待在這裡，因為我累了。」

但最終他可以稱心如意，而且愈來愈稱心如意，當我愈來愈了解他。因為他顯然一向更了解我，肯定可以讓我和我對他的了解望塵莫及。否則該如何解釋我仍然站在街上，彷彿我面前不是一棟房子，而是一場火。如果一個人受邀去參加一場聚會，他就該直接走進屋裡，爬樓梯上去，而且幾乎沒注意到他在做這件事，他是如此沉浸在他的思緒中。這才是正確之舉，不管是對自己，還是對參加那場聚會的人。

二月二十日。梅拉·馬爾斯在「盧森娜」劇院[1]演出。一個逗趣的悲劇女演員，有點像是在一個前後顛倒的舞台上演出，露出悲劇女演員有時在後台的模樣。在出場時她有一張疲倦的臉，

1 這是位在布拉格的一家歌舞劇院，「盧森娜」（Lucerna）在捷克文裡的意思是「燈籠」。

同時也是平淡、空洞、蒼老的臉，對所有知名的演員來說，這都是個自然的開始。她說話很尖銳，她的動作也一樣，從翹起的拇指開始，那拇指似乎沒有骨頭，但有堅硬的肌腱。她的鼻子格外具有變化的能力，藉由光線的變化和周圍肌肉動作產生的凹陷。儘管她的言語和動作一直閃動，她的語調是溫柔的。

小鎮也有可供散步的小地方。

步道上我旁邊那些年輕、純潔、衣著考究的少年讓我想起自己的年少時光，因此讓我覺得倒胃口。

克萊斯特[2]年輕時寫的信，二十二歲。他放棄了軍旅生涯。家人問他：那麼你要靠什麼謀生呢？因為家人認為這是理所當然的。你可以在法學和官房學之間作選擇。可是你在宮廷裡有人脈嗎？「起初我有點尷尬地否認了，但隨即更加自負地說明，即使我有人脈，以我目前的觀點，仰賴人脈應該會令我感到羞愧。家人微微一笑，我感覺自己操之過急了。這種真相得要避免說出來。」

2 克萊斯特（Heinrich von Kleist，1777-1811），德國詩人、劇作家及小說家，出身古老的貴族世家，其作品在生前並未獲得重視，數十年後才得到肯定，如今德國著名的「克萊斯特文學獎」就是以他為名。

二月二十一日。我在此地的生活就像是我很有把握自己還有第二個生命似的，例如要化解那趟不順利的巴黎之行所留下的遺憾，我就想著我將設法盡快再去一趟。想到這裡，看見街道鋪石路面上涇渭分明的光亮與陰影。

有一瞬間我感覺自己裹著甲冑。

例如，手臂的肌肉離我多麼遙遠。

馬克·亨利和瑪莉亞·德瓦二重唱[1]。由於表演廳裡冷冷清清而在觀眾心中產生的悲劇感有利於嚴肅的歌曲發揮效果，但不利於詼諧的歌曲。——亨利作了開場白，同時德瓦在一個簾子後面整理頭髮，她不知道那面簾子是透明的。——在演出賣座欠佳時，主辦者W那一把亞述人般的長鬍子就似乎從平日的深黑變得斑白。——能被這樣的熱情感染是件好事，那持續了二十四個小時，不，沒有那麼久。——在服裝上下了很多工夫，布列塔尼地區的民俗服裝，最裡面一層襯裙最長，讓人遠遠地就能數出穿了幾層。——起初由德瓦伴奏，因為想省下另外請人伴奏的花費，她穿著一件領口很大的綠色裙裝，凍著了。——巴黎街道上的呼喊，送報紙的人被省去了。——有人跟我說話；我才要吸一口氣，對方就告辭了。——德瓦的模樣可笑，她有著老姑娘的笑容，

1 馬克·亨利（Marc Herny, 1873-1943）和瑪莉亞·德瓦（Marya Delvard, 1874-1965）是當時知名的舞台藝人，以演唱法國民謠著名。

德國歌舞劇場的老姑娘。她用她從簾子後面拿來的一條紅色圍巾表演革命。用同樣堅韌而無法斬斷的聲音演唱多騰岱[2]的詩。只有在開場之初她帶著女性的嫵媚坐在鋼琴前面時，她才是可愛的。聽到〈到巴蒂諾勒去〉那首歌時，我感覺到巴黎在我喉嚨裡。據說巴蒂諾勒那一區充斥著退休老人，包括該區的街頭流氓。布里昂[3]替巴黎的每一區都寫了歌。

城市的世界[4]

奧斯卡M，一個有點年紀的大學生——如果從近處看他，會被他的眼睛嚇到——一個冬日下午下雪之際在一個無人的廣場上停下腳步，他穿著冬季服裝外加冬季大衣，脖子上圍著圍巾，頭上戴著一頂毛皮帽子。由於沉思，他眨著眼睛，深深沉浸在思緒中，乃至於一度摘下帽子，用凌亂的毛皮來擦臉。終於他似乎得出了結論，以一個舞步轉身走上回家的路。

當他打開父母家的門，他看見父親背對著門坐在一張空桌旁，他父親是個鬍子刮得很乾淨、臉上很多肉的人。奧斯卡才踏進屋裡，父親就說：「總算回來了，拜託你就站在門口，因為我太

2 多騰岱（Max Dauthendey, 1867-1918），德國詩人兼畫家，德國印象主義文學的代表人物，主題多表達對大自然的愛，有許多詩作被譜成歌曲。

3 布里昂（Aristide Bruant, 1851-1925），法國歌舞劇場歌手、喜劇演員及作家，寫過許多歌曲，包括上文中那首〈到巴蒂諾勒去〉（à Batignolles），如今在巴黎十八區有一條路以他為名。

4 這是卡夫卡一篇未完成的作品，他的日記裡經常出現這類殘稿。

生你的氣了，沒有把握自己會做出什麼事來。」

「可是，父親」，奧斯卡說，在說話時才注意到剛才他走得多急。

「安靜」，父親喊道，站了起來，擋住了一扇窗戶。「我命令你安靜。省省你的『可是』吧，你懂吧。」他一邊用兩隻手搬起桌子，朝著奧斯卡搬近了一步。「你這種遊手好閒的生活我再也受不了了。我是個老人，原以為你會是我老年的安慰，但你卻比我所有的病痛還要更糟。呸，這種兒子，用懶惰、揮霍、惡意、還有（我何不坦白對你說）愚蠢把老爸爸趕進墳墓裡。」說到這裡父親沉默了，但他的臉卻還在動，彷彿他還在說話。

「親愛的父親」，奧斯卡說，小心翼翼地走向那張桌子，「你冷靜一點，一切都會好轉的。今天我有了個主意，將會使我成為一個勤快的人，如你所希望的。」

「怎麼說？」父親問，看著房間一角。

「相信我吧，晚餐時我會向你說明一切。在我內心我一直是個好兒子，只是我沒法表現出來，這使我心中抑鬱，乃至於我寧可惹你生氣，既然我無法讓你高興。可是現在請讓我再去散步一下，好讓我把我的想法想得更清楚。」

父親專注起來，起初在桌子邊緣坐下，這時站了起來。「我不認為你現在說的話有多少意義，我認為那多半是空話。但你畢竟是我的兒子。——及時回來，我們將在家裡吃晚餐，到時候你可以說明你的事。」

「這一點信賴對我來說就足夠了，我由衷感謝。可是從我的眼神不就可以看出我全心全意地在思索一件嚴肅的事？」

「眼前我看不出來」，父親說。「但這也可能是我的錯，因為我已經太久沒有正眼看你了。」同時他按照習慣，藉由規律地敲著桌面來讓人注意到時間的流逝。「可是最主要的是我根本不再相信你了，奧斯卡。如果我對著你吼——你剛才回來的時候，我不就吼了你嗎，對吧？——那麼不是因為我希望這能夠使你改善，而只是想到你可憐的母親，目前她也許還沒有因為你而直接感到痛苦，但是單是由於要吃力地避免這種痛苦，因為她認為這樣能夠幫助你，她就會慢慢垮掉。不過，說到底，這些事你都很清楚，而為了顧念自己的身體，我本來是不願再想起的，要不是你的承諾又惹得我去想起這些事。」

他說到最後一句話時，女傭走進來檢查爐火。她一離開，奧斯卡就大聲喊了出來：「可是父親！這在我意料之外。假如我就只是有了個小點子，比如說，針對我的博士論文，這論文在我抽屜裡已經躺了十年了，極其需要一些點子，那麼是有可能，就算可能性不高，我會像今天這樣在散步過後跑回家來，說道：『父親，我運氣很好地有了這個和那個點子。』假如你聽了之後用你威嚴的聲音把剛才那些指責當面告訴我，那麼我的點子就會一下子被吹走，而我就得馬上找個藉口或是連藉口也沒有地離開。現在卻相反！你說的所有指責我的話，都對我的點子有幫助，這些點子不停地裝滿了我的腦袋，愈來愈強烈。我要走了，因為只有在獨處的時候我才能把它們理出頭緒。」在這個溫暖的房間裡，他嘶了一口氣。

「你腦袋裡想的也可能是件勾當」，父親睜大了眼睛說，「那我就相信它抓著你不放。如果是什麼有用的東西誤入了你的腦袋，過個一夜它就溜掉了。我太了解你了。」

奧斯卡轉過頭去，彷彿有人拉住他的脖子。「現在放過我吧，你沒有必要折磨我。也許你正確地預言了我的下場，但是這個可能性不該引誘你來妨礙我好好思考。也許我的過去給了你這樣做的權利，但是你不該過度使用這個權利。」

「從這裡就可以看出來，你是多麼缺少自信，如果你的缺少自信逼得你這樣頂撞我。」

「沒有什麼在逼我」，奧斯卡說，他的後頸在抽搐。他也走到離桌子很近的地方，使人不再知道那張桌子屬於誰。「我所說的話是出於對你的敬畏，甚至是出於對你的愛，將來你也會看出來，因為我的決定絕大部分是顧慮到你和媽媽。」

「那我現在就得向你道謝」，父親說，「因為你母親和我將來還能及時向你道謝的可能性很低。」

「拜託，父親，就讓未來繼續沉睡吧，這是它應得的。因為如果提早喚醒未來，就會得睡眼惺忪的現在。這居然還得由你的兒子來告訴你！我本來也還沒有打算要說服你，而只想告訴你這個消息。至少這一點我辦到了，這你也得承認。」

「現在，奧斯卡，其實就只還有一件事令我納悶：為什麼你沒有更常為了像今天這樣的事來找我。這和你的本性如此相符。不，真的，我是認真的。」

「噢，那你會把我痛揍一頓嗎？而非聽我說？天曉得我跑來是想趕緊讓你高興一下。但我還不能向你透露什麼，在我的計畫沒有全部完成之前。為什麼你要懲罰我的好意，而想從我這兒得到解釋，現在有可能會妨礙我執行計畫的解釋？」

「安靜，我根本什麼也不想知道。但是我得要很快地回答你，因為你朝著門退回去，顯然有很急的事要做：你用你的把戲平息了我最初的怒氣，只不過現在我比先前更悲傷了，因此我拜託你——如果你堅持的話，我也可以向你合掌作揖——，至少不要把你的點子告訴你母親。跟我說就夠了。」

「我父親不可能這樣跟我說話」，奧斯卡喊道，手臂已經擱在門把上。「中午之後在你身上發生了某件事，要不然就是你是我此刻在我父親房間裡初次遇見的一個陌生人。我真正的父親」——奧斯卡張著嘴沉默了瞬間——，「他應該要擁抱我才對，他應該要把母親叫來。你是怎麼了，父親？」

「我認為你最好是跟你真正的父親一起吃晚餐。那樣會更愉快。」

「他會來的，畢竟他非來不可。而母親也得要在場。還有法蘭茲，我現在就去把他找來。所有的人。」說完，奧斯卡用肩膀去頂那微微打開的門，彷彿他打算把門壓緊。

到了法蘭茲的住處，他俯身對矮小的房東太太說：「我知道工程師先生在睡覺，但是沒有關係」，接著他不再理會這位太太，她由於對這個訪客感到不滿而在前廳裡無濟於事地走來走去。他打開玻璃門，門在他手裡顫抖，彷彿被碰到了一個敏感部位，他幾乎還沒看見房間內部，也毫不在乎，就喊道：「法蘭茲，起床。我需要你的專業意見。可是我受不了待在這房間裡，我們得出去散散步，你也得跟我們一起吃晚餐。所以，動作快。」

「樂意之至」，工程師從他的皮沙發上說道，「可是哪件事先做呢？起床，吃晚餐，去散步，提供意見？我也可能漏聽了幾件。」

「首先是別開玩笑，法蘭茲。這是最重要的，這一點我忘了。」

「這我馬上從命。但是起來這件事！——我寧願為了你而吃兩頓晚餐，勝過起床一次。」

「現在趕快起來！不要反駁。」奧斯卡從前面抓住那個體弱之人的外套，拉他坐起來。

「你挺粗暴的，你知道嗎。佩服佩服。我曾經像這樣把你從沙發上拉起來過嗎？」他用兩根小指頭揉揉閉著的眼睛。

「可是法蘭茲」，奧斯卡作了個鬼臉，「快穿衣服吧。我又不是傻瓜，會沒來由地把你叫醒。」

「同樣地，我也不是沒來由地在睡覺。昨天我值夜班，然後今天也沒睡到午覺，都是為了你的緣故——」

「怎麼說？」

「唉，你一點也不替我著想，這就已經讓我生氣。這不是第一次了。當然，你是個自由的大學生，可以想做什麼就做什麼，但不是每個人都這麼幸運。這你總得要顧慮一下，可惡！我雖然是你的朋友，但是別人也沒有因此就卸下了我的職務。」他把雙手一攤，搖了搖。

「從你現在這張嘴來判斷，我不是應該認為你早就已經睡飽了嗎？」奧斯卡說，他拉著一根床柱站了起來，看著這個工程師，彷彿他已經沒那麼趕時間了。

「你到底想要我做什麼？或者應該說，你為什麼叫醒我？」工程師問道，用力揉著他山羊鬍下面的脖子，在睡醒之後和自己的身體關係更加親密。

「我要你做的事」，奧斯卡小聲地說，用鞋跟踢了踢那張床。「很少。我在前廳裡不是就已經跟你說過了嗎？要你把衣服穿上。」

「奧斯卡，如果你這話是想暗示我對你的新聞不感興趣，那麼你想得一點也沒錯。」

「這樣也好，那麼它將引起的熱情就會純粹是由它引起，和我們的友誼無關。資訊也會更清楚。我需要清楚的資訊，記住這一點。不過，如果你是在找衣領和領帶的話，它們就在那邊那張椅子上。」

「謝了」，工程師說，開始繫緊衣領和領帶，「你畢竟還是可靠的。」

三月二十六日。魯道夫．史代納博士[1]的神智學演講，柏林。演說家的效果：自在地討論反對者提出的異議，聽眾對於激烈的反對陣營感到驚訝，開始擔心起來，完全沉浸在這些異議中，彷彿除此之外就沒有別的論點，這時聽眾認為這些異議根本無從反駁，能聽到對於辯護機會的粗略描述就很滿意了。另外，這種演說的效果也與虔誠的氣氛相符。——一直看著舉在面前的手掌心。——省略了句點。一般而言，講者說出的句子以字首的大寫字母開始，傳向聽眾，在過程中盡可能地轉彎，隨著句點而回到講者這邊。而句點若是被省略，那個不再被拉住的句子就一口氣直接吹向聽眾。

之前聽了魯斯和克勞斯的演講[2]。

---

1 魯道夫．史代納（Rudolf Steiner, 1861-1925），奧地利社會哲學家，「人智學」與「華德福教育」的創始人。

2 魯斯（Adolf Loos, 1870-1933），奧地利建築師，也是建築理論家，被視為現代主義建築的先驅。克勞斯（Karl Kraus, 1874-1936），奧地利作家兼文化評論家，文學與政論雜誌《火炬》的創辦人。

在西歐的小說裡，一旦想要把幾組猶太人包括進去，如今我們幾乎已經習慣了立刻就也在故事情節中尋找猶太人問題的解決之道。但是在《猶太女子》[3]中並沒有提出這種解決之道，甚至沒有加以猜測，因為在小說裡，凡是思索這類問題的人物都不是故事的中心人物，在遠離故事中心的地方，事件進行的速度比較快，乃至於我們雖然還能夠仔細觀察這些人物，但是不再有機會從他們口中得知冷靜的答覆，關於他們在這方面的努力。於是我們二話不說，就在其中看出了這部小說的一個缺陷，而自從有了猶太人復國運動以來，猶太人問題的解決方法是如此清楚地被條列出來，因此我們更覺得自己有理由持這種意見，因為作家只需要跨出幾步，就能找到適合他小說的解決辦法。

但此一缺陷還源自於另一個缺陷。《猶太女子》缺少了非猶太人的觀眾，缺少那些受到尊敬而形成對照的人，這些人在其他小說裡引出了猶太人的特質，這份特質帶著訝異、懷疑、嫉羨、驚恐朝他們推進，最終才轉化為自信，至少是在面對他們時能夠昂然挺立。這就是我們所要求的，我們不承認猶太人問題能有別種解決方式。我們也不只是在這一個例子上援引這種感覺，至少在這一個方向上是普遍如此。就好像在義大利走在一條步道上，有蜥蜴從我們腳前跳過令我們欣喜異常，我們會一直想要俯身去看，可是如果我們在一個小販那兒看見平常用來醃黃瓜的大瓶

3 《猶太女子》（*Jüdinnen*）是卡夫卡的好友馬克斯・布羅德所寫的一部小說，於一九一一年出版。

子裡有幾百隻蜥蜴爬來爬去，我們就不知道如何是好。

這兩個缺陷結合成為第三個。《猶太女子》可以放棄最突出的那個少年，他平常在小說裡吸引了最好的人，並且以美好的輻射狀伸向猶太人圈子的邊界。只是我們不願意接受這部小說可以捨棄這個少年，在這一點上與其說我們看出了一個缺陷，不如說是隱約意識到了一個缺陷。

三月二十八日。畫家波拉克—卡爾林[1]和他太太，兩顆大門牙，使得那張略顯平坦的大臉凸出來。宮廷顧問畢特納夫人，那位作曲家的母親，年紀凸顯了她強壯的骨架，使得她至少在坐著時看起來像個男人。

史代納博士過度被他不在場的弟子給佔用。——在演講時，那些死者拚命擠向他。求知若渴？可是他們有必要這樣嗎？顯然有必要。——睡了兩小時。自從有一次別人切斷了他電燈的電源，他總是隨身攜帶一支蠟燭。——他和耶穌基督很接近。——他的舞台劇在慕尼黑上演（你可以花一年的時間去研究，也還是不懂），他設計了戲服，寫了配樂。——他啟發了一位化學家——勒維．西蒙，巴黎蒙西碼頭的肥皂商人，給了他最好的商業建議。西蒙把他的作品翻譯成法文。因此，宮廷顧問夫人在她的筆記簿裡寫下：「要如何獲致對更崇高的世界的認知？在巴黎的勒維那裡。」

1　波拉克—卡爾林（Richard Pollak-Karlin, 1867-1943），猶太裔捷克畫家，其妻希爾妲（Hilda Pollak, 1874-1943）亦為畫家。

在維也納共濟會有個神智學者，六十五歲，非常壯碩，曾經是個酒鬼，生性頑固，一直都在相信，也一直都在懷疑。有一個滑稽的故事，據說有一次他在布達佩斯參加會議，在一個有月光的夜晚在蓋勒特山上享用晚餐，當史代納博士出人意料地出席，他嚇得拿著啤酒杯躲到一個啤酒桶後面（雖然史代納博士並不會為此生氣）。

他也許不是當代最偉大的心智研究者，但是只有他肩負了把神智學和科學相結合的任務。因此他無所不知。——在他的家鄉村莊曾經來了一個植物學家，一個神祕大師，啟發了他。——我想去拜訪史代納博士，這被那位女士解讀為回憶的開始。——這位女士的醫生在她出現了流行性感冒的症狀時，向史代納博士求到一種藥物，把這種藥物開給這位女士服用，立刻使她恢復了健康。——一名法國女子用法文向他道別。他在她身後擺了擺手。兩個月後她就死了。在慕尼黑還有一樁類似的例子。——慕尼黑一位醫生用史代納博士所決定的色彩來醫治病人。他也叫病人去繪畫陳列館，囑咐他們在某一幅畫作前面專心待上半小時或更久。

亞特蘭提斯的滅亡，狐猴洲的沉沒，如今由於利己主義而造成的末日。——我們活在一個關鍵的時代。史代納博士的嘗試將會成功，只要邪靈的力量不要佔了上風。——他飲用兩公升的杏仁奶，食用長在高處的果實。——他和不在場的弟子的聯絡，藉由向他們發送出思維方式，但是在製造出這些思維方式之後就不予理會。但是它們很快就耗盡了，於是他就得重新再把它們製造出來。

F女士：「我記性很差。」

史代納博士：「不要吃蛋。」

我去拜訪史代納博士。

一個女子已經在等待了（在榮曼路的維多利亞飯店三樓），但是懇請我在她之前進去。我們等待著，女祕書過來安撫我們。我在走廊上遠遠地看見他，接著他就張開雙臂朝我們走過來。那女子說明我比她先到，於是他領我去他房間，我跟在他後面。他所穿的黑色長外套在舉行演講的夜晚看起來像是打了蠟（並沒有打蠟，只是黑得發亮），此刻在日光下（下午三點）顯得有灰塵，甚至有污漬，尤其是在背部和腋下。

在他的房間裡，我試圖表現出我感覺不到的謙卑，藉由尋找一個可笑的位置來放我的帽子，我把帽子擱在一個用來綁緊靴子的小木架上。桌子位在中央，從我坐的位置可以看出窗外，他坐在桌子左側。桌上擺著紙張連同一些素描，讓人想起他在演講神祕學的生理學時所用的圖像。一本《自然哲學年鑑》的小冊子蓋住了一小疊書，其他地方似乎也散放著書籍。只不過你沒法四下張望，因為他一直試圖用目光抓住你。而他若是暫時沒有盯著你，你就得留心他的目光會再回來。他用幾句輕鬆的話開場：您就是卡夫卡博士吧？您研究神智學已經很久了嗎？

我卻搬出我準備好的一番話：我覺得有一大部分的我趨向於神智學，但我同時對神智學極端恐懼。因為我害怕它將會導致新的迷惑，這對我來說將會很糟，因為我目前的不幸就是由迷惑所構成。這份迷惑在於：我的幸福、我能夠做點有用的事的能力與機會，一直以來就在文學上。而在這件事情上我經歷過一些狀態（不是很多），依我之見與博士先生您所描述的預知未來的狀態很接近，在那種狀態裡，我完全活在每一個靈感中，而且也實現了每個靈感，我不僅感覺到自己的界限，而是根本感覺到人類的界限。那種狀態就只缺少了預知未來之人所特有的淡淡興奮，就算不是全然缺少。從中我得出結論，我最好的作品不是在這種狀態中寫出來的。目前我無法如同我所應當地完全獻身於這份文學工作，而且是基於種種原因。撇開我的家庭情況不談，單是由於我作品的形成很緩慢，再加上我作品的特質，我就無法靠文學為生；此外，我的健康情況和我的個性也阻止了我投身於一種在最好的情況下也不穩定的生活。因此，我成了一家社會保險公司的職員。而這兩種工作絕對無法相容，容不下和平共存的幸福。在一種工作上最小的幸福就會成為另一種工作上大大的不幸。如果我在一天晚上寫出了一點好作品，隔天在辦公室我就心急如焚，什麼事都做不好。這種來回拉扯變得愈來愈糟。在辦公室裡我表面上盡了我的義務，但是卻沒能滿足內心的義務，而內心沒能滿足的義務就成為一種不再從我心中離開的不幸。而在這兩種永遠無法協調的努力之外，難道我還要再加上神智學作為第三種嗎？難道它不會妨礙我兩方面的工作，同時也被這兩方面的工作所妨礙？而目前已經如此不幸的我能夠把這三者帶往一個終點嗎？博士先生，我來此是想要問您這個問題，因為我有預感，如果您認為我有能力做到，那麼我就也真的可以承受下來。

他全神貫注地聆聽，顯然一點也沒有在觀察我，完全沉浸在我說的話裡。他不時點頭，似乎認為這有助於加強專注。起初他被無聲的流鼻水所擾，鼻水從他鼻子裡流出來，他一直用手帕去處理，把手指深深伸進鼻孔中，一個鼻孔一根。

五月二十七日。今天是你生日[1]，但是我甚至沒有像平常一樣送書給你，因為那只不過是表象；基本上，我甚至沒有辦法送你一本書。我寫這些就只是因為我今天很需要在你身邊片刻，哪怕只是藉由這張卡片，而我之所以開始訴苦，也只是為了讓你立刻認出我來。

八月十五日。剛剛逝去的這段時間裡我一個字也沒寫，這段時間對我而言之所以如此重要，是因為我在布拉格、科尼希薩和車諾許茲[2]的游泳學校裡不再為了我的身體而感到難為情。我在彌補我所受的教育，對於二十八歲的我來說真是太遲了，在賽跑時，這會被稱為起跑延誤。而這種不幸所造成的損害也許並不在於你贏不了；在那繼續無邊擴散而變得模糊的不幸裡，贏不了就

1 這一天是卡夫卡的好友馬克斯·布羅德的生日。
2 科尼希薩（Königssaal）和車諾許茲（Czernoschitz）是莫爾道河沿岸的避暑休閒地點，在布拉格南方約十五公里處。

只是那清楚可見的健康核心，這份不幸把一個應該要繞著圈子而跑的人趕進了圈子裡。另外，在這段有一小部分也稱得上快樂的時間裡，我也還注意到自己的許多其他地方，我將在接下來這幾天試著將之寫下。

八月二十日。我有著不幸的信念，認為我沒有時間寫出好的作品，那怕只有一點點好，因為我真的沒有時間來寫一個故事，讓自己向四面八方伸展，如同我所應當。可是接著我又相信，如果我藉由寫點東西而放鬆下來，我的旅行將會更順利，我的理解力將會更好，於是我又再度嘗試。

我從他身上看出他為了我所費的力氣，而此刻也許只因為他累了，這番辛苦給了他這份把握。如果再加把勁不就足以讓這番欺騙成功了嗎？也許此刻都還會成功。而我抗拒了嗎？我雖然固執地站在這棟屋子前面，但也同樣固執地猶豫著要不要上樓。難道我在等待客人來到，等待他們用歌聲來迎接我？

我讀了關於狄更斯的文章。一個故事從一開始就在你腦海中，從一個遙遠的黑點到逐漸駛近的火車頭，由鋼鐵、煤炭和蒸汽構成，而這時候你也還不會拋下它，而是樂意被它追趕，也有時間被它追趕，因此就被它追趕，並且靠著自己的動力跑在它前面，看它要把你推向何處，看你要把它引誘到何方。這對局外人來說有那麼難以理解嗎？

我無法理解，甚至無法相信。我就只活在此處或彼處一個小小的字裡，例如，我在它的變元音（上文中 stößt 這個字的母音）裡瞬間暈頭轉向。第一個和最後一個字母是我感覺像魚的開始和結束。

八月二十四日。和熟人坐在咖啡館的戶外座位，看著鄰桌的一個女子，她剛來，在大胸脯下沉重地呼吸，坐下時一張曬黑的臉熱得發亮。她把頭向後仰，看得見她唇上有濃密的汗毛，她把眼睛往上翻，幾乎像是她偶爾會這樣看著她的丈夫，此刻他坐在她旁邊讀著一本畫刊。該有人去勸勸他，在咖啡館坐在妻子身旁的人頂多可以看報，但是千萬不能讀一本雜誌。一瞬間她意識到自己身體的豐滿，於是從桌旁稍微挪開了一點。

八月二十六日。明天我就要搭車前往義大利。這幾天晚上父親由於激動而無法入睡，對生意的擔憂和由此引發的疾病完全攫住了他。一條濕毛巾敷在胸口，噁心想吐，呼吸困難，嘆著氣走來走去。母親在憂慮中找到了新的安慰，說父親一向精力旺盛，什麼事都熬過來了，而現在——我說生意上的困境就只會再持續一季，之後就會一切順利了。他嘆著氣，搖著頭來回踱步。事情很清楚，在他看來，我們並未卸下他的擔憂，甚至沒有減輕他的擔憂，而在我們看來其實也一樣，就算在我們最大的善意中也隱藏著那份可悲的信念，認為他必須要養家餬口……藉由經常打呵欠，或是藉由他並不令人嫌惡地把手指伸進鼻孔，父親讓我們幾乎不自覺地對他的身體狀況稍感到心安，雖然在他健康的時候，他通常不會這麼做。歐特拉[1]向我證實了這一點。——可憐的母親打算明天去向房東央求。

〈四個朋友〉

每年夏天或秋天，羅伯特、山繆、馬克斯和法蘭茲這四個朋友已經習慣了利用短短的假期來一起作一趟旅行[2]。在一年當中其餘的日子裡，他們的友誼大多建立在每週找一天聚在一起，天南地北地聊天，同時有節制地喝點啤酒，通常是在山繆家，他是他們當中最富裕的，有一個比較大的房間。當他們在午夜時分各自離去，每次都覺得意猶未盡，由於羅伯特是一個協會的祕書，山繆是一間商務辦公室的職員，馬克斯是公務員，而法蘭茲是一間銀行的職員，因此他們每一個人在週間上班時所經歷的事，另外幾個人都不知道，不僅需要趕緊說給他們聽，也必須花點工夫加以解釋，否則他們就聽不懂。尤其是這些職業之間的差異使得每個人都得一再向其他人說明自己的工作，由於其他人對這些說明理解得不夠徹底，因為他們就只是軟弱的人，所以一再要求重

1 歐特拉（Ottla Kafka, 1892-1943）是卡夫卡最小的妹妹，也是家人之中和他關係最親密的。

2 卡夫卡和布羅德在一九一一年九月一同旅行時構想合寫一部小說，書名起初暫訂《羅伯特與山繆》（*Robert und Samuel*），後來又改成《李察與山繆》（*Richard und Samuel*），但最後只完成了第一章。在日記此處，卡夫卡可能是嘗試替這部小說寫一篇前傳。

新說明，而這樣做同時也是基於好交情。

風流韻事則很少被提起，因為就算山繆個人對這些事感興趣，他避免去要求聊天的內容要配合他的需求，在這件事情上，那個拿啤酒來的老女傭經常像是給他的警告。不過，在這些夜晚大夥笑得很多，乃至於馬克斯在回家的路上會說，老是這樣笑其實令人惋惜，因為大家因此而忘了所有嚴肅的事，而每個人明明都有那麼多嚴肅的事可說。一個人在笑的時候，會以為還有足夠的時間去談嚴肅的事，事情卻並非如此，因為嚴肅的事對一個人的要求自然也更大，而事情也很清楚，比起獨處時，一個人在與朋友相聚時也有能力去滿足更大的要求。要笑應該在辦公室裡笑，因為在辦公室裡做不成別的事。這個意見是針對羅伯特而發，羅伯特努力替那個藝術協會注入新生命，同時在那個老協會裡觀察到再滑稽不過的事，用來娛樂他的朋友。

他一開始說，他的朋友就離開了座位，聚在他身旁，或是坐在桌子上，並且笑得渾然忘我，尤其是馬克斯和法蘭茲，於是山繆把所有的杯子都挪到一張小邊桌上。如果說得累了，馬克斯就會突然精神一振，坐到鋼琴前面彈奏起來，當羅伯特和山繆過去坐在鋼琴凳上他的兩側，對音樂一竅不通的法蘭茲就獨自在桌旁瀏覽山繆收集的風景明信片，或是看看報紙。當夜晚變得暖和，可以打開窗戶，他們四個人就都會來到窗前，雙手擱在背後，俯視下方的街道，下面的人車往來並沒有干擾他們聊天，不過來往的人車也並不多。偶爾會有一個人走回桌旁去喝一口，或是指著樓下坐在小酒館前面的兩個姑娘的鬈髮，還是指向令他們微微驚訝的月亮，直到法蘭茲說天涼了，該把窗戶關上了。

夏天裡他們有時會在公園裡碰面，在比較陰暗的僻靜處找張桌子坐下，舉杯對飲，交頭接耳地談話，對遠處管樂團的聲音幾乎聽而不聞。之後他們手挽著手，齊步穿過綠地走路回家。走在兩邊的人扯動小樹枝或是拍打矮樹叢，羅伯特要他們唱歌，接著卻獨自唱了起來，一人足以當四人，走在中間的另一個人這時格外有安全感。

在這樣一個夜晚，法蘭茲把左右兩個同伴拉得更靠近一點，說他們相聚的時光是如此美好，乃至於他無法理解為什麼他們每週只能相聚一次，雖然要安排每週至少碰面兩次肯定不難，就算不能更為頻繁。大家全都同意，就連走在最外面、聽不太清楚法蘭茲小聲說話的第四個人也一樣。這樣一件樂事即使偶爾會給人帶來一點小麻煩也肯定值得。法蘭茲覺得他因為擅自替大家發言而受到的懲罰是他的聲音變得空洞。但是他沒有住口，接著又說，就算有人有一次真的沒辦法來，那麼這是他的損失，可以等下一次再彌補，但是難道其他人就得因此放棄相見嗎？三個人不也就夠了嗎？迫不得已的時候，兩個人不也夠了嗎？「當然，當然」，大家都說。走在邊上的山繆抽了身，稍微走在另外三個人前面，因為這樣一來彼此比較靠近。不過後來他又改變了想法，於是又和他們挽起手臂。

羅伯特提出一個建議：「我們每個星期聚在一起學習義大利文吧。我們不是下定決心要學義大利文，因為去年我們去了義大利那個小地方，就發現我們的義大利文只夠用來問路，你們還記得嗎？當時我們在鄉下那些葡萄園的矮牆之間迷了路。而且被問的人也費了很大的工夫才聽懂我們在說什麼。所以如果我們今年還想去義大利的話，就必須要學習，沒別的辦法。而一起學習不是最好不過嗎？」

「不」，馬克斯說，「我很清楚我們在一起什麼也學不到。就跟山繆你會贊成一起學習一樣肯定。」

「當然！」山繆說。「我們在一起肯定會學得很好，我一直很惋惜我們沒有在學校裡就在一起。你們知道我們在一起其實才兩年嗎？」他探身向前，為了把三個人都看進眼裡。他們放慢了腳步，鬆開了挽著彼此的手臂。

「但是我們在一起還不曾學到過什麼」，法蘭茲說。「我覺得這樣挺好，我根本不想學什麼。不過，如果我們要學義大利文的話，最好是各學各的。」

「這我就不懂了」，山繆說。「起初是你想要我們每個星期碰面的，現在你又不要了。」

「別這樣」，馬克斯說，「我和法蘭茲就只是希望我們的相聚不會受到學習的干擾，而我們的學習也不會受到我們相聚的干擾，沒有別的意思。」

「是啊」，法蘭茲說。

「而且時間也不多了」，馬克斯說，「現在是六月，而九月我們就要出發了。」

「所以我才想要我們一起學習」，羅伯特說，睜大了眼睛看著這兩個與他意見相左的朋友。在有人反駁他的時候，他的脖子變得格外靈活。

你以為你對他的描述是正確的，但只是近似罷了，要由日記來訂正。

這可能在於友誼的本質，並且和友誼如影相隨——一個人會欣然接受，另一個人會感到遺憾，第三個人則根本沒有察覺……

九月二十六日。 畫家庫賓[1]建議用邊條曲菌素來當瀉藥，一種搗碎的海藻，會在腸子裡膨脹起來，使腸子蠕動，亦即以力學的方式起作用，不同於其他瀉藥那種不健康的化學作用，就只是把糞便撕裂，使之殘留在腸壁上。

他在朗恩[2]家裡和漢森碰過面。漢森沒來由地冷笑。在談話當中把一隻腳抬到膝蓋上，從桌上拿起一把裁紙用的大剪刀，把褲腳的鬚邊剪掉，同時並沒有中斷談話。他穿得很邋遢，隨便配上一件比較有價值的配飾，例如領帶。

1 庫賓（Alfred Kubin, 1877-1959），奧地利畫家、插畫家兼作家，被視為象徵主義和表現主義的代表人物。

2 朗恩（Albert Langen, 1869-1909），德國出版商，出版了挪威知名作家漢森（Knut Hamsun）作品的德譯本。

慕尼黑一間藝術家膳宿公寓的故事，那裡住著畫家和獸醫（獸醫學校就在附近），生活是那麼放蕩，乃至於有人租下對面那棟房屋的窗戶，從那裡可以一覽無遺。為了滿足這些觀看的人，有時候會有一個房客跳到窗台上，擺出猴子的姿勢用湯匙從鍋子裡舀湯喝。

一個製作仿冒古物的人用槍彈製造出風化的感覺，他曾說起一張桌子：現在我們只需要在這張桌子上再喝三次咖啡，然後就可以把它送到因斯布魯克的博物館去。

庫賓本人：很強壯，但是表情有點單調，他描述各種不同的事物時臉上的肌肉都一樣繃緊。視他是坐著、站著、只穿著西裝還是穿了大衣而定，他的年紀、高矮和強壯程度看起來就不相同。

九月二十七日。昨天在溫塞斯拉斯廣場上遇見兩個女孩，我的目光在其中一個身上停留得太久，後來才發現另一個穿著一件柔軟、有褶、寬大、前面稍微敞開的棕色大衣，有著纖細的脖子和鼻子，頭髮很美，以一種我已經忘了的方式。——在貝維德雷山丘上的老人穿著鬆垮的長褲，他在吹口哨；當我看著他，他就不吹了；等我移開目光，他就又吹了起來；最後就算我看著他，他也照吹不誤。——那顆漂亮的大鈕釦，漂亮地縫在一件女裝的衣袖下方。那件洋裝也被漂亮地穿著，在一雙美式靴子上方飄盪。我很少能成功創造出美的事物，而這顆不受注意的鈕釦和那位不知情的女裁縫卻辦到了。——在前往貝維德雷的途中說著故事的女子，她活潑的眼睛不受當下話語的影響，心滿意足地把她的故事從頭到尾都看在眼裡。——一個強壯的女孩有力地把脖子轉了半圈。

九月二十九日。歌德的日記。不寫日記的人在面對一本日記時會抱著錯誤的態度。比如說，這人若是讀到歌德的日記，說他在一七九七年一月十一日整天在家裡「整理各種東西」，這人會覺得自己從來沒有在一天裡只做這麼一點事。

歌德的旅行觀察與如今的不同，因為他是從一輛郵遞馬車裡做的觀察，隨著地形的緩緩改變而比較單純地發展出來，也更容易了解，就連那些沒去過那些地區的人也能了解。一種平靜的、簡直如同風景一般的思考出現了。由於那個地區以渾然天成的特色呈現在馬車乘客的眼前，道路切過土地的方式也比鐵路更為自然，兩者之間的關係也許就相當於河流與運河，因此，觀看風景的人也無須粗暴，不必太費力氣就能有系統的觀察。因此瞬間的觀察比較少，大多只發生在室內，在那裡某些人忽然在他眼前冒出來，例如在海德堡的奧地利軍官，寫到威森海姆那群男子的那一段則與風景較為接近，「他們穿著藍色外套和裝飾著編結花朵的白色背心」（我是靠記憶引用的）。關於沙夫豪森附近的萊茵瀑布寫了很多，其中用較大的字母寫著：「興奮的念頭」。

盧森娜歌舞劇院。露西·科尼希展示梳著古老髮型的照片。刮過的臉。偶爾她能夠用翹起的鼻子、高舉的手臂和轉動全部的手指而成功地表達出一些什麼。像塊抹布的臉。——隆恩（亦即畫家皮特曼[1]）用表情搞笑。一種顯然無趣的表演，但是不可能被認為無趣，否則就不會每天晚上演出，尤其因為它在被構想出來的時候就是這麼無趣，沒有形成模式，整個人不必經常出現。小丑漂亮地躍過一張椅子，跳進舞台側面的空洞裡。整個演出讓人想起私人聚會中的表演，出於社交的需要，眾人特別熱烈地去喝采一件微不足道的成就，用掌聲的加分來彌補成就的不足，以便得到某種光滑、圓滿的東西。歌手瓦沙塔。唱得那麼糟，使人看著他就失了神。但是因為他身強力壯，他還是勉強得到了觀眾的注意，以一種野獸般的力量，肯定只有我注意到了。

古林包姆[2]流露出他人生的淒涼，據說那只是表面上的。

女舞者歐蒂絲。僵硬的臀部。一點肉都沒有。紅色的膝蓋只適合跳「春天的氣息」這一支舞。

九月三十日。前天隔壁房間的女孩（H. H.）。我躺在沙發上，在半睡半醒之際聽見了她的聲音。我覺得她穿得特別厚實，不僅是由於她的衣服，也由於隔壁那整個房間，只有她赤裸圓潤、結實的深色肩膀足以和她的衣服相抗衡，我在泳池裡看見過她的肩膀一次。有一瞬間我覺得她在

1 隆恩（Emil Artur Longen, 1885-1936）本姓皮特曼（Emil Artur Pittermann），是捷克演員、劇作家、導演兼畫家，也是布羅德的朋友。

2 古林包姆（Fritz Grünbaum, 1880-1941），奧地利歌舞劇場藝人，歌曲創作者，維也納有一條街道和一座廣場以他為名。

冒氣，而整個隔壁房間都充滿了她冒出的熱氣。然後她穿著灰色的緊身胸衣站著，下端突出於身體之外那麼遠，乃至於幾乎可以坐上去，簡直可以當成馬鞍來騎。

再說到庫賓：他習慣用贊同的語氣來重複對方所說的最後幾個字，就算他自己接下來所說的話證明了他和對方的意見根本不一致。這令人不悅。——在聽他講述那許多故事時，你會忘了他的重要。等你忽然被提醒了，你就會嚇一跳。有人說我們打算要去的一家酒館是個危險的地方，他就說他不去那裡；我問他是否感到害怕，他仍舊挽著我的手臂，答道：「當然，我還年輕，還有很多事想做。」

一整個晚上他都經常談起我和他的便祕，而且依我看來相當認真。可是將近午夜時，當我把手懸在桌緣，他看見了我的一截手臂，便喊道：「可是您是真的病了。」從那以後他對我就更加遷就，後來當其他人想要勸我跟他們一起去妓院，他也替我擋下。在我們已經道別之後，他還在我身後對我喊：「邊條曲菌素！」

圖霍斯基[3]和沙弗蘭斯基[4]。說著有很多送氣音的柏林方言，有很多由 nich 所構成的停

3 圖霍斯基（Kurt Tucholsky, 1890-1935）與卡夫卡相見時還是個攻讀法律的大學生，日後成為德國知名記者和作家，致力於批評時政，在納粹崛起後自殺身亡。

4 沙弗蘭斯基（Kurt Szafranski, 1890-1964），猶太裔德國插畫家，曾替好友圖霍斯基的第一本小說繪製插圖，也曾擔任《柏林畫報》週刊（*Berliner Illustrirte Zeitung*）的主編，納粹崛起後移民美國。

頓[1]。前者是個相當一致的人，二十一歲。適度而有力地擺動散步用的手杖，使他的肩膀年輕地抬高，對他自己所寫的作品懷著喜悅和輕視。他想成為辯護律師，認為障礙不多，也看出排除這些障礙的可能：他的嗓音嘹亮，在聊了半個小時之後，據說那男性的聲調就變得像個女孩——他對自己擺出架勢的能力感到懷疑，但是希望能藉由更多的閱歷而獲得這種能力——最後，他害怕自己會變得憂鬱，他曾在與他類似而年紀較長的柏林猶太人身上看見這種情況，不過目前他還完全沒有感覺到這種憂鬱。他快要結婚了。

沙弗蘭斯基是伯恩哈德[2]的學生，在觀察和素描時作著和畫中之人有關的鬼臉。使我想到自己的模仿能力也很強，不曾有人注意到。我經常忍不住去模仿馬克斯。昨天晚上在回家的路上，假如我是個旁觀者，我可能會把自己和圖霍斯基搞混。這種陌生的天性在我身上想必既明顯又無形，就像藏在一個畫謎裡的東西，倘若你不知道它藏在裡面，就永遠也不會發現。在這種變身時刻，我格外想要相信自己視力模糊了。

老新猶太會堂

十月一日。昨天去「老新猶太會堂」。晚禱。壓低了嗓子的喃喃低語。前廳的捐獻箱上寫著：「默默的施捨平息了不滿」。裡面就像教堂。三個顯然來自東歐的虔誠猶太人。穿著襪子，

1 德文的 nicht 相當於英文的 not，在柏林方言裡省略了尾音 t，聽起來成為 nich。

2 伯恩哈德（Lucian Bernhard, 1883-1972），猶太裔德國平面設計師、建築師，也是德國第一位海報藝術教授，後移居美國。

俯身在祈禱毯上，禱告巾披在頭上，盡可能把身體縮小。兩個人在哭，只是被贖罪日感動了？一個人也許只是眼睛痛，匆匆把還摺著的麻布蓋在眼睛上，以便能夠馬上再湊近經文。那些字句並非真是唱出來的，或者說主要不是用唱的，但是有如在字尾拉出了阿拉伯花飾，從那細如髮絲被繼續拉長的字。那個小男孩對於這整個過程毫無概念，也完全無從理解，耳中聽著這些聲響，被推擠著穿過擁擠的人群。貌似執事的那個人在禱告時快速地搖動身體，想來是他試圖盡可能強烈地強調每一個字，就算這種強調令人費解，目的在於保護嗓子，在這片嘈雜中，沒法靠嗓音作出清晰嘹亮的強調。妓院老闆一家人。在「平卡斯猶太會堂」，猶太教打動我的程度遠遠更深。

大前天在蘇哈妓院[3]。一個臉頰瘦削的猶太女子，或者應該說：那張臉延伸到瘦削的下巴，但是被蓬鬆的波浪髮型給搖寬了。三扇小門從建築物的內部通往接待廳。客人就像在舞台上的警衛待命室裡，桌上的飲料幾乎沒有人去碰。扁臉的女子穿著硬梆梆的衣裳，裙襬直到很下面才開始搖動。有些女子的穿著就像兒童劇場的木偶，在聖誕市集上賣的那一種，意思是黏上了鬆鬆縫上的花邊和金箔，一扯就能拆下，在指間四分五裂。老闆娘有一頭黯淡的金髮，用無疑令人作嘔的髮圈束緊，鼻子的斜度很大，其方向和下垂的胸部與束緊的腹部形成某種幾何關係，她抱怨頭痛，而頭痛的原因是今天星期六，人這麼多，生意卻很冷清。

3 卡夫卡在日記裡提到妓院時通常只用B（德語的妓院為Bordell）來表示，為有助於理解上下文，譯文中就直述其名。

關於庫賓：他講的有關漢森的故事很可疑。一個人可以從漢森的作品中找到幾千個這種故事，再當成親身經歷的事來說。

關於歌德：「興奮的念頭」就只是萊茵瀑布所激發的念頭。從他寫給席勒的一封信裡可以看出來。——個別的瞬間觀察「孩童穿著木鞋的響板節奏」所製造出的效果是如此普遍，乃至於無法想像有人會覺得這種觀察獨特而有創意，就算他以前從未讀到過。

十月二日。失眠的夜。已經是連著第三夜了。我順利入睡，但是一個小時後就醒過來，彷彿我把腦袋擱錯了洞。我整個清醒過來，感覺先前根本沒睡，或是就只睡得很淺，入睡的苦差事又在眼前，覺得自己被睡眠拒絕了。這情況持續了一整夜，直到五點，我雖然在睡，但是強烈的夢境不久就使我同時保持清醒。當我得要應付我的夢境，我簡直像是睡在自己旁邊。將近五點時，最後一絲睡眠也耗盡了，我就只在作夢，這比醒來還要累人。簡而言之，一整夜我都在一個健康之人入睡前短暫經歷的情況中度過。當我醒來，所有的夢境都圍繞著我，但我避免去想它們。接近清晨時，我對著枕頭嘆氣，因為對這一夜來說已經沒有了希望。我想起在夜晚結束時我從深沉的睡眠中被抬起來的那些夜晚，醒來時覺得自己先前彷彿被包覆在一顆堅果之中。

夢：盲眼小孩

這一夜裡的一個可怕幻象是一個盲眼小孩，看起來是我住在萊特梅里茨的伯母的女兒，但這個伯母其實沒有女兒，只有兒子，其中一個兒子有一次弄斷了一隻腳。另一方面，在這個孩子和M博士[1]的女兒之間有著關連，最近我看出她正要從一個漂亮的小孩轉變成一個穿著僵硬衣服的胖姑娘。一副眼鏡遮住了這個盲眼或弱視的小孩的雙眼，左眼在那距離相當遠的鏡片底下是乳灰色的，並且圓圓地凸出，另一隻眼睛則向內縮，被一個緊貼著的鏡片遮住。為了讓這個鏡片能正確地發揮光學作用，必須捨棄常見的掛耳式眼鏡架，而改用一個手柄，手柄的上端就只能固定在顴骨上，因此有一根小棍子從鏡片往下伸進臉頰的肉裡，固定在骨頭上，同時有另一根鐵絲伸出來，鉤在耳朵上。

我認為我之所以失眠就只是因為我在寫作。因為就算我寫得很少、很差，我還是會由於這些小小的衝擊而變得敏感，尤其在晨昏之際格外感覺到可能將我撕裂的那種狀態即將來臨，使我無所不能，然後在那普遍的騷動中不得安寧，這份騷動在我體內，而沒有時間去加以控制。畢竟這片騷動就只是一份被壓抑、被克制住的和諧，釋放出這份和諧將會使我全然滿足，甚至會使我加大變寬，而仍舊使我滿足。但現在，這個情況就只激起了微弱的希望，而且在我身上造成了損害，由於我缺少足夠的心智力量來承受目前這種混合情況，在白天裡，可見的世界幫助了我，在夜裡，它就不受阻礙地把我切割。我一直想起巴黎，在圍城期間那幾個月裡，巴黎北方與東方近

1　係指馬許納博士（Dr. Robert Marschner, 1865-1934），他是卡夫卡任職的「布拉格勞工事故保險局」的局長。

郊的居民簡直是時時刻刻都擠在通往市中心的街道上，就像時鐘指針一樣朝著巴黎市中心移動，這些人是巴黎市民以前不熟悉的。

我的安慰是——而此刻我懷著這份安慰躺下——，我還沒有寫多久，因此這番寫作還無法適應我目前的情況，但是只要拿出一點男子氣概，我就能夠成功，至少是暫時的。

今天我真是軟弱，甚至把那個孩子的故事說給我主管聽。——現在我想起來，夢中那副眼鏡來自我母親，她晚上坐在我旁邊，在玩紙牌時從她的夾鼻眼鏡下朝我看過來，讓我感到不太自在。而且她夾鼻眼鏡的右邊鏡片要比左邊鏡片更靠近眼睛，這一點我不記得我以前曾經注意到。

十月三日。同樣的夜晚，只是更難入睡。入睡時鼻根上方一陣垂直走向的頭痛，彷彿一條皺紋被猛地壓進額頭裡。為了讓自己盡量重一點，我交叉雙臂，把手擱在肩膀上，我認為這樣有助於入睡，於是我像個負重的士兵一樣躺著。我那些夢境再次展現力量，已經射進了入睡前的清醒中，使我無法睡覺。在晚上和早晨我掌控不了對自己創作能力的意識。我感到自己徹底放鬆，能夠從我體內挖掘出任何我想要的東西。引出這樣的力量，卻不讓這些力量去工作，這讓我想起我和B[1]的關係。那也是不被允許釋放的奔流，而不得不在後座力中自我毀滅，差別只在於，此處所涉及的力量更為神祕，涉及我最後的力量。

1　有學者考證這是曾在卡夫卡家裡擔任家庭女教師的路易絲．貝利（Louise Bailly, 1860-1942）。

在約瑟夫廣場上，一輛大旅行車從我身旁經過，載著緊貼著彼此而坐的一家人。隨著汽車留下的那股汽油味，巴黎的一陣風從我臉上拂過。

在辦公室裡口授一份篇幅較長的報告，寫給一個地方行政中心。在結尾應該要加強修辭的地方，我卡住了，就只能看著打字員凱瑟小姐，她按照她的習慣變得格外好動，挪動她的椅子，咳嗽，在桌子上敲來敲去，使得整間辦公室都注意到我的不幸。我所搜尋的靈感此時也有了額外的價值，亦即能使她安靜下來，而它愈是有價值，就愈是難以找到。最後我想到了「烙印」這個詞和相屬的句子，但是把這些字句暫時還含在嘴裡，帶著噁心和羞恥的感覺，就好像含著一塊生肉，一塊從我身上割下的肉（這件事耗費了我這麼大的力氣）。最後我把這個句子說了出來，但是保留了那份莫大的驚嚇，意識到我體內的一切都準備好去從事文學創作，這種創作對我來說將會是有如天堂般的解脫，真正地活了過來，而此刻在辦公室裡，為了這樣一份可悲的文件，我卻得要從這具能夠感受此等幸福的身體上奪走一塊肉。

十月四日。我感到坐立不安而且惡毒。昨天在入睡之前，我腦袋裡左上方有一道火苗在閃動。一種緊繃的感覺在我左眼上方已經成了常態。想到這件事，我在辦公室裡就待不下去，就算別人告訴我再過一個月我就自由了。儘管如此，我在辦公室裡大多還是盡了我的義務，也相當平靜，只要我能確定主管對我感到滿意，而且我並不覺得自己的處境惡劣。順帶一提，昨天晚上我故意把自己弄得麻木，出去散步，讀了狄更斯，覺得自己比較健康了，沒有力量再去感到悲傷，我認為悲傷是合理的，就算它似乎移到了離我比較遠的地方，而我希望自己能夠因此而睡得好一點。我也睡得比較沉，但是還不夠，而且經常中斷。我安慰自己，雖然我又一次壓抑了自己心中的激動，但是我不想屈服，像以前每次經歷過這種時刻之後一樣，而想繼續清楚意識到那股激動的餘波，這是我以前不曾做過的。也許這樣一來，我能夠在我心中找到一份隱藏的堅定。

傍晚時分，在黑暗中躺在我房間裡的沙發上。一個人為什麼需要比較長的時間才能辨識出一種顏色，而在理解力達到關鍵性的轉折點之後，隨即愈來愈確定是那個顏色。如果前廳和廚房的燈光同時照在那扇玻璃門上，泛綠的光幾乎就從玻璃上流洩下來，或者應該說是綠色的光，以免貶損那確定無疑的印象。如果前廳的燈光被關掉了，只剩下廚房裡的燈光，那麼比較靠近廚房的那塊玻璃就變成深藍，另一塊則變成泛白的藍色，泛白得那麼厲害，乃至於毛玻璃上的圖案（寫意的罌粟花、藤蔓、各式各樣的矩形和葉片）整個都模糊了。

由下方街道和橋上的路燈投射到牆壁和天花板上的光影是紊亂的，有一部分被破壞了，彼此重疊，難以檢視。當初在裝設樓下的弧形電燈以及裝潢我這個房間時，並沒有從主婦的角度來考慮我的房間在本身沒有照明的情況下，在傍晚時分從沙發上看出去會是什麼樣子。

行駛在下方街道上的電車投射到天花板上的光亮沿著一面牆壁和天花板移動，泛白的光朦朦朧朧，機械化地走走停停，在牆角折斷。——街燈把洗衣籃上方照得泛出乾淨的綠光，地球儀立在這道光線清新飽滿的反光裡，在它的圓弧上形成一個光點，看起來彷彿那道光線還是太強烈了，雖然那光線從它光滑的表面掠過，使它帶點棕色，像個皮製的蘋果。——前廳的燈光在床上方的牆壁上製造出大片光亮，被一道始於床頭的弧線隔開，瞬間把床往下壓，加寬了陰暗的床柱，抬高了床上方的天花板。

十月五日。幾天以來第一次又感到坐立不安，就連在寫下這幾行字之前也一樣。生我妹妹的氣，她進了房間，拿著一本書在桌旁坐下。等待一件小事發生，好讓我發洩這股怒氣。最後她從匣子裡拿起一張名片，用來在她牙齒之間剔來剔去。我怒氣沖沖，這股怒氣只在我腦中留下一股猛烈的熱氣，而我開始覺得鬆了一口氣，懷著信心開始寫作，

昨天晚上在「薩孚咖啡館」。猶太劇團。[1]——克魯格太太。「女扮男角」。穿著寬鬆長袍、黑褲、白襪、黑背心底下是件薄毛料白襯衫，在頸部用一顆鈕扣扣住，下面則是個寬鬆的大

1　一九一〇年五月，另一個猶太劇團也曾在薩伏咖啡館演出，當時卡夫卡在布羅德力邀下觀看了其中一場，但並不感興趣。而這次他卻以迥然不同的熱衷態度，持續觀看了大約二十場演出，並把演出內容和感想詳細記載在日記中。後來，他與這個劇團的演員勒維（Jizchak Löwy, 1887-1942）結為好友，並開始研究猶太文化與歷史。

翻領，頭上是一頂深色無簷的軟帽，不僅包住了女性的頭髮，也是本來就需要戴的，她丈夫也戴著一頂，在這頂軟帽上面則是一頂柔軟的黑色大帽子，帽簷高高翻起。——其實我不曉得她和她丈夫所飾演的是什麼角色。如果我要向別人說明他們所飾演的角色，而又不願意承認我並不知道，那麼我會認為他們是在社區裡跑腿的人，受雇於寺廟，眾所周知的懶惰蟲，社區容忍他們，出於宗教理由而享有特權的乞討者，這種人由於其特殊地位而置身於社區生活的中心附近，由於無所事事地四處遊蕩而會唱許多歌曲，把社區所有成員之間的關係看得一清二楚，但是由於他們和職業生活毫無關係，這些認知對他們來說沒有用處。這種人是形式特別純粹的猶太人，因為他們就只活在宗教裡，但是活在其中並不費力，也缺少理解，不帶苦惱。他們似乎把每個人都當成傻瓜，在一個顯貴的猶太人被殺害之後馬上笑了起來，投靠叛教者，當那個被揭穿的兇手服毒自盡並且呼喚上帝，他們跳起舞來，陶醉地用兩隻手去摸兩鬢的頭髮，而這一切就只是因為他們輕如羽毛，受到一點壓力就躺在地上，十分敏感，馬上就能不流眼淚地哭起來（他們做出鬼臉哭個痛快），可是一旦壓力解除，他們就必須立刻一躍而起，彷彿本身沒有絲毫重量。

因此，讓他們來演出一齣嚴肅的戲劇其實應該很令人擔心，例如拉泰納[1]的劇作《叛教者》，因為他們總是站在舞台前端，經常是腳尖著地，雙腿凌空，沒有化解劇情的緊張，而是將之切

1 拉泰納（Joseph Lateiner, 1853-1935）被視為第一個用意第緒語寫作的職業劇作家，創作出大量作品。

斷。不過，這齣戲的嚴肅逐漸呈現出來，緊湊的台詞就連在可能的即興演出中都經過斟酌，充滿了一致的情感張力，即便情節只在舞台後端進行，仍始終保持著意義。反倒是這兩個身穿長袍的人恰如其分地偶爾受到壓抑，儘管他們張開雙臂，擰著手指發出響聲，觀眾只看見那個兇手在他們背後，他服了毒，一隻手按住他太寬的衣領，蹣跚地走向房門。

旋律很長，身體樂意把自己交付給它們。由於這些旋律拖得很長，最適合的表演方式是搖擺臀部、張開雙臂平靜地上下擺動、把掌心湊近鬢角但小心地避免碰觸。有點像一種捷克民俗舞蹈。

聽到某些歌曲，聽到歌者用意第緒語[2]唱著「猶太小孩」，看著舞台上這個女子，看著她吸引著我們這些聽眾，因為她和我們都是猶太人，對基督徒沒有渴望或好奇，這使我的臉頰顫動起來。除了一名服務生和兩個站在舞台左側的女僕之外，那個政府代表[3]也許是表演廳裡唯一的基督徒，他是個可悲的人，有著顏面抽搐的毛病，左臉尤其嚴重，但也強烈扭曲了右臉，以一種幾乎慈悲的速度把臉部拉緊、放鬆，意思是和秒針一樣短促，但也和秒針一樣規律。當抽搐掠過他的左眼，幾乎使左眼因此消失。為了這種收縮，在那張除此之外完全枯槁的臉上發展出了新的小

2 意弟緒語是二戰前許多中、東歐猶太族群所使用的語言，可視為德語的一種猶太化變體，卡夫卡似乎認為意第緒語比他的母語德語更能反映真實的猶太生活，他隔年還以意第緒語為主題做了一場公開演講。

3 按照當時的規定，公開演出時需有政府審查機構的代表在場，以監督演出過程。

肌肉。

細問、懇求或解釋的猶太法典旋律：空氣進入一根管子，帶著管子一起，一根整體而言驕傲、在螺紋中謙卑的大螺絲從遙遠的小小開端旋轉著，朝著被問的人而來。

十月六日。坐在舞台邊上那張長桌旁的兩個老人。一個把兩隻手臂撐在桌子上，只把他的臉轉向右邊面向舞台，浮腫的紅臉和一把呈不規則四角形的蓬亂鬍子，悲哀地隱藏了他的年紀；另一個正對著舞台，年老而乾癟的臉偏離了桌邊，只用左手臂扶著桌子，右手臂彎曲著舉在半空中，以便更能享受那旋律，他用腳尖和著旋律的節拍，右手拿著的短煙斗也微微隨之搖動。「老爹，跟著唱吧」，那女子一會兒對著第一個老人說，一會兒對著第二個老人說，她略微彎下腰來，鼓勵地伸出手臂。

那些旋律能接住每一個跳起來的人，而且在並不中斷的情況下圍住此人的全部熱情，就算他不相信這些旋律引發了他的熱情。那兩個穿長袍的人尤其急著去加入唱歌，彷彿為了滿足身體最基本的需求而伸展身體，而歌唱時的拍手顯然表現出演員的最佳健康狀態。——老闆的小孩待在一個角落裡，孩子氣地和舞台上的克魯格太太一起唱，他們的嘴在噘起的嘴唇之間充滿了旋律。

劇情：賽德曼，一個富有的猶太人，在二十年前就已經受洗改信基督教，顯然他所有的犯罪本能都朝著這個目標努力。當年他毒死了他不願被迫受洗的妻子，從那以後，他就努力忘記土話，但是在言談中會不經意地冒出一些土話，尤其是在開場之初，好讓聽眾注意到，也因為接下來的情節還容許有這麼做的時間，而他不斷表達出他對所有與猶太人有關的事物的厭惡。他決定把女兒許配給軍官達戈米若夫，但她卻愛著她表哥，年輕的艾德曼，在一幕高潮戲中，她擺出不尋常的僵硬姿勢，只在腰間柔軟下來，向她父親說明她堅持信仰猶太教，用一陣輕蔑的笑聲結束了這一整幕戲，由於她所受到的強迫。（這齣戲裡的基督徒包括：賽德曼一個正直的波蘭僕人，後來協助揭穿了他的罪行，這個僕人的正直主要是因為在賽德曼周遭的人必須和他形成對比，劇中對那個軍官著墨不多，除了敘述他負有債務，因為身為高尚的基督徒，沒有人對他感興趣，後來出場的一位審判長也一樣，最後還有一個法庭僕役，他的兇狠並未超出他的職務所需，也沒有超越那兩個穿長袍的人的歡樂，雖然馬克斯說他是個屠夫。）基於某些原因，達戈米若夫必須先贖回老艾德曼持有的票據才能結婚，但是老艾德曼雖然即將前往巴勒斯坦，也打算付現金給賽德曼，卻不願意把票據拿出來。賽德曼的女兒在愛上她的軍官面前表現得很驕傲，對自己信仰的猶太教感到自豪，雖然她受過洗。那個軍官不知道該如何是好，垂下雙臂，兩隻手鬆鬆地交纏，求助地看著她父親。女兒逃到艾德曼那兒，想嫁給她所愛的人，就算暫時只能祕密結婚，因為按照世間的法律，一個猶太人不能和基督徒結婚，而她若是沒有得到父親的同意就無法改信猶太教。父親來了，看出若是不略施詭計，一切就全都完了，於是表面上給予這段婚姻祝福。大家都原諒了他，甚至開始喜歡他，彷彿先前是他們不對，就連老艾德曼也一樣，尤其是他，雖然他知道當年是賽德曼毒死了他妹妹。（這個漏洞也許是由於劇本被刪減而產生，但也可能是因為這齣戲主要是靠著口述由一個劇團傳授給另一個劇團。）藉由這番和解，賽德曼取回了達戈米若夫的票據，因為「你曉得的」，他說，「我不希望這個達戈米若夫說猶太人的壞話」，於是老艾德曼就把票據免費交給了他，然後賽德曼把他叫到背景中的門簾後面，佯稱有東西要給他看，接著從他背後致命地一刀刺進他的睡袍。（在和解與殺人之間，賽德曼從舞台上消失了一段時間，為了想出這個計畫，並且去購買刀子。）藉由此舉，他想把年輕的艾德曼送上絞刑架，因為殺人的嫌疑將會落在他身上，而賽德曼的女兒就可以嫁給達戈米若夫。他逃走了，老艾德曼躺在門簾後面。他女兒披著婚紗出場，挽著年輕的艾德曼，他穿上了禱告衣。他們看見父親可惜還沒來。賽德曼來了，見到這對新人似乎很高興。這時出現了一個人，也許是達戈米若夫本人，也許只是個演員，事實上則是個我們沒見過的警察，聲稱必須要搜索屋子，由於「在這棟屋子裡人有生命危險」。賽德曼說：「孩子們，別擔心，這當然是弄錯了。一切都會水落石出的。」老艾德曼的屍體被發現了，年輕的艾德曼從他愛人身邊被拖走，遭到逮捕。整整一幕戲的時間，賽德曼極其有耐心地指導那兩個穿長袍的人，不時插進善加強調的短句（對，就是這樣。可是這話就錯了。對，這樣就好多了。沒錯，沒錯），要這兩個人在法庭上作證，佯稱艾德曼父子失和多年。他們很難進入狀況，出現了許多誤會，例如他們在即興排演法庭上那一幕時宣稱是賽德曼買通他們以這種方式來描述這件事——直到最後他們把那個父子失和的故事說熟了，甚至——賽德曼也攔不住他們——能夠表演那樁殺人案是怎麼發生的，那個男的用一個牛角麵包把那個女的刺倒在地上。這當然是畫蛇添足。儘管如此，賽德曼對這兩個人相當滿意，希望藉由他們的幫助而在審判時得到好結果。演到這裡，為了那些虔誠的觀眾，上帝自己代替劇作家插手了，讓那個壞人瞎了眼，雖然劇中並沒有明說，因為這是不言自明的。

在最後一幕，充當審判長坐在法庭上的又是那個飾演達戈米若夫的演員（從這一點也可以看出對基督徒的輕視，一個猶太演員足足可以飾演三個基督徒的角色，如果演得不好也無所謂），在他旁邊戴著假髮和假鬍子飾演辯護律師的，旋即被認出是賽德曼的女兒。觀眾雖然很快就認出來是她，但是有很長一段時間都以為她是代替另一個演員出場，既然達戈米若夫也在飾演另一個角色，直到這一幕快演到一半的時候，觀眾才看出她是為了拯救愛人而喬裝改扮。那兩個穿長袍的人得要個別提出證詞，這對他們來說卻很難，因為他們練習的時候是兩個人一起。而且他們也聽不懂審判長所說的標準德語，不過，當情況變得太糟的時候，辯護律師就會幫忙，在其他時候他也得向審判長耳語。接著賽德曼出場，先前他就已經試圖指揮那兩個穿長袍的人，藉由拉扯他們的衣服，他發言流暢而且篤定，態度理智，懂得該如何和審判長交談，相對於先前的證人，他給了法庭一個好印象，這和我們所認識的他形成了可怕的對比。他的證詞乏善可陳，很遺憾地，他對這整件事情所知甚少。但這時來了最後一個證人，那個僕人，他是真正控告賽德曼的人，雖然他並未完全意識到。他看見了賽德曼去買刀子，也知道在關鍵時刻賽德曼在艾德曼家裡，最後他也知道賽德曼厭惡猶太人，尤其厭惡艾德曼，想要取得他的票據。那兩個穿長袍的人跳起來，很高興他們可以確認這一切。賽德曼替自己辯護，表現得像個正直的人只是有點迷惑。這時話題說到了他女兒身上。她在哪裡？當然是在家裡，並且支持他的說法。不，她並不在家裡，辯護律師說，並且想要加以證明，他轉身面向牆壁，摘下了假髮，以女兒之身轉身面向震驚的賽德曼。當她也把鬍子摘掉，純白的上唇看起來像在責備。為了逃過世間法律的制裁，賽德曼服了毒，承認了他的惡行，但幾乎不再是對眾人承認，而是對猶太教的上帝承認，此刻他信奉了這個上帝。在這當中，彈鋼琴的人奏起了一段旋律，那兩個穿長袍的人覺得被這段旋律感動了，不禁跳起舞來。那對團圓的新人站在背景中，按照古老的神廟習俗唱起那段旋律，尤其是那個嚴肅的新郎。

那兩個穿長袍的人首次出場那一幕。他們帶著募捐箱來到賽德曼的房間，四下看看，感到不自在，面面相覷。用雙手把門柱上上下下摸了一遍，沒有找到門柱聖卷[1]。在其他幾扇門上也沒有找到。他們不願意相信，在每一扇門旁高高地跳起來，像在打蒼蠅一樣，跳上跳下，用力拍打

1　門柱聖卷是刻有經文的羊皮紙卷，信奉猶太教的家庭將之裝在盒中掛在門柱上以示信仰。

門柱頂端，發出啪的一聲，可惜全都是徒勞。直到此刻，他們一句話也沒有說。

克魯格太太和去年的威貝格太太相像。也許克魯格太太的性情稍微軟弱一點，也單調一點，但是她比較漂亮，也比較端莊。威貝格太太常賣弄的一個噱頭是用她的大屁股去撞她的搭檔。另外，她帶著一個比較差勁的女歌手，是我們從沒見過的。

「女扮男角」其實是個錯誤的說法。由於她穿著長袍，她的身體就完全被忘記了。只有當她彷彿被跳蚤給咬了而聳起肩膀和轉動背部時，才會使人想起她的身體。衣袖雖然短，仍然時時刻刻都被往上拉起一截，觀眾相信這會使這個女子輕鬆許多，由於她要唱那麼多歌曲，還要以猶太法典的方式來解釋，因此觀眾也會注意要她把衣袖拉起一截來。

我但願能見到一個規模較大的意第緒語劇團，由於這場演出或許由於人手有限、排練不足而還是美中不足。我也希望去認識意第緒語文學，它顯然被賦予國家持續不斷的戰鬥立場，這個立場主宰了每一部作品。沒有一種文學以這樣一貫的方式採取這種立場，即使是受到壓迫之民族的文學也沒有。在其他民族身上，國家的戰鬥文學也許在戰爭時期會受到宣揚，而主題離得比較遠的其他作品則會由於觀眾的熱情而得到一種國家的光環，例如《被出賣的新嫁娘》[2]，但是在意

2 《被出賣的新嫁娘》是被譽為捷克音樂之父的作曲家史麥塔納（Bedřich Smetana, 1824-1884）所寫的一齣喜歌劇。

第緒語文學中似乎就只有第一種作品能夠存在，而且是一直如此。

舞台很簡單，就和我們一樣無言地等待著演員。由於這座舞台必須以三面牆、一張椅子和一張桌子來滿足所有的演出過程，我們對它毫無期待，而是以全副精力期待著那些演員，因此毫無抵抗力地被空牆後面的歌聲吸引，那歌聲揭開了演出的序幕。

十月九日。要是我能活到四十歲，我大概會娶一個門牙突出、稍微從上唇裡露出來的老姑娘。考夫曼小姐去過巴黎和倫敦，她的門牙交叉，就像在膝蓋處倉促交疊的雙腿。但是我大概活不到四十歲，理由在於，例如我腦袋左半部經常感覺到緊繃，感覺像是一種體內的痲瘋，姑且不論這份不適，如果只去觀察，它給我的印象就像學校教科書裡頭顱的橫切面，或是像幾乎無痛地在活生生的身體上進行解剖，涼涼的刀子小心翼翼地割開薄如紙片的外膜，不時停下來再往回走，有時靜置不動，距離正在運作的大腦部位很近。

夜裡作的夢，即使到了早晨我也不覺得那是個美夢，除了滑稽的短短一幕，由兩個針鋒相對的意見構成，在夢中令人樂不可支，但是這一幕我已經忘了。

夢：妓院

我步行穿過長長一排房屋——不記得馬克斯起初是否與我同行——，就像在車廂相連的火車上從一節車廂走到另一節車廂，在二樓到三樓的高度之間。我走得很快，或許也因為那房子有時搖搖欲墜，因此動作必須要快。我根本沒注意到房子與房子之間的門，那就是很長的一排房間，但是不僅看得出個別住宅之間的差異，也看得出房屋與房屋之間的差異。我經過的也許都是擺著床鋪的房間。一張典型的床鋪留在我記憶中，位在我的左側，倚著陰暗或骯髒的牆壁，也許像閣樓的牆壁一般傾斜，矮矮一疊被褥，被子其實就只是一塊粗麻布，被先前睡在那兒的人踢成一團，一端垂下來。在這麼多人還躺在床上時從他們的房間穿過，使我感到羞愧，因此我踮起腳尖大步行走，希望能藉此表示我只是被迫經過，盡量不要打擾一切，放輕腳步，表示我的穿越根本不算數。因此我在同一個房間裡也從來不轉頭，若非看著面向街道的右邊，就是看著面向後牆的左邊。

那一排住宅經常夾雜著妓院，但是雖然我似乎是為了它們而走上這條路，我卻格外迅速地穿越，乃至於我就只意識到它們的存在，除此之外什麼也沒看見。但是全體住宅的最後一個房間卻又是一間妓院，而我就待了下來。我穿過一扇門走進去，對著門的牆壁也就是這一排房屋的最後一面牆壁，這面牆若非玻璃做的，就是根本被打通了，假如我再往前走，就會掉下去。打通的可能性甚至更大，因為那些妓女躺在地板邊緣。我能清楚看見有兩個躺在地上，一個的頭部稍微伸出邊緣之外，垂在半空中。左側是一面堅實的牆，右側的牆則不完整，可以往下看見院子，雖然不能看到底，一座破敗的灰色樓梯分成好幾段通往樓下。從房間裡的光線來判斷，天花板就跟其他房間裡一樣。

我主要是跟頭往下垂的那個妓女打交道，馬克斯則是和躺在她旁邊的那一個。我摸了摸她的腿，然後就只規律地去按她的大腿。我是如此享受，乃至於我感到納悶，這種分明是人間至樂的娛樂竟然不需要付費。我深信我（而且就只有我）欺騙了這個世界。然後那個妓女抬起了上半身，雙腿並沒有移動，把背部轉向我，她的背上布滿了紅得像火漆的大圓圈，邊緣顏色較淡，中間濺滿了紅色斑點。這時我才發現她全身都有這些斑點，我擱在她大腿上的手指也沾上了這些有如碎裂封蠟的紅色碎屑。

我退回到一群男子之中，他們似乎倚著牆在等待，靠近樓梯入口，樓梯上有一些人來來去去。他們等待的方式就像週日上午鄉下男子聚集在市場上一樣。因此那也是個週日。那滑稽的一幕也就是在這裡發生，一個我和馬克斯有理由害怕的男子走開了，後來又從樓梯走上來，走到我面前，當我和馬克斯正擔心他會作出某種可怕的恐嚇，他卻向我提出了一個單純得可笑的問題。接著我站在那裡，憂心忡忡地看著馬克斯無所畏懼地在左邊某處坐在地上，喝著馬鈴薯濃湯，看得見又大又圓的馬鈴薯，主要是其中一塊。他用湯匙把馬鈴薯壓進湯裡，也許用了兩根湯匙，或者就只是在翻動它們。

十月十日。寫了一篇巧辯的文章寄給《傑欽—波登巴赫日報》[1]，對我任職的機構有褒有貶。

昨天晚上在護城河街上。迎面走來三個剛剛結束排演的女演員。要迅速看清三名女子的美麗真難，如果同時也想看著她們後面那兩個男演員，他們踩著演員那種輕快搖擺的步伐跟在她們後面走過來。左邊那個男演員有著青春豐腴的臉孔，敞開的大衣裹著壯碩的身形，足以代表他們兩個，他們趕過了那三位女士，左邊那個走在人行道上，右邊那個走在下面的車道上。左邊那個伸手用五根手指抓住他帽子的頂端，把帽子高高舉起，喊道（右邊那個這時才想到）：再見！晚安！不過，雖然這番超前和打招呼使得這兩位男士被分了開來，被問候的那三位女士卻不為所動地往前走，輕聲打了招呼，幾乎沒有中斷她們的交談，領頭的似乎是最靠近車道的那個女子，她個子最高也最柔弱，看來也最年輕貌美。在那一刻，我覺得這一幕是個有力的證明，證明了此地的劇場界井然有序而且管理得當。

前天在「薩孚咖啡館」看猶太人表演。范恩曼的《逾越節之夜》。有時候（此刻我才意識到）我們之所以沒有插手干預情節是因為我們太過激動，而不是因為我們只是觀眾。

1 卡夫卡這篇文章的標題是〈勞工意外保險與企業主〉，刊登在一九一一年十一月四日的報紙上。

十月十二日。昨天在馬克斯那兒寫我的巴黎旅行日記。[1] 在昏暗的里特街，在秋裝裡肥胖而溫暖的R，我們之前只見過穿著夏裝的她，夏季女衫和薄薄的藍色小外套，在那身裝束裡，一個外貌並非沒有缺陷的女孩看起來比沒穿衣服更糟。在她那張沒有血色的臉上，她的大鼻子才格外顯眼，她的臉頰得要用手去按很久才會出現紅暈，臉頰和嘴唇上方有很多粗硬的金色汗毛，鐵道的煙塵被吹到鼻子和臉頰之間，還有從襯衫領口露出來的蒼白。今天我們卻畢恭畢敬地跟在她後面，由於我沒刮鬍子，此外樣子也很邋遢，因此必須在費迪南街前面一條過道的入口旁向她道別，在那之後我感覺到自己對她略有好感。而當我思索起原因，我就只需要一再告訴自己：因為她穿得這麼溫暖。

十月十三日。從我主管禿頭處緊繃的頭皮自然地過渡到他前額上細細的皺紋。大自然的一個缺陷，顯而易見而且容易模仿，鈔票可不能這樣製造。

我認為我對R的描寫並不成功，但是想必比我所以為的來得好，要不然就是我前天對她的印象想必非常不完整，乃至於這番描寫與之相稱，甚至是超越了它。因為昨天晚上我回家時，在瞬間想到那番描寫，不知不覺地取代了最初的印象，讓我覺得我昨天才見到R，而且馬克斯並不在場，因此我準備要向他說起她，按照我在此處對她的描寫。

1 這是為前面提到、與布羅德合寫的小說《李察與山繆》所做的預備工作。

昨天晚上在射手島[2]上，沒找到我的同事，隨即就又離去。我穿著短外套，手裡拿著壓扁的軟帽，引起了一些矚目，因為外面很冷，但是裡面卻很熱，由於眾人的呼吸，喝啤酒的人、抽菸的人和軍樂隊吹奏管樂器的人。這支樂隊的位置並不高，也不可能高，因為大廳相當低矮，樂隊塞滿了大廳的一端直到邊牆，那群樂手像是剛好被塞了進去。這種擁擠的印象後來在大廳裡稍微消失，由於靠近樂團的座位沒什麼人坐，大廳中間的座位才是滿的。

囉唆的K博士。和他在法蘭茲—約瑟夫火車站後面走了兩個小時，多次請求他允許我先走，我由於不耐煩而絞著雙手，盡量聽而不聞。在我看來，一個在自己那一行有所成就的人，一旦說起工作上的事，就免不了會變得滔滔不絕無法自休。他意識到自己的能幹，從每一個故事都會牽連出別的故事，而且是好幾個，他綜觀所有的故事，因為他全都經歷過，由於時間倉促，再加上要考慮到我，很多事他隱而不談，我也藉由提問而打斷了一些，但是因此又使他談起了別的事，使他看出他也深深掌握了我的想法。在大多數的故事裡，他都扮演著重要的角色，他只暗示出這一點，因此他隱而未言的事就顯得更加意味深長。而由於他很有把握我會佩服他，他也就也能向我訴苦，因為即使在他的不幸、苦惱和懷疑之中，他也仍舊值得佩服。他的對手也是能幹的人，

2　射手島（德語 Schützeninsel）位在流經布拉格的莫爾道河中央，捷克語稱之為斯特雷奇島（Střelecký ostrov），島上有餐廳和公園綠地。

而且值得一提：在一間有四個律師和兩名主管的律師事務所，在一件爭議上他以一人之力對抗這間事務所，有好幾個星期都是對方那六名法學家每天的話題。他面對的是對方當中口才最好的一位，是個才思敏捷的律師——再加上最高法院也站在對方那一邊，據說最高法院的判決欠佳，而且互相矛盾；我用準備道別的語氣稍微替法院辯護了一下，於是他就提出證據來說明這個法院不該受到維護，而我又得和他在街上來來回回地走，我當下對這個法院的差勁感到納悶，於是他就說明為什麼這乃是必然，說明法院的業務過重，原因何在；我說我得走了，於是他又說起上訴法院比較好，而行政法院還要更好，原因何在；最後我真的必須走了，他才又試著談起我自己的事，我就是為了這件事（設立工廠）[1]才來找他，而我們也早就已經徹底談過了。他不自覺地希望以這種方式來抓住我的注意，再引誘我去聽他那些故事。這時我說話了，同時刻意伸手與他相握表示道別，就這樣才得以脫身。

順帶一提，他很擅長敘述，在敘述中結合了訴狀的鋪陳和生動的談話，這種生動的談話在那些肥胖、黝黑、暫時還算健康、中等身高、由於不停抽菸而精神亢奮的猶太人身上經常可以看見。法律用語支撐了這番談話，所引用的法律條文數目很多，使它們顯得遙遠。每一個故事都從頭說起，正反兩面的說詞都被提出，並且在中間插入個人的評論，誰也不會想到的枝微末節最先

1　一九一一年十二月，卡夫卡在父親的意思下，以隱名合夥人的身份和他的妹夫共同成立了一家石棉工廠。這位K博士是卡夫卡的一個遠房親戚，也姓卡夫卡，是一名律師。

被提起，然後再說這只是枝微末節，撇到一邊不提（「有一個人，他叫什麼名字並不重要」——），當故事漸漸進入重點，他會把聽眾本人拉進他的敘述裡，仔細加以詢問，有時候在說到聽眾根本不會感興趣的一個故事之前，他甚至會毫無必要地詢問聽眾，以建立起某種暫時的關連，聽眾插入的評論不會馬上被提出來，這會令人不愉快（就像庫賓），而是雖然也很快就會被提出，但卻是在敘述的過程中找個適當的時機提出來，當作是對聽眾的一種恭維，把聽眾拉進故事裡，因為這給了他身為聽眾的特殊權利。

十月十四日。昨天晚上在「薩孚咖啡館」觀賞《舒拉米絲》（*Sulamith*），戈爾德法登[2]的作品。其實是齣歌劇，但是每一齣唱出來的戲劇都被叫作輕歌劇，在我看來，這件小事就指出了藝術上一種固執、操之過急、基於錯誤的理由而熱切的努力，在一個部分偶然的方向橫切過歐洲藝術。

故事內容：一個英雄拯救了一個在沙漠中迷路的少女（「偉大的神，我向祢祈求」），她因為渴得難受而跳進了一個水井。他們誓言對彼此忠貞（吾愛，我最親愛的，我在沙漠中尋得的鑽石），請求水井和沙漠裡的一隻紅眼貓作見證。少女舒拉米絲（齊席克太太飾演）由阿布索隆的

---

2 戈爾德法登（Abraham Goldfaden, 1840-1908）是出生於俄國的猶太詩人與劇作家，以意第緒語和希伯來語創作出大量劇作，被視為現代猶太劇場之父。

野蠻僕人辛吉唐（皮普斯飾演）帶回伯利恆她父親馬諾亞（齊席克飾演）那裡，阿布索隆（克魯格飾演）則還要前往耶路撒冷；在那裡他卻愛上了耶路撒冷的富家女艾比蓋兒（克魯格太太飾演），忘了舒拉米絲而成了婚。舒拉米絲在伯利恆的家裡等待愛人。「很多人去了耶路撒冷，並且找到了平靜。」「出身高貴的他將會背棄我！」藉由絕望的情緒爆發，她獲得了坦然面對一切的信心，決定假裝發瘋，就不必出嫁而可以繼續等待。「我的意志如鐵一般，讓我的心成為堡壘。」而即便是在假裝發瘋的那些年裡，她也仍悲傷地大聲緬懷她對愛人的回憶，所有的人都不得不容許她這樣做，因為她的瘋狂就只涉及那片沙漠、那座水井和那隻貓。她也藉由發瘋來趕走三個追求她的男子，她父親馬諾亞只能靠著抽籤來平息這三個人對她的爭奪：喬埃・格東尼（U飾演），「我是最強壯的猶太英雄」，亞維達諾夫，一個地主（R. P. 飾演），和挺著大肚腩的祭司（勒維飾演），他覺得自己比所有人都更優越，「把她給我，我想要她想得要命」。阿布索隆遭遇了不幸，他的一個孩子被沙漠裡的一隻貓給咬死了，另一個孩子掉進了井裡。他想起了自己的過錯，向艾比蓋兒坦承一切。「哭得節制一點。」「不要再用你的話語來撕裂我的心。」「可惜我說的都是一件事。」幾個思緒圍繞著他們兩個打轉，然後消逝。應該要回到舒拉米絲身邊，拋棄艾比蓋兒嗎？舒拉米絲也值得憐憫。最後艾比蓋兒讓他離去。在伯利恆，馬諾亞為了女兒而哀嘆：「唉，我的晚年啊。」阿布索隆用他的聲音治癒了她。「父親，其他的事我以後再告訴你。」艾比蓋兒在耶路撒冷的葡萄園裡倒下，能替阿布索隆辯解的只有他的英雄行為。

在演出結束時我們還等待著演員勒維，我對他佩服得五體投地。他應該要像平常一樣「播報」：「親愛的來賓，我代表全體團員向各位致謝，感謝您的光臨，並且衷心地邀請您來觀賞我們明天的節目，明天將要演出的是XX作者舉世知名的作品XX。再見！」接著他會揮動帽子退場。

但是他沒有出現，我們先是看見簾幕被緊緊拉上，然後又試探性地一點一點被拉開。這情況持續了相當久。最後簾幕被大大地拉開了，中間被一顆扣子扣在一起，我們看見勒維在簾幕後面朝著舞台前沿走來，面向觀眾，一雙手卻在抵抗某個從後面攻擊他的人，直到整個簾幕連同上端用來固定的鐵絲都被尋找支撐的勒維給扯了下來，而勒維就在我們眼前被剛才飾演野蠻人的皮普斯給推倒了，彷彿簾幕已經被拉上了似地，皮普斯仍然彎著腰，抱住了跪倒的勒維，簡直是用腦袋把他從舞台側面給推了下去。大家都跑到大廳側翼。「把簾幕拉起來！」在幾乎整個被揭露的舞台上有人喊道，飾演舒拉米絲的齊席克太太臉色蒼白，可憐兮兮地站在舞台上，小服務生站在桌子和椅子上把簾幕勉強掛回去，老闆試圖安撫政府代表，對方唯一的願望就是趕緊離開，在老闆的安撫之下留了下來，聽得見齊席克太太在簾幕後面說：「而我們還想從舞台上向觀眾宣揚道德……」猶太職員所組成的「未來社團」預定明晚在此地演出，在今天的節目開演之前舉行了一場正式的全員大會，由於這樁風波而決定在半小時之內召開一場特別會議，該社團的一名捷克成員預言，這些演員這種丟臉的舉止將會使他們徹底沒落。這時大家忽然看見剛才彷彿消失了的勒維，被服務生領班R用雙手推向一扇門，或許也用上了膝蓋。乾脆把他轟出去。事前和事後，這個領班在每個客人面前，包括我們在內，都像隻狗一樣站在那裡，有著狗一般的嘴臉，下面是一張大嘴，被謙卑的嘴角皺紋圍住，他……

十月十六日。昨天是個累人的週日。全體員工向父親辭職。透過好言相勸、誠懇親切、再運用他的疾病、他的高大和從前的強壯、他的經驗和精明，在對他們全體以及私下的個別談話中，他把他們幾乎全都爭取回來。一個重要的辦事員F想再考慮一下，等到週一，因為我們的店經理要走，並且想把全體員工一起帶去他新成立的商行，而這個辦事員已經答應了他。會計在週日寫信來說他還是無法留下，因為R不讓他食言。

我搭車前往茲茲科夫[1]去找他。他年輕的妻子有圓潤的臉頰，略長的臉，和一個多肉的小鼻子，這種鼻子在捷克人的臉上從來不會難看。她穿著太長的晨袍，袍子很寬鬆，有花朵圖案，沾著污漬。而由於她的動作十分倉促，那晨袍變得格外長而寬鬆，她急著招呼我，急著把家裡再弄漂亮一點而把桌上的相簿擺好，急著去把她丈夫找來。她丈夫的動作也同樣倉促，也許那個凡事

1 茲茲科夫（Žižkov）當時是布拉格東邊一個居民以工人為主的郊區，如今是布拉格市的一個行政區。

依賴他的妻子是在模仿他，他的上半身向前傾，搖擺得很厲害，下半身則引人注目地留在後面。我認識這個人已經十年了，經常看見他，但很少注意他，此時忽然和他有了近距離的接觸。我用捷克語勸他，而我的勸說愈是沒有效果（他已經和R簽了書面合約，只是在週六晚上被我父親弄得太過驚慌，於是沒有說起這份合約），他的臉就變得愈來愈像一隻貓。到最後，我帶著十分愜意的感受稍微假裝了一下，稍微拉長了臉，瞇起眼睛，打量這個房間，彷彿要盯著某種被暗示的東西，直到它變得無法言傳。但是我並沒有不高興，當我看出這沒有什麼效果，看出他並沒有換一種語氣跟我說話，而我又得重新開始遊說他。我們從對街住著一個和他同姓的人開始談起，而以他在門邊對我在冷天裡穿著單薄的西裝感到訝異而結束。這就見出了我最初的希望和最終的失敗。但是我要他答應下午去找我父親。我提出的論點在某些地方太過抽象，也太正式。沒有把他妻子一起叫來是個錯誤。

下午去拉都廷[2]，為了挽留那個辦事員。因此錯過了和勒維碰面，我一直惦記著他。在車廂裡：一個老太太鼻尖的皮膚幾乎還像年輕人一樣緊緻。所以說，青春結束於鼻尖，而死亡從那裡開始？乘客順著脖子往下吞嚥，張大了嘴巴，表示他們認為這趟火車之旅、其他乘客的組合、他們的座位安排、車廂裡的溫度都無懈可擊、自然、沒有可疑之處，就連我擱在膝蓋上的《潘》

2　拉都廷（Radotin），布拉格南方十五公里處的小鎮，可搭火車抵達。

（*Pan*）雜誌也一樣，有幾個人偶爾會瞄上一眼（畢竟這是件他們不可能料到會在車廂裡看見的東西）。同時他們也相信一切本來都有可能更糟。

在H先生的院子裡來回踱步，一隻狗把腳掌擱在我搖晃的腳尖。幾個小孩，幾隻雞，偶爾有幾個成年人。一個保母對我感興趣，她有時從陽台上探出身子，有時躲在一扇門後面。在她的目光下，我不知道自己究竟是誰，是滿不在乎還是難為情，是年輕還是老邁，是大膽莽撞還是深情款款，雙手是擱在背後還是放在身前，是冷還是熱，是愛護動物的人還是生意人，是H先生的朋友還是有求於他，是否比那些參加集會的人略勝一籌，他們有時川流不息地在酒館和公共男廁之間來回，是否由於我單薄的西裝而顯得可笑，是猶太人還是基督徒，諸如此類。走來走去，擦擦鼻子，偶爾讀一下《潘》，膽怯地避免去看陽台，後來忽然發現陽台上空無一人，看著那些家禽，接受一個男子的問候，透過酒館窗戶看著面對講者的那群男子一張張臉扁平歪斜地挨在一起，一切都有所幫助。H先生偶爾會從集會中出來，而我拜託他為了我們而善用他對那個辦事員的影響力，當初是他介紹他到我們店裡來工作的。黑棕色的鬍子圍著臉頰和下巴周圍，黑眼睛，在眼睛和鬍子之間是深色的臉頰。他是我父親的朋友，我從小就認識他了，而想到他是個烘焙咖啡豆的人，一向使他在我腦海中比實際上膚色更深、也更有男子氣概。

十月十七日。我什麼都做不成，因為我沒有時間，而我心中的感覺如此急迫。假如有一整天的空閒，而我心中這股晨間的不安能夠持續升高直到中午，再漸漸疲弱直到晚上，那麼我就能睡覺。可是現在這樣，這股不安頂多只能有傍晚一個小時的時間，它稍微增強，然後就被壓抑，無用而且有害地挖空了我的夜。我能長時間忍受這種情況嗎？而忍受有意義嗎？難道我就會有時間了嗎？

拿破崙在艾爾福特的宮廷宴席上說：當我還只是第五軍團的一名少尉時……（各國王侯尷尬地面面相覷，拿破崙注意到了，便改了口），當我還有此榮幸只當個少尉時……；當我想到這一則軼事，我的頸動脈就會擴張，由於略微感同身受的自豪不自然地鑽進我心中。

再說到拉都廷：我受著凍，獨自在庭園的草地上走來走去，然後在敞開的窗戶裡認出了那個保母，她隨著我來到了屋子的這一側——

十月二十日。十八日在馬克斯的住處，寫巴黎之旅。寫得不好，沒有達到那種書寫上的自由，能讓雙腳脫離所經歷的事件。在前一日的情緒激昂之後我也還有點昏沉，那一天以勒維的朗誦會作為結束。白天裡我的心情還沒有什麼特別，和馬克斯一起去接他母親，她從格布隆茨前來，和他們一起去了咖啡館，後來去馬克斯的住處，他替我表演了《貝城佳麗》[1]裡的一段吉普

1 《貝城佳麗》（*La jolie fille de Perth*）是法國作曲家比才（Georges Bizet, 1838-1875）所寫的一齣歌劇。

賽舞蹈。那支舞有很長的時間就只是以單調的節奏搖擺臀部，臉上帶著慵懶、誠懇的表情。直到快結束時，內心被引出的那份狂野才短暫地出現，搖撼了身體，征服了身體，擠壓了旋律，使之忽高忽低（聽得出格外哀怨、低沉的音調），然後戛然而止。開始時十分貼近吉普賽風格，而在整支舞蹈中也維持著這種風格，也許是因為一個在舞蹈中如此狂野的民族只有在朋友面前才會展現出平靜。我覺得那第一支舞極為真實。接著我翻閱了一下《拿破崙語錄》。一個人多麼容易就會短暫成為他本身對拿破崙的想像當中的一小部分！之後我情緒沸騰地回家，抗拒不了我的任何一個想像，失序，懷孕，凌亂，腫脹，在圍繞著我滾動的家具中央；我的痛苦和煩惱如排山倒海而來，我盡可能佔據許多空間地走進演講廳，因為我很緊張，儘管我這麼龐大。假如我是個旁觀者，從我坐著的樣子就能立刻看出我此刻的狀態。

勒維朗誦了沙勒姆．亞拉克姆[1]的幽默小品，接著讀了培瑞茲[2]的一篇故事，比亞利克[3]的一首詩（不過，詩人為了使這首詩更為大眾化，親自把這首詩從原本的希伯來語翻譯成意第緒

1 沙勒姆．亞拉克姆（Scholem Aleichem, 1859-1916），生於俄國的猶太裔作家，以意第緒語寫作，文筆幽默，有「猶太人的馬克吐溫」之稱，著名的舞台劇《屋頂上的提琴手》就是改編自他的作品。

2 培瑞茲（Jizchok Leib Perez, 1852-1915），生於波蘭的猶太裔作家，以波蘭語、希伯來語和意第緒語寫作，和亞拉克姆同被視為現代意第緒語文學的開創者。

3 比亞利克（Chaim Nachman Bialik, 1873-1934），生於俄國的猶太裔詩人，以意第緒語和希伯來語寫作，如今在以色列被視為國家詩人。

語，這首詩利用了「基希涅夫反猶騷亂」[4]來討論猶太人的未來），還有羅森費德[5]那首〈賣蠟燭的女子〉。身為演員，他很自然地一再睜大眼睛，就這樣睜著好一會兒，被高高揚起的眉毛框住。整場朗誦會的全部真相：右臂從肩膀處稍微抬起，推一推夾鼻眼鏡，那眼鏡像是借來的，跟他的鼻子一點也不合；雙腿在桌子底下伸長了，連接大腿和小腿的軟骨動得尤其厲害；拱著背，背部看起來軟弱無力；面對單調一致的背部，觀察者在作出判斷時不會受騙，不像在看著臉部時，容易被眼睛、臉頰的凹凸或任何小細節所欺騙，哪怕只是一點鬍渣。在朗誦會結束後，在回家的路上我就已經感覺到自己凝聚了所有的能力，因此回到家裡就向我妹妹抱怨，甚至也向母親抱怨。

十九日為了工廠的事去找K博士。理論上的些許敵意，這是雙方在簽訂合約時難免會產生的。我用目光搜尋H[6]的臉，他面向著K博士。在兩個平常不習慣徹底思索彼此關係的人之間想必更容易產生這份敵意，因此對任何一件小事都感到不滿。——K博士習慣在房間的對角線上來回踱步，緊繃的上半身向前傾，搖搖晃晃，一邊走一邊說話，而且經常在一個對角線的末端把手

---

4 「基希涅夫反猶騷亂」（Kishinev pogrom）係指兩場反猶暴動，於一九〇三年和一九〇五年發生在當時屬於俄國的基希涅夫（今屬摩爾多瓦），造成數十名猶太人死亡，千餘所房屋被毀，促使當地許多猶太人移民美國和西歐。

5 羅森費德（Morris Rosenfeld, 1862-1923），生於波蘭的猶太詩人，後移居美國，以意第緒語寫作。

6 係指卡夫卡的妹夫卡爾・赫爾曼（Karl Hermann）。

裡那根香菸的菸灰抖落在分置於房間三處的菸灰缸裡。

今天上午去「勒威與溫特貝格公司」。老闆用背部抵住那張扶手椅，好讓他有空間和支撐來做東歐猶太人慣用的手勢。手勢和表情之間的互動與互補。有時候他連結了這兩者，會看著他的手，或是把手舉在臉旁邊，讓聽眾更容易看見。他講話的語調帶著神廟的旋律，尤其是在逐一講述幾點事項時會以這個旋律從一根手指到另一根手指地點數，像是跨越好幾個音域。之後在護城河街上遇到父親和一位普萊斯勒先生，他甚至舉起了手，使得衣袖稍微往後縮（他自己並不會把衣袖拉起來），就在護城河街中央做起了有力的轉螺絲動作，用張開的手和叉開的手指。

我可能生病了，從昨天起全身到處發癢。下午我的臉發燙得很厲害，出現各種顏色，使得我去剪頭髮時擔心那個助手會看出我患了一種大病，畢竟他得要一直看著鏡子裡的我。胃和嘴巴之間的連結也部分受到干擾，一個錢幣大小的蓋子若非上升或下降，就是留在底下，發射出一種微帶壓迫感的作用，在我的胸口擴散開來。

再說到拉都廷：我邀請她下來。她的第一個回答很嚴肅，雖然在那之前她帶著別人託她照顧的那個小女孩對著樓下的我吃吃地笑，並且賣弄風情，而我們一旦相識，她就絕對不敢再這麼做。接著我們一起笑了很久，雖然我在樓下受著凍，她在樓上敞開的窗前也受著凍。她把胸脯壓在交叉的手臂上，再把全身貼在窗腰上，顯然彎著膝蓋。她十七歲，認為我是二十五、六歲，在我們交談之中始終沒有放棄這個想法。她的小鼻子有一點歪，因此在她臉頰上投下了一片不尋常的影子，但是這也無法幫助我再認出她來。她不是拉都廷鎮的人，而是來自朱赫爾[1]（最靠近布拉格的一站），她不希望別人忘記這一點。之後我和那個辦事員去散步，就算我沒有跑這一趟，他也會留在我們店裡；在黑暗中沿著公路走出拉都廷鎮，走回火車站。公路一側是座荒涼的小丘，被一家水泥工廠用來開採石灰。幾座老磨坊。據說有一棵白楊樹被龍捲風連根拔起，白楊樹的樹根先是垂直地伸進泥土中，再向四面八方蔓延。那個辦事員的臉孔：泛紅的肉像麵團一樣附著在強壯的骨頭上，模樣疲倦，但是強健有力。對於我們在這裡一起散步，他的語氣中甚至沒有感到驚訝。有一大片土地被一座工廠未雨綢繆地先行買下，暫時閒置，位在小鎮中央，周圍是工廠建築，部分被電燈照亮，上空是皎潔的月亮，從煙囪裡冒出來的煙在月光裡如雲似霧。火車的信號燈。路邊的老鼠窸窸窣窣，穿越這片空地的長長小路是鎮民不顧工廠的反對而踩出來的。

十六日，星期一，我和勒維去國家劇院觀賞《杜布羅夫尼克三部曲》[2]。劇作和演出都很

整體而言微不足道的這番書寫給我帶來了力量，例子：

---

1 朱赫爾（Chuchle）位在布拉格西南方，位在從布拉格到捷克西部大城皮爾森的鐵路線上。

2 《杜布羅夫尼克三部曲》（*Dubrovnik Trilogy*）是克羅埃西亞詩人與劇作家沃吉納維克（Ivo Vojnovi, 1857-1929）的劇作。

差。留在我記憶中的是第一幕裡壁爐上一座時鐘的美妙鳴聲；窗前高唱著〈馬賽進行曲〉進城的法國軍隊，歌聲逐漸遠去，等到下一波進城的士兵接下去唱，歌聲就又大了起來；一個黑衣少女和她的影子穿過落日映在鑲木地板上的光帶。第二幕我就只記得一個少女纖細的脖子，在紅棕色衣肩的蓬蓬袖之間伸直了，連接著她小小的頭部。第三幕我記得那條被壓皺的禮服外套，深色的花背心，橫著拉出來的金色錶鍊，屬於一個年老駝背的地主後代。也就是說留下記憶的並不多。座位很貴，我真是個差勁的善人，勒維很拮据，我卻把錢浪費在門票上；最後他比我更感到無聊。簡而言之，我再次證明了我獨自作主的一切行動都是災難。不過，平常我和這份災難合為一體無法分離，把從前所有的災難和日後所有的災難都吸引過來，這一次我幾乎完全不受影響，把一切當成某種一次性的東西，很容易就能忍受，甚至在劇院裡第一次覺得自己這個觀眾的腦袋從座椅和身體集結而成的黑暗中高高抬起，伸進一道特別的光線裡，不受這齣劇作及其演出的影響。

第二個例子：昨天晚上在馬里恩街上，我向我妹夫的兩個姊妹同時伸出兩隻手，熟練得就好像那是兩隻右手，而我則是兩個人。

十月二十一日。一個相反的例子：當我的主管和我討論公事（今天談的是卡片檔案櫃），我無法再凝視他的眼睛，而不在眼神裡情不自禁地流露出一絲怨恨，於是若非我把目光移開，就是他把目光移開。他移開目光的時間比較短，但是更為頻繁，因為他沒有意識到他這樣做的原因，每一次感覺到移開目光的衝動就會讓步，但是隨即又把目光移回，因為他認為這整件事就只是眼睛一時疲勞。我卻比較強烈地抗拒這股衝動，因此加速了我目光的游移，寧可讓目光沿著他的鼻子進入臉頰上的陰影，往往只靠著緊閉的嘴裡的牙齒和舌頭才能夠把臉面向他——如有必要，我雖然會垂下目光，但是從來不會投向比他的領帶更低的地方，但是一等他轉開眼睛，我就馬上把他整個看見眼裡，並且毫無顧忌地盯著他。

那些猶太演員：齊席克太太臉頰上靠近嘴巴的地方有些突出。原因一部分在於飢餓、生育、四處奔波和演出的辛苦所導致的臉頰凹陷，一部分則在於不尋常的靜止肌肉，是她那張原本肯定笨拙的大嘴在表演時為了做動作而必須培養出來的。飾演舒拉米絲時，她大多把頭髮鬆開，遮住了臉頰，使得她的臉孔有時候看起來像是早年的少女臉孔。她骨架大，中等壯碩，束腰綁得很緊。她走路的姿勢很容易顯得莊嚴，因為她習慣抬起一雙長手臂，伸直了，再緩緩擺動。尤其是當她唱起猶太人的國歌[1]，微微搖擺寬大的臀部，把彎起來與臀部平行的手臂上下擺動，掌心中空，彷彿在玩一顆緩緩飛行的球。

1　猶太人的國歌係指如今以色列的國歌〈希望〉（Ha-Tikvah），歌詞由猶太詩人伊姆貝爾（Naphtali Herz Imber, 1856-1909）所寫，自一八九七年起就成為「猶太人復國運動」的國歌。

十月二十二日。昨天去看那些猶太人演出夏坎斯基的《晚禱》，相當差勁的劇作，但有一幕寫信的戲很逗趣；兩個相愛的人直挺挺地並肩站立，雙手交握地禱告；改變信仰的宗教大法官倚著約櫃的簾幕，他走上台階，停在那裡，垂著頭，嘴唇貼著簾幕，站著，把祈禱書拿在喀嗒作響的牙齒前面。在這第四個夜晚，我頭一次明顯無法得到一個純粹的印象。原因也在於我們人太多，再加上我妹妹桌旁的客人。儘管如此，我沒理由這麼虛弱。以我對齊席克太太的喜愛，我的表現很可悲，多虧了馬克斯，她才坐在我旁邊，但我將會恢復正常，現在就已經好些了。

齊席克太太（我真喜歡寫下她的名字）在餐桌旁吃著烤鵝時也喜歡低著頭，你會以為可以隨著目光進入她眼皮底下，如果你首先小心翼翼地沿著她的臉頰看過去，再把自己縮小，溜進去，而你根本無須先把眼皮掀開，因為它們已然抬起，透出一道淡淡的藍光，引誘你去嘗試。她的演出技巧包括偶爾伸出拳頭，轉動手臂，把無形的拖地長裙拉起來捲住身體，把張開的手指按在胸口，因為單是叫喊還不夠。她的表演並不多樣：用受驚的眼神看著她的對手，在小小的舞台上尋找出路，聲音輕柔，只有藉由更大的內在共鳴，才能在短暫上揚時表現出壯烈，喜悅在她臉上瀰漫開來，從高高的額頭直到髮際，再進入她心中，獨唱時自給自足，無須添加新的手法，在抵抗時站直身體，迫使觀眾去注意她的整具身體；也就僅止於此了。但這當中的事實和信念是，她的效果絲毫不會減少，不受那齣戲的影響，也不受我們的影響。

我們對這些演員感到同情，他們是這麼出色，卻賺不到什麼錢，也遠遠沒有得到足夠的感謝和名聲，這其實就只是對許多崇高努力的可悲命運所感到的同情，尤其是對我們自身的努力。因此這份同情才會強烈得不成比例，因為表面上是針對陌生人，事實上卻是針對自己。儘管如此，這份同情畢竟是和這些演員緊緊相連，就連此刻我也無法將之從他們身上分離。由於我看出了這一點，這份同情就和他們更加緊緊相連。

齊席克太太的臉頰在她肌肉發達的嘴巴旁邊出奇地光滑。她年幼的女兒身材不太勻稱。和勒維還有我妹妹一起散步了三個小時。

十月二十三日。那些演員的在場使我相信之前我針對他們所寫的東西大多是錯誤的，這一再令我感到驚恐。之所以錯誤，是因為我去寫他們時懷著堅定不移的愛意（當我此刻寫下這句話，它就也變得錯誤），但所用的力氣卻時有變化，因此沒有切中那些真實的演員，而是在這份愛裡迷失，這份愛永遠不會對我所用的力氣感到滿意，因此想要攔阻這份力氣，藉此來保護這些演員。

齊席克[1]和勒維的爭吵。齊席克認為艾德史塔特[2]是最偉大的猶太作家，認為他是崇高的。羅森費德固然也是個偉大的作家，但不是最偉大的。勒維則認為齊席克是個社會主義者，由於艾德史塔特寫作社會主義的詩歌，是倫敦一份社會主義猶太報紙的編輯，所以齊席克就認為他是最偉大的。可是艾德史塔特是哪位？他的黨認得他，除此之外沒人曉得他，而羅森費德卻是舉世知名。——齊席克說：是否受到認可不重要。艾德史塔特的一切都是崇高的。——勒維說：我對他的作品也很熟悉，例如〈自殺者〉那首詩就寫得很好。——齊席克：爭吵有什麼用呢？我們反正不會達成共識。到了明天也還是我說我的，你說你的。——勒維：到後天我也一樣。

戈爾德法登，已婚，十分拮据時也一樣揮霍。上百部作品。把從宗教儀式竊取來的旋律變得通俗。整個民族都在唱。裁縫師在工作時唱，女傭之類的人物也會唱。

就像齊席克說的，更衣室的空間這麼小，大家當然會吵架。眾人情緒激動地從戲中場景來到更衣間，每個人都自認是最偉大的演員，如果有人免不了踩到另一個人的腳，那麼不僅是會吵起來，還會大打出手。唉，華沙的劇場有七十五個小小的個人更衣室，每一間都有燈光。

1 這個演員是上文中齊席克太太的丈夫，故兩人同姓。

2 艾德史塔特（David Edelstadt, 1866-1892）是以意第緒語寫作的猶太作家，生於俄國，後移民美國，以裁縫為業，是位工人詩人，因肺結核而英年早逝，死後被猶太勞工運動視為英雄。

六點時我在他們的咖啡館裡碰見那些演員圍著兩張桌子而坐，分成兩個敵對的小團體。在齊席克那一桌上擺著培瑞茲所寫的一本書。勒維剛剛把那本書闔上，以便和我一起離開。

在二十歲以前，勒維是個研讀猶太經書的學生，花他富有父親的錢。有一群同齡的年輕人，他們偏偏選在星期六聚在一間上鎖的酒館裡，穿著長袍抽菸，並且違反其他的安息日戒律。

「偉大的阿德勒」[3]，最有名的意第緒語演員，來自紐約，是個百萬富翁，戈爾丁[4]替他寫了《野人》這齣戲。勒維在卡爾斯巴德時請他不要來觀賞他們演出，因為勒維沒有勇氣在那簡陋的舞台上當著他的面表演。——真正的布景，不是這可悲的舞台，在上面連移動都有困難。我們要怎麼演出《野人》！在這齣戲裡需要一張臥榻。萊比錫的水晶宮劇院設備一流。窗戶可以打開，陽光會照進來，在劇中需要一個王座，沒問題，那裡就有一個王座，我穿過人群朝它走過去，於是我真的就是個國王。在那裡演出要容易得多。在這裡所有的東西都會把你弄糊塗。

十月二十四日。母親一整天都在忙，有時開心，有時難過，視情緒而定，完全沒有利用她自身的情況。她的聲音嘹亮，對於尋常的言談來說太大聲，但是聽著很舒服，當你心裡難過，並且

---

3 阿德勒（Jacob P. Adler, 1855-1926），出生於敖德薩的猶太演員，後移居倫敦和紐約，在各地的意第緒劇場都是明星人物，曾成功演出意第緒版的《李爾王》。

4 戈爾丁（Jakob Gordin, 1853-1909），生於俄國的猶太裔美國劇作家，以將寫實主義引入意第緒語劇場而知名。

是在一段時間之後突然聽見她的聲音。我已經抱怨了好一段時間了，抱怨我雖然一直都在生病，卻從來沒有染上一種特殊的疾病，能迫使我躺在床上。這個願望肯定主要歸因於我知道母親非常懂得安慰人，例如當她從亮著燈光的客廳走進昏暗的病房，或是在晚上，當白晝單調地逐漸轉變成夜晚，母親從店裡回來，用她的關心和迅速的安排讓已經入夜的一天重新開始，並且鼓勵那個生病的人來協助她。我想再度懷著這個願望，因為那樣一來我就會是虛弱的，因此會被母親所做的一切給說服，而且隨著年紀而能加能夠享受天真的喜悅。昨天我想到，我之所以沒有一直像母親所應得的那樣去愛她，沒有盡我所能地去愛她，是因為受到德語這種語言的妨礙。猶太母親不是德語的 Mutter，用 Mutter 去稱呼她使她有點滑稽（不是對她自己來說，因為我們身在德國），我們用德語的 Mutter 這個名字來稱呼一個猶太婦人，卻忘了這當中的矛盾，於是這個矛盾就更沉重地壓在心上。Mutter 這個字對猶太人來說特別德國化，不經意地包含了基督教的光華和基督教的冰冷，因此被稱為 Mutter 的猶太婦人不僅變得滑稽，而且變得陌生。「媽媽」會是個比較好的名字，只要你聽到這個名字時不要想像著 Mutter。我認為維繫著猶太家庭的就只有對猶太人集中居住區的回憶，因為德語的 Vater 所指的也遠遠不是猶太人的父親。

今天我站在L顧問[1]面前，他出乎意料地主動問起我的病，幼稚、欺人、可笑，令我不耐煩。我們已經很久不曾如此親近地談過話，也許根本從來不曾，他從未如此仔細打量過我的臉，而我感覺到我的臉以虛假的部分呈現在他面前，他很難理解，但至少令他驚訝。我都認不出我自己了。我很清楚他。

十月二十六日，星期四。昨天勒維朗誦了一整個下午，先是朗誦戈爾丁的《神、人、魔鬼》，後來朗誦了他自己在巴黎時所寫的日記。前天我去觀賞了戈爾丁的劇作《野人》。戈爾丁要勝過拉泰納、夏坎斯基、法伊曼等劇作家，因為他更重視細節、條理和因果邏輯，因此不再完全是其他劇作裡那種直接的、徹底即興的猶太風格，這種猶太風格聽起來比較沒那麼吵嚷，因此也就沒那麼瑣碎。當然，為了觀眾還是得作出妥協，有時你會認為你必須要伸長脖子，以便越過紐約猶太劇場觀眾的腦袋來看這齣戲（野人這個人物，賽爾妲太太的整個故事），但更糟的是，也對某種預期的藝術作出了實際的妥協，例如，在《野人》裡，有一整幕戲的情節起起伏伏，由於拿不定主意，而野人說話含混不清，而且是很粗糙的文學語言，使人巴不得閉上眼睛，《神、人、魔鬼》裡的那個老姑娘也一樣。《野人》的部分情節很大膽。一個年輕寡婦嫁給了一個老人，對方

1　L顧問（Eugen Lederer）是「布拉格勞工事故保險局」意外事故部門的主管，卡夫卡從一九〇九年四月到九月曾經暫時被調到這個部門。

有四個孩子，而她立刻就把她的情人弗拉迪米爾．沃若貝齊克也帶進了她的婚姻。這兩個人毀掉了這一家人，許穆爾．萊布里希（皮普斯飾演）必須交出所有的錢，病倒了，長子西蒙（克魯格飾演）是個大學生，離家出走，亞歷山大成了賭徒和酒鬼，麗莎（齊席克飾演）成了妓女，至於傻子萊姆奇（勒維飾演）則對賽爾妲太太又愛又恨，恨她是因為她取代了他母親的位置，愛她則是因為她是第一個與他親近的年輕女子，這種愛恨交織使得他發瘋了。如此誇張的情節隨著賽爾妲被萊姆奇殺死而解決。其他的人物在觀眾的記憶中都不完整，而且不知所措。作者創造出該女子及其情人這兩個角色，不問任何人的意見，這給了我各式各樣模糊的自信。

劇場節目單給人含蓄的印象。觀眾從節目單上得知的不僅是名字，也還有更多資訊，但沒有透露太多，針對要接受大眾公評的這一家人，哪怕是最善意、最大膽的公眾，只提供最必要的資訊。許穆爾．萊布里希被描述為「富有的商人」，但是沒有提到他又老又病，是個可笑的花花公子，一個差勁的父親，一個不尊重死者的鰥夫，還在他妻子的忌日再婚。而所有這些描述都比節目單上的描述更正確，因為到了這齣戲的末尾，他不再富有，由於賽爾妲搶光了他的錢，而他也幾乎不再是個商人，因為他疏忽了他的生意。西蒙在節目單上被描述為「大學生」，這個描述十分模糊，凡是跟我們稍微沾親帶故的人都有兒子是大學生。亞歷山大這個沒有個性的年輕人在節目單上就只是「亞歷山大」，至於麗莎這個居家型的女孩，觀眾就也只知道她是「麗莎」。萊姆奇很遺憾地被描述為「傻子」，因為這是無法否認的事實。弗拉迪米爾．沃若貝齊克就只被註明是「賽爾妲的情人」，但並沒有說他毀掉了一家人，沒有說他貪杯好賭、放浪形骸、遊手好閒、是個寄生蟲。說他是「賽爾妲的情人」固然洩露出不少內情，但是從他的行為來看，這其實是最含蓄的說法。此外，故事發生的地點是俄國，這些人物分散在一片廣大的地區，或是聚集在這個地區一個沒有言明的小地點，簡而言之，這齣戲變得不可思議，觀眾將一無所獲。

儘管如此，這齣戲還是開演了，作者顯然強大的力量運作起來，難以相信節目單上那些人物會做出來的事情發生了，而且是不可避免地發生在他們身上，只要你願意相信那些鞭打、拉扯、打架、拍肩、暈倒、割喉、跛行、穿著俄式長靴跳舞、女子拉高了裙襬跳舞、在沙發上翻滾，因為這都是些無法反駁的事。不過，甚至不需要興奮的觀眾在記憶中經歷的戲劇高潮，就能看出節目單給人的含蓄印象是錯誤的，這個印象只有在演出結束後才會形成，但此刻就已經不正確、甚至是不可思議了，只有一個疲倦的局外人才可能得出這個印象，因為對於在演出結束後誠實評判的人來說，在節目單和演出之間不再看得出任何相容之處。

用畫下一條斜線開始，懷著絕望而寫，因為今天家人玩紙牌時特別吵鬧，我必須和大家一起坐在桌旁，歐特拉嘴裡塞滿了東西大笑著，站起來又坐下，伸手越過桌面，跟我說話，而我寫得這麼差，更是雪上加霜，我不得不想到勒維所寫的巴黎回憶，他寫得很好，以沒有被打斷的感受寫成，出自獨立自主的熱情，相形之下，我卻幾乎完全受到馬克斯的影響，至少在目前是如此，主要的原因肯定在於我能用的時間這麼有限，有時候這甚至損及我閱讀他作品的喜悅。由於這能夠安慰我，我寫下了蕭伯納的一段自傳性話語，雖然這段話其實不帶有安慰：他年少時在都柏林一家房地產公司擔任學徒，不久之後就放棄了這個職位，前往倫敦，成為作家。在一八七六至一八八五年這最初的九年裡，他總共只賺了一百四十克朗。「可是雖然我年輕力壯，而我的家庭處境很糟，我並沒有努力去謀生；我讓我母親去努力謀生，讓她來養我。我沒有扶持我的老父，反而緊抓著他外套的下襬。」最終這段話這還是稍微安慰了我。他在倫敦自由度過的那幾年，對我來說已成為過去，可能得到的幸福愈發變得不可能，我過著可怕的替代生活，而我夠膽怯也夠可悲，能夠追隨蕭伯納之處就只是把這段話讀給我爸媽聽。這份可能的生活有著鋼鐵的顏色、拉緊的鋼條和鋼條之間通風的黑暗，是這樣在我眼前閃現！

十月二十七日。勒維寫的故事和日記：說巴黎聖母院嚇著了他，植物園裡那隻老虎的絕望和希望打動了他，牠用食物來平息牠的絕望和希望；說到在想像中他虔誠的父親問他如今週六是否能去散步，是否有時間讀現代書籍，在齋戒日是否可以吃東西，而他在週六其實必須工作，根本沒有時間，而且禁食的時間比任何一種宗教所規定的都更長。當他啃著黑麵包在街上散步，遠遠看過去像是他在吃巧克力。製帽工廠裡的工作[1]，還有他的朋友，對方是個社會主義者，認為每個人都是小資產階級，不像他這麼勤奮工作，例如雙手細嫩的勒維。這個朋友在週日百無聊賴，瞧不起閱讀，認為那是種奢侈的事，本身不識字，而用嘲諷的口吻請求勒維把他收到的一封信讀給他聽。

猶太教的淨身池，在俄國每一個猶太社區裡都有，我把它想成一個小房間，有一個水池，形狀是固定的，附有由拉比所規定與監督的設施，只為了洗掉靈魂在塵世上的不潔，因此外表上的狀況並不重要，是一種象徵，因此就算骯髒發臭也沒有關係，還是能夠達到目的。女性前來洗淨月經的不潔，抄寫猶太律法《妥拉》的人在抄寫一段律法的最後一個句子之前來淨身，以洗淨所有罪惡的念頭。

有個習俗是醒來之後立刻把手指浸在水中三次，由於邪靈在夜裡會棲息在手指的第二節和第三節上。合理的解釋：為了避免立刻用手指去摸臉，由於在睡夢中手指可能不由自主地去摸過身體的各個部位，像是腋窩、屁股和性器。

舞台後面的更衣間非常狹窄，如果有一個人剛好在隔開舞台的門簾後面站在鏡子前面，而有

1 勒維在十七歲時離家前往巴黎，起初在工廠工作，十八歲時首次擔任業餘劇團演員，之後才加入職業劇團在各地巡演。

另一個人想從他旁邊經過，那麼他就必須掀起門簾，讓觀眾不得不暫時看見他。

迷信：如果從一個不完整的杯子裡喝水，邪靈就會找到入口附在人身上。

在演出結束後，那些演員顯得多麼受傷，我害怕用一句話去碰觸他們。我寧願在匆匆握手道別之後趕緊離去，彷彿我感到生氣不滿，因為我不可能說出我真實的印象。所有的人在我看來都是虛假的，除了馬克斯，他冷靜地說了些空泛的話。但是那個問起一個離譜細節的人是虛偽的，用一句玩笑來回答演員所表達的意見也是虛偽的，語帶嘲諷的人是虛偽的，開始大談自己各種印象的人也是虛偽的，全都是些無賴，他們理應被塞在觀眾席的深處，此刻在深夜裡站起來，重新意識到自己的重要。（大錯特錯。）

十月二十八日。我雖然有類似的感覺，但是在那個晚上我覺得不管是劇作還是演出都不完美。但正因為如此，我感到我有責任對那些演員格外肅然起敬。當一個人的印象中有許多小小的漏洞，誰曉得這應該怪誰。齊席克太太有一次踩到了她衣裳的裙邊，在她那件公主般的蕩婦衣裳裡搖晃了一下，像一尊巨大的柱子，有一次她說錯了台詞，為了讓舌頭冷靜下來，猛地轉身面向後牆，儘管這個動作與台詞並不相稱；這令我迷惑，但是並沒有妨礙我每次聽見她的聲音時顴骨上會感到的一絲戰慄。可是因為另外幾個熟人得到的印象更差，我覺得他們比我更有義務表現出敬意，也因為依我之見，他們的敬意會比我的敬意更有效果，因此我有雙重的理由去咒罵他們的舉止。

馬克斯寫的那篇〈關於戲劇的公理〉，刊登在《劇場》雜誌上。完全具有夢中真理的特性，「公理」這個字眼也與之相稱。它愈是如夢一般膨脹起來，你就得愈冷靜地去對待它。文中道出了下面這幾個原則：

論點是：戲劇的本質在於一種缺乏。

戲劇（在舞台上）要比小說更耗費精力，因為我們能夠看見平常只能讀到的一切。

這只是在表面上，因為在小說裡，作家只能把最重要的事物呈現在我們眼前，在戲劇裡我們則看見一切，包括演員和布景，因此不只看見了重要的東西。所以從小說的角度來看，最好的戲劇會是一部一點也不刺激的戲，例如一齣哲學劇，由演員坐在一個隨便布置的房間裡朗誦出來。

然而，最好的戲劇是在時間與空間裡給予最多刺激的，擺脫了生活的所有要求，只侷限於談話、獨白裡的思緒、事件的重點，其餘的一切都交給刺激，在一個由演員、布景畫家和導演所抬起的牌子上被高高舉起，只追隨它靈感的極致。

此一推論的錯誤：它在沒有明言的情況下改變了立場，一下子從作者的角度來看，一下子又從觀眾的角度來看。誠然，觀眾並未按照作者的意思來看待一切，作品上演時會使作者本身感到驚訝（十月二十九日，星期日），但是作者腦中有著這齣戲的全部細節，點點滴滴地進行，而且只因為他把所有的細節聚集在台詞裡，才賦予了這些台詞戲劇化的份量和力道。因此，戲劇發展到極致，就落入一種難以承受的人性化，而使之變得能夠承受就是演員的任務，演員把他要飾演的角色鬆散地、輕輕地帶在身邊。也就是說，戲劇飄浮在空中，但不是一片被暴風捲起的屋頂，而是一整棟建築，地基牆從泥土中被拉出來，以一種如今仍近乎瘋狂的力量。

有時，那齣戲似乎停頓在舞台上方的短簾裡，演員扯了幾條下來，把末端拿在手裡把玩，或是用來裹住身體，只偶爾會有一條扯不下來的短簾把一個演員拉到半空中，把觀眾嚇了一跳。

今天我夢見了一頭長得像獵犬的驢子，牠的動作非常謹慎。我仔細地觀察牠，因為我意識到這個現象很罕見，但後來我就只記得我不喜歡牠細長的人腳，由於其長度和單調。我拿了深綠色的新鮮柏樹枝給牠吃，是蘇黎世一位老太太給我的（這整件事發生在蘇黎世），牠不想吃，只輕輕嗅了嗅；可是當我把柏樹枝留在桌子上，牠就把它們全吃光了，只剩下一個幾乎無法辨識、模樣像栗子的核。後來聽說這頭驢子從不曾用四隻腳走路，而是始終像人一樣直立，露出牠銀閃閃的胸膛和小肚子。但這話其實並不正確。

另外我還夢見了一個英國人，是我在一場集會上認識的，類似蘇黎世救世軍那樣的集會。集會中有著像學校裡那種桌椅，在寫字板下面還有一個開放式置物格；當我把手伸進去，想要整理什麼東西，我驚訝於在旅行中結交朋友是多麼容易。這顯然是指那個英國人，不久之後他就朝我走過來。他穿著明亮、寬鬆的衣服，保持得很好，只在上臂後方有一塊布料與衣服的布料不同，或至少是另外縫上去的，那是一塊有皺褶的灰布，略微下垂，撕破成一條一條，彷彿在織成時就有斑點，讓人想起馬褲上的皮襯，也讓人想起女裁縫、女店員、女職員的袖套。他的臉也用一塊灰布遮著，在嘴巴、眼睛、可能還有鼻子的地方很實用地剪了洞。這塊布卻是新的，上有絨毛，有點像法蘭絨，很柔軟服貼，是質料極佳的英國貨。這一切都令我有好感，使我很想去認識這個人。他也想要邀請我到他家去，但由於我後天就得搭車離開，這件事就沒成。在他離開那場集會之前，他還穿上了幾件顯然非常實用的衣物，在他扣上鈕釦之後，那些衣物使得他看起來毫不顯眼。雖然他無法邀請我到他家去，他還是請我和他一起走上街道。我跟著他，我們在集會場所對面的人行道邊緣停住，我在下面，他在上面，稍作交談之後，再度看出他的邀請不會有結果。

後來我夢見馬克斯、奧圖[1]和我習慣到了火車站才打包行李。例如，我們捧著自己的襯衫穿過車站大廳，到我們放得很遠的行李箱。雖然這看來是我們一向的習慣，卻不是個好習慣，尤其是因為我們在火車快要進站之前才開始打包。於是我們當然很緊張，幾乎不抱著還能趕上火車的

1 奧圖（Otto Brod, 1888-1944）是馬克斯・布羅德的弟弟，他們三個人在一九一〇年十月曾一起前往巴黎旅行。

希望，更別說佔到好位子了。

雖然「薩孚咖啡館」裡的常客和工作人員都喜歡那些演員，卻無法對他們保持尊敬，由於那些令人洩氣的印象，他們瞧不起那些演員，認為他們老是挨餓、四處漂泊、就像歷史上的猶太同胞。所以那個領班會想要把勒維從大廳裡攆出去，那個從前在妓院上班、如今是皮條客的門房會對著齊席克年幼的女兒大吼，當她在觀看《野人》演出時由於同情心被激起而想把某件東西遞給那些演員；而前天，勒維在「咖啡城市」[1]替我朗誦了戈爾丁劇作《以利沙．本．阿布亞》的第一幕之後，我送他回「薩孚咖啡館」，一個傢伙（他是個斜眼，在鷹鉤鼻和嘴巴之間有個凹處，一撇小鬍子從裡面冒出來）對著他喊：「傻子（影射他在《野人》裡的角色），快點，有人在等你。今天你有訪客，是你實在配不上的訪客。甚至有個砲兵部隊的志願兵在這兒，你瞧。」於是他指著咖啡館用簾幕遮著的一面窗玻璃，意思是那個志願兵就坐在那後面。勒維伸手在額頭上抹了一下：「從以利沙．本．阿布亞[2]到這傢伙。」

看見那道石階令我心中感動。一早便是如此，後來又有好幾次，我喜歡從我窗前能夠看見的

1　「咖啡城市」（Kaffee City）是一間咖啡館的名字，和卡夫卡當時的家位在同一條街上。

2　以利沙．本．阿布亞（Elisha ben Abuyah），猶太拉比，大約公元七十年生於耶路撒冷，在改變世界觀之後被視為猶太異端。上文中戈爾丁的同名劇作就是寫他的故事。

那道階梯的一截三角形石砌欄杆，從切赫橋的右邊通往下面的碼頭平台。那一截石梯很陡，彷彿就只是給人一個匆匆的暗示。而此刻我看見河邊斜坡上有一具活動梯子通往水裡。它一直都在那兒，只是在秋季和冬季由於它前面的游泳學校被撤走了，才露了出來，在視角的變化中擱在褐色樹木底下的深色草叢裡。

勒維：四個少年時期的朋友在老年成為偉大的猶太經師，但是命運各自不同。一個發瘋了，一個死了，拉比以利沙在四十歲時成為自由思想者，只有他們當中最年長的阿基帕[3]獲得了完整的認知，他在四十歲時才開始學習。以利沙的學生是拉比麥爾[4]，一個虔誠的人，他是如此虔誠，即使上了自由思想者以利沙的課，也對他無害。照他的說法，他是吃了核果的果仁，而扔掉了果殼。有一次在星期六，以利沙騎馬兜風，拉比麥爾步行跟隨，手裡拿著《塔木德經》，但是他只走了兩千步，因為在安息日不允許走得更遠。從這趟散步產生了一番象徵性的論辯。「回到你的族人之中」，拉比麥爾說。拉比以利沙用一句雙關語拒絕了。

十月三十日。當我偶爾覺得自己的胃是健康的，就幾乎總是渴望著想像嚇人的狼吞虎嚥，尤其是在香腸臘肉店前面滿足自己的這份渴望。如果看見一條香腸，上面的標籤指出這是條又老又

3 阿基帕（Akiba ben Josef，約 55-135），猶太拉比，據說原是不識字的牧羊人，後來成為拉比猶太教的重要經師。

4 拉比麥爾（Rabbi Meir）為西元二世紀的重要猶太經師。

硬的家常香腸，我就想像著用整副牙齒咬下去，然後快速、規律、無所顧忌地吞嚥，就像一部機器。就算在想像中，這種行為也會立刻導致絕望，而這份絕望又加快了我的匆忙。肋排的長條豬皮我咬都沒咬就塞進嘴裡，穿過腸胃，再從後面扯出來。骯髒的小食品店被我整個吃空了。我用鯡魚、醃黃瓜和所有劣質、不新鮮的辛辣食物把自己塞滿。糖果就像冰雹一樣從鐵罐裡被我倒進嘴裡。藉此我不僅享受著我健康的狀態，也享受著沒有痛苦、馬上就會結束的自作自受。

我有個老習慣，當純粹的印象，不管是苦是樂，達到了極致的純粹，我不讓它們穿透我整個人，而是用薄弱的新印象來使之模糊，並且加以驅逐。這並由於我想要傷害自己，而是由於軟弱而承受不了這些印象的純粹，但是我沒有承認自己的軟弱，寧可試圖在內心的靜默裡用看似任意喚出的新印象來幫助自己，而不去做唯一正確的事，亦即讓我的軟弱顯露出來，並且把其他的力量喚來支援它。

例如，週六晚上，先是聽了T小姐[1]那篇寫得很好的中篇小說，那其實更該算是馬克斯的作品，至少大一部分屬於他，後來又聽了鮑姆的出色劇作《競爭》，在其中不斷能看見戲劇力量的運作及其效果，就像目睹一個工匠製作出成品，聽了這兩篇作品之後，我深受打擊，好幾天來已然空洞的內心在措手不及的情況下被沉重的悲傷填滿，乃至於在回家的路上我對馬克斯說，《羅

1 係指艾莎．陶席希（Elsa Taussig, 1883-1942），她當時是馬克斯的女友，兩人後來在一九一三年結婚。

伯特和山繆》那篇小說是寫不成了。要作這番聲明，在當時不需要一點勇氣，不管是面對我自己還是馬克斯。接下來的對話讓我有點困惑，因為《羅伯特和山繆》在當時遠遠不是我最擔心的事，因此我對馬克斯提出的異議找不到適當的回答。可是等到我獨自一人，不再有那番談話來打擾我的悲傷，也失去了馬克斯在場時幾乎總能帶來的安慰，我的絕望就愈來愈深，開始溶解我的思考（這時，當我休息吃晚餐時，勒維來了，既打擾了我也令我開心，從七點到十點）。然而，我並沒有在家裡靜候接下來會發生的事，我胡亂讀了兩冊《行動》雜誌，讀了一點《不幸之人》[2]，最後也讀了我巴黎之行的筆記，然後上床躺下，其實比之前要滿意一些，但是固執。幾天前也有過類似的情況，當我去散步回來，模仿著勒維，靠著他熱情的力量，這份力量表面上對準了我的目標。那一次我也在家裡亂讀一通、亂說一通，然後就倒下了。

十月三十一日。今天我雖然瀏覽了一下費雪出版社[3]的目錄、島嶼出版社年鑑[4]、《新觀察》[5]雜誌，此刻我相當有把握，我若非牢牢吸收了一切，就是雖然粗略，但抵擋了任何損害。

2 《不幸之人》（*Die Mißgeschickten*）是德國作家薛佛（Wilhelm Schäfer, 1868-1952）的中篇小說，於一九〇九年出版。

3 費雪出版社（S. Fischer Verlag）於一八八六年由薩姆埃爾．費雪（Samuel Fischer）創立，迅速成為現代文學重鎮，豪普特曼、湯瑪斯．曼、赫曼．赫塞這幾位諾貝爾文學獎得主均為其旗下作家，至今仍是德語世界的重要出版社。

4 島嶼出版社（Insel Verlag）也是德國一家歷史悠久的出版社，一九〇一年成立於萊比錫，以出版文學經典知名，每年發行的年鑑除了提供出版書目，也兼述出版社的工作重點。

5 《新觀察》（*Die Neue Rundschau*）係費雪出版社發行的文學季刊，自一八九〇年發行至今，為歐洲最悠久的文史雜誌。

而今天晚上，如果我不必再和勒維一起外出，我對自己就有足夠的信心。

今天中午，面對一個為了我妹妹而到家裡來的媒婆，我感到一種不得不垂下目光的尷尬，基於幾種互相交織的理由。這個婦人所穿的衣服由於老舊、磨損和髒汙而有了一層淺灰色的油光。她站起來時也仍把雙手擱在腿上。她斜視，這似乎使我更難對她置之不理，當我必須看向父親，他針對她想作媒的那個年輕人問了我一些事。另一方面，由於我的午餐擺在面前，我的尷尬又略微減輕，光是從三個盤子裡取出食物混在一起就夠我忙的了。她臉上的皺紋很深，起初我只看見了一部分，深到使我心想，動物若是看見這樣的人類臉孔，想必會大惑不解。她小小的鼻子從臉上伸出來，立體得引人注目，略微隆起的鼻根尤其棱角分明。

星期天下午，當我剛剛超越三個女子，走進馬克斯所住的屋子，我心想：還有一、兩間屋子是我在屋裡有事要辦的，走在我身後的女子還有可能看見我在一個週日午後拐進一棟屋子的大門，去工作，去交談，懷著目的，趕著時間，只偶爾從這個角度來看待這件事。這種情況不會長久了。

威廉·薛佛的中篇小說，我尤其在大聲朗誦時感受到那種專注的享受，就好比我在舌頭上拉動一條細繩。昨天下午我起初有點受不了瓦莉[1]，可是當我把《不幸之人》借給她，她已經讀了一點，而且想必確實受到那個故事的影響，我為了這份影響而愛她，並且撫摸了她。

為了不要忘記，以免我父親哪天又說我是個不肖子，我寫下他當著幾個親戚的面說馬克斯「瘋瘋顛顛」，沒有什麼特殊的理由，不管是單純只想要教訓我，還是自認為是在拯救我，而昨天，當勒維在我房間裡時，父親嘲諷地搖擺身體，拉下嘴角，說我讓陌生人進屋裡來，說陌生人有趣在哪裡，建立這種無用的人際關係所為何來，諸如此類的話。——我其實不該寫下來，因為寫著寫著我簡直恨起父親來，而今天他並沒有給我理由去恨他，況且以我寫下來的父親所說的話，這份恨意大得不成比例，至少是由於勒維的緣故而起的恨意，而由於我記不起父親昨日的舉止究竟哪裡惡劣，更增添了我的恨意。

十一月一日。今天既熱切又快樂地開始讀格雷茨[2]的《猶太史》。由於我對這本書的渴望遠遠超出了閱讀，起初它比我所想的更為陌生，而我偶爾必須暫停閱讀，透過休息來讓我的猶太特質集中起來。不過，讀到末尾，在新征服的迦南地區頭幾個聚落的不完美，以及族人（約書亞、

1 瓦莉（Valli Kafka, 1890-1942）是卡夫卡的二妹。

2 格雷茨（Heinrich Graetz, 1817-1891），猶太裔德國歷史學家，寫出了第一部猶太通史《猶太民族史，從上古到當今》（*Geschichte der Juden von den ältesten Zeiten bis auf die Gegenwart*），是部經典之作，格雷茨也因此被視為猶太復國主義理念之父。卡夫卡所讀的是分為三卷的簡短版本。

士師、以利亞）對這份不完美的忠實記載，就已經感動了我。

昨天晚上向克魯格太太[1]道別。我和勒維沿著火車跑，看見克魯格太太在最後一節車廂關上的車窗後面從昏暗中向外望。她在車廂裡迅速向我們伸出手臂，站起來，打開車窗，穿著敞開的披風在那兒站了片刻，直到陰鬱的克魯格先生在她對面站了起來，他只會抑鬱地把嘴巴大大張開，再緊緊閉上，彷彿將永遠閉上。在那十五分鐘裡，我很少跟克魯格先生攀談，而且也許只看了他兩眼，此外在不曾中斷的無力交談中，我的目光無法從克魯格女士身上移開。她完全被我的在場給左右了，但主要是在她的想像中，而非在實際上。當她轉向勒維，重複使用同樣的發語詞：「喂，勒維」，她是為了我而說，當她靠在丈夫身上，他緊緊壓住她的衣裳和鼓起來的披風，有時只讓她的右肩露在窗前，她努力想藉此給我一個空洞的信號。

在劇團那幾場演出時，我最初的印象是我讓她感到不太自在，而這個印象想來是正確的。她很少邀請我一起合唱，就算邀請了，也不是很帶勁，當她問我些什麼，可惜我答錯了（「您懂嗎？」，我說「懂」，但她其實希望我說「不懂」，以便能夠回答「我也不懂」），她兩次都沒有拿印著她照片的明信片給我，我比較喜歡齊席克太太，想要送花給她，好讓克魯格太太難堪。但是在這份反感之外，她對我的博士頭銜懷著敬意，我稚氣的外表對此並無妨礙，甚至還加強了

1　克魯格太太是意第緒語劇團的一名女演員，她的丈夫也是劇團成員，兩人先行離開劇團。

這份敬意。這份敬意是如此之大，從她經常使用、但並未特別強調的稱謂「嗯，博士先生」流露出來，使我不禁惋惜自己實在配不上這份尊敬，並且捫心自問，我是否無權讓每個人這樣稱呼我。而由於她如此尊敬我這個人，她更加尊敬身為聽眾的我。當她唱歌，我笑顏逐開，她在台上時，我一直笑著看她，跟著哼那段旋律，後來也跟著唱歌詞，在幾場演出之後向她道謝；因此她自然又很喜歡我。可是如果她由於喜歡我而跟我說話，我就感到尷尬，於是她肯定又回復到起初對我的反感，並且維持下去。於是她必須要更加努力地獎賞身為聽眾的我，而她樂於這樣做，因為她是個虛榮的女演員，也是個善良的女子。

尤其是當她在車窗裡沉默著，她用眨動的眼睛看著我，一張嘴由於尷尬和狡猾而沾沾自喜，眼睛漂浮在泛自嘴角的皺紋上。她想必以為我愛著她，而那也是真的，於是她用這些眼神來滿足我，身為世故的少婦，身為賢妻良母，這是她能夠給她想像中一位博士的唯一滿足。這些眼神是那麼懇切，並且用「此地有這麼親切的來賓，尤其是某幾位」這樣的話語加以支持，於是我會心生抗拒，而這就是我看著她丈夫的時候。當我比較他們倆，看見他們將要一起搭車離去，卻只關心著我們，而沒有看彼此一眼，使我感到無比訝異。勒維問他們在車上是否有好的座位；「有的，如果車廂裡一直這麼空的話」，克魯格太太回答，一邊偷偷看進車廂裡，她抽菸的丈夫將會把溫暖的空氣弄得污濁。我們談起他們的小孩，他們就是為了孩子而先行搭車離開；他們有四個小孩，三男一女，老大九歲，他們已經十八個月沒見到孩子了。當一位男士在旁邊倉促上了車，火車似乎想要開動，我們匆匆道別，伸手相握，我摘下帽子，然後把帽子舉在胸前，我們向後退，大家在火車駛動時都這麼做，藉此表示一切都已結束，而我們也無奈地接受了。可是火車並未駛動，我們又走近車廂，對此我很高興，她問起我的妹妹。接著火車出人意料地開始緩緩行駛。克魯格太太掏出手帕準備揮動，她還喊道要我寫信給她，問我知不知道她的地址，她已經離得太遠，我無法用言語來回答她，於是我指指勒維，意思是我可以從他那兒得知她的地址，她趕緊向我和勒維點點頭，表示這樣很好，讓手帕在風中飄動，我舉起帽子回禮，起初很笨拙，後來就愈發自在，當她離得愈來愈遠。

事後我想起來，我當時有個印象，覺得火車其實並沒有開走，而只行駛了火車站裡那短短一段路，為了讓我們看一齣戲，然後就沉沒了。晚上在半睡半醒之際，克魯格太太看起來矮小得不自然，幾乎沒有腿，面孔扭曲地絞著雙手，彷彿一樁天大的不幸發生在她身上。

今天下午，我由於孤單而感到的痛苦如此刺人而強烈地襲上心頭，使我察覺我藉由寫作而獲得的力量正以這種方式在消耗自己，而我實在沒有打算要把這份力量用在這上面。

每當克魯格先生來到一座新城市，就會有人注意到他和他妻子的首飾進了當鋪。等到接近啟程的時候，他就會慢慢再把它們贖回來。

哲學家孟德爾頌的妻子最喜歡說的一句話：我受夠了這整個宇宙！

向克魯格太太道別之際，一個最重要的印象是我一直得要相信，身為單純的小市民，她勉力把自己拉在她身而為人真正的天命之下，只需要往上一躍、只需要把門扯開、只需要擰亮一盞燈，她就能成為女演員，並且將我征服。她也的確站在上方，而我站在下方，就像在劇場一樣。——她十六歲結婚，現在二十六歲。

十一月二日。今天早上是很久以來第一次，我又愉快地想像一把在我心臟裡轉動的刀子

在報紙上，在談話中，在辦公室裡，言語的激烈往往會引人誤入歧途，再加上從當前的軟弱裡油然而生的希望，希望在下一刻就會忽然大徹大悟，或是由於強烈的自信，或者就只是漫不經心，或是由於我們不計代價想要轉嫁到未來的一個當下印象，還是認為當下的真實熱情足可替未來的心不在焉辯白，或是喜歡在中間被撞了一兩下而抬高的句子，使嘴巴逐漸張開到最大，哪怕它們讓嘴巴太快闔上，或是作出明確評價的一絲可能，或是努力讓已經結束的談話繼續下去，或是急於擺脫一個話題，如有必要，趴著離開也行，或是出於替自己的沉重呼吸尋找出路的絕望，或是嚮往一道沒有陰影的光——這一切都可能引誘人說出這樣的句子：「我剛讀完的那本書是我

至今讀過最棒的一本」或是「我從來沒讀過這麼棒的書。」

為了證明我針對他們所寫、所想的一切都錯了，這些演員又留了下來（除了克魯格夫婦之外），這是勒維告訴我的，昨天晚上我和他碰了面；誰曉得他們會不會基於同樣的理由而在今天再度搭車離去，因為勒維沒有到店裡來，雖然他答應了要來。

十一月三日。一個看似幾乎不可能的證明，證明了我寫下的兩件事都錯了。昨天晚上勒維親自來了，並且打斷了我寫作。

卡爾[1]習慣用同樣的聲調重複述說每一件事。他向某人說起店裡的一件事，雖然沒有說到許多細節，而徹底解決這個故事，但畢竟是以一種由於緩慢而顯得徹底的方式來告知，就只是告知，沒有別的意思，因此說完也就了結了。等到另一件事談了一會兒，他意外地發現與先前那個故事的連結，於是又拿出來再說一次，以它原有的形式，幾乎沒有添加什麼，但也幾乎沒有刪減，就像一個單純無邪的人背上被人偷偷繫上了一條繩子，拖著這條繩子在房間裡走來走去。由於我爸媽特別喜歡他，與其說是注意到他這個習慣，不如說是感覺到他這個習慣，於是他們，尤其是我母親，會不自覺地給他機會去重複述說。如果在某一個晚上，複述一個故事的時機始終沒

1 係指卡夫卡的妹夫卡爾．赫爾曼。

有出現，母親就會問起，而且帶著一份好奇，這份好奇即使在問過問題之後也沒有一如預期地消失。至於那些已經重複述說過、無法靠自己的力量再出現的故事，母親會用追問去找出來，甚至是在好幾個晚上之後。但是卡爾的習慣是如此根深蒂固，往往有力量證明自己的正當性。沒有別人能夠如此規律地把一個基本上跟每個人都有關的故事一再講給家中每一個成員聽。在這種情況下，當聚在一起的家人過了一段時間增加了一個人，這個故事就必須再講一遍，講述的次數幾乎就跟在場的人數一樣多。而因為只有我看出了卡爾的這個習慣，我通常也是第一個聽他說故事的人，之後的複述所帶給我的就只是一份小小的喜悅，由於我的觀察得到了證實。

羨慕鮑爾的作品據說獲得了成功，雖然我明明這麼愛他。感覺就像體內有一個線團迅速捲起，把無數的線頭從我身體的邊緣往裡面拉緊。

勒維。父親說到他：「誰要是帶著狗一起上床，起床時身上就帶著臭蟲。」我按捺不住，說了些失控的話。父親回話時格外冷靜（但停頓良久，與平常不同）：「你知道我必須保重身體，不能激動，卻還這樣跟我說話。我夠激動了，實在夠了。所以別再對我說這種話。」我說：「我會努力克制自己。」而在這種極端的時刻，我總是感覺到父親身上有一份智慧，而我只能領略一絲一毫。

勒維寫他祖父去世的故事。他樂善好施，懂得好幾種語言，作過幾趟深入俄國的遠程旅行，有一次在一個星期六，他拒絕在葉卡捷琳諾斯拉夫的一個神奇拉比家裡吃飯，因為那個拉比的兒子留著長髮，繫著彩色領巾，使他懷疑起這家人的虔誠。

床被擺在房間中央，親友所持的燭台是借來的，蠟燭的光亮和輕煙瀰漫在房間裡。大約四十名男子圍在他床邊一整天，藉由一個虔誠之人的死亡來端正自己。他直到臨終都神智清楚，在適當的時刻把手擱在胸前，開始說出在這個時刻該唸的禱詞。在他病痛之時以及在他死後，祖母都不斷哭泣，她在隔壁房間裡和其他婦女聚在一起，但是她在祖父臨終之際十分平靜，因為按照戒律必須盡力讓臨終之人死得輕鬆一點。「他在自己的禱告聲中去世。」許多人都羨慕他在如此虔誠的一生之後能這樣死去。

慶祝逾越節。一個富有猶太人的團體租下了一家麵包店，其成員負責替各家庭的大家長製作所謂的「十八分鐘無酵餅」[1]：取水、遵照教規淨化、揉麵、切割、戳洞。

十一月五日。昨天睡覺了，在觀賞了《巴柯巴》[2]之後從七點鐘起和勒維在一起，他朗誦了

1 猶太人慶祝逾越節時要吃沒有發酵的麵餅，為了避免發酵，必須在十八分鐘內完成從和麵到送進烤箱的整個過程。

2 《巴柯巴》（*Bar Kochba*），是猶太劇作家戈爾德法登所寫的一齣輕歌劇，敘述同名歷史人物的故事，巴柯巴於西元一三二年到一三六年領導猶太人反抗羅馬帝國，史稱「巴柯巴起義」或「巴柯巴之亂」。

他父親的信。晚上去鮑姆家。

我想要寫作，而額頭上顫抖不休。我坐在我的房間裡，這裡是整間屋子吵雜聲的總部。我聽見所有的門被砰地關上，關門的噪音只讓我免於聽見在門與門之間奔跑的腳步聲，我還聽見廚房裡爐灶的門被啪地關上。父親撞開我的房門，睡袍拖在身後穿過我的房間，再從另一扇門衝出去，隔壁房間裡有人在扒出火爐裡的灰燼，瓦莉穿過前廳問道父親的帽子是否擦乾淨了，就像呼喊著穿過一條巴黎街道，有人因為體貼我而「噓」了一聲，卻使得回答的那個人提高了叫喊的聲音。公寓的門閂被拉開，像發炎的喉嚨一樣發出噪音，接著門被打開，聽見一個女子的聲音短短唱了幾聲，然後門在一個男子重重一甩之下被關上，這個聲音聽起來最肆無忌憚。父親出門了，現在響起的是比較柔和、比較分散、更加無望的噪音，由那兩隻金絲雀的叫聲帶領。以前我就曾經想過，而在金絲雀的叫聲裡重新想起，我是否該把房門打開一道細縫，像條蛇一樣爬進隔壁房間，趴在地板上，向妹妹和她們的家庭女教師懇求，請她們安靜下來。

昨天晚上我心中苦澀，當馬克斯在鮑姆家朗誦我那篇汽車小故事。我對所有的人封閉自己，因為受不了那篇故事而把下巴緊緊壓在胸口。這篇故事的句子雜亂無章，漏洞之大，足以讓人把雙手插進去；一個句子高、一個句子低，視情況而定；一個句子摩擦著另一個句子，就像舌頭去舔一顆蛀空的牙齒或假牙；一個句子以如此粗糙的開頭走過來，使得整個故事瞠目結舌；摻進馬克斯一段睡眼惺忪的模仿，搖搖擺擺地晃進來（斥責被消音——被激起），有時候看起來就像是一堂舞蹈課的前十五分鐘。我向自己解釋，這是因為我缺少足夠的時間和休息，來把我才華的所有可能性從我體內挖掘出來。因此能夠顯露出來的始終都只是殘缺的開端，例如這整篇汽車故事就只是一個殘缺的開端[1]。假如有朝一日我能寫出篇幅較大而且完整的作品，從頭到尾都形塑得好，那麼這個故事也永遠無法徹底從我身上分離，而我身為一篇健全故事的血親，可以睜大眼睛冷靜地聽著它被朗誦出來；可是這篇故事的每一塊碎片都無家可歸地到處亂跑，把我趕往相反的方向。——而這個解釋若是正確的，我還得要感到慶幸。

劇團演出戈爾德法登的劇作《巴柯巴》。整個表演廳和舞台上都對這齣戲判斷錯誤。我帶了一束花來給齊席克太太，附上一張名片，寫著「出於感謝」，等待著我可以請人把這束花遞給她的時機。由於開演的時間晚了，而齊席克太太的重頭戲要在第四幕才會出現，我等得不耐煩，又擔心花朵會凋萎，演到第三幕時（那時是十一點）我就請服務生把花從包裝紙裡拿出來，於是那束花就擺在旁邊一張桌子上，廚房的工作人員和幾個髒兮兮的熟客拿起來遞給彼此，還聞了聞，我只能既擔心又生氣地瞧著，除此之外無計可施。當齊席克太太演出她在監獄裡的重

1　這篇「汽車故事」收錄在巴黎旅行日記的末尾。

頭戲，我雖然愛她，心裡卻同時在催她趕快演完。終於，這一幕演完了，我因為心神不寧而沒有察覺，領班把花遞給她，齊席克太太在即將拉上的帷幕中間接過了那束花，在帷幕之間的小小縫隙裡鞠了個躬，之後就沒有再回來。沒有人察覺我的愛，而我原本想要讓所有的人都看見，藉此讓這份愛在齊席克太太眼中變得珍貴，但幾乎沒有人注意到那束花。那時已經過了凌晨兩點，大家都累了，有幾個觀眾已經先行離去，那時我很想拿我的杯子朝他們的背影扔過去。

我們機構裡的監察員P跟我一起來看戲，他是個基督徒。平常我很喜歡他，但看戲時他惹我心煩。我擔心的是那束花，不是他的事。我也知道他不太看得懂那齣戲，而我沒有時間、興致和能力去勉強他接受他自認並不需要的協助。到最後，我在他面前感到慚愧，因為我自己也不專心。另外他也妨礙了我和馬克斯交流，想到我以前原本喜歡他，以後也還會再喜歡他，而且他也不會對我今日的舉止見怪，這甚至惹得我更加心煩。

而覺得心煩的人不只是我。馬克斯覺得自己要為他在報上寫的那篇稱讚演出的文章負責任。對貝格曼[2]帶來的那群猶太人來說已經太遲了。「巴柯巴」社團的成員是為了這齣劇的劇名而來，想必感到失望。由於我只從這齣劇作認識巴柯巴這個人，我絕對不會替任何社團取這個名字。表演廳後面有兩個女店員盛裝打扮和她們的情人在一起，在死亡那一幕戲裡有人忍不住大聲

2 貝格曼（Hugo Bergmann, 1883-1975）是卡夫卡的中學同學，當時是布拉格猶太復國運動大學生聯盟「巴柯巴」的重要成員，後來成為知名的哲學學者。

叫他們安靜一點。最後，街上的人敲打著大片玻璃窗，為了幾乎看不見舞台而生氣。

舞台上少了克魯格夫婦。——臨時演員很可笑。「粗野的猶太人」，如同勒維所說。那是些外出做生意的人，並沒有拿酬勞。大多數時候他們就只忙著遮掩他們的笑聲，不然就是忙著享受他們的笑聲，即使是出自好意。一個圓臉頰的人有著金色鬍子，在他面前大家實在忍不住要笑，由於那把黏上去的大鬍子晃來晃去，在他笑的時候侷限了他的臉頰，使他笑起來格外滑稽，而他的角色原本並不該笑。另一個人只在想笑的時候才笑，但是一笑就不可收拾。當勒維飾演的角色唱著歌死去，蜷縮在這兩個長者的臂彎裡，應該要在逐漸減弱的歌聲中緩緩滑到地上，這時他們兩個把頭伸到他背後，以便在觀眾看不見他們的情況下（他們這樣以為）好好笑個飽。昨天當我在吃午餐時想起這一幕，我都還忍不住笑了。

齊席克太太在監獄裡，喝醉的羅馬總督來探監（年輕的皮普斯飾演），按照劇情她必須要摘下他的頭盔，然後戴在自己頭上。當她摘下頭盔，一條揉成一團的毛巾掉了出來，顯然是皮普斯塞進去的，因為那副頭盔壓得他難受。雖然他明明應該知道那頂頭盔在舞台上將會從他頭上被摘下，他卻一臉責備地看著齊席克太太，渾然忘了他演的是個喝醉的人。

精采之處：看齊席克太太蜷縮在羅馬士兵的手下（不過她得先把他們的手拉向自己，因為他們顯然害怕去碰她），由於她的用心和演技，那三個人的動作幾乎配合著歌聲的節奏，就只是幾乎；她在那首歌裡預告救世主的出現，並且用小提琴運弓的動作來呈現豎琴的彈奏，靠著她的魅力，並未讓人覺得格格不入；在監獄裡，每當有腳步聲接近，她就中斷了她的哀歌，趕緊回去轉動石磨，一邊轉動，一邊唱起一首工人歌曲，之後又回去唱她的哀歌，然後再回去轉動石磨；看她在睡覺時歌唱，當帕普斯來探望她，而她的嘴張開來，像一隻眨動的眼睛，她的嘴角在張開時總是讓人想到眼角。——在白色和黑色的面紗底下她都一樣美。

在她身上看出的新動作：把手按進那件品質欠佳的緊身胸衣深處，在嘲諷時短促地顫動肩膀和臀部，尤其是當她背對著她所嘲諷的人。

她像個主婦一樣領導著整場演出。她替每個人提詞，自己卻從不會接不下去；她指導了那些臨時演員，懇求他們，最後在必要時把他們推開；當她不在舞台上，她清亮的嗓音就加入了台上微弱的合唱；她撐住了那面折疊式屏風（在最後一幕裡代表一座堡壘），換作是那些臨時演員，大概會碰倒十次。

我原本希望藉由那束花來稍微滿足我對她的愛，那完全沒有用。只有藉由文學或是同床共枕才有可能滿足。我這樣寫，不是因為我以前不知道，而是因為經常把警告寫下來也許是件好事。

十一月七日，星期二。昨天那批演員連同齊席克太太終於搭車離去。晚上我陪勒維到咖啡館去，但是在外面等候，不想進去，不想看見齊席克太太。可是當我來回踱步，我看見她開了門，和勒維一起走出來，我一邊打招呼一邊朝他們走過去，在馬路中央與他們相會。齊席克太太謝謝我送的花，用她說話時那種高雅但自然的詞彙，說她此時才得知那花是我送的。也就是說勒維這個騙子之前什麼都沒有告訴她。我為她擔心，因為她只穿著一件單薄的深色短袖上衣，而我請求她——我差點就會伸手把她推走——進店裡去，免得著涼。不，她說，她不會著涼，因為她圍著一條披肩，於是她把披肩拉起來給我看，然後在胸前圍得更緊一點。我沒法對她說我其實並不擔心她，只是欣喜於找到了一種感受，能讓我在其中享受我的愛，因此我又對她說了一次，說我擔心她。

這時她先生、她幼小的女兒和皮普斯先生也出來了，這才發現他們還根本不確定要前往布爾諾，如同勒維所說，皮普斯甚至打定主意要搭車去紐倫堡。他說這樣最好，要找到一座表演廳很容易，當地的猶太社群很大，繼續前往萊比錫和柏林也很方便。再說，他們討論了一整天，而勒維一直睡到四點，讓他們空等，並且錯過了七點半駛往布爾諾的火車。在這番議論中，我們走進店裡，在一張桌旁坐下，我坐在齊席克太太對面。我本來很想好好表現一下，這也並不難，我只需要知道幾條火車路線，能分辨各個火車站，在紐倫堡和布爾諾之間作出決定，但尤其得要喊得比皮普斯更大聲，他表現得就像戲裡的巴柯巴，而勒維十分理性地以中等聲量的絮絮叨叨來回應他的大喊大叫，即使並非蓄意，而至少在當時我覺得他這番絮叨令人費解。於是，我沒有好好表現，而是癱坐在椅子上，看看皮普斯，再看看勒維，只偶爾在移動目光時遇到齊席克太太的眼睛，可是當她用一道眼神來回應（例如，她只需要對我微笑，由於皮普斯的激動），我就移開目光。這並非沒有意義。在我們之間不能有針對皮普斯的激動而發的微笑。再加上面對著她的臉，我太過嚴肅，並且由於這份嚴肅而感到疲倦。如果我為了什麼事想要發笑，我可以越過她的肩頭看著在《巴柯巴》裡飾演總督夫人的那個胖太太。但我其實也無法認真看著她，因為那將意味著我愛她，就連在我背後的皮普斯在他年輕的純真裡想必也會看出來，而那就真的會是聳人聽聞了。我，一個通常被認為才十八歲的年輕人，當著「薩孚咖啡館」夜間客人的面，在到處站立的服務生當中，在圍桌而坐的這群演員面前，向一個三十歲的婦人示愛，幾乎沒有人認為她長得漂亮，她有十歲和八歲的兩個小孩，丈夫就坐在她旁邊，她是正派和節儉的楷模——向這個女子表明他完全沉溺其中的愛，並且——現在真正奇怪的事來了，不過不再有人注意到——立刻放棄了這個女子，一如他也會放棄她，假使她年輕而且單身。儘管有一切不幸，我還能夠感覺到愛，一種不屬於塵世的愛，但卻以世間事物為對象，對此我不知道該心存感激還是出聲咒罵。

齊席克太太昨天是美麗的。那份其實平凡的美麗，那雙小手、輕盈的手指、渾圓的下臂是那麼完美，就連其不尋常的赤裸也不會讓人想到其餘的身體。那分成兩股波浪的頭髮被煤氣燈照亮了。右邊嘴角的皮膚不太好。她的嘴巴張開，像小孩子要張口抱怨似地，上唇和下唇延伸成線條柔和的海灣，她把母音的光亮擴散到那些字詞裡，並且用舌尖保持這些字詞的純淨輪廓，你會以為這麼美的詞語構成只可能成功一次，而驚訝於它的持續存在。低而白的額頭。以前我討厭別人撲粉，但是如果這層白色、這層淺淺浮在皮膚上的乳白色輕紗是來自於撲粉，那麼所有的人都應該撲粉。她喜歡把兩根手指擱在右邊嘴角，或許也把一個指尖塞進了嘴裡，甚至也許把一根牙籤伸進了嘴裡；我沒有仔細去看這些手指，不過看起來幾乎像是她把一根牙籤伸進一顆蛀空的牙齒，然後讓它在那裡停留了十五分鐘。

十一月八日。為了工廠的事在律師那裡待了一整個下午。

那個姑娘就只是因為挽著情人的手臂走著，才平靜地四下張望。

卡爾的女職員讓我想起一年半前在巴黎奧德翁劇院飾演瑪內特・薩洛蒙[1]的女演員。至少是當她坐著的時候。柔軟的胸脯裹在羊毛布料裡，寬勝於高。嘴巴以上的臉是寬的，嘴巴以下就迅速瘦削下來。天然捲的頭髮隨便地披散著。在一具強壯身體裡的幹勁和鎮靜。此刻我注意到，這份回憶也由於她堅定不移地工作而增強（她打字機上的那些細鐵桿飛舞著——奧利弗公司的產品——就像昔日的織針），她也會走來走去，但是在半個小時裡幾乎沒說幾句話，彷彿瑪內特・薩

---

1 瑪內特・薩洛蒙是法國作家龔固爾（Edmond de Goncourt, 1822-1896）同名作品 *Manette Salomon* 中的女主角。

洛蒙附身。

在律師那兒等待時，我看著一個打字小姐，一邊思索，她的臉是多麼難以看清，即使是在盯著她看的時候。髮型和鼻子之間的關係尤其令人困惑，蓬鬆的頭髮幾乎以同樣的寬度朝四面八方伸出去，鼻子在大部分的時候都顯得太長。當這位正在讀一份文件的小姐動作較大地轉身，我幾乎為了自己的觀察而感到驚愕，由於我對她的思索，比起我用小指頭去輕觸她的裙子，我之於她更加是個陌生人。當律師在宣讀合約時讀到一段涉及我將來可能會有的妻子和子女，我注意到對面有一張桌子，兩張大椅子和一張小一點的椅子圍在桌旁。想到我將永遠無法讓自己和妻兒來坐滿這三張椅子或是任意三張椅子，我感到對這種幸福的一股渴望，這股渴望從一開始就如此絕望，乃至於我在激動的心情裡向律師提出了這漫長的宣讀過程中我僅存的一個疑問，這個疑問一提出來，就立刻揭露出我完全誤解了剛剛才被宣讀的一大段文字。

再談道別：因為我自覺受到皮普斯的壓迫，我首先注意到他參差不齊、末端有黑點的牙齒。終於我想出了半個點子：「為什麼要一趟火車坐到紐倫堡這麼遠的地方呢？」我問，「何不在一個比較小的中途站演出一、兩場？」「您認識這樣的中途站嗎？」齊席克太太問，並且藉此強迫我看著她，語氣遠遠不像我此刻所寫的這麼尖銳。她露出在桌面上的整個身體，渾圓的肩膀、背部和胸部都很柔軟，雖然在舞台上穿著歐式服裝時她的體型顯得骨頭突出，幾近粗壯。我可笑地提出了比爾森[1]，鄰桌的常客十分明智地提出了特普利策[2]。齊席克先生會贊成任何一個中途站，他只對小型的演出活動有信心，齊席克太太也一樣，雖然他們並沒有怎麼和彼此溝通，此外她也向四周的人詢問車票價錢。他們常說：只要能賺到生活費也就夠了。她的小女兒用臉頰去磨蹭她的手臂；她肯定沒有感覺到，但是成年人有一種天真的信念，認為一個小孩在父母身邊不可能會出事，就算父母親是巡迴各地演出的演員，成年人認為真正的憂慮不會存在於這麼靠近地面的地方，而只會存在於成年人臉部的高度。我很贊成他們去特普利策，因為我可以替他們寫一封推薦信給P博士[3]，藉此替齊席克太太出點力。在皮普斯的反對下，他親手替這三個可供考慮的城市做了籤，並且興致盎然地抽了籤，特普利策被抽到三次。我走到鄰桌，興奮地寫起推薦信，藉口得要回家去查明P博士的地址而先告辭，其實並無此必要，而且在家裡也沒人知道。當勒維準備著要送我回家，我尷尬地玩著她的手和她女兒的下巴。

十一月九日。前天作了夢：

全跟劇院有關，我一會兒在廊台上，一會兒在舞台上，幾個月前我喜歡過的一個女孩也一起

1 比爾森（Pilsen）位在捷克西部，距離布拉格大約九十公里，是捷克第四大城。

2 特普利策（Teplitz）位於捷克西北部，靠近德國，是著名的溫泉城市。

3 這位P博士（Dr. Josef Poláček）是卡夫卡在特普利策的親戚，也是當地猶太社群的活躍成員。

演出，繃緊她柔軟的身體，當她在驚恐中緊緊抓著椅背；我從廊台上指著這個飾演一個男性角色的女孩，我的同伴不喜歡她。在一幕戲裡，舞台布景大到其他的東西全都看不見了，看不見舞台，也看不見觀眾席，沒有黑暗，也沒有聚光燈；而是全體觀眾都群聚在代表老城廣場的場景中，可能是從尼可拉斯路的街口看過去。雖然如果是這樣，其實就不可能看見市政廳天文鐘前面的廣場和小廣場，但是藉由舞台地板的短暫轉動和緩慢搖擺，卻使人能夠從金斯基宮眺望小廣場。除了盡可能展示出整個布景，這沒有別的用意，由於它是如此完美，如果忽視了哪個部分就太可惜了，我清楚意識到這是世上有史以來最美麗的布景。燈光表現出帶著秋天氣息的烏雲，被遮蔽的陽光散射在廣場東南角的幾片彩繪玻璃上。由於一切都是真實尺寸，而且就連最小的細節都沒有出錯，給人的印象很震撼，和風把幾扇窗戶吹得一開一闔，但卻聽不見一點聲音，由於那些房屋很高。廣場傾斜得很厲害，鋪石路面幾乎是黑色的，泰恩教堂在它原本的位置，可是在它前面卻有一座小皇宮，平時在廣場上的所有紀念碑全部聚集在皇宮前院，排列得整整齊齊：瑪利亞圓柱、市政廳前面我從未見過的老噴泉、尼可拉斯教堂前面的噴泉、還有目前為了豎立胡斯紀念雕像而圍在開挖的土地四周的木板圍籬。

所表演的是皇室的一場慶典和一場革命，在觀眾席上的人常會忘記這只是表演，在舞台上和布景中更容易忘記。那場革命十分浩大，大批群眾湧上廣場又湧下廣場，在布拉格可能從未發生過這樣的革命；顯然只是由於布景的緣故才把這場革命移到了布拉格，當它本該在巴黎發生。那場慶典起初看不見什麼，不過宮廷的車馬都出動去參加慶典了，這時革命已經爆發，民眾湧進了宮殿，我自己正從宮殿前院的噴泉邊緣跑到空曠處，但是要讓宮廷的人無法再回到宮殿裡。這時宮廷車隊從艾森街疾駛而來，速度之快，使得它們在距離宮殿大門還很遠的地方就必須剎車，剎住的車輪摩擦著鋪石路面。那些車輛看起來就像民俗慶典的遊行花車，上面有活人演出的靜止畫面，因此車子是平坦的，以花圈圍繞，有一塊彩色的布從車子的底盤上垂下來，遮住了車輪。因此更加讓人意識到車隊的匆忙所意味的驚恐。拉車的馬匹在大門前受驚直立，彷彿神志不清地把車輛以曲線從艾森街拉到宮殿。此時許多人從我旁邊湧向廣場，大多是觀眾，是我在街上見過的，也許這時才剛剛抵達。在他們之中也有一個我認識的女孩，但是我不知道是哪一個；一個高雅的年輕人走在她身旁，穿著一件黃褐色細格紋的長大衣，右手深深插在口袋裡。他們往尼可拉斯路走過去。從這一刻起，我就什麼都看不見了。

席勒在某處寫過：最重要的是（或類似的話）「把情感化為性格」。

十一月十一日，星期六。昨天一整個下午都在馬克斯那裡。排定了《醜圖之美》[1]一書中文

1 這是馬克斯．布羅德的作品，是一本探討藝術與美學的散文集，完整的書名為《談醜陋圖畫之美》（*Über die Schönheit häßlicher Bilder*），於一九一三年五月出版。

章的順序。感覺不太好。但正是在這種時候馬克斯對我特別好，或者就只是我這樣覺得，因為我清楚意識到自己沒什麼功勞。不，他確實對我更好。他想把我那篇〈布雷西亞觀飛機記〉也收錄進去。我身上所有的好都排斥這樣做。今天我本該和他一起去布爾諾。我身上所有的不好和軟弱把我留下。因為我無法相信自己明天真能寫出什麼好東西。

工作圍裙在背後綳得特別緊的那些女孩。今天上午在「勒威與溫特貝格公司」看見一個女孩，那件繫在背後的圍裙在她身上不像通常那樣把左右兩片布連接在一起，而是彼此重疊，使得她就像個襁褓中的嬰兒被緊緊裹住。這是一種感官印象，看見襁褓中的嬰兒我也會不自覺地有這種印象，他們被緊緊裹在襁褓中和被褥裡，用帶子綁緊，就像是為了滿足一種慾望。

愛迪生在美國接受訪問時說到他的波希米亞之旅，依他的看法，波希米亞的發展程度相對而言比較高（城市近郊的街道寬敞，屋子前面有小花園，搭車穿過鄉間時看見正在興建中的工廠），乃是由於有大批捷克人移民美國，其中有些人又從美國返回捷克，帶回了新的抱負。

一旦我看出我對原本該由我來改善的惡劣情況置之不理（例如我已婚的妹妹[2]表面上滿足、在我眼中卻悲哀的生活），我手臂上的肌肉就頓時失去了感覺。

---

2 係指卡夫卡的大妹艾莉（Elli Kafka, 1889-1942），她的先生即是前文中提過的卡爾．赫爾曼。

我將嘗試逐漸整理出我身上所有毫無疑問之處，之後再整理出所有可信之處和可能之處，以此類推。我身上毫無疑問之處是對書籍的貪得無厭。倒不是要擁有它們或閱讀它們，而是看見它們，在書店的櫥窗裡確定它們的存在。如果某處擺了好幾冊同一本書，那麼每一本都令我欣喜。這份貪婪就好像來自我的胃，彷彿一份被誤導的食慾。我所擁有的書籍比較沒那麼令我欣喜，但是妹妹的書就會令我開心。相形之下，擁有它們的渴望非常小，幾乎不存在。

十一月十二日，星期日。昨天黎施潘[1]在魯道夫音樂廳演講，題目是「拿破崙傳奇」。起初聽眾不多。從入口小門到講台的途中擺了一架大鋼琴，像是為了考驗講者的禮儀。講者走進來，看著觀眾，想走最短的路到講台去，因此太靠近那架鋼琴，吃了一驚，向後退了一步，輕輕地繞過它，沒有再看向觀眾。在演講結束時的興奮及熱烈喝采中，他當然早就把那架鋼琴給忘了，因為在演講當中它沒有引起注意。他把雙手擱在胸口，想要盡可能晚一點背對著觀眾退場，因此優雅地側著走了幾步，免不了稍微撞到了鋼琴，不得不踮起腳尖稍微彎腰，才能夠再走到空地上。至少黎施潘是這樣做的。

他高大、強壯，五十來歲，有腰身。硬挺的鬈髮（就像都德[2]）緊緊壓在頭上，沒有散開。

1 黎施潘（Jean Richepin, 1849-1926），法國作家，作品包括詩集、小說和劇作。
2 都德（Alphonse Daudet, 1840-1897），法國寫實主義作家，其短篇小說《最後一課》是家喻戶曉之作。

就像南方國家所有上了年紀的人，他有一個厚鼻子和一張皺紋很多的寬臉，鼻息有時很重，就像從馬的口鼻裡冒出來的。面對這張臉，你很清楚這是他們的臉最終的狀態，不會再被超越，但還會持續很久。他的臉也讓我想起一個義大利老婦的臉，在一撇長得相當自然的鬍子後面。

在他背後是音樂廳逐漸高起的舞台，新近漆成了淺灰色，起初這顏色把人弄得有點迷惑。他的白髮簡直是緊緊黏在這個顏色上，讓人看不出輪廓。當他把頭向後仰，那顏色動了起來，他的頭幾乎沒入其中。直到演講進行到一半，當注意力完全集中，這份干擾才停止，特別是當他那具身穿黑衣的龐大身軀在朗誦時站了起來，揮動雙手唸出那些詩句，趕走了那片灰色。——一開始時他向各方來賓恭維致意，令人感到難為情。當他說到拿破崙手下一個士兵身上有五十七個傷口，他說這個士兵上半身的各種顏色就只有像在場的慕夏[3]這樣偉大的色彩藝術家才能摹擬。

我感覺到自己愈來愈被講台上的人所打動。我沒有去想自己的痛苦和煩惱。我縮進座椅的左角，其實卻是縮進了演講中，交叉的雙手擱在膝間。我感覺到黎施潘對我產生了一種影響，就像大衛王帶少女上床時想必感受到的那種影響。我甚至依稀看見拿破崙的幻影，在有系統的幻想中從入口那扇小門走進來，雖然他也可以從講台的木板或是管風琴裡走出來。他震懾了此刻座無虛席的整個演講廳。以我離他那麼近，我絕不會懷疑他的影響，就算在現實中也不會懷疑。我也許

3 慕夏（Alfons Mucha, 1860-1939），捷克藝術家及設計家，歐洲新藝術全盛時期代表人物，尤以華麗優雅的海報設計出名。

會注意到他那身裝束的每一個可笑之處，就像在黎施潘身上，但是這不會干擾我。我小時候卻是多麼冷靜！小時候我經常希望能和皇帝面對面，好讓他看見他對我一點影響也沒有。而那不是勇氣，只是冷靜。

他朗誦詩歌就像在議事廳裡演講。他捶桌子，身為無能為力眼睜睜看著戰役發生的人，擺動伸直的雙臂，替衛隊在大廳中央開出一條路來，「皇帝！」他大喊，舉起的一隻手臂變成了旗幟，在重複呼喊時彷彿讓回聲穿過了平原上呼聲震天的一支軍隊。在描述一場戰役時，某處有一隻小腳撞在地板上，大家循聲看去，是他過於膽怯的腳。但是這並沒有妨礙他。——在朗誦〈兩個手榴彈兵〉[1]時，他得到的掌聲最少，他朗誦的是德．內瓦爾[2]翻譯的法文版，這也是他特別推崇的一首詩。

在他年少時，拿破崙的墓每年會被打開一次，把他塗上香料防腐的臉展示給用火車載來的傷兵看，那個景象帶來的驚嚇勝過欽佩，因為那張臉腫脹發綠，於是後來就廢止了這個開墓儀式。但是黎施潘還曾在他叔公的手臂上看見過這張臉，他叔公曾在非洲服役，指揮官專門為了他而下令打開那座墳墓。

1 〈兩個手榴彈兵〉是德國詩人海涅（Heinrich Heine, 1797-1856）的作品，敘述兩個曾被俄國俘虜的法國士兵徒步走回法國途中的對話，後來由舒曼譜成歌曲。

2 德．內瓦爾（Gerard de Nerval, 1808-1855），法國浪漫時期作家，也是海涅的朋友。

他早早就預告了一首他想要朗誦的詩（他的記憶力極佳，血氣旺盛的人想必都是如此），先加以評論，接下來的詩句在他這些話裡已經製造出一場小小的地震，在朗誦第一首詩時他甚至說他將用上他的全副熱情。的確如此。

在朗誦最後一首詩時，他又提升了一級，在聽眾不知不覺中唸起了詩句（雨果的詩），慢慢地站起來，唸完之後也沒有再坐下，用他本身散文的最後力量延續了朗誦詩句的大動作。他以立下誓言來結束演講，誓言即使在千年之後，他屍體的每一粒塵土若是有知，都會準備好追隨拿破崙的呼喚。

法語，呼吸急促，帶著快速接續的喘氣聲，經得住哪怕是最幼稚的即興演出，不曾中斷，即使他經常說起那些美化日常生活的詩人，說起他身為詩人的幻想（閉上眼睛），說起他身為詩人的幻覺（眼睛睜開，不情願地看向遠方），諸如此類。說到這些，有時候他也會蒙住眼睛，再緩緩讓眼睛露出來，把手指一根接一根地拿開。——他當過兵，他叔叔在非洲服役，他祖父曾在拿破崙麾下，他甚至唱了一首戰歌的兩句。——十一月十三日。我今天得知此人現年六十二歲。

十一月十四日，星期二。昨天在馬克斯那兒，他從他在布爾諾的朗誦會回來。下午在入睡之際。包圍著沒有痛覺的腦的堅實腦殼彷彿被拉進更深的內部，而把一部分大腦留在外面，在光線和肌肉的自由顫動中。

在寒涼的秋天早晨泛黃的光線中醒來。穿過那扇幾乎關著的窗戶，在墜落之前還在玻璃前面滑翔，張開雙臂，鼓起肚腹，雙腿向後彎曲，就像古代船隻的船艏雕像。

入睡之前

身為單身漢似乎很糟，年老時勉強保持尊嚴請求別人接納，如果你想和別人共度一個晚上，用一隻手把食物提回家，無法懷著冷靜的信心慵懶地等待任何人，要送別人禮物只能大費周章或惹來惱怒，在大門口道別，永遠無法和妻子一起爬上樓梯，生病時僅有的安慰就是窗外的景色，如果你能坐起來，房間裡只有通往陌生公寓的側門，感覺到親戚的陌生，只有透過婚姻的媒介才有辦法和他們保持友好，首先是透過父母的婚姻，之後，當其效果消失，就透過自己的婚姻，必須驚訝地看著別人的孩子，而不被准許一再地說：我沒有孩子，由於沒有家庭隨著自己成長，有著年紀並未改變的感覺，根據小時候記憶裡的一、兩個單身漢來形塑自己的外表和舉止。這一切都是事實，只是我們很容易犯下錯誤，把未來的痛苦這樣攤在自己面前，使得目光不得不遠遠地越過它而去，而且不再回來，而事實上，今天和以後你自己將會站在那裡，帶著一具身體和一顆真正的腦袋，因此也有一個額頭，可以用力拍下去。

現在試著替《李察與山繆》的引言寫個草稿。

十一月十五日。昨天晚上已經懷著預感把毯子從床上拉開，躺下去，又一次意識到我所有的能力，彷彿我把它們握在手中；它們拉緊了我的胸膛，使我的腦袋炙熱，有一會兒，為了安慰自己不能起床工作，我重複地說：「那不健康，那不健康」，而以幾乎看得見的意圖想把睡眠拉過來蓋在我頭上。我一直想著一頂有帽簷的軟帽，為了保護自己，我用力把帽子壓在額頭上。昨天我損失了多少，血液在緊繃的腦袋裡擠壓，有能力做任何事，卻受限於精力，這些精力對於我這條小命不可或缺，卻在這裡浪費掉了。

確定的是，我預先構思的一切，不管是逐字逐句、還是隨意但用字明確，就算構思時感覺良好，一旦在書桌前試圖寫下來，就顯得枯燥、錯亂、呆板、膽怯、礙手礙腳，尤其是有許多漏洞，儘管我絲毫沒有遺忘最初的構想。原因大部分自然是在於，如果沒有紙筆，我只有在靈感泉湧時才能構思出好東西，而我固然渴望這種時刻，我的畏懼卻更勝於渴望，而泉湧的量是那麼大，使我不得不放棄，只能胡亂從中汲取湊巧取得的東西，而這樣取得的東西在寫下來時，比起它的豐富源頭就微不足道，沒有能力重現這份豐富，因此很惹人厭，因為它徒然引誘我，卻沒有用處。

十一月十六日。今天中午入睡之前，但我根本沒有睡著，一個蠟製女子的上半身躺在我身上。她的臉在我臉的上方向後仰，她的左下臂壓在我胸口上。

三夜無眠，如果想要做點什麼，最小的嘗試就立刻使我筋疲力盡。

在一本舊筆記上：「從早上六點就開始用功[1]，此刻在晚上，我察覺我的左手出於同情而握住了右手的手指，已經好一會兒了。」

十一月十八日。昨天去工廠。搭電車回來，伸長了腿坐在一個角落裡，看見外面的行人，商店裡亮起的燈光，經過的高架橋的牆面，一再看見背影和臉孔，連往近郊商店街的一條馬路，沒有一點有人性的東西，除了走路回家的行人，火車站一帶刺眼的燈光燎進黑暗中，一間煤氣廠低矮的煙囪愈往上愈細，一張海報宣傳著女高音德．崔維爾[2]的客座演出，這海報一路摸著牆面直到墓園附近的一條小巷，再從那裡隨著我從田野的寒涼回到城市民宅散發出的溫暖中。我們把陌生的城市當成事實接受，生活在那裡的居民沒有滲入我們的生活方式，一如我們無法滲入他們的生活方式，我們忍不住會去比較，但是我們很清楚這種比較沒有道德上的價值，甚至沒有心理學上的價值，最終我們往往也可以放棄比較，因為生活條件的差異太大，使得比較失去必要。

而我們所住城市的近郊城鎮對我們而言雖然也是陌生的，卻值得去作比較，半小時的散步就

1 按照布羅德的注釋，這是指卡夫卡攻讀法律時準備參加國家考試之前的那段時間。

2 德．崔維爾（Yvonne de Tréville, 1881-1954）為美國歌劇女高音，一九〇二至一九一二年間曾在歐洲各大城市巡迴演出。

能一再向我們證明，這裡有部分的人住在市區，部分的人則住在貧窮、陰暗的城市邊緣，那裡就像一條長而崎嶇的溝渠，儘管和城市之外的任何一群人相比，他們和我們有著大範圍的共同利益。因此，每次走進市郊城鎮，我的情緒總是十分複雜，包括恐懼、孤單、同情、好奇、高傲、旅行的樂趣和男子氣概，回來時則帶著滿足、嚴肅和平靜，尤其是從茲茲科夫回來的時候。

十一月十九日，星期天。夢境：

在劇院。演出許尼茲勒的《遠地》，由烏提茲[3]改編。我坐在很前面的一張長椅上，以為自己坐在第一排，後來才發現那是第二排。長椅的靠背對著舞台，因此我可以很輕鬆地看著觀眾席，但是要轉個身才能看見舞台。作者就坐在附近某處，我顯然已經曉得這齣戲的內容，忍不住說出我對這齣戲的評價欠佳，但是加了一句，說第三幕據說很詼諧。用「據說」這兩個字我又想要表達，當我說起這齣劇作的優點，我其實必須仰賴傳聞，因為我並不識得這齣劇作；於是我把這句話又重複了一次，不僅是為了我，可是其他人並不在乎。在我周圍有一大群人推推擠擠，大家似乎都穿著冬季服裝前來，因此把座位擠得太滿。在我旁邊和後面的人對我說話，我看不見他們，他們指著剛到的人給我看，說出這些人的名字，尤其使我注意到一對正擠著穿過一排座位的

3 烏提茲（Emil Utitz, 1883-1956）是卡夫卡的中學同學，後來成為研究哲學、心理學及藝術史的學者，在卡夫卡寫這則日記時，烏提茲在德國的羅斯托克大學任教。

夫妻，由於那個太太有一張深黃色而男性化的臉，鼻子很長，而且看起來穿著男裝，她的頭從擁擠的人群中伸出來：演員勒維十分自在地站在我旁邊，可是和真正的勒維很不相像，他激動地發表言論，一再重複 principium（「原則」）這個拉丁文，我一直在等待 tertium comparationis（「比較基準」）這個拉丁文出現，但是它沒有出現。基希家的老三[1]站在二樓樓座的一個包廂裡，那其實就只是廊台上的一個角落，在舞台右側，從那裡與包廂相連。他穿著一件漂亮的雙排扣外套，前襟敞開，站在他坐著的母親後面，對著劇場說話。勒維說的話和這番話有所關連。基希指著高高上方的一處帷幕，說上面坐著「德國基希」，他指的是我同學，他在大學裡讀的是德語系。

當帷幕升起，劇院裡逐漸暗了下來，基希為了更明確地表示出他反正要走，和他母親一起走上廊台，離開了，手臂、外套和雙腿都大大地張開。

舞台要比觀眾席略低，觀眾把下巴擱在椅背上向下看。布景主要由舞台中央兩根粗矮的柱子構成。演出的是年輕男女的一場宴席。我看見的有限，因為隨著戲劇開演，雖然第一排長椅上有很多人走開，顯然是去了舞台後面，但留下來的那些女孩卻戴著又大又扁的帽子，大多是藍色

1　與卡夫卡相熟的基希這家人有五個兒子，老大保羅是卡夫卡的中學同學，老二則是知名的記者與報導文學作家埃貢・埃爾溫・基希（Egon Erwin Kisch, 1885-1948）。

的，在長椅上左右移動，遮蔽了視線。不過，舞台上有個介於十歲到十五歲之間的男孩我卻看得格外清楚。他乾燥的直髮分了髮線，甚至不懂得該如何正確地把餐巾擱在大腿上，為此必須專注地往下看，而他在這齣戲裡卻要飾演一個紈絝子弟。由於這份觀察，我對這齣戲不再有太大的信心。舞台上這群男女現在等著一些新來的人從觀眾席的第一排走到舞台上。但是這齣戲排練得不好。例如有個姓哈克貝格的女演員剛到，一個男演員和她攀談，一副見多識廣的樣子倚坐在他的靠背椅上，開口就說「哈克——」，隨即意識到自己的錯誤而改口。接著來了一個我認識的女孩（她名叫法蘭珂，我想），她就從我的位子爬過椅背，背部在她爬過去時完全赤裸，皮膚不太好，右臂上甚至有一處抓破充血的地方，有門把那麼大。可是，等她在舞台上轉過身來，臉部潔淨地站在那裡，她就演得很好。這時該有一個騎士唱著歌從遠方急馳而來，一架鋼琴模擬著達達的馬蹄聲，大家聽見那奔放的歌聲逐漸接近，我終於也看見了那個歌者，為了讓歌聲隨著快速接近的人而自然增強，他沿著上方的廊台跑向舞台。他還沒有來到舞台上，那首歌也還沒有唱完，但是他的奔跑速度和歌聲強度都已經到達了極限，鋼琴也無法更清楚地模仿馬蹄敲在石地上的聲音，因此兩者都放緩下來，而那個歌者以平靜的歌聲抵達，只是他把自己縮得很矮，只把頭露出在廊台欄杆的上方，以免觀眾太清楚地看見他。

第一幕就此結束，但是帷幕沒有放下，劇院裡也還是暗的。兩個劇評家坐在舞台上，背倚著布景在書寫。一個蓄著金色山羊鬍的戲劇指導或導演跳上舞台，人還在半空中就伸手作出指示，另一隻手裡拿著一串葡萄吃著，是先前那場宴席上擺在水果盤裡的。再度轉過來面向觀眾席，我看見照亮觀眾席的是簡單的煤油燈，就像在街道上一樣插在簡單的枝狀燈座上，此刻當然就只微弱地燃燒著。忽然，可能因為煤油不純淨或是燈芯有缺陷，火光從這樣一盞燈裡噴濺出來，火星大把地濺到觀眾身上，一時無法撥開，形成了泥土般黑黑的一團。從中有位先生站了起來，從那上面走近那盞燈，顯然想要解決這件事，但是先仰頭看看那盞燈，在燈旁站了一會兒，當什麼也沒有發生，他就又平靜地走回他的座位，陷了下去。我把自己和他弄混了，把臉探進那片漆黑。

我和馬克斯想必是截然不同。我雖然佩服他的作品，當它們完整地呈現在我面前，不容我或任何其他人去改動，就連今天這一系列短篇書評也一樣，但是他替《李察與山繆》所寫的每一個句子都涉及我不情願的讓步，我痛苦地深深感覺到這番讓步。至少是今天。

今天晚上我又充滿了被我怯懦地克制住的能力。

十一月二十日。夢見一幅畫，據說是安格爾[1]的作品。樹林裡的少女在上千面鏡子裡，或者

1 安格爾（Jean A. D. Ingres, 1780-1867），法國畫家，新古典主義畫派的代表人物，有學者猜測引發卡夫卡夢境的可能是〈黃金時代〉（*L'Âge d'or*）這幅畫。

其實是一群處女。她們一群一群地聚在一起，就像劇院帷幕上一樣，被輕盈地拉動，畫上右邊有一群挨得比較緊，面向左邊，她們在一根巨大的樹枝上或一條飛舞的綢帶上或坐或躺，或是靠著自己的力量飄浮，在一條緩緩升上天空的鍊子上。她們不僅是對著觀眾互相映照，也離開觀眾而去，變得不清晰而且多重；眼睛不再看得清細節，但所見的畫面更加豐富。但是一個赤裸的少女站在前面，不受那些鏡子映照的影響，用一隻腿支撐身體，把臀部向前推。在此處得要佩服安格爾的繪圖技術，只是我愉快地發現，這個少女身上留下了太多真實的赤裸，對觸覺來說亦然。從她背後某處發出一道泛黃的微光。

可以確定的是，我討厭對照的修辭。它們雖然在意料之外，但是並不令人驚訝，因為它們一直都近在咫尺；如果它們是不自覺的，就只是在邊緣最外圍不自覺。它們雖然製造出徹底、豐富、滴水不漏的感覺，但就只像生命之輪[2]裡的一個人像；我們在一個圓圈裡追著我們小小的靈感跑。它們雖然可以十分不同，卻沒有微妙的差異，它們在你手下成長，就像灌了水而浮腫起來，起初有著無限成長的希望，最後卻是永遠相同的中等大小。它們蜷縮起來，無法延伸，沒有提供線索，是木頭裡的洞，是立定的衝鋒，把對照拉到自己身上，如同我所指出的，但願它們把所有的對照都拉過來，並且是永遠。

2 生命之輪是一個玩具，利用動畫的原理在圓形紙帶上畫出一個人物的連續動作，轉動時就能製造出這個人物在動的錯覺。

打算寫的劇作：英語教師魏斯，看他挺直肩膀，雙手深深插在口袋裡，穿著那件繃緊的淡黃色大衣，一天晚上在溫塞斯拉斯廣場上，大步穿越馬路，匆匆走到電車旁，電車還停著，但是鈴聲已經響起。離我們而去。

E：安娜！

A（抬眼看）：嗯。

E：過來。

A（踩著冷靜的大步）：你想幹嘛？

E：我只是想告訴妳，這一段時間以來我對妳不滿意。

A：是嗎！

E：是的。

A：那你就該把我辭退，艾彌爾。

E：這麼快？而妳連原因都不問？

A：我曉得原因。

E：是嗎？

A：你覺得飯菜不好吃。

E（迅速站起來，大聲說話）：妳知不知道庫爾特今天晚上搭車離開？

A（內心不為所動）：知道的，我很遺憾他要走了，你沒必要為了這件事把我叫來。

十一月二十一日。我以前的保母今天到家裡來看我，這是短時間裡第二次了，她的臉黃中帶黑，鼻緣有棱有角，臉頰上有一顆我當年很喜歡的疣。她前一次來時我不在家，這一次我想好好休息睡覺，就請別人假稱我不在。為什麼她把我撫養得這麼差？我小時候明明很聽話，此刻她自己在前廳裡也對廚娘和家庭女教師說我性情安靜又乖巧。為什麼她沒有為了我而善用這一點，替我準備好一個更好的未來？她是個人妻或寡婦，有小孩，言詞活潑，使我無法睡覺，她以為我是個高大健康的紳士，在二十八歲這個美好的年紀，喜歡回想自己的年少歲月，並且知道自己想做什麼。而我卻在這裡躺在沙發上，被一腳踢出了這個世界，等待著睡眠，而睡眠遲遲不來，就算來了，也只是從我身上輕輕拂過，我的關節由於疲倦而痠痛，我乾瘦的身體顫抖崩壞，由於不該讓它意識到的激動，腦袋裡抽搐得令人驚異。而這三個女人站在我的房門前，一個在稱讚從前的我，兩個在稱讚現在的我。廚娘說我會直接上天堂，她的意思是：不會繞路。將來就會是這樣。

勒維：《塔木德經》裡有個拉比，他有個取悅上帝的原則，不接受別人的任何東西，哪怕是一杯水。可是碰巧，當時最偉大的拉比想要認識他，於是邀請他去吃飯。要拒絕此人的邀請是不可能的，因此第一個拉比難過地上路了。可是由於他的原則是如此堅定，在這兩個拉比之間聳立起一座山。

安娜（坐在桌旁看報）

卡爾（在房間裡走來走去，每次走到窗前就會停下來看出窗外，有一次甚至打開了那扇內窗）

安娜：拜託把窗戶關上，明明很冷。

卡爾（關上窗戶）：我們擔心的事不一樣。

十一月二十二日。安娜：可是你養成了一種習慣，艾彌爾，一種很惹人厭的習慣。每一件小事都可以被你用來在我身上發現一種缺點。

卡爾（搓著手指）：因為妳不考慮別人，因為妳根本難以理解。

確定的是，我的身體狀況構成了妨礙我進展的主要障礙。靠這樣一具身體什麼也做不成。我將得要習慣它會持續失靈。由於前幾夜一直作著亂七八糟的夢，幾乎沒能好好睡上片刻，今天早晨我是這樣七零八落，就只能感覺到我的前額，唯有遠遠優於目前的狀況才會勉強能夠忍受，由於準備好死去，我很想手裡拿著卷宗蜷縮在走廊的水泥地上。我虛弱的身體太長了，沒有一點油脂來製造出幸福的溫暖，來保護體內之火，沒有油脂能讓心智在日常所需之外滋養自己，而不至於損及整體。最近我虛弱的心臟經常刺痛，它要如何讓血液流過這麼長的腿，單是把血液送到膝蓋就已經夠吃力了，之後就只能用衰老的力氣把血液送到冷冷的小腿。可是這時候上半身也又需要血液了，我等待著，當血液在下肢虛耗。由於身體的長度，一切都被拉扯開來。它能成就什麼呢？就算它被壓得更短更結實，也許還是沒有足夠的力氣來完成我想做到的事。

勒維寫給他父親的一封信裡說：如果我回華沙，我將穿著我的歐式服裝在你們之間走來走去，就像「眼前的一隻蜘蛛，就像婚禮上的弔喪客」。

勒維說起一個已婚的朋友，他住在波斯廷，華沙附近的一個小鎮，由於無人分享他對先進事物的興趣而感到孤單，因此悶悶不樂。「波斯廷，那是個大城市嗎？」——「這麼大」，他向我伸出他的手掌。那隻手戴著粗糙的黃褐色手套，呈現出一個荒涼的地區。

十一月二十三日。二十一日是克萊斯特逝世一百週年紀念日[1]，克萊斯特家族請人在他的墳上擺了一個花圈，上面寫著：「獻給整個家族裡最卓越的人」。

由於我的生活方式，我依賴著什麼樣的情況！今天夜裡我睡得比上個禮拜好一點，今天下午

---

1 生前潦倒的德國作家克萊斯特於一八一一年十一月二十一日自殺身亡，享年三十四歲。

甚至睡得相當好，我甚至有睡得不錯之後那種睏倦感，因此我擔心我會寫得比較差，感覺到個別的能力更深地進入內心，準備好面對所有的驚奇，意思是已經看見了它們。

十一月二十日。《猶太教屠夫》（學習屠宰術的人）。戈爾丁的劇作。劇中引用了《塔木德經》，例如：

如果一個偉大的學者在晚上或夜裡犯下了一樁罪過，隔天早晨就不能再為此指責他，因為以他的博學，他自己肯定已經懊悔了。

如果有人偷了一頭公牛，就必須歸還兩頭，如果把偷來的公牛給宰了，就必須歸還四頭，可是如果宰殺了一頭偷來的小牛，就只必須歸還三頭，因為假定偷牛的人必須要把小牛扛走，因此做了一件很沉重的工作。這個假定影響了處罰，哪怕那人是輕輕鬆鬆地把小牛牽走的。

壞念頭的正派。昨天晚上我感到格外悲慘。我的胃又不舒服了，寫作很吃力，費力地聆聽勒維在咖啡館的朗誦（店裡起初很安靜，我們深怕打擾這份安靜，後來卻熱鬧起來，使我們不得安寧），眼前的淒涼未來在我看來不值得步入，我孤單地穿過費迪南大街。在與貝格史坦街交口的地方，我又想到了比較遠的未來。我要如何用這具從雜物間裡拖出來的身體承受這份未來？在《塔木德經》裡也說：沒有女人的男人不是人。面對這種念頭，在這個夜晚我沒有別的辦法來幫助自己，只能對自己說：「這會兒你們這些壞念頭來了，趁著現在，因為我身體虛弱而且胃不舒服。你們偏偏挑中現在想讓我把你們想個透徹，就只想趁虛而入。你們應該感到慚愧。等我強壯一點的時候再來吧。不要這樣利用我的身體情況。而它們果然就撤退了，並沒有等待其他的證明，就緩緩消散，在我之後散步時不再打擾我，那趟散步自然也不是太愉快。但它們顯然忘了，如果要尊重我身體的所有不適，它們就很少會有機會出現。

由於一輛從劇院駛來的汽車的汽油味，我注意到迎面走來的劇院觀眾，他們正忙著整理大衣和看戲用的小型望遠鏡，顯然有美好的居家生活在等待他們（哪怕家裡就只有一根蠟燭照亮，在上床睡覺之前這也正合適），可是他們看起來也像是從劇院被打發回家，帷幕在他們面前最後一次降下，劇院的門在他們身後打開，在開演之前或是在演出第一幕時，他們曾由於某種可笑的憂慮而趾高氣昂地從這些門走進劇院。

十一月二十五日。一整個下午都在「咖啡城市」勸說M簽署一份聲明，說他只是我們店裡的事務員，因此沒有強制保險的義務，所以父親沒有義務替他的保險補繳高額保費。M答應了我，我說得一口流利的捷克語，對我疏忽之處尤其優雅地道歉，他答應星期一把這份聲明寄到店裡，我感覺他就算談不上喜歡我，至少也尊重我，可是星期一他什麼都沒有寄來，人也不在布拉格了，而去了外地。

晚上無精打采地在鮑姆家聚會，馬克斯沒來。朗讀《醜陋的人》[1]，這篇故事還太凌亂，第一章更像是儲藏著一篇故事的倉庫。

十一月二十六日。上午和下午五點前和馬克斯合寫《李察與山繆》。之後去見帕青格[2]，來自林茨的收藏家，是庫賓介紹的，五十歲，十分高大，動作像高塔一般；當他好一會兒沉默不語，我們就低下頭來，由於他完全沉默，在說話時也不把話說完；他的生活就是收集和交媾。

收集：他從收集郵票開始，後來改為收集圖畫，無所不收，後來看出這種永無止境的收集沒有用處，於是把範圍縮小到護身符，後來又縮小到下奧地利和南巴伐利亞的朝聖獎章和朝聖手冊。這是替每一趟朝聖之旅都會重新製作的獎章和手冊，就材質和藝術性而言大多沒有價值，但是經常含有賞心悅目的圖畫。他也開始努力撰寫這方面的文章，那是第一次有人寫這個題材，由他初次確立了系統化整理的觀點。在那之前就收集這類東西的人當然懊惱自己沒有先行發表文章，但是也只能接受。如今他是這類朝聖獎章的鑑定專家，各地都有人來請他確認與鑑別這些獎章，他的話有份量。此外他也收集其他各式各樣的東西，最得意的收藏是一條貞操帶，曾經在「德勒斯登衛生展覽會」上展示，連同他所收集的所有護身符。（他剛去了德勒斯登，安排打包

1 《醜陋的人》（*Die Häßlichen*）是與卡夫卡同時期的布拉格作家艾斯勒（Nobert Eisler）的作品。

2 帕青格（Anton Pachinger, 1864-1938），奧地利收藏家與民俗學者，如今他故鄉林茨的市立博物館就是建立在他的收藏上。

所有的東西準備運送。）還有一把漂亮的騎士長劍，曾屬於法肯史泰納。他對藝術的態度帶著一種負面的透徹，只有透過收集才會獲致。

從葛拉夫飯店的咖啡館，他帶領我們到樓上他暖氣太足的房間，他坐在床上，我們坐在他旁邊的兩張椅子上，形成了一場安靜的集會。他問的第一個問題：「兩位是收藏家嗎？」——「不，只是貧窮的愛好者。」——「這沒有關係。」他掏出皮夾，朝我們扔出一張又一張的藏書票，有他自己的，也有別人的，夾雜著他下一本書的廣告，書名是《礦石世界的魔法與迷信》。他已經寫過很多，尤其是針對「藝術中的母性」，他認為孕婦的身體是最美的，也最令人愉悅……他也寫過護身符。他曾在維也納的宮廷博物館任職，主持過多瑙河口布勒伊拉的考古挖掘工作，發明了一種方法來黏合所挖掘出的花瓶，以他的姓氏來命名，他是十三個學會和博物館的成員，等他死後，他的收藏將贈送給紐倫堡的「日耳曼國家博物館」，夜裡他常常在書桌前坐到凌晨一、兩點，早上八點就又坐在書桌前了。他要我們在他一個女性朋友的簽名紀念冊上寫幾句話，他帶著這本紀念冊上路，為了找人把冊子寫滿。自己創作的寫在前面。馬克斯寫了一句複雜的詩上去，帕青格先生先用呆板的聲音朗誦出來，然後試著用「雨過天青」這句諺語來翻譯。我寫下：小小的心靈在舞蹈中跳躍……

他又大聲唸出來，我協助他，最後他說：「一種波斯格律？叫什麼來著？加扎勒[1]？對吧？」我們無法表示同意，也無法猜出他的意思。最後他引用了呂克特[2]一首模仿義大利民間詩歌的三行詩（Ritornell）。喔，原來他指的是這個。不過，這也並不對，但是聽起來有種韻味。

他是哈爾伯[3]的朋友，很想談他，我們卻更想談布萊。可是關於布萊卻沒有太多話可談，他在慕尼黑的文學界由於文學上的傷風敗俗而受人輕視[4]，跟他太太離了婚，她是個牙醫，來她診所求診的病人很多，是她在贍養他，他女兒十六歲，金髮碧眼，是慕尼黑最狂野的女孩。在史登海姆[5]的劇作《長褲》裡——帕青格和哈爾伯一起上劇院——布萊飾演一個上了年紀的花花公子。隔天，帕青格遇見他，說道：「博士先生，您昨天飾演了布萊博士。」——「哪有？哪有？」布萊尷尬地說，「我飾演的明明是某某人。」——要離開房間時，他把被褥掀開，讓床鋪的溫度能完全與室溫相符，此外他還交代把爐火升得更熱一點。

1 加扎勒（Ghazal）是一種古老的詩歌形式，起源於阿拉伯半島，多半用來抒情，尤其是抒發愛情的悲喜。

2 呂克特（Friedrich Rückert, 1788-1866），德國詩人、語言學家兼翻譯家，曾翻譯波斯詩人的作品，被視為德國東方學研究的開創者，作曲家馬勒的〈悼亡兒之歌〉（*Kindertotenlieder*）就是取材自呂克特的同名詩集。

3 哈爾伯（Max Halbe, 1865-1944），德國作家，作品以戲劇及小說為主，是自然主義的代表人物。

4 布萊曾編纂過巴洛克時期的情色文學，並且寫過探討色情刊物的文章。

5 史登海姆（Karl Sternheim, 1878-1942），德國劇作家，也寫小說和詩，作品經常諷刺德皇威廉時期中產階級的道德觀，《長褲》（*Die Hose*）就是這樣一齣諷刺喜劇。

《塔木德經》裡說：一個學者若是去尋找合適的妻子，應該帶一個目不識丁的人同行，由於他過度沉浸於自己的博學之中，將不會注意到他必須注意的事。

透過賄賂，華沙四周的電話線和電報線被拉成一個完整的圓形，按照《塔木德經》的說法，這座城市因此成了一個被限定的區域，在某種意義上形成了一個院子，因此就連最虔誠的人在週六也可以在這個範圍之內活動，身上可以帶點小東西（像是手帕）。

哈西迪猶太教的信徒在聚會時愉快地聊著《塔木德經》的問題。如果聊不下去或是有一個人沒有參與，大家就用歌唱來彌補。旋律被編造出來，如果有一段旋律編得好，就會把家庭成員叫來，和他們一起再唱一次並且練習。一個經常有幻覺的神奇拉比在這樣一次聚會當中忽然把臉埋進擱在桌上的手臂裡，在眾人的沉默中維持著這個姿勢三小時之久。當他醒來，他哭了，並且唱起一首新鮮有趣的軍隊進行曲。死亡天使剛剛以這個旋律護送一位在一座遙遠的俄國城市裡去世的神奇拉比升天。

根據猶太神祕教義，虔誠的教徒在星期五得到一個新的靈魂，這個靈魂完全屬於天上，也更溫柔，將留在他們身邊直到週六晚上。

在週五晚上，每一個虔誠的教徒都由兩個天使護送回家；一家之主站在餐廳裡迎接他們，他們只會停留一會兒。

女孩的教育、她們的成長、熟習世間的規範，這些事在我眼中一向就有著特殊的價值。那麼，碰到一個略微相識而且樂於和她們略微交談的人，她們就不會再這樣令人失望地跑走，而會稍作停留，就算不是停在房間裡你希望她們停留之處，你無須再用目光、威脅或是愛情的力量來把她們留住；如果她們轉過身去，她們會放慢動作，不想因此傷害到別人，於是她的背影也變寬了。跟她們說過的話不會流失，她們會聽完整個問題，你無須匆忙，回答時雖然帶著玩笑的意味，卻精準針對所提出的問題。是的，她們甚至會仰起臉來發問，一番短暫的交談不會令她們難以忍受。有人旁觀不會打擾她們正在做的事，她們並不那麼在意他，但是他也可以盯著她們看久一點。只有在更衣時她們才會迴避。只有在這段時間裡你可能會感到沒有把握。但除此之外你就無須再穿過街道，在房子門口攔截，一再等候一個幸運的巧合，儘管你已經有過經驗，知道你並沒有能力強迫巧合發生。

儘管在她們身上發生了這種重大改變，下面這種情況也不罕見，在不期而遇時，她們會帶著悲傷的表情迎面走來，把手掌放進我們的手裡，以緩慢的動作邀請我們進入屋裡，就像邀請一個生意上的朋友。她們在隔壁房間裡沉重地走來走去，可是當我們也闖進那個房間，出於渴望和執拗，她們就坐在窗台上看報，看也不看我們一眼。

十一月三十日。整整三天什麼都沒寫。

十二月三日。薛佛[1]的《卡爾．史陶佛的人生歷程》我現在讀了一部分，被這份鑽進我內心的強烈印象緊緊攫住，但由於我因胃部不適而挨餓，也由於週日放假所帶來的興奮，逼得我也不得不寫作，就像一個人在由外界所強加的興奮中就只能藉由揮舞雙臂來自助。

單身漢的不幸是那麼容易被他周圍的人猜到，不管是表面上還是實際上，乃至於他若是因為喜歡祕密而成為單身漢的話，他將會詛咒這個決定。他穿著扣緊的外套四處行走，雙手插在外套上方的口袋裡，手肘突出，帽子在臉上壓得低低的，讓一抹天生的虛假笑容來保護他的嘴，一如用夾鼻眼鏡來保護他的眼睛，長褲太窄，穿在他瘦削的雙腿上並不好看。儘管如此，人人都曉得他的情況，可以向他列舉他所受的苦。一股涼風從他內心吹拂著他，他用那張雙面臉更為悲傷的另外半張臉看進他的內心。他簡直是不停地在搬家，但是規律性在預料之中。他離那些活著的人愈遠，別人就認為他需要的空間愈小，而最諷刺的是，他卻得為了這些人而工作，像個自覺的奴隸，卻不被准許表達他的自覺。其他人就算一輩子都躺在病床上，還是不得不被死亡擊倒，雖然他們由於本身的衰弱早該自己倒下，他們還是緊緊抓住他們強壯健康的血親和姻親，而他這個單身漢，看似自願在活著的時候就滿足於愈來愈小的空間，如果他死了，進棺材就適得其所。

1　薛佛（Wilhelm Schäfer, 1868-1952），德國作家，作品以短篇故事和逸聞趣事為主。

最近我朗誦莫里克[1]的自傳給妹妹聽，一開始就讀得很好，但是接下去讀得更好，而最後，把雙手指尖相碰，用我始終平靜的聲音克服內心的障礙，替我的聲音取得愈來愈寬廣的視野，到最後整個房間除了我的聲音就無法再容納其他東西。直到爸媽從店裡回來，按了門鈴。

入睡之前感覺到輕輕的手臂上拳頭的重量擱在我身上。

十二月八日，星期五。很久沒有寫作，只不過這一次幾乎是由於心滿意足，因為我自己完成了《李察與山繆》的第一章，尤其覺得開頭描述睡在火車車廂裡那一段寫得算是成功。更有甚者，我認為在我身上發生的某種情況和席勒所謂的「把情感化為性格」十分接近。儘管內心抗拒，我還是必須寫下來。

和勒維去總督夏宮散步，我稱之為錫安堡。入口大門上的雕花和天空的顏色合為一體。另一趟散步去了追逐島[2]。勒維說起齊席克太太的故事，當年在柏林，大家出於同情而讓她加入了劇團，起初是個無足輕重的二重唱歌手，衣服和帽子都老舊過時。勒維朗讀了一封來自華沙的信，華沙的一個年輕猶太人在信裡抱怨猶太劇場的沒落，寫道他寧願去波蘭的「諾沃斯提」（Nowosti）輕歌劇劇場，勝過去猶太劇場，因為那裡設備差勁、低級下流、「發霉的」滑稽歌

1 莫里克（Eduard Mörike, 1804-1875），德國浪漫主義時期的詩人與小說家，有許多詩作被譜成歌曲傳唱至今。

2 追逐島（捷克語 Ostrov Štvanice）位在流經布拉格的莫爾道河中，在查理大橋北邊，數百年來都是市民的休閒遊憩地點。

謠……令人難以忍受。只需要想像一下，一齣猶太輕歌劇的戲劇高潮在於女主角帶著一列小孩穿過觀眾席走上舞台，個個捧著小卷的《妥拉》，一邊唱著：《妥拉》是最好的商品。

成功寫完《李察與山繆》的那幾段之後獨自去散步，走過城堡區和貝維德雷山丘，心情愉快。內魯達街上有塊招牌：裁縫師安娜．克里佐娃，在法國習得裁縫手藝，由公爵遺孀阿亨貝格公主贊助。——我站在第一座城堡內院的中央，看著城堡守衛演練緊急集合。

馬克斯不喜歡我最後寫好的那幾段，肯定是因為他認為這幾段和整篇文字不相稱，但也可能是他認為這幾段文字本身就寫得不好。這很有可能，因為他提醒過我不要寫這麼長的段落，認為這種寫作方式的效果有點像凍膠。

要想和年輕女孩交談，我需要有年紀較長的人在場。來自他們的輕微干擾能使我的談話更為活潑，對我的要求似乎立刻就減少了；我脫口而出的話語如果不適合那個女孩，至少對那個比較年長的人來說可能還算得體，如果有必要，我也能從此人身上獲得大量協助。

哈斯小姐讓我想起布萊太太，只是她鼻子偏長、微微有兩道彎曲、相對地窄，看起來就像是布萊太太的鼻子長壞了。另外，她的臉也帶著一層黑，從外部幾乎看不出原因，只可能是被一種強烈的性格給逼進皮膚裡的。背部寬廣，即將成為那種腫脹的女性背部；沉重的身軀在剪裁合宜的外套裡顯得細瘦，就連這件窄窄的外套都顯得寬鬆。她若是自在地抬起頭來，就意味著在交談的尷尬時刻過後找到了一條出路。在這番談話中我並未被擊倒，內心也沒有放棄自己，可是假如我是個旁觀者，我也無法用別種方式來解釋我的舉止。從前我之所以無法和剛認識的人自在地交談，是由於性慾的存在不自覺地妨礙了我，如今妨礙了我的則是這種慾望的缺乏。

在護城河街上遇到齊席克夫婦。她穿著她在《野人》那齣戲裡穿的蕩婦裝。如果我把她在護城河街上的模樣分解成細節，她就變得不太真實。（我只匆匆看了她一眼，因為看見她讓我嚇了一跳，我沒有打招呼，他們也沒有看見我，而我也不敢馬上轉過頭去。）她比平常要矮小許多，把左髖部向前推，不只是短暫地，而是持續地，右腿彎曲，把頭頸湊近她丈夫，動作很急促，彎起向側面伸出的右手臂，試圖攙住她丈夫。他戴著那頂夏季小帽，前面的帽簷往下壓。等我轉過頭去，他們已經走了。我猜想他們是進了「中央咖啡館」，就在護城河街的另一側稍候，等了好一會兒之後，運氣很好地看見她走到窗前。當她在桌旁坐下，就只看得見她那頂包著藍絲絨的厚紙板帽子的邊緣。

後來我夢見自己在一條有玻璃拱頂的廊道上，廊道很窄、而且也並不高，類似早期義大利繪畫上那種無法通行的走廊，從遠處看過去，也像是我們在巴黎見過的一條廊道，是小場街（Rue des Petits Champs）的一條岔路。只不過巴黎的那條廊道比較寬，而且商店林立，這一條的兩旁卻是光禿禿的牆面，看起來幾乎容不下兩人並排行走，可是如果真的走進去，如同我和齊席克太太，就出乎意料地十分寬敞，但我們卻並不驚訝。我和齊席克太太走向一端的出口，走向一個可能觀察著這一切的人，同時齊席克太太為了某件違法行為（似乎是酗酒）而道歉，並且請求我不要相信那些誹謗她的人，齊席克先生在廊道另一端的盡頭鞭打一隻毛髮蓬亂的金色聖伯納犬，牠以後腿站立面對著他。不太清楚齊席克是否只是在逗狗玩，因此冷落了他太太，還是說他的確是受到那隻狗的攻擊，或者他其實是想擋住牠，不讓牠靠近我們。

和勒維在碼頭上。感到一陣微微的暈眩壓迫著我整個人，挺了過去，一會兒之後回想起來，就像是回想起某件遺忘已久的事。

即使撇開其他所有的阻礙不談（身體狀況、父母、個性），我找到一個很好的藉口來解釋我何以沒有把自己侷限在文學上：在我沒有寫出篇幅較長、完全令我滿意的作品之前，我無法放膽為了自己去做些什麼。這當然是無法駁斥的。

下午時就已經感受到一股極大的渴望，渴望寫出我體內整個忐忑不安的狀態，寫進紙張深處，一如它來自我體內深處，或是使我能把所寫的東西全部拉進我體內。這並非藝術家的渴望。今天，當勒維說起他的不滿，說他一點也不在乎劇團所做的事，我把他的情況解釋為思鄉，但是我雖然說了出來，在某種程度上卻並沒有把這個解釋交給他，而是留給了我自己，並且為了自己的悲傷而暫時享受著它。

十二月九日。史陶佛—伯恩[1]：「創作的甜蜜掩蓋了其純粹的價值。」

一本書信集或回憶錄，不管作者是個什麼樣的人（這一次是卡爾．史陶佛—伯恩），如果我們在閱讀時靜止不動，不用自身的力量把他拉進自己體內（因為此舉已經需要藝術，而藝術能自得其樂），而是獻上自己——只要不去抗拒，很快就會發生——讓自己被那個陌生人拉走，成為他的親人，那麼，當我們闔上書本，重新回復自我，經過這趟神遊與休息，重新認識了自己的本質，在自己剛剛被撼動、暫時從遠處觀察的本質裡再度感到更為自在，頭腦也更為清楚，這也就不足為奇。

事後我們才會納悶，書裡對這個陌生人生活情況的描述儘管生動但卻忠實，雖然根據我們自己的經驗，我們會認為在這世上，與一樁經歷（例如哀悼一個朋友之死）相距最遠的莫過於對這樁經歷的描述。但是對我們而言正確的事，對另一個人來說未必正確。如果我們寫的信件不足以表達我們的感受——當然，在這件事情上有許多等級，從一個極端到另一個極端，中間的界限模

1 史陶佛—伯恩（Karl Stauffer-Bern, 1857-1891），瑞士畫家、版畫家、雕塑家，他的書信與詩作在他自殺身亡後被集結成書，於一八九二年出版。

糊——當我們即使在最好的情況下也不得不一再使用「難以描述」、「無法言傳」這類詞語，或是使用「如此悲傷」、「如此美好」，後面再加上一個迅速粉碎的「乃至於……」子句，那麼，像是作為補償，我們能夠冷靜而準確地去理解陌生人所寫的報導，這份冷靜的準確是我們在面對自己所寫的書信時所缺少的，至少在程度上有所不及。我們不知道曾經使人把眼前這封信展開或揉皺的那些感受，而正是這份無知變成了理解力，由於我們被迫仰賴眼前這封信，只相信被寫在這封信裡的東西，因此發現這東西以一種完美的方式被表露無遺，恰到好處，讓我們看見通往人性深處的道路袒露出來。舉例來說，史陶佛—伯恩的書信就只記述了一個藝術家短促的人生……

十二月十日，星期日。我得去拜訪我妹妹和她的新生兒[2]。前天夜裡，當母親在凌晨一點從妹妹家回來，帶來那個男孩誕生的消息，父親穿著睡衣走遍了家裡，打開每個房間的門，叫醒了我、女傭和兩個妹妹，宣布了孩子誕生的消息，彷彿這孩子不僅是出生了，而且已經過了榮耀的一生，連葬禮都舉行過了。

十二月十三日。由於疲倦而沒有寫作，輪流躺在溫暖和寒冷房間裡的沙發上，帶著生病的雙腿，作著噁心的夢。一條狗躺在我身上，一隻腳掌靠近我的臉，我驚醒過來，但是有一會兒還害

2 卡夫卡的大妹艾莉在一九一一年十二月九日生下她的長子菲利克斯．赫爾曼（Felix Hermann, 1911-1940）。

怕睜開眼睛去看牠。

《河狸皮》。漏洞百出的劇作，沒有高潮就漸趨平淡。官吏出場的那幾幕戲不真實。萊辛劇院的雷曼[1]細膩的演出，彎腰時把裙子夾在大腿之間。老百姓那種深思的目光。舉起兩隻手掌，在左臉前方上下並列，像是自願要減弱她嗓音的力量，不管她的聲音是在否認還是竭力申明。其他人的演出粗糙、未經指導。丑角的魯莽不利於這齣戲（抽出一把軍刀，搞混了帽子）。我興致缺缺。回家去，但是還坐在劇院裡時不得不佩服有這麼多人甘願在一個晚上忍受這麼多的騷動（戲裡有人大叫，有人偷東西，有人被偷，有人被騷擾，有人獲得掌聲，有人被忽視），而在這齣戲裡，如果只用眨動的眼睛去看，有那麼多混亂的人聲和叫喊亂成一團。美麗的少女。一個女孩臉部光滑無瑕，圓臉頰，髮際很高，雙眼微微凸出，失落在這片光滑裡。——劇作寫得好的段落，當沃爾芬太太顯露出她既是小偷也是聰明、進步之民主人士的誠實朋友。聽眾當中如果有像劇中官吏韋爾漢這樣的人，他其實應該覺得自己的看法得到了證實。——四幕劇，可悲的平行劇情。在第一幕裡發生了偷竊，第二幕是法庭，第三幕和第四幕也一樣。

猶太演員演出《擔任鄉議員的裁縫師》。少了齊席克夫婦，但是添了兩個新演員，利戈爾德

1 柏林萊辛劇院的女演員艾莎．雷曼（Else Lehmann）當時在布拉格客座演出，飾演豪普特曼（Gerhart Hauptmann）的劇作《河狸皮》（*Der Biberpelz*）中的主角沃爾芬太太。

夫婦，糟透了的人。李希特的差勁劇本。開頭像莫里哀的作品，那個喜歡炫耀、掛著懷錶的鄉議員。——利戈爾德太太不識字，她丈夫必須陪她一起研讀劇本。這幾乎成了慣例，丑角娶了嚴肅的妻子，嚴肅的男演員則娶了喜劇女演員，而基本上就只有已婚女性或女性親戚會被劇團接納。——有一次在午夜時分，可能是個單身漢的鋼琴師帶著琴譜溜出門去。

合唱團演唱布拉姆斯的作品。我缺乏欣賞音樂的能力，根本的問題在於我無法享受音樂的連續性，只偶爾會在我心中產生一種效果，而這種效果很少是音樂性的。所聽見的音樂很自然地在我周圍拉起一圈圍牆，而音樂在我身上造成的唯一持久影響就是這樣被禁錮的我並不自由。

大眾對音樂懷有一份崇敬，對文學則沒有。歌唱的少女。有許多人的嘴巴只被旋律撐開。一個身體笨重的女孩在歌唱時搖頭晃腦。

一個包廂裡坐著三位神職人員。中間戴著小紅帽的那一位平靜而莊重地聆聽，無動於衷而且沉重，但是並不僵硬；右邊那位縮成一團，尖尖的臉表情呆板，滿是皺紋；左邊那位肥胖，用半張開的拳頭撐著歪向一邊的臉。——演出的曲目是：《悲劇序曲》。（我只聽見緩慢、莊嚴的節奏，一會兒在這兒、一會兒在那兒。）去觀察音樂在各組樂師之間的交替，並且用耳朵去加以檢驗，這使我獲益匪淺。指揮的頭髮逐漸散亂。）歌德的〈銘記在心〉（*Berherzigung*）、席勒的〈悲歌〉（*Nänie*），還有〈命運女神之歌〉（*Gesang der Parzen*）、〈勝利之歌〉（*Triumphlied*）。

——那些歌唱的女子站在上方的低矮胸牆旁，像在早期義大利的建築裡。

可以確定的是，儘管我有很長一段時間站在經常將我吞沒的文學裡，這三天以來，除了對幸福的一般渴望之外，我並未感覺到對文學的原始渴望。同樣地，上個星期我認為勒維是我不可或缺的朋友，而這三天沒有他也輕鬆地過了。

當我隔了一段長時間之後再開始寫作，我像是把一句句話從空氣中拽出來。拽出了一句，那麼就也只有這麼一句，而所有的工作又得重頭開始。

十二月十四日。中午時，父親責怪我不關心工廠的事。我解釋我之所以入股，是因為期望能夠獲利，但是只要我還在上班，我就無法參與工廠的經營。父親繼續發牢騷，我站在窗前沉默不語。晚上我卻發現中午那番談話在我腦中引發了一個念頭，亦即我可以十分滿足於我目前的情況，只需要提防自己把所有的時間都耗在文學上。我才要進一步檢視這個念頭，它就已不再令人訝異，而讓我覺得習以為常。我不認為自己有能力把所有的時間都用在文學上。這個信念固然只是來自瞬間的情況，但卻強過這個瞬間情況。想起馬克斯也像是想起一個陌生人，雖然今天晚上他在柏林有一場令人興奮的朗誦會和演奏會；此刻我想到，我之所以想起他，就只是因為我在晚上散步時走近陶席希小姐的住處。

和勒維在河邊散步。豎立在伊莉莎白橋上的拱門內部被一盞電燈照亮，在從側面照射的光線中，一根黑壓壓的立柱看起來像是工廠的煙囪，而在它上方朝著天空伸展的楔形暗影就宛如上升的煙。橋側界限分明的一塊塊綠光。

朗誦威廉．薛佛那篇〈貝多芬與那對情侶〉時，各種和所朗讀的故事毫不相干的念頭（想到晚餐，想到勒維在等我）十分清晰地從我腦中閃過，卻沒有妨礙我今天格外純淨的朗誦。

十二月十六日。星期天中午十二點。上午被睡覺和看報給蹉跎了。害怕去完成替《布拉格日報》所寫的一篇書評。這種對寫作的恐懼一向表現為：我並未坐在書桌前時偶爾會想出待寫文章的開頭幾句，這些句子立刻證明了自己枯燥而不適用，在距離句尾還很遠的地方就已經折斷，並且以凸出的折斷部位指向悲哀的未來。

聖誕市集上的古老把戲。兩隻鳳頭鸚鵡在一支橫桿上啣出籤詩。錯誤：一個少女被預言會有個情婦。——一個男子用押韻的叫賣聲音兜售人造花：To jest ruže ud laná z kuže（捷克語，意思是：這是一朵皮製的玫瑰。）

年輕的皮普斯在唱歌。唯一的肢體動作是來回擺動右下臂，把微微張開的手張開得更大一點，然後再合起來。汗水覆蓋了他的臉，尤其是上唇，就像佈滿了玻璃碎片。一條沒有扣子的領巾被匆匆塞進外套裡的背心底下。

克魯格太太唱歌時，口腔裡柔軟的紅色中溫暖的陰影。

巴黎的猶太人街，薔薇路，從里沃利路岔出去的一條路。

一種雜亂無章的教育，本身就只有最起碼的一致性，只足以過不穩當的生活，如果忽然被要求去做一件有時間限制、因此勢必艱難的工作，被要求去發展自我，去發表演說，那麼就只會得到苦澀的結果，包含了對於所獲致的成就感到的高傲（這項成就必須用上未經訓練的全部力量才能扛住），對於那意外散失的知識的一番小小回顧，由於這份知識並不紮實，因此特別容易動搖，最後還摻雜了對周遭環境的憎恨與欽佩。

昨天入睡前我想像著一幅圖畫，想像一群人像一座山一樣在空氣中分離出來，我覺得這個繪圖技巧是全新的，而且一旦發明出來就很容易執行。一群人圍聚在一張桌旁，地面要比那群人延伸得更遠一些，而在所有的人當中，我炯炯的目光暫時只看見一個穿著古裝的年輕人。他把左手臂撐在桌面上，手鬆鬆地懸在臉上，戲謔地抬起臉看著某個人，那人擔心或詢問地俯身在他上方。他以年輕人的隨性伸展著身體，尤其是那條右腿，與其說是坐著，更像是躺著。侷限住那雙腿的兩條清晰線條互相交叉，很容易就和身體的輪廓相連。染成淺色的衣服在這些線條之間隆起，帶點立體感。這幅美麗的素描令我驚訝，在我腦中製造出一股興奮，我深信那是同一份持續的興奮，只要我想，它就能帶領我手中的鉛筆，於是我強迫自己脫離半睡半醒的狀態，為了把這幅圖畫想得更透徹一點。當然，我很快就發現，我所想像的不是別的，就只是一組灰白色的瓷器。

在過渡時期，如同過去這一週，至少還有眼前這一刻，一股悲傷但平靜的驚訝經常攫住了我，驚訝於我的麻木。一個空洞的空間把我和所有的事物隔開，而我甚至沒有努力擠向這個空間的邊界。

此刻在晚上，當我的思緒漸漸自由，或許有能力寫出一點東西，我卻得去國家劇院觀賞《希波妲邁》（*Hippodamie*）的首演，弗爾赫利茨基[1]的劇作。

可以確定的是，週日對我來說永遠不會比平常日更有用，因為週日在時間上的特殊劃分打亂了我所有的習慣，因此我需要額外的空閒時間才能勉強適應這個特別的日子。

一旦擺脫了辦公室，我就會立刻滿足自己想寫一部自傳的渴望。在開始寫作時，我必須把這

1 弗爾赫利茨基（Jaroslav Vrchlický, 1853-1912, 本名 Emilius Jakob Frida），捷克著名詩人，曾在布拉格查理大學擔任歐洲文學教授，也曾將歐洲文學的許多經典作品翻譯成捷克文。

樣一種深刻的改變當成暫時的目標，以便能夠駕馭大量的事件。但是這種改變的可能性微乎其微，而除此之外，我看不出會有另一種能夠鼓舞我的改變。不過，寫作自傳會是種莫大的喜悅，因為書寫自傳就像書寫夢境一樣容易，卻會有截然不同的結果，一種將永遠影響我的重大結果，是所有其他人也能理解和感受的。

十二月十八日。前天觀賞了《希波妲邁》。可悲的劇作。在古希臘神話裡亂走一通，毫無意義，也毫無理由。節目單上有克瓦皮爾[1]所寫的一篇文章，字裡行間流露出在整場演出中顯而易見的企圖，亦即優秀的導演（但是這齣戲的導演就只不過是在模仿萊因哈特[2]）能使一部拙劣的文學作品成為一齣偉大的戲劇。這一切對一個稍微見過世面的捷克人來說想必很悲哀。——中場休息時，總督走出包廂的小門，到走廊上透透氣。——阿克西奧克[3]的亡靈被召喚出場，她隨即又消失，因為她剛去世不久，在目睹人間時太過強烈地感受到她還在世時的痛苦。

我不是個守時的人，因為我感覺不到等待的痛苦。我就像一頭牛一樣善於等待。如果我感覺到自己此刻的生存有個目的，哪怕是個不確定的目的，出於軟弱，我虛榮到樂意為了眼前這個目

1 克瓦皮爾（Jaroslav Kvapil, 1868-1950），捷克詩人，自一九〇〇年起就在布拉格的國家戲劇院擔任劇場導演。

2 萊因哈特（Max Reinhardt，1873-1943），二十世紀初德語戲劇界的重要人物，曾任柏林德意志劇院總監，採用多種創新的舞台設計，並創立了附屬劇院的戲劇學校。

3 阿克西奧克（Axioche）是古希臘神話裡的一個寧芙，和珀羅普斯（Pelops）生了一個兒子。

的而忍受一切。假如我愛上了某人，就更不必說了。多年前，我在廣場樹蔭下等了不知多久，直到M從那兒經過，就算她只是和她的情人相偕走過。我曾錯過了約好見面的時間，部分是由於粗心，部分是由於不能體會等待的痛苦，部分卻也是為了複雜的新目的，為了忐忑地重新地去尋找那個和我約好見面的人，亦即獲得長時間忐忑等待的機會。小時候我非常害怕等待，由此就可以推論出我原本注定會更有出息，而我預見了我的未來。

我的良好情況沒有時間和機會去自然地盡情發展；我的惡劣情況卻正好相反，所擁有的時間和機會超過需要。從日記來計算，如今我忍受這樣一種情況已經有九天、將近十天了。昨天我又一次腦袋發燙地上床睡覺，正想要慶幸壞時光已經結束，也已經擔心自己將會睡得不好。而後來我睡得相當好，醒來時卻昏昏沉沉。

十二月十九日。昨天觀賞了拉泰納的《大衛的小提琴》。被逐出家門的兄弟，一個有藝術才華的小提琴手，致富之後返鄉，如同我剛進中學時常作的夢。但是他首先穿上乞丐的衣服來測試那些從未離開家鄉的親戚，用破布包裹雙腳，就像一個鏟雪的人。他的女兒誠實而貧窮，他富有的兄弟不願意讓兒子娶這個窮表妹，儘管自己年紀已大，卻想娶個年輕妻子。後來他才扯開了長外套，露出一條飾帶，上面佩戴著歐洲各國王侯頒發的勳章。他用小提琴演奏和歌唱使得所有的親戚及其屬下都成為好人，並且改善了他們的情況。

齊席克太太又演出了。昨天她的身體要比她的臉龐美麗，她的臉顯得比平常瘦削，因此她一開口說話就皺起的額頭太過顯眼。那高大渾圓、中等強壯的身體在昨天不屬於她的臉龐，而她讓我依稀想起那些混種生物，像是人魚、海妖、半人馬。後來當她站在我面前，面孔扭曲，膚質由於化妝品而受損，深藍色短袖襯衫上有塊污漬，我覺得自己就像在一群無情的觀眾當中對著一尊雕像說話。

克魯格太太站在她旁邊，打量著我。威爾屈小姐從左邊打量著我。我說了那麼多蠢話，能說的都說了。例如我不停地問齊席克太太為什麼去德勒斯登，雖然我明知道她是和其他人鬧翻了，所以才搭車離開，也知道這個話題對她來說很尷尬。到最後我比她還要尷尬，卻又想不出別的話題。齊席克太太在我和克魯格太太說話時加入了我們，我轉身面向齊席克太太，同時對克魯格太太說了聲「抱歉！」，彷彿我打算從此和齊席克太太共度一生。等到我和齊席克太太說話，我察覺我的愛並未抓住她，而只是忽近忽遠地繞著她飛，讓她不得安寧。

利戈爾德太太飾演一個年輕男子，所穿的衣服緊緊繃住她懷孕的身體。由於她不聽從她父親（勒維飾演）的話，他把她的上半身按在一張椅子上，打她的屁股，她的長褲緊緊繃在臀部上。後來勒維說他厭惡去碰她，就像他厭惡去碰一隻老鼠一樣。但是從正面看她很漂亮，只是從側面看鼻子太長、太尖、而且兇惡。

我十點鐘才去，先去散了步，充分享受那微微的緊張，一方面在劇場裡有個座位，而在演出之時跑去散步，亦即在那些獨唱者試圖用歌聲召喚我時。我也錯過了克魯格太太的表演，聆聽她一向生動的歌唱意味著去檢驗這個世界的穩固，而這正是我所需要的。

今天吃早餐時我湊巧和母親聊到婚姻和子女，只聊了幾句，但是我第一次恍然明白，母親對我的印象是多麼不真實而且天真。她認為我是個健康的年輕人，只是自以為有病，由於這份幻覺而受到一點折磨。這份幻覺將會隨著時間而自行消失，而結婚成家和生兒育女自然會徹底將之消除。到那時候，對文學的興趣也會減少到對受過良好教育的人來說必要的程度。對於我的職業或是那間工廠的興趣會理所當然地燃起，或是對於其他我剛好經手的事。因此，絲毫沒有與預感沾得上邊的理由對我的未來持續感到絕望；偶爾感到絕望的原因則是當我又一次以為自己吃壞了腸胃，或是當我因為花了太多時間寫作而無法睡覺，但是這種絕望也不至於太深沉。解決的辦法有千百種。最可能的一種是我忽然愛上一個女孩，再也不想離開她。屆時我就會看出大家對我是一片好意，看出大家都不會阻撓我。不過，如果我像馬德里那個舅舅[1]一樣成為單身漢，那也沒什

1　係指卡夫卡母親的哥哥阿弗瑞德．勒維（Alfred Löwy, 1852-1923），他是西班牙一家鐵路公司的主管，住在馬德里。

麼不幸，因為以我的聰明才智，我自然會知道該如何適應。

十二月二十三日，星期六。如果有鑑於我的整個生活方式正朝著所有親戚故舊都不以為然的方向發展，從而產生了憂慮，而父親道出了這番憂慮，說我將會成為第二個魯道夫舅舅[1]，亦即成為家族下一代當中的愚人，一個為了適應不同時代的需要而稍有不同的愚人，那麼從現在起，我就能感覺到母親在心中集結並強化了一切對我有利而對魯道夫舅舅不利的念頭，就像在她對我們兩個人的印象之間插進了一塊楔子。

前天在工廠。晚上在馬克斯那兒，畫家諾瓦克[2]正在展示他替馬克斯畫的石版畫。在他們面前我無法表達自己，沒法說好，也沒法說不好。馬克斯提出了幾個事先就已形成的觀點，而我的思緒就圍繞著這些觀點打轉，沒有結果。最後我終於習慣了那幾張畫作，至少卸除了眼睛不習慣此類作品的驚訝，覺得一個下巴太圓，一張臉被壓縮，一個上半身像是穿了甲冑，或者說他看起來像是在西裝底下穿了一件特大號的禮服襯衫。那個畫家則表達了一些意見，不管是在第一次還是第二次嘗試時我都沒能聽懂，而他偏偏是對我們說出這番話，從而減弱了他這番話的意義，如

1 係指卡夫卡母親同父異母的弟弟魯道夫．勒維（Rudolf Löwy, 1861-1921），他在布拉格一家釀酒廠擔任會計，基於信念而改信了天主教，因此被視為家族中的異類。

2 諾瓦克（Willi Nowak, 1886-1977）是一位捷克畫家，在卡夫卡寫作這篇日記時他的作品正在布拉格展出，並且受到好評。

果他內心的想法屬實，我們先前所說的就是毫無價值的無稽之談。

他聲稱，藝術家所感覺到、也意識到的任務，在於把他所畫的人融入他自己的藝術形式。為了達成這一點，他先畫了一幅彩色的肖像素描，這幅素描也擺在我們面前，在深色的顏料中呈現出與本人的相似果然過於刺眼、枯燥（直到此刻我才能夠承認它過於刺眼），而馬克斯聲稱這是畫得最好的一幅肖像，由於它在相似之餘在眼睛和嘴巴周圍有著高貴的線條，被深色的顏料適度地烘托出來。如果我被問起，我就也無法否認這一點。有了這幅素描之後，畫家就在家裡製作石版畫，他在每一幅石版畫上都做了一點改變，致力於逐漸擺脫天然的形象，但不僅無損於他本身的藝術形式，反而一筆一筆地更加接近。例如，耳殼失去了人耳的螺紋和明確的邊緣，而成了一個逐漸加深的半圓形漩渦，圍著一個幽暗的小小開口。馬克斯骨骼突出的下巴從耳朵就開始成形，失去了似乎不可或缺的單純界線，對觀看者來說，原本的真實性被去除之後，新的真實性並未從中產生。頭髮化為可以理解的明確輪廓，仍舊是人類的頭髮，不管畫家如何否認。

畫家一方面要求我們理解這種轉化，另一方面就只粗略但自豪地提及這些石版畫上所有的東西都具有意義，在他所發揮的效果下，就連偶然的東西也成為必要，影響了後來添加的一切。例如，在一個頭像旁邊有一道細細淡淡的咖啡污漬，幾乎由上而下經過了整幅畫，這道污漬是補進去的，經過考慮，若要移除就會損及整個比例。在另一幅畫上，左邊角落有個藍色大斑點，以稀疏的點畫法畫出，幾乎不起眼；這個斑點甚至是故意畫上去的，讓它散發出的小小光亮擴及整幅圖畫，而畫家就利用這份光亮繼續處理這幅畫。他的下一個目標則在於處理嘴巴部分，那裡已經做過一些處理，但是還不夠，之後要把鼻子也納入這個轉化的過程。當馬克斯抱怨，說這種方式使得石版畫和那幅傑出的彩色素描相距愈來愈遠，畫家說他也並不排除兩者有再度靠近的可能。

無論如何，無法忽視的是，畫家在談話中始終篤信他靈感之不可預料，而就是這份信賴使他的藝術創作大有權利成為一種近乎科學的工作。——買下兩張石版畫，《賣蘋果的婦人》和《散步》。

寫日記的一個好處在於可以安心地清楚意識到自己不斷經歷的改變，一般說來我們當然相信、料到並且承認這些改變，卻又不自覺地加以否認，當事情涉及從這種承認當中汲取希望或平靜。在日記裡能夠找到證明，證明即使在今日看似無法忍受的處境中，我們也仍然生活著，環顧四周，並且寫下了觀察，證明了這這隻右手就像今天一樣振筆疾書，如今我們雖然由於有機會綜觀昔日的處境而變得更為明智，卻因此更應佩服自己昔日在渾然無知的情況下仍舊努力不輟的那份無畏。

讀了魏菲爾[1]的詩讓我昨天整個上午腦袋裡都像是霧氣瀰漫。有一刻我擔心這份陶醉將會一路把我拉進荒謬之中。

前天晚上和威爾屈[2]的交談很折磨人。我受驚的眼神在他的臉孔和脖子上來回游移了一個小時。有一次我的面孔由於激動、軟弱和愕然而扭曲，不確定自己能否走出這個房間而不至於對我們的關係造成長期的傷害。外面下著雨，是適合默默行走的天氣，我鬆了一口氣，然後心滿意足地在「東方咖啡館」前面等馬克斯等了一個小時。像這樣等待，緩緩看向時鐘，滿不在乎地走來走去，對我來說幾乎就跟躺在沙發上伸長了腿、把雙手插在褲袋裡一樣舒服。（在半睡半醒之際，會以為雙手根本不再插在褲袋裡，而就像擱在大腿上的一雙拳頭。）

十二月二十四日，星期日。昨天在鮑姆家很愉快。我和威爾屈在那兒。馬克斯在布列斯勞[3]。我感到自在，能夠把每個動作都做到底，我回答問題並且得體地聆聽，叫嚷得最厲害，偶爾說了句蠢話，也沒被當成一回事，而是馬上就煙消雲散。和威爾屈一起在雨中步行回家的路上

1 魏菲爾（Franz Werfel, 1890-1945），生於布拉格的猶太裔德語作家，卡夫卡與布羅德之好友，其小說和劇作在當時相當暢銷，但他自認為寫得最好的是的詩。他後來娶了音樂家馬勒的遺孀阿爾瑪，在納粹掌權之後流亡，移民美國，卒於加州。

2 威爾屈（Felix Weltsch, 1884-1964），生於布拉格的猶太裔作家、哲學家，是「猶太復國運動」的重要成員，和布羅德與卡夫卡均為好友，一九三九年當德軍進駐布拉格，他和布羅德搭乘最後一班火車逃離，流亡巴勒斯坦，在以色列復國後任職於耶路撒冷的國家圖書館。

3 布列斯勞（Breslau）在當時屬於德國，二戰之後劃歸波蘭，現名弗次瓦夫（Wrocław），是波蘭第四大城。

也一樣；儘管有水窪和寒風，這趟路程結束得那麼快，彷彿我們是搭車似的。而我們兩個在道別時都依依不捨。

小時候，當父親說起「月底」或是Ultimo[1]，我就感到害怕，至少是感到不舒服，身為生意人，他經常提起這個詞。由於我並不好奇，就算我問了，由於思考緩慢也無法及時消化那個回答，再加上偶爾浮現的一絲好奇單是藉由問答就已經被滿足，不再要求要有意義，因此「月底」這個詞對我來說一直是個尷尬的祕密，而在更加仔細地聆聽之後又加上了Ultimo這個詞，即便後者的重要性從來比不上前者。糟糕之處也在於，這個被擔心了很久的「月底」從來無法完全度過，因為它一旦過去，並沒有特別的預兆，甚至也沒有特別受到注意——很久以後我才察覺它總是在大約三十天之後來臨——，亦即當月初順利來臨，大家就又開始說起「月底」，不過並未特別震驚，而我就不加審視地把這件事歸入其他無法理解的事情裡。

昨天中午我去找威爾屈的時候，聽見他妹妹和我打招呼，但我卻沒有看見她，直到她柔弱的身體脫離了我面前那張搖椅。

今天上午我外甥接受割禮。一個彎腿的矮小男子，很熟練地處理了整個過程，他名叫奧斯特

割禮

1 這個源自拉丁文的字在德文裡是「月底」的意思，是常見的商業用語。

里茨，已經主持過兩千八百次割禮。那個男嬰不是躺在桌子上，而是躺在他祖父懷裡，這使得手術變得困難，再加上動手術的人無法全神貫注，而必須喃喃唸誦禱詞。男嬰首先被重新褓襁，只露出生殖器，讓他無法移動，接著用一片有洞的金屬板準確地隔開要割去的部位，再用一把幾乎很普通的刀子去割，就像切魚的刀子。這時會看見鮮血和傷口，割禮師用留著長指甲的顫抖手指在裡面忙了一陣，從某處拉出一塊皮膚來遮住傷口，就像拉出手套上的一根指套。一切很快就完成了，嬰兒幾乎沒哭。現在就只需要再做一小段禱告，在禱告時，割禮師喝了葡萄酒，並且用他還沾著血跡的手指拿了點葡萄酒到嬰兒嘴邊。在場之人祈禱：「他已經締結了聖約，希望他習得《妥拉》的知識，締結幸福的婚姻，並且行善做好事。」

今天當我聽見割禮師的助手在飯後祈禱，而在場之人，除了嬰兒的祖父和外祖父之外，完全聽不懂禱詞，各自作著白日夢或是百無聊賴，使我看出西歐猶太文化正處於一個明顯的過渡時期，其結果無法預見。那些首當其衝的人對此並不擔心，而是逆來順受，就像道地的過渡時期的人。這些已經走到盡頭的宗教形式，在目前的實踐中就已經被公認為只具有歷史意義，乃至於似乎只需要在這個上午花一小段時間，透過傳授割禮及其半唱半唸的祈禱這個陳舊的習俗，來使在場之人對歷史發生興趣。

我幾乎每天晚上都讓勒維等上半個小時，昨天他對我說：這幾天我在等待時總是抬起頭來望向您的窗戶。我習慣提早抵達，起初看見那兒有燈光，於是假定您還在工作。接著燈熄了，而隔壁房間的燈還亮著，表示您在吃晚餐；然後您房間裡的燈又亮了，表示您在刷牙；接著燈熄了，表示您已經走下樓梯，可是燈光隨即又再亮起。——

十二月二十五日。我透過勒維而對華沙當代猶太文學的認識，以及我對當代捷克文學的認識（一部分是透過自己的洞察），顯示出了文學創作的許多優點——心智的活動、把外在生活中經常閒置而且總是分散的國家意識團結起來、在面對具有敵意的環境時，國家透過本國的文學而得到自豪與支持，猶如一個國家在寫日記，和書寫歷史截然不同，其結果是一種更加快速、但是經過多方面檢驗的發展，提升公眾生活的精神層面，同化不滿的元素，立刻加以利用，只有停滯不前才會造成損害，透過發行雜誌來凝聚民眾，著眼於整體，把國家的注意力集中在自己身上，只在反思裡接受外國事務，尊敬文學創作者，暫時但影響深遠地喚起成長中的年輕人去追求更崇高的事物，將文學事件納入政治考量，使父子之間的對立變得高貴，並且有了討論的機會，以一種雖然格外沉痛、但使人自由並且值得原諒的方式來指出國家所犯的錯誤，書市蓬勃發展，因此有了自信，以及大眾對書籍的渴求——一種文學就可能帶來所有這些作用，這種文學發展的廣度其實並沒有什麼不尋常，但由於缺少特別傑出的才子而給人這種印象。這樣一種文學甚至比人才濟濟的文學更有活力，因為此處沒有那種才華洋溢、讓大多數人不敢挑剔的作家，文學上的大規模競爭就名正言順。沒被天才突破的文學因此也沒有能讓泛泛之輩出頭的缺口。文學因此更有理由得到關注。個別作家將更能夠保持獨立自主，當然只是在國界之內。由於缺少令人拜服的國內典範，阻止了完全沒有能力的人去從事文學。而就算是具有些許能力，也不足以受到目前文壇主流作家不顯著之特徵的影響，或是引進外國文學的成果，還是模仿已被引介的外國文學，這一點從下面這個例子就能看得出來。例如，在人才輩出的文學裡，像是德國文學，最差勁的作家在模仿時也僅限於國內。在上文中提及的幾個方向中，一種個別而言差勁的文學中格外顯現出創造力和妙用，當大家開始從文學史的角度來關注已逝的作家。他們的影響不容否認，不管是在當年還是如今，這些影響如此具體，甚至會取代了他們的作品。當我們談到後者（作品），心中所想的是前者（影響），甚至當我們讀著後者，卻只看見了前者。由於這些影響不容忘卻，而作品無法自行影響記憶，也就談不上遺忘或重新憶起。文學史呈現出不會改變而值得信賴的整體，一時的風尚只會造成些許損害。

小國的記憶並不小於大國的記憶，因此小國能把現有的材料處理得更為徹底。研究文學史的專家雖然比較少，但是文學更是整個民族的事，而不是文學史的事，因此就算它被保存得並不純粹，卻很安全。因為小民族的國家意識對個體所提出的要求是，每個人都必須隨時準備好去認識、去承擔、去捍衛他該扛起的那一部分文學，就算並不認識也沒有承擔，仍然至少要去捍衛。

古老的文獻得到許多詮釋，因為材料有限，詮釋的精力只會由於擔心這些材料太容易處理完畢而減弱，以及由於大家一致感到的敬畏。一切都以最誠實的方式進行，只是會受到一種永遠不會解除的約束，這份約束不容許疲勞出現，並且藉由舉起一隻巧手而散布開來。但約束不只阻止了遠觀，也阻止了內省，於是所有這些意見就被一筆勾銷。

由於缺少互有關連的人，就也少了互有關連的文學行動。（貶低個別的事件，以便能高高在上地加以觀察，或是高高吹捧，讓人可以在它旁邊沾點光。錯了。）即使一件事往往被冷靜地考慮透徹，我們還是無法到達將此事與同類事情相連的邊界，在面對政治時，最容易到達這個邊界，我們甚至努力想要更早看見這個邊界，在它出現之前，而且經常到處都發現這條收攏的邊線。空間的狹窄，再加上要顧及單純與均衡，並且考慮到文學內在的獨立自主使得表面上與政治的連結無傷大雅，這些都導致了文學藉由緊抓著政治口號而在國內流傳。大眾普遍喜歡文學對小主題的處理，這些主題要小到只能消耗掉一小份熱情，而且具有引發爭論的可能。經過文學思考的謾罵你來我往，在性格比較激烈的人當中則是飛來飛去。這些事在大文學裡是暗中發生，構成一棟建築裡並非不可或缺的地下室，在小文學裡則是在光天化日下發生；在大文學裡引起少數人暫時來湊熱鬧的事，在小文學裡則引來了所有的人，彷彿此事攸關生死。

簡略地列出小文學的特徵

在任何情況下都有的正面效果。在個別情況下甚至效果更好。

1. 活力 a.爭論 b.學校 c.雜誌
2. 去除束縛 a.沒有原則論 b.小主題論 c.較容易形成象徵 d.擺脫能力不足的人
3. 普及性 a.與政治相連結論 b.文學史 c.對文學有信心，由文學自行訂定其法則

一旦全身上下都感覺到這種既有用又愉快的生活，就很難改變心意了。

在俄國的割禮。在整個家裡，凡是有門的地方，都會掛上巴掌大小、印著猶太神祕教義符號的牌匾，為了在分娩到割禮之間那段時間裡保護嬰兒的母親免受邪靈的侵擾，在這段時間裡，邪靈對母親和嬰兒可能特別危險，也許是因為她的身體大大地敞開，使得所有邪惡的東西都容易進入，也因為嬰兒在尚未接受割禮之前無法抵抗邪惡。因此，會請一個看護婦到家裡來，不讓嬰兒的母親有片刻落單。為了防禦邪靈，在嬰兒出生後七天之內，除了星期五以外，每天都會有十到十五個小孩（每天來的小孩都不同）在傍晚時分由助理教師帶領，讓他們爬到嬰兒母親的床上，在床上背誦〈聽啊，以色列〉的祈禱文，之後會請他們吃糖果。據說這些五到八歲的純真孩童特別能夠有效地阻擋在傍晚時分格外活躍的邪靈。星期五會舉行一場特別的慶典，而在一整個星期

裡會接連舉辦好幾場宴席。邪靈在割禮的前一天最為猖獗，因此最後一夜要守夜，大家徹夜不睡，守在嬰兒母親身旁，直到早晨。割禮舉行時往往有上百位親友在場，由其中最受尊敬的一位來抱嬰兒。割禮師執行職務並不收取酬勞，通常都好酒貪杯，由於他很忙碌，無法參加各場宴席，只能灌些燒酒，因此割禮師全都有著紅鼻子，嘴裡有酒臭。所以當他們在動刀之後按照規矩用嘴巴吸掉嬰兒生殖器上的血，其實也不太衛生。之後會用鋸木屑覆蓋在嬰兒的生殖器上，三天之後就大致癒合。

緊密的家庭生活似乎並不是猶太人共同的特點，對於在俄國的猶太人當然更是如此，畢竟基督徒也一樣有家庭生活。而妨礙了猶太人家庭生活的是女性被禁止研習《塔木德經》，於是當丈夫想要和客人談論與《塔木德經》有關的事物，亦即談論他生活的重心，女性就會退避到隔壁房間，或者應該說她必須退避到隔壁房間——因此，猶太人更獨特之處在於他們經常利用每一個可能的機會聚在一起，不管是要祈禱，要讀經，還是要討論與神有關的事物，或是參加大多具有宗教理由的宴席，在這些宴席上只會適量地飲酒。他們簡直就是逃向彼此。

藉由他作品的力量，歌德可能遏止了德語的發展。就算散文的風格曾經幾度遠離他，但最終，一如目前，則帶著更強的渴望回歸於他，學來了一些歌德曾經用過、但除此之外和他並無關連的古老措辭，為了自己無邊的依賴而感到高興。

我的希伯來文名字是安舍（Amschel），跟我母親的外祖父同名，在母親的記憶中，他是個虔誠而博學的人，留著長長的白鬍子，他去世時我母親六歲。她記得她必須握住遺體的腳趾，為了可能冒犯了外祖父而請求寬恕。她也記得外祖父有許多書，擺滿了好幾面牆壁。他每天都在河裡洗澡，冬天也一樣，為了洗澡，他會在結冰的河上鑿出一個洞。我的外祖母早早死於傷寒，從此，母親的外祖母就變得鬱鬱寡歡，拒絕進食，不和任何人說話。在她女兒死後一年，她有一天出去散步就沒有再回來，別人從易北河裡打撈出她的屍體。比母親的外祖父更博學的是母親的曾外祖父，他在基督徒和猶太人之中都同樣受到尊敬。在一次火災中，由於他的虔誠而出現了奇蹟，火勢跳過了他的房子，使他的房子逃過一劫，周圍的房屋則都被燒毀。他有四個兒子，其中一個改信基督教，成為醫生。除了母親的外祖父之外，其餘幾個兒子都早死。母親的外祖父有一個兒子，母親記得他是瘋舅舅納坦，還有一個女兒，就是我的外祖母。

衝向窗戶，在用盡全力之後感到虛弱，穿過碎裂的木板和玻璃，越過窗台。

十二月二十六日。又睡得很差，已經是第三夜了。就這樣，我在無助的狀態中度過了這三個假日，而我原本希望能在這三天裡寫出可以幫助我度過一整年的東西。聖誕夜和勒維去散步，往星星夏宮的方向走。昨天觀賞了《布呂瑪或華沙的珍珠》。作者在劇名裡用「華沙的珍珠」這個美名來表揚布呂瑪堅定的愛情與忠貞。齊席克太太露出纖細修長的脖子，這才說明了她臉孔的形狀。克魯格太太眼中的淚光，當她唱著一段規律起伏的旋律，使得聽眾垂下頭來，我覺得這淚光的意義遠遠超出這首歌、這齣戲、全體觀眾的憂愁，甚至超出我的想像力。目光穿過後面的門簾看進更衣間，正好看見克魯格太太穿著白色襯裙和短袖襯衫站在那裡。我對於觀眾的感覺沒有把握，因此在內心努力激起觀眾的熱情。昨天我和 T 小姐及她的同伴說話時態度圓滑親切，這和我昨天就感覺到的自由有關，一如星期六，使我出於對世人的遷就和過度的謙虛而使用了一些尷尬的言語和動作，雖然我並不需要這麼做。和母親獨處時也感到輕鬆愉快；堅定地看著每個人。

列出如今很容易想像成古老的事物：在通往林蔭步道和郊遊地點的路上乞討的殘疾人，未被燈光照亮的夜空，過橋費。

列出歌德自傳《詩與真實》裡那些由於一種無法確認的特質而使人印象特別鮮明的段落，這印象和原本被描述的東西在本質上並無關連。例如，介紹歌德童年時期的段落，描述他生性好奇，穿戴體面，人見人愛，活潑好動，闖進所有的熟人家裡，什麼都想看，什麼都想聽。當我此刻翻閱這本書，我找不到這些段落，所有的段落在我看來都很鮮明，帶有一份無法超越的生動。

我必須等待，等到我能夠單純地閱讀，然後在適當的段落停下來。

聆聽父親談他年少時必須忍受的苦難不是件愉快的事，他在敘述中不斷暗藏著對當代人幸運處境的批評，尤其是他子女的幸運處境。沒有人否認他當年由於缺少禦寒的衣物，腿上有著長年無法癒合的傷口，也沒有人否認他經常挨餓，十歲時就必須一大早推著一輛小車穿過村莊，在冬天裡也一樣——只是把這些事拿來和我不曾遭受過這一切苦難這件事相比較，絲毫不能得出我比他幸運這樣的結論，絲毫不允許他由於當年腿上的傷口而自命不凡，不允許他自始就認定我無法體會他當年的辛苦，認為我應該對他懷有無限感謝，只因我不曾遭受過相同的苦難。當他說起他的童年和他的父母，我本來是多麼樂於傾聽，可是聽他用吹噓和爭吵的口氣述說這一切卻是種折磨。他總是把雙手一拍：「今天還有誰曉得！這些孩子知道些什麼！誰也沒遭遇過！如今的小孩哪裡懂得！」今天茱莉姑姑來拜訪我們，父親又說了類似的話。姑姑也有一張大臉，就跟父親這一邊所有的親戚一樣。眼睛的位置或顏色稍微有一點不對勁。她十歲時就受雇去替人煮飯，在嚴冬裡必須穿著潮濕的短裙步行，腿上的皮膚裂開了，裙子也凍結了，直到晚上在床上才乾。

十二月二十七日。一個注定沒有子女的不幸之人被禁錮在他的不幸中。不論何處都沒有重生的希望，也沒有希望得到較佳運勢的幫助。他只能讓這份不幸牢牢附著在他身上，等他的人生之路走完，就必須認命，無法再繼續延續，無法去嘗試在更長的路途上、在不同的身體情況和時代情況之下，他所遭受的不幸是否會消失，或者甚至能夠帶來某件好事。

我在寫作時那種不對勁的感覺可以用這個畫面來描述：一個人在兩個地洞前面等待一個東西出現，它只能從右邊那個地洞裡出來。可是，當右邊的地洞在一個隱約可見的蓋子下面沒有動靜，從左邊的地洞裡卻有東西一個接一個地爬出來，試圖把此人的視線拉到自己身上，最後也毫不費力地達到了目的，因為它們佔據的範圍愈來愈大，最後甚至把右邊的洞口也遮住了，不管此人再怎麼阻擋。而現在，如果此人不想離開這個地方——而他無論如何不想離開——他就得仰賴這些東西，而由於它們短暫易逝——單是爬出來就已經耗盡了它們的力氣——它們無法滿足這個人，而此人趁著它們由於虛弱而停滯時把它們趕向四面八方，只為了讓其他東西出現，因為這持續的景象令人難以忍受，也因為還有希望，希望在這些不該出現的東西耗盡之後，真正該出現的東西將會冒出來。

上述這個畫面是多麼無力。在實際的感受和比喻之間就像是隔著一塊木板，隔著一個沒有關連的假設。

十二月二十八日。那間工廠給我帶來的痛苦。我為什麼任由此事發生，當別人要我答應每天下午去那裡工作。雖然並沒有人用暴力強迫我，但是父親用他的指責、卡爾用他的沉默和我的罪惡感迫使我答應。我對工廠的事一無所知，今天上午在委員會來視察時毫無用處地站在那裡，像是挨了揍一樣。我否認我有機會去了解工廠運作的所有細節。就算我能藉由問個不休、打擾所有相關人士而了解工廠運作的細節，這又達到了什麼目的？這份知識對我沒有實際的用處，我只適合做表面工夫，由我的主管加以潤飾，使之看似真正的好表現。另一方面，由於徒然耗費在這間工廠上的精力，我被剝奪了把下午這幾個小時用在自己身上的機會，這必然將導致我生存的全然毀滅，而我的生存本來就已經愈來愈受限了。

今天下午外出時，有幾步路之久，我在想像中看見上午令我心生畏懼的那些委員朝我迎面走來或是和我巧遇。

十二月二十九日。歌德自傳裡那些鮮活的段落。第二百六十五頁：「因此我拉著我的朋友進了樹林。」

歌德，第三百零七頁：「在這幾個小時裡我就只聽見有關醫學或自然史的談話，而我的想像力被拉進了一個截然不同的領域。」

透過豐富有力的回憶而增長的力量。一道獨立的尾波被轉向我們的船，對自身力量的意識和力量本身隨著增強的作用而提高。

結束一篇文章，哪怕是一篇短文，的困難之處不在於我們覺得要結束這篇作品需要一把火，而這篇文章的實際內容無法自行產生這把火；困難之處其實在於就連最短的文章也要求作者有一種自滿和忘我，要脫離這份自滿和忘我而走進尋常生活，在沒有強烈決心和外在激勵的情況下很難做到，因此在圓滿結束、作者可以靜靜溜走之前，作者會被不安所驅使而想要逃走，用來完成文章結尾的雙手不僅必須工作，也必須要抓緊自己。

十二月三十日。我的模仿慾和演員的模仿無關，主要是缺少一致性。我無法全面性地模仿那些醒目的整體特徵，類似的嘗試總是一再失敗，因為這違反我的天性。相反地，我能夠本能地去模仿細節，想要模仿某些人擺弄手杖的方式，模仿他們雙手的姿勢、手指的動作，而且毫不費力就能做到。但正是這種毫不費力、這種對模仿的渴望使我和演員相去甚遠，因為毫不費力，所以沒有人察覺我在模仿。只有我對自己的滿意讚賞（更多時候是不情願的讚賞）向我顯示出我模仿成功。而內心的模仿更遠遠超過表面上的模仿，這種內心的模仿是如此強烈，乃至於在我內心根本沒有多餘的位置來觀察並確認這份模仿，而是事後在回憶中才意識到。但是這種內心的模仿也十分徹底，頓時就取代了我自己，假如是在舞台上，就會使人無法忍受，前提是它能被看出。我們不能指望觀眾接受超出表演極限的東西。如果一個演員按照劇情要毆打另一個演員，而在激動之下、在過度奔放的情感中，真地打了下去，使得另一個演員痛得大叫，那麼觀眾就必須回復一般人的身分而出手干預。這種情況很少發生，但比較不嚴重的類似情況卻發生過無數次。蹩腳演員的問題並不在於他不擅於模仿，而是由於缺少訓練、經驗和天賦而去模仿錯誤的對象。但是他最根本的錯誤還是在於他無法守住表演的分際，而模仿得太過頭了。他這樣做是因為他對於演員在舞台上應有的表現只有模糊的概念。就算觀眾之所以認為這個或那個演員演得不好，是因為他呆板地杵在那裡，用指尖搓弄著口袋邊緣，不得體地雙手叉腰，分心去聽提詞的人提示台詞，不管情境如何改變，仍然不計代價地保持著膽怯的嚴肅，但歸根結底，這個在舞台上突然冒出來的演員之所以蹩腳，就只是因為他模仿得太過頭了，就算他只是按照他的想法去做。

十二月三十一日。正因為他的能力有限，他唯恐沒有使出渾身解數。就算他的能力並非小到不可分割，他也不想洩漏這件事實：如果用上他的意志力，在某些情況下他可以只用到部分本領。

早上我要寫作時感覺神清氣爽，但此刻想到下午我要朗誦給馬克斯聽，這個念頭就徹底阻礙了我寫作。這也顯示出我缺少維繫友誼的能力，前提是友誼在這層意義上是可能的。因為，一份友誼不可能不被日常生活打斷，因此，就算友誼的核心沒有受損，友誼的表現卻常常被抹去。當然，友誼會從未受損的核心再度形成，但是這需要時間，而且也未必能夠成功，即使撇開個人情緒的轉變不談，也永遠無法從上一次中斷之處再接續起來。因此，當友誼的基礎深厚，在每次再度會晤之前，勢必會產生一種不安，它未必會大到使人察覺，卻可能會干擾談話和舉止，使人感到驚訝，尤其是因為不明白其原因，或是無法相信其原因。所以，我要怎麼朗誦給馬克斯聽，甚至在寫下下面這段話時想著我將把這段話朗誦給他聽。

另外，令我心煩的是，今天上午我翻閱了我的日記，想著我可以朗誦什麼給馬克斯聽。而在這番檢視中，我既沒有覺得我所寫的東西特別有價值，也沒有覺得它們應該被乾脆扔掉。我的評價介於兩者之間，而比較接近前者，但並不是說儘管我有弱點，根據我所寫的東西的價值，我應該認為自己已經枯竭。儘管如此，看見我所寫的東西的份量，使我在接下來這幾個小時裡從自己寫作的泉源分了心，幾乎無法挽回，因為我的注意力在同一個河道的下游消失了。

有時候我以為自己在中學時期和那之前能夠十分敏銳地思考，只是由於後來記憶力減弱，如今無法再適當地判斷這一點，但有時我又看出自己糟糕的記性只是想要迎合我，而我其實非常懶得思考，至少是在本身並不重要、但後果嚴重的事情上。我記得，在中學時我經常和貝格曼針對上帝的存在進行辯論，以類似《塔木德經》的風格，這風格若非我自有的，就是從他那裡學來的，就算辯論得不是很徹底，因為當年我可能就已經很容易疲倦。那時我很喜歡延續在一本基督教雜誌（我記得名稱是《基督教世界》）裡找到的主題，在其中把世界比喻成一個時鐘，把上帝比喻成鐘錶匠，想用鐘錶匠的存在來證明上帝的存在。依我的看法，在貝格曼面前我很能夠駁斥這個論點，就算這番駁斥在我心中並沒有堅實的根據，而我必須像玩拼圖一樣先把它拼湊起來才能運用。這樣一番駁斥有一次發生在我們繞著市政廳塔樓行走的時候。我之所以清楚記得這件事，是因為幾年前我們曾經一起回想起這件往事。

可是，當我自認為在這當中表現不凡——我會這樣做就只是因為想要表現不凡，也喜歡發揮影響力——，我卻容忍自己穿著差勁的衣服到處跑，只是由於考慮不周。我的衣服是爸媽輪流請不同的顧客剪裁的，時間最久的是努斯勒區的一個裁縫。我當然注意到我的穿著特別差，要看出這一點很容易，當別人衣冠楚楚的時候我也看得出來，只是在很多年裡我都沒有能夠看出自己模樣可悲的原因在於我的服裝。由於當時我已經逐漸習慣看輕自己，未必是在現實中，而是在預感中，我深信那些衣服就只是因為穿在我身上才會先是如同木板般僵硬、後來又變得皺巴巴。我根本也不想要新衣服，因為既然我已經模樣難看，我至少想要穿得舒服一點，另外也想避免向已經習慣那些舊衣服的人展示新衣服的醜陋。母親經常想找人替我做新衣服，由於她以成年人的眼光還是能夠看出新衣服和舊衣服之間的差異，我卻總是長時間抗拒，而這份抗拒又反過來影響了我，使我必須在父母的證實下自認為我不在乎自己的外表。

1912年

Kafka Tagebücher

這一年，卡夫卡的創作與感情生活都出現了前所未有的重大事件。

本年春季，卡夫卡開始寫作他的第一部長篇小說《失蹤者》的第一稿，但並不十分滿意。六月末，他在布羅德的牽線下，與沃爾夫出版社創辦人會面，最終答應出版自己的第一本書，也就是後來的短篇集《沉思》。然而，卡夫卡對於這一出版計畫只是勉爲其難，並不甚熱心。

八月十三日晚，卡夫卡帶著他選編的《沉思》書稿去布羅德家商討，在那裡遇到來自柏林的菲莉絲。約一個月後，卡夫卡給菲莉絲寫了第一封信，從此一發不可收拾，在接下來五年間總共寫了五百多封信。

九月二十二日，在開始寫信給菲莉絲後不久，卡夫卡一夜之間寫出了短篇小說〈判決〉，並題獻給菲莉絲。這篇出色的小說是卡夫卡早年經驗的總爆發，也可說是卡夫卡覺得滿意的第一篇小說。

〈判決〉的誕生大大鼓舞了卡夫卡，也開啓了他人生中的第一個創作高峰期。他接下來馬上開始寫《失蹤者》的第二稿，到年底爲止，至少已完成了六章。而在寫作《失蹤者》期間，卡夫卡最膾炙人口的小說〈變形記〉，則作爲一個插曲被創作出來。

一月二日。於是，差勁的衣服也影響了我的身體姿勢，我駝著背走來走去，歪著肩膀，手臂和雙手不知道該往哪兒擺。我害怕去照鏡子，因為鏡中的我顯現出在我看來無法避免的醜陋，而這份醜陋不可能如實地被映照出來，因為假如我真的這麼醜，我想必會更加引人注目。週日出門散步時，我忍受著母親輕輕去拍我的背，忍受著過於抽象的告誡和預言，我看不出這些告誡和預言和我當時的煩惱有何關連。根本上我就缺少替實際的未來預作準備的能力，哪怕只是預作一點點準備。我的思考停留在當下的事物和它們當下的情況，並非由於認真徹底，也並非由於過度執著，而是由於憂傷和恐懼（如果這並非由於思考上的缺陷），憂傷是因為我覺得當下是如此悲哀，認為我不能在它化為幸福之前離開它，恐懼是因為，一如我害怕在當下邁出一小步，我認為以我令人瞧不起的幼稚舉止，我也不配認真地扛起責任去評斷身為男性的遠大未來，大多數時候我也覺得這個未來不可能存在，乃至於每一次小小的前進都讓我覺得是假的，而下一步無法企及。

比起真正的進步，我更容易承認奇蹟，但是我太冷靜，無法不把奇蹟和真正的進步劃分開來。因此，我在入睡之前會花很多時間幻想著自己有朝一日將成為一個富有的人，駕著四駕馬車駛進猶太城，一聲令下，解救一個被無理毆打的美麗少女，用我的馬車帶著她揚長而去。這種胡思亂想也許只是由一種已經不健康的性慾所助長，卻也不影響我確信自己將無法通過年底的考試，就算我通過了，下一年也無法升級，即使靠著作弊能夠升級，最終也肯定通不過畢業考，而且終有一刻，我將會由於揭露出自己的異常無能，而使父母和其他人大吃一驚，之前他們由於我表面上正常升級而感覺不出我的無能。而由於我一向只把自己的無能視為未來的指標——很少把我單薄的文學創作視為指標——思考未來從不曾給我帶來任何好處，那就只是繼續延長當下的憂傷。只要我想，我雖然能夠抬頭挺胸地行走，但是那令我疲倦，而且我看不出自己彎腰駝背的姿勢會在未來對我造成損害。如果我有未來，那麼一切自然就會上軌道，這是我的感覺。我之所以選中這個原則，並不是因為它包含著對未來的信賴（我反正並不相信未來的存在），而只有一個用途，就是使我的生活輕鬆一點。讓我以最不費力氣、最不需要勇氣的方式來行走、穿衣、洗澡、閱讀，尤其是把自己關在家裡。如果超出了這個範圍，我就只想得出可笑的辦法。

有一次，我似乎不能再沒有一件黑色禮服，尤其是我也得決定是否要參加一門舞蹈課。努斯勒區的那個裁縫師被喚來商量剪裁的事。在這種情況中我一向拿不定主意，我不得不擔心，如果我作出明確的答覆，我不僅將會被拉進令人不愉快的下一步，還會被拉進更糟的情況裡。於是起初我不想要黑色禮服，當家人當著陌生人的面指出我沒有節慶日穿的衣服，令我感到丟臉，我容忍了他們提出做一套燕尾服的建議；可是因為我認為燕尾服是一種可怕的大改變，大家雖然會談起，但是絕對下不了決定，於是我們一致同意做一套小禮服，它和尋常的西裝外套相似，讓我覺得至少能夠忍受。可是當我聽見小禮服的背心必須是低領口，因此我也得要穿一件漿過的襯衫，我就打定了主意拒絕，這份堅決幾乎超出了我的力量，因為這件事非阻止不可。我不想要這種小禮服，而想要一件可以高高扣緊的小禮服，如果不得不然，可以再加上絲綢襯裡和邊飾。裁縫沒見過這種小禮服，但是他說，不管我怎麼想像這樣一件外套，要穿來跳舞是不可能的。好吧，那麼就不把它當成穿來跳舞的衣服，我也根本不想跳舞，上舞蹈課的事也還根本不確定，但我想要裁縫師替我縫製我所描述的那件外套。這下子裁縫師更加目瞪口呆，因為一直以來碰到要做新衣服，我總是害羞地匆匆量身和試穿，不曾表示過意見和願望。因此，在母親的催促下，儘管尷尬，我也別無選擇，只好和他一起穿過老城廣場，去到一家賣二手衣物的商店門口，櫥窗裡曾有一件像這樣單純的小禮服，好一段時間以來我就看見它擺在那裡，並且看出我用得上它。不巧的是，它已經從櫥窗裡被移走了，就算費力張望，也看不出它在店裡，而我不敢只為了瞧一眼那件小禮服而走進店裡，於是我們又回復到先前的意見相左。我卻覺得，由於白跑了這一趟，這件未來的小禮服已經受到了詛咒，至少我把不愉快的爭執當成藉口，隨便訂製了一點小東西，再針對這件小禮服敷衍了幾句，把裁縫師打發走了，留下受到母親責備而疲倦的我，從此永遠——發生在我身上的一切都是永遠——與女孩、優雅的舉止和跳舞娛樂無緣。這件事同時令我感到愉悅和悲哀，此外我也擔心自己在裁縫師面前出了洋相，在他的顧客中是前所未有的。

一月三日。在《新觀察》季刊裡讀了很久。讀了小說《赤裸的人》[1]的開頭，整體而言不夠清楚，細節上無可挑剔。豪普特曼的劇作《蓋布里耶．席陵的逃亡》。人的教育。在好壞兩方面都具有教益。

除夕。我原先打算在下午從日記裡挑幾段朗誦給馬克斯聽，我期盼這麼做，但後來沒能實現。我們的感覺不一致，這天下午我在他身上察覺到一種斤斤計較和匆忙，他幾乎不是我的朋友，但仍然強勢地左右了我，使我看見自己用他的眼光在日記本裡翻來翻去，總是翻到同樣那幾頁，而我覺得這樣翻來翻去令人厭惡。從彼此這種緊繃的狀態中要一起寫作當然是不可能的，因此我們在互相抗拒之下寫成的那一頁《李察與山繆》，就只證明了馬克斯的幹勁，除此之外卻很差勁。除夕夜在薩達的餐廳聚會。感覺還不錯，因為威爾屈和基希都在，另外還有一個新朋友加入，使我最後還是和馬克斯言歸於好，不過就只是在那群人當中。在護城河街上擁擠的人潮中，我握了握他的手，但沒有看著他，把三本日記緊緊抱著，在記憶中我自豪地直接走路回家。

在街上一棟新建築前面，火焰圍著一座熔爐以羊齒蕨的形狀往上竄。

在我身上可以清楚看出對於寫作的專注。當身體組織明白了寫作是我本質中最有產能的方

---

1 《赤裸的人》（*Der nackte Mann*）是德國小說家艾彌爾．史特勞斯（Emil Strauß, 1866-1960）的作品，於一九一二年出版。

向，一切都往那兒湧去，而讓其他的能力閒置，例如享受飲食男女、哲學思考、尤其是享受音樂的能力。我在所有這些方面的能力都日漸萎縮。這是必要的，因為我的全部力量是如此微小，集中起來就只能勉強用來寫作。這個目標當然不是我自己有意識地發掘的，是它自己發現了自己，如今就只受到辦公室工作的阻礙，但卻是徹底受到阻礙。總之，我不能惋惜我受不了有個情人，不能惋惜我對愛情幾乎就像對音樂一樣一竅不通，只能滿足於最膚淺的效果，不能惋惜我的除夕晚餐是洋牛蒡加菠菜，配上一杯果汁，不能惋惜我無法參加馬克斯週日的朗誦會，他要朗誦他的哲學作品；能補償這一切的東西明擺在眼前。我的發展已經完成，放眼望去，我已經沒有別的東西可以奉獻，我只需要拋開辦公室的工作，以便展開我真正的人生，在我真正的人生裡，我的臉孔將終於能夠隨著我工作的進展而自然地老去。

一番談話的驟然翻轉，首先詳盡地說起內心最深處的煩憂，接著談起下一次要在何時何地碰面，要考量哪些情況，雖然並非打斷先前的談話，但當然也不是接續這番談話。如果這番交談還以握手結束，那麼分手時就暫且相信我們的生活有著純粹而堅固的結構，並且對此懷著敬意。

在自傳中，免不了會在按照事實應該寫「有一次」的地方寫了「經常」。因為我們始終意識到記憶汲取自黑暗中，而「有一次」這個字眼將會把黑暗炸碎。「經常」這個字眼雖然也無法完全不損及黑暗，但這份黑暗至少在書寫者眼中被保存下來，並且帶著他經過在他人生中也許根本不曾存在的片段，來代替他在記憶中即使憑直覺也無法再觸及的部分。

一月四日。我就只是出於虛榮才這麼喜歡朗誦給妹妹聽（乃至於今天太晚才開始寫作）。並非我深信在朗讀中能夠獲得重大的成就，而是受到欲望的控制，想努力靠近我所朗誦的優秀作品，使我和它們合而為一，不是由於我的功勞，而只是由於聆聽我朗誦的妹妹被激發的注意力，因此我也在虛榮的掩飾之下參與了這篇作品所產生的一切影響。因此，在妹妹面前我也的確朗誦得可圈可點，用極端的精準來加重語氣，因為事後我不僅會受到自己的獎賞，也會得到妹妹的大大酬謝。

可是如果我是在布羅德或是鮑姆還是其他人面前朗誦，單是由於我要求得到稱讚，大家想必就受不了聽我朗讀，就算他們不知道我平常朗讀得多好，因為我看出聽眾清楚意識到我和所朗誦的作品之間的分隔，我無法和所朗誦的作品合而為一，而不至於覺得自己可笑。我的這種感覺無法指望得到聽眾的支持，我用聲音繞著要朗誦的作品飛舞，試著從此處或彼處進入，因為這是聽眾想要的，但我並沒有認真打算這麼做，因為別人並沒有真心期望我這麼做；聽眾真正想要的是不帶虛榮心、冷靜並且保持距離的朗誦，只在由衷感受到熱情時才變得熱情，這我做不到；可是儘管我認為自己勉強接受了我在妹妹之外的人面前朗誦得不好，我的虛榮心仍然會表現出來，亦即如果有人對我所朗誦的作品有所批評，我會覺得委屈，會脹紅了臉，想要趕緊往下唸，一如我一旦開始朗讀，就想要沒完沒了地讀下去，不自覺地渴望在這漫長的朗誦中，至少在我心裡會產生那種與所朗誦的作品合而為一的感覺，那種既虛榮又虛假的感覺，而我忘了，在當下我將永遠不會有足夠的力量，用我的感覺去影響聽眾的全盤了解，也忘了在家裡一向是妹妹引發了我所渴望的這種錯覺。

一月五日。這兩天以來，只要我想，我隨時都在自己身上發現了冷淡和漠然。昨天晚上散步時，我覺得街道上每一種小小的聲響、每一道投向我的目光、櫥窗裡的每一張照片都比我更重要。

單調一致。歷史。

晚上你似乎終於下定決心留在家裡，換上了居家外套，晚餐後坐在燈火通明的桌旁，打算做點事或玩個遊戲，事後按照習慣上床睡覺，外面天氣不好，使得留在家裡變得順理成章，你已在桌旁靜坐良久，起身走開不僅會惹得父親生氣，也勢必會使家人訝異，此刻樓梯間已是一片漆黑，樓下的大門已經關閉，你顧不得這一切，由於忽然心神不寧而站起來，換了外套，立刻穿好外出服出現，聲稱你必須外出，在簡短的道別之後隨即出門，你關上公寓大門，從而切斷了家人對你出門一事的議論，視你關門的速度而定，引發了或多或少的不悅，等你到了街上，四肢變得格外靈活，以報答你替它們爭取到的這份意外的自由，藉由這一個決定，你感覺到心中所有的果斷都被激發，以非比尋常的重要性看出你具有的力量大於需要，能輕易地促成最快速的改變並且加以承受，看出你在獨處時在理智與平靜中成長，也享受著理智與平靜，那麼，你在這一夜徹底走出了家庭，再遠的旅程也不會帶你離開得更為徹底，而你體驗到一種對歐洲人而言極端的寂寞，只能稱之為俄國式的體驗。這種體驗還會更加強烈，如果你在這個夜深時刻去探訪一個朋友，去看看他是否安好。

威爾屈受邀來觀賞克魯格太太的募款演出。勒維在街上等我，倚著一片屋牆，右手絕望地擱在額頭上，他頭痛得厲害，很可能表示他的頭部有嚴重的毛病。我把他指給威爾屈看，威爾屈從沙發上朝著窗戶俯下身子。我想這是我這輩子第一次以這種輕鬆的方式在窗前觀察街道上一件與我密切相關的事。我從福爾摩斯的故事裡熟悉了這種觀察。

一月六日。昨天觀賞了范恩曼[1]的劇作《代理國王》（*Vicekönig*），這些劇作裡的猶太特質不再能夠打動我，因為它們過於單調，退化成一種哭哭啼啼，對於零星的情感爆發感到自豪。觀

1 范恩曼（Sigmund Feinman, 1862-1909），生於今摩爾多瓦（當年屬於俄國）的意第緒語演員兼劇作家，曾與知名劇作家戈爾丁合作而活躍於紐約舞台。

賞頭幾齣戲時，我自以為遇到了一種蘊含著我們族人起源的猶太文化，逐漸朝著我的方向發展，因此將能啟發我，並且帶著我前進，但是我聽得愈多，它們就愈是離我遠去。當然，這些人還留了下來，而我就抓住他們不放。

克魯格太太舉辦募款演出，因此唱了幾首新曲子，也講了幾個新笑話。但只有她出場時唱的那首歌讓我全然沉醉，之後我主要注意到她外表的每個小細節，她唱歌時伸出的雙臂，擰出響聲的手指，捲得緊緊的鬢角鬈髮，背心底下平坦無邪的薄襯衫，在享受一個笑話的效果時噘起的下唇（「你們瞧，我能說各種語言，但是要用意第緒語來說」），她肥胖的小腳穿著白色厚襪子，腳趾後面的部分被擠在鞋子裡。但是她昨天唱的新曲子削減了她對我的主要作用，這個作用在於某個人在此處展現自我，找到了幾個笑話和幾首歌，以最完美的方式呈現出自己的個性和全部的力量。當這番呈現成功了，一切就隨之成功；如果我們喜歡讓此人經常對我們產生作用，那我們自然不會由於同樣的歌曲一再重複而感到迷惑（在這一點上也許所有的聽眾都和我看法一致），反而會樂於接受，視之為幫助我們專心的手段，就好比在演出時熄掉表演廳裡的燈光，並且在這個女子的身上看出我們所尋找的那份無畏與自信。當這些新曲子出現，它們並未呈現出克魯格太太新的一面，由於從前那些舊歌曲已經完美地呈現出她整個人，因此，這些歌曲本身要求得到聽眾的重視，而聽眾卻根本沒有理由這麼做，於是這些歌曲轉移了聽眾對克魯格太太的注意，同時又顯出她自己在演唱這些新曲子時也感到不自在，表情和動作有時錯誤，有時過度誇張，不免令聽眾感到不悅，唯一的安慰是，她從前完美的演出由於無法撼動的真實而在聽眾的記憶中根深蒂固，不會受到眼前這一幕的干擾。

一月七日。可惜齊席克太太所演出的角色總是只呈現出她性格的核心。她總是飾演突然遭受不幸、被人嘲笑、受到侮辱、飽受委屈的女性，但是這些角色卻沒有足夠的時間以自然的順序來發展。從她飾演那些角色時自然湧現出的力量，就能看出她有多大的潛力，由於內涵豐富，那些角色只有在演出時才製造出高潮，在劇本中則只是暗示。——她的一個重要動作是藉由顫抖的臀部表現出來的戰慄，臀部的姿勢略微僵硬。她幼小的女兒有一側的臀部似乎完全僵硬。——當演員們互相擁抱，他們按緊了彼此的假髮。

不久前，當勒維和我上樓去他房間，打算朗誦他寫給波蘭作家農貝格[1]的信給我聽，我們在樓梯間遇到齊席克夫婦。他們捧著《晚禱》的戲服上樓回他們的房間，戲服像無酵餅一樣用薄紙包著。我們在樓梯上站了一會兒。我用欄杆來支撐雙手和話語的重音。她那張大嘴在我面前，離我很近，呈現出令人驚訝卻又自然的形狀。由於我的錯，眼看這番談話就要結束得一塌胡塗，由

1 農貝格（Hersh David Nomberg, 1876-1927），以意第緒語寫作的波蘭作家，也是波蘭「猶太民族黨」的共同創建者，是華沙意第緒語文壇的重要人物。

於我急於表達出所有的愛意與忠誠，結果就只指出了劇團的生意很差，能演的戲碼都演完了，所以他們沒法再在此地久留，而布拉格的猶太人對他們興趣缺缺實在令人無法理解。她邀請我在週一來觀賞《逾越節之夜》，雖然這齣戲我已經看過了。屆時我就能聽到她唱〈以色列的創造者〉這首歌，她記得我曾說過這是我特別喜歡的歌曲。

「耶什華」（Jeschiwes）是研修《塔木德經》的高等學校，在波蘭和俄國的許多猶太社區裡都有。學校的花費不算大，因為大多設置在一棟老舊不堪的建築裡，除了教室和學生的寢室，校長及其助手的宿舍也位在其中，而校長平時也要負責社區裡的其他工作。學生無須支付學費，由社區成員輪流供給三餐。儘管這些學校是建立在虔誠信仰的基礎上，它們卻也是叛教者革新思想的搖籃，因為年輕人從遠道而來在此聚集，尤其是那些出身貧窮、精力旺盛、離家出走的年輕人。由於這些學校對學的監督並不十分嚴格，這些年輕人完全仰賴彼此，而研修最主要的部分就在於一起讀經，並且向彼此解釋艱深的段落。由於這些學生各自的家鄉對於信仰都一樣虔誠，並不需要特別加以敘述，但是受到壓抑的進步思想卻以形形色色的方式在各地增加或減少，因此總是有很多故事可說。再加上，那些被禁的前衛文章總是只零星地握在個人手中，在研修學校裡卻從四面八方匯聚在一起，在這些學校裡格外能產生作用，因為每個持有文章的人不僅散播了這篇文章，也一併散播了自己的熱情。基於這種種原因及其後果，近年來，所有懷著進步思想的詩人、政治人物、記者和學者都是這些學校培養出來的。因此，一方面這些學校的名聲在那些特別虔誠的人眼中日趨敗壞，另一方面卻又吸引了更多懷有進步思想的年輕人。

一所有名的「耶什華」學校位在奧斯特羅（Ostro）這個小村莊，從華沙搭乘火車前往需要八小時。整個村莊其實就只是圍著一小段公路的一塊地方，勒維聲稱那段公路就只有他的手杖那麼長。有一次，一個伯爵乘坐四駕馬車旅行，停在奧斯特羅，最前面兩匹馬和後半截車身就已經位在村莊外了。

勒維大約十四歲時覺得家中生活的束縛難以忍受，決心搭車前往奧斯特羅。他在傍晚時分離開讀書室時，父親拍了拍他的肩膀，順口要他待會兒去找他，他有話要對他說。由於除了挨罵顯然不會有別的事，勒維就直接從讀書室前往火車站。他沒帶行李，穿著一件比較好的長袍，因為那天是星期六，帶著他所有的錢（他一向隨身攜帶），搭乘晚上十點的火車前往奧斯特羅，而在早晨七點抵達。他直接到「耶什華」學校去，並未引起騷動，因為人人都可以入學，並沒有特別的條件。引人矚目之處只在於他偏偏想在夏季入學，這不太尋常，另外也在於他穿著一件質料好的長袍。但是大家也很快就接受了，因為年輕人很容易混熟，他們由於對猶太教的信仰而關係緊密，這種緊密的程度是我們不熟悉的。他在學習時表現優異，因為他在家裡就已經懂得很多知識。他喜歡和那些陌生的少年聊天，當他們得知他有錢，就都來向他兜售東西。有一個少年想要賣「天數」給他，使他格外訝異。所謂「天數」指的是可免費用餐的餐桌座位，之所以可以出售，是因為社區成員免費供餐是為了取悅上帝，並不在意坐在桌旁用餐的人是誰。如果有個學生特別機靈，就可能在一天裡能在兩個地方免費用餐。由於餐點不是很豐盛，重複用餐不是問題，在吃了一頓之後，還可以再欣然享用第二頓，也因為偶爾會發生一天裡雖然有雙份餐點可吃，另外幾天卻沒得吃。儘管如此，如果有機會以好價錢出售這種額外的免費用餐座位，每個人都很高興。如果有人像勒維這樣在夏天入學，這時免費用餐的座位早已分配完畢，就也只能藉由購買來取得，因為在一開始時多出來的免費用餐座位早就被投機份子給佔了。

在「耶什華」學校裡過夜很難受。雖然窗戶全都開著，因為夜裡很暖和，但是瀰漫在房間裡的臭味和熱氣不肯散去，由於學生並沒有床，就在他們先前所坐的地方席地而睡，沒有換衣服，就穿著原本汗濕的衣物。所有的東西都滿是跳蚤。到了早上，每個人都只把手和臉匆匆用水蘸一蘸，就又開始研讀經書。大家多半一起學習，通常是兩個人共讀一本書。討論經書往往使好幾個人形成一個小圈子。校長只偶爾講解最困難的段落。勒維在奧斯特羅待了十天，但是吃住都在旅館裡，雖然他後來找到了兩個意氣相投的朋友（要找到朋友並不容易，因為首先得要小心地檢驗對方的思想觀點以及能否信賴），他還是很樂意再度回到家裡，由於他習慣了有秩序的生活，也忍不住想家。

在大房間裡先是傳出玩牌的喧鬧，後來則是父親聊天的聲音大了起來，就算只是東拉西扯，在他身體健康的時候這是常態，一如今天。那些話語只在沒有形狀的噪音裡構成小小的張力。在妹妹的房間裡睡著小菲利克斯，房門整個敞開。在另外一側，我在我的房間裡睡著。考慮到我的年紀，我房間的門是關著的。此外，打開的房間也暗示著家人還想吸引菲利克斯加入，而我則已經被排除在外。

昨天去鮑姆家。史特羅布[1]原本要來，但是去了劇院。鮑姆朗誦了副刊上的一篇文章〈談民謠〉，後來又朗誦了《命運的遊戲與嚴肅》裡的一章；寫得很好。我態度冷淡，心情不好，沒有得到清晰的整體印象。在雨中走路回家的路上，馬克斯向我談起寫作《伊爾瑪．波拉克》的計畫。我無法坦承我的情況，因為馬克斯永遠無法真正加以尊重。因此我無法坦率，而這最終敗壞了我對一切的興致。我是那麼自憐自艾，寧可在馬克斯的臉龐位於黑暗中時對他說話，雖然這樣一來，我的臉就位在光亮中，很容易洩露出我的心情。但是那本小說的神祕結尾還是穿過一切障礙而打動了我。在道別之後回家的路上，我懊悔自己的假裝，對於不得不假裝而感到痛苦。打算用一本專門的筆記來寫我和馬克斯的關係。凡是沒有寫下來的東西會在眼前閃爍，視覺的巧合將

1 史特羅布（Karl Hans Strobl, 1877-1946），當時在布爾諾（捷克第二大城）擔任財政官員的作家，替當地報紙撰寫文學和戲劇評論。

決定整體的判斷。

當我躺在沙發上，而兩邊的房間裡都有人在大聲說話，左邊只有女子，右邊主要是男子，我覺得那就像是些無法馴服的野蠻生物，他們不知道自己在說些什麼，就只是為了讓空氣震動而說話，他們在說話時仰起頭來，目送著他們說出的話語。

這個陰雨綿綿的安靜週日就這樣流逝，我坐在臥室裡，不受打擾，卻沒有下定決心去寫作，換作是前天，我會想要傾注全力去寫作，此刻我卻久久盯著自己的手指發呆。我認為自己這個星期完全受到歌德的影響，而這份影響的力量已經耗盡，因此我就變得不中用了。

羅森費德一首描述海上暴風的詩裡有這兩句：「魂飛魄散，瑟瑟顫抖。」在背誦時，勒維扭絞著他額頭和鼻根的皮膚，我原本以為只有雙手才能這樣扭絞。朗誦到他認為最該打動我們的段落，他會朝我們走近，或者應該說，他會藉由使他的模樣更加清晰來把自己放大。他只稍微走向前，睜大了眼睛，用心不在焉的左手拉扯他的外套，把大大張開的右手伸向我們。就算我們沒有被打動，也應該尊重他的感動，並且向他解釋詩中所描述的災難何以會發生。

畫家阿舍爾[1]要我當他的裸體模特兒，他要畫聖賽巴斯丁。

1　畫家阿舍爾（Ernst Ascher），一八八八年生，卒年不詳。

由於我沒有寫出什麼令我欣喜的東西，此刻在晚上，如果我要回到親人之中，在他們面前我不會比在自己面前顯得更陌生、更可鄙、更無用。這一切當然只是我的感覺（再精確的觀察也欺騙不了感覺），因為事實上他們全都尊敬我並且愛我。

一月二十四日，星期三。這麼久沒有寫作的原因如下：我對主管生氣，好好寫了一封信才解決了這件事；去了工廠好幾趟；讀了皮內那本《猶太德語文學史》[2]，有五百頁，而且讀得很貪婪，我從不曾如此徹底、著急而欣喜地讀過類似書籍；現在我在讀弗洛默那本《猶太文化的有機結構》[3]；最後我花了很多時間在那些猶太演員身上，替他們寫信，說動了「猶太復國運動組織」去詢問波希米亞各地的分支機構，看他們是否願意邀請這個劇團去客座演出，所需要的通知由我寫好並且請人謄寫多份；又觀賞了一次《舒拉米絲》，還看了一場李希特（Moses Richter）的劇作《海爾澤勒．梅吉奇》（*Herzele Mejiches*），欣賞了「巴柯巴社團」的民謠之夜，前天去觀賞了許密特波恩[4]的劇作《格來辛伯爵》（*Graf von Gleichen*）。

民謠之夜：由比恩包姆博士的演講揭開序幕。東歐猶太人的習慣，講到一半接不下去時就插

---

2 皮內（Meyer Isses Pinès）的《猶太德語文學史》（*Histoire de la Littératur Judéo - Allemande*）於一九一一年在巴黎出版。

3 弗洛默（Jakob Fromer）的《猶太文化的有機結構》（*Organismus des Judentums*）於一九〇九年在柏林出版。

4 許密特波恩（Wilhelm Schmidtbonn, 1876-1952），德國作家，一戰之前以劇作作品為主，曾在杜塞爾多夫劇院擔任編劇。

進「各位可敬的女士、先生」或者就只是「可敬的各位」。在比恩包姆演講的開頭重複了好幾次，到了可笑的地步。但是以我對勒維的認識，我認為這種在東歐猶太人平日對話中也經常出現的口頭禪，像是「我真難受！」或是「沒什麼」還是「一言難盡」並非為了掩飾尷尬，而是一再冒出的新鮮泉水，來攪動對東歐猶太人的個性來說仍嫌遲滯的言語流動。在比恩包姆身上卻不是這樣。

一月二十六日。威爾屈先生[1]的背部和整個演講廳裡在聆聽那些拙劣詩作時的寂靜。——比恩包姆：略長的頭髮在頸部驟然剪斷，脖子由於這突然的裸露而顯得很直，也可能是本身就很直。鼻子大而彎曲，並不細長，鼻翼很寬，之所以顯得好看主要是由於和那把大鬍子的比例恰到好處。——歌手葛拉寧。臉上帶著安詳甜蜜、高高在上的微笑，由於皺起鼻子而稍微噘起嘴巴，臉偏向一側並且向下低垂，這個笑容維持了很久，但也可能就只是他發聲技巧的一部分。

一月三十一日。什麼都沒寫。威爾屈帶來關於歌德的書籍，在我心中激起了一股渙散而無處可用的激動情緒。計畫寫一篇題為〈歌德的駭人本性〉的文章，害怕晚上要作的兩小時散步，這是我現在每天晚上要自己去做的事。

---

1 可能是卡夫卡的朋友菲利克斯．威爾屈的叔叔威爾屈博士（Theodor Weltsch, 1861-1922），他是位律師，也是「猶太人事務委員會」的委員。

二月四日。三天前觀賞了魏德金[2]的劇作《地靈》（*Erdgeist*）。魏德金和他的妻子提莉也一起演出。他妻子的聲音清晰精準。月牙一般瘦削的臉，小腿在靜靜站立時拐向一邊。劇作在回顧中依然清晰，讓人回家時平靜而有自信。矛盾的印象，全然確定卻又仍然陌生的東西。走進劇院時我感到舒暢，品嚐自己的內心像是品嚐蜂蜜。不斷暢飲。這種感覺在劇院裡隨即消失。那是前一次去劇院的夜晚：帕林貝格演出奧芬巴哈的輕歌劇《天堂與地獄》。演出太差，在站位席上我周圍的掌聲和笑聲太大，我沒有別的辦法，只好在第二幕結束之後溜走，讓一切都沉默下來。

前天為了勒維的一場客座演出寫信去特勞特瑙[3]，這封信寫得很好。每讀一次都令我心情平靜並且使我更加堅強，信中有許多沒有明言的指涉，涉及我身上所有的優點。

我熱切地閱讀關於歌德的書籍（歌德的談話錄，歌德的大學生活，與歌德共度的時光，歌德在法蘭克福），這股熱切使我完全無法寫作。

許梅勒[4]，商人，三十二歲，沒有信教，有哲學素養，對於純文學的興趣只限於與他的寫作

---

2 魏德金（Frank Wedekind, 1864-1918），德國作家、劇作家兼演員，劇作常帶有社會批評的色彩，是當時經常被搬上舞台的作品。

3 特勞特瑙（Trautenau）是捷克北部城市特魯特諾夫（Trutnov）的德語名稱。

4 許梅勒（Salomon Schmerler）是布拉格猶太社群裡的活躍成員，也參加了演員勒維的晚間朗誦會，因此與卡夫卡相識。

有關的部分。圓頭顱，黑眼睛，唇上一撇小鬍子顯得果敢，臉頰的肉很堅實，身材矮壯。多年來都利用晚上九點到凌晨一點的時間讀書。出生於斯坦尼斯勞[1]，懂得希伯來文和意第緒語。他娶的妻子就只因為有一張圓臉而給人愚魯的印象。

這兩天我對勒維很冷淡。他問我是怎麼回事。我否認了。

在《地靈》一劇演出中場休息時，在廊台座位上和陶席希小姐平靜而含蓄地交談。若想好好交談，就得要把手更深、更輕、更慵懶地伸進話題之下，然後再令人驚訝地把話題托起來。否則就會折斷手指，能想到的就只有疼痛。

故事：夜間散步。發明了快步行走。漂亮而黑暗的房間導向某處。

陶席希小姐說起她剛寫的一篇故事裡的一幕，一個聲名狼籍的女孩進入了一所縫紉學校。她給其他女孩的印象。我表示，會同情她的人將會是那些清楚意識到自己有能力、也有欲望讓自己聲名狼籍的女孩，因此她們能夠切身地想像這意味著墜入何等的不幸。

一週前，泰爾哈伯博士（Dr. Theilhaber）在猶太城市政廳的禮堂演講，談德國猶太人的沒落。沒落是阻擋不了的，因為第一，猶太人在城市裡聚居，鄉村的猶太社群漸漸消失，被追逐利潤給

1 斯坦尼斯勞（Stanislau）位於如今的烏克蘭，當時屬於奧匈帝國。

吞噬了。締結婚姻只是著眼於安頓新娘。兩個子女的制度。第二，異族聯姻。第三：受洗改信基督教。

滑稽的場景，當埃倫費斯教授[2]鼓吹種族融合，他愈來愈耐看了，在光線裡他的光頭有著淡淡的輪廓，交疊的雙手互相握緊，飽滿的聲音有如樂器一般可以調控，基於信賴而對著集會中的人微笑。

二月五日，星期一。疲倦，也放棄了閱讀《詩與真實》。我外表強硬，內心冰冷。今天當我去找弗萊許曼博士[3]，雖然我們的交涉緩慢而慎重，感覺上卻像是兩顆球撞在一起，使對方彈回去，自己也失去控制而迷失了。我問他是否累了。他不累。我為什麼這樣問？我答道我累了，然後坐下。

昨天和勒維在「咖啡城市」時微微感到暈眩。俯身在一張報紙上來遮掩。

歌德英俊的全身側影。看見這具完美的人體時也有一股憎惡，由於要超越這種完美是無法想

---

2 埃倫費斯教授（Chritian Freiherr von Ehrenfels, 1859-1932）當時任教於布拉格的查理大學，是完形理論（Gestalttheorie）的先驅，卡夫卡就讀大學時就曾經聽過他的課。

3 弗萊許曼博士（Siegmund Fleischmann, 1878-1935）是卡夫卡在「布拉格勞工事故保險局」裡的資深同事，也是卡夫卡進入該機構前參加研習課程時的老師，卡夫卡對他很敬重。

像的，而看起來卻明明只是偶然的組合。挺直的姿勢，垂下的手臂，纖細的脖子，彎曲的膝蓋。

由於虛弱而產生的不耐和悲傷在對未來的展望中滋長，這個未來在我的虛弱中逐漸醞釀而成，從不曾離開我眼前。我還要面對什麼樣的夜晚、散步、躺在床上和沙發上的絕望（二月七日），比起已經忍受過的還要更糟！

昨天在工廠。女工穿的衣服骯髒鬆垮，令人難受，頭髮就像剛起床一樣蓬亂，輸送帶發出噪音，機器雖是自動，但說不準什麼時候就會停頓，使得她們表情僵硬。她們不被當作人看，別人不會跟她們打招呼，撞到她們不會道歉，如果有人差遣她們去做件小事，她們就會去做，但隨即又回到機器旁，別人扭頭示意向她們指出該插手的地方，她們穿著襯裙站在那裡，受制於最小的權力，甚至沒有足夠的冷靜理智，用眼神和鞠躬來認可這份權力，表示樂於接受。可是六點一到，她們向彼此呼喊要下班了，解開包住脖子和頭髮的布巾，刷掉身上的灰塵，刷子在廠房裡傳遞，等得不耐煩的女孩喊著要，等她們套上裙子，把雙手盡可能弄乾淨——她們就畢竟還是女性，儘管面色蒼白、牙齒不好，仍然能夠微笑，舒展僵硬的身體，你無法再把她們推開、再看著她們或是對她們視而不見，你緊靠著骯髒的木箱，替她們讓出路來，在她們道晚安時把帽子拿在手裡，當一個女孩替你拿好冬季外套，讓你穿上，你不知道該如何接受。

二月八日。歌德：我的創作欲望無邊無際。

我變得更焦躁、更虛弱，失去了大部分的平靜，多年前我曾為了這份平靜而感到自豪。今天我收到鮑姆的明信片，他寫道他還是無法來替東歐猶太人之夜開場，使我不得不認為我將得接下這樁任務，這時我控制不了地抽搐，血管的跳動像小小的火花一樣沿著身體一路往下躍動；如果我坐著，膝蓋就在桌子底下顫抖，我也必須把兩隻手互相握緊。我肯定將會作一場精采的演說，而升到極致的不安將會把我箍緊，乃至於不再有不安的餘地，而那篇演講將會脫口而出，就像從一支槍管裡射出。但是我有可能會在演講之後倒下，總之將長時間無法恢復。體力如此有限！就連這幾行字也是在虛弱的影響下寫出來的。

昨天晚上和勒維在鮑姆家。我很活潑。最近勒維在鮑姆家翻譯了一篇拙劣的希伯來文故事，題目是《眼睛》。

二月十三日。我開始替勒維的朗誦會寫開場的引言。星期天就要舉行了，二月十八。我沒有太多的時間來作準備，卻還是像在歌劇裡一樣在這裡唱出了宣敘調。原因只在於一種持續的興奮已經糾纏我好幾天了，在真正開始之前，我想稍微退回來只為我自己寫幾句話，等稍微進入狀況，再去站在公眾面前。我身上忽冷忽熱，隨著句子裡交替出現的字詞而變化，我夢想著有如旋律般的高低起伏，讀著歌德的句子，彷彿用整具身體走遍那些抑揚頓挫。

二月二十五日。從今天起抓緊了日記！規律地寫！不要放棄自己！就算得不到解脫，我還是想要時時刻刻都有資格得到解脫。這天晚上我全然冷漠地和家人同坐在桌旁，左手無力地擱在腿上，右手擱在妹妹所坐的椅子扶手上，她坐在我旁邊玩牌。我偶爾試圖去感受自己的不幸，卻幾乎辦不到。

這麼多天以來我什麼都沒寫，因為在一九一二年二月十八日，我替勒維在猶太城市政廳的禮堂舉辦了一個朗誦之夜，而我在現場作了一番簡短的開場演說，淺談意第緒語。我足足煩惱了兩個星期，因為我無法完成那篇演說。在演講的前一天才忽然寫出來了。朗誦會前的準備工作：和「巴柯巴社團」的人開會[1]，確定節目表、入場券、演講廳、座位編號、鋼琴鑰匙（「湯恩比廳」）、架高的講台、鋼琴師、舞台服裝、售票事宜、登報宣傳、通過警方和猶太社區的審查。為此我跑了許多地方，和許多人洽談，也給許多人寫信。包括馬克斯、來找過我的許梅勒、鮑姆，他起初答應負責開場的那場演說，後來又拒絕了，我特別找了一天晚上說服他回心轉意，結果隔天他又寫了明信片來拒絕；和胡戈．赫爾曼博士及里歐．赫爾曼在「阿爾科咖啡館」[2]碰

1　卡夫卡請求猶太復國運動大學生社團「巴柯巴」作為這場朗誦會的主辦單位，由該社團出面向猶太社區的代表租用猶太城市政廳的禮堂。

2　「阿爾科咖啡館」（Café Arco）是當時布拉格一些年輕文人經常聚會的場所，卡夫卡和他的幾個好友也是常客。

面，經常和羅伯特．威爾屈[3]在他的住處洽談，為了售票事宜和布洛赫博士商量（白費工夫），還有韓札爾博士、弗萊許曼博士，去拜訪過陶席希小姐，在「促進猶太教研究與宗教意識協會」聽了演講（埃亨妥伊博士談耶利米及其時代，在演講結束後的社交聚會裡簡短談起勒維，不怎麼成功），去找過魏斯老師（後來去了咖啡館，又去散步，從十二點到一點他站在我家大門口，活生生像隻動物，不肯讓我進屋裡去）。為了演講廳的事去找過卡爾．班丁納博士，去了利博斯位在霍伊瓦格廣場的住處兩次，去銀行找過奧圖．皮克[4]幾次，為了鋼琴鑰匙而去聽了「湯恩比廳」那場演講，去找R先生還有S老師，再去後者的住處拿鑰匙，事後再送還，為了講台的事去找過市政廳的門房和工友，為了付款去了市政廳辦公室（兩次），為了售票事宜去「擺設好的餐桌」展覽會場找過弗洛因特太太[5]。寫過信給陶席希小姐，還寫給一個名叫奧圖．克萊的人（沒用），替《布拉格日報》寫了活動短訊（沒用），寫信給勒維（「我沒辦法作那場演說，救救我吧！」）

興奮：為了那場演說而整夜輾轉反側，發熱，失眠，憎恨布洛赫博士，害怕威爾屈連一張門

3 羅伯特．威爾屈（Robert Weltsch, 1891-1983）是卡夫卡好友菲利克斯．威爾屈的堂弟，當時是「巴柯巴社團」的會長。

4 奧圖．皮克（Otto Pick, 1887-1940），猶太裔捷克作家，屬於卡夫卡和布羅德的朋友圈，在當時的正職還是銀行職員，一次戰後在《布拉格新聞報》擔任副刊編輯。

5 弗洛因特太太（Ida Freund, 1868-1931）是「德國女性藝術家俱樂部」的共同創辦人，「擺設好的餐桌」的該俱樂部舉辦的一場展覽。

票都賣不出去，在報上刊登的活動短訊不符期望，在辦公室裡心不在焉，講台沒有送來，售出的票不多，門票的顏色惹我生氣，朗誦會不得不中斷，因為鋼琴師把琴譜忘在家裡了，他住在科什爾區，對待勒維經常態度冷淡，幾近厭惡。

收穫：勒維帶來的喜悅和我對他的信賴，演說時那份得意超凡的自信（對觀眾冷淡，由於缺乏練習，使我無法自由展現熱情的動作），聲音洪亮，記憶講稿毫不費力，獲得肯定，尤其是我鼓起力量，鎮住了市政廳那三個無恥的工友，靠著這份力量，我目光炯炯、大聲明確、堅定無誤、勢不可擋，幾乎是不經意地鎮住了他們，他們索取十二克朗，但我只給了他們六克朗，而且還擺出一副大爺的架勢。我樂意把自己交付給這種力量，如果它們願意留下來。（我的父母不在場。）

此外還參加了「赫爾德學會」[1]在索非恩島[2]上舉辦的活動。奧斯卡．畢[3]在開始演講時把手插進長褲口袋。這些能夠隨心所欲工作的人臉上流露出遮掩不住的滿足。霍夫曼斯塔[4]用帶有

1 「赫爾德學會」（Herdervereinigung）係由布拉格一群年輕人所組成，以促進人文精神上的發展為宗旨，奉德國古典時期的文學家與哲學家赫爾德（Johann Gottfried Herder, 1744-1803）為宗師。

2 索非恩島（Sophieninsel）是流經布拉格的莫爾道河中的小島，島上有綠地和餐廳。

3 奧斯卡．畢（Oskar Bie, 1864-1938），猶太裔德國音樂史及藝術史學家，一八九四至一九二二年間擔任《新觀察》（*Die Neue Rundschau*）雜誌主編，使該雜誌成為德國重要文化月刊。

4 霍夫曼斯塔（Hugo von Hofmannsthal, 1874-1929），奧地利詩人、作家，是「維也納現代派」的代表人物，也和作曲家理查．史特勞斯長期合作，為其歌劇寫作歌詞。

假音的聲音朗誦他的詩作。集中的身形，從緊貼著頭部的耳朵開始。威森塔爾[5]舞蹈中的美妙段落，例如在倒向地板的動作中顯露出身體自然的重量。

對「湯恩比廳」的印象。

猶太復國運動的集會。布魯門費德[6]。「世界猶太復國主義組織」的祕書長。

在我對自己的看法中最近出現了一股鞏固的新力量，此刻我才看出，因為上個星期我簡直在悲傷和無用的感覺裡溶化。

在「阿爾科咖啡館」那群年輕人當中百感交集。

二月二十六日。自信增強了。心跳更加如願。上方的煤氣燈沙沙作響。

我打開屋子大門，看看天氣能否吸引我出去散步。藍天不容否認，但透出藍光的大片灰雲在低空飄浮，邊緣折起有如瓣膜，從附近長滿樹林的山丘可以看出其高度。儘管如此，街上到處都是出門散步的人。母親的手牢牢掌控著嬰兒車的方向。偶爾有一輛馬車停在人群中，等待行人在

5 葛蕾特．威森塔爾（Grete Wiesenthal, 1885-1970），奧地利舞蹈家、編舞家與舞蹈教育家，舞風融合了古典芭蕾與現代舞。

6 布魯門費德（Kurt Blumenfeld, 1884-1963），生於德國，大學時期就參與猶太復國運動，納粹掌權後逃往巴勒斯坦，也曾客居紐約，為哲學家漢娜．鄂蘭的親近友人。

焦躁不安的馬匹前面散開。車伕冷靜地握著抖動的韁繩，看著前方，把大小事都看在眼裡，再把一切都檢查個幾遍，然後在適當的時機驅動馬車。即使空間很小，孩童也能奔跑。女孩穿著輕盈的衣裳，戴著色彩有如郵票一般醒目的帽子，挽著年輕男子的手臂行走，一支忍在喉嚨裡沒有唱出來的旋律從他們雙腿的舞步中流露出來。家人聚在一起，就算偶爾在拉得長長的隊伍裡分散了，手臂微向後伸，揮動雙手，呼喚小名，就能把走散的家人再聚集起來。踽踽獨行的男子把雙手插進褲袋，試圖藉此使自己與眾人更加隔絕。這是小家子氣的愚蠢。起初我站在大門裡，後來倚著門，以便更平靜地觀看。行人的衣裳從我身上掠過，有一次我抓住一條裙子背後的飾帶，讓那個漸行漸遠的女孩把它從我手中拉走；有一次我伸手撫摸一個女孩的肩膀，只是為了表示恭維，走在她後面的行人就在我手指上敲了一記。於是我把他拉到一扇門後，我用舉起的雙手、睥睨的眼神、朝他走進一步、再後退一步來表達責備之意，當我推了他一把讓他離開，他很高興。從這時起，我自然就更常把人叫到我這兒來，只需要彎一下手指，或是毫不猶豫地瞥上一眼就夠了。

在輕飄飄的昏昏欲睡中，我寫下了這段沒有用處、未完成的文字。

今天寫信給勒維。我在這裡抄下我寫給他的信，因為我希望藉由這些信做到一些事：

親愛的朋友——

二月二十七日。我沒有時間把信再抄一次。

昨天晚上十點，我踩著悲傷的腳步沿著采特納街往下走。在「黑斯帽子店」那一帶，一個年輕人在我斜前方三步遠的地方停下腳步，使得我也停了下來，接著他摘下帽子，朝我跑過來。我嚇了一跳，倒退一步，起初以為對方是想問路，可是為什麼以這種方式？——由於他熟稔地朝我走近，並且抬起頭來看著我的臉，因為我個子比較高，我又想：也許他是想要討錢，還是有什麼更糟的企圖。我慌亂的聆聽和他慌亂的話語交織在一起。「您是學法律的，對吧？是位博士？可以請您給我一個建議嗎？我有件事需要一位律師。」出於謹慎和懷疑，也擔心自己可能會出洋相，我否認自己是學法律的，但是願意給他建議，是什麼事呢？他開始述說，引起了我的興趣；為了加深信賴，我請他邊走邊說，他想要陪我走一段路，我卻寧可陪他走一段，反正我並沒有一定要去哪裡。

他擅長朗誦，從前他遠遠不像現在朗誦得這麼好，如今他能夠模仿知名演員凱因茲，誰也分辨不出來。別人會說他只是在模仿，但他也加進了許多自己的東西。他雖然個子矮，但是表情、記憶力和台風樣樣不缺。在當兵的時候，在米洛維采的軍營裡，由他朗誦，另一個同袍唱歌，其樂融融。那是一段美好時光。他最喜歡朗誦德梅爾[1]那些熱情而淫穢的詩作，例如寫新娘子想像洞房花燭夜的那一首；每當他朗誦這首詩，會讓那些女孩留下特別深刻的印象。嗯，這不在話下。他擁有的德梅爾詩集是漂亮的精裝書，有紅色皮面。（他用往下移動的雙手加以描繪。）不過封面並不重要。另外他也很喜歡朗誦里迪亞莫斯[2]的作品。不，這一點也不衝突，他會設法串場，在中間想到什麼就說什麼，把觀眾當傻瓜耍。在他的節目表上還有歌德的長詩〈普羅米修斯〉。他誰也不怕，就算是莫伊希[3]也不怕，莫伊希愛喝酒，他不會。最後他很喜歡閱讀斯威特．馬登[4]的作品，這是北方的一位新作家。寫得非常好，是些短短的箴言和警句。關於拿破崙的幾段寫得尤其精采，而有關其他偉人的段落也一樣精采。不，他還無法從中朗誦，他還沒有鑽研過，甚至還沒有全部讀完，不過他的阿姨最近朗誦給他聽過，而他真的很喜歡。

這就是他想要公開登台演出的節目內容，於是他向「婦女福利與教育促進協會」提議舉辦一個朗誦之夜。本來他打算先朗誦女作家拉格洛芙[5]的《莊園故事》，也把這篇故事借給了該協會

---

1 德梅爾（Richard Dehmel, 1863-1920）是當時德國最知名的詩人，受到托瑪斯．曼和赫塞的推崇，作品常以愛與性為主題。

2 里迪亞莫斯（Rideamus 這個拉丁文筆名的意思是「讓我們笑一笑吧」，本名為 Fritz Oliven, 1874-1956），猶太裔德國律師兼作家，寫詩，也寫歌詞，主要以幽默作品而廣受歡迎。

3 莫伊希（Alexander Moissi, 1880-1935），奧地利演員，是當時德語世界裡最知名的演員，由於巡迴各地演出而揚名國際。

4 斯威特．馬登（Orison Swett Marden, 1848-1924），美國勵志作家，《成功》雜誌創辦人，被視為美國成功學運動的先驅。

5 拉格洛芙（Selma Lagerlöf, 1858-1940），瑞典作家，一九〇九年諾貝爾文學獎得主，是第一位獲此殊榮的女性。

的會長杜瑞吉—沃南斯基太太審閱。她說這是篇好故事，但是太長了，不適合朗誦。他能理解，這篇故事的確太長，尤其是他弟弟也打算在預定的朗誦之夜演奏鋼琴。這個弟弟二十一歲，是個很可愛的年輕人，也是個演奏奇才，曾在柏林音樂高等學校研修兩年（這已經是四年前的事了）。但是他回來時整個墮落了。其實不是墮落，而是提供他膳宿的那個太太愛上了他。後來他說，他常常累到無法彈琴，因為他老是得要滿足這個婆娘。

由於這篇《莊園故事》不合適，雙方同意另外一組節目：德梅爾、里迪亞莫斯、〈普羅米修斯〉和斯威特．馬登。不過，為了讓杜瑞吉太太事先了解他是個什麼樣的人，他帶了一篇題為〈生命的喜悅〉的文章給她，是他今年夏天寫的。他在一個避暑勝地寫了這篇文章，白天裡用速記寫下，晚上謄好清稿，再加以潤飾修改，但其實並沒有費太大的工夫，因為他寫得很好。如果我想讀，他可以借給我，雖然他故意寫得很通俗，但是文章裡有一些好的想法，而且「討喜」。（他發出尖銳的笑聲，抬起了下巴。）我可以在這裡翻閱一下，在路燈底下。（文章內容是呼籲年輕人不要悲傷，畢竟這世上有大自然、自由、歌德、席勒、莎士比亞、花草樹木、蟲魚鳥獸……）杜瑞吉太太說她現在沒有時間讀，但是他可以借給她，過幾天她再還他。當時他就起了疑心，不想把文章留在那裡，於是想要婉拒，說些像是「聽我說，杜瑞吉太太，何必要我把文章留在這裡呢，就只是些生活瑣事罷了，文章的確寫得很好，但是——」的話，全都沒有用，他非得把文章留在那裡不可。那天是星期五。

二月二十八日。星期天上午在洗衣服時，他想起他還沒有讀當天的《布拉格日報》。他打開報紙，湊巧就是畫報增刊的第一頁。第一篇文章的標題〈孩子作為創造者〉引起了他的注意，他讀了頭幾行——開始喜極而泣。那是他的文章，一字一句都是他的文章。這是他第一次有作品被印成鉛字，他跑去告訴他母親。那份喜悅啊！老太太患有糖尿病，和他父親離了婚，順帶一提，他和她離婚是有道理的。她是多麼自豪。一個兒子是演奏奇才，現在另一個兒子成了作家！在最初的興奮過後，他思索這件事。這篇文章是怎麼登上報紙的？沒有經過他的同意？沒有作者姓名？沒有給他稿酬？這其實是濫用了他的信賴，是一樁欺騙。這個杜瑞吉太太分明是個魔鬼。而且穆罕默德說過，女人沒有靈魂（經常被重述）。不難想像這樁剽竊是怎麼發生的。這麼好的一篇文章打哪兒去找。於是杜瑞吉太太到「布拉格日報」去，和一個編輯一起坐下，兩個人都欣喜若狂，接著就著手修改。修改是必要的，因為第一，不能讓別人一眼就看出這是剽竊的文章，第二，那篇有三十二頁的文章對報紙來說太長了。

當我問他能否指出重疊的段落，因為我對此特別感興趣，也因為我要看過之後才能給他建議，他就開始閱讀他的文章，翻來翻去都沒找到，最後說那全都是抄的。例如，報上寫著：兒童的心靈是一張白紙，而「白紙」在他的文章裡也曾出現。還有「命名」這個詞也是抄來的，否則怎麼會有人想到這個詞。但是他無法比較個別的段落。雖然整篇文章都是抄的，但是經過遮掩，更動了順序，縮短了篇幅，而且添加了一些陌生的內容。

我大聲讀出報上那篇文章比較引人注目的幾段。這在他那篇文章裡也有嗎？沒有。這一段呢？沒有。嗯，這些剛好就是那些添加進去的段落。核心內容全都是抄來的。我說要證明這一點恐怕會很困難。他會證明的，靠著一位能幹律師的幫助，律師就是做這個用的。（他把這個證明看成一件全新的任務，跟這件事完全分離，並且自豪地相信自己能夠解決。）

另外，這篇文章在兩天內就刊登出來，由此就能看出這是他的文章。平常一篇被採用的文章至少要六個星期以後才會刊登。但是這一篇當然必須要特別快，免得他來干預，所以兩天就夠了。

再說，報上那篇文章的題目是〈孩子作為創造者〉。這明顯和他有關，而且是種挖苦。因為「孩子」指的就是他，從前別人認為他是個「傻孩子」（其實就只是在當兵期間，他在軍中服役一年半），現在別人使用這個標題，是想要表示他這個孩子寫出了這樣一篇好文章，證明了自己是個創造者，同時卻仍然是個傻孩子，才會這樣受騙上當。文章第一段裡提到的那個孩子，指的是他鄉下的一個表妹，目前和他母親同住。

不過，另外有一件事尤其能夠證明這樁剽竊行為，是他思考了很久才想到的：〈孩子作為創造者〉刊登在畫報增刊的第一頁，在第三頁則有一篇小故事，是某個名叫「費德史坦」的女士寫的。這顯然是個筆名。不需要讀完整個故事，只要瀏覽一下頭幾行，就能立刻看出這篇故事是無恥地在模仿拉格洛芙。如果讀完整篇故事，那就更明顯了。這意味著什麼呢？這意味著這個費德史坦或是另有其名的人是杜瑞吉太太的手下，在杜瑞吉太太那兒讀到了他帶去的那篇故事，把讀到的東西拿來寫這篇故事，也就是說，這兩個女人都利用了他，一個是在畫報增刊的第一頁，另一個是在第三頁。當然，每個人都能自行閱讀拉格洛芙的作品並且加以模仿，但是就這篇故事來說，他的影響是顯而易見的。（他把那一頁報紙翻來翻去好幾次。）

星期一中午，銀行一打烊，他當然就去找杜瑞吉太太。她只把公寓的門打開了一條縫，十分驚慌：「哎呀，萊希曼先生[1]，你怎麼在中午時間來呢？我先生在睡覺。現在我不能讓您進來。」——「杜瑞吉太太，事關緊要，您非讓我進去不可。」她看出我是認真的，就讓我進去。她丈夫肯定並不在家。我看見我的手稿擺在隔壁房間的桌上，立刻揣度起來。「杜瑞吉太太，您對我的手稿做了什麼。您沒有徵得我的同意就把文章交給了《布拉格日報》。您拿到了多少稿酬？」她發起抖來，說她什麼都不知道，不知道那篇文章怎麼會上了報。「我控訴，杜瑞吉太太」，我半開玩笑地說，但仍然讓她察覺我真實的感受。在她家裡的那一整段時間裡，我一再重複這一句

1 有學者考證這位萊希曼先生（Oskar Reichmann, 1886-1934）是當時「布拉格聯合銀行」（Prager Union Bank）的一名職員。

「我控訴，杜瑞吉太太」，好讓她記住，在門口告辭時還又說了好幾次。我很了解她的恐慌。假如我把事情公開，或是去控告她，她就完了，必須要退出「婦女福利促進會」……等等。

一離開她家，我就直接前往《布拉格日報》的編輯部，請人把編輯勒夫叫出來。他出來時自然是臉色蒼白，幾乎走都走不穩。儘管如此，我不想馬上提起我的事，而且也想先測試他一下。於是我問他：「勒夫先生，您支持猶太復國運動嗎？」（因為我知道他是支持猶太復國運動的。）「不」，他說。我這就明白他在我面前必須要偽裝。接著我問起那篇文章。他又搪塞了一番。他什麼都不知道，他和畫報增刊沒有關係，如果我想，他可以把負責的編輯找來。「威特曼先生，請過來一下」，他喊道，很高興他可以走了。威特曼來了，臉色一樣蒼白。我問：「您是畫報增刊的編輯嗎？」他說：「對。」我就只說了：「我控訴」，然後就走了。

回到銀行，我立刻打電話給《波希米亞日報》，想把這個故事交給他們發表。但是電話卻接不通。您曉得是為什麼嗎？《布拉格日報》就在郵政總局附近，所以報社的人很容易就能控制電話線路，可以任意阻攔線路接通。事實上我也一直在電話裡聽見模糊的低語，說話的顯然是《布拉格日報》的編輯。不讓我接通這通電話對他們大有好處。我聽見（當然聽得並不清楚）有人在說服接線小姐不要接通我的電話，另一些人則已經和《波希米亞日報》的人接上線，想阻止他們採用我的故事。我對著電話大吼，「小姐，您要是不馬上替我把電話接通，我就去向郵局管理部門申訴。」我周圍的銀行同事聽見我這樣激烈地對接線生說話，大家都笑了。最後我總算接通了。「請叫編輯基希來聽電話。我有一則對《波希米亞日報》非常重要的消息。如果你們不採用，我就馬上交給另一家報社。時間緊迫。」可是因為基希不在，我就掛掉電話，沒有洩漏什麼。

晚上我去《波希米亞日報》，請人叫編輯基希出來。我把這件事告訴他，但是他不想刊登。「《波希米亞日報》不能做這種事」，他說，「這會是一樁醜聞，我們不能冒這個風險，因為報社並非自給自足。您最好把這件事交給一位律師來處理。」

我從《波希米亞日報》出來就遇見您，所以就請教您的意見。

「我建議您和解。」

「我也認為這樣比較好。她是個女人嘛。女人沒有靈魂，穆罕默德說得沒錯。原諒也比較合乎人情，比較像歌德的作風。」

「沒錯。而且這樣一來，您也不必放棄那個朗誦之夜，否則朗誦之夜就辦不成了。」

「可是現在我該怎麼做？」

「明天您去找他們，說這一次您還假定對方是不自覺地受到影響。」

「這話說得很好。我就這麼做。」

「您也並不需要因此而放棄報復。您就乾脆在別的地方刊登這篇文章，然後寄給杜瑞吉太太，再加上一段漂亮的獻詞。」

「這會是最好的懲罰。我讓《德意志晚報》刊登。他們會採用我這篇文章的，這我不擔心。我不索取酬勞就行了。」

接著我們談起他的表演天分。我認為他應該去接受訓練。「對，您說的沒錯。但是在哪裡呢？也許您知道在哪裡可以學習當個演員？」我說：「這有點難。我也不清楚。」他說：「沒關係。我會去問基希。他是記者，人脈很多，會給我一個好建議。我乾脆打個電話給他，替他和我省下一趟路，也能得知一切消息。」

「那麼，杜瑞吉太太那邊，您會按照我的建議去做嗎？」我把我的建議再說了一次。

「好，就這麼做。」他走進「柯爾索咖啡館」，我走路回家，體驗到和一個徹頭徹尾的愚人交談是多麼令人神清氣爽。我幾乎沒有笑出來，而只是十分清醒。

那個只用在公司招牌上的憂傷字眼「前身」[1]。

三月二日。有誰來向我證實這件事的真實或可能，亦即我就只是由於我的文學使命才對其他

1 例如，招牌上寫著「XX公司，前身為YY公司」。

的事都不感興趣，因此而冷淡無情。

三月三日。二月二十八日去聽了莫伊希的朗誦會。那一幕違反自然。他看似平靜地坐著，交疊的雙手可能擱在膝間，眼睛盯著擺在他面前的書，以跑者的呼吸讓他的聲音傳向我們。

演講廳的音響效果很好。每一個字都聽得清清楚楚，也沒有一絲回音，而是整體逐漸增強，彷彿早已忙著去做別的事的聲音還在繼續發生作用，一切都隨著他天賦的才能而增強，包圍了我們。——他讓我們看出自己聲音的潛力。一如演講廳使莫伊希的聲音發揮得更加淋漓盡致，他的聲音也使我們更能發揮自己聲音的長處。他的大膽技巧和驚人之舉使我們不得不垂下目光，是我們自己在朗誦時絕對不會使用的。例如在一開始就吟唱幾句詩：「睡吧，米麗安，我的孩子」，聲音隨著旋律漫遊；快速吐出的五月之歌，似乎只有舌尖插在字與字之間；切割「十一月的風」這個短句，讓「風」這個字先往下、再往上呼嘯。——如果看向演講廳的天花板，就會隨著那些詩句被拉向高處。

歌德的詩是這個朗誦者無法企及的，但即使如此，他的朗誦也無懈可擊，因為每一首詩都達到了目的。——當他朗誦莎士比亞的〈雨之歌〉作為安可節目，他站得直挺挺的，並沒有看著書，用雙手把手帕拉開再揉成一團，兩眼發光，製造出很大的效果。——圓臉頰，但臉孔仍然輪廓分明。髮絲柔軟，一再輕輕用手去摸頭髮。報章上對他的熱烈好評只在首次聆聽之前對他有利，之後他就與這些好評難分難解，無法再給人純粹的印象。

把書擺在面前坐著朗誦的這種方式有點像表演腹語。表演者看似置身事外，跟觀眾一樣坐著，在他低垂的臉上幾乎看不出嘴巴的動作，彷彿他沒有唸出那些詩句，而是讓那些詩句在他腦袋上方被唸出來。——儘管有那麼多旋律要聽，那聲音宛如水上的一葉輕舟被駕馭著，其實聽不出詩句的旋律。——有些字被聲音化解了，被輕輕碰觸，彈跳起來，和人類的聲音不再有任何關係，直到那聲音不得不唸出某個尖銳的子音，把那個字拉回地面，然後結束。

散場後和歐特拉、陶席希小姐、鮑姆夫婦和皮克一起散步，一路經過伊莉莎白橋、河岸碼頭、小城、拉德茨基咖啡館、石橋和卡爾街。我對好心情還懷著展望，因此在我身上並沒有太多可挑剔之處。

三月五日。這些可惡的醫生！態度果決，在醫療上卻如此無知，一旦失去了那份果決，就像學童一樣站在病床前不知所措。真希望我有力氣去成立一個自然療法協會。克拉爾醫生在我妹妹耳朵裡刮來刮去，把鼓膜炎弄成了中耳炎；家裡的女傭在生火時暈倒了，醫生替女傭作診斷時一向快速，說她是吃壞了腸胃導致充血，結果隔天她又躺下了，發起高燒，醫生把她翻過來翻過去，聲稱那是心絞痛，隨即匆匆離開，以免在下一刻被證明他診斷錯誤。居然還敢說什麼「這個女孩粗野的強烈反應」，這句話倒有幾分真實，因為他習慣了那些身體情況配得上他醫術的人，那些身體情況乃是由他的醫術所造成的人，而他覺得這個鄉下女孩天生的強壯體質侮辱了他，儘管他並不自知。[1]

昨天去鮑姆家。朗誦了他的劇作《惡魔》。整體印象不太友善。在上樓去鮑姆家時情緒很好，到了樓上就立刻低落，在他的小孩面前感到尷尬。

星期天：在「大陸咖啡館」，在玩紙牌的人那一桌。先前去看了克拉默演出的《記者》[2]，看了一幕半。主要人物波爾茲的興高采烈在許多時候明顯不自然，不過也有一絲真實的快活從中產生。在第二幕結束後的休息時間，在劇院前面碰到陶席希小姐。跑去衣帽間，大衣飄揚地飛奔回來，陪她走路回家。

三月八日。前天為了工廠的事而受到責備。之後在沙發上考慮著從窗戶跳出去，想了一個鐘頭。

昨天去聽了哈登[3]的演講，談的是「劇場」。顯然完全是即興演說，由於我的情緒很好，所

1 據布羅德所說，卡夫卡對於醫生和藥物抱持著懷疑的態度，而對強調日光浴、身體勞動和生鮮飲食的自然療法深感興趣。
2 《記者》是德國作家弗賴塔格（Gustav Freytag, 1816-1895）的喜劇作品，一八五二年首演，直到二十世紀仍經常搬上舞台。
3 哈登（Maximilian Harden, 1861-1927）是當時頗具影響力的記者兼演員、評論家及《未來》週刊（*Die Zukunft*）發行人。

以不像其他人那樣覺得他很空洞。開頭很精采：「在此時此刻，當我們在這裡齊聚一堂，討論劇場這個主題，在歐洲和世界各地的所有劇院裡，帷幕正要拉開，將舞台場景揭露在觀眾面前。」在他面前的一個架子上，裝著一個可以移動的燈泡，在他胸口的高度，他用這個燈泡照亮他的襯衫前襟，就像在服飾店的櫥窗裡，而在演講當中，他也藉由移動燈泡來變化光線。為了使自己顯得高一點，也為了展現他即興表演的能力，他踮起腳尖跳舞。長褲綳得很緊，就連鼠蹊部也一樣。有如釘在木偶上的短燕尾服。表情嚴肅，幾近緊綳，一會兒像個老太太，一會兒又像拿破崙。額頭的蒼白色澤像是戴了一頂假髮。可能穿著緊身衣。

把以前寫的東西讀了一遍。需要用盡全力才能忍受。被迫中斷一件必須一氣呵成的工作時必須忍受的不幸，這種不幸一再發生在我身上，而在重讀之時又得重新經歷一次，就算不像當時那麼強烈，卻更為集中。

今天在洗澡時我自以為感受到昔日的力量，彷彿它們在這段長時間裡原封未動。

三月十日，星期日。他在伊澤拉山脈的一個小村莊引誘了一個少女。為了讓他染病的肺復原，他在該地休養了一個夏天。肺病患者的行為有時令人無法理解，那個女孩是房東的女兒，晚上忙完之後喜歡跟他一起去散步，他在短暫地試圖說服她之後，把她推倒在河邊的草地上，佔有了她，她受到驚嚇，躺在那裡，失去了知覺。事後他必須用雙手掬了河水，潑在女孩臉上，使她恢復生氣。「小茱莉，小茱莉啊」，他俯身在她臉上，喊了無數次。他願意為他的過失承擔一切責任，只是努力想弄清楚他的處境有多嚴重。如果不去思索，他就無法看清自己的處境。躺在他面前的這個單純女孩已經恢復了規律的呼吸，只是仍然閉著眼睛，由於恐懼和窘迫。她不會使他為難，高大強壯的他用一個腳尖就能把這個女孩推到一旁。她既軟弱又不起眼，發生在她身上的事到了明天還會有意義嗎？如果把他們兩個拿來比較，不是每個人都會這樣決定嗎？那條河安詳地從草地和田野之間流過，一直延伸到遠處的山嶺。只在對岸的斜坡上還有夕陽的餘暉。最後的雲朵在純淨的夜空下飄向遠方。

都是空。以這種方式我創造出鬼魅。寫得用心的就只有「事後他必須……」，尤其是「潑」，就算只是略微用心。在對風景的描述中，有一瞬間我認為看見了一點像樣的東西。

被自己遺棄了，被一切遺棄了。隔壁房間裡的吵雜。

三月十一日。昨天令人難受。為什麼大家沒有都來共享晚餐？本來會是那麼美好。

萊希曼，那個朗誦者，在我們交談之後當天就進了瘋人院。

今天燒掉了很多令人望之生厭的舊稿子。

三月十二日。在疾駛而過的電車上，一個年輕人坐在角落裡，臉頰貼著窗玻璃，左手臂伸直了擱在扶手上，敞開的大衣蓬鬆地裹在身上，用觀察的目光順著空空的長椅望過去。他今天訂了婚，心裡就只想著這件事。身為未婚夫令他感到心中踏實，在這份感覺中偶爾瞥向車頂的天花板。當售票員拿車票來給他，在叮噹作響的銅板聲裡，他輕易地找到了該給的硬幣，一揚手，擱在售票員手裡，兩根手指像剪刀一樣張開，夾住了車票。在他和電車之間並沒有真正的關連，假如他不使用上下車的平台和階梯，就出現在街上，帶著同樣的目光徒步走完這趟路，也不會令人感到驚奇。

只有那件蓬鬆的大衣還在，其餘的一切都是編出來的。

三月十六日，星期六。又打起精神。我又一次接住了自己，就像墜落的球在墜落中被接住。明天，今天將動手寫一篇比較長的作品，讓它按照我的能力自然成形。我將不會停筆，能寫多久算多久。寧可失眠，也不要這樣生活下去。

「盧森娜歌舞劇院」。幾個年輕人每人唱一首歌。如果你精神好，豎耳傾聽，那麼這樣一場表演更會使人想起我們從歌詞中對自己的人生得出的結論，和老練的歌手的演出相比。因為歌手沒有使詩句的力量變得更大，保持著自主的詩句和歌手一起折磨著我們，那個歌手甚至沒有穿上漆皮靴，手一直擱在膝蓋上不願離開，非離開不可時還表現得很不情願。他盡快坐回長椅上，以免讓人看見他那許多笨拙的小動作。

春天的愛情場景，風景明信片上那一種。忠實的呈現令觀眾既感動又慚愧。——來自維也納的女歌手法蒂妮察。意味深長的甜笑。讓我想起韓喜[1]。面孔的細節無關緊要，大多過於尖銳，被她的笑容凝聚起來，變得比較柔和。當她站在舞台前沿，對著無動於衷的觀眾大笑，不得不承認她有凌駕於觀眾之上的優勢。——狄根表演的愚蠢舞蹈，鬼火、樹枝、蝴蝶、紙火、骷髏頭在舞台上飛舞。——四個來自英國的歌舞女郎。其中一個長得很美。節目單上沒有寫出她的名字。從觀眾席看過去，她站在最右邊。看她忙著揚起手臂，看她細長的雙腿和纖細的足踝安靜得出奇的動作，看她跟不上速度，但是處變不驚，她的微笑多麼溫柔，和另外幾個女郎的扭曲笑容形成對比，和她瘦削的身體相比，她的臉龐和頭髮幾乎顯得豐滿，聽她向那些樂師喊道「慢一點」，為了她自己，也為了她的同團伙伴。她們的舞蹈老師站在樂師後面，是個衣著顯眼、身材瘦削的年輕人，一隻手隨著節奏擺動，樂師和舞者都沒有理會他，他自己則看著觀眾席。瓦納伯德展現出一個壯漢熱情如火的神經質。動作中有時帶點詼諧，使人精神一振。看著他在宣布曲目之後急急邁開大步走向鋼琴。

1 韓喜（Hansi）是卡夫卡在一九〇八年交往過的一個女子的小名，她本名 Juliane Szokoll，來自維也納，在布拉格一間酒館裡擔任服務生，這段關係只維持了幾個月。

讀了《戰地畫家的人生故事》[2]。滿意地朗誦了福婁拜的作品。

談到舞伶時必須加上驚嘆號。因為這樣才能模仿她們的動作，才能保持節奏節奏，而思考不會妨礙欣賞，因為動態始終留在句尾，更能夠延長其作用。

三月十七日。這幾天讀了史托瑟[3]的小說《朝霞》。

星期天去聽馬克斯的音樂會[4]。我幾乎無意識地聆聽。從現在起，我聽音樂時不能再覺得無聊。隨著音樂在我周圍形成的這個圓圈，我不再像從前一樣徒勞無功地試圖去穿透，也提防自己跳過去（我大概是有能力跳過去的），而是平靜地任由思緒在這個被縮限的空間裡發展、流動，不讓擾人的自我觀察在這種緩慢的推擠中出現。——那首美妙的〈魔力圈〉（馬克斯的作品），在某些段落似乎敞開了歌者的胸膛。

歌德，痛苦中的安慰。永恆的眾神賜予其寵兒的一切都完整無缺：所有的無盡喜悅，所有的

---

2 這是德國畫家阿爾布瑞希特．亞當（Albrecht Adam, 1786-1862）的回憶錄，他曾隨拿破崙的軍隊遠征俄羅斯，用畫作替圍攻莫斯科一役留下了歷史紀錄。

3 史托瑟（Otto Stoessl, 1875-1936）是卡夫卡所欣賞的猶太裔奧地利作家，也是法學博士，任職於鐵路公司，除了小說與劇作，也替報章雜誌撰寫劇評和理論性的文章。《朝霞》（*Morgenrot*）出版於一九一二年。

4 布羅德的鋼琴彈得很好，也能作曲，這場音樂會是和一名女歌手與一名小提琴手合作，演出由歌德、莎士比亞、李白等文豪的詩作所譜成的歌曲。

無盡痛苦，都完整無缺。——之後在「大陸咖啡館」和街道上，我沒有能力面對母親、陶席希小姐和所有的人。

星期一觀賞了《別碰我小姐》[1]。一句法語在一場悲哀的德語表演中發揮了良好效果。——在一道鐵柵欄後面，寄宿學校的女孩穿著色彩鮮豔的衣裳在庭園裡張開雙臂奔跑。——夜裡的騎兵軍營。軍官在軍營後面走上幾級台階即可抵達的一座大廳裡舉行一場送別晚會。別碰我小姐來了，由於愛情和輕率而參加了這場晚會。什麼樣的事都可能發生在女孩身上！上午在修道院的女子學校，晚上代替一個無法上場的輕歌劇女歌手登台演出，夜裡則去了騎兵軍營。

今天下午在沙發上度過，帶著痛苦的疲憊。

三月十八日。要說我是個智者也可以，因為我隨時準備好死去，但並非因為我已處理好我該承擔的一切，而是因為我什麼都沒做，也無法指望何時能夠去做。

三月二十二日。（我把前幾天的日期寫錯了。）鮑姆在圖書室[2]的朗誦會。葛蕾特·費雪，十九歲，下星期就要結婚。深膚色的臉瘦削無瑕。鼻翼鼓起。一向穿戴有如獵裝的衣帽。臉上也

1 《別碰我小姐》（*Mam'zelle Nitouche*）是法國作曲家埃爾維（Hervé, 1825-1892）創作的一齣輕鬆歌舞劇。

2 係指布拉格大學生協會「德語學生閱讀和演講會堂」（Lese-und Redehalle der deutschen Studenten）所屬的圖書室兼演講廳，卡夫卡在讀大學時就是這個協會文藝組的活躍成員，這個演講廳也是他結識布羅德的地方。

有深綠色的反光。垂在臉頰上的頭髮似乎和順著臉頰生長的頭髮連成一氣，一如那整張臉上似乎都佈滿了淡淡的汗毛，她的臉在黑暗中低垂，手肘輕輕擱在椅子扶手上。後來在溫塞斯拉斯廣場上她輕盈的一鞠躬，只用一點點力氣就完美地完成。轉動衣著寒酸的瘦削身體而後挺直。我看著她的次數遠不如我想要的那麼頻繁。

三月二十四日，星期日。昨天。觀賞了埃倫費斯的劇作《星辰新娘》（*Die Sternenbraut*）。——看得一頭霧水；結構粗糙，不夠分明。——劇中那個生病的軍官。生病的身體穿著筆挺的制服，而這套制服所要求的是健康與果敢。

上午一時興起，在馬克斯那裡待了半小時。

母親在隔壁房間裡和L夫婦聊天，聊著害蟲和雞眼。（L先生的每一根手指上都長了六個雞眼。）透過這種交談不會有真正的進展，這一點顯而易見。這種告知將會被雙方遺忘，此刻就已經不負責任地在自我遺忘中進行。可是正因為這種談話若非心不在焉就無法想像，它們揭露出空虛的空間，如果想繼續交談，就只能用思考來填滿，或者用白日夢更好。

三月二十五日。隔壁房間裡清掃地毯的掃帚，聽起來就像是曳地長裙斷斷續續的移動。

三月二十六日。千萬別高估自己所寫的東西，那會使我寫不出我想寫的東西。

三月二十七日。星期一在街上，一個男孩和另外幾個男孩用球去扔一個走在他們前面的女傭，她毫無防衛，當那顆球朝著她的臀部飛過去。我抓住那個男孩的脖子，怒氣沖沖地掐住他，把他推到一邊，把他罵了一頓。接著就往前走，沒有去看那個女傭一眼。因為心中充滿了怒氣，我完全忘了自己在世間的存在，因此我可以相信，碰到機會，我心中也能被更加美好的感受充滿。

三月二十八日。芳塔夫人[1]在「柏林印象」這場演講中提到：格里帕策[2]有一次不想去參加一場聚會，因為他知道他的朋友黑貝爾也會去。「他又會追問我對上帝的看法，如果我不知道該怎麼回答，他就會變得無禮。」——我彆扭的舉止。

三月二十九日。浴室帶來的喜悅。——逐漸看清。花在頭髮上的下午。

四月一日。一週以來頭一次幾乎完全寫不成任何東西。為什麼？上個星期我也經歷了各種不同的心情，而能夠不讓寫作受到影響；但我害怕把這件事寫下來。

四月三日。一天就這樣過去——上午在辦公室，下午在工廠，此刻在晚上，屋裡左邊右邊都

1 芳塔夫人（Berta Fanta, 1865-1918）是女權運動的先驅，曾在大學攻讀哲學，也是布拉格知名的文藝沙龍女主人，卡夫卡和布羅德都曾定期去參加聚會。

2 格里帕策（Franz Grillparzer, 1791-1872），奧地利作家，尤以劇作知名，他也是卡夫卡心儀的作家。

在喧嘩，晚一點要去接妹妹，她去劇院觀賞《哈姆雷特》——而我沒有能夠利用任何一刻。

四月八日。復活節前的星期六。徹底認識自己。能夠掌握自己全部的能力，就像握住一顆小球。把最大的衰退當成熟悉的事物接受，在其中仍保持著彈性。

渴望使人更加放鬆的深沉睡眠。形而上的需求就只是對死亡的需求。

今天哈斯[3]稱讚我和馬克斯所寫的那篇旅行報導，使得我在他面前裝腔作勢，為了讓我至少配得上他對那篇文章的謬讚，或是藉此持續那篇旅行報導的矇騙效果，或是在哈斯好心的謊言裡持續下去，我試圖讓他這個謊說得更輕鬆一點。

五月六日，十一點。好一段時間以來頭一次完全寫不成任何東西。感覺自己受到考驗。

不久前作的夢：

我和父親搭乘電車穿越柏林。大城市的特徵表現為無數個直立的柵門，漆成雙色，末端磨鈍了。除此之外幾乎空無一物，但是這些柵門很密集。我們來到一座大門前面，不知不覺地下了車，進了那扇大門。門後有一面陡直向上的牆，父親爬上去，一雙腿動得飛快，簡直像在跳舞，

---

3 哈斯（Willy Haas, 1891-1973）是前文中提及的「赫爾德學會」的共同發起人，在該學會發行的刊物中刊載了卡夫卡和布羅德合寫的《李察與山繆》的第一章，亦即此處所說的旅行報導。哈斯在一戰之後移居柏林，後來成為知名的電影編劇。

那對他來說是這麼容易。他根本沒有幫我，這肯定也顯示出他的不知體諒，因為我得費很大的勁才能手足並用地爬上去，經常會再往下滑，彷彿那面牆在我腳下變得更加陡峭難堪的是那面牆上還沾滿了糞便，有好幾塊黏在我身上，尤其是在胸前。

我低頭去看，用手去抹掉。等我終於到了上面，父親已經從一棟建築裡面走出來，立刻朝我飛奔過來，一把摟住我，親吻我，抱緊我。他穿著一件舊式的短禮服外套，是我記憶中熟悉的，裡面像沙發一樣加了襯墊。「這個馮．萊登醫生實在了不起！」，他一再喊道。但他肯定不是去看醫生，而只是把對方當成一個值得認識的人去拜訪。我有點擔心我也得進去看他，但是我沒有被要求這麼做。我看見在我左後方有一個人坐在一個完全被玻璃圍繞的房間裡，背對著我。後來發現此人是那位教授的祕書，發現父親其實是和這個人說了話，而不是和教授本人，但是透過這位祕書，父親不知怎地親身看出了那位教授的優點，因此他有理由在各方面針對這位教授作出評價，就好比他親自跟教授交談過一樣。

萊辛劇場演出《老鼠》[1]。

寫信給皮克，因為我還沒有寫信給他。寫郵簡給馬克斯，替他的《阿爾諾．貝爾》[2]感到高

---

1 《老鼠》（*Die Ratten*）是德國作家豪普特曼的一齣劇作，一九一一年一月在柏林的萊辛劇院首演，一九一二年五月來布拉格客座演出。

2 《阿爾諾．貝爾》（*Arnold Beer*）是布羅德寫的一部小說，一九一二年出版，在卡夫卡寫這則日記之前不久。

興。

五月九日。昨天晚上和皮克在咖啡館碰面。儘管心神不寧，我還是固守著我的小說[3]，就像一座雕像，望向遠方，同時固守在基座上。

今天在家裡度過悽慘的一夜。妹夫為了那間工廠而需要錢，父親為了妹妹、為了生意、為了他的心臟而煩惱，悶悶不樂的二妹，為了所有的人而悶悶不樂的母親，我則為了我寫的東西而悶悶不樂。

五月二十二日。昨天和馬克斯一起度過美好的一晚。如果說我愛自己，那麼我更愛他。「盧森娜歌舞劇院」。拉歇爾德[4]的劇作《拉莫特夫人》。《春晨之夢》[5]。包厢座位裡那個興高采烈的胖女人。那個野性的女人，粗野的鼻子，沾了灰的臉，肩膀從並非低胸的衣裳裡擠出來，背部扭來扭去，樣式簡單的白點藍襯衫，一直都能看見她手上戴的擊劍者手套，因為她通常把右手擱在她旁邊興高采烈的母親的右腿上，用整隻手掌，或是只用指尖。辮子在耳朵上盤起，後腦勺

3 這段時間卡夫卡在寫《失蹤者》。

4 拉歇爾德（Rachilde, 1860-1953）是法國女作家 Marguerite Vallette 的筆名，是十九世紀末法國文壇頹廢主義的代表人物。《拉莫特夫人》（*Madame la Mort*）如果意譯是「死亡夫人」之意。

5 《春晨之夢》是義大利作家鄧南遮（Gabriele d'Annunzio, 1863-1938）的一齣劇作。

上的淺藍絲帶不是很乾淨，前面的頭髮一綹綹圍著前額，髮綹細而濃密，突出於前額很多。當她在售票窗口交涉，她有皺褶的輕暖大衣由於柔軟而隨意下垂。

五月二十三日。昨天：在我們後面有個男子無聊到從椅子上摔下來。——拉歇爾德作的比喻：為陽光感到欣喜並且要求其他人也感到欣喜，就像夜裡有人在一場婚禮上喝醉後走出來，強迫迎面而來的路人為了不認識的新娘而舉杯祝賀。

寫信給威爾屈，向他提議我們以暱稱相稱。昨天為了工廠的事寫信給阿弗瑞德舅舅，信寫得很好。前天寫信給勒維。

此刻在晚上，由於百無聊賴而在浴室裡接連洗了三次手。

那個小孩綁著兩根小辮子，沒戴帽子，寬鬆的白點紅洋裝，光著腿也光著腳，一手提著一個小籃子，另一手拿著一個小箱子，在劇院附近躊躇地過了馬路。

《拉莫特夫人》開場時的背部表演，根據的原則是：在相同的情況下，一個業餘演員的背部就跟一個好演員的背部一樣美。那些人多麼認真！

前幾天聽了特里屈[1]的精采演說，談殖民巴勒斯坦。

五月二十五日。無力的速度，血氣不足。

五月二十七日。昨天是聖靈降臨節，天氣很冷，和馬克斯及威爾屈去郊遊，不甚愉快，晚上去咖啡館，魏菲爾給了我那本《來自極樂世界的訪客》[2]。尼可拉斯路的一部分居民和整座橋上的行人都感動地轉身看著一條狗，牠大聲吠叫，追著一輛救護車跑。直到那條狗忽然停下，掉頭折回，顯示出牠就只是一隻陌生而尋常的狗，先前追逐那輛救護車並沒有什麼特別的意思。

六月一日。什麼也沒寫。

六月二日。幾乎什麼也沒寫。

昨天在市民會館聽了蘇庫普博士演講[3]。（內布拉斯加州的捷克人，美國所有的公職人員都

---

1 特里屈（Davis Trietsch, 1870-1935），猶太裔德國作家，柏林猶太出版社的共同創辦人，也是猶太復國運動的政治經濟學家，很早就提出殖民巴勒斯坦的構想。

2 《來自極樂世界的訪客》（*Besuch aus dem Elysium*）是魏菲爾所寫的一齣獨幕劇，一九一二年出版。

3 蘇庫普博士（Dr. František Soukup, 1871-1940），捷克社會民主黨議員，也是律師兼記者，於一九一一年受邀前往美國，回國後寫了一本書記錄他對美國的印象，這場演講也是講他在美國的見聞。

是選舉出來的，每個人都必須屬於三個政黨之一——共和黨、民主黨、社會黨。羅斯福[1]的選舉會議，當一個農民提出異議，羅斯福用玻璃杯威脅他；在街頭演講的人，隨身攜帶一個小木箱當作講台。）之後去參加春季節慶活動[2]，遇到保羅．基希，他談起他的博士論文《黑貝爾與捷克人》。

六月六日，星期四。耶穌聖體節。兩匹馬在奔跑，其中一匹停下來，低下頭，用力搖動馬鬃，再抬起頭來，看似比較健康了，這時才重新展開牠其實並未中斷的奔跑。

此刻我在讀福婁拜的書信：「我的小說就是我懸吊其上的峭壁，對於世上發生的事我一無所悉。」——與我五月九日在日記裡所寫的相似。

沒有重量，沒有骨頭，沒有身體，我在街道上走了兩個小時，思索著下午寫作時我所克服的事。

六月七日。今天什麼也沒寫。明天沒有空。

七月六日，星期一。稍微開始寫一點東西。有點昏昏欲睡。在這群完全陌生的人當中也感到

1 係指老羅斯福總統（Theodore Roosevelt, 1858-1919）。

2 這是布拉格德語市民一年一度的大型慈善活動，也是社交生活的一場盛事，卡夫卡在日記中提及的親朋好友都會參加。

孤單。[3]

七月九日。這麼久什麼都沒寫。明天動筆。否則我又會陷入一種持續延長而無法阻擋的不滿；其實我已經在這種情緒裡了。開始心神不寧。可是如果我有能力做些什麼，那麼不需要迷信的預防措施就也能去做。

魔鬼的發明

魔鬼的發明。如果我們被魔鬼附身，附身在我們身上的魔鬼不可能只有一個，否則我們就能平靜地生活，至少是在這塵世上，就像和上帝同在，一心一德，沒有矛盾，無須思索，永遠知道身後的人是誰。魔鬼的容顏不會嚇著我們，因為身為被魔鬼附身的人，只要我們夠敏感，就會夠聰明，寧可犧牲一隻手，去遮住他的臉。如果掌控我們的就只有一個魔鬼，能冷靜而不受打擾地俯瞰我們的全部天性，並且隨時都能隨心所欲地處置我們，那麼他就也會有足夠的力量，讓我們一輩子都待在自身神性的上方，甚至把我們搖來搖去，讓我們看不見一絲上帝的光芒，因此也不會良心不安。只有一大群魔鬼才會造成我們在世間的不幸。為什麼他們不互相消滅，直到只剩下一個，或是為什麼他們不臣服於一個大魔鬼？這兩者都會符合魔鬼想要徹底欺騙我們的原則。在缺乏一致性的情況下，所有那些魔鬼小心翼翼地對待我們有什麼用？想當然耳，魔鬼會比上帝更

3 在這之前卡夫卡和布羅德前往萊比錫和威瑪旅行，七月七日至二十七日，卡夫卡在哈茨山區的容波恩（Jungborn）自然療養院休養了一段時間。

在乎人類一根頭髮的脫落，因為對魔鬼來說那根頭髮是真的掉了，對上帝來說卻不是。但只要還有這麼多魔鬼在我們身上，我們就仍舊不得安寧。

八月七日。苦惱多時。終於寫信給馬克斯，說我還無法把其餘幾篇寫成清稿，說我不想勉強自己，因此將不會交出這本書[1]。

八月八日。〈騙子現形記〉[2]差強人意地完成了。用盡了正常精神狀態的最後力氣。十二點了，我怎麼還睡得著？

八月九日。不安的夜晚。——昨天女傭對樓梯上那個小男孩說：「抓住我的裙子！」我受到啟發，流暢地朗誦了《可憐的樂師》[3]。——在這篇故事裡看出格里帕策的男性特質。他能夠冒險去做一切，卻什麼都沒做，因為在他身上就只有真實，即使當下的印象與此矛盾，到了關鍵時刻，這份真實就還是會證明自己為真。冷靜地掌控自己。步履緩慢，什麼也不錯過。在必要時立刻做好準備，並不提早，因為他早就預見了一切。

---

1 六月在萊比錫時，布羅德安排卡夫卡與出版商羅沃爾特（Ernst Rowohlt）碰面，對方願意替卡夫卡出版一本書，從療養院回來之後，卡夫卡就著手整理文稿，這本書後來在這一年的十二月出版，亦即《沉思》（*Betrachtung*）這本短篇故事集。

2 〈騙子現形記〉（Entlarvung eines Bauernfängers）是後來收錄在《沉思》裡的一篇故事。

3 《可憐的樂師》（*Der arme Spielmann*）是奧地利作家格里帕策的一篇中篇小說，出版於一八四八年。

八月十日。什麼都沒寫。去了工廠，在機房裡吸了兩小時煤氣。工頭和司爐在引擎前面耗費的精力，由於查不出原因，引擎始終無法發動。可悲的工廠。

八月十一日。一事無成。出版這本小書花了我多少時間，在即將發表而閱讀舊作之時，產生了多少可笑而有害的自信。就是這些妨礙了我寫作。而事實上我什麼也沒有達成，這份擾亂就是最好的證明。總之，在這本書出版之後，我要更加避免去讀雜誌和書評，如果我不想自滿於只用指尖觸及真實。我也變得多麼不靈活！從前，只要我說出一個與目前的方向相反的字，我就也已經飛向另一邊，現在我就只是看著自己而留在原地。

八月十四日。寫信給羅沃爾特。

敬愛的羅沃爾特先生！

謹附上您表示想看的幾篇短文，份量大概已足可印成一本小書。當我為此而把這些文章整理出來，有時我不得不作出選擇，一方面想要心安理得，另一方面又渴望能在您出版的美好書籍當中也佔有一席之地。我確實不總是能作出乾淨利落的決定。如果這些文章能夠博得您的青睞，讓您願意出版，我當然會很高興。畢竟，即使具有再多的經驗和理解力，也無法一眼就看出這些文章的缺點。作家所共有的特質不也就在於每個人都以獨特的方式來藏拙。

八月十五日。白白浪費了一天。睡掉了，躺掉了。老城廣場上在慶祝聖母升天節。那人的聲音宛如來自地洞。花了很多時間去想——要寫出名字是多麼尷尬——菲莉絲．包爾[1]。昨天去觀賞了《波蘭經濟》[2]。——此刻歐特拉背誦歌德的詩給我聽。她用心挑選了那幾首詩。〈淚中的慰藉〉、〈致綠蒂〉、〈致維特〉、〈致月亮〉。

我重讀了舊日記，雖然我不該去讀。我竭盡所能地活得如此不理性。而這都要歸咎於即將出版的那三十一頁小書。更要歸咎於我的軟弱，任憑自己受到這種事的影響。我應該要搖醒自己，卻坐在這裡思考該如何盡可能侮辱人地表達這一切。但是我可怕的冷靜妨礙了我的想像力。我好奇自己將如何脫離這個處境。我不讓別人來推我一把，也不確定什麼是正確的道路，那麼未來將會如何？在我走的這條窄路上，龐然的我是否終於進退不得？——那麼我至少還可以轉動頭部。——我也這麼做了。

八月十六日。毫無音訊，不管是在辦公室還是在家裡。寫了幾頁在威瑪的旅行日記。

晚上，可憐的母親為了我不吃東西而啜泣。

1 菲莉絲．包爾（Felice Bauer, 1887-1960）後來成為卡夫卡的未婚妻，她來自柏林，是布羅德的遠親，於八月十三日在布羅德家中和卡夫卡首次相識。

2 《波蘭經濟》（*Polnische Wirtschaft*）是猶太裔德國作曲家吉伯特（Jean Gilbert, 1879-1942, 本名 Max Winterfeld）所創作的一齣輕歌劇，一九一〇年於柏林首演。

八月二十日。兩個小男孩，都穿著藍色上衣，一個是淺藍，比較矮小的那一個是深藍，兩人都抱著一大束乾草，在我窗前從大學預定的建築工地上走過，有些地方長滿了野草。他們吃力地爬上一個斜坡。這一幕賞心悅目。

今天早晨窗前那輛空的運貨馬車和那匹高瘦的馬。看著兩者使出最後的力氣爬上一道斜坡，身形異樣地拉長了，看在旁觀者眼中是歪斜的。那匹馬微微抬起前腿，往旁邊和上方伸長了頸子。車伕的馬鞭揚在空中。

假如羅沃爾特把稿子寄回來，而我能把東西全部鎖起來，挽回一切，那麼我頂多就只是跟從前一樣不快樂。

菲莉絲·包爾小姐。八月十三日去布羅德家時，她坐在桌邊，看起來卻像個女傭。我一點兒也不好奇她是誰，馬上就接受了她的存在。顴骨明顯，表情空洞，把空洞明擺在臉上。交領的襯衫，露出了脖子。一副家庭婦女的裝扮，雖然後來知道她並不是。（由於我這樣仔細觀察她，使我跟她之間產生了距離。我是怎麼回事？疏遠了整體中所有好的一面，卻還不相信。如果今天在馬克斯那兒聽到的文學消息不會太讓我分心，我將再嘗試去寫布廉克特那個故事[3]。這個故事不

3　古斯塔夫·布廉克特（Gustav Blenkelt）是卡夫卡一篇故事殘稿裡的主角，這篇故事在九月二十三日的日記裡還會出現。

必長，但是必須打動我。）幾乎碎裂的鼻梁。金髮，髮質粗硬而缺乏魅力，方硬的下巴。我坐下來時，第一次仔細打量她，等我坐下來，就已經作出了堅定不移的判斷。如何……

八月二十一日。不停地閱讀倫茨[1]，並且從他身上——我的情況是如此——得到了啟示。「不滿」的意象，表現為一條路，每個人都在他所站之處抬起了腳，準備離開。

八月三十日。這些日子什麼也沒做。舅舅從西班牙來訪。上週六魏菲爾在「阿爾科咖啡館」朗誦他的詩作〈生命之歌〉（Ein Lebenslied）和〈獻祭〉（Das Opfer）。真是個怪物！但是我直視他的雙眼，一整個晚上都沒有退縮。

要撼動我很難，但我還是心神不寧。今天下午當我躺在床上，有人在鎖裡迅速轉動鑰匙，頓時我身上到處都是鎖，就像在一場化妝舞會上，而以短短的間隔，一會兒在這兒，一會兒在那兒，接連被打開或鎖上。

《鏡》雜誌[2]做了個問卷調查，針對當代的愛情，以及愛情從我們祖父母的時代至今的改

1 倫茨（Jakob Michael Reinhold Lenz, 1751-1792），德國狂飆時期的作家，生前潦倒，身後成為許多文學作品中的人物，例如畢希納（Georg Büchner, 1813-1837）的小說《倫茨》。

2 《鏡》雜誌（*Le Miroir*）原是法國《小巴黎人報》（*Le Petit Parisien*）的週末增刊，一九一二年起成為獨立週刊，以刊登新聞照片為主。

變。一個女演員回答：世人從不曾像如今這麼擅長去愛。

聽了魏菲爾的朗誦之後，我是多麼深受震撼而又感到振奮！後來我在母親娘家親戚的聚會上簡直是舉止狂野，而且沒有犯錯。

由於這個月主管不在，我本來格外可以好好利用，卻把這段時間蹉跎掉了，並沒有太多理由替自己辯解（把書稿寄給羅沃爾德，膿瘡，舅舅來訪）。就連今天下午我也以幻想出的藉口在床上躺了三個小時。

九月四日。西班牙來的舅舅。他外套的剪裁。他在我身邊產生的影響。他性格的細節。——他輕盈地穿過前廳走進廁所，途中有人跟他說話他也不回答。——一天比一天更溫和，如果不是從漸漸的改變來判斷，而是從引人注目的瞬間來判斷。

九月五日。我問他：這兩者要如何調解，一方面你感到不滿，如同你最近所說的，另一方面你能適應所有的情況，如同我們一再所見（而這種適應也總是顯出一份特有的生硬，我心想）。我記得他這樣回答：「我對個別的事情不滿，但這份不滿沒有擴及整體。我經常在一家法式小賓館享用晚餐，那個地方很高級，也很昂貴。比如說，一間包含膳宿的雙人房每天要價五十法郎。在那裡我的鄰座可能是法國大使館的使館祕書和西班牙砲兵部隊的一位將軍，坐在我對面的也許是海軍部的高級官員和某位伯爵。我和他們全都熟識，就座時向前後左右的人打聲招呼，除此之外一句話也不說，因為我有自己的情緒，等到我要離開的時候就再打一聲招呼。之後我獨自走在街上，實在看不出這個夜晚究竟有什麼意義。我走路回家，遺憾自己沒有結婚。當然這種心情也會過去，也許是因為我想通了，也許是因為這個念頭消散了。但它偶爾會再度浮現。」

九月八日，星期日上午。昨天寫信給席勒博士[1]。

下午。母親在隔壁房間和一群婦人跟幼兒玩耍，聲音奇大無比，使我在家裡待不下去。別哭！別哭！這是他的！這是他的！兩個大人！他不想要！……可是！可是！……朵菲，妳喜歡維也納嗎？那裡漂亮嗎？……拜託，看看他的手。

九月十一日。大前天晚上和烏提茲碰面。

一場夢：我置身在一個遠遠伸進海中的地峽上，這個地峽由切割成方形的石頭構成。有某個人和我在一起，也可能是好幾個人，但是我的自我意識太過強烈，就只知道我在對他們說話，除此之外對他們幾乎一無所知。我只記得坐在我旁邊那個人抬高的膝蓋。起初我並不知道自己身在何處，直到我湊巧站起來，在我左邊和右後方看見輪廓清晰的遼闊大海，海上有許多戰船排成一

1 這位席勒博士是卡夫卡夏天在「容波恩自然療養院」裡認識的人，是布列斯勞（Breslau）的一位地方官員。

列一列，牢牢下了錨。右邊看得見紐約，我們是在紐約港裡面。天空是灰色的，但是亮度很均勻。我在我的位置上轉過來轉過去，頂著四面八方的風，想把一切都看進眼裡。看向紐約時，目光稍微往下移，看向大海時，目光稍微往上抬。這時我也察覺身旁的海水掀起了高高的波浪，而海上的國際交通十分頻繁。我只記得有長長的樹幹被綁成巨大的一捆，取代了我們的木筏，在航行時，視海浪的高度而定，這捆樹幹的橫斷面一再浮出水面，同時還在水中翻滾。我坐下來，縮起雙腳，高興得顫抖，愉快地簡直要鑽進地裡，說道：這比巴黎林蔭大道上的交通還要有趣。

九月十二日。晚上，勒夫博士到我們家來。又是個要移民巴勒斯坦的人。他在律師實習結束前一年參加了律師考試，將帶著一千兩百克朗（在十四天後）前往巴勒斯坦。打算在巴勒斯坦的猶太事務局找份工作。所有這些要移民巴勒斯坦的人（貝格曼、凱爾納博士）都習慣垂下目光，覺得聽眾擋住了他們的視線，伸長了手指在桌上摸來摸去，嗓音會忽然顫抖，無力地微笑，帶著些許諷刺在臉上保持這個笑容。——凱爾納博士說起他的學生是沙文主義者，老是把馬加比家族[2]掛在嘴邊，想要效法他們。

我發現我之所以喜歡寫信給席勒博士，是因為包爾小姐曾在布列斯勞停留，而我一直想著要

---

2 馬加比家族是猶太教世襲祭司長的家族，西元前二世紀曾率領猶太人奪回耶路撒冷。

透過席勒博士送花給她。當然，那已經是十四天前的事了，但空氣中還留有一絲氣味。

九月十五日。我妹妹瓦莉訂婚了。

我們帶著新的力量
爬出疲憊的深淵
黑衣男子等待著
等待孩童耗盡力氣

兄妹之間的愛——重現了父母之間的愛。

唯一的傳記作者的預感。

天才之作在我們周圍燒出的空穴正好可以放進它小小的光亮。因此，天才之作帶來的是廣泛的激勵，並不只會引起模仿。

九月十八日。H昨天在辦公室裡說的故事。在馬路上，一個鑿石工人向他討了一隻青蛙，抓住牠的腳，三口就把牠吞進肚裡，先咬蛙頭，再咬蛙身，最後是蛙腳。——貓的生命很頑強，殺死一隻貓最好的辦法：把牠的脖子用一扇關上的門夾住，再去拉牠的尾巴。——他討厭害蟲。在軍中時，一天夜裡他鼻子下面癢，他在睡眠中伸手去抓，捏扁了某個東西。那東西是隻臭蟲，於是他身上好幾天都帶著那股臭味。

四個人吃了一塊烹調得很美味的烤貓肉，但是只有三個人知道自己吃的是什麼。飯後這三個人開始學貓叫，第四個人不願意相信，直到別人把那張血淋淋的貓皮拿給他看，他才相信，立刻衝出去把吃進去的東西全都吐出來，之後生了兩星期的重病。

這個鑿石工人就只吃麵包，再加上湊巧得到的水果或活物，另外只喝燒酒，睡在一間磚瓦廠堆放磚瓦的棚子裡。有一次在黃昏時分，H在田野上遇見他。「站住」，那人說，「否則——」H為了好玩就站住了。「給我一根香菸」，那人又說。H給了他。「再給我一根！」——「哦，你還想要一根？」H問他，把手杖拿在左手以防萬一，用右手朝那人臉上打了一拳，使得香菸從他嘴裡掉落。那人既怯懦又軟弱，嗜飲燒酒的人都是這樣，也就立刻溜走了。

昨天和勒夫博士在貝格曼那裡。關於大衛先生的那首歌[1]。歌詞大意是：來自瓦西科的大衛先生今天要搭車前往塔利諾耶。他一路唱著歌，在瓦西科哭著唱，在瓦西科和塔利諾耶之間的一座城市不動感情地唱，在塔利諾耶開心地唱。

---

1 〈大衛先生〉（*Reb Dovidl*）是一首意第緒語歌謠。

九月十九日。我們機構裡的監察員P說起他十三歲時做的一趟旅行。當時他口袋裡有七十個銅板，有一個同學同行。晚上他們來到一家客店，店裡有一群人正在狂喝痛飲，慶祝市長從軍中退伍。地板上擺著五十多個空啤酒瓶。菸霧和酒臭瀰漫。這兩個男孩貼著牆壁站著。市長喝醉了，對軍中的回憶使他走到哪裡都想建立秩序，認為他們兩個是逃家的小孩，恐嚇著要把他們押解回家，不管他們再怎麼解釋也沒用。兩個男孩嚇得發抖，掏出文理中學的學生證，背出了Mensa這個拉丁字的格位變化，一個喝得半醉的老師冷眼旁觀，沒有伸出援手。市長沒有明確地決定要如何處置他們，強迫他們一起喝酒，他們也樂得能免費喝到這麼多好啤酒，是阮囊羞澀的他們根本喝不起的。等他們喝飽了，在深夜裡，當最後一批客人離開之後，他們在這個沒有開窗通風的房間裡躺下，睡在一層薄薄的乾草上，睡得像大爺一樣。只不過清晨四點來了一個高大的女傭，拿著掃帚，說她沒有時間，如果他們不自願離開，她就會用掃帚把他們掃進戶外的晨霧裡。等到屋裡稍微清掃乾淨，桌上替他們擺了滿滿兩缽咖啡。可是當他們用湯匙在咖啡裡攪拌，不時有個又大又黑又圓的東西浮出來。他們心想待會兒就能弄清楚這是什麼東西，於是暢飲了一番，直到他們喝掉了半缽，看見那黑黑的東西，心裡還是有點發毛，就去問那個女傭。這才發現那是隔夜的鵝血，是昨天準備宴席時留在這些缽子裡的，女傭一大清早迷迷糊糊的就把咖啡直接倒了進去。這兩個男孩一聽，立刻跑出去把所有的咖啡都吐了出來，一滴也不剩。後來他們被一個神父叫去，神父簡短測驗了一下他們的宗教知識，確認了他們是好孩子，請廚娘端了湯給他們喝，賜福給他們之後送他們上路。身為一所教會中學的學生，他們一路經過的地方如果有神父，他們幾乎都會去神父那兒接受賜福並且喝湯。

九月二十日。昨天寫信給勒維和陶席希小姐，今天寫信給包爾小姐和馬克斯。

九月二十三日。我在二十二日至二十三日的夜裡從晚上十點到清晨六點一口氣寫完〈判決〉這篇故事。雙腿由於久坐而僵硬，幾乎無法從書桌底下抽出來。那份辛苦和喜悅，看著這個故事在我面前逐漸成形，看著我涉水前進。這一夜裡我幾度把自身的重量扛在背上。一切都可以被說出來，替一切都備妥了一堆熊熊烈火，包括最奇怪的念頭，在這堆火中死去再重生。看著窗前的天空漸漸變藍。一輛車子經過。兩個男子徒步過橋。凌晨兩點時我頭一次看向時鐘。當女傭第一次從前廳走過，我寫下了最後一個句子。熄了燈，天亮了。微微的心痛。在半夜裡消失的疲倦。顫抖地走進妹妹們的房間。大聲朗誦。先前在女傭面前伸個懶腰，說：「我一直寫到現在。」我沒去碰的床鋪看起來就像是此刻才被搬進來。我的信念得到證實，我的小說創作在寫作的等級中位於可恥的底層。寫作就得要這樣，必須要一氣呵成，在身體和靈魂都全然開放的情況下。上午躺在床上。眼睛始終清醒。在寫作中連帶產生了許多感受，例如，欣喜於我將能夠有篇好作品放進馬克斯那本《樂土》[1]，當然也想到佛洛伊德，一個段落讓我想到馬克斯的小說《阿爾諾·貝爾》，另一段讓我想到瓦瑟曼[2]，還有一段讓我想到魏菲爾那篇〈女巨人〉，當然也讓我想到自己那篇〈城市的世界〉。

古斯塔夫·布廉克特個性單純，生活規律。他不喜歡不必要的揮霍，對於做這種揮霍的人有著堅定不移的成見。雖然他是個單身漢，他覺得自己完全有理由對熟人的婚姻表示意見，如果有人質疑他有理由這樣做，就會和他弄得不愉快。他習慣有話直說，也絕對不會去留住那些聽不進去他意見的聽眾。到處都有人欽佩他、敬重他、容忍他，也有人完全不想跟他打交道。只要好好觀察，就會看出每個人（哪怕是最微不足道的人）都構成了某個緊密圈子的中心，古斯塔夫·布廉克特這個基本上善於交際的人又怎會例外？

在他三十五歲那一年，他人生的最後一年，他和一對姓史壯的年輕夫婦來往特別頻繁。史壯先生用妻子的錢開了一間家具店，對他來說，和布廉克特交往無疑有種種好處，由於布廉克特的熟人當中大多是正值嫁娶年紀的年輕人，遲早會想要購置新家具，而單是出於習慣，他們就不會

---

1 《樂土，1913：文學藝術年刊》（*Aarkadia, 1913: Ein Jahrbuch für Dichtkunst*）是布羅德所編纂的一本合集，卡夫卡這篇〈判決〉後來就是在這本年刊裡首次發表。

2 瓦瑟曼（Jakob Wassermann, 1873-1934），猶太裔德國作家，作品豐富，是他那個時代的知名小說家，曾多次在布拉格舉辦朗誦會。

不參考布廉克特的建議。「我牢牢駕馭著他們」，布廉克特常常這麼說。

九月二十五日。使勁阻止自己去寫作。在床上輾轉反側。血液湧進腦袋，無用地流過去。多麼可恥！——昨天在鮑姆家朗誦作品，聽眾包括鮑姆一家人、我兩個妹妹、瑪塔、布洛赫博士的太太和兩個兒子（一個是服一年志願役的軍人）。接近結尾時，我的手不害臊地真的在我臉前比劃。我眼中有淚。證實了這篇故事不容懷疑。——今天晚上把自己從寫作拉開。去國家劇院看電影[3]。包廂。O小姐，曾經有個神職人員跟蹤她。她嚇出了一身冷汗，汗涔涔地回家。但澤[4]。克爾納[5]的生平。馬匹。白馬。火藥煙塵。〈呂佐夫志願軍團的猛烈追擊〉[6]。

3 電影在當時還是新興藝術，播放的是一些互不相關的短片，下文中從「但澤」開始到〈呂佐夫志願軍團的猛烈追擊〉都是在講這些短片的內容。

4 但澤（Danzig）是臨著波羅的海的一座港市，歷史上曾經屬於普魯士，二次戰後劃歸波蘭，現名格但斯克（Gdańsk）。

5 克爾納（Theodor Körner, 1791-1813），德國作家，在對抗拿破崙的戰爭中英年早逝，因其所寫的愛國詩作而被視為國家英雄。

6 〈呂佐夫志願軍團的猛烈追擊〉（Lützows wilde Jagd）是克爾納廣被傳誦的一首詩，舒伯特曾將之譜成歌曲。

1913年

Kafka Tagebücher

經歷了去年的創作高峰之後，本年年初，卡夫卡的創作能量逐漸衰退。但去年出版的處女作《沉思》，以及文學圈內的若干好評，畢竟讓卡夫卡有些振奮。卡夫卡在一月向公司提出升職加薪的要求，順利獲得通過。五月，《失蹤者》的第一章〈司爐〉做爲一個獨立短篇，由沃爾夫出版社出版，這也是卡夫卡自己頗爲滿意的作品。總體來說，這一年卡夫卡的創作較少，寫的大部分是日記與書信。

本年度卡夫卡的生活大事，莫過於與菲莉絲之間痛苦的拉鋸戰。在經歷了半年的頻繁異地通信之後，這年三月，卡夫卡在柏林與菲莉絲會面。這場約會打破了卡夫卡原本的幻想，他們度過了痛苦的幾個小時。

然而從六月開始，卡夫卡仍開始寫信向菲莉絲求婚，但同時又糾結地自曝其短，列舉自己不適合結婚的諸多理由。日記裡呈現了不少這樣的糾結。在結婚事宜上，兩人也展開了漫長而膠著的討論。值得一提的是，卡夫卡在八月首次向父親宣布自己打算結婚的事，這對他而言無疑具有重大意義。

二月十一日。在校對〈判決〉時我寫下了我在這個故事裡明白了的所有關聯，就我目前所記得的。這是必要的，因為這篇故事從我體內誕生，就像真正的分娩一樣覆蓋著穢物和黏液，而只有我能把手伸進體內，也只有我有興趣這樣做：

那個朋友是父子之間的連結，是他們最大的共同點。獨坐在窗前，葛奧格興致盎然地在這個共同點裡翻找，認為父親就在他身上，認為一切都很祥和，除了轉瞬即逝的一點愁緒。接著，這個故事的發展是，父親如何從他們的共通點、從那個朋友身上走了出來，和葛奧格相對，成為對比，其他比較小的共通點也使得父親更為強勢，亦即對母親的愛與依戀，對她的忠誠回憶，還有父親最初替生意爭取到的顧客。葛奧格一無所有；他的未婚妻在故事裡就只存在於他和那個朋友的關係裡，亦即存在於他和父親之間的共通點。

由於婚禮尚未舉行，她無法踏進圍著父與子的血緣圈，很容易被父親趕走。共通點是圍著父親而疊起來的一切，在葛奧格的感覺裡那就只是種陌生的東西，變得獨立的東西，從不曾被他好好保護，受到俄國革命的威脅，而只因為他所擁有的就只是投向父親的目光，那個把他完全阻絕於父親之外的判決才會對他產生這麼強烈的作用。

葛奧格（Georg）有五個字母，和法蘭茲（Franz）一樣。本德曼（Bendermann）中的 Mann 只是為了強調 Bende，為了這個故事所有尚且未知的可能性，而 Bende 和 Kafka 的字母數目相同，而且兩個名字當中的母音都在同一個位置重複出現。

弗麗妲（Frieda）和菲莉絲（Felice）的字母數目相同，第一個字母也相同，布蘭登費德（Brandenfeld）和包爾（Bauer）的第一個字母相同，而 Feld 一字意為「田野」，和意為「農人」的 Bauer 在意義上也有所相關。甚至於想到柏林這件事可能也有點影響，而對布蘭登堡的回憶或許也起了作用。

二月十二日。在描述那個朋友時，我常想起史托耶[1]。寫完這篇故事大約三個月後，我湊巧遇到他，他告訴我他在大約三個月前訂婚了。

昨天我在威爾屈家裡朗誦了這篇故事之後，他父親出門去了，等他回來，他特別稱讚故事裡的生動描述。他伸直了手說：「這個父親在我眼前栩栩如生」，一邊就只看著剛才聽我朗誦時所坐的椅子。

妹妹說：「那是我們住的公寓。」我訝異於她誤解了故事的背景，說道：「假如是這樣，父親豈不是得住在廁所裡了。」

二月二十八日。一個下雨的秋日早晨，恩斯特．李曼[2]在一趟出差旅行時抵達君士坦丁堡，

1 史托耶（Otto Steuer）是卡夫卡的中學同學。
2 〈恩斯特．李曼〉（Ernst Liman）是卡夫卡一篇未完成的故事。

按照他的習慣——這已經是他第十次到此地出差——，沒有先去處理別的事，就先搭車前往他一向住得很滿意的那間飯店，一路上穿過空蕩蕩的街道。天氣偏涼，濛濛細雨飄進車裡，他氣惱他這一年出差旅行全都碰到壞天氣，把車窗拉高，倚在角落裡，打算在大約十五分鐘的車程裡睡一覺。可是由於車子剛好經過商業區，他不得安寧，街上小販的吆喝，貨車的隆隆聲，還有那些如果沒去深究就不明白其意義的噪音，例如一群人的拍手聲，都干擾了他原本的熟睡。

到了他這趟車程的目的地，一件掃興的意外等待著他。君士坦丁堡不久前發生過一場大火，李曼在旅途中也讀到了相關報導，而他習慣住的那家「金斯頓飯店」幾乎被這場大火夷為平地，車伕當然曉得，但是他對乘客漠不關心，照樣按囑咐開車前往，一聲不吭地把他載到了被燒毀的飯店。這時車伕冷靜地從駕車的座位下來，原本還打算卸下李曼的行李，若非李曼抓住了他的肩膀，搖了搖他，於是車伕自然沒去動行李，但是動作慢吞吞的，彷彿不是李曼不讓他這麼做，而是他自己改變了主意。飯店的一樓尚有一部分保存下來，上方和四面搭了木棚，勉強還能住人。一張告示用土耳其文和法文寫著這家飯店不久之後就會重建得更加新穎美觀。然而，重建的唯一跡象是有三名按日計酬的工人在工作，用鐵鍬和鋤頭把瓦礫堆在一邊，再裝上一部小型手推車。

後來發現，在這個廢墟裡住著飯店的部分員工，他們由於這場大火而失去了工作。當李曼的車子停下來，一位身穿黑色禮服外套、繫著鮮紅領帶的先生也立刻就跑出來，向李曼述說失火的事。李曼悶悶不樂地聆聽，那位先生一邊述說，一邊把細長鬍子的末稍纏在手指上，只有當他要指出起火的地點，說明火勢如何蔓延、一切最後如何崩塌時才抽開手指。在聽取這整個故事時，李曼的目光幾乎不曾從地面上移開，手也始終握住車門把手不放，他正打算要向車伕喊出另一間飯店的名稱，要車伕載他前往，這時那個身穿禮服的男子舉起了手臂，請求他不要去別家飯店，而繼續當這家飯店的忠實顧客，既然他在這裡一向都住得很滿意。雖然這多半只是空泛的客套話，不可能有誰記得李曼，而李曼也幾乎沒有認出他在門窗裡瞥見的任何一個男性或女性員工，但是身為喜歡老習慣的人，他還是問了一聲，眼前他要如何繼續當這家被燒毀的飯店的忠實顧客。這時他得知——聽到這個過份的要求他忍不住笑了——飯店特別為了老主顧在私人住宅裡準備了舒適的房間，李曼只需要吩咐一聲，馬上就會有人帶他過去，那地方就在附近，不會耽誤他的時間，房價也特別低廉，一方面是出於飯店的好意，二方面是一種補償，雖然所提供的維也納風味餐可能更為可口，服務也更加周到，比起從前那家在某些方面其實有所不足的「金斯頓飯店」。

「謝了」，李曼說著就上了車。「我在君士坦丁堡只停留五天，我才不要為了這麼短的時間而去適應一所私人住宅，不，我要去住一家飯店。不過，等明年我再來的時候，如果你們的飯店已經重建，我就一定只會在你們這裡投宿。請見諒！」李曼想把車門拉上，此時那位飯店代表握住了門把。「先生！」此人出聲央求，並且抬頭仰望著李曼。「放手！」李曼喊道，搖著車門，向車伕下達命令：「到皇家飯店。」可是不知道是車伕沒有聽懂，還是在等待車門關上，總之他端坐在車伕座位上像一尊雕像。而飯店代表卻無論如何不鬆開車門，甚至拚命向一個同事使眼色，要他過來幫忙。他尤其對某個女孩抱著很大的期望，一再喊道「芬妮！芬妮啊！芬妮究竟在哪裡？」門窗旁邊那些人朝著屋子內部轉過身去，七嘴八舌地喊著，只見他們從窗邊跑過去，大家都在找芬妮。

此人之所以有勇氣阻止他搭車離去顯然就只是由於飢餓，李曼本來大可以把他從車門邊推開——對方也明白這一點，所以根本不敢看著李曼——，但是李曼在旅途中已經有過太多次不愉快的經驗，不會不知道人在異鄉千萬要避免引起騷動，哪怕自己再怎麼有理，因此他冷靜地再度下車，暫時不去理會那個死命拉著車門的人，走向車伕，重複了他的交代，明確地下令迅速駛離此地，然後走到車門旁邊那個男子身旁，看似尋常地抓住對方的手，但暗中使勁捏緊其手腕，使得那人大喊一聲「芬妮」，幾乎跳了起來，鬆開了握住車門把手的手指，那一聲叫喊既是命令，也是疼痛的爆發。

「她就要來了！她就要來了！」所有在窗邊的人齊聲喊道，同時一個笑著的女孩半偏著頭從屋裡跑出來，跑向這輛馬車，一雙手還擱在剛剛整理好的頭髮上。「趕快上車！要下大雨了。」

她喊道，一邊抓住李曼的肩膀，把她的臉湊近他的臉。「我是芬妮」，她小聲地說，雙手撫摸著他的肩膀。

「這些人對我倒是並沒有惡意」，李曼心想，笑看著那個女孩，「可惜我不再是年輕小伙子，不做沒把握的冒險。」「這想必是弄錯了，小姐」，他說，轉身面向他的馬車，「我既沒有叫妳來，也不打算和妳一起搭車離開。」從車子裡他還又加了一句：「妳別再白費力氣了。」

可是芬妮已經一腳踩在踏板上，雙臂在胸前交叉，說道：「為什麼你不願意讓我給你介紹一個住處？」李曼厭倦了自己在這裡受到的糾纏，從車裡探出身子對她說：「請不要再用多餘的問話來耽擱我的時間！我要搭車到飯店去，事情到此為止。把妳的腳從踏板上放下來，否則妳就會有危險。車伕！前進！」——「停！」女孩喊道，這會兒認真地想要跳上車。李曼搖搖頭站起來，用他矮壯的身體擋住了整扇車門。女孩試圖把他推開，也用上了頭部和膝蓋，車子在可憐的彈簧上開始搖晃，李曼缺少真正的支撐。「為什麼你不想帶我一起走？為什麼你不想帶我一起走？」女孩再三地說。

雖然這女孩力氣很大，李曼本來還是能夠把她推開，無須特別對她施加蠻力，可是那個身穿禮服的男子一個箭步趕過來，從後面托住芬妮。相對於李曼客氣的抵抗，此人使出了全力，試圖把女孩推上車，而先前他卻像是把事情交給了芬妮，表現得很冷靜，直到他看見芬妮在搖晃。感覺到背後有了助力，她也果真擠進了車裡，拉上了車門，同時車門也從外面被人推上。她像是自言自語地說「這下好了吧」，先是匆匆整理了一下上衣，再好好整理了一下頭髮。「這太過份了」，李曼跌回他的座位，向坐在他對面的女孩說。

五月二日。重新開始寫日記是必要的。我不安的腦袋，菲莉絲，辦公室裡的崩潰，身體的情況不允許我寫作，內心卻有寫作的渴望。

瓦莉跟在我妹夫後面出了家門，他明天將前往喬爾特基夫[1]接受軍事訓練。這番跟隨表現出她承認自己徹底接受了婚姻這個機制，這令人玩味。

園丁女兒說的故事前天打斷了我的工作[2]。我想藉由勞動來療癒我的神經衰弱，卻得聽她說起她哥哥的故事，他名叫楊，是原來的園丁，預定要接替年邁的德沃斯基，甚至已經擁有那座花園，但他在兩個月前由於憂鬱而服毒自盡，享年才二十八歲。夏天時他的情況還不錯，雖然他生性孤僻，至少還得和顧客打交道，可是冬天裡他就完全不跟人來往。他的情人是個公務員，是個和他一樣憂鬱的女孩。他們經常一起到墓園去。

1　喬爾特基夫（Tschortkov）位於現在的烏克蘭，當時屬於奧匈帝國。
2　卡夫卡從一九一三年四月初開始在園丁德沃斯基（Dvorský）的園圃裡工作，想藉由體力勞動來促進身心健康。

意第緒語劇團演出時，身形巨大的瑪拿西。他和著音樂的動作中具有一種魔力，使我入迷。我忘了那是什麼。

今天當我告訴母親我將在聖靈降臨節前往柏林[3]，我發出了傻笑。「你為什麼笑？」母親說（她還說了些別的，像是「互許終身前要慎重」，但我全都閃躲了，回以「沒這回事」之類的話。）「出於尷尬」，我說，慶幸自己在這件事情上總算說了一句真話。

昨天和貝利小姐[4]碰面。她平靜、滿足、自在、明朗，雖然在這幾年裡她已經成了老媼，當年就已經顯得累贅的豐滿不久之後就將達到因不育而肥胖的極限，走路時把肚子往前推，或者應該說是往前搬，下巴上——匆匆一瞥之下就只在下巴上——從前的汗毛長成了鬈曲的鬍鬚。

五月三日。我的內在生命不穩定得令人害怕。

我解開背心的鈕釦，讓B先生看我身上的疹子。我使個眼色，請他到隔壁房間。

丈夫被一根木樁——沒有人知道它是從哪兒來的——從背後擊中，被擊倒，被刺穿。他倒在地上，抬起頭、張開雙臂，發出哀嚎。後來他勉強搖搖晃晃地站起來，沒有別的話說，就只知道

3 卡夫卡此行是去拜訪菲莉絲・包爾。

4 曾在卡夫卡家裡擔任家庭女教師的路易絲・貝利。

說他如何被擊中，指著那根木樁飛過來的大致方向。這番一再重複的敘述已經令妻子厭煩，尤其是此人每次都指著不同的方向。

五月四日。一直想像著一把切燻肉的刀子，以機器的規律從側面迅速切進我的身體，切出薄薄的橫斷面，由於刀法快速，一片片幾乎捲起來飛了出去。

一天清晨，街道上放眼望去空無一人，一個男子打開了大街上一棟出租樓房的大門，他光著腳，只穿著睡衣和長褲。他緊緊抓住左右兩片門扇，深深吸了一口氣。「不幸啊，該死的不幸」，他說，看似平靜地先沿著街道看去，再望向幾棟屋子。

此處也一樣絕望。無處容身。

五月二十四日。和皮克一起散步。得意忘形，因為我認為那篇〈司爐〉[1]寫得真好。晚上我朗誦給爸媽聽，父親十分不情願地聆聽，最好的批評家莫過於在他面前朗誦的我。在許多平淺的段落之後是不可測的深淵。

六月五日。平庸的文學作品所取得的內在優勢，如果作者仍然在世，並且在它們後面亦步亦

---

1 卡夫卡的短篇故事《司爐》（*Der Heizer*）於五月底在「庫特．沃爾夫出版社」出版，他在二十四日這一天收到首印的幾冊。這篇故事同時也構成卡夫卡未完成的長篇小說《失蹤者》的第一章。

趨。老去的真實意義。

勒維，穿越邊界的故事。

六月二十一日。我在各方面所承受的焦慮。在醫生那裡接受檢查，他立刻就咄咄逼人，我簡直是把自己掏空，讓他在我體內夸夸其談，輕蔑而且不加辯駁。

我腦中的驚人世界。可是要如何使我自由，也使我腦中的世界自由，而不至於撕裂。但我千倍萬倍寧願撕裂，也不要把它留在我腦中或是將之埋葬。我就是為此而生，這一點我非常清楚。

在一個寒冷的春天早晨，時間將近五點，一個高大的男子身穿長及腳踝的大衣，用拳頭去敲一間小屋的門，小屋座落在一片光禿禿的丘陵地上。每敲一聲，他就豎耳傾聽，小屋裡始終靜悄悄的。

七月一日。渴望著全然的孤獨。就只面對我自己。也許我在里瓦[2]將能擁有。

大前天和《槳帆船》的作者魏斯[3]碰面。他是猶太裔醫生，是最接近西歐猶太人的那種猶太人，因此立刻就讓我感到親切。基督徒就擁有這種驚人的優勢，在一般的人際往來中始終享有這

2 里瓦（Riva）位在義大利北方加爾達湖畔，卡夫卡計畫在九月前往該地度假。

3 魏斯（Ernst Weiß, 1882-1940），奧地利醫生兼作家，《槳帆船》（*Galeere*）是他的第一本小說，於一九一三年出版。

種親切感，例如信奉基督教的捷克人在信奉基督教的捷克人之中。

度蜜月的新婚夫妻從「薩克斯飯店」走出來。時間是下午。把卡片投進郵箱。揉皺的衣服，慵懶的步伐，不冷不熱的陰沉下午。乍看之下沒有什麼特色的臉孔。

電影畫面。在伏爾加河畔的雅羅斯拉夫爾慶祝羅曼諾夫王朝三百週年。沙皇，公主們悶悶不樂地站在陽光下，只有一個看著前方，她上了年紀、柔弱無力、拄著陽傘。皇儲由一個沒戴帽子的高大哥薩克騎兵牽著。——在另一個畫面裡，一群早已從旁經過的男子在遠處行軍禮。

電影《黃金的奴隸》畫面中的百萬富翁。想牢牢牢記住他。那份平靜，動作緩慢而目標明確，必要時加快腳步。手臂的抽搐。富有、驕奢、麻木，但是眼看他像個僕人一樣一躍而起，去檢查森林酒館裡他被關進去的那個房間。

七月二日。那篇法庭報導使我淚下，關於一個名叫瑪莉·亞伯拉罕的二十三歲女子，由於貧苦和飢餓，她解下充當襪帶的一條男士領帶，勒死了她將近九個月大的孩子芭芭拉。屢見不鮮的故事。

我在浴室裡熱情地表演電影中的一個滑稽場面給妹妹看。為什麼在陌生人面前我永遠做不到？

我絕對不會娶一個和我住在同一座城市裡一年之久的女孩。

七月三日。藉由結婚來擴展生命並提升生命。講道辭令。但是我幾乎感覺到了。

當我說些什麼，說過的話馬上就徹底失去了分量，如果我把它寫下來，它也一樣會失去分量，但偶爾會得到新的分量。

一串金色珠子繫在曬黑的脖子上。

七月十九日。四個手持武器的男子從一棟房子走出來。每個人都拿著一把長柄斧豎在前方。偶爾有一個人轉過頭去，看看他們為了他而站在這裡的那個人是否來了。時間是清晨，街道上空無一人。

你們想怎麼樣？來吧！——我們不想。別管我們！

內心為此所耗費的力氣！因此從咖啡館裡傳出來的音樂才會這樣聲聲入耳。艾莎·B[1]所敘述的投擲石頭變得肉眼可見。

一個女子坐在紡紗用的捲線桿旁邊。一個男子用一把未出鞘的劍推開了門（他把劍拿在手

1 艾莎·B係指布羅德的新婚妻子，亦即前文中多次提及的陶席希小姐，兩人在一九一三年二月二日結婚。

裡）。

男子：他來過這裡！

女子：誰？你們想做什麼？

男子：那個偷馬賊。他就藏在這裡。不要否認！（他揮動那把劍。）

女子：（把捲線桿舉起來自衛）沒有人來過。別煩我！

七月二十日。幾艘小船停泊在下方的河上。漁夫扔出釣竿，天氣陰沉。幾個小伙子雙腿交叉，倚著碼頭的欄杆。

當眾人為了歡送他們啟程而站起來，並且舉起了香檳酒杯，已經是黃昏了。雙親和幾個前來參加婚禮的賓客送他們上車。

七月二十一日。不要絕望，也不要為了你不感到絕望而絕望。就算一切似乎都到了盡頭，總還是會有新的力量源源而來，這就表示你還活著。如果新的力量沒有來，那麼一切就徹底到了盡頭。

我無法睡覺。只作夢，無眠。今天我在夢裡替一座陡峭的公園發明了一種新型交通工具。拿一根樹枝，不需要特別結實，把它斜撐在地上，一端握在手中，盡可能輕輕地坐上去，就像斜坐上女士用的馬鞍，這根樹枝自然就會滑下斜坡，由於你坐在樹枝上，就會被一起帶著走，在全速滑行中在那富有彈性的樹枝上愜意地擺盪。之後也能找到利用這根樹枝往上坡行駛的方式。除了簡單，這個裝置的主要優點在於樹枝細而靈活，可以視需要壓低或抬高，因此能通過任何地方，包括一個人只靠自己難以通行的地方。

被一條套住脖子的繩索拉著，從一棟房屋一樓的窗戶被拉進去，毫不體恤，像是被一個粗心大意的人拉著，穿過所有的天花板、家具、圍牆和閣樓，血肉模糊，直到那個空繩圈在屋頂出現，它在衝破屋瓦時把我的殘骸也弄丟了。

特別的思考方式。被感覺滲透。一切感覺都化為思想，即使是在最不確定的事情上。（杜斯妥也夫斯基）

內心這個轆轤。一個小鉤子往前挪，隱藏在某處，在最初那一瞬間幾乎難以察覺，而整組裝置就已經動了起來。聽命於一種無法理解的力量，就像時鐘聽命於時間，喀嚓聲此起彼落，所有的鍊條一條接一條叮叮噹噹地按照既定的路線往下移動。

歸結關於結婚一事的所有利弊：

一、無力獨自忍受生活，倒不是沒有能力生活，而是我可能完全無法懂得如何和別人一起生活，但是我又沒有能力獨自承受生活帶給我的衝擊、我個人的一些要求、時間與年齡的刺激、隱隱湧現的寫作欲望、失眠、瀕臨瘋狂——我無法獨自承受這一切，當然我會加上一句這只是也許。和菲莉絲[1]結合能讓我的生存獲得更多的抵抗力。

二、一切都能讓我立刻陷入思考，笑話版上的每一個笑話、想起福婁拜和格里帕策、看見爸媽的睡衣在就寢前鋪好的床上、馬克斯的婚姻。昨天我妹妹說：「所有已婚的人（在我們認識的人當中）都很幸福，我真不懂。」她這句話也讓我沉思，我又開始感到害怕。

三、我必須花很多時間獨處。我的成就全來自於獨處。

四、所有與文學無關的東西我都厭惡，與人交談讓我覺得無聊（即使談的是文學），去拜訪別人也讓我覺得無聊，親戚的煩惱和喜悅尤其讓我覺得無聊透頂。交談使我所想的一切失去了分量、嚴肅和真實。

五、害怕結合，害怕跨越，因為那樣我就再也無法獨處。

六、不同於在其他人面前，我在妹妹們面前往往判若兩人，尤其是從前。無所畏懼、袒露自我、堅強、出人意料、容易激動，除此之外我只有在寫作時才是這個樣子。假使有妻子作為媒介，我能在所有人面前都是這個樣子！可是這會不會將我抽離了寫作？這可不行，這可不行！

1　卡夫卡在日記中提到菲莉絲·包爾時常常只用F來表示，為求清楚，在譯文中就直述其名。

七、如果是隻身一人，也許有一天我真能放棄我的職位。結了婚就永遠不可能了。

在我們班上，阿瑪里恩文理中學五年級，有一個男孩名叫弗里德里希．古斯，大家都很討厭他。當我們早上來到班上，看見他坐在火爐旁他的座位上，我們簡直無法理解他怎麼能夠打起精神再到學校來。但是我這樣說並不正確。我們討厭的不只是他，而是所有的人。我們是可怕的一群。有一次，地區督學來旁聽我們的一堂課——那是堂地理課，老師描述摩里亞半島，眼睛看向黑板或窗戶，就跟我們所有的老師一樣——

那是開學第一天，已經接近傍晚。高中部的老師還坐在會議室裡，在熟悉學生名冊，編製新的點名簿，聊聊他們假期中的旅行。

我這個可悲的人！

只要好好鞭策那匹馬！讓馬刺慢慢扎進去，再猛地抽出來，接著用盡全力把它刺進肉裡。

何等的困境！

我們當時瘋了嗎？我們在夜裡奔跑著穿過公園，一路揮動著樹枝。

我乘著一艘小船駛進一個小小的天然海灣。

讀中學時，我偶爾會去拜訪一個名叫約瑟夫．馬克的人，他是我已逝父親的朋友。在我中學畢業之後——

胡戈．賽佛特在讀中學時偶爾會去拜訪一個名叫約瑟夫．基曼的人，那是個上了年紀的單身漢，是他已逝父親的朋友。後來胡戈意外獲得去國外工作的機會，必須馬上赴任，從而離開家鄉多年，這些拜訪就戛然而止。等他再度返鄉，雖然有意去探望這位老人，卻找不到機會，也可能是這種拜訪已經不合乎他改變了的看法，儘管他常常走過基曼所住的那條街，甚至有好幾次看見老人倚在窗前，說不定也瞧見了他，他還是沒去拜訪。

一事無成。虛弱，自我毀滅，地獄之火的火舌穿透了地面。

七月二十三日。和菲利克斯一起去羅斯托克，女人漲裂的性慾。她們天生的淫穢。和小蕾娜的戲耍對我而言沒有意義。看見一個胖婦人，她坐在藤椅上縮成一團，一隻腳引人注目地往後縮，一邊縫紉，一邊和一個老婦人聊天，那個老婦人大概是個老小姐，嘴巴一側露出來的牙齒顯得特別大。孕婦的活力和精明。她的臀部均勻地分成兩片，簡直像是磨出的光面。在那座小露台上的生活。我冷冷地把那個女孩抱在懷裡，一點也沒有因為自己的冷漠而覺得不快。「寂靜谷」的上坡路。

從店鋪敞開的門看見一個錫匠坐著工作，他一直用鐵鎚敲敲打打，多麼孩子氣。

羅斯科夫[1]《魔鬼的歷史》：如今的加勒比人把「在夜裡工作的人」視為這個世界的創造者。

八月十三日。也許一切都到了盡頭，而我昨天寫的那封信就是最後一封。這樣肯定最好。我將受的折磨，她將受的折磨——都無法和我們將一起受到的折磨相提並論。我將會慢慢恢復，她將會結婚，這是活著的人唯一的出路。我們倆無法替自己在山壁裡鑿出一條路來，花了一年的時間為此哭泣而折磨自己，這已經夠了。從我最後那幾封信裡她將能夠明白這一點。如果她不明白，那麼我肯定會和她結婚，因為我太軟弱，無法抗拒她對於我們共組幸福的想法，也無法不盡我所能地去實現她認為可能的事。

昨晚在貝維德雷山丘的星空下。

八月十四日。相反的情況發生了。來了三封信。最後一封我抗拒不了。我愛她，就我能力所及，但是愛情被埋在恐懼和自責之下即將窒息。

1 羅斯科夫（Gustav Roskoff, 1814-1889），奧地利神學家，《魔鬼的歷史》（*Die Geschichte des Teufels*）為其主要著作，描述人類文化史上對魔鬼的想像。

我從〈判決〉這篇故事得出的結論。間接多虧了她我才能寫出這篇故事。葛奧格卻因為他的未婚妻而走向毀滅。

性交是對幸福廝守的懲罰。儘可能過禁慾的生活，比單身漢更加禁慾，這對我來說是忍受婚姻的唯一辦法。可是對她來說呢？

撇開這一切不談，假如我和菲莉絲完全平等，假如我們擁有相同的前景和機會，我將不會結婚。可是我把她的命運緩緩推進了這個死巷子，使得此事成了我無法逃避的義務，就算這份義務並非一目了然。人際關係的某種神祕法則在此起了作用。

寫給她父母的信很難下筆，尤其是因為一份在格外不巧的情況下擬成的草稿久久不願被改動。不過，今天我大致成功了，至少信中沒有不實之處，但仍然是她父母能夠閱讀並理解的。

八月十五日。拂曉時分在床上苦惱不已。認為縱身跳出窗外是唯一的解決辦法。母親來到床邊，問我那封信是否已經寄出[1]，是不是我原先寫的內容。我說是原先的內容，只是更加尖銳。她說她不了解我。我答道她當然不了解我，而且不只是在這件事情上。後來她問我是否會給阿弗瑞德舅舅寫信，說我應該要寫信給他。我問我為什麼應該寫信給他。母親說他拍了電報給你，寫

1 指的是卡夫卡寫給菲莉絲爸媽的信。

了信給你，他對你一片好意。「這些都只是表面」，我說，「他對我全然陌生，徹底誤解了我，他不知道我想要什麼、需要什麼，我跟他沒有任何關係。」──「所以說，沒有人了解你」，母親說，「我對你來說大概也是陌生的，你父親也一樣。我們全都只想要害你。」──「沒錯，你們對我來說都是陌生的，就只有血緣存在，但是這份血緣關係沒有顯現出來。你們肯定並沒有想要害我。」

透過這個和另外幾個自我觀察，我開始相信在我內心日益增強的堅決和信念裡有著機會，也許能使我經得起婚姻的考驗，甚至能把這樁婚姻導向有利於我天職的發展。當然，這幾乎可說是我已經爬上窗台時所抓住的信念。

我將把自己和所有人隔絕，直到全然麻木。和所有人為敵，不和任何人說話。

那個黑眼睛、眼神嚴肅的男子把一疊舊大衣扛在肩上。

里歐波德．S，高大強壯的男子，動作笨拙，黑白格紋的衣服鬆垮起皺，急急從右邊的門走進一個大房間，把雙手一拍，喊道：菲莉絲！菲莉絲！

他沒有稍待片刻，等待他的呼喚產生效果，就急急走到中間那扇門，打開門，又喊著：「菲莉絲」。

菲莉絲．S，從左邊的門走進來，停在門邊，一個四十歲的婦人，穿著烹飪用的圍裙：我已經在這兒了，里歐。最近你變得緊張兮兮的！你想要什麼？

里歐波德猛地轉身，然後站住不動，咬著嘴唇：嗯，到這兒來！他走向沙發。

菲莉絲沒有移動：快點說！你想要什麼？我還得回廚房去。

里歐波德從沙發上說：別管廚房了！到這兒來！我有重要的事要跟妳說。這是值得的。快過來！

菲莉絲緩緩走過去，邊走邊把圍裙的吊帶往上拉：到底什麼事這麼重要？如果你是在耍我，我就要生氣了，我是說真的。她停在他面前。

里歐波德：妳坐下來吧！

菲莉絲：如果我不想呢？

里歐波德：那我就不能告訴妳。妳得要靠我很近才行。

菲莉絲：好吧，我這就坐下了。

八月二十一日。今天我拿到了《齊克果日記》。一如我的預感，他的情況和我非常相似，儘管有根本上的差異，至少他和我位在世界的同一邊。他像個朋友一樣支持了我的想法。我草擬了下面這封信給她父親，如果我能鼓起力量，就會在明天寄出。

「您猶豫著沒有回覆我的請求，這完全合情合理，每一個父親在面對女兒的追求者時都會這麼做，因此，這並非我寫這封信的原因，頂多是增加了我的希望，希望這封信能得到冷靜的評估。而我寫這封信是由於害怕，怕您的猶豫或考量主要是基於一般的理由，而非基於我第一封信裡可能洩露出真情的那一段，亦即談到我的職務令我難以忍受，而唯有這個理由才是必要的。

也許您會忽略這句話，但是您不該忽略，而應該仔細加以詢問，那麼我就應該簡明扼要地用下面這段話來回答。我的職務之所以令我難以忍受，是因為它不符合我唯一的渴望和天職，亦即文學。由於我就只是文學，不是別的，也不可能、不想是別的，我的職務永遠無法佔有我，卻可能把我徹底毀掉。我距離這個地步也不遠了。神經過敏的情況極糟，不斷掌控了我，而這一年來，我為了與令嬡的未來而擔憂苦惱，徹底證明了我毫無抵抗能力。您或許會問，我為什麼不放棄這個職務，為什麼——我沒有財產——不試圖靠文學創作為生。對此我只能可悲地回答我沒有力量這樣做，而以我對自身處境的了解，我將被這個職務毀掉，而且很快。

現在把我拿來和令嬡相比，這個健康、快活、自然、強壯的女孩。就算我在大約五百封信裡一再向她重申，而她一再用一句缺少說服力的「不會」來安慰我——事實仍然是我能夠預見，她和我在一起將不會幸福。我是個封閉、沉默、不合群、不滿足的人，不只是由於我的外在環境，而主要是由於我的本性，但是就我本身而言，我並不認為這是種不幸，因為這只反映出我的目標。至少從我在家裡的生活方式就能夠得出結論。在我的家人之中，我比一個陌生人還要陌生，而他們是最親切、最好不過的人。過去這幾年裡，我和母親每天的交談平均不超過二十句話，和父親幾乎除了打招呼就不曾交談。我根本不和我已婚的妹妹還有妹婿說話，雖然我對他們並沒有什麼不滿。原因單純只在於我跟他們完全無話可說。凡是文學以外的事都令我感到無聊，而我厭惡這些事，因為它們打擾了我，或是耽誤了我的時間，就算只是我主觀上這麼認為。我對家庭生活完全無感，除了當個旁觀者，這是在最好的情況下。對於親戚我也一樣無感，在訪客身上就只看見針對我而發的惡意。婚姻無法改變我，一如我的職務也無法改變我。」

八月三十日。我從哪裡能得到拯救？有多少我根本不再記得的謊言又一起被沖刷上來。如果真正的結合就像真正的告別一樣充滿了這些謊言，那麼我肯定做對了。在我自己身上，沒有人際關係就沒有明顯可見的謊言。人數有限的小圈子是純淨的。

十月十四日[1]。這條小街的一端始於教堂墓園的圍牆，另一端則始於一棟有陽台的低矮房屋。在那棟屋子裡住著退休的公務員弗里德里希．孟赫和他的妹妹伊莉莎白。

一群馬從柵欄裡衝出來。

---

1 在上一則日記和這一則日記之間，卡夫卡前往里瓦旅行。

兩個朋友在早晨出去騎馬。

「魔鬼，把我從精神錯亂中拯救出來！」一個年老的商人喊道，晚上他疲倦地躺在沙發上，此刻在夜裡必須鼓起全部的力氣才勉強從沙發上起來。依稀有人在敲門。「進來，進來，在門外的通通進來！」他喊道。

十月十五日。也許我又一次接住了自己，也許又偷偷走了一條捷徑，再度撐住了在獨處中已然絕望的我。可是這份頭痛，這種失眠！唉，掙扎是值得的，或者應該說我別無選擇。

在里瓦停留的那段時間對我意義重大。我頭一次了解了一個信奉基督教的女孩[2]，並且幾乎完全生活在她的影響之中。我沒有能力寫下我想留在記憶裡的關鍵事物，我的軟弱寧可使我昏沉的腦袋清楚而空洞，只為了保護自己，盡可能把那份混亂擠到邊緣。但我幾乎更喜歡這種狀態，比起那模糊不清的壓力，要從中解脫會需要用一把鐵鎚先把我敲碎，而能否解脫仍未可知。

嘗試寫信給魏斯未果。而昨天躺在床上時，那封信就在我腦中沸騰。

坐在電車一角，用大衣裹住自己。

2　卡夫卡在里瓦時愛上了同住在一間療養院裡的一個十八歲瑞士女孩，在之後的日記裡他稱她為 W 或是 G. W.。

前往里瓦途中遇見的G教授。德裔波希米亞的鼻子腫脹泛紅，讓人想到死神，臉上長著面皰，面容瘦削，缺乏血色，金色的絡腮鬍。著了魔似地貪吃好飲。大口喝下熱湯，咬下煙燻香腸的最後一截，沒有剝掉外皮，還去舔一舔，一本正經地牛飲已經微溫的啤酒，鼻子周圍冒出汗水。即使再貪婪地去看、去聞，也無法嚐盡他令人作嘔之處。

那棟屋子的大門已經關上。三樓有兩扇窗戶亮著燈，五樓也有一扇窗戶亮著燈。一輛車停在屋前。一個年輕人走到五樓那扇亮著的窗前，開窗俯視下方的街道。在月光裡。

夜已經深了。那個大學生再也無心繼續用功。那也根本沒有必要，這幾個星期以來他真的進步良多，現在大可以稍微休息一下，減少在夜裡苦讀的時間。他闔上書本和筆記，整理一下那張小桌子上所有的東西，打算脫了衣服上床睡覺。他湊巧看向窗戶，看見那輪明亮的滿月，頓時起了個念頭，想在這個美好的秋夜裡再去散散步，也許在哪裡喝杯黑咖啡來提神。他熄了燈，拿起帽子，打開通往廚房的門。平常他並不在乎自己要出門時總是得穿過廚房，況且這一點不便也使得他的房間租金便宜許多，可是偶爾，當廚房裡特別吵雜，或是當他像今天這樣在深夜裡還想出門，這件事就還是有點討厭。

萬念俱灰。今天下午在半睡半醒之中：這份痛苦終究會脹破我的腦袋，而且是從太陽穴。在這番想像中，我看見的其實是個槍傷的傷口，只是傷口邊緣有著捲起的鋸齒，就像一個被胡亂撬開的鐵罐。

不要忘了克魯泡特金[1]！

十月二十日。早晨時悲傷得無以復加。晚上讀了雅各布松[2]的《雅各布松事件》。書中展現的這股力量，去生活、作出決定、興致勃勃地在合適的地方落腳。他穩坐在自己之中，就像一個優秀的划船手坐在船上，不管是他自己的船還是任何一艘船。我想寫信給他。

但我沒有寫信，而出去散步，遇見了哈斯，在交談中抹去了先前所吸收的一切感受，女人令我興奮，此刻我在家裡讀〈變形記〉[3]，覺得寫得很差。也許我真的迷失了，今天早晨的悲傷將會再度襲來，我將抗拒不了多久了，它奪走了我所有的希望。我甚至提不起興致來寫日記，也許是因為已經缺了太多，也許是因為我始終都只能描述一半的行為舉止，顯然也不得不只描述一半，也許是因為就連寫作都增添了我的悲傷。

1 克魯泡特金（Peter Krapotkin, 1842-1921），出身貴族的俄國革命家，也是博學的學者與哲學家，致力於提倡無政府共產主義。他寫的《革命者回憶錄》是卡夫卡喜愛的讀物。

2 雅各布松（Siegfried Jakobsohn, 1881-1926），猶太裔德國記者，十五歲就立志成為劇評家，也是威瑪共和時期著名政論雜誌《世界舞台》（*Die Weltbühne*）的發行人。《雅各布松事件》記述了他二十一歲到二十四歲的那段人生。

3 卡夫卡的〈變形記〉寫於一九一二年十一月、十二月。

我很想寫W會喜歡的童話（為什麼我這麼討厭這個詞？），她能在吃飯時偷偷拿在桌子底下，趁休息時間閱讀，並且羞紅了臉，當她發現療養院的醫生已經在她背後站立多時並且觀察著她。她在述說時偶爾流露的興奮，其實她在述說時總是興奮。

（我發現我害怕回憶時那種幾乎是生理上的吃力，害怕那份痛苦，在這份痛苦之下，腦中那個了無思緒的空間的底部緩緩打開，或者只是先稍稍隆起。）一切都抗拒著被寫下來。假如我知道原因在於她曾命令我不准提起她（我嚴格地遵守了這個命令，幾乎不費吹灰之力），那麼我就能心安理得，但是原因就只在於我的無能。此外，今天晚上我花了很長的時間去思索，認識W使我損失了那個俄國女子可能帶給我的歡愉，本來她也許會在夜裡讓我進她的房間，這並非不可能，我的房間就在她房間的斜對面。對於這個念頭我該有什麼想法？晚上我和W的溝通方式則是以一種我們始終沒有徹底討論過的敲擊語言去敲我房間的天花板（我的房間就在她房間底下），得到她的回答，從窗戶探出身去，跟樓上的她打招呼。有一次讓她祈求上帝賜福於我，有一次我伸手去抓一條垂下來的絲帶，在窗台上靜坐幾個小時，聆聽她在樓上的每一個腳步，把每一聲偶然的敲擊都誤以為是一種溝通的信號，聽見她咳嗽，聽見她在入睡前歌唱。

十月二十一日。失去了一天。去林霍費爾工廠[1]訪視。埃倫費斯教授的討論課，去威爾屈那兒，吃晚餐，散步，此刻是晚上十點。我一直想著那隻黑色甲蟲[2]，但是我不會去寫。

在一個小漁港裡，一艘平底小船在為出航作準備。一個穿著燈籠褲的年輕人在監督，兩個老水手把麻袋和木箱扛到泊船棧橋上，一個高大的男子叉開雙腿在棧橋上接過這些東西，再交給從船身昏暗的內部伸出來的一雙手，這雙手的主人不知道是誰。在環繞碼頭一角的大塊方石上，五個男子半坐半躺，抽著菸斗，把煙吐向四面八方。穿燈籠褲的年輕人偶爾會朝他們走過來，和他們交談，拍拍他們的膝蓋。通常會有人從一塊石頭後面拿出一壺放在陰涼處保存的葡萄酒，一杯濃濁的紅酒在這幾個男子之間傳遞。

十月二十二日。太遲了。愛情與悲傷的甜蜜。在小船上她對我微笑。那是最美好的事。一心只渴望死去，卻還苦苦撐著，這才是愛。

昨天的觀察。對我而言最合適的情況：聆聽兩個人的談話，他們在談一件與他們切身的事，而這件事跟我只有一點點關係，而且我對這件事的興趣完全沒有私心。

---

1 林霍費爾工廠（Ringhoffer Werke）位於布拉格近郊，生產軌道列車車廂及各種工廠機具，是當時奧匈帝國的大型企業，卡夫卡是由於工作所需而前去訪視。

2 係指他的〈變形記〉。

十月二十六日。家人坐下來用晚餐。透過沒拉上窗簾的窗戶，看進熱帶的夜晚。

「我究竟是誰？」我質問自己，從沙發上坐直了，先前我抬高了膝蓋躺在沙發上。從樓梯間直接通到我房間的那扇門打開了，一個年輕人走進來，他沉著臉，帶著審視的目光。在這個窄仄的房間裡，他盡可能繞過沙發，停在窗邊陰暗處的一個角落。我想弄清楚這是個什麼幻象，走過去，抓住了他的手臂。這是個活生生的人。他比我矮一點，微笑著仰頭看著我，輕鬆自在地點點頭，說「您儘管檢查我吧」。這份輕鬆自在本來應該足以使我確信他是真人，但我還是一隻手從前面抓住他的背心，另一隻手從後面抓住他的外套，搖晃著他。他那條美麗的金色錶鍊引起我的注意，我抓住它，扯了下來，把原本固定錶鍊的鈕釦孔給扯破了。他容忍我這樣做，只是低頭看著受損的地方，徒勞地試圖把背心鈕釦固定在被扯破的鈕釦孔裡。「你做了什麼好事？」最後他說，把背心指給我看。「安靜點！」我恐嚇他。

我開始在房間裡走來走去，從步行變成小跑，從小跑變成疾馳，每次我從他身邊經過，就朝他舉起拳頭。他根本沒有看著我，而在弄他的背心。我覺得自由自在，單是我的呼吸就以非比尋常的方式在進行，我的胸膛感覺就要像個巨人般鼓脹起來，只是被衣服妨礙了。

好幾個月以來，年輕的會計威廉·曼茲就有意向一個女孩攀談，他早上在上班途中經常在一

「我究竟是誰？」

威廉·曼茲

條很長的街上遇見她，有時在這個地點，有時在那個地點。他已經認命地接受他不會採取行動，因為在女性面前他很難下定決心，而早晨也不是和一個匆忙趕路的女孩攀談的好時機，而湊巧在一天晚上（那是聖誕節期間），他看見這個女孩走在他前面。「小姐」，他說。她轉過頭來，認出了她每天早晨都會遇見的這個男子，目光在他身上稍作停留，但並未停下腳步，由於曼茲沒有再說什麼，她就又轉頭面向前方。那是在一條燈火通明的街上，在擁擠的人群之中，因此曼茲可以走得離她很近，而不至於引人注意。在這個關鍵時刻，曼茲偏偏想不出什麼合適的話說，但是他也不想繼續在這個女孩眼中當個陌生人，因為如此認真展開的行動，無論如何也得要繼續下去，於是他大膽地去拉女孩外套的下襬。女孩容忍了他這麼做，彷彿什麼事也沒發生。

十一月六日。這份突如其來的信心從何而來？但願它能留下！假如我能這樣從每一扇門裡走進走出，身為一個還算正直的人。只是我不知道這是不是我想要的。

我們不想讓父母知道，但是每天晚上九點過後，我和兩個表兄弟就聚在一起，在墓園柵欄邊的一個地方，那裡有個小小的土丘，視野很好。

墓園的鐵柵欄在左邊留下了一大片長滿青草的空地。

十一月十七日。夢境：在一條上坡路上，有一堆垃圾或是變硬的泥土，大約位在坡道中央，而且主要是在行車道上，從下面往上看始於左側，右邊由於剝落而漸漸低矮，左邊則高高聳立，就像籬笆的木樁。我走在右邊，那裡幾乎暢通無阻，看見一個男子騎著三輪車從下面駛來，似乎筆直地朝著那堆障礙物駛去。那個人好像沒有眼睛，至少他的眼睛看起來像兩個模糊的洞。那輛三輪車搖搖晃晃，雖然行駛得不太穩，卻沒有發出聲響，簡直是過於安靜輕鬆。我在最後一刻抓住那個人，就好像把他當成一件工具的把手，把他轉向我剛才通過的缺口。這時他倒向我，此刻的我像巨人一般高大，卻只能勉強扶住他，再加上那輛三輪車彷彿沒有了主人，於是開始倒退，並且拉著我一起，雖然速度緩慢。我們從一輛運貨馬車旁邊經過，有幾個人擠著站在車上，全都穿著深色衣服，當中有一個童子軍，戴著帽簷向外翻的淺灰色帽子。我從一段距離之外就認出了這個男孩，期望得到他的協助，但是他轉過身去，躲進那些人之中。那輛三輪車繼續往下滑，而我只能跟著往下滑，深深彎著腰，叉開雙腿，這時從那輛運貨馬車後面有人朝我走來，給我帶來了協助，但我不記得是什麼樣的協助了。我只知道對方值得信賴，此刻他彷彿藏在一塊張開的黑布後面，而我應該要尊重他的隱藏。

十一月十八日。我將再度寫作，可是如今我對自己的寫作懷有多少疑慮。基本上我是個無能又無知的人，假如不是被迫去上學（本身沒有半點功勞，也幾乎沒有察覺自己受到強迫），就只有能力蹲在一間狗屋裡，在食物送來時跳出去，吞食之後就再跳回來。

兩隻狗在一個陽光燦爛的院子裡從相反的方向朝彼此跑過去。

寫給布洛赫小姐[1]的一封信的開頭讓我傷透腦筋。

十一月十九日。閱讀日記使我心情激動。難道是因為此刻的我不再有一點自信？一切在我看來都是刻意建構出來的。別人說的每一句話，每一道偶然的目光，都翻攪著我心中的一切，就算是已經遺忘的事，根本不重要的事。我比任何時候都更加沒有把握，只感覺到生活的威力。而且我麻木空洞。我真的就像一隻夜裡在山間迷路的羊，或是像跟在這隻羊後面的羊。如此迷失，而且沒有力氣悲歎。

我故意穿過有妓女的街道。從她們旁邊走過令我興奮，這種雖然渺茫但畢竟存在的可能性，帶著其中一個走開。這是種卑鄙行徑嗎？我卻想不出更好的辦法，而且在我看來，這樣做基本上是無辜的，我幾乎不會懊悔。我只想要那些肥胖而且年紀大的，穿著舊衣服，但是由於各式各樣的裝飾而多少顯得華麗。其中一個女人可能已經認出我了。今天下午我曾遇見她，那時她還沒有換上職業服裝，頭髮還是塌的，沒有戴帽子，穿著一件像廚娘工作時穿的上衣，提著一大包東西，大概是要拿去給洗衣婦。除了我，不會有人覺得她有什麼魅力。當時我們匆匆互看了一眼。

---

1 布洛赫小姐（Grete Bloch, 1892-1944）是菲莉絲的朋友，受菲莉絲之託來調解菲莉絲和卡夫卡之間的關係。

此刻在晚上，天氣變冷了，我看見她在采特納街一條巷子的另一側漫步，穿著一件合身的黃褐色大衣。我兩度回頭看她，她也捕捉到我的目光，但是我隨即逃之夭夭。

這份不確定肯定是由於想到菲莉絲。

十一月二十日。去看電影。哭了。《洛蘿特》。好心的牧師。那部小腳踏車。父母的和解。極具娛樂效果。在這之前是一部悲劇電影《船塢的災難》，之後是比較歡樂的《終於可以獨處》。我完全空虛而且麻木，從旁駛過的電車都比我更有活著的感覺。

十一月二十一日。夢境：法國政府部門，四個男子圍坐在桌旁。正在進行一場討論。我記得坐在桌子右邊較長一側的那個人，他有一張側面扁平的臉，膚色泛黃，鼻子很直，非常突出（由於臉被壓得很扁，鼻子顯得格外突出），一撇濃密的小鬍子黑油油的，在嘴巴上方成拱形。

夢：法國政府部門

可悲的觀察，肯定又來自某種結構，其底端懸在某處的空虛之中：當我把墨水瓶從書桌上拿起來，想拿到客廳去，我感覺到自己心中的某種堅定，就彷彿一棟高大建築的稜角在霧中浮現，隨即又消失。我覺得自己沒有迷失，某種東西在我體內等待，不受眾人影響，包括菲莉絲。就像一個人有時會奔向田野，假如我跑走的話會怎麼樣呢？

這些預言、這種按慣例行事、這種特定的恐懼是可笑的。這些結構只存在於想像中，但即使在想像中，也幾乎只勉強來到表面，就不得不被淹沒。誰有那具有魔力的手，能伸進這個機械裝置，而不會被千刀斬碎，四下飛散。

我在追逐結構。我來到一個房間，發現它們在一個角落裡亂成一片，泛出白色。

十一月二十四日。前天晚上在馬克斯家。他愈來愈陌生，從前他對我來說就經常如此，現在我對他來說也一樣。昨天晚上直接上床睡覺。

拂曉時分所作的夢：在一所療養院的庭園裡，我坐在一張長桌旁，甚至是坐在上端，乃至於我在夢中看見的其實是我的背。那是個陰天，我大概是出去郊遊，坐在一輛汽車裡，這輛車在不久之前抵達，動力十足地駛上坡道。食物正要被端上桌，這時我看見一個女服務生，一個纖弱的年輕女孩，步伐輕盈，也可能是搖擺不穩，穿著秋葉顏色的衣裳，穿過有許多柱子的大廳（這座大廳是療養院的前廳），朝這邊走過來，走下台階到庭園裡。我還不知道她為什麼來，但還是詢問地指著自己，想知道她是否是來找我。她果真帶了一封信來給我。我心想這不可能是我在等的那封信，這封信很薄，字跡陌生、單薄而且沒有把握。但是我拆開了信，取出好幾張薄薄的信紙，上面寫滿了字，不過在所有的信紙上都是那陌生的字跡。我讀了起來，翻了翻那些信紙，看出這想必是一封很重要的信，顯然是菲莉絲的么妹寫的。我急切地讀了起來，這時坐在我右邊的人越過我的手臂去看這封信，我不記得那人是男是女，也可能是個小孩。我大喊：「不！」一整桌神經虛弱的人開始發抖。我可能造成了一場災難。我試圖匆匆講幾句道歉的話，以便能馬上再往下讀。我也再度低頭讀信，這時我注定要醒過來，就像是被我自己的叫聲給吵醒。我在意識清醒的情況下強迫自己再回到夢境裡，那個情境也確實又再浮現，我還又匆匆讀了那封信中兩、三行模糊不清的字，內容我完全沒記住，在繼續睡時失去了那個夢。

那個年老的商人，一個高大的男子，彎著膝蓋走上通往他住處的樓梯，手搭在欄杆上，不是扶著，而是壓著。在房門前，那是一扇有鐵柵的玻璃門，他跟平常一樣想從長褲口袋裡掏出鑰匙串，這時他注意到在一個陰暗的角落裡有個年輕人，此人這時鞠了個躬。

「你是誰？想做什麼？」商人問，由於爬樓梯很吃力還在呻吟。「你是商人梅斯納嗎？」年輕人問。「是的」，那商人說。

「那我有個消息要告訴你。我是誰其實並不重要，因為我跟這件事情無關，就只帶消息來給你。儘管如此，我還是自我介紹一下，我姓科特，是個大學生。」

「喔」，梅斯納說，思索了一會兒，然後說：「那麼，是什麼消息呢？」

「這我們最好在房間裡談」，大學生說，「這件事無法在樓梯上解決。」

「我不知道我有這種消息」，梅斯納說，往旁邊看著地板。

「有可能」，大學生說。

「再說」，梅斯納說，「現在已經是晚上十一點多了，不會有人聽見我們在這裡說話。」

「不行」，大學生回答，「我絕對不能在這裡說。」

「而我」，梅斯納說，「不在夜裡接待訪客」，說著就用力把鑰匙插進門鎖，鑰匙串上的其餘鑰匙還叮叮噹噹響了好一會兒。

「可是我從八點就在這裡等了，等了三個小時」，大學生說。

「這只證明了這個消息對你來說很重要。我卻不想收到什麼消息，能少聽一個消息也好。我並不好奇，你走吧，走吧。」他抓住大學生身上薄薄的大衣，把他推開了一點，再把房門稍微打開，一股熱氣湧到寒冷的走廊上。「對了，那是和生意有關的消息嗎？」他還問道，人已經站在打開的門裡。

「這我也不能在這裡說」，大學生說。

「那我就跟你說晚安了」，梅斯納說，走進他的房間，用鑰匙把門鎖上，擰亮了床頭的電燈，從一個擺著好幾瓶利口酒的小壁櫃裡倒了一小杯酒，咂著嘴喝乾了，然後開始脫衣服。當他倚著疊得高高的枕頭，正打算開始讀一份報紙，這時他覺得似乎有人在輕輕敲門。他把報紙放回被子上，交叉起雙臂，豎耳傾聽。敲門聲果然又再響起，而且非常小聲，簡直是從門的下端傳來。「真是個糾纏不休的猴子」，梅斯納笑了。等敲門聲停止，他就又拿起了報紙。可是這會兒敲門聲變大了，簡直是砰砰作響，就像小孩子玩耍時敲打著整扇門的每一處，一會兒低沉地敲著下方的木板，一會兒響亮地敲著上方的玻璃。「我還是非下床不可」，梅斯納搖著頭心想。「我沒辦法打電話通知門房，因為電話機在前廳裡，我得先把房東太太叫醒，才能過去。沒別的辦法，我只好親手把那個小伙子給攆下樓去。」他戴上毛氈帽，掀開被子，雙手撐在床上把身體移向床緣，再緩緩把雙腳擱在地板上，穿上加了軟襯的高統便鞋。「好吧」，他心想，咬著上唇，盯著那扇門，「現在又安靜下來了。可是我得要徹底得到安寧」，他對自己說，從一個架子上抽出一根有牛角手把的枴杖，攔腰抓住，走到門邊。

「還有人在外面嗎？」他在鎖上的門邊問。

「有」，有人回答，「麻煩請開門。」——「我要開門了」，梅斯納說，打開門，拿著那根枴杖走到門口。

「別打我」，那個大學生警告他，往後退了一步。

「那就快走！」梅斯納說，伸手指著樓梯的方向。「可是我不能走」，大學生說著就出人意料地衝向梅斯納——

十一月二十七日。我必須停下來，而不要被甩開。我也沒有感覺到自己有迷失的危險，然而我感到無助，覺得自己是個局外人。但即使是最微不足道的寫作也使我心裡更加堅定，這一點毫無疑問，而且美妙。昨天散步時我把一切都收進眼底！

門房太太的小孩，裹在一條舊圍巾裡，面色蒼白，肉嘟嘟的小臉面無表情。門房太太打開屋子大門，在夜裡抱著小孩出門。

門房太太養的獅子狗，坐在樓下一階樓梯上，聽著我從五樓開始的咚咚腳步，看著我，當我走到牠身旁，然後目送著我，當我繼續往前走。令人愉悅的親切感，由於牠沒有被我嚇到，而把我納入了牠所住的房屋及其聲響。

畫面：船上小廝在通過赤道時受洗。晃來晃去的水手。船上四面八方和高處都有繩梯，讓他們隨處都能坐下。高大的水手懸在船梯上，一隻腳擱在另一隻腳前面，用渾圓有力的肩膀抵著船身，俯視著下方的景象。

十二月四日。成年後年紀輕輕就死去、甚至是自殺身亡，這在外人看來是件可怕的事。在徹底的迷惑中離開人世，這份迷惑在日後的發展中也許會有意義，心中絕望，或是懷著唯一的希望，希望自己在人生中這番出場在大清算中將被視同為不曾發生。這就會是我此刻的處境。死亡就只意味著把空無交給空無，但是感覺上這是不可能的，因為要如何有意識地把自己當成空無交給空無，而且不僅是交給一種空虛的空無，而是交給一種呼嘯的空無，其空無之處就只在於其不可思議。

一群男子，主人和僕人，在勞動之後臉上煥發出朝氣蓬勃的光彩。主人坐下來，僕人用托盤替他端來食物。這兩人之間的差異並不大，和下面這個例子中兩者的差異並無二致：由於無數情況的交互作用，一個人是在倫敦生活的英國人，另一個則是同一時間裡在暴風中駕著小船航行在海上的拉普蘭人。當然，在某些情況下，這個僕人可以成為主人，但是這個問題不管怎麼回答，在此都不構成妨礙，因為事關對當下形勢的當下評估。

每個人，哪怕是最親切、最隨和的人，偶爾都會懷疑人性的一致，就算只是憑著直覺；另一方面，人性的一致也呈現在每個人面前，或者說似乎呈現在每個人面前，在人類整體和個人的發展中一再能夠找到的全然一致之中。甚至是在個人最隱密的感受裡。

對愚行的恐懼。在每一種逕自向前、使人忘了其餘一切的情感中看見愚行。那麼什麼是「非愚行」呢？「非愚行」是像個乞丐一樣站在門檻前面或入口旁邊，衰弱腐爛然後倒下。而P和O卻是惹人厭的愚人。想必有比犯下愚行的人更大的愚行。小愚人在大愚行中的自我膨脹也許是他們惹人厭的地方。但是在法利賽人眼中的耶穌不也是這樣嗎？

完全充滿矛盾的奇妙想像，例如一個人在深夜三點死去，接著，大約在破曉時分，他就進入了一種層次更高的生命。看得見的人性和所有其他的東西是多麼難以相容！從一個祕密總是又生出一個更大的祕密！這個人類計算機在第一個瞬間就停止了呼吸。我們其實應該要害怕走出屋子。

十二月五日。我是多麼生我母親的氣！我一開始和她說話，就已經被激怒，幾乎要大叫。歐特拉也在受苦[1]，而我不相信她在受苦，不相信她會受苦，明明知道卻還是不相信，不去相信，以免得去支持她，我沒辦法支持她，因為我也被她惹惱了。

在外表上我只看見菲莉絲身上寥寥可數的幾個小細節。因此她的影像變得如此清晰、純粹、天然、輪廓鮮明而又飄逸。

十二月八日。魏斯小說裡的結構。要有力量除去它們，也有這樣做的義務。我幾乎要否認這些經驗。我想要平靜，一步一步地走，或是用跑的，但不要蚱蜢那種經過計算的跳躍。

十二月九日。魏斯的《槳帆船》。隨著故事的展開，效果減弱了。世界被克服了，而我們睜

1　卡夫卡在日記中有時只用O來代表他妹妹歐特拉，為了便於理解，就直述其名。歐特拉這時和一個信奉天主教的捷克男子交往，受到父母堅決反對。

大了眼睛看著。於是我們可以平靜地轉過身去繼續生活。

厭憎試圖解釋心靈的主動自我觀察，諸如：昨天我是那樣，原因在於……而今天我是這樣，原因在於……。事情並非如此，原因不在於此，也不在於彼，所以我也並非這樣或那樣。心平氣和地接受自己，不要操之過急，必須怎麼生活就怎麼生活，不要像隻狗一樣追著自己的尾巴。

我在矮樹叢裡睡著了。一陣聲響吵醒了我。我發現我手裡拿著一本書，是我以前讀過的。我把書扔開，一躍而起。中午剛過，一大片低地平原在我所站的小山丘前面展開，有著村莊和池塘，還有清一色高高的、類似蘆葦的灌木叢在那之間。我雙手叉腰，審視這一切，同時仔細聆聽那個聲響。

十二月十日。各種發現是硬要出現在人類的腦子裡。

主任監察員大笑的臉，像個男孩，狡黠，放鬆，我從不曾見過他這種表情，今天當我把局長的一份報告讀給他聽，並且湊巧抬起頭來，才在剎那間注意到他這副表情。他同時聳聳肩膀，把右手插進長褲口袋，彷彿他是另一個人。

我們絕不可能察覺影響了自己瞬間心情的所有情況並且加以評估，這些情況甚至還會繼續影響這一瞬間的心情，也會影響我們的評估，因此去說昨天我覺得自己很堅定，今天我感到絕望，這樣說是不正確的。去作這種區分就只證明了我們想要影響自己，並且盡可能把自己和真實的自己隔離開來，躲在成見和幻想後面，暫時演出一種虛矯的生活，就像一個人有時躲在酒館一角，躲在小小一杯燒酒後面即已足夠，獨自用無從證明的虛假想像和夢想來娛樂自己。

將近午夜時，一個年輕人走下通往那間歌舞小劇場的樓梯，他穿著暗灰色緊身格紋大衣，微沾著雪。他在售票桌旁付了錢，桌後的小姐從瞌睡中驚醒，睜著大大的黑眼睛愣愣地看著他。接著他佇立片刻，以便把位在他腳下三個台階處的整個表演廳收進眼底。

幾乎每天晚上我都到火車站去，今天因為下雨，我在車站大廳裡走來走去，走了半個小時。有個男孩一直吃著從自動販賣機裡買來的糖果。他伸手到口袋裡，掏出一大把零錢，漫不經心地把零錢投進錢孔，一邊吃一邊讀著上面的文字，幾顆糖果掉落，他從骯髒的地板上撿起來，直接塞進嘴裡。——一個靜靜咀嚼的男子在窗邊親暱地和一個女子談話，看來是個親戚。

十二月十一日。在「湯恩比廳」朗誦了《米歇爾．寇哈斯》的開頭[1]。表現得一塌糊塗。挑選的段落欠佳，朗誦也欠佳，到最後麻木地在文字中泅游。聽眾的表現足為模範。幾個年紀很小的男孩坐在第一排。其中一個顯然感到無聊，而這也不能怪他，他試圖排遣這份無聊的方式是小

1　「湯恩比廳」是個猶太慈善機構，每週舉辦免費入場的朗誦晚會，並提供茶點，觀眾多為窮苦之人，這一晚係由卡夫卡負責朗誦。《米歇爾．寇哈斯》（*Michel Kohlhaas*）是德國作家克萊斯特所寫的一部中篇小說，發表於一八一〇年。

心翼翼地把帽子扔在地上，再小心翼翼地撿起來，樂此不疲。由於他太矮小，坐在座位上無法辦到，每次都得稍微從椅子上往下滑。我朗誦得亂七八糟、粗心大意、令人費解。而下午時我由於渴望朗誦而全身顫抖，幾乎連嘴巴都閉不攏。

真的不需要有人來推我，只要抽回用在我身上的最後一點力氣，我就會陷入撕裂我的絕望。今天，當我想像著我在朗誦時務必要冷靜，我自問那將會是一種什麼樣的冷靜，將建立在什麼基礎上，而我只能說，那將只是一種為了自己而存在的冷靜，一份難以理解的恩賜，如此而已。

十二月十二日。早晨起床時還算神清氣爽。

昨天在回家的路上，一個裹在灰色衣物裡的小男孩跟在一群男孩旁邊跑著，他用一隻手拍著大腿，另一隻手抓住另一個男孩，大聲地用捷克文說：「今天的朗誦會挺不賴。」[1]他只是隨口說說，這一點我不能忘記。

今天我稍微改變了時間的分配，在大約六點時走在街上，感覺神清氣爽。可笑的觀察，何時我才能戒除這個習慣。

---

1 根據布羅德的註記，卡夫卡當晚朗誦得很精采，並不像他在日記裡所描述的這麼差，只是他挑選的段落太長，最後不得不縮短。

先前我在鏡子裡端詳自己，覺得自己的臉看起來比我所知道的長得更好，即使是在細看之下——當然就只是在夜晚的燈光下，而且光源在我身後，因此其實只照亮了耳朵邊緣的汗毛。這張臉線條分明，輪廓幾乎稱得上美。頭髮、眉毛和眼眶的黑色從其餘部分凸顯出來，宛如有著生命。眼神絲毫不顯滄桑，但也並不天真，而是精力充沛得令人難以置信，但也許這道眼神也只是在打量，因為我正在端詳自己，並且想要嚇唬自己。

十二月十二日。昨夜久久無法入睡。菲莉絲。我終於想出了計畫，因此不安地入睡，打算拜託魏斯替我帶一封信到她辦公室去，而在這封信裡不寫別的，就只說我必須從她那兒得到消息，或是得到有關她的消息，所以才請魏斯過去，好讓他寫信給我告訴我她的情況。此時魏斯坐在她的辦公桌旁，等她把信讀完，由於他沒有別的任務，也幾乎不可能得到回答，他鞠了個躬，然後就走了。

參加公務員協會的晚間討論會。由我主持。自信的來源有時很奇怪。我的開場白是：「我很遺憾這場討論會將要舉行，懷著這份遺憾展開今晚的討論。」由於我沒有及時收到通知，所以沒有做好準備。

十二月十四日。貝爾曼[1]的演講。沒什麼內容，但是陳述中帶有一種自滿。偶爾具有感染力。女孩般的臉孔，甲狀腺腫大。幾乎每說一句話之前臉部的肌肉都會像要打噴嚏一樣地收縮。今天日報上他寫的那篇文章引用了聖誕市場的兩句廣告詞。

先生，買給您的小孩吧，
讓他們歡笑而不要哭泣。

引用了蕭伯納的話：「我是個習慣久坐、怯懦的平民百姓。」

在辦公室裡寫信給菲莉絲。

上午在上班途中遇見討論課上那個和菲莉絲相像的女孩，嚇了一跳，一時不知道那是誰，只看出她雖然和菲莉絲相像，卻不是菲莉絲。而她和菲莉絲還有另一層關係，亦即在討論課上看見她使我花了很多時間去想菲莉絲。

此刻讀到杜斯妥也夫斯基小說裡讓我想起我那篇〈不幸〉的那一段[2]。

---

1 貝爾曼（Richard Arnold Bermann, 1883-1939），成長於奧匈帝國的記者與旅行作家，此時任職於《柏林日報》。

2 〈不幸〉（*Unglücklichsein*）是收錄在《沉思》裡的一篇短篇故事。杜斯妥也夫斯基的小說係指《卡拉馬助夫兄弟們》裡〈魔鬼〉那一章。

十二月十五日。寫信給魏斯博士和阿弗瑞德舅舅。沒有收到電報。讀了《我們這些一八七〇/七一年的男孩》[3]。又一次哽咽著閱讀那些勝利和歡欣鼓舞的場景。身為父親而平靜地和兒子說話。但是這樣一來，就不能用一支玩具鎚子來代替心臟。

「你給舅舅寫信了嗎？」母親問我，我早就惡毒地料到了她會問。她已經怯怯地觀察了我很久，基於種種原因而不敢問我，也不敢在父親面前問我，最後由於擔心就還是問了，因為她看見我想要走開。當我從她所坐的椅子後面走過，她從紙牌上抬起目光，用一種早已逝去而在這一瞬間重生的溫柔把臉轉向我，問了這個問題。她只匆匆抬頭看了我一眼，羞怯地微笑，在問這個問題時就已經受到了屈辱，在尚未得到任何回答之前。

十二月十六日。「熾天使狂喜的震耳叫聲。」[4]

我坐在威爾屈家的搖椅上，我們談起自己混亂的生活，他至少還懷著某種信心（「一個人必須想要做到不可能的事」），我卻連這種信心也沒有，看著我的手指，感覺我是自己空虛內心的代表，這份空虛取代了其他的一切，而它甚至也並不大。

3　《我們這些一八七〇/七一年的男孩》（*Wir Jungen von 1870/71*）是出版商沙弗斯坦（Hermann Schaffstein）所寫的童年回憶。一八七〇/七一年發生了普法戰爭，由普魯士大獲全勝，德意志帝國由此建立。

4　引自《卡拉馬助夫兄弟們》。

十二月十七日。寫信給W，拜託他。「溢了出來，卻只是冷灶上的一個鍋子。」貝格曼的演講「摩西與當代」。純粹的印象。——總之與我無關。真正可怕的道路在自由和受奴役之間交叉，無人引導接下來的路，而已經走過的路隨即湮滅。因為無法一目了然，無法確定這樣的道路是否有無數條，還是只有一條。我在那裡，不能離開，沒得抱怨。我並沒有太過受苦，因為我受的苦並不連貫，沒有累積起來，至少我暫時沒有感覺到，而我所受的痛苦遠小於我也許應得的份。

一個男子的身影，他半舉起一雙手臂，而且兩隻手臂不一樣高，轉身面一片濃霧，準備走進去。

猶太教裡美好而有力的分類方式。人人各有其位。一個人把自己看得更清楚，對自己的判斷也更清楚。

我去睡了，我累了。也許事情在那邊已成定局。作了很多與此有關的夢。

Bl.[1]不恰當的來信。

1　係指菲莉絲的朋友葛蕾特·布洛赫。

十二月十九日。菲莉絲的信。美好的早晨，血液中的暖意。

十二月二十日。沒收到信。

一張安詳的臉、一番平靜的話、尤其是來自一個尚未被看透的陌生人。上帝的聲音從人類的嘴裡吐出。

一個冬夜裡，一個老人在霧中徒步穿過街道。天氣嚴寒，街上空空蕩蕩，無人從他身邊經過，只偶爾看見遠處有個高大的警察或一個裹著毛皮或圍巾的女子在霧中忽隱忽現。他什麼也不在乎，只想著去探視一個朋友，他已經很久沒去這個朋友家了，而對方剛才派了一個女傭來請他過去。

當商人梅斯納的房門響起輕輕的敲門聲，早已過了午夜。那並沒有吵醒他，因為他總是在將近清晨時才入睡，在那之前他習慣醒著趴在床上，把臉埋在枕頭裡，張開雙臂，雙手在頭上交叉。他立刻就聽見了敲門聲。「是誰？」他問。對方的回答是一陣含混不清的呢喃，比敲門聲更輕。「門沒有鎖」，他說，同時擰亮了電燈。一個虛弱的矮小婦人走進來，披著一條灰色大披肩。

1914年

Kafka Tagebücher

這一年，卡夫卡的私人生活與外在環境都發生了巨大變故。

本年年初，卡夫卡與菲莉絲的關係持續膠著，卡夫卡經常苦惱地反思文學與婚姻之間的衝突。四月終於出現了轉機，菲莉絲忽然接受了卡夫卡的求婚，兩人遂在五月底舉行了正式的訂婚儀式。

然而，當兩人七月在一家旅館相會時，菲莉絲卻與她的朋友一起對卡夫卡進行了一場「審判」，旅館儼然成爲法庭。卡夫卡痛苦地接受菲莉絲的指責，並沒有做出什麼反駁。兩人遂解除了婚約。

與此同時，第一次世界大戰爆發，卡夫卡所在的奧匈帝國陸續對多國宣戰，他的親友紛紛被徵召從軍，卡夫卡則因爲職位重要，獲准暫緩入伍。戰爭初期，奧國屢戰不利，布拉格也籠罩在灰暗的氛圍當中。

卡夫卡從八月開始決心專注於寫作，並宣稱自己「非寫不可，是爲了自保而奮鬥」。很難說這背後沒有某種回應的動機。本年結束時，他應該已經寫出了長篇小說《審判》的大部分章節，其主題很容易讓人想到七月的旅館法庭經驗。另外，他還寫出了〈在流放地〉這篇風格奇特的小說，以及《失蹤者》中著名的奧克拉哈馬劇院一章。

一月二日。和魏斯博士共度了許多愉快的時光。

一月四日。我們在沙子裡挖了一個洞，在裡面感覺很舒適。夜裡我們一起蜷縮在這個洞裡，父親用樹幹把洞口蓋住，再扔上一些灌木，盡可能保護我們不受暴風和野獸的侵襲。「爸爸」，我們經常害怕地呼喚，當這些木頭底下已然黑暗，而父親始終尚未出現。但我們隨後就從一個縫隙裡看見他的雙腳，他滑進洞裡，拍拍我們每一個人，因為他感覺到這能使我們心安，接著我們就全都一起睡著了。除了爸媽之外，我們是五個男孩和三個女孩，洞裡對我們來說太擁擠了，可是在夜裡假如不這樣緊緊貼著彼此，我們就會感到害怕。

一月五日。下午。歌德的父親死於失智[1]。在他最後生病的那段時間，歌德在寫《在陶里斯的伊菲格尼亞》那齣劇作。

「把這個女人弄回家，她喝醉了」，某個宮廷官員對歌德說，指的是克莉絲雅娜[2]。

跟他母親一樣酗酒的奧古斯特[3]，以下流的方式在女人堆裡廝混。

---

1 這一則日記裡的內容來自卡夫卡所閱讀的《歌德家中的悲劇》（*Die Tragödie im Hause Goethe*）一書。

2 克莉絲雅娜（Christiane von Goethe, 1765-1816）原是製作帽子花飾的女工，與歌德同居多年，受到上流社會鄙視，直到一八〇六年歌德正式與她結婚，才終於被社會接納。

3 奧古斯特（August von Goethe, 1789-1830）是歌德和克莉絲雅娜所生的兒子，下文中的歐緹莉是他的妻子（亦即歌德的媳婦），沃爾夫和瓦爾特則是他的兒子（亦即歌德的孫子）。

不被他所愛的歐緹莉，是他父親基於社會考量而要他娶的妻子。

沃爾夫，外交官和作家。

瓦爾特，音樂家，沒辦法參加考試。隱居在庭園小屋裡好幾個月；當俄國女皇想要見他，他說：「請告訴女皇，我不是野生動物。」

「我的健康情況更像是鉛而不是鐵。」

沃爾夫的寫作成績微不足道。

聚在閣樓房間裡的老人。八十歲的歐緹莉，五十歲的沃爾夫和那些年邁的故舊。

在這種極端的例子上，我們才會看出每個人都無可救藥地在自己身上迷失，唯一能帶來安慰的是去觀察其他人，去觀察支配了他們而且無所不在的法則。表面上，沃爾夫能被引導、被移動、受到鼓舞和鼓勵，被誘導去規律地工作——而在內心他被牢牢束縛，無法移動。

楚科奇人[4]為什麼不離開他們貧瘠的土地，移居到別處去呢？相較於他們目前的生活和願望，他們在任何地方都會活得更好。但是他們沒辦法離開；但凡可能做到的事就會發生，只有發生了的事才是可能的。

4　楚科奇人是俄羅斯遠東地區的原住民，主要以漁獵為生，如今他們大多居住在楚科奇半島的自治區。

在F小鎮，一個來自鄰近較大城市的葡萄酒商打算開設一家小酒館。他租下了中央廣場旁邊一間有拱頂的地窖，找人在牆壁上繪製中東風情的圖案，擺上幾乎已經不堪使用的絲絨家具。

一月六日。狄爾泰的著作《體驗與文學》[1]。對人性的熱愛，對人性的所有表現形式懷著最高的敬意，冷靜地退居最恰當的觀察位置。馬丁·路德年輕時寫的文章，「巨大的陰影，被謀殺和鮮血所吸引，從隱形的世界進入可見的世界」。——巴斯卡[2]。

替安岑巴赫寫信給他岳母。莉莎吻了那個教師[3]。

一月八日。方陀[4]的朗誦會。《金頭》。「他把敵人像個桶子一樣拋擲出去」。易變，乏味，平靜，一切都會在這當中成為過去。

---

1 狄爾泰（Wilhelm Dilthey, 1833-1911），德國神學家與哲學家，曾任教於柏林大學，對於二十世紀的德國哲學家影響廣泛，《體驗與文學》（*Das Erlebnis und die Dichtung*）這本論文集出版於一九〇六年。

2 巴斯卡（Blaise Pascals，1623-1662），法國數學家、物理學家、神學家、哲學家，狄爾泰在《體驗與文學》的第一章裡曾援引巴斯卡為例。

3 安岑巴赫（Anzenbacher）是卡夫卡的同事，莉莎（Liesl）是其未婚妻；安岑巴赫懷疑莉莎與教師W有染。這樁「親吻風波」在卡夫卡的日記裡還會多次出現。

4 方陀（Leo Fantl, 1885-1943），出身布拉格的猶太裔文人，與翻譯家黑格納（Jakob Hegner）相熟，法國作家克洛岱爾（Paul Claudel, 1868-1955）的劇作《金頭》（*Tête d'Or*）就是由黑格納翻譯成德文。

我和猶太人有什麼共同點？我和我自己幾乎都沒有共同點，而我該靜靜地站到角落裡，滿足於我能夠呼吸。

表達無從解釋的感受。安岑巴赫：自從發生了這件事，看見女人就令我痛苦，但那並非性的興奮，也不純粹是悲傷，就只是令我痛苦。在我確定了莉莎的感情之前也是如此。

一月十二日。昨天：歐緹莉的風流韻事，年輕的英國人。——托爾斯泰的訂婚典禮；我可以鮮明地想像一個溫柔、狂熱、自制、充滿預感的年輕人。打扮得很漂亮，黑色和深藍色。

咖啡館的那個女孩。窄裙，寬鬆的白色絲質上衣鑲著毛皮，脖子露在外面，緊緊戴在頭上的灰色帽子與上衣的材質相同。她飽滿的臉帶著笑容，不停地在呼吸，和善的眼睛，不過有一點做作。想起菲莉絲，我的臉變得熱燙燙的。

回家的路上，清朗的夜晚，明確意識到我心中的麻木，距離自由無礙地擴散開來的明朗如此遙遠。

尼可萊，《當代文學通訊》[5]。

---

5 《當代文學通訊》（*Briefe, die neueste Literatur betreffend*）是德國啟蒙時期文學家萊辛所創辦的刊物。作家尼可萊（*Friedrich Nicolai, 1733-1811*）也常替該刊物撰稿，他是萊辛的朋友，也是德國啟蒙時期的重要人物。

對我來說，機會是有的，這毫無疑問，可是它們藏在哪一塊石頭下？

在馬背上衝向前方——

青春的了無意義。害怕青春，害怕了無意義，害怕非人生活了無意義地來臨。

特爾海姆[1]：「他具有心靈生活那種自由的靈活，在多變的生活情況下一再展現出全新的一面，令人驚訝，只有真正的文學家所創造出的人物才具有這種心靈生活。」

厭惡〈變形記〉

一月十九日。在辦公室裡，時而焦慮，時而自信。除此之外比較有信心了。對那篇〈變形記〉大感厭惡，結尾讓人讀不下去。幾乎徹頭徹尾不完美。假如我當時沒有被那趟出差打斷，情況就會好得多[2]。

一月二十三日。主任監察員B說起他有個朋友是個退休上校，睡覺時把窗戶整個打開：「夜裡非常舒適，不過，如果我早上得先鏟掉窗前那張矮凳上的積雪才能開始刮鬍子，那就不太愉快了。」

1 特爾海姆（Tellheim）是德國劇作家萊辛一齣喜劇作品《明娜·馮·巴爾赫姆》（*Minna von Barnhelm*）中的主角。此處對這個角色的描述引自狄爾泰的《體驗與文學》。

2 〈變形記〉寫於一九一二年十一月十七日至十二月六日之間，十一月二十五和二十六日由於卡夫卡必須出差而中斷。

圖爾海姆伯爵小姐的回憶錄[3]：她母親：「她溫和的天性使她格外欣賞拉辛。我經常聽見她向上帝禱告，請求祂賜予他永恆的安息。」

可以確定的是，在俄國大使拉祖莫夫斯基伯爵於維也納替他舉行的盛宴上，他（蘇沃洛夫[4]）像個老饕一樣大吃大喝，不等待任何人。等他吃飽了，他就起身離席，留下那些賓客。從一幅銅版畫上來看，他是個虛弱、堅決、迂腐的老人。

「那不是你命定的」；母親差勁的安慰。最糟的是，此刻我幾乎不需要更好的安慰。我受了傷害，而且傷口未癒，但除此之外，過去這幾天裡規律、少有變化、還算忙碌的生活（在辦公室裡寫一份工作報告，安岑巴赫對他未婚妻的擔憂，歐特拉參與的猶太復國運動，女孩們從薩爾騰[5]的演講和席德克勞特[6]的朗誦中得到的樂趣，閱讀圖爾海姆伯爵小姐的回憶錄，寫信給魏斯和勒維，校對〈變形記〉）確實使我振作起來，並且帶給我一份穩定和希望。

3 圖爾海姆伯爵小姐（Lulu, Gräfin von Thürheim, 1788-1864），出身貴族的奧地利作家與畫家，她的回憶錄是研究那個時代文化史與社會史的參考資料。

4 蘇沃洛夫（Alexander Vasilyevich Suvorov, 1730-1800）是俄國史上的名將與戰略家，不曾打過敗仗。

5 薩爾騰（Felix Salten, 1869-1945），猶太裔奧匈帝國作家，後來以動物故事《小鹿斑比》而舉世知名。

6 席德克勞特（Rudolf Schildkraut, 1862-1930）生於君士坦丁堡的猶太裔奧地利演員，活躍於維也納與柏林的劇場，後來也參與電影演出。

一月二十四日。拿破崙時期：慶典一場接一場，大家都急於「盡情享受短暫和平時期的歡樂」。「另一方面，女性火速施加影響力，她們真的沒有時間可以浪費。那個時期的愛情表現為高度的熱情和更大的獻身精神。」——「如今不再有藉口虛度光陰。」[1]

想要給布洛赫小姐寫封短信，總寫不成，已經有兩封信沒有回覆，今天又收到第三封。我什麼都無法正確表達，十分堅定，但是空洞。最近，當我又一次在固定的時間走出電梯，我想到，我的生活細節愈來愈千篇一律，這種日子就像是學生所受的處罰，視其過錯而定，被罰寫十遍、百遍或千遍同樣的句子，這些句子至少在這種重複中不具有意義。只不過在我身上的處罰是：「你能忍受多少遍就多少遍。」

安岑巴赫無法冷靜下來。儘管他信賴我，想從我這兒得到建議，我總是在交談中才順帶得知最糟的細節，每次我都得設法壓抑住那份驚訝，不免覺得我聽見這驚人的消息時所表現出的不在意，會讓他覺得是種冷漠，不然就是使他大為放心。而後者也是我的本意。我按照下面這幾個階段得知了這場親吻風波，當中有時相隔了好幾個星期：一個教師親吻了她——她在他房間——他吻了她好幾次——她經常在他房間，因為她在替安岑巴赫的母親縫製一件東西，而那個教師的房

1 引自圖爾海姆伯爵小姐的回憶錄。

間有一盞明亮的檯燈——她讓他吻了她，雖然她並無意這樣做——之前他就曾向她表達過愛意——儘管如此，她還是跟他一起去散步——想送他一件聖誕禮物——有一次她寫信說，在我身上發生了一件不愉快的事，但沒有留下什麼後果。

安岑巴赫以下述方式盤問了她：事情是怎麼發生的？我要知道詳細的情況。他就只有親吻妳嗎？吻了幾次？吻了哪裡？他沒有躺在妳身上嗎？他摸了妳嗎？他想脫掉妳的衣服嗎？她的回答：我坐在沙發上縫紉，他坐在桌子的另一邊。然後他走過來，坐在我旁邊，吻了我，我從他身邊挪開，挪向沙發上的軟墊，而我的頭被壓在軟墊上。除了親吻之外沒發生別的事。

在他盤問時，她說了一句：「你想到哪裡去了？我是個閨女。」

此刻我想到，我寫給魏斯博士的那封信，我寫信的方式讓他可以把整封信拿給菲莉絲看。假設他今天拿給她看了，所以才延遲了給我回信，那該如何？

一月二十六日。沒法去讀圖爾海姆的回憶錄，而閱讀此書是我過去這幾天的消遣。給布洛赫小姐的信已經寄出了。它抓著我不放，壓迫著我的額頭。爸媽在同一張桌子上玩紙牌。

父母和成年子女，一兒一女，星期天中午同桌吃飯。母親剛剛站起來，把湯勺伸進湯鍋，準備盛湯，這時整張桌子突然掀了起來，桌巾飛揚，擱在桌上的手滑了下來，那湯連同滾動的肉丸都流到了父親的腿上。

我幾乎責罵了母親，因為她把那本《邪惡的純真》[1]借給了艾莉，我自己昨天還打算要借給她。「別碰我的書！我也就只有我的書了。」在盛怒之中說了這種話。

圖爾海姆寫她父親之死：「醫生進來後發現他的脈搏很微弱，判定病人只能再活幾個小時。天哪，他們說的是我的父親——只有幾小時的期限，然後就要死去。」

一月二十八日。談「露德奇蹟」[2]的演講。具有自由思想的醫生[3]，富有活力，牙齒結實，齜牙咧嘴，享受著字句在喉舌之間的滾動。「該是以德國人的追根究底來對抗拉丁民族之江湖騙術的時候了。」《露德信使報》上的歡呼：「今晚的療效極佳。痊癒獲得證實！」——討論：「我就只是個普通的郵局職員罷了[4]。」——「宇宙飯店」——散場時想到菲莉絲，感到無盡的悲傷。藉由思索逐漸平靜下來。

---

1 《邪惡的純真》（*Die böse Unschuld*）是卡夫卡的好友奧斯卡·鮑姆寫的一部小說，一九一三年出版。

2 露德（Lourdes）是法國西南部庇里牛斯山山腳下的一個小鎮，由於據傳有聖母顯靈，自十九世紀以來就是著名的朝聖地點，該地有一處「奇蹟之泉」，據說泉水具有療效，曾治癒過許多人。

3 來自慕尼黑的醫生 Dr. Eduard Aigner 在布拉格演講，以科學研究的精神來探討露德泉水的療效。

4 這是演講後問答時間裡一位發問的聽眾，他是相信奇蹟療效的人。

寫信給布洛赫小姐，附上魏斯那本《槳帆船》。

安岑巴赫的妹妹之前曾經聽一個用紙牌占卜的女人說，她的長兄訂婚了，而他的未婚妻對他不忠。他說當時他生氣地拒絕這種說法。我說：「為什麼說『當時』？這種說法如今也不正確。她並沒有對你不忠。」他說：「不是嗎？她並沒有？」

二月二日。安岑巴赫。一個閨中好友寫給他未婚妻一封放蕩的信。「我們何苦把一切都看得這麼嚴重，就好像還深深受到那些懺悔講道的影響。」「為什麼妳在布拉格這麼拘謹，寧可在小事情上放縱一點，勝過在大事情上放縱。」根據我的思考，我把這封信解讀為對他的未婚妻有利，想到了幾個好的論點。

昨天安岑巴赫在什盧克諾夫[5]。一整天都和她坐在房間裡，手裡拿著裝著全部信件的包裹（這是他唯一的行李），不停地盤問她。沒有得知什麼新的消息，啟程前一個小時他問：「他吻妳的時候關了燈嗎？」結果得知了令他絕望的新消息，說W在（第二次）吻她時關了燈。W坐在桌子的一側畫圖，莉莎坐在另一側（晚上十一點，在W的房間），朗誦《阿斯謨斯．咸帕》[6]。這時W站了起來，走向抽屜櫃，去拿件東西（莉莎認為他是去拿圓規，安岑巴赫認為他是去拿避

5　什盧克諾夫（Schluckenau）是捷克北方的一個市鎮，距離布拉格約一百四十公里。

6　《阿斯謨斯．咸帕》（*Asmus Semper*）是德國作家恩斯特（Otto Ernst, 1862-1926）的自傳體小說，敘述他的童年生活。

孕套），然後突然關了燈，撲上來親吻她，她倒向沙發，他抓住她的手臂和肩膀，當中說著：「吻我！」

莉莎在另一個場合裡說：「W非常笨拙。」另一次說：「我沒有吻他」，又一次說：「我以為我是躺在你懷裡。」

安岑巴赫說：「我一定要把事情弄清楚」（他考慮讓她接受醫生檢查），「要是我在結婚那一夜才知道她說了謊怎麼辦。也許她之所以這麼冷靜，就只是因為他用了避孕套。」

關於露德的那場演講：抨擊世人對奇蹟的信仰，也抨擊教會。以同樣的道理，他也可以抨擊教會、聖母遊行、告解、隨處可見的不衛生的習俗，由於無法證明祈禱是否有用。卡爾斯巴德[1]是個比露德更大的騙局，而露德的優點在於去那裡的人乃是出於內心的信仰。關於手術、血清療法、接種疫苗、醫藥的那些頑固看法又怎麼說呢？

另一方面：醫治那些徒步前來的重病患者的偌大醫院；骯髒的水池；等候火車專車的擔架；醫師委員會；山上發光的大十字架；教宗每年收到三百萬獻金。神父捧著聖體匣走過，一個婦人從擔架上喊道：「我痊癒了！」她仍舊患有骨結核，沒有改變。

1 卡爾斯巴德（德語 Karlsbad）即捷克著名的溫泉市鎮卡羅維瓦利（捷克語 Karlovy Vary），自古以來就是療養勝地。

門開了一條縫。出現了一把手槍和一隻伸直的手臂。

圖爾海姆回憶錄，第二冊，三十五頁、二十八頁、三十七頁：沒有什麼比愛情更甜蜜，沒有什麼比打情罵俏更有趣；四十五頁、四十八頁：猶太人。

二月十日。晚上十一點，散步過後。比平常更神清氣爽。為什麼？

一、馬克斯說我很平靜。

二、菲利克斯將要結婚（我在跟他生氣）。

三、我將仍舊獨自一人，除非菲莉絲還願意要我。

四、收到泰恩太太[2]的邀請，考慮著我該如何向她自我介紹。

湊巧我散步的路線和平常相反，亦即從行人吊橋經過城堡區到查理大橋。平常我在這條路上簡直要跌倒，今天我從反方向走過來，稍微撐住了自己。

二月十一日。狄爾泰那本書裡關於歌德的那一章，匆匆讀了一遍，強烈的印象，令人神往，為什麼一個人不能點燃自己，在火焰中毀滅？為什麼不能追隨，就算沒有聽見命令？在空蕩蕩的房間裡坐在一張椅子上，看著地板。在一條山間狹路上高喊「前進」，然後聽見從山崖之間的所

2　泰恩太太（Klara Thein, 1884-1974）是布拉格猶太復國運動人士，卡夫卡於一九一三年九月在維也納的「猶太復國運動會議」上與她結識。

有僻徑上都有人呼喊，看見他們一一走出來。

二月十三日。昨天去泰恩太太家。她平靜而有活力，一種無懈可擊、貫徹到底的活力，用目光、雙手和雙腳來熟悉一切。個性坦率，坦率的眼神。我一直記得她從前那頂文藝復興風格的鴕鳥羽毛帽子，醜陋而又異常鄭重。在我尚未私下認識她之前，我一向很討厭她。當她急著要把一件事情講完，暖手筒被她緊緊壓在身上，卻仍在顫動。她的孩子諾拉和米莉安。

她有很多地方都讓我想起W，包括她的眼神、在述說時的渾然忘我、全心的投入、那具嬌小而有活力的身體、甚至是那粗硬低沉的嗓音，還有當她說起美麗的衣裳與帽子時，雖然在她身上看不見這種衣帽。

窗外可以看見那條河。雖然她從不讓交談變得沉悶，在交談當中我有許多時候徹底失敗，眼神茫然，聽不懂她所說的話，吐出極端幼稚的意見，當我看見她是多麼專注地聆聽，我無意識地輕撫她年幼的孩子。

夢境：

在柏林，穿過街道，前往她家，意識到我雖然還沒到她家，但是將能輕易前往，肯定將會抵達，心情平靜而幸福。我看著街道旁的房屋，一棟白房子上有個招牌，寫著「北方豪華大廳」

（昨天在報上讀到過），在夢中還加上了「柏林W」的字樣。向一位紅鼻子、和藹可親的老警察問路，他穿著類似僕役的制服，給了我過於詳盡的資訊，甚至指給我看遠處一小塊綠地的欄杆，為了安全起見，我經過時應該要握住欄杆。接著他給了我一些建議，關於電車、地鐵……等等。我跟不上他說的話，心知我低估了那段距離，吃驚地問：「過去大概要半小時？」可是這個老人家卻答道：「我過去只要六分鐘。」我心中那份喜悅！某個人，一個影子，一個同伴，一直陪著我，我不知道那人是誰。我實在沒有時間回頭去看，也沒有時間轉身看向旁邊。

我住在柏林某間膳宿公寓，裡面住的似乎都是年輕的波蘭猶太人；房間很小。我打翻了一個水瓶。一個人不停地在一具小打字機上打字，別人問他什麼，他也幾乎不回頭。弄不到柏林地圖。我一直看見有人手裡拿著一本書，看起來像是地圖。每一次都發現書裡是截然不同的東西，一本柏林學校的目錄，一份稅務統計資料或是類似的東西。我不願意相信，但是對方面帶微笑，毫無疑問地向我證明了那的確不是地圖。

二月十四日。我若是自殺，肯定不是誰的錯，即使菲莉絲的態度顯然是可能的誘因。我曾在半睡半醒時想像過將會發生的那一幕景象，當我已經預知了結果，把訣別信放在口袋裡，到她的住處去，向她求婚而被拒絕，把信放在桌上，走到陽台，被所有趕來的人攔住，努力掙脫開來，翻過陽台的欄杆往下跳，拉住我的手不得不一隻隻鬆開。信裡寫道，儘管我是為了菲莉絲而往下跳，但就算她接受了我的求婚，事情對我來說也沒有根本上的不同。我理應往下跳，我找不到別的方式來彌補，我的命運只是湊巧在菲莉絲身上得到證實，少了她，我沒有能力活下去，只能往下跳，但我也沒有能力——菲莉絲也料到了——和她一起生活。為什麼不在今夜就付諸行動，我眼前已經浮現今天「家長之夜」[1]的那些講者，他們談著生活和創造生活條件——但是我堅持自己的想法，我和生活的關係錯綜複雜，我將不會付諸行動，我很冷靜，為了被襯衫衣領勒住而感到悲傷，我萬劫不復，在霧中張嘴吸氣。

二月十五日。這個週六和週日在我回顧時感覺如此漫長。昨天下午去剪了頭髮，之後給布洛赫小姐寫信，然後去馬克斯家坐了一會兒，在他們的新居，之後去參加「家長之夜」，坐在莉絲．威爾屈[2]旁邊，接著去鮑姆家（在電車上遇到同事克雷奇希），後來在歸途上馬克斯抱怨我的沉默，之後是自殺的欲望，然後妹妹從「家長之夜」回來，關於當晚的討論說不出一點名堂。在床上躺到十點，失眠，苦不堪言。沒有信，家裡沒有，辦公室也沒有，給布洛赫小姐的信在「法蘭茲．約瑟夫車站」寄出，下午和葛爾克[3]碰面，在莫爾道河畔散步，在他家聽他朗誦作品，他古怪的母親吃著奶油麵包，在玩紙牌接龍；獨自徘徊了兩個小時，決定星期五搭車前往柏

1 這是「猶太復國運動文化委員會」所舉辦的一場活動，邀請感興趣的家長來參與討論，題目是「猶太兒童與少年的教育」。
2 莉絲．威爾屈（Lise Weltsch）是卡夫卡好友菲利克斯．威爾屈的堂妹。
3 葛爾克（Hans Gerke, 1895-1968），捷克作家，中學時期參與「阿爾科咖啡館」的文學聚會，一次大戰後成為捷克外交官。

林，遇見了柯爾[4]，在家裡和妹妹和妹婿相聚，之後去威爾屈家，商量他訂婚的事（聊起約拿斯．基希吹熄蠟燭的軼事），後來在家裡試圖藉由沉默來引起母親的同情和幫助，妹妹說起晚上的社團聚會，時鐘敲響了，時間是十二點差一刻。

在威爾屈家，為了安慰他激動的母親，我說：「這樁婚姻也讓我失去了菲利克斯。一個已婚的朋友不再是朋友。」菲利克斯什麼也沒說，當然他沒法說什麼，可是他甚至什麼也不想說。

這本筆記以菲莉絲開始，她在一九一三年五月二日使我的腦袋發暈，我也可以用這個開端來結束這本筆記，如果我用一個更糟的字眼來取代「發暈」。

二月十六日。白白浪費了一天。唯一的喜悅是昨夜給了我希望，希望睡眠能夠改善。

我像平常一樣，晚上在下班後走路回家，這時，彷彿有人在窺伺我似的，從根茨莫住宅的全部三扇窗戶裡都有人熱烈地對我招手，要我上樓去。

二月二十二日。儘管睡眠不足，頭部左上方幾乎由於焦慮而作痛，也許我還是有能力建立一個較大的整體，在其中我能夠忘記一切，只意識到自己的好。

4 柯爾（František Khol, 1877-1930），此時是國家博物館的圖書館員，後來成為捷克國家劇院的戲劇顧問。

二月二十三日。我要啟程了。收到穆齊爾[1]來信。欣喜之餘又感到難過，因為我一無所有。

一個年輕人騎著一匹駿馬從一座別墅的大門出來。

祖母去世時身邊湊巧只有護士在。這個護士說，祖母臨終之前稍微從床墊上抬起身來，看似在尋找某個人，接著她平靜地躺回去，然後就去世了。

我無疑置身於包圍著我的阻礙中，但是我肯定還沒有和這個阻礙連成一體，我能察覺它有時會放鬆，而且是我能夠掙脫的。有兩個辦法，結婚或是去柏林，後者比較可靠，前者更為誘人。

我潛入水中，很快就適應了。一小群魚成群結隊從我眼前漂過，消失在綠意中。鈴鐺被潮水托著蕩來蕩去——錯了。

三月九日。任瑟走了幾步，穿過昏暗的走道，打開通往餐廳的那扇暗門，對那群大聲喧嘩的人說：「拜託你們小聲一點。我有客人在，請各位體諒一下。」說話時幾乎沒看著他們。等他往他的房間走回去，聽見喧嘩聲依舊，他頓時停下腳步，想要再回頭，但旋即改變了主意，走回他

1 穆齊爾（Robert Musil, 1880-1942），奧地利作家，代表作為長篇小說《沒有個性的人》（*Der Mann ohne Eigenschaft*），屬於二十世紀文學的經典之作。

的房間。在他房間裡，一個約莫十八歲的少年站在窗前，俯視著院子。當任瑟走進來，他說：「已經比較安靜了」，同時抬起他的長鼻子和深陷的眼睛面向著他。「根本沒有比較安靜」，任瑟說，從擺在桌上的啤酒瓶裡喝了一口，「在這裡根本不得安寧。這你得要習慣，小伙子。」

我累了，必須試著藉由睡眠來恢復，否則我在各方面就都完了。要維持生命是多麼費力！豎立任何一座雕像都不需要費這麼多力氣。

一般的論調：我在菲莉絲身上迷失了。

任瑟，一個大學生，坐在他面向院子的小房間裡讀書。女傭來通報有個年輕人想和任瑟說話。他叫什麼名字？任瑟問。女傭不知道。

在這裡我忘不了菲莉絲，因此不會結婚。這是完全確定的嗎？是的，這一點我能夠判斷，我就快三十一歲了，認識菲莉絲將近兩年，因此應該能夠看清。此外，我在這裡的生活方式使我無法忘記，就算菲莉絲對我並沒有這麼重要。我的生活方式單調、規律、安逸、依賴，注定把我牢牢留在我所待的地方。何況，我對安逸而依賴的生活有著超乎尋常的依戀，因此，更加強了一切對我有害的東西。最後，我的年紀也愈來愈大，要改變會愈來愈難。而在這一切之中，我看出了一場持續無盡而且沒有希望的大災難。我將拖著自己在敘薪等級上一年一年往上爬，變得愈來愈悲傷，愈來愈寂寞，意思是如果我還能夠忍受。

可是這不就是你想要的生活嗎？

假如我已婚，公務員生活對我可以有好處，能在各方面給我支撐，不管是面對社會、妻子還是寫作，而不至於要我犧牲太多，另一方面我也不至於在安逸和依賴中退化，因為身為已婚男人我無須擔心這一點。可是身為單身漢我就無法過一輩子這樣的生活。

可是你本來不是可以結婚嗎？

那時我無法結婚，我身上的一切都在反抗，雖然我一直深愛著菲莉絲。阻止了我的主要是對我文學工作的考量，因為我認為婚姻會危及這方面的工作。我那樣想也許是對的。可是在我目前的生活裡，這方面的工作被我的單身漢生活給毀了。這一年來我什麼都沒寫出來，之後也還是什麼都寫不出來，我腦中就只有一個念頭，而這個念頭把我侵蝕殆盡。這一切是我當時沒考慮到的。再說，這種生活方式助長了我的依賴，我做任何事都猶豫不決，無法一鼓作氣地完成任何事。在這件事情上也一樣。

你為什麼放棄終究還是能夠得到菲莉絲的一切希望？

各種自我屈辱我都試過了。在提爾公園裡，有一次我說：「答應我吧，就算妳認為妳對我的感情還不足以讓妳走入婚姻，我對妳的愛夠大，可以彌補不足的部分，事實上我對妳的愛強烈到足以讓我承受一切。」菲莉絲似乎由於我的古怪而感到不安，在頻繁的書信往返中我引起了她這方面的恐懼。我說：「我夠愛妳，足以讓我改掉可能會令妳反感的一切。我將會成為一個不同的人。」此刻，當我必須把一切想清楚，當我能夠承認一切，我得說，就連我們關係最真摯的那段時間，我也經常有預感，懷有源於一些小事的擔憂，擔心菲莉絲不夠愛我，沒有盡她所能地來愛我。如今菲莉絲也意識到了這一點，不過並非藉由我的幫助。我甚至擔心，在我最近兩次去探望她之後，她對我有幾分厭惡，儘管表面上我們親切相待，用暱稱來稱呼彼此，手挽著手走路。我對她的最後一個記憶是她那敵意十足的表情，當我在她家走廊上不滿足於只親吻她的手套，而扯下手套，吻了她的手。此外，儘管她答應了要準時回信，繼續和我維持書信往返，她卻有兩封信沒有回，只拍了電報來，承諾她會回信，卻沒有遵守承諾，而且她甚至連我母親的信都沒有回。所以，這件事的沒有指望想來無庸置疑。

這種話其實永遠不該說。從菲莉絲的角度來看，你從前的舉止不也讓人不敢指望嗎？那時的情況不同。之前我一向坦白承認我對她的愛，即使是在夏天看似永別之時；我從不曾這樣殘忍地保持沉默；我當時的舉止是有理由的，這些理由即使無法令人苟同，至少可以討論。菲莉絲卻只有一個理由，就是她對我的愛徹底不足。

儘管如此，沒錯，我可以等待。但是我無法在雙重的無望之下等待：一方面看著菲莉絲離我愈來愈遠，另一方面則看著我愈來愈沒有能力設法自救。那會是我能加諸自己身上最大的冒險，雖然（或是因為）這將最符合在我身上佔有優勢的邪惡力量。「我們永遠不知道未來將會如何」，面對目前難以忍受的處境，這種論調沒有幫助。

那麼你想怎麼做呢？

離開布拉格。面對我這輩子最強烈的人為損害，以我所能使用的最強烈的手段來回應。

離職？

根據上文所述，我的職位本身就是一件難以忍受的事。這份穩定、終身規劃、豐厚的薪資、無須全力以赴——這些對於身為單身漢的我來說都沒有意義，都將變成折磨。

你想怎麼做？

我可以馬上回答所有這類問題，說：我沒有什麼可失去的，每一天、每一點小小的成功都是件恩賜，我所做的一切都會有好結果。但是我也可以更確切地回答：身為奧地利的法律學者，嚴格說來我也根本不算，我並沒有什麼前景：在這個方向我能獲致的最好情況，在我目前的職位上就已經擁有了，但我卻不需要。此外，假定一個根本不可能的情況，亦即用我所受的法學訓練來謀生，就只有兩個城市可以考慮：布拉格和維也納，前者是我必須離開的，後者是我所厭惡的，我在那裡不會快樂，因為我若是去維也納就一定是深信自己別無選擇。因此，我必須離開奧地利，而由於我缺少語言天分，也無法從事體力勞動或是經商，那就只能先去德國，再前往柏林，在那裡我最有機會養活自己。

在柏林，我也能在記者這一行以最直接的方式來善用我的寫作能力，並且找到勉強適合我的謀生之道。在這之外，我是否還會有能力寫些受到靈感啟發的東西，此刻我完全沒有把握。但我相信我在柏林的處境將會是自主而且自由的（不管在其他方面有多麼悲慘），而我將能從這個處境中得到我此刻唯一還有能力得到的幸福。

你可是過慣了好日子的。

不，我只需要一個房間和素食膳食，其他幾乎什麼也不需要。

你不是為了菲莉絲才去那兒的嗎？

不，我選擇柏林只是出於上述的理由，不過我喜歡柏林也許是因為菲莉絲的關係，以及我腦中圍繞著她的各種想像，這非我所能控制。也有可能我在柏林將會和菲莉絲相聚。如果這種相處能幫助我把菲莉絲從我的血液裡逐出：那樣更好，這會是去柏林的另一個好處。

你健康嗎？

不——心臟，睡眠，消化。

一個租來的小房間。破曉時分。凌亂。

那個大學生躺在床上，面牆而睡。有人敲門。室內仍然安靜無聲。敲門聲更大了。大學生嚇了一跳，在床上坐起來，看向房門：進來。

女傭（一個柔弱的女孩）：早安。

大學生：什麼事？現在還是夜裡。

女傭：抱歉，有一位先生問起您。

大學生：問起我？（愣了一下）別胡說！他在哪裡？

女傭：他在廚房裡等。

大學生：他是什麼長相？

女傭（露出微笑）：嗯，他還是個少年，談不上英俊，我認為他是個猶太人。

大學生：而他在夜裡來找我？順帶一提，聽好了，我不需要妳來評斷我的客人。讓他進來吧，但是快一點。

大學生拿起擱在床邊椅子上那支小菸斗，塞了點菸草，抽了起來。

克萊普站在門口，看向大學生，大學生盯著天花板，平靜地吐著煙。（矮個子，站得很挺，鼻子又尖又長、有點歪扭，深膚色，眼睛凹陷，手臂很長。）

大學生：還要多久？到床邊來，說說你有什麼事。你是誰？想做什麼？快！快！

克萊普（慢慢走到床邊，途中試圖用手勢來說明什麼。說話時藉由伸長脖子和擠眉弄眼來幫忙表達）：我也來自烏爾芬豪森。

大學生：哦？這很好，非常好。為什麼你沒有留在那裡呢？

克萊普：你想想吧！那是我們兩個人的故鄉，雖然美麗，卻是個窮鄉僻壤。

三月十五日。那些大學生想戴上他在獄中的鎖鍊，走在杜斯妥也夫斯基的棺木後面。他在工人居住的城區死去，在一棟出租房屋的五樓。

冬季裡的一天，清晨將近五點時，尚未完全穿好衣服的女傭來通知那個大學生，說他有客人來訪。「什麼事？怎麼回事？」大學生說，仍然睡意朦朧，這時一個年輕人已經走了進來，拿著女傭借給他的一支蠟燭，一隻手把蠟燭舉高，想把大學生看清楚一點，另一隻手裡拿著的帽子幾乎垂到了地上，他的手臂是這麼長。

除了期望，別無所有，永遠無助。

三月十七日。坐在爸媽的房間裡，在雜誌裡翻閱了兩個小時，偶爾就只呆望著前方，基本上就只等待著十點一到，我就可以上床睡覺了。

三月二十七日。整體而言沒什麼不同地度過了。

哈斯急著上船，從棧橋上跑過去，爬到甲板上，在一個角落坐下，用手撐著臉，從這一刻起就不再理會任何人。船上的鐘聲響起，眾人跑過去，遠處有個人放聲高歌，彷彿在這艘船的另一端。眼看登船板就要被抽回去，這時一輛黑色馬車駛來，車伕遠遠地大聲呼喊，那匹馬猛然直起身子，必須用盡全力才能把牠拉住，一個年輕人從車裡跳下來，親吻了從車頂探出身來的一位白鬚老人，拿著小手提箱奔跑著上了船，那艘船立刻就被推離了陸地。

時間大約是深夜三點，不過那是夏季，天色已經微亮。馮．格魯森霍夫先生的五匹馬在馬廄裡站了起來，牠們名叫法莫斯、葛拉撒弗、圖納緬陀、羅希娜和布拉班特。由於夜裡悶熱，馬廄的門只虛掩著；兩個看馬的人躺在乾草堆上睡覺，蒼蠅在他們張開的嘴巴上方上下飛舞，通行無阻。葛拉撒弗站在這兩個人上方，打量著他們的臉，準備好一旦看見他們有醒來的跡象，就用馬蹄去踢。另外四匹馬輕躍了兩下，一匹接一匹地離開了馬廄，葛拉撒弗跟在牠們後面。

隔著玻璃門，安娜看見房客的房間裡黑漆漆的，走進去擰亮了電燈，準備把床鋪好。可是那個大學生在沙發上半躺半坐，微笑地看著她。她道了歉，想要走出去。可是那個大學生請她留下，不必顧慮他。她也留下了，做著她的工作，偶爾斜瞄了那個大學生幾眼。

四月五日。如果能夠到柏林去，獨立生活，一天算一天地過日子，有時也挨餓，但能讓全副力量傾洩而出，而不要在這裡無精打采，或者乾脆就整個人遁入空無之中！假使菲莉絲願意支持我！

四月八日。昨天連一個字都寫不出來。今天也沒有比較好。誰來解救我？在我內心深處的那份窘迫，幾乎看不出來。我就像個活生生的柵欄，一個牢牢固定卻想要倒下的柵欄。

今天和魏菲爾在咖啡館碰面。遠遠看過去，看他坐在咖啡館桌旁的模樣。縮著身體，就連坐在硬木椅子上都半躺著，側面英俊的臉抵著前胸，由於豐滿（還稱不上肥胖）而幾乎在喘氣，完全獨立於周遭環境之外，頑皮而沒有缺點。吊掛的眼鏡所形成的對比使人更容易看出他臉部輪廓柔和的線條。

五月六日。爸媽似乎替菲莉絲和我找到了一間漂亮的公寓，我無所事事地四處晃蕩，過了一個美好的下午。在我由於他們的關懷備至而過了幸福的一生之後，不知道他們是否也會替我找好墳墓。

一個姓馮·格里森瑙的貴族有一個車伕名叫約瑟夫，沒有別的雇主受得了他。他因為肥胖和呼吸急促而無法爬樓梯，所以住在門房小屋旁一個位在一樓的房間裡。他唯一的工作就是駕車，但也只有在特殊情況下才會用到他，例如要接送一位貴賓，除此之外，他接連幾天、幾個星期都躺在沙發上，靠近窗戶，用他那雙深陷在肥肉裡、眨動出奇快速的小眼睛看出窗外，看向那些樹木……

車伕約瑟夫躺在長沙發上，只偶爾坐起來，從一張小几上拿片夾鯡魚的奶油麵包，隨即又再倚著沙發，一邊咀嚼，一邊呆望著四周。他吃力地把空氣吸進又大又圓的鼻孔，偶爾必須暫停咀嚼，張開嘴巴，以便吸進足夠的空氣，在單薄起皺的深藍色衣服底下，他的大肚腩不停地抖動。

窗戶開著，能看見一棵金合歡和一塊空地。那是一樓一扇低矮的窗戶，約瑟夫從他的長沙發上能看見一切，每個人也都能從外面看見他。這很尷尬，但是他不得不住在一樓，自從他胖得愈來愈厲害，至少是這半年以來，他就根本無法再爬樓梯了。當他得到這個位在門房小屋旁的房間，他感激涕零地親吻了他雇主馮．格里森瑙先生的手，並且緊緊握住，但如今他看出了這個房間的缺點——總是被別人觀察，跟那個討厭的門房當上鄰居，大門入口和那塊空地上常有騷動，遠離了其他僕役以及隨之而來的疏遠和冷落——所有這些缺點如今他都徹底體會到了，而他也的確打算去請求主人讓他搬回他從前的房間。有那麼多小伙子成天無所事事地閒晃，尤其是自從主人訂婚之後新僱了許多年輕僕役，他們大可以把勞苦功高而又獨一無二的他抬上樓再抬下樓。

有一場訂婚典禮。宴席已經結束，賓客從桌旁站起來，所有的窗戶都打開了，那是六月裡一個美好溫暖的晚上。準新娘站在一群女友和親近的熟人當中，他們三五成群地聚在一起，笑聲此起彼落。準新郎獨自倚在通往陽台的門口，看向戶外。

過了一會兒，準岳母注意到他，朝他走過去，說：「你就這樣一個人站在這裡？你不去找歐爾佳嗎？你們吵架了嗎？」——「沒有」，準新郎回答，「我們沒有吵架。」——「喔」，那個婦人說，「那就去你未婚妻身邊吧！你的舉止已經引人注目了。」

純粹格式化的東西多麼可怕。

房東太太，一個身穿黑衣的柔弱寡婦，穿著直裙，站在她空空的公寓裡中間那個房間。這裡還很安靜，門鈴沒有動靜。街上也很安靜，這個婦人特意選擇了一條如此安靜的街道，因為她想要找到好房客，而喜歡安靜的房客是最好的。

五月二十七日。母親和妹妹在柏林。晚上我將和父親獨處。我認為他害怕上樓來。我該和他一起玩紙牌嗎？（我覺得K這個字母很醜，幾乎令我厭惡，但我還是照寫不誤，這想必是我的特質。）我碰觸菲莉絲時，父親的態度。

那匹白馬首次出現是在一個秋日下午，在A城市並不十分熱鬧的一條大街上。牠從一棟屋子的門廊走出來，一家貨運公司在那棟房子的院子裡有擴大的倉儲空間，因此經常有馬車必須穿過門廊，偶爾也會有一匹馬從那兒經過，所以這匹白馬並不特別引人注意。但是牠並非屬於貨運公司的馬匹。一個工人在大門前把綁在一捆貨物上的繩子拉緊，注意到這匹馬，從手邊的工作抬起頭來，接著看向院子，看看車伕是否會跟著出來。沒有人跟來，但那匹馬才要踏上人行道，就猛地直立起來，在鋪石路面上擊出了幾點火花，有那麼一瞬差點就要摔倒，但隨即控制住自己，小跑起來，不快也不慢，沿著在黃昏時分幾乎空無一人的街道往前跑。那個工人咒罵著在他看來太過大意的車伕，對著院子喊了幾個名字，也出來了幾個人，但是他們立刻看出那是匹陌生的馬，於是就只是稍感詫異地並肩站在門口。過了一會兒，有幾個人回過神來，追在那匹馬後面跑了一段路，但是因為那匹馬已經不見蹤影，不久之後他們就回來了。

這時那匹馬已經抵達了城市最外圍的道路，沒有被攔住。比起其他獨自跑走的馬兒，牠更能適應街道上的生活。牠緩慢的步伐不會嚇到任何人，牠從不曾離開車道，也從不曾離開按規定該走的那一側；如果橫街上有一輛車子駛來，而牠必須停下，那麼牠就會停下；假如有個謹慎的車伕牽著牠的韁繩，牠的舉止也不會更加完美無缺。儘管如此，牠當然還是引人注目，偶爾會有人停下腳步，微笑著目送著牠，當一輛運送啤酒的馬車從旁經過，車伕開玩笑地用馬鞭抽了這匹白馬一下，牠雖然受到驚嚇，抬起了前蹄，但是並沒有加快腳步。

可是一位警察剛好目睹了這一幕，朝那匹馬走過去，牠在最後一刻還試圖改變方向，警察抓住了牠的韁繩（雖然牠的體格並不強壯，卻還是被當成載重的馬匹安上了轡頭），十分友善地說：「停！你要去哪裡呢？」他拉住牠好一會兒，就在車道中央，因為他以為馬主人不久之後就會追過來找他走失的馬。

這有意義，但是無力，血液流動不足，距離心臟太遠。我腦中還有精采的場景，卻還是停筆了。昨天那匹白馬在我入睡之前第二次出現，我覺得牠似乎先從我面向牆壁的腦袋裡跑出來，從我身上越過，跳下床去，然後就消失了。可惜後者和上述故事的開端並不衝突。

如果我想的沒錯，我的確接近了。彷彿那場精神上的戰鬥就在林間空地某處。我深入樹林，什麼都沒發現，由於軟弱又趕緊出來；常常當我離開樹林，我會聽見或自以為聽見那場戰鬥中武器碰撞的聲音。也許那些戰士的目光穿過黑暗的樹林在搜尋我，但是我對他們所知如此有限，而且所知道的只是假象。

滂沱大雨。迎向那雨，讓水柱毫不留情地穿透你；滑進想把你沖走的水中，但還是留下，挺立著等待那驟然出現而源源不絕的陽光。

房東太太扔下了裙子，急急穿過房間。她是一位高大冷漠的女士，突出的下頷嚇跑了那些房客。他們跑下樓梯，當她在窗前目送他們離去，他們一邊跑一邊遮住自己的臉。有一次來了一個矮個子的房客，一個短小精悍的年輕人，總是把雙手插在外套口袋裡。這也許是他的習慣，但也可能是想要遮掩他顫抖的雙手。

「年輕人」，那個婦人說，抬起下頷，「你想住在這裡嗎？」

「是的」，年輕人說，仰起頭來。

「你在這裡會住得很舒服」，婦人說，領著他走向一張椅子。這時她注意到他長褲上有塊污漬，於是在他身旁蹲下，用指甲去摳。「你是個邋遢的傢伙」，她說。

「那塊污漬很老了。」

「那麼你就是個邋遢的老傢伙。」

「把手拿開」，他忽然說，真的推開了她的手。接著他說：「妳的手真可怕」，抓住了她的手，翻轉過來：「上面很黑，下面泛白，但還是夠黑，而且」——他把手伸進她寬大的衣袖——「妳的手臂上甚至還長了點毛髮。」

「你弄得我很癢」，她說。

「因為我喜歡妳。我不懂，別人怎麼會說妳很醜，因為的確有人這麼說。可是現在我看出根本不是這樣。」

接著他站起來，在房間裡走來走去。她仍舊蹲著，打量著她的手。

基於某種原因，這使得他發狂，他跳過去，又拿起了她的手。

「這麼個婆娘」，接著他說，拍拍她瘦長的臉頰。「住在這裡的確會使我生活得更舒適。但是房租必須要便宜。而且妳不能再收別的房客。妳也必須對我忠實。我比妳年輕得多，所以大可以要求妳要忠實。此外妳得要好好做飯。我習慣吃得好，而且永遠也改不了這個習慣。」

你們這些豬玀繼續跳舞吧；這跟我有什麼關係？

可是這比我過去這一年所寫的一切都更真實。也許事情還是取決於讓關節放鬆。我將能夠再度寫作。

這一個星期以來，我隔壁房間的鄰居每天晚上都來和我摔角。我不認識他，到目前為止也不曾和他說過話。我們只交換幾聲不能稱之為「交談」的呼喊。扭鬥以一聲「來吧」展開，偶爾在另一人的扭絞下會有一個人呻吟著「混蛋！」，隨著出人意料的一推喊聲「看招！」，喊「停！」則表示結束，但是我們還會再扭鬥一會兒。通常他甚至還會從門口再跳進房間裡，推我一把，使我倒下。之後他會從他房間裡隔著牆壁大聲跟我說晚安。如果我不想和他打交道，我就得把房間退租，因為鎖門沒有用。有一次我鎖上了門，因為我想看書，但是我的鄰居用斧頭把門劈成了兩半，由於一旦拿在他手上的東西他就很難擱下，那把斧頭甚至也對我構成危險。

我懂得適應。由於他總是在固定的時候過來，我就做點輕鬆的工作，必要時可以立刻中斷。

例如，我會整理抽屜，還是寫點什麼，或是讀本無關緊要的書。我必須這樣安排，因為他一出現在門口，我就得擱下一切，立刻關上抽屜，擱下筆桿，把書扔開，因為他就只想要扭鬥，別的都不想。如果我覺得自己很有力氣，就會藉由先試圖躲開他來稍微激怒他。我會從桌子底下爬過去，把椅子扔到他腳前，從遠處對他眨眼，雖然跟一個陌生人開這種完全單向的玩笑當然是沒有什麼品味。不過，通常我們的身體立刻就扭絞在一起打鬥。他顯然是個大學生，整天都在用功讀書，晚上睡覺前還想要迅速活動一下筋骨。嗯，在我身上他找到一個好對手，撇開運氣不談，我也許是我們兩人當中比較強壯、比較靈活的那一個。他則更有耐力。

五月二十八日。後天我將搭車前往柏林。儘管失眠、頭痛、擔憂，也許我的狀態比任何時候都更好。

有一次他帶了一個女孩過來。我打了招呼，沒去注意他，他卻跳過來，把我拉起來。「我抗議」，我喊道，同時舉起了手。「別出聲」，他在我耳邊低語。我察覺他不計代價想在那個女孩面前獲勝，哪怕是用下流的手段，為了給自己增添光彩。

於是我大聲說：「他叫我『別出聲』」，同時轉頭看著那個女孩。

「噢，卑鄙的傢伙」，他小聲呻吟，他在我身上用盡了他的力氣。至少他還把我拖到沙發上，把我摺下，跪在我背上，等到他喘過氣來，再度能夠說話，才說道：「現在他躺下了。」

「他應該再試一次看看」，我想要說，但是才說了一個字，他就把我的臉壓在沙發墊上，那麼用力，使我不得不沉默。「嗯」，女孩說，先前她在我的桌旁坐下，瀏覽著桌上一封剛起頭的信，「我們不是該走了嗎？他剛剛開始寫一封信。」

「就算我們走了，他也不會往下寫。過來一下，抓住這隻大腿，他發抖得像一隻生病的動物。」——「我說，放開他，然後過來。」那人非常不情願地從我身上爬下去。現在我本來可以把他痛揍一頓，因為我已經休息夠了，他為了把我壓住卻繃緊了所有的肌肉。先前是他在發抖，卻以為是我在發抖。他甚至一直還在發抖。但我沒有對他動手，因為有那個女孩在場。

「針對這場打鬥，妳可能已經作出了自己的判斷」，我對那個女孩說，鞠了個躬，從他身旁走過，在桌前坐下，以便繼續寫那封信。「是誰在發抖呢？」我問，在我動筆之前，把筆桿直挺挺地拿在半空中，證明發抖的人不是我。當他們走到門口，已經在寫信的我向他們大聲說了再見，但是也伸出腳踢了一下，以便暗示他們兩個也許應得的待遇，至少是向我自己暗示。

五月二十九日。明天前往柏林。我感覺到的是一種神經緊張的凝聚力，還是一種真正可靠的凝聚力？怎麼可能呢？是這樣嗎？一旦獲致寫作的能力，就不可能失敗，什麼都不會完全沉沒，但也很少會有什麼衝到高處？是因為和菲莉絲的婚姻即將展開？奇怪的情況，然而在我記憶中卻並不陌生。

和皮克在樓下大門前站了很久。一心只想著要如何趕緊擺脫他，因為我的草莓晚餐已經在樓上等我。現在我針對他所寫的一切都是種卑鄙，因為我沒讓他看出一絲一毫，或者說我滿意於他沒有看出來。但是只要我跟他走在一起，我對他的行為就也有共同責任，因此，我針對他所說的話也適用於我，即使拿掉這番話中的虛矯。

我作著計畫。我凝視著前方，不想把眼睛從想像出來的萬花筒的窺視孔上移開，我正往萬花筒裡看。我把好意圖和自私自利的意圖混在一起，好意圖的色彩會漸漸黯淡，慢慢轉變成純粹自私自利的意圖。我邀請天地來參與我的計畫，但也沒忘記那些小人物，從每一條巷子裡都能拉出幾個，目前他們對我的計畫更有用處。這就只是開端，永遠都只是開端。我仍在這裡，站在我的苦惱中，但是載著我的計畫的偌大車輛已經從我身後駛來，踏腳平台已經推到我腳下，像在嘉年華會花車上的赤裸女孩帶領我倒退著上了台階，我在飄浮，因為那些女孩在飄浮，同時舉起我的手，下令保持安靜。我身旁豎立著玫瑰花叢，焚香的火焰在燃燒，桂冠降下，有人把鮮花撒在我前面和身上，兩個宛如用方石鑿出的喇叭手在吹奏，小國人民成群結隊在領袖的帶領下跑過來，空蕩蕩、光禿禿、四四方方的開闊廣場上萬頭鑽動，黑壓壓的一片，我感覺到人類努力的極限，從我所在的高處，靠著自己的動力和突然附身的本領，做出了多年之前我曾讚嘆過的蛇人特技，我把身體緩緩向後彎曲——天空正試圖裂開，以便有空間來顯現為了我而出現的一個現象，但是天空停住了——，把頭部和上半身穿過我雙腿之間，再逐漸站直，重新成為一個直立的人。這是人類所能做到的極致嗎？似乎是這樣，因為我已經看見頭上長角的小魔鬼從我腳下這片又深又大的土地的千門萬戶裡鑽出來，從所有的東西上面跑過去，在他們的踩踏下，一切都從中斷裂，他們的小尾巴抹去了一切，已經有五十條魔鬼尾巴從我臉上拂過，地面變軟了，我一隻腳陷了下去，然後是另一隻腳，那些女孩的尖叫聲隨著我垂直墜入深處，穿過一個豎井，直徑和我的身體剛好相符，但是深度無窮無盡。這種無窮無盡不會引誘我做出特別的成就，不管我做什麼，都將是微不足道，我麻木地墜落，這樣最好。

杜斯妥也夫斯基寫給他哥哥的信，談他在獄中的生活。

六月六日。從柏林回來。像個罪犯一樣被綁住。假如別人把我戴上真正的枷鎖，放在一個角落裡，讓警察在我前面看守，只以這種方式讓我旁觀，情況也不會更糟。而那是我自己的訂婚典禮，大家想盡辦法讓我活過來，卻徒勞無功，只好容忍我那副樣子。當然，在所有的人當中，菲莉絲最不容忍我，這完全有理，因為她最受折磨。對其他人來說那就只是種現象，對她來說卻是威脅。

我們在家裡一刻也待不住。明知道別人會來找我們，可是儘管是晚上，我們還是溜出去。我們住的城市被山丘環繞。我們爬上山丘，衝下山坡，從一座山丘躍向另一座，使得所有的樹木都簌簌顫動。

晚上商店即將打烊之前，店員的姿態：雙手插在褲袋裡，微駝著背，從拱頂地窖的深處向外望，目光穿過敞開的大門，望向廣場。櫃臺後面的職員無精打采的動作。不起勁地綁緊一個包裹，無意識地撢掉幾個盒子上的灰塵，把用過的包裝紙疊起來。

一個熟人來找我說話。我簡直是倚在他身上，我是如此沉重。他提出下述聲明：某些人這麼說，我卻偏偏唱了反調。他列舉了他的理由。我晃了一下。雙手插在褲袋裡，彷彿它們是跌了進去，卻又如此鬆動，彷彿只要我把褲袋輕輕翻轉，它們就會馬上再掉出來。

我把店關了。形同陌生人的店員把帽子拿在手裡離開了。那是六月的一個晚上，雖然已經八點了，天還亮著。我沒有興致去散步，從來沒有，但是也還不想回家。當我的最後一個學徒轉過了街角，我就坐在關上的店門口。

一個熟人和他的年輕妻子路過，看見我坐在地上。「瞧，是誰坐在那裡」，他說。他們停下來，那人搖了搖我，雖然我從一開始就平靜地看著他。

「老天，你為什麼這樣坐在這裡？」他年輕的太太問。

「我要把店收了」，我說。「生意並不算差，該盡的義務我也都能盡到，就算有點勉強。但是我受不了這樣操心，管不住那些店員，跟顧客無法交談。從明天起我就不會再開店門。這一切都經過深思熟慮。」我看見那人試圖安撫他的妻子，用雙手握住她的手。

「好吧」，他說，「你打算把店收了，你也不是第一個這麼做的人。我們也」——他看向妻子——「和你一樣不會猶豫，一旦我們的財產足以應付生活所需——但願這一天很快就會來臨——，我們就也會把店收了。跟你一樣，經營生意對我們來說也沒有樂趣可言，這話你可以相信。可是你為什麼坐在地上？」

「我能去哪兒呢？」我說。我當然知道他們為什麼問。他們所感受到的是同情、訝異、還有尷尬，但是我實在沒有能力再去幫助他們。

已經過了午夜，我坐在房間裡寫一封信，這封信對我來說很重要，因為我希望能藉此在國外謀得一份好差事。對方是個熟人，我們已有十年沒見，透過一個共同的朋友湊巧又再聯絡上，我試圖在信裡喚回他對舊日時光的回憶，也讓他明白種種情況逼得我必須離開家鄉，而缺少豐沛人脈的我把最大的希望寄託在他身上。

在市政府任職的布魯德直到將近晚上九點才從辦公室回到家裡。天色已全黑了。妻子在大門口等他，緊摟著幼小的女兒。「情況如何？」她問。「很糟」，布魯德說，「進屋裡去吧，我再把一切告訴妳。」他們才踏進屋裡，布魯德就把大門鎖上。「女傭呢？」他問。「在廚房」，妻子說。「這樣正好，來！」在低矮寬敞的客廳裡，落地檯燈已經點亮，他們都坐下來，布魯德說：「目前的情況是這樣的。我軍正在撤退。從送達市府的確切消息可以看出，在魯姆朵夫的戰鬥結果對我方全然不利。絕大部分的軍隊也已經從城裡撤走了。官方還隱瞞著這個消息，以免市民驚慌失措。我認為這樣做並不明智，坦白說出真相會比較好，但是我的職責要求我保持沉默。只不過誰也不能阻止我把真相告訴妳。再說，大家也都猜到了真實的情況，不管走到哪裡都能察覺這一點。大家都鎖上了房門，把能夠藏起來的東西全都藏了起來。」

市政府的幾個公務員站在市政廳一扇窗戶的石砌窗台旁，俯視著廣場。最後一批後衛軍隊在廣場上等待撤離的命令。那是些年輕高大、臉頰紅潤的小伙子，緊緊拉著韁繩，拉住躁動不安的馬匹。兩名軍官騎在馬上，在他們前面緩步走來走去，顯然在等待消息。他們不時派出一名騎兵，火速消失在廣場側面一條很陡的坡道上。到目前為止，沒有一個人回來。

公務員布魯德走過來加入窗前那群同事，他還年輕，但是留了一臉大鬍子。由於他的職級比較高，人也能幹，格外受到敬重，大家都禮貌地鞠了躬，讓他走到窗台前。「所以說，這就是終局了」，他看著廣場說。「局勢太明顯了。」

「顧問先生，您的意見是」，一個傲慢的年輕人說，儘管布魯德來到，他並沒有挪開位置，此時站得離布魯德很近，近到他們根本無法對視，「您認為那場戰事輸掉了？」

「肯定如此。這件事毫無疑問。私底下說，我方的領導欠佳。我們將得要為了昔日的過錯而付出代價。不過現在不是談這些的時候，現在每個人只能顧好自己。我們面臨著徹底的潰敗。訪客今天晚上可能就會抵達，說不定甚至不會等到晚上，而在半小時之後就會來到。」

村莊裡的誘惑

六月十一日。夏季裡有一天傍晚我來到一個不曾去過的村莊，注意到那些道路既寬闊又空曠，農莊前面到處都長著高大的老樹。剛下過雨，空氣清新，一切都令我大有好感。我向站在大門口的那些人打招呼，試圖藉此表達我的好感，他們和氣地回禮，雖然態度拘謹。我心想，如果能找到一間旅店，在此地過夜也很不錯。

我正從一座農莊長滿綠色植物的高牆旁邊走過，這時牆上的一扇小門打開了，三張臉探出來，隨即消失，那扇門也又關上了。「奇怪」，我對旁邊說，彷彿身旁有人同行似的。而似乎是為了讓我感到尷尬，我身旁果真站著一個高大的男子，沒戴帽子也沒穿外套，穿著一件黑色針織背心，抽著菸斗。我迅速鎮靜下來，假裝我原本就知道他站在那裡，說道：「那扇門！你也看見那扇小門剛剛打開了嗎？」

「看見了」，那人說，「但是這有什麼奇怪呢？那是佃農的小孩。他們聽見了你的腳步聲，出來看看是誰這麼晚了還在這裡走著。」

「這當然是個單純的解釋」，我微笑著說，「身為外地人，很容易就會覺得一切都很奇怪。謝謝你。」於是我繼續往前走，而那人跟在我身後。我其實並不感到納悶，可能他剛好跟我同路，可是我們沒有理由一前一後地走，大可以並排行走。

我轉身問道：「這是前往旅店的路嗎？」

那人停下腳步，說：「我們這兒沒有旅店，或者應該說，旅店是有一間，但是沒法住人。這間旅店屬於全村居民，由於沒有人想要經營，在許多年前就交給了一個有殘疾的人，在那之前村民一直都得要照顧他。這個人現在和他的妻子一起管理這間旅店，而且管理得很差，從裡面傳出來的臭味讓人幾乎無法從門口經過，旅店的餐廳則髒得會使人滑倒。這間差勁的小店是這座村莊的恥辱，是全體村民的恥辱。」

我想要反駁他，原因在於他的外貌，一張瘦削的臉，泛黃的臉頰有如皮革，沒有什麼肉，黑黑的皺紋隨著下頷的動作而在整張臉上擴散。

「喔」，我說，沒有對這個情況表達出更進一步的驚訝，接著說：「嗯，我還是會去住那裡，因為我已經決定要在此地過夜。」

「好吧」，那人倉促地說，「不過，要去旅店得往這個方向走」，他指著我來時的方向。「走到下一個路口，向右轉。然後你就會看見旅店的招牌。那裡就是了。」

我謝謝他提供的資訊，又一次從他身旁走過，這時他格外仔細地打量我。也許他告訴我的方向是錯誤的，這我也無可奈何，但是他別想讓我感到驚愕，不管是由於他此刻迫使我從他身旁走過，還是由於他這麼快就放棄了他針對那間旅店所提出的警告，快得出奇。別人也能告訴我去旅店的路，就算那裡很髒，只要能滿足我的固執，我偶爾也可以睡在污穢的地方。再說我也沒有太多選擇，天色已經暗了，道路由於雨水而變得泥濘，而且通往下一座村莊的路還很長。

我已經把那人拋在身後，打算根本不再理睬他，這時我聽見一個女子的聲音在對那人說話。我轉過身去。一個又高又挺的女子從幾棵法國梧桐黑漆漆的樹下走出來。她的裙子閃著黃褐色的光澤，頭上和肩上披著一塊粗織的黑色圍巾。「快回家吧」，她對那人說，「為什麼你還不回來？」

「我就要回去了」，他說，「只要再等一下。我還想看看這個人要在這裡做什麼。他是個外地人，毫無必要地在這裡遊蕩。妳瞧。」

他這樣談論我，彷彿我是個聾子，或是聽不懂他所用的語言。當然，我並不怎麼在乎他所說的話，但是假如他在村子裡散播關於我的謠言，對我來說當然不是件愉快的事。於是我對那個女子說：「我在找這裡的旅店，如此而以。妳先生沒有權利這樣談論我，使妳對我也許有了錯誤的看法。」

那女子卻沒有看我一眼，而走到她丈夫身旁——我正確地看出那人是她丈夫，他們之間的關係簡直是不言自明——把手擱在他肩膀上：「如果你想要什麼，就跟我先生說，不要跟我說。」「我根本不想要什麼」，我說，對於自己受到這種對待感到生氣，「我不管妳，妳也不要管我。這是我唯一的請求。」在黑暗中我還能看見那女子把頭晃了晃，但是不再能看見她的眼神。她顯然還想要回答，但是她丈夫說：「妳安靜點！」於是她就沉默了。

這番邂逅在我看來似乎徹底結束了，我轉過身，想繼續往前走，這時有人喊道：「先生」，可能是對著我喊的。起初我根本不知道這個聲音來自何處，但隨即看見在我上方有個年輕人坐在農莊圍牆上，併攏了膝蓋，一雙腿垂下來晃啊晃的。他漫不經心地對我說：「我聽見你打算在村中過夜。除了這座農莊，你在哪裡都找不到一個像樣的地方住宿。」「在農莊裡？」我問，不由自主地（事後我為此而氣惱）用詢問的目光看向那對夫妻，他們仍舊緊挨著彼此站在那兒打量我。

「沒錯」，他說，他的回答和整個舉止都帶著傲慢。

「這裡有床位出租？」我又問了一次，為了保險起見，也為了把對方推回房東的角色裡。

「對」，他說，目光已經從我身上稍微移開，「這裡有床位供人過夜，並不是誰都能住，只有收到主動邀請的人才能住。」

「我接受」，我說，「不過我當然會支付床位的費用，就像住旅店一樣。」

「請便」，那人說，早已不再看著我，「我們不會佔你便宜的。」

他高踞在上像個老爺，我站在下面像個小廝，我實在很想朝他扔塊石頭，讓他手忙腳亂一番。但我只說：「那麼麻煩替我開門。」

「門沒有鎖」，他說。

「門沒有鎖」，我幾乎不自覺地低聲重複了一次，打開門，走了進去。一進門，我湊巧抬眼看向圍牆上面，那人已經不在牆上，儘管圍牆很高，他顯然是跳了下去，也許在和那對夫妻商量。隨他們去商量吧，我怕什麼呢，我是個年輕人，身上的現金只比三個金幣多一點，除此之外的財產就只有背包裡一件乾淨襯衫和長褲口袋裡的一把手槍。再說這些人看起來一點也不像是打算要偷別人的東西。可是，他們對我還會有什麼企圖呢？

那是大農莊常見的庭院，未經整理，堅固的石砌圍牆原本讓人懷有更高的期望。高高的草叢裡長著幾棵櫻桃樹，不規則地散布著，花已經謝了。遠處可以看見那間農舍，是棟佔地很廣的平房。天色已經很黑了，我是個晚到的住客，如果圍牆上那個人對我說了謊，我就可能陷入不妙的處境。在通往那棟房舍的路上我沒有遇到任何人，但是在屋前幾步遠的地方，透過敞開的房門，我看見兩個高大的老人在門後的第一個房間裡，是對並肩而坐的夫妻，臉孔面對著門，正在從一個碗裡吃粥。在黑暗中我看不清細節，只看見那男子外套上有幾處閃著金光，大概是鈕釦，也可能是錶鍊。我打了個招呼，尚未踏進門檻，說道：「我正在此地尋找過夜的地方，有個坐在你們庭院圍牆上的年輕人跟我說，在這個農莊可以付費過夜。」兩個老人把湯匙插在粥裡，坐在長椅上往後靠，默默地看著我。他們的舉止談不上好客。因此我又加了一句：「我希望我得到的資訊是正確的，沒有給兩位帶來不必要的困擾。」我這句話說得很大聲，因為這兩個老人家也許重聽。

「你走近一點」，過了一會兒那個老人說。就只因為他上了年紀，我才照他的話做，否則我當然會堅持要他針對我明確的問題作出明確的回答。總之，我一邊走進屋裡，一邊說：「如果收留我會給你們帶來任何麻煩，就請您明說，我完全不堅持非在這裡過夜不可。我一點也不在乎去住旅店。」「他這麼多話」，那個老婦人低聲說。

這句話只可能是種侮辱，也就是說，對方用侮辱來回應我的禮貌，可是那是位老太太，我不能反抗。而或許正是由於我無力反抗，使得她這句評語在我心中產生的效果遠超過它所應得。我感覺到某種指責具有某種道理，不是因為我說得太多，因為事實上我就只說了必要的話，而是基於貼近我生命本質的其他原因。我沒有再說什麼，也不堅持要得到回答，看見近處一個陰暗的角落裡擺著一張長椅，就走過去坐下。兩個老人又開始吃粥，一個女傭從隔壁房間走出來，把一根點燃的蠟燭擱在桌上。現在能看見的東西比之前更少，一切都在黑暗中聚攏，只有那小小的燭燄在兩個老人低垂的頭上閃動。幾個小孩從院子裡跑進來，一個小孩摔了一跤，哭了起來，另外幾個在奔跑中停下腳步，此時分散在房間各處站著，老人說：「孩子們，該去睡覺了。」他們立刻集合起來，那個哭泣的小孩就只還抽噎著，一個離我很近的小男孩扯了扯我的外套，彷彿要我跟他們一起走，而我也的確想睡了，於是我這個大人就默默地跟著這群小孩走出了房間，他們異口同聲地大聲說了晚安。那個友善的小男孩牽著我的手，使我很容易就適應了黑暗。我們隨即走到一具梯子前，爬上了閣樓。透過一扇敞開的小天窗，剛好可以看見一彎月牙，走到天窗下——我的頭幾乎要伸出窗外——呼吸那溫和而又涼爽的空氣，是件賞心樂事。沿著一面牆的地上鋪著乾草，那裡也有足夠的位置讓我睡覺。那群小孩——兩男三女——笑著脫掉衣服，我則和衣倒在乾草上，畢竟我是個外地人，並沒有被允許留在這裡的權利。我把手肘撐在地上，看著那群小孩好一會兒，他們半裸著在一個角落玩耍。可是後來我太疲倦了，就把頭擱在我的背包上，張開了手臂，目光還輕輕掠過屋樑，然後就睡著了。剛入睡時我以為還聽見了一個男孩在喊：「小心，他來了！」接著在我逐漸失去的意識中還聽見了那些小孩跑去睡覺的碎步聲。

我想必只睡了短短片刻，因為當我醒來，從天窗照進來的月光幾乎仍落在地板上的同一個位置。我不知道自己為什麼醒來，因為先前我睡得很熟，也沒有作夢。這時我察覺大約在我耳朵的高度有一隻毛茸茸的小狗，是那種惹人厭的哈巴狗，腦袋相對地大，被鬈曲的毛髮包圍，眼睛和口鼻鬆鬆地嵌在上面，就像用類似牛角的無生物製成的裝飾品。這樣一種養在城市裡的狗怎麼會來到村莊？牠為什麼夜裡在屋子裡跑來跑去？為什麼站在我耳朵旁邊？我對著牠吼，要牠走開，也許牠是那些小孩的寵物，只是誤走到我身旁。牠被我的吼聲嚇了一跳，但是並沒有跑走，只是轉過身去，用彎曲的細腿站在那裡，露出小小的身體，尤其是和那顆太大的頭顱相比之下。由於牠不吵不鬧，我打算繼續睡覺，但我無法入睡，當我閉上眼睛，我仍然看見那條狗在半空中搖晃，眼睛凸出。那令我無法忍受，我無法把這隻動物留在身邊，於是我站起來，將牠抱起，準備把牠抱出去。可是先前一直默不吭聲的這隻狗開始反抗，試圖用爪子來抓我。於是我也得抓住牠的腳掌，不過那很容易，我用一隻手就能抓住牠全部四隻腳掌。

「走吧，小狗」，我對著那個激動的小腦袋說，牠鬈曲的毛髮在晃動。我抱著牠走進黑暗中，想找到門在哪裡。此時我才注意到這隻狗多麼安靜，牠既不吠叫也不尖叫，我只感覺到血液在牠的每一條血管裡劇烈跳動。走了幾步之後——這隻狗佔據了我的注意力，使我變得不夠小心——我撞到了一個睡著的小孩，使我十分氣惱。此時閣樓裡也已一片漆黑，只還有些許光線從那扇小天窗裡透進來。那個小孩嘆了一口氣，我靜立片刻，甚至沒有移開腳尖，以免由於任何變動而使那個小孩更加清醒。可是來不及了，我忽然看見那些穿著白色內衣的小孩在我周圍坐起來，像是約好了似的，就像是聽到了命令。那不是我的錯，我只弄醒了一個小孩，而且根本不算是弄醒，就只是稍微打擾了一下，熟睡中的小孩應該很容易就能繼續睡。可是現在他們全都醒了。

「孩子們，你們想做什麼」，我問，「你們就繼續睡吧。」

「你抱著一個東西」，一個男孩說，於是五個小孩的目光全都在我身上搜尋。

「對」，我說，我沒有什麼好隱藏的，如果這些小孩想把這隻動物抱出去，那樣更好。「我要把這隻狗抱出去。牠弄得我沒法睡覺。你們知道這是誰的狗嗎？」

「是克魯斯特太太的」，至少我認為從他們迷迷糊糊、含混不清、睡眼惺忪的呼喊中聽到的是這個名字，他們不是對著我喊，而是喊給彼此聽。

「克魯斯特太太是誰？」我問，但是那些激動的小孩沒有再回答我。一個小孩從我手裡把狗抱過去，帶著牠急忙跑出去，另外幾個小孩都跟在他後面，此時那隻狗徹底安靜下來。

我不想獨自留在此處，這時我已睡意全消，雖然還猶豫了片刻，覺得自己似乎過度介入了這棟屋子裡的事，而這屋裡沒有人向我表露出太大的信賴，但我終究還是跟在那群小孩後面跑了出去。聽得見他們的腳步聲就在我前方不遠處，但是在一片漆黑之中，加上路又不熟，我絆倒了好幾次，有一次甚至撞到了牆壁，撞痛了腦袋。我們也已經來到我最先遇見那兩個老人的房間，裡面沒有人，門仍舊開著，可以看見在戶外月光下的庭院。「出去吧」，我對自己說，「這是個溫暖明亮的夜晚，我可以繼續前進，也可以在戶外過夜。跟在這些小孩後面跑實在沒有意義。」但我卻還是繼續跑，畢竟我的帽子、手杖和背包也還在閣樓上。可是這些孩子真能跑啊！我清楚地看見他們兩個箭步就穿過了這個被月光照亮的房間，身上的內衣都飛揚起來。我想到，藉由把這些小孩驚醒，引發了穿越屋裡各處的一場奔跑，該睡不睡，而在屋裡各處製造噪音（除了我沉重的靴子聲，幾乎聽不見小孩赤足的腳步聲），我等於回敬了這屋裡所缺少的熱情好客，而我甚至不知道這一切還會引發什麼後果。

忽然亮了起來。一個房間在我們面前打開，有幾扇大大敞開的窗戶，一個嬌小的婦人坐在一張桌旁，就著一盞美麗落地檯燈的燈光在寫字。「孩子們！」她驚訝地喊道，還沒有看見站在房門前陰暗處的我。那些小孩把那隻狗放在桌上，他們大概很喜歡這個婦人，一直試圖抓住她的目光，一個小女孩握住了她的手，撫摸著，婦人由著她，幾乎沒有察覺。剛才她正在紙上寫些什麼，那條狗站在她面前那疊信紙上，向她吐出顫抖的小小舌頭，就在燈罩前面，可以看得很清楚。這時那些小孩央求讓他們留下來，試圖向婦人撒嬌，想得到她的同意。婦人猶豫不決，站起來，張開雙臂，指著那一張床和堅硬的地面。那些小孩不願意接受拒絕，為了測試婦人的決心而在他們所站之處躺下，有一會兒一切都安靜下來。婦人面帶微笑低頭看著那些小孩，雙手在腹部交疊。偶爾有個孩子抬起頭來，可是看見其他幾個小孩仍舊躺在地上，他就也又躺了回去。

一天晚上，我從辦公室回家的時間比平常略晚——一個熟人在大門口耽擱了我很久——打開房門時腦中還想著剛才的對話，那番談話主要是在階級問題上打轉。我把大衣掛在鉤子上，正想走到洗手台旁，這時我聽見了陌生的短促呼吸。我抬起頭來，察覺在昏暗中有個活生生的東西，在火爐的高度，那火爐擺放在一個角落深處。一雙閃著黃色光芒的眼睛看著我，在那張看不清楚的臉下面，兩邊都有又大又圓的乳房擱在爐沿上，整個生物似乎就只由一團又白又軟的肉堆疊而成，一條又粗又長的黃尾巴從爐子上垂下來，尾稍在磁磚縫隙裡不停地掃來掃去。

我的第一個反應是深深低下頭、踩著大步——荒謬！荒謬！我小聲地一再重複，像在禱告一樣——走向通往房東太太住處的那扇門。後來我才察覺自己沒有敲門就走了進去……

時間是午夜前後。五個男子攔住我，第六個舉起了手，想把我抓住。「放開我」，我喊道，轉起了圈子，把他們全都甩開。我感覺到某種法則在發生作用，在最後一次使勁時知道自己將會成功，看見那些男子此時全都舉起了手臂往回倒，也看出下一刻他們想必全都會倒在我身上，我朝著房屋大門轉過身去——我就站在大門前不遠處——，打開那簡直是自動快速彈開的門鎖，跑上昏暗的樓梯，逃脫了。

在頂樓，年邁的母親站在公寓門口，手裡拿著蠟燭。「當心，當心」，我在倒數第二層樓就大聲往上喊，「他們在追我。」

「誰啊？誰啊？」我母親問。「孩子，會是什麼人在追你呢？」

「六個男人」，我氣喘吁吁地說。

「你認識他們嗎？」母親問。

「不，是些陌生人」，我說。

「他們長什麼樣子？」

「我幾乎沒看見他們。有一個留著黑色的大鬍子，一個人的手指上戴著一枚大戒指，一個繫著一條紅皮帶，一個的長褲在膝蓋處扯破了，還有一個只睜著一隻眼睛，最後一個露出了牙齒。」

「現在別再去想這件事了」，母親說，「去你房間，躺下來睡覺，我把床鋪好了。」母親這個老太太已經不會被任何生物攻擊，嘴角帶著一絲狡猾，嘴裡不自覺地重複著八十年的傻話。

「現在去睡覺？」我大喊……

六月十二日。庫賓。發黃的臉，稀疏的頭髮平貼在頭上，眼中偶爾閃出的光芒。

沃夫斯克爾[1]，半盲，視網膜剝離，必須避免跌倒或碰撞，否則水晶體就會掉出來，那就完了。他看書時必須把書本拿得離眼睛很近，嘗試從眼角捕捉字母。曾經和梅希歐．雷希特[2]到印度去，染患了痢疾，他什麼都吃，包括躺在街道上灰塵裡的任何水果，只要被他看見。

帕青格從一具屍體上鋸下了一條銀製貞操帶，那是在羅馬尼亞的某個地方，他把挖掘出那具屍體的工人推到一邊，說他看見了一件珍貴的小東西，想要帶回去作紀念，用這番話安撫了那些工人，然後就把貞操帶從那具骷髏身上扯下。如果他在一座村莊教堂裡發現了一本珍貴的《聖經》、一幅圖畫或一張書頁，是他想要的，他就會把東西從書籍裡、牆壁上、聖壇上扯下來，擱下一分錢的硬幣作為補償，就覺得心安理得了。——他偏好肥胖的女人，替他有過的女人都拍了照。一整疊的照片，他拿給每一個訪客看。他坐在沙發一角，訪客坐在離他很遠的另一角。帕青格幾乎沒有看過去，但總是知道對方現在看到了哪一張照片，並且加以說明：這張是個老寡婦，那張是兩個匈牙利女傭，諸如此類。——說到庫賓：「嗯，庫賓大師，您正在崛起，如果這情況

---

1 沃夫斯克爾（Karl Wolfskehl, 1869-1948），猶太裔德國作家、翻譯家，二十世紀初活躍於慕尼黑的文藝圈。

2 梅希歐．雷希特（Melchior Lechter, 1865-1937），德國畫家、版畫家，尤以替書籍繪製插圖聞名。

維持下去，再過個十年、二十年，您就能有拜羅斯[1]的地位。」

杜斯妥也夫斯基寫給一個女畫家的信。

社會生活週而復始。只有那些承受著某種痛苦的人了解彼此。根據他們所承受之痛苦的性質，他們形成了一個圈子，並且互相支持。他們在這個圈子的內緣滑行，互相禮讓對方，或是在擁擠之中把別人輕輕推開。每個人都鼓勵別人，希望這也能反過來對自己產生作用，或是熱情地直接享受這份作用。每個人都只擁有他所承受的痛苦允許他擁有的經驗，儘管如此，我們卻會聽見這些人在交換各式各樣的經驗。「這就是你」，一個人對另一個人說，「不要抱怨，而要感謝上帝你是這樣，因為假如你不是這樣，你就會置身於這種或那種不幸，遭受這種或那種恥辱。」此人從何得知這一點呢？這番話就洩露出他分明就和對方屬於同一個圈子，他也同樣需要安慰。可是在同一個圈子裡，大家知道的總是相同的事。安慰別人的人在思想上並沒有超越被安慰的人。因此，他們的對話就只是想像力的結合，就只是把一個人的願望傾洩在另一個人身上。有時候一個人看向地面，另一個人則目送著一隻飛鳥，他們的交往就在這種差異中進行。有時他們在信仰中取得一致，兩人頭倚著頭望向無垠的天空。但是只有當他們一起低下頭，當那支共同的錘

1 拜羅斯（Franz von Bayros, 1866-1924），奧地利畫家、插畫家，以帶有情色幻想的作品知名。身為畫家，庫賓的成就和地位遠比拜羅斯更高，帕青格把兩人拿來相比其實並不恰當。

子擊落在他們身上，他們才會看清自己的處境。

六月十四日。我平靜的步伐，頭部抽搐，一條樹枝從我頭上輕輕拂過，令我感到十分不適。我擁有平靜，擁有其他人的自信，但卻是在錯誤的一端。

六月十九日。過去這幾天的激動。從魏斯博士身上轉移到我身上的平靜。他替我承擔的煩惱。今天一早，當我在四點鐘從熟睡中醒來，那些煩惱又移居到我心中。「皮斯特克民俗劇場」。勒文斯坦[2]。此刻在讀索伊卡[3]那本粗糙而刺激的小說。焦慮。深信我需要菲莉絲。

歐特拉和我為了人際關係而大發脾氣。

父母的墳墓，兒子（波拉克，商學院畢業生）也葬在裡面。

六月二十五日。從清晨到黃昏此刻，我在我房間裡走來走去。窗戶開著，這是溫暖的一天。窄巷裡的噪音不斷傳進來。我在房間裡兜圈子時環顧四周，已經熟悉了房間裡的每一件小東西。掃視過每一面牆壁，也掃視過地毯的花紋和歲月在地毯上留下的痕跡，直到末端的分岔。我用張

2 勒文斯坦（Eugen Löwenstein, 1877-1961），布拉格當地文人與文藝活動贊助者，擁有一間大型紡織工廠，自一九一四年起也在《布拉格日報》上撰寫書評。

3 索伊卡（Otto Soyka, 1882-1955），奧地利作家兼記者，寫過多本通俗小說，結合了偵探小說元素、心理學和幻想題材。

開的手指丈量過房間中央那張桌子好幾次，也已多次對著房東太太亡夫的照片齜牙咧嘴。傍晚時我走到窗前，坐在低矮的窗台上。這時我湊巧頭一次靜靜地從一個固定的位置看進房間內部和天花板。如果我沒有看錯的話，這個被我多次搖撼的房間終於動了起來。從白色天花板的邊緣開始動，那裡被簡單的石膏裝飾環繞。小小的灰泥塊脫落了，像是偶然掉落在地板上，在此處彼處發出清楚的敲擊聲。我伸出手，也有幾塊掉在我手裡，我伸手越過頭上扔進巷子，由於緊張甚至沒有轉身。天花板上的剝落部位尚未顯出關聯，但已經可以想像出某種關聯。不過我不去玩這種遊戲。此刻在那片白色裡開始摻雜了一種藍紫色，始於天花板的正中央，那裡仍舊是白色的，簡直白得發亮，那盞小得可憐的燈泡就裝在那裡。那顏色，或者是一道光，一陣陣地一再擠向此刻暗下來的邊緣。我根本不再去注意那掉落的灰泥，它似乎是在一件精準操作的工具施壓之下剝落的。

這時有黃色和金黃色從旁邊擠向那片紫色。天花板其實並沒有染上顏色，只是那些顏色使得天花板變得透明，彷彿有東西在天花板上方飄浮，想要穿透天花板，幾乎已經可以依稀看出那裡的動態，一隻手臂伸長了，一把銀色的劍上下揮動。那毫無疑問是衝著我來的，一個將使我獲得自由的現象正在醞釀。我跳上桌子，以便準備就緒，扯下燈泡，連同燈具的黃銅吊桿，扔到地上，再跳下桌子，把桌子從房間中央推到牆邊。那個想要下來的東西可以好整以暇地降落在地毯上，告訴我它想要通知我的事。我才忙完，天花板就真的裂開了。從高空裡（先前我錯估了高度），在昏暗中緩緩降下一個天使，裹著用金色繩子紮著的藍紫色布巾，鼓動著一雙又大又白、閃著絲綢光澤的翅膀，一手執劍，平舉伸直。「原來是個天使！」我心想，「這一整天他都在向我飛來，而沒有信仰的我並不知道。現在他將要對我說話。」我垂下目光。可是當我再度抬起目光，那個天使雖然還在，但並不是活生生的天使，而只是船頭的一具彩繪木雕，像是水手常去的酒館裡掛在天花板上的那一種，低懸在天花板下方，天花板則已經又合攏了。如此而已。劍柄被設計用來擺放蠟燭並且承接流淌的蠋蠟。燈泡先前被我扯下來了，我不想待在黑暗中，而一支蠟燭還找得到，於是我爬上椅子，把蠟燭插進劍柄，點燃了，然後坐在這個天使微弱的燭光下，直到深夜。

六月三十日。黑勒勞[1]。萊比錫，與皮克同行[2]。我的表現糟透了。無法提問，無法回答，無法移動，勉強還能正視他的眼睛。替「德國艦隊協會」宣傳的某人，肥肥胖胖、吃著香腸的湯瑪斯夫婦，我們借住在他們家，帶我們去他們家的普雷舍，湯瑪斯太太，黑格納[3]，方陀夫婦，阿德勒夫婦和他們的小孩安妮莉絲，克勞斯博士夫人，方陀太太的妹妹波拉克小姐，卡茲，孟德

1　黑勒勞（Hellerau）是德國的第一座花園城市，建立於一九〇九年，當時位在德勒斯登市郊，如今是德勒斯登的一個城區。
2　卡夫卡於六月二十七日至二十九日和友人奧圖．皮克出門旅行，主要目的地是黑勒勞。
3　黑格納（Jakob Hegner, 1882-1962），「黑勒勞出版社」創辦人，屬於當時住在黑勒勞的文藝界人士。

爾頌[1]（他的姪兒、高山植物園、甲蟲幼蟲、冷杉浴），「森林酒館旅店」，「天然素食餐廳」，沃爾夫[2]，哈斯，在阿德勒家院子裡的朗誦會，朗誦的作品是《納西斯》（*Narciß*），參觀「達克羅士之屋」[3]，晚上在「森林酒館旅店」度過，「國際書籍與平面設計展」——一場驚嚇接著另一場。

沒做成的事：走遍了史篤威路，卻沒找到「天然素食餐廳」；搭錯了前往黑勒勞的電車；「森林酒館旅店」沒有空房；忘了艾爾娜[4]要打電話去那裡找我，因此又再回頭；沒有再跟方陀碰面；達克羅士去了日內瓦；隔天早上太晚抵達「森林酒館旅店」（菲莉絲的電話白打了）；決定不去柏林，而搭車前往萊比錫；沒有意義的旅程；誤搭了一列慢車；沃爾夫剛好去了柏林；魏菲爾的時間被拉斯克許勒[5]佔用了；無意義地參觀了那場展覽；最後在「阿爾科咖啡館」無謂地提醒皮克他欠我的一筆舊帳。

---

1 孟德爾頌（Georg Mendelssohn, 1886-1995），金屬藝術家，當時在黑勒勞設有工作坊。

2 沃爾夫（Kurt Wolff, 1887-1963），德國出版商，這時已經出版過卡夫卡的《司爐》，日後還將出版他的多部作品。

3 著名的瑞士作曲家及音樂教育家艾彌爾．雅克—達克羅士（Émile Jaques-Dalcroze，1865-1950）曾經在黑勒勞住過四年（1910-1914），並且在當地設立了一所結合了音樂與身體律動的學校。

4 艾爾娜（Erna Bauer, 1886-1972）是卡夫卡未婚妻菲莉絲的姊姊。

5 拉斯克許勒（Else Lasker-Schüler, 1869-1945），猶太裔德國女詩人，屬於表現主義文學的代表人物；庫特．沃爾夫是她和卡夫卡的共同出版商。

七月一日。太累了。

七月五日。不得不承受這種痛苦，還造成了這種痛苦！

七月二十三日。在旅館裡的法庭[6]。搭乘馬車。菲莉絲的臉，她用手撫過頭髮，打著呵欠，突然站起來，講出事先想好的話，埋藏在心裡很久的話，充滿敵意的話。回程和布洛赫小姐同行。旅館裡的房間，從對面那堵牆反射出來的熱氣。熱氣也從圍住房間裡低矮窗戶的石砌拱牆冒出來。動作靈活的僕役幾乎像是東歐猶太人。院子裡的噪音，就像在一座機器工廠裡。難聞的氣味。臭蟲。無法下定決心把牠捏扁。打掃房間的女僕表示訝異：房間裡沒有臭蟲，就只有一次有一個客人在走廊上發現了一隻。

在她父母家。她母親掉了幾滴眼淚。我述說我所學到的教訓。她父親從各方面正確地理解了這件事。為了我，他專程從馬爾摩[7]趕回來，搭乘夜車，只穿著襯衫坐在那裡，沒穿外套。他們認為我做得對，我其實並無可議之處，至少沒有太多可議之處。在一片無辜之中的殘忍。表面上是布洛赫小姐的錯。

6　一九一四年七月十二日，卡夫卡和菲莉絲在柏林的「阿斯卡尼旅館」解除了婚約，在場的還有菲莉絲的姊姊艾爾娜和菲莉絲的朋友葛蕾特．布洛赫。

7　馬爾摩（Malmö），瑞典第三大城，位於波羅的海海口，與哥本哈根隔海相望。

晚上獨坐在菩提樹下大街的一張椅子上。腹痛。可憐的查票員站在眾人面前，把票在手裡轉動，只在對方付費之後才會走開。中規中矩地執掌他的職務，雖然表面上看起來慢吞吞的，做這種長時間持續的工作不能飛快地東奔西跑，而且他也必須試著記住那些人。看到這種人我總是不免思索：他是怎麼得到這個職位的，薪水如何，他明天會在哪裡，晚年將會如何，他住在哪裡，睡覺前把手臂彎成哪個角度，我是否也能做這份工作，我會有什麼感受？想著所有這些念頭時腹痛依舊。這可怕的一夜飽受煎熬，但我對這一夜卻幾乎沒有記憶。

貝爾維德餐廳，在史特勞爾橋畔，和艾爾娜碰面。她仍舊希望事情能有好的結果，也可能只是作作樣子。喝了葡萄酒。她眼中的淚水。河上的渡輪，駛往格呂瑙，駛往許維爾陶。人很多。音樂。艾爾娜安慰我，雖然我並不難過，意思是我只為了自己而感到難過，而這是無法安慰的。

她送我一本《哥德式房間》[1]。跟我說了很多（我一無所知）。尤其談到她在公司裡成功對抗了一個惡毒的白髮女同事。她巴不得離開柏林，自己經營一間公司。她喜歡寧靜。住在塞布尼茨[2]的時候，週日她經常睡上一整天。也有興致盎然的時候。——對岸的海軍之屋。她哥哥已經在那裡租下了一間公寓。

---

1 《哥德式房間：世紀末的家族命運》（*Die gotischen Zimmer: Familienschicksale vom Jahrhundertende*）是瑞典作家史特林堡（August Strindberg, 1849-1912）的一部小說，一九〇四年出版。

2 塞布尼茨（Sebnitz）位在德國東部與捷克交界處。

為什麼她的父母和姑姑在我身後向我揮手？為什麼菲莉絲坐在旅館裡一動也不動，儘管事情已經一清二楚？為什麼她拍電報給我：「等你來，但我週二得要出差。」他們期待我做些什麼嗎？那是再自然不過的事。什麼也（被魏斯博士打斷，他走到窗邊來）……

七月二十七日。隔天沒有再去拜訪她的父母，只請了信差騎腳踏車捎了信去告別。那封信言不由衷而且矯情。「請不要記恨我。」刑場上的遺言。

去了史特勞爾橋附近河岸的游泳學校兩次。許多猶太人。臉色泛青，身體強壯，到處亂跑。晚上在「阿斯卡尼旅館」的庭院裡，吃了米布丁和一顆桃子。一個喝葡萄酒的人看著我試圖用刀子把那顆還不成熟的小桃子切成小塊，而這番嘗試沒有成功。我覺得丟臉，在那個老人的注視之下就徹底放下那顆桃子，而把《飛葉》畫刊[3]翻閱了十遍。我等待著，看他是否終於會把目光從我身上移開。最後我鼓起全部的力量，不去管他，而張口咬下那顆乾巴巴的昂貴桃子。在我隔壁的廂座裡坐著一位高大的男士，他全神貫注於他精挑細選的那塊烤肉和冰桶裡那瓶葡萄酒。最後他點燃了一支大雪茄，我從手裡拿著的《飛葉》畫刊上方觀察著他。

從「雷爾特車站」[4]啟程。一個瑞典人只穿著襯衫、沒穿外套。一個強壯的女孩戴著好幾個

3 《飛葉》畫刊（*Fliegende Blätter*）是一本有漫畫圖文的幽默諷刺週刊，於一八四五年至一九二八年在慕尼黑發行。

4 「雷爾特車站」（Lehrter Bahnhof）是從柏林駛往漢堡的火車的起站。

銀手鐲。夜裡在比興（Büchen）轉車。呂北克。「許岑豪斯旅館」糟透了。牆上掛了太多東西，床罩下的被褥髒兮兮的，旅館裡空空蕩蕩，唯一的服務人員是一個小廝。由於害怕進房間，我還走到院子裡，坐下來喝了一瓶氣泡礦泉水。有個駝背的人在我對面喝啤酒，還有一個面無血色的瘦削年輕人在抽菸。我還是去睡了，但不久就被陽光弄醒，陽光從那扇大窗戶照進來，直接照在我臉上。窗戶面向火車軌道，列車的噪音不斷傳來。搬到特拉維河畔的「凱瑟霍夫旅館」之後有了解脫的感覺，心情也愉快起來。

搭車前往特拉沃明德[1]。浴場——家庭浴場。海灘景觀。下午在沙灘上。由於打著赤腳、被視為不夠莊重而引人注目。我旁邊那人看來是個美國人。我沒有吃午餐，從一間間膳宿公寓和餐廳旁邊走過。在溫泉療養館前面的林蔭道上坐下，聆聽用餐時間的音樂。

在呂北克的老城牆上散步。一個悲傷孤單的男子坐在一張長椅上。熱鬧的運動場。安靜的廣場，家家戶戶門前都有人坐在台階或石頭上。早晨看出窗外。有人從一艘帆船上卸下木材。在火車站與魏斯博士碰面。和勒維愈來愈像。為了是否前往格雷申朵夫[2]而猶豫不決。在「漢薩酪農

1 特拉沃明德（Travemünde）是德國北端城市呂北克的濱海城區，字面意思就是特拉維河入海之處，著名的海水浴場。

2 格雷申朵夫（Gleschendorf）是距離呂北克不遠的小村莊，卡夫卡原本打算去該地度假，由於魏斯來訪，後來決定和魏斯及其女友同去瑪利利斯特。

場」用餐。「羞紅的少女」[3]。購買晚餐。打電話去格雷中朵夫。前往瑪利利斯特[4]。搭乘鐵路渡輪。一個身穿雨衣、戴著帽子的年輕人神祕地消失，從韋嘉婁瑟搭車前往瑪利利斯特時又神祕地出現。

七月二十八日。絕望的第一印象，由於那片荒蕪、那棟破爛房子、沒有蔬果的劣等膳食、魏斯和他女友的爭吵。決定隔天搭車離開。預告退房。卻還是留下。朗誦《襲擊》，我無法專心聆聽，無法一起欣賞，無法作出評價。魏斯的即興演說。是我望塵莫及的。有個人坐在院子中央書寫，肥胖的臉，黑眼睛，油膩的長髮向後撫平。凝視的目光，左眼右眼都在眨動。小孩子像蒼蠅一樣圍坐在他的桌旁，互不相干。——我沒有能力去思考、去觀察、去確認、去回憶，無法說話，也無法一起體驗，這份無能愈來愈嚴重，不得不確認自己化成了石頭。甚至於我的無能在辦公室裡也更加嚴重。如果我不在一份創作中拯救自己，我就完了。事情是如此清楚，我的認知也一樣清楚嗎？我躲避人群不是因為想要安靜地生活，而是因為想要安靜地死去。我想起我們，艾爾娜和我，從電車走到「雷爾特車站」的那段路。誰也沒有說話，我心裡就只想著，每一步對我來說都是賺到的。而且艾爾娜對我很親切，甚至相信我，儘管她看見我在法庭上受審，這實在不

3 「羞紅的少女」（Errötende Jungfrau）是用脫脂乳和紅色莓果製成的一種甜點。

4 瑪利利斯特（Marielyst）位於丹麥的法爾斯特島（Falster），是個濱海小鎮，亦為度假勝地。下文中提及的韋嘉婁瑟（Vægerløse）則是該島的另一個小鎮。

可思議；我甚至偶爾感覺到這份信任對我產生的影響，雖然我並不完全相信這份感覺。好幾個月以來，面對人群，我頭一次感到自己體內有生命是在從柏林返鄉途中，面對車廂裡坐在我對面的瑞士女子。她讓我想起G. W.。有一次她甚至喊了聲：孩子們！——她頭疼，血液循環不良。矮小的身體醜陋而未經修飾，廉價劣質的衣裳，購自巴黎一家百貨公司，臉上有雀斑。但是她有一雙小腳，儘管笨拙，卻完全掌控著她矮小的身體，結實的圓臉頰，眼神活潑，從不黯淡。

住在我隔壁的那對猶太夫妻。年輕人，兩人都害羞而樸素，她有著大大的鷹鉤鼻，他有點斜視，面色蒼白，身材矮壯，夜裡稍微會咳嗽。他們常常一前一後地走著。瞥見他們房間裡凌亂的床鋪。

一對丹麥夫妻。他經常規規矩矩地穿著西裝外套，她曬成了褐色，單薄的臉，五官粗糙。他們大多時候都沉默不語，偶爾並肩而坐，兩張臉斜斜地並立，就像浮雕裝飾上的臉。

那個放肆的美少年。一直抽著菸。看著魏斯的女友，目光中流露出放肆、挑釁、欣賞、嘲諷和蔑視，全都聚集在一道目光裡。有時他根本沒去注意她。默默地向她討了一支香菸，不久之後又遠遠地遞給她一支。破舊的長褲。如果想要揍他一頓，就必須在今年夏天動手，明年夏天他自己就能揍人了。每一個打掃房間的女僕幾乎都被他摸過手臂，而他並不低聲下氣，也不覺得難為情，反倒像個少尉軍官；由於身形暫時還像個孩子，在某些事情上要比日後更為大膽。看見他吃飯時威脅著要用刀子砍掉一個玩偶的腦袋。

方塊舞。四對男女。在燈光下和留聲機播放的音樂裡，在大廳。每跳完一曲，就有一名舞者急忙走到留聲機旁，放上一張新唱片。男士尤其跳得中規中矩、輕盈而又嚴肅。其中一個興高采烈，有著紅臉頰，一副見過世面的樣子，僵硬的襯衫鼓起來，使得他原本就又寬又厚的胸膛顯得更為高挺——另一個滿不在乎，面色蒼白，一副高高在上的姿態，和每一個人開玩笑；隱隱有了大肚腩；寬鬆的淺色衣服；懂得多種語言；閱讀《未來》週刊——那甲狀腺腫大、氣喘咻咻的一家人裡體型龐大的父親，從他們沉重的呼吸和孩童般的肚子就能認出這一家人；他和他太太（他風度翩翩地和她跳舞）故意坐在小孩子那一桌，而他們一家人自然在那一桌佔了多數。一板一眼的那一個儀容整潔，模樣令人信賴，他的臉由於嚴肅、謙虛和男子氣概幾乎顯得悶悶不樂。彈奏鋼琴。那個高大的德國人四方形的臉上有著擊劍留下的傷疤，鼓起的嘴唇在說話時十分祥和地貼在一起。他的妻子有著北歐人線條強硬但和善的臉，刻意強調的美麗步態，刻意強調自由擺動的臀部。來自呂北克的女子眼睛閃亮。三個小孩，包括葛歐格，他就像蝴蝶一樣任意棲息在全然陌生的人身上，然後以孩童的多嘴問些沒有意義的問題。例如，我們正坐著在校對《奮鬥》[1]，他忽然冒出來，理所當然地大聲問道其他的小孩跑到哪裡去了，態度充滿信賴。——那個動作僵硬

1 《奮鬥》（*Der Kampf*）是魏斯所寫的一部小說，後來於一九一六年出版。

的老先生，讓人看出北歐人高貴的長頭顱在老年時的模樣。衰頹了，面目全非了，但仍有年輕美麗的長頭顱在這裡跑來跑去。

七月二十九日。兩個朋友，一個是金髮，長得像理查．史特勞斯，面帶微笑，拘謹，世故，另一個是黑髮，衣著整齊，溫柔而堅定，十分圓滑，悄聲說話。兩個人都很懂得享受，一直喝著葡萄酒、咖啡、啤酒、烈酒，不停地抽菸，互相替對方斟酒，他們的房間就在我房間對面，裡面全是法文書籍，在晴朗的天氣裡待在陰暗的寫字房裡寫很多東西。

約瑟夫．K

約瑟夫．K，一個富商的兒子，一天晚上和父親大吵一架——父親指責他生活放蕩，要求他立刻改正——，之後他走進商會之屋，沒有特定的意圖，只是茫然而且疲倦。那屋子座落在港口附近，前後左右都空空蕩蕩。守門人深深鞠了個躬。約瑟夫沒有打招呼，只瞄了他一眼。「這些沉默的屬下，別人要他們做什麼，他們就做什麼」，他心想。「如果我想像他在用有失分寸的目光打量我，那麼就的確如此。」於是他再一次轉身面向那個守門人，仍然沒有打招呼；此人則轉身面向街道，抬頭仰望烏雲密佈的天空。

小偷

我完全不知所措。剛才我還知道要做什麼。老闆伸長了手，把我推到公司門口。我的同事，所謂的朋友，站在兩個寫字檯後面，在昏暗中垂下灰色的臉孔，以掩藏臉上的表情。

「滾」，老闆喊道，「小偷！滾出去！我說了：滾！」——「這不是真的」，我喊了第一百次，「我沒有偷！你弄錯了，不然就是污衊！別碰我！我要控告你！這世上還有法院！我不走！我像個兒子一樣替你服務了五年，現在卻被當成小偷來對待。我沒有偷竊，看在老天的份上請聽我說，我沒有偷竊。」

「別再說了」，老闆說。「滾！」我們已經站在那扇玻璃門旁邊，先前一個學徒跑出去，匆匆打開了門。雖然偏僻街巷裡的聲響傳進來，使我比較能夠接受事實，我停在門邊，雙手叉腰，就只說：「我要我的帽子。」縱使氣喘吁吁仍然盡量語氣平靜。

「拿去吧」，老闆說，往回走了幾步，從翻身越過寫字檯的辦事員葛拉斯曼手裡接過那頂帽子，想把帽子扔給我，但是扔的方向不對，力道也太大，於是那頂帽子掠過我身旁，飛到了馬路上。

「這頂帽子就歸你了」，我說，走出去到街道上。現在我不知所措了。我偷了錢，從店裡的錢箱抽了一張五元紙鈔，為了晚上能和蘇菲一起去看戲。而她根本不想去劇院，再過三天就是發薪日，屆時我就會有自己的錢了，再說我的偷竊行動也很荒謬，在大白天裡，在辦公室的玻璃窗旁邊，老闆就坐在辦公室裡看著我。「小偷！」他大喊，從辦公室裡一躍而起。我說的第一句話是「我沒有偷竊」，可是那張五元紙鈔就在我手裡，而且錢箱是打開的。

把有關這趟旅行的札記寫在另一本簿子裡。寫了幾篇作品的開頭，並不成功。但我不放棄，儘管失眠、頭痛和整體上的無能。這是我體內為此而集結的最後一股生命力。我觀察到我之所以迴避人群，不是為了安靜地生活，而是為了能夠安靜地死去。但現在我要反抗。主管不在辦公室的這一個月我會有時間。

七月三十日。厭倦了在別人的店裡工作，我自己開了一家小小的文具行。由於我的資金有限，而且幾乎所有的東西都必須以現金支付……

我尋求建議，我並不固執。如果有人不自覺地給了我建議，而我默默笑看對方，臉孔抽搐扭曲，臉頰熱得發亮，那並非固執，而是緊張、樂意接納意見、病態地不固執。

「進步保險公司」的主管對屬下一向很不滿意。如今的主管都對屬下不滿意，屬下和主管之間的差異太大，無法只靠主管下令、屬下聽命來平衡。唯有雙方對彼此的厭惡才導致了平衡，使整個公司臻於完善。

鮑茲，「進步保險公司」的主管，懷疑地看著站在他辦公桌前面的那個人，對方是來公司謀求工友的職位。偶爾他也讀一下對方帶來的資料，資料就擱在他面前的桌上。

「你個子很高」，他說，「這我看得出來，但是你能做什麼呢？在我們公司，工友要做的事不只是舔舔郵票，何況在我們這兒你連郵票都不必舔，因為這種工作在我們公司是由機器處理的。我們這兒的工友就像半個職員，必須承擔責任重大的工作，你覺得自己能夠勝任嗎？你的頭形很特別，前額後縮得很厲害。真奇怪。你的上一份差事是什麼？什麼？你已經一年沒有工作了？為什麼呢？由於肺炎？是嗎？嗯，這對你不太有利，是吧？我們只需要健康的人。在我們雇用你之前，你必須先讓醫生檢查一下。你已經恢復健康了？是嗎？當然，是有這個可能。麻煩你說話能大聲一點！你這樣小聲說話弄得我神經緊張。資料上也寫著你已婚，有四個小孩。而這一年來你沒有工作！真是！你太太替人洗衣服？喔，好吧。既然你已經來了，就馬上讓醫生檢查一下吧，工友會帶你過去。但是你不能由此推論出你已經被錄用了，就算檢查的結果對你有利。完全不是這麼回事。總之你會收到一份書面通知。坦白說，我現在就可以告訴你：我一點也不喜歡你，我們需要的是截然不同的工友，但無論如何你還是去接受一下檢查。去吧，去吧。央求也沒有用。我沒有權利施捨憐憫。你願意做任何工作。這是當然，每個人都願意，這算不上什麼特別的優點，只顯示出你對自己的評價有多低。現在我再說最後一次：你走吧，不要再耽誤我的時間。真的已經夠了。」

鮑茲必須把手往桌上一拍，那人才讓工友把他從主管辦公室裡拉出去。

七月三十一日。我沒有時間。全面徵兵已經展開。兩個妹夫被徵召了。作為報償，現在我得以獨處。不過這算不上報償，獨處只帶來了懲罰。不過，至少我比較少接觸到所有的不幸，而我比任何時候都更堅決。下午我將得要待在工廠，我將不會住在家裡，因為艾莉帶著兩個小孩過來跟我們同住。但我無論如何都會寫作，非寫不可，這是我為了自保而做的奮鬥。

八月一日。送卡爾[1]去搭火車。辦公室裡到處都是親戚。想搭車去找瓦莉[2]。

八月二日。德國向俄國宣戰。下午去上游泳課。

八月三日。獨自一人在我妹妹的公寓裡[3]。這間公寓比我的房間更深，這條街巷也比較偏僻，因此鄰居在樓下門前大聲講閒話。也有人在吹口哨。除此之外就是全然的孤獨，沒有我渴望擁有的妻子來開門。本來再過一個月我就要結婚了。一句痛苦的話：你是自作自受。你站在牆邊，痛苦地被緊緊壓在牆上，膽怯地垂下目光，看著那隻壓住你的手，懷著使你忘記先前痛苦的新痛苦，認出了自己扭曲的手正緊緊壓住你，它從來沒有這種力量去把工作做好。你抬起頭，又感覺到原先的痛苦，再度垂下目光，不停地這樣抬頭又低頭。

八月四日。我租下這間公寓時可能簽了一份文件給房東，聲明我有義務支付兩年或者甚至是

1　卡夫卡被徵召入伍的大妹夫卡爾．赫爾曼。
2　卡夫卡的二妹瓦莉在丈夫被徵召入伍後搬去距離布拉格三十五公里的小鎮與公婆同住。
3　瓦莉搬出布拉格的這段期間，卡夫卡住在她原本的公寓裡。

六年的房租。現在他向我提出合約裡這個要求[4]。我的愚蠢，或者應該說是全面而徹底的無助。滑進河裡。我之所以覺得這種滑入令人嚮往，也許是因為它讓我想到「被推下去」。

八月六日。砲兵通過城壕。鮮花、呼叫萬歲的聲音。那張拚命保持鎮靜、驚訝、專注、黝黑、黑眼睛的臉。

我沒有復原，反而更破損了。一個空的容器，雖仍完整但已成碎片，或者說，已成碎片但仍完整。充滿謊言、憎恨和羨慕，充滿無能、愚蠢和遲鈍，充滿懶惰、軟弱和無助。三十一歲。我在歐特拉的照片上看見兩個經濟學者。朝氣蓬勃的年輕人，他們具有知識，並且具有足夠的力量在那些必然會稍加抗拒的人當中運用這份知識。——其中一個牽著幾匹駿馬，另一個躺在草地上，讓舌尖在嘴唇之間戲耍，除此之外那張臉靜止不動，而且絕對使人信賴。

我在自己身上就只發現了心胸狹隘、優柔寡斷、對那些戰鬥者的羨慕和憎恨，我衷心希望他們倒大楣。

從文學的角度來看，我的命運其實很簡單。為了要描述那夢一般的內心生活，讓其他的事都變得無足輕重，而以一種可怕的方式枯萎，而且不斷地枯萎下去。別的事物永遠無法滿足我。但

4 原本預定在一九一四年九月結婚的卡夫卡事先在朗格街（Langegasse）租下了一間公寓，解除婚約之後，卡夫卡就面臨了解除租約的問題。

我用來描述的力量卻是難以捉摸，或許它已經永遠地消失了，也可能還會再一次出現在我身上，不過，我的生活情況並不利於它的出現。於是我搖擺不定，不停地飛到山峰頂端，但是幾乎一刻也無法在峰頂停留。其他人也會搖擺不定，不過是在低矮的地區，而他們具有的力量也比較強大；如果他們即將墜落，他們的親人就會把他們接住，這個親人就是為了這個目的而走在他們旁邊。我卻在高處搖搖欲墜，可惜那不是死亡，而是垂死的永恆折磨。

愛國遊行。市長的演說。一會兒他不見了，一會兒又出來了，用德語喊道：「我們熱愛的君主萬歲！」我站在一旁，目光不善。這種遊行是隨著戰爭而來的最令人反感的現象。由猶太裔商人發起，他們有時是德國人，有時是捷克人，他們雖然承認這一點，但從來無法像現在這樣大聲喊出來。他們當然會吸引一些人參加。活動組織得很好。據說每天晚上都要舉行一次，明天在週日要舉行兩次。

八月七日。就算一個人絲毫沒有成為獨特個體的能力，他還是會以自己特有的方式來對待每個人。「來自賓茨的L」為了引起我的注意，把手杖伸向我，嚇了我一跳。

游泳學校裡堅定的腳步。

昨天和今天寫了四頁，其微不足道很難超越。

驚人的史特林堡。這份怒氣，這一頁頁在抗爭中掙得的作品。

對面那間酒店裡傳出的合唱。——我剛走到窗前。睡覺看來是不可能的。完整的歌聲從敞開的玻璃大門傳來。一個女孩負責起音，唱的是些純真的情歌。我希望有警察過來。他正好出現，在門口站著聽了一會兒，然後喊道：「老闆！」那個女孩的聲音說：「沃齊古」。一個身穿襯衫和長褲的男子從一個角落跳出來。「把門關上！這種噪音誰要聽？」「噢，抱歉，抱歉」，酒店老闆說，動作溫柔和氣，彷彿他是在和一位女士打交道，先把門在他身後關上，又把門打開，溜了出來，然後再把門關上。那個警察大步走開（他的行為令人費解，尤其是他的怒氣，因為那陣歌聲不可能打擾他，反而會使他無聊的勤務增添滋味），那些唱歌的人失去了歌唱的興致。

八月十一日。想像我留在巴黎，挽著舅舅的手臂，緊緊依偎著他走在巴黎街頭。

八月十二日。根本沒睡。下午在沙發上躺了三個小時，沒有睡著，昏昏沉沉的，夜裡也一樣。但是這也阻止不了我。

八月十五日。我從幾天前開始寫作，但願維持下去。如今我不像兩年前那樣一頭栽進創作裡，受其保護，但至少我得到了一份意義，讓我規律、空虛、瘋狂的單身漢生活有了存在的理由。我又能夠和自己交談，不再凝視著虛空。只有在這條路上，我的情況才可能改善。

回憶卡爾達鐵路

在我人生中曾有一段時間——那已經是許多年前了——我受雇於俄國內地的一條小鐵路。我從不曾像在那裡一樣孤單。基於無須在此提起的種種原因，當時我在尋找這樣一個地方，愈孤單愈好，而如今我也不想抱怨。只不過在最初那段時間裡我無事可做。

那條小鐵路起初也許是為了某種經濟目的而建造的，但是資金不足，工程停頓，沒有直通距離此地五日車程的較大市鎮卡爾達，而終止於一個簡直位在荒野之中的小聚落，從該地前往卡爾達還需要搭整整一天的車。即使這條鐵路一直延伸到卡爾達，也勢必還有很長一段時間無法獲利，因為這整個鐵路計畫就是個錯誤，這塊土地需要道路，但不需要鐵路。而以目前的情況，這條鐵路根本就無法生存，每日往來的兩列火車所載運的貨物其實用輕便的車輛就能運送，而乘客就只有夏季裡幾個農場工人。但是那些人也不想完全廢棄這條鐵路，因為他們仍舊希望能夠藉由維持營運來吸引擴建鐵路的資金。在我看來這也不算是希望，而是出於絕望和懶惰。只要還有補給和煤炭，他們就讓鐵路繼續營運，支付給那幾個工人的薪水既不按時，還會短少，彷彿那是種施捨，此外就等著這整個計畫垮掉。

我受雇於這條鐵路，住在一間小木屋裡，這間木屋從建造這條鐵路以來就在那兒了，同時充當車站。木屋只有一個房間，裡面替我搭了一張簡單的床，還有一個寫字檯，用來處理可能會有的文書工作。寫字檯上裝設了電話機。當我在春天抵達，一列火車經過車站的時間很早（後來更動了行車時刻），偶爾會有某個乘客在我還在睡覺時來到車站。當地的夜晚直到仲夏都還很冷，乘客當然不會待在戶外，而會來敲門，我打開門栓，接著我們往往會聊天度過好幾個鐘頭。我躺在床上，客人則蹲在地板上，或是按照我的指示煮水泡茶，然後我們兩個就融洽地喝茶。村子裡所有的人都很好相處。我也察覺我並不特別喜歡忍受全然的孤單，就算我必須承認，我自找的這份孤單在短短的時間之後就漸漸驅散了我過去的煩惱。我根本就覺得，一樁不幸很難長期控制一個處於孤單中的人。孤單的力量勝過一切，會驅使一個人再度走向人群。當然，你會試圖找到別種途徑，這些途徑看似比較不痛苦，其實就只是還不熟悉。

我和當地人的關係比我所以為的更親近。當然，我們並沒有定期來往，和我有接觸的那五座村莊，每一座離車站都還有好幾個小時的路途，彼此之間的距離也一樣遠。如果不想丟掉這份差事，我就不敢走得離車站太遠。而至少在最初那段時間裡我完全不想丟掉差事。我自己無法前往那些村莊，就只能仰賴那些乘客，或是那些不怕路途遙遠而來拜訪我的人。在第一個月裡就有這樣的人出現，可是不管他們有多友善，不難看出他們之所以過來，就只是為了或許能和我做個生意，再說他們也根本沒有隱藏這個意圖。他們帶來各式各樣的貨物，起初只要我還有錢，我往往看也不看就全數買下，我是那麼歡迎那些人，尤其是其中幾個。不過，後來我就買得少了，一個原因在於我自認為察覺了我買東西的方式令他們起疑。此外，火車也替我送來生活所需，當然品質很差，而且比起那些農人帶來的東西還貴得多。

本來我打算開墾一個小菜園，再買一隻乳牛，以這種方式盡可能自給自足，不依賴任何人。我也帶來了種植園圃的工具和播種用的種子，未經耕作的空地多得是，我的小屋周圍是一整片平地，放眼望去沒有一點坡度。但是我的力氣不足以馴服這片土地。它難以駕馭，直到春季都凍硬了，就連我鋒利的新鋤頭也挖不動。不管撒下什麼種子都是枉然。這件工作讓我感到一陣陣的絕望。我整天躺在床上，就連列車抵達時也不出來，就只從床鋪上方的小窗探出頭去，通報我生病了。於是列車人員，一共是三個人，就會進我屋裡來取暖，但是他們會發現屋裡也並不溫暖，因為我盡量避免去使用那個容易爆炸的老舊鐵爐。我寧可裹著一件溫暖的舊大衣，再蓋上各式各樣的毛皮，是我從農夫那兒慢慢收購來的。「你常常生病」，他們對我說。「你是個體弱多病的人，沒辦法活著離開這裡了。」他們這樣說並不是要讓我難過，而是盡可能坦白說出真相。他們說這話時往往異樣地瞪大了眼睛。

每個月一次（但是每次都在不同的日子），會有一個督察來檢查我的登記簿，取走我收到的錢，並且付我薪水（但並不是每次都會付）。每次在他抵達的前一天，那些載他到前一站的人就會先通知我。他們把這份通知視為他們能夠給我的最大好處，雖然我本來就每天都循規蹈矩地處理好一切。這也完全不費力氣。可是那個督察每次踏進車站時，那副表情也都像是他這一次非得要揭發我的瀆職不可。每次他都用膝蓋把門頂開，同時盯著我看，才把登記簿翻開，就發現了一個錯誤。我得要花很長的時間，當著他的面再計算一次，向他證明我沒有算錯，而是他算錯了。每次他對我收到的款項都感到滿意，然後就啪地一聲把簿子闔上，再度用銳利的眼神看著我。「總有一天我們將得要停駛這條鐵路」，每次他都這麼說。「是會有這麼一天」，我習慣這樣回答。

審核結束之後，我們的關係就改變了。我每次都準備了烈酒，也盡可能準備些美食。我們舉杯對飲，他引吭高歌，嗓子還可以，但是唱來唱去就只有兩首歌，一首很悲傷，開頭是：「孩子啊，你在森林裡要去哪裡？」第二首歌很輕快，開頭是：「快活的小伙子，我屬於你！」——視他的心情而定，我就會收到部分薪水。但是在這樣同樂時，只有在一開始的時候我會刻意去觀察他，之後我們就水乳交融，肆無忌憚地臭罵管理部門，他會在我耳邊低語，私下承諾將替我安排升遷，最後我們一起倒在床上，互相擁抱，往往十個鐘頭都不鬆開。隔天早上他又以上司的身份啟程離開。我站在火車前面行禮，他在上車時通常還會轉身面向我，說：「嗯，小朋友，我們一個月後再見。你曉得利害關係的。」我還看見他吃力地把那張浮腫的臉轉向我，臉頰、鼻子和嘴唇都向前突出。

那是每個月僅有一次的大調劑，我徹底放縱自己；如果居然還有些烈酒留下，我就在督察啟程之後馬上喝掉，通常當我還聽見火車開車的信號，就已經大口把酒灌下。在這樣一個夜晚過後我口渴得要命；就好像我體內還有另一個人，他從我的嘴巴裡探出頭來，喊著要東西喝。那個督察不愁沒有酒喝，他在他搭乘的火車上總是帶著大量的酒備用，我卻只能仰賴喝剩的酒。

但是接下來那一整個月我就滴酒不沾，也不抽菸，就只做好我的工作，其他別無所求。前面說過，要做的事並不多，但是我做得很徹底。例如，我有責任每天打掃並檢查車站左右各一公里的鐵軌，但我並不囿於這項規定，往往走得更遠，遠到我就只勉強還能看見車站。由於地勢十分平坦，天氣晴朗時，直到五公里外都還能看見車站。如果我走得夠遠，那間小屋在我眼前幾乎就只是微微發亮的一個光點，由於眼睛的錯覺，有時我會看見許多黑點朝著小屋的方向移動，像是一整群人，一整個隊伍。偶爾卻真的有人來，那我就會揮動著鋤頭往回跑，跑完那一整段長路。

傍晚時分我做完了工作，終於回到小屋。通常在這個時間不會有訪客前來，因為返回村莊的道路在夜裡並不安全。有幾個無賴在這一帶晃蕩，但都不是當地人，他們也會更換出沒的地點，不過也會去而復返。我見過的無賴最多，偏僻的車站吸引著他們，他們其實並不危險，但是跟他們打交道時態度必須嚴厲。

他們是唯一會在這悠長的黃昏時分來打擾我的人。通常我都躺在床上，不去想往事，也不去想鐵路，下一班火車要在晚上十點到十一點之間才會經過這裡，簡而言之，我什麼都不去想。偶爾我會讀一份別人從火車上扔下來給我的舊報紙，報上刊載著發生在卡爾達的轟動新聞，我對這些故事雖感興趣，但是只靠著日期不連續的報紙無法了解來龍去脈。另外，在每一期的報紙上都刊登著一部連載小說，名叫〈指揮官復仇記〉。這個指揮官的腰間總是配戴著一把短劍，在某一個場合他甚至把短劍啣在齒間，我曾夢見過他一次。此外我也無法閱讀太久，由於天色暗得很快，而煤油燈或是油脂蠟燭都太貴了，我負擔不起。鐵路公司每個月只提供我半公升煤油，早在月底之前就已經用罄，只為了替晚上那列火車點亮半小時的信號燈。而點亮這個信號燈其實並非必要，於是後來在有月光的夜晚我就根本不點燈。我很清楚，等到夏季結束，我將迫切需要那些煤油。因此我在小屋的一角挖了一個坑，放進一個塗了瀝青的舊啤酒桶，把每個月省下的煤油倒進去。我把那個角落用乾草蓋住，沒有人注意到。小屋裡的煤油氣味愈濃，我就愈是心滿意足；這股氣味之所以這麼濃，是因為那個桶子的老朽木頭被煤油浸透了。後來為了小心起見，我把這個桶子改埋在小屋外面，因為有一次那個督察向我炫耀一盒火柴，當我向他討，他把火柴一根根點燃了扔向空中。我們兩個還有那些煤油都處於險境，我掐住他的脖子，直到他鬆手讓火柴掉落，才挽救了一切。

在空閒的時候，我經常思考該如何準備過冬。如果在溫暖的季節裡我就已經覺得冷——而且大家都說天氣要比之前許多年都暖和——，到了冬天，日子將會很難熬。我積攢煤油就只是一時心血來潮，如果我夠明智，就應該替冬季囤積許多東西；當地人不會特別照顧我，這一點毫無疑問，但是我太過大意，或者並不是大意，而是取決於我的事情太少，使我並不想太過費心。此刻在溫暖的季節裡我過得還可以，我就安於現狀，沒有再多做什麼。

當初吸引我來到這個車站的一個誘因是可以打獵。有人跟我說，這一帶的野獸很多，我也已經預購了一把槍，等我存夠了錢，就打算讓人替我把槍寄來。如今卻發現此地幾乎沒有可以充作獵物的野獸，據說只有狼和熊會在此地出沒，而我在頭幾個月裡一隻也沒看見。除此之外，這裡有著特有的大老鼠，我一來就看見牠們成群結隊地從草原上跑過去，就像是被風吹著走。但是我所期盼的獵物並不存在。別人告訴我的消息並沒有錯，的確有生長著豐富獵物的地區，但卻在三天的路程之外——當時我沒有考慮到，在這片綿延數百公里無人居住的土地上，對於地點的說明當然不可能準確。總之，我暫時還不需要那把槍，可以把那筆錢用在別的地方，但是為了過冬我就必須買到一把槍，於是我固定為此攢下一些錢。要對付那些偶爾來偷吃食糧的老鼠，用我那把長刀就夠了。

在頭一段時間裡，當我對一切還感到好奇，有一次我刺穿了這樣一隻老鼠，把牠貼著牆壁舉高到我眼睛的高度。體型比較小的動物只有在我們眼睛的高度時，我們才能夠看個仔細；倘若蹲下來看著在地上的牠們，就會得到錯誤而且不完整的印象。這些老鼠最引人注意之處在於牠們的爪子，那些爪子很大，略微中空，末端卻還是很尖銳，很適合用來挖掘。當那隻老鼠懸在我面前的牆壁上，在最後的抽搐中，牠以一種似乎違反了牠天性的方式伸直了爪子，看起來就像一隻小手朝我伸過來。

一般而言，這些動物很少打擾我，只有在夜裡偶爾會把我吵醒，當牠們在堅硬的地面上咑咑咑地從我的小屋旁跑過去。如果我坐起來，點燃一支小蠟燭，就能在木板下某處的縫隙裡看見一隻老鼠從屋外伸進來的爪子在焦急地挖掘。那完全是徒勞，因為要挖出一個夠大的洞，牠得要挖上好幾天，而只要天色微亮，牠就會逃之夭夭，儘管如此，牠還是像個專心致志的工人一樣工作。而且牠的成績斐然，雖然被牠挖飛的只是肉眼幾乎看不見的碎屑，但是用上牠的爪子想來總是會有成果。夜裡我經常久久注視，直到這規律而平靜的景象使我昏昏欲睡。這時我也沒有力氣再把小蠟燭吹熄，於是它就還繼續照亮了那隻忙碌的老鼠。

有一次，在一個溫暖的夜裡，當我又聽見這些爪子在挖掘的聲音，我小心翼翼地走出去，並沒有點亮蠟燭，想要親眼看看這隻動物。牠長著尖嘴的腦袋垂得很低，幾乎塞進了兩隻前腿中間，只為了盡量貼近那塊木板，並且把爪子盡量深深塞進木板底下。牠的整個身體繃得這麼緊，你會以為是有人在小屋裡抓住了這雙爪子，想把這隻動物整個拉進去。然而，我一腳踢死了牠，這一切也隨之結束。在完全清醒的狀態下，我無法容忍我的小屋受到攻擊，它是我唯一擁有的東西。

為了保護小屋免受老鼠攻擊，我用乾草和粗麻塞住了所有的縫隙，並且每天早晨都巡視小屋周圍的地面。屋內的地面就只是夯實的泥土地，我也打算鋪上木板，這也有助於過冬。附近村莊一個名叫耶寇斯的農民早就答應要帶給我質料好的乾燥木板，為了他這個承諾，我也已經多次款待他，他也從來不會長時間不露面，而是每隔兩週就會出現，偶爾也需要利用鐵路寄送一些東西，但是他始終沒有帶木板來。他的藉口五花八門，最常託稱自己年紀太大，拖不動這麼重的東西，他兒子會把木板送來，但是目前田裡農事正忙。據耶寇斯自己說，他已經七十多歲了，而看來他也所言不虛，但是他身材高大，還很強壯。此外，他也會改變藉口，另一次又說要弄到我所需要的這麼長的木板很困難。我並不催他，我也不是非要這些木板不可，其實是耶寇斯自己給了我在地上鋪上木板的想法，說不定鋪上木板根本沒有好處，簡而言之，我可以心平氣和地聽著這個老人說謊。每次見到他，我就向他打招呼：「我的木板，耶寇斯！」他就立刻口齒不清地開始道歉，用「督察」、「隊長」、或者就只是「電報員」來稱呼我，不僅答應很快就會把木板帶來給我，還答應要叫他兒子和幾個鄰居協助，把我那整間小屋拆掉，改建一棟結實的房屋。我久久聽著，直到那使我疲倦，而我就把他給推出去。而他為了得到我的原諒，在門口舉起他自稱虛弱的手臂，事實上他能用那雙手掐死一個成年男子。我知道他為什麼沒有帶木板來，因為他想著等冬天接近，我會更加迫切地需要那些木板，也會付比較好的價錢，此外，只要那批木板還沒送來，他在我眼中就比較有價值。而他當然不笨，知道我很清楚他的心思，但我並未加以利用，他從這一點看出了他的優勢，而他就保持著這份優勢。

可是，在我任職的第一季即將結束時，我生了重病，於是我為了保護小屋免受老鼠攻擊、保護自己順利度過冬天而做的一切準備都必須中止。在那之前很多年我都不曾生病，就連最輕微的不適也不曾有過，這一次我卻生病了。一開始是強烈的咳嗽。從車站往內陸的方向大約兩小時路程的地方有一條小溪，我習慣把水桶擱在手推車上去那裡取水備用，也常在溪裡洗澡，而咳嗽就是因此而起。我咳得那麼厲害，在咳嗽時不得不蜷起身體，我認為如果我不藉由蜷起身體鼓起所有的力氣，就承受不了這陣咳嗽。我以為火車上的工作人員會對這種咳嗽感到震驚，但是他們聽慣了，稱之為「狼咳」。從那以後，我也就從這番咳嗽裡聽出嚎叫。我坐在小屋前的小凳子上，嚎叫著迎接列車進站，再嚎叫地目送它駛離。夜裡我跪在床上，而不是躺著，把臉壓進毛皮裡，讓我至少免於聽見自己的嚎叫。我緊張地預期某一條重要的血管將會破裂，從而終結一切。但是這種事並沒有發生，而咳嗽甚至在幾天之後就消失了。有一種茶能夠治癒這種咳嗽，一個火車司機答應把這種茶帶來給我，但是向我說明，這茶必須在開始咳嗽之後第八天才能喝，否則就沒有效果。第八天他果真把茶帶來，而我還記得，除了列車上的工作人員之外，還有兩名乘客到我的小屋裡來，那是兩個年輕農民，據說聽聽喝了茶之後的第一陣咳嗽能帶來好運。我喝了茶，還把第一口茶咳到了在場之人的臉上，但是果真立刻感覺輕鬆許多，雖然在最後這兩天咳嗽本來也就已稍微減輕。但是我仍舊發著燒，而且一直不退。

這樣發燒令我十分疲倦，我失去了所有的抵抗力，有時候我額上會突然冒汗，接著全身發抖，不管我人在哪裡，都必須躺下來等待我再度恢復神智。我清楚察覺我的情況沒有好轉，反而惡化了，意識到我必須搭車前往卡爾達，在那裡停留幾天，直到我的情況好轉。

八月二十一日。動筆時懷著這麼大的希望，全部三個故事卻都是挫敗，今天尤其強烈。也許每次都應該在寫了《審判》之後才寫這篇俄國故事。這份希望所依靠的顯然就只是一份習慣性的幻想，懷著這份可笑的希望，我又開始寫《審判》。——並非毫無成果。

八月二十九日。一章的結尾寫得不好，開頭寫得很好的另一章我將幾乎不可能以同樣的水準繼續往下寫，或者應該說是肯定不可能，而當時在夜裡我肯定能夠寫成。但我不能放棄自己，我是全然孤獨的。

八月三十日。寒冷而空虛。我太過清楚地感覺到自己能力的極限，這個極限無疑很窄，除了在我有了靈感的時候。而我認為，即使是在靈感之中，我也只被拉進這狹窄的極限中，不過我自己當然感覺不出。儘管如此，在這個極限之內有我生存的空間，而我將會加以利用，直到令人鄙夷的地步。

深夜一點四十五分。對面有個小孩在哭[1]。同一個房間裡忽然有個男子開口說話，這麼近，彷彿他就在我窗前。「我寧願從窗戶跳出去，也不想再聽到這種聲音。」他還神經質地嘟囔了些別的話，他太太試圖不出聲、只用氣音再哄孩子入睡。

九月一日。在全然的無助中幾乎寫不到兩頁。我今天大大退步了，雖然我睡得很好。但是我知道我不能放棄，如果我想超越寫作最底層的痛苦，而獲致也許等待著我的更大自由，我的生活方式已經壓抑了我的寫作。舊日的麻木尚未完全離開我，而心中那份寒意也許永遠不會離開。我不被任何屈辱嚇退，這既可以意味著絕望，也可以帶來希望。

九月十三日。又寫不到兩頁。起初我以為，為了奧地利在戰場上失利而感到的悲傷以及對未來的焦慮（這份焦慮既讓我感到可笑，又讓我感到可恥）將使我根本無法寫作。但妨礙我寫作的不是這個，而是一份一再出現的麻木，必須一再加以克服。要感到悲傷，在寫作之外還有的是時

1　從一九一四年九月至一九一五年二月，卡夫卡暫住在他大妹艾莉位於布拉格郊區的公寓，艾莉則帶著孩子搬去和娘家父母同住，由於她丈夫被徵召入伍參戰。

間。涉及戰爭的思緒很折磨人，在各方面腐蝕著我，和舊日因菲莉絲而起的煩惱很相似。我無力承擔煩惱，也許生來就注定要死於煩惱。如果我夠虛弱——這也要不了太久了——，也許最小的煩惱就足以讓我崩潰。不過這麼看來，我也能找到機會，盡可能拖延這樁不幸。雖然當時我的身體相對而言還沒有這麼虛弱，而我用盡了力氣也沒能針對因菲莉絲而起的煩惱做些什麼，但是當時在最初那段時間裡，寫作給了我很大的支撐，如今我不想再讓這份支撐被奪走。

十月七日。我休了一星期的假，為了把這篇小說寫下去[1]。到今天為止——今天是週三，下週一我的休假就結束了——都寫得不成功。我寫得很少，也很差。當然，上個星期我就已經在走下坡，可是我卻無法預見情況會變得這麼糟。這三天是否就足以讓我作出結論，亦即我不配過著不上班的生活？

十月十五日。好好寫了十四天，偶爾能完全理解我的處境。——今天是週四（週一我的休假就結束了，我又多休了一星期的假）。布洛赫小姐的來信。我不知道該如何看待這封信，我知道我注定要獨自生活（如果我還能活下去，這一點根本不確定），也不知道我是否喜歡菲莉絲（我想起我看見她時的反感，當她跳舞時嚴肅地垂下目光，當她在「阿斯卡尼旅館」臨走之前伸手拂

寫給布洛赫小姐的信

1 係指《審判》。

過鼻子和頭髮，還有那無數個全然陌生的瞬間），可是儘管如此，那無盡的誘惑又出現了，一整個晚上我都在把玩這封信，寫作停滯不前，雖然我感覺我有能力寫作（不過是在折磨人的頭痛之下，我已經頭痛了一整個星期）。我憑著記憶把我寫給布洛赫小姐的那封信再寫下來：

「這是個奇特的巧合，葛蕾特小姐，我湊巧在今天收到您的信。巧合之處我不想說，事情只跟我和我的念頭有關，今天夜裡將近三點我上床躺下時心裡的念頭。（自殺，寫信給馬克斯，交代他許多事。）

您的來信令我十分驚訝。令我驚訝的不是您寫信給我。為什麼您不該寫信給我？雖然您寫道我恨您，但這並非事實。就算所有的人都恨您，我也不恨您，而且不僅是因為我無權恨您。雖然在「阿斯卡尼旅館」您像個高高在上的法官，那對您、對我、對所有人來說都令人厭惡——但是那只是表面上，事實上我坐在您的位置，而且直到如今都是如此。

您完全錯看了菲莉絲。我這樣說不是為了引誘您說出細節。我想不出任何細節——而我的想像力在這些圈子裡已經兜來轉去不知多少次，乃至於我信賴它——我要說，我想不出任何細節能夠使我相信您沒有錯看。您所暗示的事絕不可能，想到菲莉絲基於某種令人費解的原因而想要自我欺騙，這令我感到悲傷。而這也是不可能的。

我一向認為您的關切是真心的，而且完全不考慮自己。寫前一封信對您來說也不輕鬆。為此我由衷感謝您。」

這封回信達到了什麼目的?這封信看起來寸步不讓,但就只是因為我感到羞愧,因為我認為這是不負責任,因為我害怕讓步,並不是因為我不想讓步。甚至於我只想讓步。如果她不回信,對我們所有人來說都最好,但是她將會回信,而我將會等待她的回覆。

休假的第……天[1]。深夜兩點半。幾乎什麼也沒……,讀了……,覺得寫得很差。兩方面……失敗。在我面前的是辦公室和……就要垮掉的工廠。但我……。我最強大的支撐……是思及菲莉絲的念頭,儘管我在昨天那封信裡婉拒了任何聯繫的嘗試。如今我有兩個月沒和菲莉絲有任何實際(除了和艾爾娜的通信),過著平靜的生活,夢見菲莉絲就像夢見一個再也無法復活的死者,而此刻,當我有了接近她的機會,她就又成為一切的中心。她可能也干擾了我的寫作。最近這些日子裡,當我想起她,我感覺她是我曾經遇過的人當中最陌生的一個,不過我對自己說,之所以會有這種特別的陌生感,是因為菲莉絲比其他任何人更為接近我,或者至少是被其他人推到了我身邊。

稍微翻閱了一下日記。對於此生的安排有了一種領略。

1 日記的這一頁被撕去了一角,因此有幾句殘缺不全。

十月二十一日。四天來幾乎什麼也沒寫，總是只寫了一個小時，也只寫了幾行，但是睡得比較好，頭痛因此幾乎消失了。沒有收到布洛赫的回信，明天是最後的機會。

十月二十五日。寫作幾乎完全停滯。寫出來的似乎不是獨立的作品，而是昔日佳作的倒影。布洛赫的回信寄來了，為了回信我猶豫不決。太過卑鄙的念頭，我根本無法寫出來。昨天的悲傷。當歐特拉陪我走到樓梯，說起一張風景明信片，……[2]而想從我這兒得到某種回答，我什麼都說不出來。由於悲傷而完全無法……我只能用肩膀示意……皮克那篇故事雖然有少數優點……今天報上刊登了福克斯[3]的詩。

十一月一日。在很長一段時間之後，昨天有了不錯的進展，今天又幾乎什麼也沒寫，從我休假以來這兩週幾乎整個浪費掉了。

一部分的今天是個美好的週日。在裘特克公園讀了杜斯妥也夫斯基的抗辯書。城堡和軍團司令部的警衛。杜恩宮的噴泉。——一整天都感到自滿，此刻在寫作時卻完全失靈。而這甚至不是失靈，任務和達成任務的道路就在我眼前，我就只需要突破某些小小的障礙，卻做不到。——玩弄著思及菲莉絲的念頭。

2　這一篇日記寫在被撕去那一角的背面，因此也缺了一些字。

3　福克斯（Rudolf Fuchs, 1890-1942），以德語寫作的捷克詩人與翻譯家，屬於布拉格的德語作者圈。

十一月三日。下午寫信給艾爾娜，審閱了皮克寫的那篇故事〈盲眼客人〉，寫下一些修改意見，稍微讀了一點史特林堡，之後沒有睡覺，八點半去父母家，十點回來，由於擔心已經開始的頭痛，也因為即使在夜裡我也睡得很少，我沒有再寫什麼，部分原因也在於我害怕會把昨天寫得尚可的一段給寫壞了。這都要怪那幾封信，我將試著根本不再寫信，或者就只寫很短的信。現在我是多麼尷尬，而這弄得我心神不寧！昨天晚上的喜不自勝，在我讀了賈穆[1]的幾行作品之後，我跟他除此之外沒有任何關係，但是他的法文卻對我產生了強烈的作用，那篇作品寫的是他去拜訪一個詩人朋友。

十一月四日。裴帕[2]回來了。大喊大叫，興奮得不得了。說起在戰壕裡有隻鼴鼠在他身體底下挖洞，他把這視為老天給他的指示，要他離開那個位置。他才離開，一發子彈就射中了跟在他後面、此時位在那隻鼴鼠上方的士兵。——他的隊長。他們清楚看見他被俘虜。隔天卻在樹林裡發現他全身赤裸，被刺刀刺穿了。很可能他身上有錢，別人想替他搜身，搶他的錢，可是他不願意別人碰他，「軍官就是這樣」。——裴帕由於憤怒和激動差點哭了，當他在從火車站回來的路上碰到他以前的主管（從前他對這個主管畢恭畢敬，到了可笑的地步），看見對方穿戴體面、噴

---

1 賈穆（Francis Jammes, 1868-1938），法國詩人，善於吟詠鄉村生活。

2 裴帕（Pepa）是卡夫卡二妹夫約瑟夫．波拉克（Josef Pollak）的小名，這時因為在戰場上負傷而回到布拉格休假養傷。

了香水、脖子上掛著小望遠鏡，往劇院走去。一個月之後他自己也上劇院去了，用的是他主管送他的票。他去看的那齣戲名叫《不忠的艾克哈特》，是一齣喜劇。——他曾經在薩皮哈侯爵的城堡裡過夜，有一次就在奧地利火力全開的砲兵連前方，那時他是後備軍。有一次他在一間農舍裡過夜，左右靠牆的兩張床上各睡著兩個婦人，火爐後面睡著一個女孩，地板上則睡著八名士兵。

——士兵所受的處罰。被綁在一棵樹上站著，直到臉色發青。

十一月十二日。期望子女感激的父母（甚至也有要求子女感激的父母）就像放高利貸的人，只要能拿到利息，他們樂意冒著失去本金的風險。

十一月二十四日。昨天去了圖賀馬赫街，那裡在分送舊衣物給來自加利西亞的難民[3]。馬克斯、他母親布羅德太太、柴姆·納格[4]。納格先生的明理、耐心、親切、勤勉、健談、幽默、可靠。這種人在他們所屬的圈子裡完全游刃有餘，讓人以為他們在這世上無論做什麼都會成功，但是他們的完美就也包括了他們從來不撈過界。

來自塔爾努夫[5]的卡納吉瑟太太，聰明、活潑、自尊心很強但是低調，她只想要兩條好一點

3 由於在加利西亞的戰事，大批東歐猶太難民湧向布拉格。布拉格的猶太社群成立了一個救助委員會來協助這些難民，卡夫卡好友馬克斯·布羅德的父母也熱心參與。

4 柴姆·納格（Chaim Nagel）是救助難民委員會的主席。

5 塔爾努夫（Tarnów）是位於現在波蘭東南部的一座城市，當時屬於奧匈帝國，在一次大戰之初就被俄軍攻佔。

的毯子，但是儘管有馬克斯幫忙，她只拿到了又舊又髒的毯子，那些又新又好的毯子放在另一個房間，所有的好東西都放在那裡，準備給社會地位比較高的人。他們之所以不願意給她好一點的毯子也是因為她只需要用兩天，直到她的衣物從維也納運來，而已經用過的東西不能回收，由於有傳染霍亂的危險。

魯斯提希太太帶著大大小小好幾個孩子，還有一個嬌小、調皮、自信、靈活的妹妹。她在找一件童裝，找了好久，直到布羅德太太對她大吼：「您就拿了這件吧，不然就什麼都拿不到。」可是魯斯提希太太更大聲地吼回去，說完還把手用力一揮：「行善要比所有這些破爛衣服更有價值。」

十一月二十五日。空虛的絕望，無法振作，只有在滿足於痛苦時我才能打住。

十一月三十日。我無法再寫下去。我來到了徹底的極限，也許又要在這個極限前面坐上好幾年，然後可能再重新開始寫一篇仍舊無法完成的新故事。這個命運追著我不放。我也又變得冷漠無感，留下的只有老年人那種對平靜安詳的喜愛。而就像某種完全脫離了人類的動物，我已經又轉動著脖子，想在這段空檔時間裡試圖再得到菲莉絲。我也真的會去嘗試，如果我對自己感到的噁心沒有阻止我。

十二月二日。下午和馬克斯與皮克去魏菲爾家。我朗誦了〈在流放地〉[1]，並非全然不滿意，除了那些過於醒目、無法抹去的缺陷。魏菲爾朗誦了幾首詩，還有〈波斯皇后艾絲特〉[2]當中的兩幕。這兩幕引人入勝。但是我很容易被別人影響。馬克斯對這齣劇不是很滿意，他所提出的批評和比較干擾了我，於是留在我記憶中的遠遠不像我在聆聽時那麼完整，當這齣劇打動了我。我想起了那些意第緒語演員。魏菲爾的兩個漂亮妹妹。大妹妹倚著椅子，經常側眼瞄向旁邊的鏡子，在我貪婪的目光下，用手指輕輕指向別在她襯衫上的一個胸針。那是件深藍色低領襯衫，領口綴滿薄紗。重複述說劇院裡的一幕：在《陰謀與愛情》[3]這齣戲演出時，一些軍官經常私底下大聲議論：「史培克巴赫在引人注目」，指的是包廂裡倚牆站立的一名軍官。

這一天的結論，在見到魏菲爾之前就已作出：一定要繼續寫作，遺憾的是今天沒法寫了，因為我累了，頭又痛，上午在辦公室裡就已經隱約有點頭痛。一定要繼續寫作，這必須是可能的，儘管失眠，儘管要上班。

今夜的夢境。和德皇威廉在一起。在宮殿裡。美麗的景色。一個像是吸菸室的房間。和瑪蒂

1 〈在流放地〉（In der Strafkolonie）是卡夫卡利用十月休假那兩週完成的一篇故事。
2 《波斯皇后艾絲特》（*Esther, Kaiserin von Persien*）是魏菲爾一首未完成的戲劇詩。
3 《陰謀與愛情》（*Kabale und Liebe*）係德國文學家席勒的所寫的一齣悲劇，於一七八四年首演。

德·瑟勞[1]相遇。可惜全都忘了。

十二月五日。艾爾娜來信說起他們一家人的情況。在我看來，只有當我把自己視為這家人的厄運時，我和他們的關係才有一致的意義。這是唯一一個自然的解釋，能化解這段關係裡所有令人驚訝之處。這也是目前我和這家人之間唯一的關聯，除此之外我在感覺上和他們完全脫離，雖然我也許更深刻地脫離了整個世界。（從這一點來看，我的生命意象就是一根無用的棍子，在黑暗的冬夜被霜雪覆蓋，在大平原邊緣一片被深掘過的田地上輕輕斜插在地上。）只有厄運在起作用。我造成了菲莉絲的不幸，削弱了全家人此刻迫切需要的抵抗力，間接該為她父親的死負責[2]，讓菲莉絲和艾爾娜變得疏遠，最後也給艾爾娜帶來了不幸，我能預見這樁不幸還會繼續下去。我被套上了轡繩，注定要拖著這份不幸向前。我寫前一封信給她時深受煎熬，她卻認為那封信很平靜；「它深深散發出平靜」，如同她所表達。不過也不能排除她之所以這樣說，是出於體諒、寬大和對我的關心。在這整件事中我已受到足夠的懲罰，單是我面對這家人的處境就是足夠的懲罰，我也受了這麼多折磨，永遠無法從中復原（我的睡眠，我的記憶力，我的思考力，我對最微小的煩惱的抵抗力，全都無可救藥地削弱了，說也奇怪，這就跟長期坐牢所造成的後果差不

1 瑪蒂德·瑟勞（Marilde Serao, 1856-1927），希臘裔的義大利女作家兼記者，是義大利第一位女性報紙編輯。
2 菲莉絲和艾爾娜的父親卡爾·包爾於一九一四年十一月五日死於心肌梗塞。

多），但是目前我並沒有因為我和這家人的關係而太受折磨，至少不比菲莉絲或艾爾娜更受折磨。當然，如今我預定要在聖誕節和艾爾娜作一趟旅行，當菲莉絲留在柏林，這件事的確有令人苦惱之處。

十二月八日。一段長時間以來，昨天首次具有無庸置疑的能力去好好寫作。但也只寫了母親那一章的第一頁[3]，由於我已經有兩夜幾乎沒睡，由於我一早就開始頭痛，也由於我對隔天懷有太大的焦慮。再度看出，所有零碎寫下、而非利用大半個夜晚（甚至是整夜）寫下的東西品質較差，而由於我的生活情況，我注定只能寫出這種劣等的東西。

十二月九日。和從芝加哥來的艾彌爾．卡夫卡相聚[4]。他幾乎感動了我。描述他平靜的生活。從早上八點到下午五點半在郵購商品公司。在紡織品部門檢查商品的寄送。週薪十五美元。一年休假十四天，其中一週是有薪假，服務滿五年之後全部十四天就都是有薪假。在紡織品部門比較不忙的時候，他就在腳踏車部門幫忙。每天賣出三百部腳踏車。一間擁有上萬名員工的批發公司。只透過寄發商品目錄來贏得顧客。美國人很喜歡換工作，在夏天根本就不熱中於工作。但

3 係指《審判》中〈搭車去看母親〉那一章。

4 艾彌爾．卡夫卡（Emil Kafka, 1881-1963）是卡夫卡的堂兄，於一九〇四年移民美國，此時任職於「西爾斯百貨公司」（Sears, Roebuck & Co.）。

是他不喜歡換工作，他看不出換工作有什麼好處，只會失去時間和金錢。到目前為止他做過兩份工作，各做了五年，等他回去——他請了無限期的長假——，就會再回到同一個職位，公司永遠用得上他，不過也永遠不少他一個。晚上他通常待在家裡，和熟人玩一局紙牌，偶爾去戲院消磨一個小時，夏天裡去散散步，週日乘船遊湖。他沒打算結婚，雖然他已經三十四歲了，因為美國女人結婚就只為了離婚，這對她們來說很容易，對男人來說卻很昂貴。

十二月十三日。沒有寫作——只寫了一頁（對那個傳說的解釋[1]）——而去讀寫完的那幾章，覺得有部分寫得不錯。始終意識到，每一分滿意和快樂（例如我對那個傳說特別感到滿意）都是有代價的，而且這個代價將來必須償還，使我永遠不得休息。

心滿意足地死去

最近去找過菲利克斯。在回家的路上我跟馬克斯說，我在臨終時將會十分心滿意足，前提是不要太痛苦。我忘了補充、後來也故意沒提的是，我最好的作品都是建立在這種能夠心滿意足地死去的能力上。所有那些成功、具有說服力的段落都是關於某個人的死亡，而他很難接受，對他而言其中存在著一種不公平，或者至少是一種殘酷嚴苛，而這對讀者來說是感人的，至少我這麼認為。可是對於自認能夠在臨死時心滿意足的我而言，這樣的敘述其實是一種祕密的遊戲，我樂

1 係指《審判》中接在「在法律之前」那個守門人傳說後面的解釋。

於在那個臨死的人身上死去，利用讀者專注於死亡的注意力，我的理智比他更清醒，我假定他在臨死時將會哀訴，所以我的哀訴要盡可能地完美，不像真正的哀訴一樣會突然中斷，而是美麗而純淨。那就像我總是在母親面前抱怨我的痛苦，我的抱怨讓人以為我的痛苦很大，但其實遠遠沒有那麼大。當然，在母親面前我不需要像在讀者面前一樣用上這麼多技巧。

十二月十四日。可悲的蝸速進展，也許正寫到最重要的段落，這時候能好好善用一夜是多麼必要。

下午去鮑姆家。他正在替一個面色蒼白、戴著眼鏡的小女孩上鋼琴課。他兒子安靜地坐在昏暗的廚房裡，漫不經心地在玩著某件看不出是什麼的東西。感覺上氣氛十分悠閒。尤其是相對於那個高大女傭的忙碌，她在一個桶子裡洗碗。

在塞爾維亞節節敗退，愚蠢的指揮。

十二月十九日。昨天幾乎在無意識的狀態下寫了〈鄉村教師〉[2]，但卻擔心寫作的時間會超過凌晨一點四十五分，擔心是有道理的，我幾乎沒睡，只作了三個短短的夢，之後在辦公室裡的

2 〈鄉村教師〉（Der Dorfschullehrer）是卡夫卡一篇未完成的故事，在他去世之後，布羅德出版其遺稿時所用的標題是〈巨鼴〉（Der Riesenmaulwurf）。

精神狀態可想而知。昨天父親為了工廠的事指責我：「是你把我拖下水的。」之後回家，平靜地寫了三個小時，意識到我無疑是有過錯，就算不像父親所說的那麼大。今天，週六，沒有回爸媽家吃晚餐，部分原因是害怕父親，部分原因則是想把整個晚上都用來寫作，但我卻只寫了一頁，而且寫得不太好。

每一篇故事的開頭起初都很可笑。這個新生的有機體尚未完成，處處都很敏感，似乎毫無指望能在世上既定的結構中存活，凡是既定的結構都致力於把自己隔絕。當然，我們忘了，一篇故事如果有存在的理由，即使尚未完全展開，也已經具有了既定的結構；因此，沒有道理為了一篇故事的開頭而感到絕望；同樣地，父母在嬰兒面前也會感到絕望，因為他們並沒有打算要把這個可憐又可笑的小生命帶到世上來。當然，我們永遠不知道自己所感到的絕望究竟有沒有道理。但是這番思索能給人一些支持，從前我缺少這種經驗，這已經讓我吃了一些苦頭。

十二月二十日。馬克斯對杜斯妥也夫斯基的批評，認為他作品中有太多患有精神病的人物。對疾病的描述就只是用來刻畫人物性格的手法，而且是一種十分細緻而有效的手法。例如，只要別人極其固執地一直說某個人頭腦簡單、像個白癡，那麼這個人就會被刺激去作出最佳表現，如果他具有杜斯妥也夫斯基筆下人物的核心特質。在這一點上，對他性格的描述，其意義就像朋友之間的笑罵。如果他們對彼此說「你是個笨蛋」，他們的意思並不是說對方真的是個笨蛋，而這份友誼令他們感到丟臉，而是在這句話裡（如果這不純粹是句玩笑，但就算是玩笑也一樣）通常摻雜著無數的意圖。例如，卡拉馬助夫兄弟們的父親一點也不傻，而是個非常聰明的人，幾乎跟伊凡一樣聰明，只是邪惡，而且無論如何要比某些人聰明得多，例如他那個沒被小說家攻訐的表弟或外甥，那個在他面前自覺高高在上的大地主。

十二月二十三日。讀了赫爾岑[1]書裡〈倫敦之霧〉那一章的幾頁。根本不知道在寫些什麼，然而那個無意識的人整個浮現了，意志堅決，自我折磨，自我克制，然後又再度消逝。

繼續寫〈鄉村教師〉

十二月二十六日。和馬克斯夫妻一起去庫滕貝格[2]。原本我對這四天假日有多少計畫，花了多少時間考慮該如何運用這幾天，現在卻可能打錯了算盤。今天晚上幾乎什麼也沒寫，或許也不再有能力繼續寫〈鄉村教師〉，這一篇我已經寫了一個星期，假如能有三個空閒的夜晚，我肯定已經乾淨利落地寫完，而且沒有明顯的缺點，而現在，雖然幾乎才寫了開頭，就已經含有兩個無可救藥的缺陷，而且還發育不良。——從現在起重新分配每天的時間！更加善用時間！我在此處

---

1 赫爾岑（Alexander Herzen, 1812-1870），俄國作家與思想家，被稱為「俄國社會主義之父」，因反抗沙皇而多次被流放，〈倫敦之霧〉是他回憶錄裡的一章。

2 庫滕貝格（Kuttenberg）位於布拉格東邊九十公里處，是座古老的城市。

抱怨是為了得到解脫嗎？解脫不會來自這本日記，而會在我躺在床上時來到，將會使我仰躺著，使我美麗、輕盈、白中泛青地躺著，不會有別種解脫來到。

庫滕貝格的莫拉韋茨旅館，酒醉的僕役，院子加蓋了有天窗的天棚。倚著二樓欄杆的士兵隱隱的輪廓。我的房間窗戶面向一條無窗的昏暗走廊。紅沙發，燭光。雅各教堂，虔誠的士兵，唱詩班的女孩歌聲。

十二月二十七日。一個商人經常碰到倒楣的事。他忍受了很久，但最後他自認為忍無可忍，於是去找一個懂法律的人，想請對方提供建議，想知道他該怎麼做，才能避開不幸，或是讓自己有能力忍受不幸。這個懂法律的人總是把文獻攤開在面前研讀。他習慣用一句話來招呼每個前來請教他的人：「我正讀到您的案子」，一邊用手指著他面前那一頁的某處。對此有所耳聞的這個商人並不喜歡這個習慣，雖然那個懂法律的人藉此立刻表明了他也許能夠幫助前來求教的人，並且讓對方不再擔心自己遭遇了一種在暗中起作用、無法告訴任何人、誰都無法感到同情的不幸，但是這句話實在太令人難以置信，甚至阻止了這個商人早一點來找這個懂法律的人。此刻他要走進來時也仍舊躊躇，並且停在打開的門口。

十二月三十一日。從八月就開始寫作，整體而言寫得不少，也不差，但是不管是從「質」還是「量」來看，都沒有達到我能力的極限，如同我所應當。特別是，我能預見我的能力持續不了多久了（失眠、頭痛、心臟衰弱）。寫了尚未完成的有：《審判》、〈回憶卡爾達鐵路〉、〈鄉村教師〉、〈助理檢察官〉[1]和幾段短短的開頭。寫完的就只有：〈在流放地〉和《失蹤者》的一章，兩者都是在休假那兩週寫的。我不知道我為什麼作這個總結，這根本不像我的作風。

1 〈助理檢察官〉（Der Unterstaatsanwalt）是卡夫卡遺稿中一篇故事的殘稿。

1915年

Kafka Tagebücher

經歷了去年下半年的創作高峰，卡夫卡從本年初開始，又逐漸進入寫作的停滯期，這一次的停滯幾乎長達兩年。卡夫卡對此也頗爲焦慮。

寫作的停滯，也與卡夫卡的工作量增加有關。由於戰爭因素，他所在的部門變得更加忙碌，而工廠的許多事情也需要卡夫卡處理，他爲這些事痛苦不堪。

雖然如此，這一年還是發生了兩件值得高興的事。一件是〈變形記〉這篇傑作的正式發表，另一件事則有些出乎意料，它是卡夫卡生前獲得的少數肯定之一。德國作家史登海姆（Carl Sternheim）獲得了著名的馮塔內獎（Fontane Prize），史登海姆由於賞識卡夫卡，決定把獎金贈送給他。這一消息傳出後，卡夫卡的處女作《沉思》馬上就再版了。

另外值得一提的是，從去年年末以來，卡夫卡開始接觸到因戰事而來到布拉格的東歐猶太難民，並對東、西歐猶太人之間的差異有了許多體悟。

一月四日。很想動筆寫一篇新故事，沒有由著自己去寫。一切都是徒勞。如果我無法接連幾夜對這些故事窮追不捨，它們就會逃脫四散，就像現在這篇〈助理檢察官〉。而明天我要去工廠，在保羅入伍之後，也許我將每天下午都得去[1]。這樣一來，一切都到此為止了。思及工廠的念頭就是我永恆的贖罪日[2]。

一月六日。暫時放棄了〈鄉村教師〉和〈助理檢察官〉。但是也沒有能力繼續寫《審判》。想到那個從倫貝格來的女孩[3]。預示著某種幸福，就像對永生所懷的希望。隔著某種距離看去，這些希望能維持下去，而我們不敢靠近。

一月十七日。昨天第一次在工廠裡口授書信。沒有價值的工作（一個小時），但並非沒有帶來滿足。先前在下午很難受。頭痛不止，我不得不一直用手按著頭來使自己鎮靜（這是在「阿爾科咖啡館」的情況），在家裡沙發上心臟作痛。

讀了歐特拉寫給艾爾娜的信。我的確壓迫著她，而且是肆無忌憚地，由於粗心，也由於無

1 保羅（Paul Hermann）是卡夫卡大妹夫卡爾的弟弟，在卡爾被徵召入伍之後替他管理那間石棉工廠。這時保羅也被徵召，於是卡夫卡就得承擔管理工廠的工作。

2 贖罪日是猶太教的重要節日，當日要禁食、祈禱，並且不准工作。

3 這個女孩是來自加利西亞大城倫貝格（Lemberg）的難民，在布拉格居民替難民設立的學校就讀，布羅德也在該校授課，卡夫卡常去旁聽，從而認識了這個名叫芳妮．萊斯（Fanny Reiß）的女孩及其姊妹，她們在他日後的日記裡還會出現。

能。在這件事情上菲莉絲是對的。幸好歐特拉夠堅強，如果她獨自在一個陌生的城市裡，就能馬上擺脫我的影響。由於我的錯，她沒能善用她與人來往的能力。她寫道她在柏林感到不快樂。這不是真話！

看出我完全沒有善用從八月以來的時間。我一直試圖在下午多睡一會兒，以便能繼續寫作直到深夜，這種嘗試沒有意義，因為在最初那兩週過後，我就已經能夠看出我的神經不允許我過了凌晨一點之後才去睡覺，因為那時我就根本睡不著了，第二天就很難熬，而我漸漸毀掉了自己。於是我下午睡得太久，夜裡卻很少能夠寫作到一點以後，而最早總是在接近十一點時才開始寫。這樣做是錯誤的。我必須在八點或九點就開始寫，深夜當然是最好的時間（休假！），但卻是我無法企及的。

週六我將和菲莉絲見面。如果她愛我，我不配。我認為如今我看出，我在所有事情上的極限是多麼狹窄，因此在寫作上也是如此。如果一個人強烈地看清了自己的界限，他就不得不爆炸。想來是歐特拉的信讓我意識到這一點。最近這段時間裡我非常自滿，針對菲莉絲我有許多反對意見來替自己辯護並且堅守立場。可惜那時我沒有時間把這些論點寫下來，如今我寫不出來了。

史特林堡的小說《黑旗》。談到來自遠方的影響：你肯定感覺到了別人不贊同你的舉止，但他們沒有說出來。你在孤獨中感到安寧自在，卻不清楚為什麼；遠方有人想著你的好，說你的好話。

一月十八日。在工廠以同樣的方式徒勞地工作到六點半，讀了文件，口述了信件，聽了報告，寫了紀錄。在那之後是同樣無意義的滿足感。頭痛，睡得很差。無法專心寫作較長的時間。也太缺少戶外活動。儘管如此，還是開始寫一篇新故事，我怕把那些舊的故事寫壞了。此刻我面前排列著四、五個故事，就像開演前，馬匹排列在馬戲團團長舒曼面前一樣。

一月十九日。只要我還得到工廠去，我就什麼也寫不出來。我認為此刻我感覺到的無力寫作就跟我受雇於「忠利保險公司」時一樣[1]。與職業生活的近身接觸（儘管我內心盡量不參與）奪走了我綜觀事物的能力，就好比走在一條狹窄的通道上，而我還低下了頭。例如，今天報上刊登了瑞典相關部門的聲明，表示瑞典無論如何將保持中立，儘管受到三國協約的威脅。結尾說：協約國成員在斯德哥爾摩將會碰個硬釘子。今天我對這篇聲明的內容含意幾乎照單全收。假如是三天前，我會深深覺得在此發言的是個斯德哥爾摩的鬼魂，所謂的「三國協約的威脅」、「中立」、「瑞典相關部門」都只是憑空捏造出來的東西，只能用眼睛欣賞，卻永遠無法用手指去碰觸。

1 一九〇七年十月到一九〇八年七月，卡夫卡任職於義大利「忠利保險公司」（Assicurazioni Generali）的布拉格分公司，這是他的第一份正式工作。

我和兩個朋友約好要在週日去郊遊，卻意外地睡過了頭，錯過了碰面的時間。朋友知道我一向很準時，因此感到驚訝，來到我住的屋子，還在樓下站了一段時間，然後才上樓來敲我的房門。我嚇了一大跳，從床上一躍而起，沒留心別的事，一心只想著要盡快準備好出門。當我穿戴整齊，走出房門，我的朋友卻倒退了幾步，顯然大吃一驚。「你腦袋後面是什麼？」他們喊道。我從醒來之後就感覺到有某件東西阻止了我把頭往後仰，此刻我伸手去摸這個障礙物。我的朋友已經稍微鎮靜下來，喊道：「小心點，別弄傷了自己！」這時我在我腦袋後面握住了一把劍的劍柄。朋友走過來檢查我，帶我走進房間，到衣櫥的鏡子前面，脫掉了我的上衣。一把古老的騎士長劍，十字形的劍柄以下都插在我背上，可是劍鋒不可思議地精準插在皮膚和肌肉之間，沒有造成傷害。但就連從頸部刺入的部位也沒有傷口，我朋友向我保證劍刃插入之處勢必會造成的開口是乾燥的，完全沒有流血。此刻當我朋友爬上椅子，一點一點地緩緩把劍抽出來，也沒有血跟著流出來，同時頸部那個開口也闔上了，剩下一道幾乎察覺不出的細縫。「你的劍在這兒」，朋友笑著把劍遞給我。我用兩隻手掂著它的重量，這是件貴重的武器，東征的十字軍可能用過。是誰縱容這些古老的騎士在夢裡到處亂跑，不負責任地揮舞著他們的劍，把劍刺進無辜的睡眠者，之所以沒有造成嚴重的傷口，就只是因為他們的武器起初可能從活人的身體上滑脫，也因為有忠誠的朋友站在門後，並且樂於助人地敲門。

一月二十日。寫作的終結。何時它會再度接納我？我在何其糟糕的狀態下和菲莉絲碰面！隨著放棄寫作，立刻就出現了思考遲鈍，沒有能力做好碰面的準備，而上個星期我幾乎揮不去有關此事的重要念頭。但願我能享受這件事唯一的好處：較佳的睡眠。

《黑旗》。我讀得也這麼差勁。我也多麼惡毒而軟弱地觀察自己。看來我無法進入這個世界，但我可以平靜地躺著，可以去感受，可以把感受到的在我體內攤開，再平靜地走出來。

一月二十四日。和菲莉絲在博登巴赫[1]碰面。我認為我們永遠不可能結合，但我不敢告訴她，在關鍵時刻也不敢告訴自己。於是我又搪塞了她，這很荒唐，因為每一天都使我更蒼老，更僵化。舊日的頭痛又出現了，當我試圖去理解她既受著折磨，同時又平靜而快活。我們不該再寫許多信來互相折磨，最好是把這次會面當成某種單一事件加以忽略；還是說我認為我能在這裡掙得自由，靠寫作為生，移居國外還是其他地方，在那裡偷偷和菲莉絲一起生活？在其他方面我們也發現彼此毫無改變。各自默默對自己說，對方無法動搖而且冷酷無情。我對我的要求寸步不讓，我要的是一種脫離實際的生活，只以我的寫作為考量；她對我所有的沉默央求都無動於衷，她想要的是平常生活，舒適的公寓，對工廠感興趣，豐富的食物，晚上十一點上床睡覺，有暖氣

1　博登巴赫（Bodenbach：捷克語 Podmokly）位於捷克和德國的邊界上，是從布拉格通往德勒斯登的火車路線途中一站，卡夫卡和菲莉絲於一九一五年一月二十三日至二十四日那個週末在此相會。

的房間，把我從三個月前就調快了一個半小時的手錶調回正確的時間。而她是對的，也將依然是對的；她是對的，當她糾正我要服務生拿報紙來時的德語用詞，而當她說起她想要的公寓陳設要有「個人色彩」（這幾個字怎麼說都很刺耳），我什麼都無法糾正。她說我的大妹和二妹「膚淺」，根本沒問起我的么妹，幾乎沒問起我的作品，顯然也不理解。這是事情的一面。

我就跟平素一樣無能而乏味，其實應該沒有時間去思索別的事，除了去思索這個問題：怎麼會有人有興致對我動一根小指頭。我接連把冷冷的呼吸吐在三批人臉上。黑勒勞那些人，博登巴赫的里朵一家人，還有菲莉絲。

菲莉絲說：「我們在這裡相聚是多麼規矩。」我沉默不語，彷彿在她發出這聲感嘆時我的聽覺失靈了。我們在房間裡獨處了兩個小時。就只有無聊和淒涼圍繞著我。我們還不曾共度過片刻美好時光，是我在其中能夠自由呼吸的。和心愛女子的甜蜜關係，像在楚克門特爾[2]和里瓦那樣，我對菲莉絲不曾有過，除了在信中，在她面前我只感到無盡的欽佩、臣服、同情、絕望和自卑。我也為她朗誦，那些句子令人作嘔地亂成一團，和她這個聽眾沒有形成任何關聯，她閉著眼睛躺在沙發上，默默地聽著。不甚熱心地請求我讓她帶一篇手稿回去謄寫。聽到守門人那篇故

2 楚克門特爾（Zuckmantel：捷克語 Zlaté Hory）位在捷克東北與波蘭接壤處，卡夫卡在一九〇五年和一九〇六年在此療養。

事[1]時她比較專注，也提出了好的意見。這時我才恍然明白了這個故事的意義，她也正確地理解了這個故事，接下來我們當然就對這篇故事挑三揀四，由我起的頭。

我和別人說話時所感到的困難，其他人肯定覺得難以置信，困難的原因在於我的思想（或者應該說我的意識內容），有如霧一般朦朧，如果事情只涉及我，我在其中能不受打擾地安歇，有時還自得其樂，可是人與人之間的交談卻需要犀利、果斷和連貫，這些是我身上沒有的。沒有人會想和我一起躺在五里霧之中，就算有人願意，我也無法讓這片雲霧從我的前額鑽出來，而它在兩個人之間也會散去，化為空無。菲莉絲繞了遠路來到博登巴赫，費了很大的工夫才弄到護照，在徹夜未眠之後還得忍受我，甚至於聽我朗誦，而這一切都是徒然。她是否也和我一樣感到這是種痛苦？肯定不會，就算她和我一樣敏感。畢竟她沒有罪疚感。

我的看法沒錯，也被承認是正確的：每個人都愛著對方原本的樣子，但卻認為依對方現有的樣子，無法和對方一起生活。

這一組人：魏斯博士試圖說服我菲莉絲的可惡，菲莉絲試圖說服我魏斯博士的可惡。我相信他們兩個，愛他們兩個，或者說是努力去愛。

一月二十九日。再度試圖寫作，幾乎沒有用。前兩天都很快就去睡了，在十點左右，我已經

1 係指《審判》裡〈在法律之前〉那個故事。

很久沒有這麼早睡了。白天裡感到自由，尚稱滿意，在辦公室比較堪用了，能夠和別人交談。——此刻膝蓋痛得厲害。

一月三十日。無能的老毛病。中斷了寫作還不到十天，就已經無法進入狀況。又得要大費周章。必須要潛入水中，並且比在你之前沉沒的東西下沉得更快。

二月七日。完全停滯。無盡的折磨。

對自己若有某種程度的認識，當其他情況也有利於自我觀察，我們勢必會經常覺得自己很可憎。任何對良善的標準——不管世人在這件事情上的意見有多麼分歧——都會顯得太高。我們將會看出自己就只是個老鼠洞，裝滿了不可告人的念頭，哪怕是再小的舉動也不可能不受這些念頭的影響。這些念頭是這麼齷齪，我們在觀察自己時甚至不願去想個透徹，而滿足於從遠處觀之。這些念頭不只涉及自私自利，和這些念頭相比，自私自利會顯得像是善與美的典範。我們將發現那份齷齪是為了它自己而存在，我們將會看出自己背負著這個重擔來到世上，離開時也將由於這份重擔而面目全非、無法辨認，或者說太容易辨認。這份齷齪是我們能找到的最底層的土地，所含有的不是熔岩，而是污穢。這種污穢是最底層也是最表層的東西，就算自我觀察帶來的疑慮很快就會淡化並且變得沾沾自喜，就像一隻豬在泥漿裡打滾。

二月九日。昨天和今天稍微寫了一點。狗故事[1]。此刻讀了開頭。很難看，令我頭疼。儘管真實，它惡毒、迂腐、呆板，就像沙灘上一條勉強還在呼吸的魚。我過早地寫了《布瓦爾和佩庫歇》[2]。如果這兩個元素——在〈司爐〉和〈在流放地〉裡最為顯著——無法結合，我就完了。可是這種結合有指望嗎？

終於租了一個房間。在畢雷克街上的同一棟屋子裡[3]。

二月十日。第一晚。住在隔壁的人和房東太太聊了好幾個小時。兩人都小聲說話，幾乎聽不見房東太太在說什麼，因此更令人氣惱。這兩天以來逐漸進入狀況的寫作被打斷了，誰曉得會被打斷多久。絕望透頂。難道在每一間公寓裡都是這樣嗎？如此可笑而又致命的困境難道會在每一個房東太太屋裡、在每一座城市裡等待著我？想起我的班導師在修道院裡的兩個房間[4]。但是沒必要馬上感到絕望，不如想想辦法，就算——不，這不符合我的個性，我身上仍有一點堅韌的猶太特質，只不過通常只會幫倒忙。

1 係指〈老光棍布魯費〉（Blumfeld, ein älterer junggeselle）這篇殘稿，在故事開頭，布魯費考慮要養一條狗。
2 《布瓦爾和佩庫歇》（*Bouvard und Pécuchet*）是法國作家福婁拜一部未完成的小說，以兩個年長的單身漢為主角。
3 卡夫卡在畢雷克街（Bilekgasse）十號租下一個房間，他二妹瓦莉一家人所住的公寓就在同一棟樓。
4 卡夫卡就讀文理中學時的班導師是位修士。

二月十四日。俄國的無窮魅力。比起果戈里[5]的三頭馬車，更適切的意象是一條無邊無際的大河，泛黃的河水在處處掀起波浪，但是浪並不高。河岸邊是雜草叢生的荒原，被摧折的枯草。這個意象什麼也沒抓住，反而抹滅了一切。

聖西蒙主義。

二月十五日。一切都停滯不前。時間分配得很差，也不規律。這間公寓毀了我的一切。今天又聽著房東太太的女兒上法文課。

二月十六日。無法適應。彷彿我曾擁有的一切都離我而去，而就算這一切去而復返，似乎也無法滿足我。

二月二十二日。在各方面都徹底無能。

二月二十五日。頭痛接連持續了好幾天，現在總算輕鬆一點，也自信一點。假如我是個陌生人，觀察著我和我的人生歷程，我就不得不說，一切都將徒勞地終結，消耗在不斷的疑惑之中，只在自我折磨時才具有創造力。但身為當事人，我卻懷著希望。

---

5 果戈里（Nikolai Gogol, 1809-1852），出生於烏克蘭的俄國作家，十九世紀俄國文學的重要代表人物，曾把俄國比喻成一部三頭馬車。

三月一日。費了很大的工夫，經過幾個星期的準備和焦慮，我退租了，不完全有理由，房間夠安靜，只是我尚未好好寫作，因此不管安靜與否，我都不曾充分加以檢驗。我之所以退租，主要是由於本身的躁動不安。我想要折磨自己，想不斷改變自己的處境，自認為要拯救自己就必須改變，也認為透過這些小小的改變（其他人在半睡眠狀態下就能做到，我卻要用上全部的心力），我能讓自己作好準備，來接受我可能需要的大改變。我的下一間公寓在許多方面肯定更差。無論如何，今天是我本來可以好好寫作的第一天（或第二天），要不是頭痛得這麼厲害。倉促地寫了一頁。

三月十一日。時間飛逝，已經又過了十天，而我毫無成果。我無法突破。偶爾能完成一頁，但是我無法堅持下去，隔天就無能為力。

東歐猶太人與西歐猶太人，一個討論之夜。東歐猶太人對此地猶太人的蔑視。這份蔑視是有道理的。東歐猶太人明白這份蔑視的理由，西歐猶太人卻不明白。例如，母親試圖用來理解他們的觀點駭人聽聞、可笑之至。就連馬克斯也一樣，他的發言有所不足，而且薄弱，把外套的扣子解開又扣上。但他卻是一片善意。一位威森費德先生則相反，穿著一件寒傖的小外套，扣得緊緊的，為求正式而戴上的衣領髒得無以復加，大聲地說著「對」和「不對」。嘴角一抹邪惡的微笑，令人不舒服，年輕的臉上已有皺紋，手臂的擺動激烈而尷尬。不過，最厲害的是個矮子，他整個人就是為了說教而存在，聲音無比尖銳，一隻手插在褲袋裡，另一隻手指著聽眾，不停地提問，接著馬上證明他想要證明的事。金絲雀一般的聲音。把頭向後仰。我像塊木頭，像個被推進大廳中央的衣架。卻仍懷著希望。

三月十三日。一個晚上：六點左右在沙發上躺下。睡到大約八點。起不來，等待著時鐘敲響，在昏沉之中什麼都沒聽見。九點鐘起來。沒有再回爸媽家吃晚餐，也沒有去找馬克斯，他家今晚有個聚會。原因：沒有食慾，害怕在深夜回來，但主要原因是我昨天什麼都沒寫，我距離寫作愈來愈遙遠，而且可能會失去這半年來辛苦掙得的一切。證據：一篇新故事我寫了一頁半，就已經徹底摒棄，接著在絕望之中（這肯定也要怪我那毫無食慾的胃）讀赫爾岑的回憶錄，想讓他來指引我。他新婚那一年的幸福，想像自己置身於這種幸福，心中驚駭；他身邊的大人物，別林斯基[1]，巴枯寧[2]整天裹著毛皮大衣躺在床上。

有時感覺到撕心裂肺的悲傷，同時又深信這種悲傷是必要的，深信每一次招致不幸都帶領我走向某個目標（此刻受到赫爾岑的影響，但平常也有這個念頭）。

---

1 別林斯基（Wissarion Belinski, 1811-1848），俄國思想家，文學評論家。

2 巴枯寧（Michail Bakunin, 1814-1876），俄國思想家、革命家和無政府主義者，影響無政府主義運動甚鉅。

三月十四日。一個上午：躺在床上到十一點半。混亂的思緒逐漸形成，並且以不可思議的方式增強。下午看書（果戈里，談詩歌的一篇文章），晚上去散步，有時想著上午那些持久但不值得信賴的念頭。坐在裘特克公園。布拉格最美的地點。鳥鳴啁啾，宮殿迴廊，老樹上還懸著去年的樹葉，薄暮。稍晚，歐特拉和D[1]同來。

三月十七日。被噪音所擾。這是個漂亮的房間[2]，比畢雷克街那個房間宜人得多。我非常在意從房間看出去的景色，此處的景色很美，能看見泰恩教堂。只不過下方的車聲很吵，但我也已經習慣了。可是我卻無法習慣下午的嘈雜。吵鬧聲不時從廚房或走道傳來。昨天有一顆球在我樓上的地板上滾來滾去，沒完沒了，好像有人在打保齡球似地，不明白是為了什麼，後來在樓下又有人彈鋼琴。昨天晚上相對安靜，稍微抱著希望寫作（〈助理檢察官〉），今天興致盎然地動筆，忽然在我隔壁或樓下有一群人在聊天，聲音那麼大，又來自四面八方，彷彿把我包圍了。試圖與這份嘈雜相抗，一會兒之後就躺在沙發上，神經簡直被撕裂了，十點過後安靜下來，但我也無法再寫作了。

三月二十三日。一行也寫不出來。昨天坐在裘特克公園裡，今天帶著史特林堡那本《在海

---

1 係指卡夫卡么妹歐特拉後來的丈夫約瑟夫．大衛（Josef David）。

2 卡夫卡搬離畢雷克街之後不久，就在朗格街租下一個位於六樓的房間。

邊》坐在查理廣場上，那份愜意，還有今天在房間裡感到的愜意。就像海灘上的一個空心貝殼，準備好被一腳踩碎。

三月二十五日。昨天聽了馬克斯的演講「宗教與國家」。《塔木德經》引文，東歐猶太人。那個來自倫貝格的女孩。吸收了哈西迪猶太教的西歐猶太人，耳朵裡塞著棉花。史泰德勒，一個社會主義者，發亮的長髮剪得很整齊。東歐猶太女子為自己人表現出的陶醉。站在火爐邊的那群東歐猶太人。G穿著長袍，這種理所當然的猶太人生活。我的迷惑。

四月九日。這間公寓帶給我的折磨。無邊無盡。有幾天晚上能好好寫作。假如我能在深夜工作就好了！今天噪音妨礙了我的睡眠、我的寫作，妨礙了一切。

四月十四日。那些來自加利西亞的女孩的荷馬課[3]。穿綠襯衫的女孩，嚴肅的臉孔輪廓分明；當她舉手發言，她把手臂舉成直角；穿外套時動作倉促；如果她舉了手卻沒被叫到，她就難為情地別過臉去。縫紉機旁邊穿著綠衣裳的強壯年輕女孩。

四月二十七日。和妹妹去了納吉—米哈伊[4]。沒有能力和別人一起生活，也沒有能力和別人

3 馬克斯．布羅德每週替這批難民孩童上一門「世界文學」課，大半時間都在讀荷馬的《伊里亞德》。

4 卡夫卡此行是陪同大妹艾莉去找她在納吉—米哈伊（Nagy-Mihály，位於匈牙利的喀爾巴阡山區）附近服役的先生卡爾，兩人在四月二十二日出發，卡夫卡於四月二十七日獨自先行返回布拉格。

交談。完全沉陷於自身，就只想著我自己。麻木，心不在焉，膽怯。我沒有話想說，從來沒有，不想對任何人說。——先搭車前往維也納。車上那個無所不知、對一切品頭論足、旅行經驗豐富的維也納人，高個子，金色鬍鬚，雙腿交疊，讀著一份匈牙利文日報；為人熱心，但仍然謹慎，這是艾莉和我都注意到的（她在這一點上同樣警覺）。我說：「您的旅行經驗真是豐富！」（他知道我所需要的所有鐵路轉乘資訊，不過後來我發現這些資訊並不完全正確，他也知道維也納所有的電車路線，建議我在布達佩斯該如何打電話，知道去哪裡寄送包裹，曉得搭計程車時把行李一起帶上車比較便宜）——而他並沒有回答，只是低著頭，一動也不動地坐著。來自茲茲科夫的女孩，善感，多話，但很少能讓人聽見，缺乏血色，發育不良，也沒有繼續發育的能力。來自德勒斯登的老婦人，一張臉長得像俾斯麥，後來才表明她是維也納人。來自維也納的胖太太，丈夫是《時代》日報的編輯，對報紙知道得很多，口齒清晰，所持的意見大多與我相同，反倒令我極其反感。我大半時候沉默無言，不知道要說什麼，在這群人當中，戰爭沒有在我心裡引發半點值得述說的意見。

從維也納到布達佩斯。兩個波蘭人，一名少尉和他的女伴，不久就下車了，在窗邊低語，她臉色蒼白，不算年輕，臉頰幾乎凹陷，常常把手擱在被裙子緊緊裹住的臀部上，菸抽得很多。兩個匈牙利猶太人，坐在窗邊那個長得像貝格曼，用肩膀撐住在睡覺的那人的頭。一整個早上，大約從五點鐘起，就在談生意，把收據和信件遞過來遞過去，從手提袋裡掏出各種貨物的樣品。坐在我對面的是個匈牙利少尉，睡著時的臉空洞而醜陋，嘴巴張開，鼻子長得很滑稽，先前，在提供有關布達佩斯的資訊時，他語氣興奮，眼睛發亮，聲音充滿活力，全心全意地投入。旁邊那個車廂裡坐著來自比斯特里茨[1]的猶太人，他們在返鄉的路上。一個男子帶著幾個女子。他們得知克若許米索[2]剛被封鎖，不再允許平民百姓通過。他們將得搭車二十個小時，甚至更久。他們說起有個人留在拉道茨[3]，直到俄軍逼近，他沒有別的辦法逃走，只好坐在最後一批路過的奧地利軍隊的大砲上逃離。

布達佩斯。詢問前往納吉—米哈伊的交通聯繫，得到了各式各樣的資訊，後來發現最不方便的一種走法才是正確的，起初我還不相信。火車站有個輕騎兵穿著繫緊的毛皮外套在跳舞，像一匹在表演的馬一樣舞動雙腳。他在和一位即將搭火車離開的女士道別。他一直輕鬆地和她聊天，如果不是用言語，就是用舞蹈動作和撫弄軍刀刀柄。有一、兩次，由於擔心火車可能即將開動，他帶她走上進入車廂的梯階，一隻手幾乎伸在她腋下。他身高中等，健康的牙齒又大又結實，毛皮外套的剪裁強調出腰線，使得他看起來有一點女性化。他經常向四面八方露出微笑，那是一種

1 比斯特里茨（Bistritz）位於現在羅馬尼亞的北部，當時屬於匈牙利，一次大戰後劃歸羅馬尼亞。
2 克若許米索（Körös Mesö）是個位在匈牙利與加利西亞邊境地帶的村莊，如今屬於烏克蘭，稱為亞西尼亞（Jassinja）。
3 拉道茨（Radautz）位在東歐的布科維納（Bukowina）地區，當時屬於奧匈帝國，一次大戰之後劃歸羅馬尼亞。

幾乎不自覺的、沒有意義的微笑，就只證明了他天性中理所當然的和諧，那種和諧徹底而永久，幾乎是身為軍官的榮譽感所要求的。

一對含淚道別的老夫妻。無意識地重複親吻了無數次，就像一個人在絕望中無意識地一再把香菸拿到嘴邊。家人之間的互動，不在乎周遭的人。這種情形在所有的臥房裡都相同。我根本看不清她的面貌，一個不起眼的老婦人，如果想要仔細去看她的臉，那張臉就幾乎消散了，只剩下對某種小小的醜陋的淡淡記憶，就連那份醜陋也不起眼，像是紅紅的鼻子或是水痘留下的幾個疤痕。他則留著一撇小鬍子，鼻子很大，還有真正的水痘疤痕。穿著披風，拿著手杖。他相當自制，雖然心情很激動。在憂傷中伸手握住老婦人的下巴。當一個老婦人被人握住下巴，此情此景具有多少魔力。最後他們淚眼相望。他們並沒有這個意思，但我們可以這樣解釋：就連兩個老人相依為命這樣卑微的幸福都被戰爭給摧毀了。

一個身形巨大的德國軍官，身上配戴著各式各樣的武器裝備，起初大步穿過火車站，後來則大步穿過整列火車。由於又高又壯，他的動作顯得僵硬；他居然能夠移動簡直令人驚訝；他虎背熊腰，身形修長，使人睜大了眼睛，想把這一切同時收進眼裡。

車廂裡有兩個匈牙利猶太女子，是一對母女。兩人很相像，然而母親長得相當體面，女兒則像是她可悲但自信的影子。母親有一張輪廓分明的大臉，下巴有毛茸茸的鬍子。女兒比較矮，尖尖的臉，皮膚不好，藍色衣裳，發育不良的胸部上有白色皺飾。

紅十字會的護士。非常自信而堅決。在旅途中她彷彿就是自給自足的一整個家庭。她像一個父親一樣抽著菸，在走道上走來走去，像個男孩一樣跳上長椅，為了從背包裡拿點東西出來，像個母親一樣細心地切著肉片、麵包和柳橙，像她原本就是的俏姑娘，在對面那張長椅上展示她美麗的小腳和黃皮靴，還有結實的腿上穿著的黃襪子。她不反對別人跟她搭訕，甚至會主動提出問題，問起遠處可見的山峰，把她的旅行指南借給我，讓我在地圖上找出那幾座山。我無精打采地躺在我坐的角落，對於她期望我這樣詳細地詢問她，我內心愈來愈不情願，雖然我對她其實有好感。強壯的臉曬黑了，看不出年紀，皮膚粗糙，下唇翹起，旅行裝束底下穿著護士制服，軟呢帽，隨便壓在那挽得緊緊的頭髮上。由於沒人問她，她就主動片片斷斷地敘述。我妹妹稍微鼓勵了她，後來我才知道我妹妹對她根本沒有好感。她要前往沙托勞爾堯—烏伊海伊[1]，在那裡將會得知她接下來的任務，她最想去的是最忙碌的地方，因為在這種地方時間過得特別快（我妹妹從這一點推論出她不快樂，但是我認為這樣推論並不正確）。這份工作讓她有了一些經歷，例如有一個病人睡覺時鼾聲大作，令人難以忍受，別人把他叫醒，拜託他體諒其他病人，他也答應了，可是他才倒回床上，那可怕的鼾聲就又響起。那一幕很好笑。其他的病人拿拖鞋扔他，由於他躺

1　沙托勞爾堯—烏伊海伊（Satoralja Ujhel）位在匈牙利東北部與斯洛伐克交界處。

在病房的角落，因此是個容易命中的目標。對待病人必須要嚴格，否則就達不到目的，行就行，不行就不行，不允許對方討價還價。聽到這裡，我發表了一個意見，這個意見很愚蠢，在我身上卻很典型，我說：可以這樣對待男性，女性一定覺得很痛快。這個意見阿諛、狡猾、不帶個人情感、事不關己、不真實、莫名其妙、出於某種病態的天性，此外也受到前一晚史特林堡那齣戲的影響。她沒聽見我這句意見，不然就是置之不理。我妹妹當然聽出了我這句話的用意，笑著將之據為己有。這個護士還說了一個破傷風患者的故事，說他怎麼也死不了。

稍後，那個匈牙利車站站長帶著他的小兒子上車。那個護士給了那個男孩一粒柳橙。男孩拿了。接著她又遞給他一塊杏仁糖，用糖果碰了碰他的嘴唇，但是他猶豫了。我說：他不敢相信。那個護士一字不差地又說了一次。令我心情愉快。

窗前，蒂薩河和博德羅格河滔滔奔流，挾帶著春季的巨大水量。湖面的風景。野鴨。山坡上栽植著釀製托考伊葡萄酒的葡萄園。快到布達佩斯的時候，在犁過的田地之間忽然出現了一塊半圓形的防禦陣地。鐵絲網路障，用木板撐住的掩體擺著長凳，看起來像模型一樣。對我來說謎一般的術語：「配合地形」。要認出地形需要一隻四腳動物的本能。

烏伊海伊骯髒的旅館。房間裡所有的東西都殘舊了。床頭几上還有前一個睡在這裡的人留下的菸灰。床鋪只是看似鋪上了乾淨床單。嘗試取得搭乘軍用火車的許可，先是在分隊司令部，後來在補給司令部。兩者都位在舒適的房間裡，尤其是後者。軍隊和公務機關的對比。一張擺著墨水瓶和鋼筆的桌子顯示出對文書工作的正確評估。通往陽台的門和窗戶都敞著。舒適的沙發。在面向院子的陽台上有個用簾子遮住的隔間，從裡面傳出了餐具碰撞的聲音。是吃點心的時間。有人——後來得知那是個中尉——掀開簾子，想看看是誰在這裡等候。他說：「拿了薪水就得辦事」，於是擱下吃到一半的點心，朝我走來。但我並沒有達到目的，雖然我必須再回旅館一趟，去拿我的另一個證件。他只在我的證件上寫下軍方批准我使用次日的郵遞火車，這個批准完全多餘。

火車站一帶像個村莊，廣場蕭條（科蘇特紀念碑[1]，奏著吉普賽音樂的咖啡館，糕餅店，一家高雅的鞋店，叫賣報紙的聲音，一個獨臂士兵以誇張的動作自豪地走來走去，一張描繪德國獲勝的彩色海報，在這二十四小時裡，每次我從旁經過，都有一群人圍在旁邊細看，和P碰面），郊區則比較整潔。晚上在咖啡館，全是平民，烏伊海伊的居民，普通但怪異的人，有些人顯得可疑，之所以可疑不是由於戰爭，而是因為聽不懂他們說話。一個隨軍神父獨自讀著報紙。——上午客店裡那個年輕俊秀的德國士兵。他叫了很多食物，抽著一根粗粗的雪茄，然後就在書寫。眼神銳利、嚴肅，但是年輕，明朗勻稱的臉，鬍子刮得很乾淨。接著他背起背包。後來我還又見到

1 紀念一八四八年領導匈牙利獨立運動的科蘇特（Ludwig Kossuth, 1802-1894）。

他一次，看見他向某個人行禮，但我忘了是在哪裡。

五月三日。完全漠然和麻木。一座乾枯的水井，水在難以抵達的深處，但是不確定是否真的有水。一無所成。不了解史特林堡在《孤單》裡描述的生活；他稱之為美好的事物倘若放在我身上，就令我厭惡。一封寫給菲莉絲的信，虛情假意，無法寄出。是什麼把我繫在一段過去或未來？當下是陰森恐怖的，我不是坐在桌前，而是繞著它盤旋。一事無成。空洞，無聊，不，不是無聊，只是空洞，無感，虛弱。昨天去了多布日霍維采[1]。

五月四日。情況好一點，因為我讀了史特林堡（《孤單》）。我不是為了讀他而讀，而是為了躺在他胸前。他用左手臂摟著我，像摟著一個孩子。我坐在那裡，就像一個人坐在一尊雕像上。我有十次差點滑下來，但是在第十一次嘗試時坐穩了，感到安全，並且看得很遠。

思考著其他人和我的關係。即便我如此渺小，此處沒有人能完全了解我。如果能有一個人了解我，例如一個妻子，那我在各方面就有了依靠，就有了上帝。歐特拉了解部分的我，甚至是很大一部分，馬克斯、菲利克斯了解我某些部分，像E[2]這些人則只在個別事情上了解我，但卻深刻得令人反感，菲莉絲也許根本不了解我，由於我們之間不容否認的親密關係，這使她居於特殊

1　多布日霍維采（Dobřichowitz），位於布拉格西南方二十二公里處的小鎮，是郊遊的好去處。
2　可能係指艾莉或艾爾娜。

地位。有時候我以為她了解我，雖然她並不知道，例如，有一次當我難以忍受地渴望著她，她在地鐵月台上等我，當時我一心想要盡快到她身邊，以為她在上面，就要從她身旁跑過去，這時她靜靜地抓住了我的手。

五月五日。一事無成，隱隱的輕微頭疼。下午去裘特克公園，讀了史特林堡，他支撐著我。

那個長腿、黑眼睛、黃皮膚、稚氣的女孩，快活、調皮而且活潑。看見她一個朋友把帽子拿在手裡，笑問：「妳有兩個腦袋嗎？」對方立刻就聽懂了這個笑話，笑話本身平淡無味，但是透過說話者的聲音和她整個人的投入而鮮活起來。對方隨即把這個笑話轉述給她在幾步之外碰到的另一個朋友聽：「她剛才問我是否有兩個腦袋！」

早上遇到R小姐[3]。真是醜陋之至，一個男子不會有這麼大的改變。臃腫的身體，像是剛睡醒一樣鬆垮；那件舊外套是我見過的；至於外套底下她穿了什麼，既看不出來，也令人起疑，也許就只穿了內衣；在這種情況下遇見熟人，她顯然也覺得很恐怖，但是她做錯了一件事，她沒有隱藏令人尷尬之處，反而像是心虛地去拉外套的領口，把外套拉直。嘴唇上方有濃密的汗毛，但是只長在一個地方，給人的印象是非比尋常的醜陋。儘管如此，我對她還是很有好感，即使在無

3　根據布羅德的注釋，這位R小姐是他和卡夫卡於一九一一年搭火車前往蘇黎世途中偶然認識的女子。

疑的醜陋之中，何況她美麗的微笑沒有改變，眼睛的美麗則由於整體變差而受損。此外我們天差地別，我肯定不了解她，她則滿足於她對我的第一印象，再膚淺不過的第一印象。她天真地向我討一張買麵包的糧票。

晚上讀了《新基督徒》[1]的一章。

老父親和年紀不小的女兒。他通情達理，留著山羊鬍子，微微駝背，一根小手杖拿在背後。她有個寬鼻子、方下巴、凹凸不平的圓臉，臀部寬大，轉身困難。「他們說我模樣難看。我明明不難看。」

五月十四日。失去了寫作的所有規律。很多時間待在戶外。和St小姐去特洛伊區[2]散步，和萊斯小姐、她妹妹、菲利克斯夫妻和歐特拉去了多布日霍維采。像在受刑。今天泰恩街上的彌撒，之後去了圖賀馬赫街，再去了救濟難民的供餐廚房。今天讀了《司爐》裡舊的幾章。今天似乎難以獲得精力（這已經是事實）。擔心由於心臟毛病而不適合服役。

五月二十七日。上一篇日記讓我很悲傷。我要完蛋了。完蛋得如此沒有意義也沒有必要。

1 這是布羅德一部未完成的小說。

2 特洛伊區（Troja）在布拉格北郊，位於莫爾道河右岸，建於十七世紀的特洛伊宮堡為著名景點。

九月十三日。明天是父親的生日，新的日記本。我不像以前那麼需要日記，不必弄得自己心神不寧，我已經夠心神不寧了，一顆心，一顆並不健康的心，怎麼能忍受這麼多的不滿和不斷拉扯的渴望？為了什麼目的？這個目的何時到來？

心神渙散，記憶力變差，愚蠢！

九月十四日。週六和馬克斯與郎格爾[3]去神奇拉比那兒。茲茲科夫，哈朗多瓦路。人行道和樓梯上有許多小孩。一間旅店。樓上一片漆黑，伸出雙手，盲目地走了幾步。一個房間裡有著黯淡的微光，牆面灰白，幾個矮小的婦人和女孩隨處站立，戴著白色頭巾，面色蒼白，動作很輕。給人沒有血色的印象。下一個房間。全是黑色，擠滿了男子和年輕人。高聲祈禱。我們擠進一個角落。我們才稍微四下張望了一下，祈禱就結束了，眾人散去。那是個角間，有兩面牆壁各有兩扇窗戶。有人把我們推向拉比右側的一張桌子。我們抗拒了。「你們明明也是猶太人。」拉比具有極其強烈的父親特質。「所有的拉比看起來都很狂野」，郎格爾說。這個拉比身穿絲質長袍，看得見底下的內褲。頭髮蓋住了鼻梁。他一直把鑲著毛皮的帽子挪來挪去。既骯髒又純淨，這是專注於思考的人的特點。他搔搔鬍子，把鼻涕擤在地板上，把手指伸進食物裡——可是當他把手

3 郎格爾（Georg Langer, 1894-1943），生於布拉格的猶太裔作家，是馬克斯．布羅德的一個遠親，信奉哈西迪猶太教，曾追隨一位神奇拉比。

擱在桌上，就能看見他皮膚的白皙，類似的白色我認為只在童年的想像中見過。當然，童年時的父母也是純淨的。

九月十六日。 看見那些東歐猶太人去作晚禱。一個小男孩兩隻手臂下都夾著禱告巾，跟在他父親身邊跑。不去聖殿是種自殺行為。

翻開《聖經》。說到不公義的法官。證實了我的想法，或至少是我曾經在自己心中發現的想法。此外這也不具有意義，在這種事情上我從未明顯受到指引，《聖經》的書頁沒有在我面前翻飛。

最適合刺入的位置看來是在脖子和下巴之間。你抬起下巴，把刀子刺進繃緊的肌肉。不過，這個位置可能只在想像中最為合適。你預期會看見鮮血從那裡壯觀地奔湧而出，預期會切斷交織在一起的肌腱和小骨頭，就像在烤火雞腿裡所見。

讀了《佛斯特．弗雷克在俄國》[1]。拿破崙從博羅金諾一役的戰場上撤退。該地的修道院被炸得粉碎。

1 《佛斯特．弗雷克在俄國》是西伐里亞軍官弗雷克（Föster Fleck）的自述，敘述他隨著拿破崙的軍隊遠征俄國以及被俄軍俘虜的遭遇。

九月二十八日。懶散之至。讀了馬塞朗．馬爾博將軍[2]的回憶錄，還有侯茨豪森的《德國人在一八一二年所受的磨難》[3]。

抱怨沒有意義。得到的回應是頭部刺痛。

一個小男孩躺在浴缸裡。這是他第一次在母親和女傭都不在場時洗澡，也是他許久以來的願望。母親不時從隔壁房間向他發號施令，為了聽從母親的命令，他用海綿隨便擦了擦身體；然後他伸展四肢，享受著躺在熱水中一動也不動，煤油燈的火焰規律地輕輕作響，漸漸熄滅的爐火發出劈劈啪啪的響聲。隔壁房間裡早已一片安靜，也許母親已經走開了。

提問為什麼沒有意義？抱怨意味著：提出問題並且等待回答。但是在問題形成時沒能自我回答的問題就永遠不會被回答。在提問者和回答者之間沒有距離。

沒有需要克服的距離，因此提問和等待沒有意義。

九月二十九日。種種模糊的決心。這是我能做到的。無意間瞥見和此並非全然無關的一幅圖畫，在費迪南街。一幅濕壁畫的拙劣草圖。下面寫著一句捷克俗諺，大意是：受到眩惑，你為了

2　馬塞朗．馬爾博（Marcellin Marbot, 1782-1854）是拿破崙麾下的一位將軍，以記述拿破崙戰爭年代的回憶錄知名。

3　原書名為《一八一二年在俄國的德國人，遠征莫斯科途中的生活與磨難》（*Die Deutschen in Rußland 1812. Leben und Leiden auf der Moskauer Heerfahrt*），一九一二年在柏林出版，作者侯茨豪森（Paul Holzhausen）是位歷史學者。

女孩子而拋下了酒杯，不久之後你就會學到教訓地回來。睡得很差，一早就被頭痛折磨，但白天裡舒服一些。

作了很多夢。夢中有個人物是局長馬許納和工友皮米斯克的綜合體。結實的紅臉頰，油亮的黑鬍子，同樣粗硬的亂髮。

從前我心想：什麼也殺不死你，這個堅硬、清楚、簡直空洞的腦袋，你絕對不會瞇起眼睛、皺起額頭、扭絞雙手，不管是不自覺地，還是在疼痛中，你將永遠只能加以描繪。

福丁布拉怎麼能說哈姆雷特假如登基必定是個英明的君主[1]。

下午我忍不住去讀昨天寫的東西，去讀「昨日的穢物」，不過也沒什麼害處。

九月三十日。堅持不讓菲利克斯去打擾馬克斯。之後去菲利克斯家。

羅斯曼和K

羅斯曼和K[2]，一個無辜，一個有罪，最後兩人一樣都被處死，對無辜的那一個下手比較輕，更像是把他推到一邊，而非將他擊倒。

1　福丁布拉（Fortinbras）是《哈姆雷特》中的角色，他是挪威王子。

2　係指《失蹤者》的主角卡爾．羅斯曼和《審判》的主角約瑟夫．K。

十月一日。馬爾博將軍回憶錄的第三冊。波拉次克[3]—別列津納河[4]—萊比錫—滑鐵盧。

十月六日。神經質的各種形式。我認為噪音無法再干擾我。當然，此刻我也沒在寫作。不過，你把自己的墓穴挖得愈深，就愈安靜，你愈是不害怕，就愈安靜。

郎格爾說的故事：

比起上帝，我們更應該聽從「義人」[5]的話。大師[6]有一次對一個愛徒說他應該受洗。此人受了洗，有了名望，成了主教。這時大師把他找來，准許他再回復猶太教的信仰。他再次從命，為了他所犯的過錯而作了很多懺悔來贖罪。大師這樣解釋他的命令：這個學生由於天賦優異而被邪惡尾隨，要他受洗的目的在於轉移邪惡的注意力。大師親自把這個學生推入邪惡中，這個學生之所以踏出這一步不是由於過失，而是聽從命令，在邪惡看來，它就無須再費工夫了。

每一百年就會出現一個上等義人，所謂的「百年義人」（Zaddik Hador）。他根本不必廣為人知，也不必是個神奇拉比，但仍舊是最上等的義人。美名大師並非他那一代的百年義人，他那

3 波拉次克（Polozk），如今屬於白俄羅斯的一座城市，拿破崙和俄國曾在此兩度交戰。
4 別列津納河（Beresina），位於今白俄羅斯境內，拿破崙從莫斯科撤軍，渡過此河時遭到俄軍圍攻，是史上著名的戰役。
5 「義人」（Zaddik）是猶太教的一個稱號，用以稱呼被視為正直而有道德的人。
6 係指猶太拉比以色列．班．以利亞撒（Israel Ben Eliezer, 1698-1760），人稱「美名大師」（Baal Schem Tov），猶太教哈西迪教派的創始人。

一代的百年義人是德洛侯比茨[1]一個籍籍無名的商人。此人聽說美名大師就像其他義人一樣會寫護身符，懷疑他是沙巴泰．澤維[2]的信徒，把自己的名字寫在護身符上。於是此人在並未見過美名大師的情況下，從遠方解除了他給人護身符的能力。大師不久就看出他寫的護身符沒有力量——他一向在護身符上就只寫了自己的名字——過了一段時間，他也得知原因在於德洛侯比茨那個商人。有一次，當那個商人來到大師所在的城市——那是個週一——，大師讓他在不知不覺中因睡覺而耽誤了一整天；因此這個商人在計算日期時總是慢了一天。週五晚上——他以為那是週四——他打算搭車回家，以便在家裡度過假日。這時他看見眾人走進神廟，察覺了自己弄錯了日子。他決定留下來，並且請人帶他去見大師。大師早在下午就吩咐妻子準備三十人份的晚餐。當那個商人來到，在祈禱過後就立刻坐下來吃飯，在短短的時間裡就把那三十人份的晚餐吃完了。但是他還沒吃飽，而要求更多的食物。大師說：「我期待見到一個一等的天使，卻沒有準備好見到一個二等的天使。」於是他讓人把家裡所有能吃的東西都端出來，但也還是不夠。

大師不是百年義人，但是他的地位還要更高。那個百年義人本身就是證人。此人有一次在晚上來到一個地方，大師未來的妻子出嫁前就住在那裡。此人來這個女孩的父母家作客。在他要去

1 德洛侯比茨（Drohobisz），加利西亞的一座縣城，位於現在的烏克蘭。

2 沙巴泰．澤維（Sabbatai Zevi, 1626-1676），猶太拉比，自稱是彌賽亞，猶太教「沙巴泰運動」的創始人。

閣樓睡覺之前，他請求給他一支蠟燭，但是家裡沒有蠟燭，於是他沒拿蠟燭就上樓了。但是後來那個女孩從院子裡抬頭向上看，閣樓上明亮得就像點了燈。這時她看出他是個特別的客人，於是請求他娶她為妻。她可以這樣請求，因為她認出了這個客人，從而證明了她有更崇高的命運。但是那個百年義人說：「妳注定要嫁給一個更高等的人。」這就證明了大師要比百年義人更高一等。

十月七日。昨天和萊斯小姐在飯店大廳待了很久。睡得不好，頭痛。

因為走路一跛一跛而嚇到了葛爾蒂[3]，馬腳的可怕。

昨天在尼可拉斯路看見一匹摔倒的馬膝蓋在流血。我別過頭去，在大白天裡忍不住作出了鬼臉。

無解的問題：我出了毛病嗎？我在衰退嗎？幾乎所有的跡象（發冷，麻木，神經狀態，心神渙散，在辦公室裡的無能，頭痛，失眠）都證明了確實如此，反對這個說法的幾乎只有希望。

十一月三日。最近看了很多東西，比較少頭痛。和萊斯小姐去散步。和她去看了《他和他妹

3　葛爾蒂（Gerti, 1912-1972）是卡夫卡的外甥女，是他大妹艾莉的孩子。

妹》，由吉拉帝演出[1]。（您有天分嗎？——請允許我插個嘴，替您回答：噢，有的，有的。）去了市立閱覽室。在她父母家看了那面旗子。

她那兩個出色的妹妹艾絲特和蒂爾卡，兩人的對比就像光的一閃一滅。蒂爾卡尤其美麗；橄欖褐的膚色，垂下的弧形眼瞼，帶有濃濃的亞洲風情。兩個人肩上都圍著披肩。她們身高中等，略偏矮，但是像女神一樣顯得高挺，艾絲特坐在沙發的圓墊上，蒂爾卡在一個角落坐在某個看不出是什麼的東西上，也許是盒子。我在半睡半醒中久久看著艾絲特，在我印象中，她似乎對所有精神性的東西都充滿熱情，懷著這份熱情，她緊緊咬住了一條繩索上的繩結，在空蕩蕩的房間裡使勁地來回擺盪，像個鐘擺（對一張電影海報的記憶）。

兩個L家的人。一個矮小、惡魔般的女教師，我也在半睡半醒之中看見她在舞蹈中飛奔，一種類似哥薩克人的舞蹈，但是她在飄浮，在一條高低不平的磚砌路面上方忽高忽低地飛，那路面微微傾斜，在暮色中呈深褐色。

十一月四日。憶起布雷西亞[2]的那個角落，我在類似的路面上把錢分給一些小孩，不過是在

---

1 《他和他的妹妹》（*Er und seine Schwester*）是生於布達佩斯的作家布赫賓德（Bernhard Buchbinder, 1849-1922）所寫的一齣鬧劇，吉拉帝（Alexander Girardi, 1850-1918）是知名的奧地利演員與歌劇男高音。

2 布雷西亞（Brescia）是義大利北方阿爾卑斯山腳下的一座城市，一九〇九年卡夫卡去義大利旅行時曾經去過。

大白天裡。憶起維洛那的一座教堂，當時我全然孤單，之所以不情願地走進那座教堂，一來是由於身為遊客自覺有此義務，二來是身為一個無用之人所感受到的沉重壓力，而我在教堂裡看見一個比真人還大的矮人蜷縮在聖水池底下[3]，我逛了一下，坐下來，同樣不情願地走出去，彷彿外面還有另一座同樣的教堂就建在對面。

最近那些猶太人在火車站啟程[4]。兩個男子扛著一個麻袋。一個父親把全部家當交給眾多子女背著，包括最小的孩子在內，以便能快點走上月台。一個少婦抱著嬰兒坐在皮箱上，她身體強健，但身材已經走樣，一些熟人圍著她熱烈地交談。

十一月五日。下午的躁動。先是考慮是否該買戰爭債券，該買多少。為了作必要的吩咐，去了店裡兩趟，兩次都沒能走進店裡就又折返。焦急地計算著利息。然後請母親替我買一千克朗的債券，又把金額提高到兩千克朗。這時我發現自己有一筆我原本根本不知道的存款，大約三千克朗，而當我得知此事，我也幾乎無動於衷。我腦中只有因戰爭公債而起的疑慮，在我散步穿過最熱鬧的街道大約半小時的時間裡也不曾止息。我感覺自己直接參與了戰爭，衡量著整體而言在財務上的展望（當然是根據我有的資訊），把預期能得到的利息加加減減。但是漸漸地，這份躁動

3　卡夫卡在給菲莉絲的信裡提到過這個矮人，那是聖亞納大教堂（Sant' Anastasia）裡一座扛著聖水池的大理石雕像。

4　由於戰局暫時對奧匈帝國有利，加利西亞部分地區被收復，於是有一批難民得以返鄉。

有了轉變，思緒轉移到寫作上，我感覺自己有能力寫作，一心只想擁有寫作的機會，思考著接下來這段時間裡有幾個夜晚能用來寫作，在心痛之中走過那座石橋，感覺到經常感受到的悲哀，心中有股火焰在燃燒，卻不被允許冒出來。為了表達心聲並且安撫自己，我想出了「朋友啊，盡情噴湧吧」這句話，用一段特別的旋律不停地詠唱，並且替這番詠唱伴奏，在口袋裡把手帕一再捏緊又鬆開，就像捏著一具風笛。

十一月六日。看見群眾在壕溝前和壕溝裡像螞蟻般移動[1]。

去探望奧斯卡·波拉克的母親[2]。對他妹妹留下好印象。其實我在哪個人面前不會自覺不如呢？就拿葛林貝格[3]來說吧，我認為他是個重要人物，卻幾乎被所有人低估，理由我無從得知；假如有人要我作出選擇，說我們兩人之一必須馬上死去（考慮到他的情況，這種可能性很高，據說他患有末期肺結核），而該死的人是誰，取決於我的決定；那麼我會覺得這個假設性的問題可笑之至，因為遠比我更有價值的葛林貝格當然該活下來。就算是葛林貝格本人也會同意我的看法。不過，在最後關頭，我將會想出對我有利的論點（一如每個人在更早的時候就會這麼做），

1 為了替紅十字會募款，在布拉格近郊挖了一個模型戰壕，收費供人參觀，據報紙記載，一個週日就吸引了上萬名參觀者。
2 奧斯卡·波拉克（Oskar Pollak）是卡夫卡的中學同學，他在一九一五年六月陣亡。
3 葛林貝格（Abraham Grunberg，一八八九年生，卒年不詳）是出身西里西亞的一位猶太作家，戰爭期間待在布拉格。

這些論點粗糙、赤裸、虛假，平常會令我作嘔。而此時我也正在經歷這種最後關頭，雖然並沒有人逼我作出選擇，在這種時刻，我阻擋了所有使我分心的外部影響，而試圖檢視自己。

十一月十九日。白白度過的日子，力量在等待中消耗，儘管什麼也沒做卻還是頭痛欲裂。

寫信給魏菲爾。回信。

去拜訪米爾斯基—陶博太太[4]，對一切毫無招架之力。在馬克斯那兒對她作了尖刻的評論。隔天早上為此而厭惡自己。

和芳妮．萊斯小姐及艾絲特共處。

在「老新猶太會堂」聽演講，談《米書拿》[5]。回家時和亞特勒博士[6]同行。對於某些爭論議題很感興趣。

受不了寒冷，受不了一切。此刻在晚上九點半，隔壁公寓裡有人把一根釘子敲進共用的牆面。

---

4 米爾斯基—陶博太太（Frau Mirsky-Tauber）是當時布拉格「德國女性藝術家俱樂部」的主要成員，卡夫卡對她印象不佳。

5 《米書拿》（*Mischna*）是猶太教經典，係整理口傳律法編輯而成。

6 亞特勒博士（Dr. Jeiteles）是布拉格當地研究《塔木德經》的學者。

十一月二十一日。無用之至。週日。夜裡失眠得特別厲害。在陽光照耀下賴在床上直到十一點一刻。散步。午餐。讀報，翻閱舊目錄。散步經過海博納街、市立公園、溫塞斯拉斯廣場、費迪南街，然後往波多爾[1]走。吃力地把散步延長到兩小時。偶爾感覺到強烈的頭痛，有一次簡直有燒灼感。吃了晚餐。現在回家。有誰能從頭到尾睜大了眼睛從天上俯瞰這一切？

十二月二十五日。打開日記，就只為了讓我能夠入睡。可是湊巧看到最後一則，而我能夠想像過去這三、四年裡寫過千百則相同的內容。我毫無意義地消耗著自己，假如能夠寫作就覺得快樂，但我沒寫。我擺脫不了頭痛。我真的白白浪費了自己。

昨天坦白地和主管談了。由於我決定要談，也發誓不再退縮，前天夜裡得以睡了兩個鐘頭，雖然睡得並不安穩。向我主管提出了四種可能：一、一切照舊，就像極其難熬、飽受折磨的上星期，結果將是發燒、發瘋或是別種毛病；二、請假，我並不想，基於某種責任感，再說請假也幫不了我；三、辭職，目前我無法辭職，由於要考慮到父母還有那間工廠；四、就只剩下服兵役一途。回答：一週休假加上血原質療養，主管打算和我一起去療養。他自己可能病得很重。假如我也去，我們這個部門就沒人了。

坦白說出來使我鬆了一口氣。頭一次說出「辭職」這個字眼，幾乎撼動了辦公室裡的氣氛。

1 波多爾（Podol）是位於布拉格南方的一座村莊，臨著莫爾道河。

儘管如此，今天幾乎沒睡。

主要的焦慮是：假如我在一九一二年就離開，那時我還擁有全部的力量，頭腦清楚，沒有被壓抑活力所耗費的辛苦所啃噬！

和郎格爾相處：馬克斯的書他要十三天後才能讀。本來他可以利用聖誕節來讀，因為根據古老的習俗，聖誕節不准閱讀《妥拉》，可是今年的聖誕節卻碰到星期六。不過，再過十三天就是俄國的聖誕，屆時他就會讀。根據中古時期的傳統，一個人要滿七十歲以後才被准許研究純文學或其他的世俗學問，比較溫和的一派則認為要滿四十歲。當時准許研究的唯一學問是醫學。如今就連研究醫學也不行了，因為現代醫學和其他學問的關係太密切。——坐在馬桶上不可以去想《妥拉》，因此在廁所裡允許閱讀世俗的書籍。一個十分虔誠的布拉格人（他姓孔恩費德）知道許多世俗的事，全都是坐在馬桶上讀來的。

1916年

Kafka Tagebücher

在這一年的大部分時間裡，卡夫卡仍然陷於寫作停滯狀態，但他跟菲莉絲的關係則意外地有了轉機。

七月，卡夫卡請了一次長假，跟菲莉絲在馬倫巴溫泉療養地度過了十天。兩人這一次相處融洽，關係也回溫了。

四月十九日。他想打開通往走道的門，卻打不開。他往上看，又往下看，看不出問題在哪裡。門並沒有鎖上，鑰匙插在門內這一側，假如有人試圖從外面把門鎖上，鑰匙就會被擠出來。而且誰會把門鎖上呢？他用膝蓋去頂，門上的毛玻璃發出響聲，但是門紋風不動。真是怪事。

他走回房間，走到陽台上看向下面的街道。但是他尚未動念去思索街道上尋常的午後生活，就又走回那扇門前，再次嘗試把門打開。但是這一次他根本連試都不必試，門立刻就開了，幾乎連推都不必推，在從陽台輕輕吹過來的風裡，那扇門簡直是飛一般地打開了；他不費吹灰之力地踏上走道，就像一個小孩，別人開玩笑地讓他去摸門把，事實上壓下門把的卻是個大人。

我將會擁有三週屬於自己的時間。這能叫做殘忍的待遇嗎？

夢：拉住父親

不久前作了一個夢：我們住在護城河街上，靠近「大陸咖啡館」。一個軍團從紳士街上轉進來，朝著火車站的方向。父親說：「這可得去瞧瞧，只要辦得到」，於是跳上窗戶（穿著菲利克斯[1]的褐色睡袍，整個人就是他們兩個的混合體），張開雙臂，站在那道很寬、但傾斜得很厲害的窗台上。我抓住他，抓著他睡袍上腰帶穿過去的那兩道環，拉住了他。他故意把身體伸得更出去了，為了拉住他，我使出了全部的力氣。我心想，假如我能用繩索把我的雙腳牢牢綁在某處就

1 係指卡夫卡的外甥，他大妹的長子。

好了，免得我被父親給拉走。可是，假如我要這麼做，就至少得暫時先把父親鬆開，而這是不可能的。睡眠承受不了這種緊張——我的睡眠更加承受不了——於是我就醒了。

四月二十日。在走道上，房東太太拿著一封信朝他走來。他一邊把信拆開，一邊審視著這個老太太的臉，而非那封信。接著他讀到：「尊敬的先生，您住在我對面已經好幾天了。您和我從前的一位老朋友十分相像，使我注意到您。請您賞光，今天下午來我家作客。附上問候，路易莎·哈卡。」

「好」，他這話既是對仍站在他面前的房東太太說的，也是對那封信說的。這是他樂於見到的機會，在這座仍然陌生的城市裡或許能結識某個對他有用的人。

「您認識哈卡太太？」房東太太問，當他伸手去拿帽子。

「不」，他說，語氣中帶著詢問。

「送信來的女孩是她的女僕」，房東太太說，像是在道歉。

「有可能」，他說，對房東太太的關心感到不耐，急著要走出公寓。

「她是個寡婦」，房東太太還從門口輕聲對他說。

一個夢：兩群男子在對抗。我所屬的那一群抓到了一個對手，一個赤裸的高大男子。我們五個人按住他，一個人按住他的頭，兩個人按住他的手臂，另外兩個人按住他的腿。可惜我們沒有刀子來把他刺死，我們急忙互相詢問誰有刀子，但誰都沒有。基於某種原因事不宜遲，而附近就有一個火爐，鐵鑄的爐門大得出奇，被燒得通紅，於是我們就把那人拖過去，把他的一隻腳拉到爐門邊，直到那隻腳開始冒煙，就再把他的腳拉回來，等煙冒完，然後就再拉到爐門邊。我們就這樣把他的腳拉過來拉過去，直到我不僅是嚇出一身冷汗，而且真的是牙齒打顫地醒了過來。

漢斯和阿瑪莉亞，肉販的兩個小孩，在倉庫的圍牆旁邊玩彈珠，那是座又大又舊的石砌建築，形狀像個堡壘，有兩排裝著鐵柵欄的窗戶，順著河岸延伸出去。漢斯玩得很謹慎，先檢查了彈珠、路徑和坑洞，才彈了出去，阿瑪莉亞蹲在坑洞旁，小拳頭不耐煩地敲著地面。可是他們兩個忽然撇下彈珠，慢慢站起來，看向倉庫最靠近他們的一扇窗戶。那扇窗戶被分隔成好幾塊，他們聽見了一個聲響，像是有人想把一小片污濁的深色玻璃擦乾淨，但沒有成功。這時那片玻璃被敲破了，一張瘦削的臉從那塊小小的四方形裡隱約出現，看似沒有理由地露出微笑，看來是個男子，而他說：「過來，孩子們，過來。你們見過倉庫嗎？」

兩個孩子搖搖頭。阿瑪莉亞興奮地抬頭看著那個人，漢斯則回頭向後看，看看附近是否有人，但是他只看見一個駝背的人推著一部沉重的手推車，沿著碼頭而行，絲毫不在乎周遭的事。「那你們一定會大吃一驚」，那個男子說，態度非常熱心，彷彿必須藉此來克服這個不利的情況，亦即在他和這兩個孩子之間隔著圍牆、鐵柵和窗戶。「快過來吧。現在正是時候。」——「我們要怎麼進去？」阿瑪莉亞問。「我會指給你們看門在哪裡」，那人說。「只要跟著我，現在我會往右邊走，經過每一扇窗戶都會敲一敲。」

阿瑪莉亞點點頭，跑向下一扇窗戶，果然有人敲著窗玻璃，接下來那幾扇窗戶也一樣。不過，當阿瑪莉亞聽從那個陌生人的話，不假思索地跟著他跑，就像追著一個木頭輪子，漢斯卻只慢吞吞地跟在後面。他覺得不對勁，在這之前他從沒想過要去參觀這座倉庫，雖然這座倉庫肯定很值得一看，但是一個陌生人的邀請完全不能證明這座倉庫是准許進入的。這不太可能，因為假如是這樣，他父親肯定已經帶他去過了，他父親不僅就住在這附近，甚至認識這一帶所有的人，大家都會跟他打招呼，也都敬重他。這時漢斯想到，這個陌生人應該也認識他父親，為了確認這一點，他追在阿瑪莉亞後面，追上了她，當她停在地面上一扇鐵皮小門旁邊，那個陌生人也在裡面停下來。那扇門就像是火爐的門，只是比較大。那人又敲破了最後一扇窗戶的一小片玻璃，說：「門就在這裡。稍等一下，我來把裡面的門打開。」

「你認識我們的父親嗎？」漢斯立刻問道，但是那張臉已經消失了，於是漢斯只好等一下再問。這時可以聽見裡面那幾扇門果然被打開了。起初幾乎聽不見鑰匙嘎吱嘎吱的聲音，接著，當離得比較近的那幾扇門被打開，轉動鑰匙的聲音就愈來愈大。此處的牆壁似乎被緊緊相鄰的許多扇門給代替了。終於，最後一扇門也往裡面打開，兩個孩子趴在地上往裡面瞧，那人的臉也在昏暗中出現。「門都打開了，進來吧！動作快，快點。」他伸出一條手臂，把那許多扇門板壓在牆上。

阿瑪莉亞似乎由於在門前等待而回過神來，此刻她鑽到漢斯後面，不想打頭陣了，但是她把漢斯往前推，因為她很想和他一起進去倉庫裡面。漢斯距離打開的門很近，感覺到從門洞裡散發出的一絲涼意，他不想進去，不想到那個陌生人身邊，不想進到那許些可能會被鎖上的門後面，不想進去那陰森老舊的大房子。不過，既然他已經趴在這個門洞前面，他便問道「你認識我們的父親嗎？」

「不認識」，那人回答，「你們就快點進來吧，我不能讓這些門一直開著。」

「他不認識爸爸」，漢斯對阿瑪莉亞說，然後站了起來，像是鬆了一口氣，現在他肯定不會進去。

「可是我當然認識他」，那人說，把腦袋從門洞裡再探出來一點，「我當然認識他，那個肉販，橋邊那個大個子肉販，我偶爾也會去那裡買肉，假如我不知道你們是誰家的小孩，你們以為我會讓你們進倉庫裡來嗎？」

「為什麼你先前說你不認識他？」漢斯問，他把雙手插在口袋裡，整個人背對著倉庫。

「因為站在這裡我不想長談。你們先進來，然後我們就什麼都可以談。再說，小傢伙，你根本不必進來，正好相反，你這麼沒有教養，我寧願你留在外面。可是你姊姊比較明理，她會進來，而且我也歡迎她。」於是他向阿瑪莉亞伸出了手。

阿瑪莉亞說把手伸向那個陌生人，但還沒有碰觸到，她說：「漢斯，為什麼你不想進去？」聽了那人剛才的回答，漢斯也說不出他的反感有什麼明確的理由，就只輕聲對阿瑪莉亞說：「他一直發出嘶嘶聲。」而那個陌生人也的確發出了嘶嘶聲，不僅是在說話時，就連沉默時也一樣。「你為什麼發出嘶嘶聲？」阿瑪莉亞問，她想在漢斯和那個陌生人中間當調解人。

「阿瑪莉亞，妳問我，我就回答」，陌生人說。「我呼吸沉重，是因為我一直待在這個潮濕的倉庫裡，我也不會勸你們在這裡久留，但是待上一會兒卻很有趣。」

「我去」，阿瑪莉亞說著就笑了，她已經完全被說服了，但她又緩緩補上了一句：「可是漢斯也得一起來。」

「當然」，那個陌生人說，探出上半身，抓住漢斯的雙手，漢斯完全沒有料到，一下子就被拉倒，被那人使勁拖進洞裡去。「從這裡進來，親愛的漢斯」，那人說，把拚命掙扎、大聲叫喊的漢斯拖著走，也不管漢斯外套的一隻袖子被銳利的門緣給扯破了。

「阿瑪莉亞」，漢斯忽然喊道——事情發生得很快，儘管他拚命掙扎，他已經連頭帶腳都進了洞裡，——「阿瑪莉亞，快去找爸爸，把爸爸找來，他拉得這麼用力，我回不去了。」可是阿瑪莉亞被這個陌生人的粗魯舉動給弄糊塗了，此外也有點內疚，因為在某種程度上是她挑起了這樁劣行，而她也終究還是十分好奇，於是她沒有跑走，而是抓住了漢斯的雙腳……

大家當然很快就知道了那個拉比在做一個陶偶。他房子裡所有房間的門日日夜夜都是敞開的，凡是看得見的東西都馬上就為眾人所知。時時都有幾個學生、鄰居或陌生人在那棟屋子的樓梯爬上爬下，看進每一個房間裡，如果他們沒有碰見拉比本人，就任意走進他們想進去的任何地方。而有一次，他們在一個洗衣槽裡發現了一大團略帶紅色的陶土。

拉比任由眾人在他家隨意走動，這份自由把大家都寵壞了，於是他們也肆無忌憚地去摸那塊陶土。陶土很硬，就算用手指用力去壓，手指也不會沾上顏色，它的味道——那些好奇的人也忍不住要用舌頭去舔——是苦的。大家都不明白為什麼拉比要把這塊陶土放在洗衣槽裡。

苦，苦，這是最重要的字眼。我要如何把這些碎片焊接起來，成為一個鮮活的故事？

從壁爐裡不斷飄出一股灰白色的淡淡輕煙。

拉比像個洗衣婦一樣捲起衣袖，站在洗衣槽前面，揉捏著那塊已經顯露出粗糙人形的陶土。拉比始終牢牢盯住那整個人形，就算他只是在處理一個小細節，例如一根指節。儘管那個陶偶顯然捏得很像真人，拉比的舉止卻像個狂人，他一再抬起下頷，不停地抿著嘴唇，當他把手伸進旁邊的水桶把手弄濕，他的動作是那麼猛，使得水花濺上了拱頂光禿禿的天花板。

五月十一日。把那封信交給了局長。前天。我的請求如下：如果戰爭在秋天結束，我就希望能休個長假，而且不支薪；如果戰爭繼續下去，我就希望能取消對我服兵役的豁免[1]。那全是謊話。假如我請求立刻休長假，倘若遭到拒絕就請求將我解雇，那就是半個謊話。假如我提出辭呈，那才是真話。兩者我都不敢，因此才有這整篇謊話。

今天的談話毫無用處。局長認為我是要強索例行的三週休假（身為被豁免兵役的人我本來無權休假），因此很乾脆地准了我的假，據說在我交給他那封信之前就已經決定了。關於服役的事他隻字不提，彷彿信裡根本沒寫到這件事。如果我提起此事，他就聽而不聞。他顯然覺得休無薪長假是個奇怪的想法，也用這種口氣小心翼翼地提起。他敦促我立刻去休這三週的假。發表了一些業餘精神科醫生的看法，就像所有的人一樣。說我又不像他一樣要扛責任，他的職位才真的會使人生病。從前他的工作量是多麼的大，當他一邊準備律師考試，同時還在局裡上班。連續九個月每天工作十一個小時。再說到我們之間最主要的差別。難道我曾經擔心過職位不保嗎？他卻曾有這種擔憂。他在局裡有過敵人，那些人想盡了辦法對付他，甚至要斬斷他的生計來源，把他扔

1　卡夫卡由於身為保險局的公務人員而被豁免服役。

到廢鐵堆裡。

奇怪的是，他沒有提到我的寫作。

我很軟弱，雖然我看出那對我來說幾乎攸關生死。但我堅持我想去從軍，堅持三週休假對我來說並不足夠。聽了這話，他就說我們以後再談。假如他不是這麼和善又這麼關心我！

我將堅持下面這幾點：我要去從軍，滿足我忍耐了兩年的心願；基於和我個人無關的種種考量，假如我能休長假，我就會寧可休長假。但不管是從公務還是兵役方面來考量，這都是不可能的。我所謂的長假是指半年或整整一年（說這種話，身為公務員的我感到羞愧，身為病人的我則不覺羞愧）。我不想支薪，因為我的病並非能夠無疑確診的官能疾病。

這一切都是那個謊言的延續，但是如果我能堅持到底，在效果上就與事實相近。

六月二日。儘管頭痛、失眠、絕望、添了白髮，我還讓自己跟女孩子糾纏不清。我數一下：從夏天以來至少有六個。我抗拒不了；如果我不讓自己去欣賞一個值得欣賞的女孩，並且在這份欣賞耗盡之前去愛她，那簡直就像把我的舌頭從嘴裡拉出來。面對這六個女孩我幾乎都只在內心有過錯，但是有一個女孩卻透過別人來指責我。

摘錄瑟德布盧姆的《對神之信仰的形成》[1]，他是烏普薩拉[2]的大主教，純粹學術性的著作，不帶個人情感，也沒有宗教情感。

馬賽人的原始神明：這個神用一條皮帶把第一隻牛從天上牽進了第一個牛欄。

幾個澳洲部落的原始神明：神來自西方，是力量強大的醫者，創造了人類、動物、樹木、河流、山脈，制訂了神聖的儀式，並且規定了某個氏族的成員應該娶哪一個氏族的女子為妻。當祂完成了這一切，祂就離開了。醫者能夠藉由一棵樹或一條繩索爬上去找祂，並且汲取力量。

其他部落：在具有創造力的遷徙中，他們也第一次進行了神聖的舞蹈與儀式。

其他部落：人類在原始時代藉由進行儀式而創造出圖騰動物。也就是說，這些神聖的儀式自己創造出它們所崇拜的對象。

靠近海岸的畢姆比格（Bimbiga）傳說有兩個男人在原始時代遷徙途中創造出泉水、森林和儀式。

六月十九日。忘了一切。打開窗戶。清空房間。風從房間裡吹過。你只看見了空虛，找遍了所有的角落，找不到自己。

---

1 瑟德布盧姆（Nathan Söderblom, 1866-1931），瑞典教會大主教，因致力於倡議和平而於一九三〇年獲頒諾貝爾和平獎，《對神之信仰的形成》（*Das Werden des Gottesglaubens*）一書的副標題為「探討宗教的起源」。

2 烏普薩拉（Upsala）是瑞典第四大城，位於瑞典中部，自十二世紀起就是瑞典教會大主教的駐地。

和歐特拉碰面。去英語女教師那裡接她。回家途中經過碼頭、石橋、一小段小城、新橋。查理大橋上令人激動的聖徒雕像。夏夜裡奇特的光線照在夜間空蕩蕩的橋上。

為了馬克斯免於服役而感到高興。我原本就相信有這個可能，而現在我也見到這個可能成為現實。我自己這一次還是沒成[1]。

天起了涼風，耶和華上帝在園中行走，那人和他妻子聽見上帝的聲音。[2]

亞當和夏娃的鎮靜。

耶和華上帝為亞當和他妻子用皮子作衣服給他們穿。

上帝對人類發怒。

那兩棵樹，

那沒有說明理由的禁令，

對所有人的懲罰（蛇、女人和男人）

1 可能係指一九一六年六月二十一日的兵役體檢，卡夫卡雖然被認為可以服役，但是沒有被徵召，而是在「勞工事故保險局」的申請下得到豁免。

2 這一段以及下面幾段均出自《聖經．創世記》。

對該隱的偏愛，由於祂對該隱說話而更激怒了他。

我的靈就不永遠住在他裡面。

那時候人纔求告耶和華的名。

他與上帝同行，上帝將他取去，他就不在世了。

七月三日。和菲莉絲在瑪麗亞溫泉鎮[3]相聚的第一天。相鄰的房間，兩邊都有鑰匙。

三棟房子彼此相連，形成了一個小院子。在這個院子的木棚裡還有兩間作坊，在一個角落堆著高高一疊小木箱。在一個狂風大作的夜裡——強風挾著大雨越過最矮的那棟房子吹進院子裡——一個還在閣樓房間裡讀書的大學生聽見一聲大聲哀嚎從院子裡傳來。他跳起來，豎耳聆聽，但四下一片安靜，而且維持了很久。「大概是我聽錯了」，他對自己說，又開始讀書。過了一會兒，書上的字母組合出這幾個字：「不是錯覺」。「錯覺」，他又說了一次，用食指從那幾行字上撫過，安撫那些扭動不安的字。

七月四日。我醒來時被關在由木籬笆圍住的四方形裡，長度和寬度只容我跨出一步。有類似

3 瑪麗亞溫泉鎮（Marienbad）位於捷克西端，是歐洲著名的溫泉療養地，有時譯為馬倫巴。卡夫卡和菲莉絲從七月二日至七月十三日在此度假，菲莉絲於十三日啟程返回柏林，卡夫卡則續留至七月二十四日。

的圍籬被用來把羊群在夜裡圈在一起，但是沒有這麼窄。陽光直直地照射在我身上；為了保護頭部，我把頭抵在胸前，駝著背蹲坐下來。

你是什麼？我是悲慘。有兩塊小木板用螺絲固定在我的太陽穴上。

七月五日。共同生活的艱難。在陌生、同情、慾望、怯懦、虛榮的驅使之下，只在地底深處也許有一條涓涓細流有資格被稱之為愛，找是找不到的，只有一次在剎那間閃出光亮。

可憐的菲莉絲。

七月六日。不快樂的夜晚。無法和菲莉絲一起生活。忍受不了和任何人一起生活。對此不感到遺憾；遺憾的是不可能不孤獨。然而，這種遺憾是荒謬的，認命吧，並且終於去理解。從地上站起來。靠那本書來支撐自己。但是失眠、頭痛依舊，從那扇高窗往下跳，但要落在被雨水泡軟的土地上，那番撞擊才不會致命。閉著眼睛，輾轉反側，暴露在任何一道不經意的目光下。

只有《舊約》看出——對此不再說些什麼。

夢見韓札爾博士[1]，坐在他的辦公桌後面，奇怪地既向後靠又向前傾，眼睛清澈如水，以他

1　韓札爾博士（Dr. Emanuel Hanzal）是卡夫卡在保險局裡的同事。

慣有的方式慢條斯理地說明一段思考過程，在夢裡我幾乎沒聽見他說的話，只依循著這番話的邏輯。後來他妻子也和他在一起，她帶了很多行李，令人訝異地玩弄著我的手指，她衣袖的一塊厚毛氈被扯了下來，她的手臂只佔據了衣袖的一小部分，其餘部分塞滿了草莓。

卡爾一點也不在乎被嘲笑。那些小伙子是什麼人，他們又知道些什麼。美國人的光滑臉孔，只有兩、三條皺紋，但卻深深刻進前額，或是鼻子和嘴巴的一側。生來就是美國人，簡直只需要敲敲他們石頭般的前額就足以確認他們的種類。他們知道什麼⋯⋯

一個病重的人躺在床上。醫生坐在推到床邊的小桌旁，觀察著這個病人，病人則看著醫生。「沒有幫助」，病人說，並不像是發問，而像是回答。醫生稍微翻開擺在小桌邊緣的一本醫學文獻，匆匆往書裡瞄了一眼，然後把書闔上，說：「幫助來自布雷根茲[2]。」當病人吃力地瞇起眼睛，醫生又加了一句：「在福拉爾貝格。」——「那很遠」，病人說。

將我擁入你懷中，那就是深淵，擁我進入深淵，如果此刻你拒絕，那就再晚一點。

帶我走，帶我走，愚蠢和痛苦交織。

黑人從矮樹叢裡衝出來，圍著一個綁著銀鍊的木樁跳起舞來。祭司坐在旁邊，一根小棍子舉

2　布雷根茲（Bregenz）位在奧地利西端，是福拉爾貝格邦（Vorarlberg）的首府。

在鑼旁。天空烏雲密佈，但是沒有下雨，而且安靜。

在楚克門特爾那次之前，我從未親近過女人。之後則是在里瓦和那個瑞士女孩。第一次對方是個女人，我仍懵懂無知，第二次對方還是個孩子，我則完全困惑不已。

七月十三日。那麼就敞開自己吧。讓那個人走出來。呼吸空氣和那片寂靜。

那是在一個溫泉療養地的一家咖啡館。下午在下雨，沒有客人上門。直到傍晚天空才漸漸放晴，雨慢慢停了，女服務生開始把桌子擦乾。老闆站在門拱下，用目光尋找客人。果然也已經有一個人從林中小徑走來。他的肩上披著一條有長流蘇的披肩，把頭垂在胸前，每走一步，就伸長了手，把手杖遠遠地插進前方的地面。

七月十四日。以撒在亞比米勒面前否認他的妻子，一如之前亞比米勒否認了自己的妻子。[1]

弄不清基拉耳的水井。一段經文的重複。

雅各的罪過。以掃的宿命。

一座時鐘陰鬱地敲響。

1 這一則和下面兩則源自《聖經．創世記》。

且聽那鐘聲，當你走進屋裡。

七月十五日。他在森林裡尋找協助，幾乎躍過了山麓，急急趕往途中所遇溪流的源頭，他用雙手拍打空氣，用鼻子和嘴巴重重喘息。

七月十九日。

夢著哭著，可憐的人類，
尋不著路，迷失了路徑。
「唉！」是你晨昏的問候。
我別無所求，只想掙脫
從深處伸出的雙手，
要把虛弱的我拉進深淵。
我重重地跌進那雙準備好的手。
遠山間響起了
緩緩道出的話語。我們豎耳聆聽。
啊，他們戴著地獄的假面，

蒙住了鬼臉，把我的身體緊緊按在他們身上。

長長的行列，長長的行列扛著那未竟之人。

奇特的司法程序。在沒有其他人在場的情況下，在牢房裡由劊子手將死囚刺死。他坐在桌前，寫完那封信，信中寫道：心愛的你們，你們這些天使在何處飄盪，你們一無所悉，我這凡人的手無法觸及……

七月二十日。從鄰居的煙囪裡飛出一隻小鳥，牠停在煙囪邊緣，環顧四周，振翅飛走了。從煙囪裡飛出來的不是普通的小鳥。一個女孩從二樓一扇窗戶望向天空，看見那隻鳥愈飛愈高，喊道：「牠在那裡飛，快來看哪，牠在那裡飛」，而兩個小孩也已經擠到她身旁，也想看看那隻鳥。

求你垂憐，我罪過滿盈。但是我的天賦並不全然可鄙，我浪費了自己的小小才華，未蒙指示的我此刻瀕臨盡頭，偏偏是在從表面上看起來一切可能否極泰來的時候。別把我推向那群迷失的人。我知道我這番話是出於一種可笑的自私自利，不僅從遠處觀之可笑，近看也一樣可笑，但是既然我活著，我就也有著活著之人的自私自利，如果活著並不可笑，那麼生命的必要表現就也不可笑。——可悲的論證！

如果我被判有罪，那麼我不僅注定要死亡，也注定要反抗直到終了。

週日上午，在我啟程之前，你似乎想要幫我。我盼望著。直到如今這份盼望都落空了。而不管我在哀告什麼，都缺乏信念，甚至缺少真正的痛苦，就像一艘迷航船隻的船錨，在遠離海底之處擺動，遠離它能牢牢抓住的海底。

只求在夜裡賜我安眠——幼稚的哀告。

七月二十一日。他們在呼喚。天氣晴朗。我們站起來，形形色色的一群人，聚集在屋前。街道上安安靜靜，一如每個清晨。一個送麵包的男孩擱下籃子，看著我們。所有人都緊跟著彼此跑下樓梯，全部六層樓的住客都混在一起，我協助二樓那個商人穿上大衣，先前他一直把大衣拖在身後。這個商人帶領著我們，在我們所有人當中，他的閱歷最豐富，由他來帶領是對的。起初他把我們聚在一起，告誡那些焦躁不安的人，要他們安靜，拿走一個銀行職員揮個不停的帽子，扔到對街，每一個小孩的手都由一個大人牽著。

七月二十二日。奇特的司法程序。死囚在牢房裡由劊子手刺死，不允許其他人在場。他坐在桌前，寫完那封信，或是吃最後一餐飯。有人敲門，是劊子手。「你好了嗎？」他問。他提出的問題和作出的指示都遵照規定，不管是內容還是順序，他必須遵守。死囚先是從座位上跳起來，又再坐下，凝視著前方，或是把臉埋在手裡。由於沒有得到回答，劊子手就在床鋪上打開他的工具箱，挑選刀具，設法把各式各樣的刀刃再磨得更鋒利一點。天色已暗，他把一盞小提燈擺好，點亮了。死囚偷偷轉過頭去瞄向劊子手，可是當他看出他在做什麼，他不寒而慄，又轉過身去，什麼都不想再看見。過了一會兒，劊子手說：「我準備好了。」

「準備好了？」死囚大喊，跳了起來，此時終於正視著劊子手。「你不會殺死我，不會把我按在床上，把我刺死。你畢竟是個人，你可以帶著助手、當著法院官員的面，在高台上行刑，但是在這間囚室裡，單單一個人面對另一個人的時候你做不到。」由於劊子手俯身在工具箱上沉默不語，死囚又比較平靜地加了一句：「這事不可能。」由於劊子手還是不吭聲，死囚又說：「正因為這事不可能，才會有這個奇特的司法程序。形式仍要保留，但是死刑不會再被執行。你將會把我送進另一所監獄，在那裡我可能還會待上很久，但是我不會被處死。」劊子手一邊從棉套裡抽出一把新的刀子，一邊說：「你大概是想起了那些童話故事，說有個僕人奉命要遺棄一個小孩，但卻忍不下心，寧願把那個小孩送給一個鞋匠當學徒。那是童話，此時此地卻不是童話。」

八月二十一日。「所有侈言超越天性的美麗辭藻，在面對生命的原始力量時，都被證明為無效。」（反對一夫一妻制的文章）

八月二十七日。經過可怕的兩天兩夜，最終的結論是：多虧了你的軟弱、節儉、猶豫、精打細算、未雨綢繆……這些公務員常有的毛病，你沒有寄出給菲莉絲的那張明信片。我承認你的確有可能把它寄出，假如是這樣，會有什麼結果呢？一件行動，一股振奮？不。這件行動你已經執行過好幾次，什麼也沒有改善。不要試圖解釋；你當然能夠解釋過去的一切，如果沒有事先加以解釋，你甚至不敢去展開未來。而那卻是不可能的。所謂值得尊敬的責任感，歸根結底就是公務員心態、孩子氣、被父親摧折的意志。努力改善這一點，這就直接掌握在你手中。這意味著不要保護你自己（更何況是以你所愛的菲莉絲的生活作為代價），因為保護是不可能的，那種表面上的保護今天差點就毀了你。那不僅是涉及菲莉絲、婚姻、子女和責任，也涉及你所待的辦公室和你蟄居其中的差勁公寓。涉及一切。所以別再這麼做了。你無法保護自己，無法預先算計。在這方面你對自己一無所知，不知道什麼對你比較好。例如，今天夜裡，兩個同樣強烈、完全勢均力敵的動機在你身上進行了一場對抗，以損耗你的大腦和心臟作為代價，兩邊都是煩惱，這表示算計也沒有用。還能怎麼辦呢？不要再讓自己淪為這種戰場，雙方交戰時對你簡直沒有絲毫顧念，而你就只感覺到這些可怖戰士的戳刺。振作起來吧。改善你自己，擺脫公務員心態，開始看清你是誰，而不要去算計你該成為什麼。下一件任務絕對是：去當兵。也不要拿自己和福婁拜、齊克果或格里帕策相比[1]，作這種比較是種荒謬的錯誤，完全是幼稚。作為一連串算計中的一環，這些例子肯定有用，或者應該說，就跟那整個算計一樣沒用，但是個別來比較，它們卻是從一開始就沒有用處。福婁拜和齊克果清楚知道自己的情況，具有直截了當的決心，那不是算計，而是行動。在你身上卻是無休無止算計的結果，一種持續了四年的驚濤駭浪。和格里帕策相比也許有點道理，但是格里帕策在你看來並不值得效法，是未來之人應該要感謝的前車之鑑，因為他代替他們受過了苦。

十月八日。佛爾斯特[2]：把存在於學校生活中的人際關係當成教材。

教育是成年人的密謀。我們用一些藉口把自由嬉鬧的孩子拉進狹窄的屋裡，我們也相信那些藉口，但不是在我們佯稱的意義上。（誰不想當個高尚的人？把門關上。）

對馬克斯與莫里茨[3]的解釋與壓抑，其中的可笑。放任惡習之所以具有無法取代的價值，在於它們能以全副力量滋長，變得顯而易見，就算在

1 福婁拜、齊克果和格里帕策這三位作家都終身未婚，卡夫卡為了是否該結婚而猶豫不決時常想到他們。

2 佛爾斯特（Friedrich Wilhelm Foerster, 1869-1966），德國哲學家、教育家、和平主義者，卡夫卡在此引用並評論了他有關兒童教育的著作。

3 馬克斯與莫里茨是德國漫畫家威廉·布施（Wilhelm Busch, 1832-1908）所創造出的兩個頑童角色，由於家喻戶曉而成為頑童的代名詞。

縱容的興奮中只看見一點點。藉由在水窪裡練習無法成為水手，而在水窪裡練習過度卻可能使人當不了水手。

十月十六日。胡斯派[4]向天主教徒提出四個條件作為統一信仰的基礎，其中之一是：所有的彌天大罪，包括「貪食、酗酒、不貞、說謊、偽證、放高利貸、為了告解和彌撒而收取費用」，都應該受到死刑的處罰。有一派甚至想要賦予每一個人執行死刑的權力，只要他看見有人犯下了其中一種罪。

這可能嗎？我是先用理智和願望看出了未來的冰冷輪廓，然後才在它們的拉扯之下逐漸進入此一未來的現實。

我們可以在自己頭上揮動意志之鞭。

十月十八日。摘自一封信[5]：

事情沒有這麼簡單，我無法乾脆地接受妳針對母親、父母、鮮花、新年和共餐友人所說的話。妳說，對妳而言「在家裡和全家人同桌共餐算不上最愉快的事」。妳當然只是說出妳的看

---

4 胡斯派係由捷克宗教改革者揚．胡斯（Jan Hus, 1371-1415）所發起的改革運動，否認教皇的權威，反對贖罪券，被天主教會視為異端，而被以火刑處死。如今布拉格老城廣場上有他的紀念雕像。

5 這是卡夫卡寫給菲莉絲的一封信的草稿，和他後來在一九一六年十月十九日以打字稿寄出的信大致相同。

法，並沒有去考慮這是否會令我開心，這樣做也完全正確。嗯，這並沒有令我開心。但是假如妳寫了與此相反的話，肯定更不會令我開心。請盡量明確地告訴我，對妳而言不愉快之處在哪裡，還有妳認為原因何在？就我而言，這件事我們已經談過許多次，但是在這裡很難正確理解，哪怕只是一點點。

用關鍵字——因此帶有一份不完全符合實情的嚴厲——我可以約略這樣表達我的立場：我大多數時候都不獨立，對於獨立自主以及在各方面的自由懷著無盡的渴望。寧可戴上眼罩，走我自己的路，直到走不下去，也不要家鄉這群人圍著我轉，轉移了我的目光。因此，我對父母所說的每一句話，或是他們對我說的每一句話，都很容易成為我的絆腳石。但凡不是我主動創造或爭取來的人際關係，都沒有價值，而且妨礙了我行走，令我厭惡，或是幾近厭惡，就算這對我不利。要走的路很長，而我的力氣有限，我有充足的理由厭惡這種關係。然而，我是我父母所生，和父母及妹妹們血脈相連，在日常生活中我並沒有感覺到這一點，但事實上我比我所知道的更重視這一點。有時這也令我厭惡，看見家裡的雙人床，看見用過的寢具、仔細擺好的睡衣，都會令我想吐，把我的五臟六腑都翻過來，那就彷彿我並未徹底出生，而是一再從這個沉悶房間裡的沉悶生活中來到這世上，必須一再證明自己的生命和這些噁心的東西難分難解，就算不是完全，總也有一部分，至少它還黏在我想要跑走的雙腳上，仍舊藏在沒有形狀的原始糊狀物裡。這是有時候。

可是也有些時候我知道，父母是我生命的必要成分，一再給予我力量，不只是障礙，而也是我本質的一部分。於是我希望他們是最好的父母：一直以來，在我所有的惡意、頑皮、自私、無情之中，我仍然在他們面前顫抖，而且直到今天仍是如此，因為這種習慣不會停止；而他們若是又不可避免地幾乎摧折了我的意志（父親從這一邊，母親從另一邊），那麼我就想要看出他們有資格這樣做。我被他們欺騙了，卻無法反抗自然法則而不至於發瘋，於是我對他們除了厭惡還是厭惡。（有時候我覺得歐特拉就像是我想要的母親：純潔、真實、誠實、前後一致。既謙恭又自豪，平易近人而又保持距離，樂於奉獻而又獨立，羞怯與勇氣取得無懈可擊的平衡。我提起歐特拉，是因為我母親也在她身上，不過完全看不出來。）總之，我想要他們有資格來欺騙我。

妳屬於我，我把妳變成了我的，我不相信在任何一個童話故事裡曾經有人為了任何一個女子更加賣力、更加拚命地奮鬥過，比起我為妳所作的奮鬥，自始至終，一而再、再而三，而且也許直到永遠。妳屬於我，因此我和妳家人的關係就類似我和我自己家人的關係，不過當然在好壞兩面都溫和得多。他們構成了一種妨礙了我的關係（就算我從來不跟他們說一句話，也還是妨礙了我），而上面說過，他們沒有資格妨礙我。我這樣坦白地對妳說，就像對我自己說一樣，妳不會怪我，也不會在其中看出傲慢，至少在妳可能看出傲慢之處並沒有傲慢存在。

如果妳在這裡，和我父母同桌而坐，那麼，我父母對我的敵視當然就有了更大的攻擊面。在他們眼中，我和整個家族的關係變得更密切了（但它沒有更密切，也不准變得更密切），在他們看來，我加入了這個行列，隔壁的臥房就是其中一環（但我沒有加入），他們認為在妳身上找到了一個助手來對付我的反抗（他們沒有得到這個助手），而他們愈發醜陋，愈發令人蔑視，由於在我眼中，他們的醜陋應該要超越一種更大的醜陋。

如果是這樣，為什麼妳所說的話並沒有令我感到高興？因為我幾乎就像是站在我家人前面，不停地揮舞刀子，不斷傷害我的家人，同時卻也捍衛著我的家人，讓我在這件事情上完全代表妳，但妳無須在面對妳的家人時在這層意義上代表我。親愛的，這種犧牲對妳而言太沉重了嗎？我的要求很過分，唯一能讓妳心裡好受一點的是，如果妳不作這個犧牲，依我的天性我就得從妳那兒硬搶。而妳若是作這個犧牲，那麼妳就為我作了很多。我將刻意有一、兩天不寫信給妳，讓妳能在不受我打擾的情況下思考並回答。作為回答，單單一句話也就足夠，我對妳是如此信賴。

十月三十日。兩位紳士在馬廄裡談論一匹馬，一個馬伕正在按摩馬腹。年紀較長、一頭白髮的那一位輕輕咬著下唇，微微瞇起一隻眼睛，說：「我已經一個星期沒有看到阿特羅了，馬的記憶力就算勤加練習也還是不可靠。如今我覺得牠缺少了在我想像中牠肯定具有的某些品質。此刻我談的是整體印象，個別的小地方也許並沒有問題，雖然我現在甚至還注意到有幾處有肌肉鬆弛的情況。您瞧瞧這裡和這裡。」他低下頭，前前後後地檢視著，雙手在空氣中摸索。

1917年

Kafka Tagebücher

這是大起大落的一年，也是卡夫卡生命最後幾年疾病纏身的開端。

從去年十二月到今年四月。卡夫卡創作了許多傑出的短篇小說，大部分收錄在他生前出版的《鄉村醫生》小說集中。另外還有一些生前未出版的短篇小說，包括〈中國長城建造時〉這篇未完成的傑作。同時，卡夫卡從三月開始認眞學習希伯來文。他與菲莉絲於七月正式重新訂婚，一切看起來都漸入佳境。

然而在八月，卡夫卡忽然連續兩天肺部大出血，於是從九月開始，他聽從醫囑，前往一個叫做屈勞的村子，跟妹妹奧特拉同住到隔年四月。在這段平靜的時光中，卡夫卡逐漸停止了原本的日記與小說書寫，開始在八開筆記本上記錄一些充滿沉思色彩的筆記，它們後來被整理成所謂《藍色八開筆記》，其中旣有哲理箴言，也有寓意微妙的短篇故事。

有趣的是，卡夫卡本人似乎將這場疾病視作擺脫多年束縛的契機。在十二月，他以生病爲由，與菲莉絲解除婚約並分手，正式結束了這段長達五年的戀情。

四月六日。在這座小港，平常除了漁船之外就只有海運交通的兩艘客輪在此停泊，今天卻停著一艘陌生的平底船。一艘又重又舊的小船，相對低矮，而且中間很寬，髒兮兮的，彷彿被髒水澆透了，那水似乎還順著泛黃的船身外壁流下來，桅杆高得令人費解，主桅在上方三分之一處折斷，黃褐色的船帆粗糙起皺，在那些木杆之間被縱橫交叉地拉開，帆上打著補丁，經不起風吹。我訝異地久久盯著它，等待著會有人出現在甲板上，但沒有人出現。一個工人在我旁邊的碼頭圍牆上坐下。「這艘船是誰的？」我問，「我今天頭一次看見。」——「它每兩、三年會來一次」，那人說，「是獵人格拉庫斯的船。」

七月二十九日。宮廷小丑。關於宮廷小丑的研究。

宮廷小丑的輝煌時期大概已經一去不返了。一切都朝著別的方向發展，這一點不容否認。至少我還盡情享受過宮廷小丑這門藝術，就算它如今在人類當中已然失傳。

我一向坐在裁縫舖的深處，完全在黑暗中，有時候連自己手裡拿著什麼都得要用猜的，儘管如此，每縫壞一針，就會被師傅打一下。

我們的國王從不鋪張；沒有見過他照片的人，絕對認不出他是國王。他的西裝縫得很差（順帶一提，那不是在我們店裡縫製的），單薄的布料，外套的扣子總是解開，衣襬飛揚，而且皺巴巴的，帽子有凹痕，靴子粗糙沉重，手臂任意大幅擺動，結實的臉，陽剛的鼻子又大又直，短短一撇小鬍子，深色眼睛，眼神略顯銳利，脖子強壯而勻稱。有一次他路過我們的店舖，在門口停下腳步，右手抵著上方的門樑，問道：「法蘭茲在嗎？」他知道所有人的名字。我從黑暗的角落穿過那些伙計擠出去。他看了我一眼之後說：「跟我來！」，接著對師傅說：「他要搬到城堡去。」

七月三十日。卡尼茨小姐[1]的誘惑力和她的本質不符。雙唇的開闔、緊抿、噘起、綻放，彷彿有隱形的手指在揉捏。突如其來的動作雖然神經質，但運用得宜，每次都出人意料，例如整理膝蓋上的裙子，或是改變坐姿。她在交談中說的不多，表達的想法也不多，沒有其他人幫腔，主要是藉由轉動頭部、手勢、各式各樣的停頓和生動的眼神來進行，必要時也會握緊一雙小小的拳頭。

他從他們之中掙脫。霧氣籠罩著他。林間的一處圓形空地。火鳥在矮樹叢裡。一隻手不停地在一張看不見的臉上畫著十字。冷冷的雨下個不停，一陣宛轉的歌聲宛如出自正在呼吸的胸膛。

一個無用的人。一個朋友？如果我試圖想出他所具有的特質，那麼，他最大的優點也只有他

1 卡尼茨小姐（Gertrud Kanitz, 1895-1946）是出身維也納的一位女演員，由於家庭因素而在布拉格停留。

低沉的嗓音。如果我喊道「得救了」，意思是假如我是魯賓遜，而喊道「得救了」，他就用他低沉的嗓音重複一次。假如我是可拉[1]，並且喊道「完了」，他也會立刻用他低沉的嗓音再說一次。總是帶著這個低音提琴手同行漸漸令人厭倦。而他自己做這件事也一點都不開心，他之所以重複我說的話，就只是為他不得不這麼做，他沒法做別的事。有時在假期中，當我難得有空來關注我個人的事，我就會和他商量，例如在園亭裡，商量我如何能夠擺脫他。

七月三十一日。坐在火車上，卻忘了，像在家裡一樣生活，驀地想起，感覺到火車前進的力量，成為旅人，把帽子從行李箱裡抽出來，更自在、更真誠、更急切地與同車旅客相遇，不費一點力氣地被載往目的地，天真地感覺到這一點，成為女性的寵兒，一直被窗戶吸引，總是至少伸出一隻手擱在窗台上。更具體的情況是：忘了自己忘了，頓時成為一個獨自搭乘特快車旅行的小孩，在他周圍，在疾駛中震動的車廂宛如從一個魔術師手中變了出來，再小的細節都令人讚嘆。

八月一日。在游泳學校裡讀O博士所寫的布拉格舊事。弗里德里希．阿德勒[2]在大學時代發表過批評富人的激烈言論，讓大家都大笑不已。後來他娶了個有錢的妻子，就不再吭聲。——O

1 可拉（Korach）是《聖經》中的人物，以掃的兒子。

2 弗里德里希．阿德勒（Friedrich Adler, 1857-1938）是布拉格的一位律師，也是知名的詩人，被視為十九世紀末二十世紀初布拉格德語作家中的元老。

博士小時候從昂舍貝格[3]到布拉格來讀中學，住在一個猶太私塾教師家裡，那人的妻子是一家舊貨商店的店員。飯菜取自一家熟食店。早上五點半O就被叫醒作祈禱。——他負擔所有弟弟妹妹的教育，那很辛苦，但也帶給他自信和滿足。一位後來成為財政顧問、如今早已退休的A博士（一個非常自私的人）曾經勸他遠走高飛，躲藏起來，遠離他的家人，否則他們就會把他拖垮。

八月二日。通常你要找的人就住在隔壁。這很難解釋，你只能先把這當成經驗事實來接受。這件事實的基礎是如此深厚，哪怕你想要阻止也阻止不了。原因在於你對這個被尋找的鄰居一無所知。你既不知道你在找他，也不知道他住在隔壁，但是他卻肯定住在隔壁。這種一般的經驗事實你當然可能曉得，這份認知一點也不構成妨礙，就算你刻意一直記在心裡，我來說一個這樣的故事……

在上帝出現之前，巴斯卡把一切整理得井井有條，但是想必存在著一種更深刻、更焦慮的懷疑，比起這個高踞之人的懷疑，他用鋒利的刀子把自己支解，但支解起來卻像屠夫一樣冷靜。這份冷靜從何而來？運用刀子的這份自信從何而來？難道上帝是戲劇裡的一輛凱旋馬車，由於工人的辛苦與絕望，而用繩子從遠處拉到舞台上？

3　昂舍貝格（Amschelberg），位於捷克中部的小村莊，距離布拉格約七十公里。

八月三日。我又一次聲嘶力竭地對著這個世界呼喊。然後有人用布緊緊塞住了我的嘴，綁住了我的雙手和雙腳，並且用一塊布蒙住了我的眼睛。我被滾來滾去好幾次，被扶起來，又被推倒，這也翻來覆去好幾次，有人拉扯我的雙腿，使我痛得反抗，他們讓我靜靜地躺了一會兒，但隨即用某種尖銳的東西深深刺進我身上，出人意料地在我身上亂刺一通。

幾年來我都坐在這個大十字路口，但是明天，我被要求離開我的位置，因為新皇帝將要駕臨。我不干預任何發生在我周遭的事，一方面是基於原則，另一方面也是出於厭惡。我也早已不再乞討；那些長久以來就從旁經過的人會送我東西，出於習慣、出於忠誠、出於熟識，新近路過的人則效法他們。我在身旁擺了一個小籃子，每個人都朝裡面扔進他認為恰當的東西。可是正因為我不在乎任何人，因為我在街道的嘈雜和荒謬之中保持著冷靜的目光和心靈，我比任何人都更了解一切，關於我、我的地位和我的合理要求。針對這些問題不會有爭論，在這件事情上只有我的意見才算數。因此，當一名警察今天上午在我身旁停下（他對我當然很熟悉，我卻當然從未注意過他），對我說：「皇帝明天將要駕臨；你明天可別膽大包天地到這裡來」，我反問他：「你多大年紀？」

八月四日。「文學」這個字眼被用在指責當中時，是語言上一種強烈的簡化，乃至於它逐漸也帶來了思想上的簡化（也許從一開始就含有這個意圖），這種簡化使人無法有正確的視角，也使得那個指責遠遠偏離了目標。

虛無的號角。

A. 我想請你給個建議。

B. 為什麼偏偏是我？

A. 我信賴你。

B. 為什麼？

A. 我經常在聚會中看見你。而我們在聚會中總是在尋求建議。這一點我們都同意。不管是什麼樣的聚會，不管大家是聚在一起演戲、喝茶、召喚神靈還是想幫助窮人，最終都是在尋求建議。有這麼多人需要建議！而且比表面上更多，因為在聚會中提出建議的人只是用聲音提出建議，在心裡他們其實自己也需要建議。在那些尋求建議的人當中一向都有他們的分身，而他們的話就是特別針對這個分身而說的。但是這個分身尤其不滿意，厭惡地走開，並且把那個建議者拖在身後，去參加其他聚會和相同的遊戲。

B. 是這樣嗎？

A. 沒錯，你明明也看出來了。這也算不上什麼功勞，全世界都看出來了，因此這個請求格外殷切。

八月五日。下午和奧斯卡去拉德索維茲[1]。悲傷，虛弱，常常得吃力地勉強抓住核心問題。

八月六日。

A. 我對你不滿意。

B. 我不問你為什麼。我知道原因。

A. 所以呢？

B. 我無能為力。我什麼都無法改變。聳聳肩、撇撇嘴，別的我就做不到了。

A. 我要帶你去見我的主人。你想去嗎？

B. 我覺得丟臉。他會怎麼接待我？直接就去找主人！這太輕率了。

A. 讓我來承擔這個責任吧。我帶你去。來吧！

（他們穿過一條走道。A在一扇門上敲了敲。聽見有人喊道「進來」。B想要跑走，但是A抓住了他，於是他們走了進去。）

1 拉德索維茲（Radešowitz）是位在布拉格東邊十公里處的一個郊遊地點。

C. 誰是主人？

A. 我以為——快拜倒，拜倒在他腳前。

（以下係〈在流放地〉的殘稿）

旅人感到太過疲倦，無法再下達命令，甚至無法再做些什麼。他只從口袋裡掏出一條手帕，做了個動作，彷彿把手帕浸在遠處那個桶中，再把它壓在額頭上，在那個坑穴旁邊躺下。司令官派來找他的兩位先生就發現他躺在那裡。當他們對他說話，他彷彿精神一振，一躍而起，把手擱在心臟上，說：「如果我讓此事發生，我就是個狗雜種。」可是他隨即把這句話從字面上來理解，開始手腳並用地爬來爬去，只偶爾跳起來，簡直像是掙脫開來，抱住其中一位先生的脖子，哭喊道：「這一切為什麼發生在我身上！」接著就又急忙回到他的崗位上。

這一切彷彿讓旅人意識到接下來要發生的事就純粹只涉及他和那個死者，他把手一揮，要那名士兵和那個被判刑的人離開，他們躊躇不決，他朝他們扔了一塊石頭，他們卻還在商量，於是他朝他們跑過去，用拳頭趕他們走。

「怎麼回事？」旅人突然說。他忘了什麼嗎？一句重要的話？一個動作？幫人一把？誰能看穿這片混亂？可惡的熱帶空氣，你把我怎麼了？我不知道發生了什麼事。我的判斷力留在北方的家鄉了。

「準備好讓那條蛇通行！」他喊道。「準備好讓那位偉大的夫人通行！」「我們準備好了」，有人大聲回答，「我們準備好了！」於是我們從矮樹叢裡大步走出來，我們這些開路的人，我們負責擊碎石頭，因此而聞名。「出動！」一向快活的指揮官說，「出動，你們這些拿來餵蛇的傢伙！」於是我們舉起鐵鎚，開始勤奮地敲擊，長達數里。不允許休息，只允許換手。根據預告，我們的蛇今晚即將來到，在那之前，所有的石頭都得敲碎成粉末，我們的蛇連最小的碎石也受不了。哪來這麼敏感的蛇？這剛好是一條獨一無二的蛇，由於我們的工作，牠被無與倫比地寵壞了，因此也已經成了無與倫比的物種。我們不明白牠為何還自稱為蛇，我們為此感到惋惜。至少牠應該總是自稱為夫人，雖然身為夫人牠當然也一樣無與倫比。不過，這不關我們的事，我們的任務是把石頭擊碎成粉末。

前面那個人，把提燈舉高一點！其他人安靜地跟在我後面！所有的人排成一列！而且保持安靜！沒事，不要害怕。責任由我承擔。我會帶你們出去。

八月九日。旅人做了個模糊的手勢，放棄了他所作的努力，又把那兩個人從那具屍體旁推開，指著那片流放地，要他們立刻過去。他們用咯咯的笑聲表示他們漸漸明白了這個命令，那個被判刑的人把他抹了好幾層油污的臉抵在旅人的手上，那名士兵用右手拍拍旅人的肩膀，左手揮著步槍，這三個人現在是一夥的了。

旅人必須努力抗拒湧上他心頭的感覺，亦即這件事有了完美的解決辦法。他累了，放棄了現在埋葬這具屍體的計畫。這份炎熱，氣溫還在繼續升高——旅人不想抬起頭來面向太陽，就只是為了避免腳步踉蹌——，那個軍官突然徹底不再吭聲，看見那兩個人用異樣的眼神盯著他，由於軍官之死，他失去了和他們的任何關聯，最終那個軍官的意見在此處受到直截了當的駁斥，所有這一切使得旅人無法再站直，而在椅子上坐下。假如他的船能穿過這片無路的沙地被推到他面前，把他載走——那將是最好不過。那他就會上船，站在梯子上向那個軍官作出指責，為了那個被判刑的人所遭受的殘忍處決。「我將會在家鄉把這件事說出去」，他會提高了音量這麼說，好讓船長和那些水手也都聽見，他們好奇地倚在甲板欄杆上。「被處決？」那個軍官將會合理地反問，「他明明就在這裡」，他將會這麼說，並且指著替旅人提行李的那個人。而那人果然是那個被判刑的人，旅人用銳利的目光看過去，並且仔細打量他的面貌，確認了是那人沒錯。「佩服，佩服」，旅人不得不說，而且也樂於這麼說。「一個魔術戲法？」他還問道。「不」，那個軍官說，「是您犯了一個錯，我被處決了，按照您的命令。」此刻船長和水手們更加豎起耳朵聆聽，眾人都看見此刻那個軍官伸手從自己額頭上撫過，露出一根尖刺，彎彎曲曲地從裂開的額頭裡冒出來。

那已經是美國政府和印第安人進行最後幾場大型戰鬥的時期。最深入印第安人地區的堡壘——也是最堅固的堡壘——係由參孫將軍指揮，他的戰功彪炳，擁有民眾和士兵的堅定信賴。在面對單單一個印第安人的時候，呼喊「參孫將軍！」幾乎就跟一把槍一樣有用。

一天早晨，巡邏隊在樹林裡抓到了一個年輕人，按照將軍平日的命令把他帶到總部，哪怕是再小的事，將軍也總是親自處理。由於將軍正在和邊境地帶的幾個農人討論事情，那個陌生人首先被帶到副官歐特威中校面前。

「參孫將軍！」我喊道，踉蹌地向後退了一步。從高高的灌木叢裡走出來的人是他。「安靜！」他說，指指他的身後。大約有十個人跌跌撞撞地跟在他後面。

「不，放開我！放開我！」我沿著街道不停地喊，而她一再抓住我，女妖那雙爪子般的手一再從旁邊或是越過我的肩膀打在我胸膛上。

九月十五日[1]。你有了重新開始的機會，如果這種可能性存在的話。不要浪費了這個機會。

1 在上一則日記和這一則日記之間，卡夫卡兩度咯血，之後向多位醫生求診，確認自己染患了肺結核。他獲得三個月的休假，於九月十二日前往波希米亞西北部的屈勞（Zürau）療養，他妹妹歐特拉在那裡管理他大妹夫家族的一片田產。

如果你想要挖掘自己的深處，就避免不了從你體內湧出的穢物。但不要在那裡面打滾。如果你的肺癆就如你所說的是個象徵，象徵著傷口，發炎的症狀代表著菲莉絲[2]，而傷口的深度證明了其正當性，如果是這樣，那麼醫生的建議（光線、空氣、陽光、靜養）就也是象徵。抓住這個象徵。

噢，美好的時光，精妙的版本，荒蕪的庭園。你從屋裡轉彎出來，在園中小徑上幸福女神迎面而來。

威嚴的形象，此界之王。

村中廣場，獻給了夜晚。小孩的智慧，動物的優勢。女子。——母牛理所當然地從廣場上走過。我擺在地上的沙發。

九月十八日。全撕碎了。

九月十九日。沒發出那封電報：「非常歡迎。米舍婁博車站[3]。身體狀況佳。法蘭茲、歐特

2 卡夫卡和菲莉絲在七月時二度訂婚，在肺結核確診之後，卡夫卡決心結束這段持續了五年的關係。

3 米舍婁博（Michelob）是最靠近屈勞的火車站。

拉。」瑪蓮卡帶著這封電報去了弗婁浩兩趟[1]，卻說她無法發送電報，因為郵局在她抵達之前就關閉了。我寫了一封告別信來代替，頓時又感到強烈的痛苦，又一次將之壓抑。不過那封告別信模稜兩可，一如我的看法。傷口的疼痛程度取決於受傷時間的長短，更勝於傷口的深度和蔓延程度。同樣的傷口一再被撕開，看見那動過無數次手術的創傷又一次接受治療，這是討厭之處。

這個脆弱、情緒化、微不足道的生物——一封電報就將他打倒，一封信就扶起了他，使他恢復生氣，讀信之後的沉默使他麻木。

貓和山羊玩的遊戲。那些山羊就像：波蘭猶太人、席格弗里德舅舅[2]、魏斯博士、伊爾瑪[3]。

管理員赫爾曼[4]（今天他沒吃晚餐也沒說再見就走了，不知道他明天還來不來）和瑪蓮卡小姐的難以親近各自不同，但卻一樣嚴重。基本上在他們面前感到侷促，就像在廄棚裡那些動物面前，當你要求牠們做些什麼，而牠們令人驚訝地聽從了。此處這個情況之所以更困難，是因為在

1 瑪蓮卡（Mařenka）是屈勞農莊裡的一個女僕：負責屈勞地區郵務的郵遞站位於弗婁浩（Flöhau）。

2 席格弗里德舅舅（Siegfried Löwy, 1867-1942），卡夫卡母親最小的弟弟，是個鄉村醫生。

3 伊爾瑪（Irma Kafka, 1889-1919）是卡夫卡的一個堂妹，喪父之後就在卡夫卡父親的店裡工作，是歐特拉的親密好友。

4 這是卡夫卡大妹夫的一個親戚，在這座農莊裡擔任管理員。

某些瞬間他們顯得平易近人而且十分容易理解。

我始終不懂，幾乎每個能夠寫作的人都有辦法在痛苦之中描述這份痛苦。例如，當我不快樂，腦袋也許還因為不快樂而灼熱，我能夠坐下來，寫信告訴某人：我不快樂。是的，我還能夠更進一步，視我的天分而定，運用和這份不快樂似乎沒有絲毫關係的各種華麗辭藻，也許述說得簡單明瞭，也許用辯證的方式，也許動用各種聯想來想像。而那並非謊言，也平息不了那份痛苦，就只是一時之間僥倖精力過剩，而那份痛苦卻顯然耗盡了我全部的精力，磨損了我生命的根底。所以這算是哪門子的精力過剩？

昨天寫給馬克斯的信。謊話連篇、虛榮、戲劇化。在屈勞待了一星期了。

在和平中你前進不了，在戰爭中你流血至死。

夢見魏菲爾：他述說他目前正待在下奧地利邦，在那裡他在街上不小心稍微撞到了一個男子，而對方就把他罵得狗血淋頭。那些措辭我已經忘了，只記得「野蠻人」這個詞曾出現過（由於世界大戰），還有最後一句是「你這個無產階級的土耳其人」。這是個有趣的組合：把「土耳其人」當成罵人的話，顯然是來自土耳其戰爭[5]時期還有維也納被包圍時期的傳統，再加上新的

5　係指十六、十七世紀鄂圖曼帝國向外擴張時和奧地利所進行的多次戰爭。

罵人詞彙「無產階級」。適足以表現出罵人者的頭腦簡單和思想落伍，因為「無產階級」和「土耳其人」如今其實都不是罵人的話。

九月二十一日。菲莉絲到這兒來，為了見我，坐了三十個小時的車，我應該要阻止她的。在我想像中，她承受了極大的不幸，主要是由於我的錯。我無法理解我自己，完全沒有感覺，也完全無助，心裡想著我的舒適生活有些地方將會受到打擾，只有作作樣子，算是唯一的讓步。在小事情上她錯了，錯在捍衛她所謂的權利或真正的權利，但整體上她卻是個被判處嚴刑的無辜之人；她為了我犯的錯而受到嚴刑折磨，而我還操作著折磨她的刑具。——這一天隨著她搭車離去（車子載著她和歐特拉繞著池塘行駛，我抄了近路，還又靠近了她一次）和一陣頭痛（我的裝模作樣留下的後遺症）而結束。

夢見父親。——有一小群聽眾（芳塔夫人也在其中，這足以描述聽眾的組成），在他們面前，父親頭一次當眾提出一個社會改革的理念。父親是想要這群經過挑選的聽眾（在他看來是一時之選）來替他宣傳這個理念。表面上他說得很謙虛，只請求這群人在瞭解一切之後提供對此理念感興趣之人士的地址，他將能邀請他們前來參加不久之後將會舉行的一場大型公眾集會。父親還不曾和這些人打過任何交道，因此過於認真地看待他們，還穿上了黑色禮服外套，並且極其詳盡地陳述他的理念，表現出外行人的所有特徵。儘管這群聽眾根本沒準備要聽一場演講，他們立刻看出，父親所提出的就只是一個早已被討論過的陳舊理念，被當成原創的理念得意地提出來。他們讓父親察覺到這一點。但是這在父親意料之中，他深信這種看法微不足道（不過他自己似乎也多次試著提出來），帶著微微的苦笑，更加慷慨激昂地陳述。等他說完，從眾人不滿的嘀咕就能聽出來，他既沒有說服大家這個理念具有原創性，也沒有說服大家這個理念的可行性。不會有太多人對這個理念感興趣，但還是零零星星有幾個人給了他幾個地址，出於好心，也可能是因為他們認識我。父親完全不受整體氣氛的影響，收拾了講稿，拿出事先準備好的一小疊空白紙片，以便把那寥寥幾個地址抄下來。我只聽見了一個宮廷顧問的名字，叫史提贊諾夫斯基之類的。——後來我看見父親倚著沙發坐在地板上，就像他和小菲利克斯玩耍時那樣。我吃了一驚，問他在做什麼。他在思考他的理念。

九月二十二日。無事。

九月二十五日。往森林的路。你毀掉了你其實並未擁有的一切。你要如何再把一切拼湊起來？這個漂泊的心靈還剩下多少精力來做這件艱鉅的工作？

塔格爾[1]的《新人類》，可悲，大言不慚，靈活，熟練，部分寫得很好，帶著業餘寫作者的輕微顫抖。他有什麼權利炫耀呢？基本上就跟我和所有人一樣可悲。

身為肺結核患者而生養子女並不可恥。福婁拜的父親就有肺結核。兩個選擇：要不就是小孩的肺吹起笛子（很美的表達方式，醫生把耳朵貼在病人胸膛上就是為了聽這種音樂），要不就是小孩會成為福婁拜。他父親的顫抖，當這件事在假想中被商議。

從像《鄉村醫生》[2]這樣的作品中我還能得到短暫的滿足，前提是我還能再寫出像這樣的作品（可能性很低）。而只有當我能把世界提升到純淨、真實、恆久不變之中，我才感到快樂。

我們用來抽打彼此的鞭子在這五年裡形成了許多結。

九月二十八日。和菲莉絲的談話概要。

我：所以說，我走到了這一步。

菲莉絲：是**我**走到了這一步。

我：我讓妳走到了這一步。

1 塔格爾（Theodor Tagger, 1891-1958），奧地利作家，《新人類》（*Das neue Geschlecht*）係提倡和平主義的宣言，一九一七年於柏林出版。

2 《鄉村醫生》是卡夫卡的一本短篇故事集，自這年夏天起就在準備出版，後來於一九二〇年出版。

菲莉絲：這話是真的。

我將把自己託付給死亡。一種殘存的信仰。回到父親身邊。偉大的贖罪日。

摘自寫給菲莉絲的一封信，也許是最後一封（十月一日）。如果以我最終的目標來檢驗，我其實並不想成為一個好人，使最高法庭滿意，相反地，我想通觀人類社會與動物社會，了解其基本喜好、願望與合乎習俗的理想，將之歸納成簡單的規則，盡快讓自己往這個方向發展，讓大家都對我感到滿意，而且滿意到我可以在不失去世間之愛的情況下，公然展現內在的卑鄙，成為唯一一個不會被燒死的罪人。總而言之，我只在乎人類的法庭，而我打算欺騙這個法庭，只不過不是用謊言。

十月八日。在這段期間：菲莉絲寫了信來埋怨我，葛蕾特．布洛赫揚言要寫信來。狀況悽慘（肌肉痠痛）。餵食山羊，田裡到處都被老鼠挖了洞，撿拾馬鈴薯（「風真大，往我們的屁眼裡吹」），摘採薔薇果，農夫費格（七個女兒，一個還小，眼神甜美，肩上有隻小白兔），房間裡掛著一幅畫，《法蘭茲．約瑟夫皇帝至皇家墓穴謁陵》，農夫昆茲（身強力壯，說起他農場的歷史時帶著優越感，但為人和善）。對這些農民的整體印象：高尚的人，投身於農業以安身立命，他們明智而謙卑地從事農務，使之完善地融入整體，保護他們免於受到任何震盪和衝擊，直到他們安享天年。真正的地球居民。

傍晚時分，那些小伙子在高地遼闊的田野上追趕四散奔逃的牛群，一頭被綁住的年輕公牛拒絕跟他們走，他們不得不一再拽著牠掉頭。

狄更斯的《塊肉餘生記》（〈司爐〉完全是模仿狄更斯，計畫中的那整本小說更是如此[1]）。不管是行李箱的故事、討喜迷人的少年、低賤的工作、鄉間別墅裡的情人、骯髒的房屋……，但最主要是寫作的方式。如今我看出我是想要寫一部狄更斯式的小說，只是增添了我擷取自這個時代的銳利光線，以及取自我自己身上的幽暗光線。狄更斯的靈感豐富，文思泉湧，不假思索，但也因為如此，有些段落疲軟無力，他就只是老調重彈。沒有意義的整體給人野蠻的印象，而多虧了我的弱點以及我從模仿中得到的教訓，我避免了這種野蠻。在他那種情感氾濫的風格背後有一種無情。這些粗糙的性格描寫佔了許多篇幅，刻意加諸於每個人物身上，少了這些，狄更斯就沒有辦法把故事發展下去，一次也做不到。（在模糊地使用抽象隱喻這件事上，瓦爾澤[2]與他相似。）

十月九日。去農夫呂夫特納的家。玄關很大。整件事頗戲劇化。他神經質地發出嘻嘻哈哈的

1 係指卡夫卡沒能完成的小說《失蹤者》。

2 瓦爾澤（Robert Walser, 1878-1956），瑞士德語作家，也是卡夫卡欣賞的作家之一。

聲音，還不時往桌面一拍，抬臂，聳肩，舉起啤酒杯，活像華倫斯坦[3]麾下人馬。旁邊是他太太，她是個老婦，他在十年前和她結婚，當時他是她的僕人。他愛好打獵，荒廢了農事。馬廄裡有兩匹高大的駿馬，活像荷馬史詩裡的生物，一陣短暫出現的陽光透過馬廄的窗戶照在牠們身上。

十月十四日。一個十八歲少年來向我們辭行，明天他就要入伍：「由於我明天要入伍，我來向你們告假。」

十月十五日。傍晚時分走在往歐伯克雷的公路上；之所以走，是因為管理員和兩名匈牙利士兵坐在廚房裡。

黃昏時分從歐特拉的窗戶看出去，那邊有一棟房子，房子後面就是開闊的原野。

昆茲夫婦，在他們的田地裡，在我窗戶對面的斜坡上。

十月二十一日。天氣很好，陽光普照，溫暖無風。

大多數的狗只要遠遠地有人走過來就亂吠一通，有些狗卻冷靜地走近那個陌生人，在他身上

3　華倫斯坦（Albrecht von Wallenstein, 1583-1634），知名的波希米亞將領，在三十年戰爭中率領神聖羅馬帝國哈布斯堡王朝的軍隊征戰。

嗅一嗅，如果覺得氣味可疑才會吠叫。牠們也許不是最好的看門狗，但卻是明理的生物。

十一月六日。徹底無能。

十一月十日。關鍵性的東西到目前為止我尚未寫下，我還在兩條支流裡流動。尚待完成的工作是艱鉅的。

夢見塔利亞門托河戰役[1]：一片平原，其實並沒有河流，許多興奮的觀眾擠成一團，視戰況而定，準備好向前跑或向後跑。在我們面前是一片高原，高原的邊緣清晰可見，有些地方空曠，有些地方則長著高高的灌木。奧地利軍隊在高原上和高原之外作戰，情勢緊張；戰況將會如何發展？為了緩和緊張的情緒，偶爾會看見在昏暗的斜坡上零星的矮樹叢後面，有一、兩個義大利軍人在開槍射擊。那並不重要，但我們還是稍微跑開了一點。接下來又是那片高原：奧地利軍隊沿著空曠的邊緣跑，在灌木叢後面驀地停住，接著又跑。情況顯然不妙，我們也無法理解情況怎麼可能會好，既然都是人類，這些人怎麼可能制伏那些決心要抵抗的人。大感絕望，全面的撤退將是必然的。這時出現了一個普魯士少校，在這之前他都和我們一起觀戰，但此刻當他冷靜地走進那突然淨空的地方，他的模樣變得截然不同。他把左右手各兩隻手指塞進嘴裡，吹起口哨，就像

夢：塔利亞門托河戰役

1 塔利亞門托河（Tagliamento）位在義大利東北部，一九一七年十月底至十一月中旬，奧匈帝國的軍隊在德軍協助之下奪回了之前被義大利攻佔的地區。當時的報紙每天都詳細地報導戰事的進展。

對狗吹口哨一樣，但是帶著感情。這是給他手下部隊的信號，他們先前就在不遠處等待，此刻揮軍向前。那是支普魯士衛隊，是些安靜的年輕人，人數不多，也許只有一連，看起來全都是軍官，至少他們都配戴著長劍，穿著深色制服。看著他們此刻踩著短短的步伐，緊跟著彼此，緩緩從我們旁邊向前行進，偶爾看向我們，這種慷慨赴死的精神令人感動、激勵人心、而且保證了勝利。由於這些人的插手，我鬆了一口氣，就此醒了過來。

1919年

Kafka Tagebücher

一九一八年，卡夫卡沒有寫日記，但仍發生一些重大事件。

一九一八年四月，卡夫卡從曲勞回到布拉格，重新開始工作。同年十一月，一戰結束，奧匈帝國瓦解，捷克斯洛伐克成爲獨立共和國。這一政治變遷對於卡夫卡不無影響，因爲從此捷克人開始全面取代德意志人原本佔據的領導階層位置，卡夫卡所在的勞工保險局也是如此。

在一九一九年，卡夫卡又經歷了一段新的戀情，對象是他在去年冬天認識的茱莉．沃里契克。他們於本年夏季決定結婚，卻遭到卡夫卡父親的強烈反對，最終不了了之。正是基於這一事件，卡夫卡於十一月寫出了著名的〈致父親〉長信，深入剖析了他與父親的關係。雖然這封信最終沒有交到父親的手裡。

六月二十七日。新的日記，其實只是因為我讀了舊的日記。有幾個理由和意圖，在十二點差一刻的此刻，無法再確認。

六月三十日。去了利格公園。在茉莉花叢旁和J[1]來來回回地散步。既虛假又真實，我的嘆息帶著虛假，我感受到的親密、信賴、安全則是真實的。不安的心。

七月六日。同一個念頭揮之不去，那份渴望，那份恐懼。但還是比平常冷靜，彷彿有一個大的發展在醞釀，我感覺到它遠遠的顫動。說得太多了。

十二月五日。又被拉扯著穿過這條又長又窄的可怕縫隙，其實只有在夢裡才能穿過。在清醒時刻意去做是絕對做不到的。

十二月八日。週一和週五在包姆公園，去了餐廳，去了畫廊。痛苦和喜悅，罪過和無辜，就像兩隻交纏在一起難分難解的手，只有切斷肌肉、血管和骨頭才能分開。

十二月九日。常想到艾利席厄斯[2]。可是不管我轉向何方，黑色的浪就撲面而來。

1　J係指茱莉．沃里契克（Julie Wohryzek, 1891-1944），卡夫卡和她在一九一八—一九年冬天相識，一九年夏天訂婚，計畫在十一月結婚，但這樁婚事遭到卡夫卡父母的反對，後來在二〇年七月解除婚約。

2　艾利席厄斯（Eleseus）是挪威作家漢森（Knut Hamsun）小說《碩果》（*Growth of the Soil*）中的人物。

十二月十一日。星期四，天冷。和Ｊ在利格公園裡沉默無語。在壕溝上的引誘。這一切都太難了，我還沒有準備好。在精神意義上，這就像貝克老師在二十六年前所說的話（當然他並未察覺這句話帶有預言的趣味）：「就讓他繼續讀五年級吧，他的身體太弱了，這樣催趕他，將來後果堪虞。」而我果然像是被揠苗助長而後被遺忘的幼苗一樣長大，當一陣風吹來，在閃躲的動作中帶有某種藝術家的嬌嫩；甚至可以說在這種動作中有某種動人之處，如此而已。就像艾利席厄斯，還有他在春季為了生意而搭車進城這件事。而我們根本不必小看他：艾利席厄斯其實可以成為這本小說的主角，假如這本書是漢森在年輕時所寫，那麼他說不定就真的會成為主角。

1920年

Kafka Tagebücher

卡夫卡在這一年的戀情，或許是他一生中最炙熱的一段，其對象也是歷任女友中文學才華最出衆的一位，她就是捷克女記者米蓮娜。

從這一年四月開始，由於米蓮娜想將卡夫卡的〈司爐〉翻譯成捷克文，兩人遂開始進行頻繁而熱烈的通信。六月，兩人首度會面。不同於初會菲莉絲時的尷尬，卡夫卡與米蓮娜一見面就相處融洽，關係迅速發展。不過米蓮娜已是有夫之婦，雖然與丈夫之間亦有問題，卻始終無法下定決心離開他。因此米蓮娜雖然與卡夫卡兩情相悅，卻無法在一起，最終兩人於十二月分手。

卡夫卡在這一年的最後四個月中，終於重新開始寫作，但似乎對成果並不滿意。我們今天能見到的只有一些生前未發表的短篇小說。

卡夫卡這一年寫的日記很少，卻給米蓮娜寫了許多信。

一月六日。他覺得他所做的一切都是全新的。生活若是少了這種新鮮感，按照其本身的價值，那就免不了會是種來自舊日地獄泥沼中的東西。但是這份新鮮感是種假象，讓他忘了這一點，或是輕鬆看待，或是雖然看清了，但並不覺得痛苦。

今天無疑就是進步啟程繼續向前邁進的日子。

一月九日。生活的迷信、原則與實現：

藉由惡習的天堂而進入美德的地獄。這麼容易？這麼齷齪？這麼不可置信？迷信是容易的。

他的後腦勺被切掉了一塊。藉著陽光，全世界都看進他的後腦。這使他神經緊張，使他從工作上分心，偏偏他自己被排除在外，無法跟著看熱鬧，這也使他感到氣惱。

如果囚禁的情況在隔天並未改變，甚至更加嚴格，甚至是明言囚禁永遠不會終止，這也並不能證明自認將徹底獲得自由的預感不是真的。這一切反倒可能是徹底獲得自由的先決條件。

1921年

Kafka Tagebücher

在這一年，卡夫卡大體上狀態低迷，要布羅德毀掉自己作品的著名遺囑，就是在本年寫下的。

上一年十二月中，卡夫卡再度離開布拉格，前往療養院，在那裡一直待到八月。但他回到布拉格上班之後，不久就再度患病了。

十月，米蓮娜來看望卡夫卡，卡夫卡把他之前寫的所有日記都交給米蓮娜保管。並在日記中自陳接下來的日記將會「是不同的東西」、且「閃躲隱晦」。從內容上看，卡夫卡往後幾年的日記，確實更爲抽象、跳躍，也出現更多具有疏離性的自我分析描寫。

十月十五日。把全部的日記都交給了米蓮娜[1]，大約在一個星期前。覺得比較自由了嗎？不。我還能夠再寫類似日記的東西嗎？不論如何，它將是不同的了。它將會閃躲隱晦，將根本不是日記，例如，針對最近佔去我不少時間的哈爾特[2]，假如我想在日記裡寫下些什麼，那將會極其吃力。感覺上就像是我早已經寫過有關他的一切，或是彷彿我已經不在人世，而這兩者並無二致。我也許可以寫米蓮娜，但也並非出於自由的決定，而且那也太過於針對自己，我無須再像從前一樣刻意讓自己意識到這類事情，在這一方面我不像從前那麼健忘，我就是活生生的記憶，失眠即因此而起。

十月十六日。星期日。必須一再重新開始所帶來的不幸，一切都只是開端，甚至連開端都算不上，也缺少幻想，無法幻想事情並非如此。愚蠢的其他人不明白這一點，為了終於能夠「向前推進」而去做某些事，例如踢足球，把自身的愚蠢埋進自己體內，就像埋進一具棺材裡，另一些

---

1 係指米蓮娜（Milena Pollak, 1896-1944），出身布拉格的捷克記者，作家波拉克（Ernst Pollak, 1886-1947）之妻，因請求將卡夫卡那篇〈司爐〉譯成捷克文而於一九一九年秋與卡夫卡結識。一九二〇年四月，當卡夫卡在梅朗（Meran）療養時，開始與她密集通信，在當年夏天與茱莉．沃里契克解除婚約之後，兩人變得更加親密，這段關係持續到二〇年底及二一年初，之後就只有零星的書信往返，偶爾在布拉格碰面。一九二一年十月初，當米蓮娜去探望卡夫卡，卡夫卡把自己的日記交給了她。在卡夫卡去世之後，她遵照他的遺願，把日記交給了布羅德。卡夫卡在日記裡習慣以M來代替她的名字，為了便於理解，譯文中就直呼其名。

2 哈爾特（Ludwig Hardt, 1886-1947）是當時柏林知名的朗誦家，一九二一年十月一日至十月十四日在布拉格舉行了多場朗誦會，所選擇的文章也包括了卡夫卡的作品。

人則愚蠢地以為看見了一具真正的棺木，亦即一具可以運送、開啟、摧毀、替換的棺木。

在公園裡那些年輕女子之間。沒有羨慕。有足夠的想像力來分享她們的快樂，有足夠的判斷力來知道我太過虛弱，無法得到這種快樂，有足夠的傻氣來認為我看穿了自己和她們的處境。傻氣不足，有一個小小的缺口，風呼嘯著穿過這個缺口，阻止了完全的共鳴。

如果我許下成為田徑選手的宏願，那可能就像我祈願自己能上天堂，在那裡獲准像在人間一樣絕望。

就算我的體質這麼差，「在相同的情況下」（尤其是考慮到意志的軟弱）甚至是世上最差的，我還是必須嘗試靠著它來達到最好的結果，即使是我自己認為的最好結果。假如說，靠著它而能達成的事就只有一件，因此這件事就也是最好的結果，而這件事就是絕望，這種說法就只是空洞的詭辯。

十月十七日。我之所以沒有學會什麼有用的技能，並且任由自己的身體情況愈來愈糟（這兩者互有關聯），這件事的背後可能有種意圖。我想要維持不分心，不被一個健康有用之人的生活樂趣給分了心。彷彿疾病和絕望不也至少同樣令人分心！我可以用各種方式讓這個想法能夠自圓其說，從而以對我有利的方式把這個想法想個透徹，但我不敢這麼做，也不相信——至少今天不相信，一如在大多數的日子裡——會有對我有利的解決之道。

我不羨慕個別的夫妻，我只羨慕所有的夫妻——就算我只羨慕一對夫妻，我所羨慕的其實也是型態無窮的整體婚姻幸福，在單單一樁婚姻的幸福裡，就算在最好的情況下，我可能也會感到絕望。

我不認為有內心情況與我相似的人，但至少我能想像出這樣的人，可是我連想像都無法想像那隻一直在我頭上盤旋的神祕烏鴉也會在他們頭上盤旋。

我這些年來有系統的自我毀滅實在驚人，就像慢慢發展成的水壩決堤，是一件蓄意的行動。心智完成了這件行動，此刻應該要慶祝勝利；為什麼它不讓我一起慶祝？不過，也許它的蓄意行動尚未結束，因此無暇顧及其他。

十月十八日。永恆的童年。生命又一次呼喚。

生命的燦爛很可能隨時都以全部的豐盈在每個人周圍待命，只是被遮住了，藏在深處，看不見，很遙遠。但是它就在那裡，不帶敵意，沒有不情願，也沒有聾。只要用正確的字眼呼喚它，用正確的名字呼喚它，它就會出現。這就是魔法的本質，魔法並不創造，而是召喚。

十月十九日。荒野漂泊這件事的本質。身為民族領袖而走上這條路的人，對於所發生的事帶著殘存的意識（不可能更多）。他一輩子都有預感將抵達迦南，但直到臨死之前才見到那片土地，這令人難以置信。這臨終前的遙望只可能有一個意義，亦即表示出人類的生命是多麼不完美的短短一瞬，之所以不完美，是因為這種生命可以無盡地延續下去，但產生的卻仍然只是短短一瞬。摩西沒有抵達迦南，不是因為他的生命太短暫，而是因為那是一個人類的生命。摩西五書的這個結尾就和《情感教育》的結局相似。

無法在活著時好好處理生命的人，需要用一隻手來稍微抵擋對於自身命運的絕望——這事發生得非常不完美——，但是他能用另一隻手寫下他在廢墟底下看見的東西，因為他看見的與其他人不同，也比其他人更多，畢竟他在活著的時候就死了，是真正的倖存者。前提是，他不需要用上兩隻手（或是比他所擁有的更多的手）來對抗絕望。

十月二十日。下午見了郎格爾，然後是馬克斯，朗誦了他那本《法蘭琪》[1]。

一場短短的夢，在不安而短暫的睡眠裡，在無邊的幸福中不安地緊緊抓住了我。這個夢有許多分支，包含千百種同時豁然明朗的關係，留下來的幾乎就只有對那份基本感受的記憶：

我的兄弟犯下了一件罪行，我想是殺人罪，我和其他人是從犯，懲罰、解決和救贖從遠方逐

1　《法蘭琪或二流愛情》（*Franzi oder Eine Liebe zweiten Ranges*）是布羅德所寫的一本小說，自這一年十二月起在雜誌上連載。

漸接近，變得愈來愈大，從許多跡象都能察覺它們在不斷接近，我妹妹一直在指出這些跡象，而我總是用瘋狂的呼喊來回應，這份瘋狂隨著它們的接近而加劇。我的呼喊是些短短的句子，由於淺顯，當時我以為我永遠不可能忘記，此刻卻連一句都記不清。那只可能是呼喊，因為我說話很吃力，必須鼓起臉頰，同時像在牙痛時那樣歪扭著嘴巴，才能吐出一個字來。幸福在於：懲罰來了，而我幸福快樂地迎接它，如此輕鬆自在、深信不疑，這一幕想必會令諸神感動，而我也感覺到眾神的這份感動，幾乎要落淚。

十月二十一日。他沒有辦法踏進那間屋子，因為他聽見一個聲音對他說：「等著，等到我帶你進去！」於是他就這樣一直躺在屋前的塵土中，雖然一切都已經毫無指望（就像撒拉會說的[1]）。

一切都是想像，家庭、辦公室、朋友、街道，一切都是想像，或遠或近，女人；而最為接近的真相卻只是：你在一個沒有門窗的牢房裡把頭抵在牆上。

十月二十二日。一個達人，一個專家，一個內行人，但卻是一份無法傳授的知識，幸好似乎也沒有人需要這份知識。

1　係指《聖經》裡亞伯拉罕的妻子撒拉。

十月二十三日。下午去看巴勒斯坦電影[2]。

十月二十五日。昨天和埃倫斯坦[3]碰面。

父母在玩紙牌，我獨坐一旁，完全沒有參與。父親說，我應該一起玩，或至少看他們玩，我隨便找了個藉口搪塞應付。這種從童年起就一再重演的拒絕意味著什麼？透過邀請我得以參與共同的生活，在某種意義上是公眾的生活，而別人期望於我的表現，我也許不能做得很好，但應該還過得去，玩遊戲說不定也不至於讓我覺得太無聊——儘管如此，我還是拒絕了。由此來評斷，我是沒有道理的，若我抱怨，生命的激流從不曾席捲過我，我永遠無法離開布拉格，我從來沒有接觸過運動或手工藝等等——也許是我一直拒絕了提議，就像我拒絕了加入遊戲的邀請一樣。只有那些無意義的事會被接受，像是攻讀法律、上班工作，之後就是一些無意義的彌補，像是做些園藝、木工之類的，這些彌補就好比把真正需要救助的乞丐轟出門去，然後獨自扮演起大善人，把施捨從右手交給了左手。

所以說我總是拒絕，大概是出於整體的軟弱，尤其是出於意志的薄弱，這一點我明白得有點

---

2 據學者考證，這部電影名叫《歸返錫安》（*Schiwath Zion*），呈現猶太人回到巴勒斯坦建立家園的努力。

3 埃倫斯坦（Albert Ehrenstein, 1886-1950），出生於維也納的猶太裔德語詩人與作家，卡夫卡與他在柏林相識，此時他來布拉格演講。

晚。從前我多半把這種拒絕視為一個好預兆（被我對自己隱約懷抱的遠大希望所誤導），如今這種善意的解釋只剩下一點殘餘。

十月二十九日。之後的一個晚上，我真的參加了，替母親記錄得分。但這並沒有讓我們彼此更親近，即使有一丁點，也埋沒在疲倦和無聊之中，埋沒在因浪費時間而感到的悲哀裡。以前也總是會這樣。我很少能走出寂寞和群體之間的邊界地帶，我定居在那兒的時間甚至比住在寂寞中更久。相形之下，魯賓遜的小島真是一片活潑熱鬧的土地。

十月三十日。下午去劇院，帕林貝格[1]。

吝嗇鬼在我身上的可能性，我不是指演出或創作《吝嗇鬼》[2]，而是成為吝嗇鬼本人。只需要迅速、堅決的出手，整個樂團入迷地看向指揮台上方指揮棒即將揚起之處。

感覺全然無助。

是什麼使你和這些涇渭分明、說著話、眨著眼的身體有更緊密的連結？比起和任何一件東西，例如你手中的筆桿？莫非因為你和他們是同類？但你和他們不是同類，所以你才會提出這個

---

1 帕林貝格（Max Pallenberg, 1877-1934），出生於維也納的知名演員，在柏林劇場界嶄露頭角，此時在布拉格客座演出。

2 《吝嗇鬼》是法國劇作家莫里哀（Molière, 1622-1673）的著名喜劇作品，帕林貝格在布拉格演出時曾飾演劇中主角。

問題。

人類身體的涇渭分明使人不寒而慄。

居然尚未毀滅，在沉默的力量帶領之下，這件事的奇怪和費解使人想說出這句荒謬的話：「單靠我自己，我早就已經完了」。單靠我自己。

十一月一日。魏菲爾的《山羊歌》[3]。

自由地處置一個世界，罔顧其法律。法律的實施。遵守法律的快樂。

但是不可能只把這條法律加諸於世界上：其餘的一切都照舊，但新的法律制訂者可以為所欲為。這將不是法律，而是專橫、叛逆、自我定罪。

十一月二日。隱約的希望，隱約的信心。

一個無盡陰沉的週日下午，吞噬了好幾年的時光，一個由多年時光構成的下午。有時絕望地走在空蕩蕩的街道上，有時平靜地躺在沙發上。偶爾對那些幾乎不斷飄過的雲朵感到訝異，那些沒有色彩、沒有意義的雲朵。「你被保留給一個偉大的星期一！」——「說得好聽，但是這個星期天永遠不會結束。」

---

3 《山羊歌》（*Bocksgesang*）是魏菲爾所寫的一齣悲劇，從這一年十月三十日起在報上連載。

十一月三日。那通電話。

十一月七日。自我觀察是一份擺脫不了的義務：如果有人在觀察我，我當然就也得觀察自己，如果沒有人在觀察我，我就更得要仔細觀察自己。

凡是敵視我、漠視我或是討厭我的人，都能輕而易舉地擺脫我，輕易得令人羨慕（前提也許是在並非攸關生死的情況下；曾經，和菲莉絲在一起時，當事情似乎攸關生死，要擺脫我並不容易，不過當時我還年輕，還有力氣，我的願望也還有力氣）。

十二月一日。米蓮娜來探望過我四次，明天她將搭車離去。在飽受折磨的日子裡較為平靜的四天。從我對她的離去不感到悲傷（不真感到悲傷），到我為了她的離去而感到無盡的悲傷，這之間是一段長路。不過：悲傷並不是最糟的。

十二月二日。在爸媽的房間裡寫信。衰敗的各種形式是難以想像的。——最近想像著我是個小孩，被父親打敗了，由於不服輸而始終賴在格鬥場上不走，經過這麼多年，儘管我一再被打敗。——一直想著米蓮娜，或者並不是她，而是一個原則，是黑暗中的一道光。

十二月六日。摘自一封信：「在這個悲傷的冬季，我藉此來取暖。」隱喻是寫作上令我感到絕望的事物之一。寫作不是件自主的活動，要倚賴女傭生火，倚賴在火爐邊取暖的貓，甚至倚賴正在取暖的可憐老人。所有這些活動都是自主的，自有其法則，唯獨寫作是無助的，不能自給自足，既帶來樂趣也令人絕望。

兩個小孩獨自在家，爬進一個大箱子，箱蓋落下，他們打不開，於是窒息而死。

十二月二十日。在思緒中經歷了許多折磨。

我從熟睡中驚醒。房間中央有個陌生人在燭光下坐在一張小桌旁。他坐在昏暗的光線裡，龐然而且沉重，解開扣子的冬季大衣使他顯得更加龐然。

最好多想想：

臨終時的拉貝[1]，當妻子撫摸他的額頭，他說：「很舒服。」

一個祖父用沒有牙齒的嘴巴對著孫子笑。

可以平靜地寫下「窒息這件事可怕得無法想像」，不能否認這當中有種快樂。那當然無法想像，所以也就什麼都沒寫下。

1　拉貝（Wilhelm Raabe, 1831-1910），德國小說家，寫實主義的代表人物。

十二月二十三日。又坐著讀《我們的童子軍》[1]。《伊凡·伊里奇之死》[2]。

1 《我們的童子軍》（*Náš Skautík*）是捷克童子軍運動的一本雜誌，從卡夫卡與友人的信件中可以看出他對童軍運動深感興趣。

2 《伊凡·伊里奇之死》是俄國文豪托爾斯泰的小說，寫於一八八六年，是一本探討死亡的書。

1922年

Kafka Tagebücher

本年年初，卡夫卡狀態低迷，然而一月底前往波蘭邊境的療養之旅，振奮了他的狀態。不久，他又創作了幾篇出色的短篇小說，包括他自己頗爲滿意的〈飢餓藝術家〉。

但在這一次創作高峰中，最重要的成果無疑是具有自傳色彩的《城堡》。《城堡》中的一些元素顯然跟他與米蓮娜的戀情有關，而且卡夫卡最初甚至想要破例用第一人稱來敘述。不過《城堡》最終超越了這些淺層的經驗素材，抵達了卡夫卡小說藝術的巔峰。

七月，卡夫卡終於以疾病爲由，正式獲准退休，開始一段相對安靜的生活。但自入冬之後，卡夫卡又陷入疾病與失眠的折磨，他開始考慮移民巴勒斯坦的計畫，以作爲自我拯救的一絲希望。

一月十六日。上個星期就像是一次崩潰，如此徹底，只有大約兩年前一個夜裡曾經有過，除此之外沒有先例。當時一切似乎都到了盡頭，即便到了今天，感覺似乎也並無二致。這可以用兩種方式來理解，也可以同時用這兩種方式來理解。

第一：崩潰，無法成眠，無法清醒，無法忍受生活，更確切地說是無法忍受生活的接續。內在和外在的時鐘不一致，內在的時鐘以一種有如魔鬼般的速度飛奔，至少是非人的速度，外在的時鐘則慢吞吞地以尋常速度走著。必然會發生的結果是：這兩個不同的世界會分離，而它們也就分離了，至少是以一種可怕的方式被撕裂。內在時鐘行走速度的狂野也許有種種不同的原因，最明顯的原因是自我觀察，這份自我觀察讓任何想像都無法平靜下來，追趕著一個想像，然後自己也被新的自我觀察當成想像來追趕。

第二：這番追趕的方向是脫離人類。一直以來就加諸於我身上的那份孤單，一部分也是我自找的（可是這和被迫又有什麼不同），此刻變得毫不含糊，並且發展到了極致。它將把我帶往何處？它可能會導致發瘋，這似乎是最必然的結果，對此無法再多說些什麼，這番追趕從我身上穿過，並且將我撕裂。還是說我能夠撐下去（我能嗎？），哪怕只是極小的一部分，，亦即讓這番追趕帶著我走。那麼我將去到何處？「追趕」就只是一個意象，我也可以說「朝著塵世的最後邊界猛攻」，而且是由下而上，來自人類的猛攻，而由於這也只是一個意象，也可以用另一個意象來代替，亦即由上而下對我的猛攻。

這整個文學就是朝著邊界的猛攻，而假如猶太復國主義沒有介入，它很容易就能發展成一種新的神祕學，一種卡巴拉[1]。發展的開端是存在的，不過卻需要一種不可思議的天才，把它的根重新扎進古老的年代，或是重新創造出古老的年代，而且做這些事沒有耗盡力氣，而是現在才開始使出全力。

一月十七日。幾乎沒有改變。

一月十八日。那種感覺平靜一點了，取而代之的是G[2]。是得救還是惡化，隨人解讀。

片刻的念頭：甘心吧，學習（學習吧，你這個四十歲的人）平靜地活在當下（沒錯，你曾經能夠做到）。是的，當下，可怕的當下。它並不可怕，只是對未來的恐懼使它變得可怕。而回顧也一樣。對於性這份禮物，你做了什麼呢？你失敗了，最終就只能這麼說。而那原本是可以輕易成功的。不過，一件小事決定了成敗，一件甚至看不出來的小事。這又如何？世界歷史上最大的戰役不也是如此。小事決定了小事。

米蓮娜是對的：不幸在於恐懼，但是幸福卻不是勇敢，而是無畏。勇氣想要的東西也許超出

---

1 卡巴拉（Kabbala）是猶太神祕主義的一種哲學思想，用以解釋造物主和宇宙之間的關係。

2 有學者推測G這個字母在此代表的是Geschlecht，亦即「性」。

我們的力量（當年在我班上大概只有兩個猶太人是有勇氣的，而他們兩個都舉槍自盡，一個是還在中學時，另一個是在畢業之後不久），所以幸福不在於勇氣，而在於無畏，平靜的無畏，去正視一切、承受一切。不要強迫自己去做任何事，但不要因為不去強迫自己而感到不快樂，也不要因為應該要強迫自己而感到不快樂。而如果你不去強迫自己，不要老想著去強迫的可能性。當然，事情從來不是如此分明，又或不然，事情一向如此分明，例如：性的衝動日日夜夜折磨著我，我應該要克服恐懼、羞恥、甚或是悲傷，才能滿足這份衝動；但是另一方面，假如我得到既快又近、自願提供的機會，我就會立刻加以利用，不帶恐懼、悲傷和羞恥；那麼，如上所述，留下的法則是：不要去克服恐懼、羞恥和悲傷（也不要思量著要去克服），而去利用那個機會（可是不要抱怨，如果機會不來）。當然，在「行動」和「機會」之間還有個中介物，亦即對機會的引發和誘發，而這就是我所遵循的作法，不僅是在此地，而是在各個地方。從上述的「法則」來看，這幾乎並無可議之處，雖然這種「誘發」和「思量著要去克服」可疑地相似，尤其是當它以不適當的手段發生，其中沒有一絲平靜地去正視一切、承受一切的無畏。儘管在「字面上」符合這個「法則」，卻令人厭惡，而且務必要避免。然而，要加以避免就免不了要強迫自己，所以這件事我想不出結果。

一月十九日。昨天作出的結論在今天具有什麼意義呢？意義和昨天相同，這些結論是正確的，只是血液逐漸滲入了法則的巨石之間。

那份無盡、深刻、溫暖、使人得救的幸福，坐在自己孩子的搖籃旁邊，在孩子的母親對面。這份幸福也帶有這樣一種感覺：事情已經不再取決於你，除非你想。反之，如果沒有子女，你的感覺是：事情總是取決於你，不管你想不想，時時刻刻直到盡頭，每一個撕扯神經的瞬間，事情總是取決於你，卻又沒有結果。薛西弗斯是個單身漢。

沒什麼不好；一旦你越過了那道門檻，就一切都好。那是另一個世界，而你無須言語。

兩個問題：[1]

我從幾件我羞於啟齒的小事得到一個印象：最後這幾次來訪雖然就像以往一樣親切、自豪，但也有點疲倦，有點勉強，就像探病。這個印象正確嗎？

莫非妳在日記裡發現了某種不利於我的關鍵事物？

一月二十日。 稍微平靜了一點。這是多麼必要。才稍微平靜了一點，就幾乎過於平靜。彷彿我只有在愁悶難耐的時候才感覺到真實的自我。可能也的確如此。

被拎著衣領，拖著穿過街道，被推進門裡。簡化地來說是這樣，事實上則有著對抗的力量，

1 根據布羅德的注解，這兩個問題是向米蓮娜提出的。

狂暴的程度只稍微小一點點——那一點點就維持著生命和痛苦。我是這兩股力量的受害者。

這種「過於平靜」。彷彿我已經沒有機會去過安靜創作的生活，由於身體因素，由於身體上的長年痛苦（信心！信心！），因為痛苦的狀態對我來說完全就只是封閉式的痛苦，封鎖了一切，別無其他。

軀幹：從側面觀之，從襪子上緣往上，膝蓋、大腿和臀部，屬於一個深膚色的女子。

對土地的憧憬？這不確定。是那片土地喚醒了憧憬，無盡的憧憬。

關於我，馬克斯說得對：「一切都好得很，只是對我來說不然，而且這很合理。」我說這很合理，表現出我至少還有這點信心。還是說我就連這點信心也沒有？因為我其實並沒有去想這是否「合理」，由於生活所具有的強大說服力，無法去談合理不合理。就像你在絕望的臨終時刻無法去思索是非對錯，在絕望的生活裡也一樣。只要箭與它所造成的傷口完全相符也就夠了。

另一方面，我絲毫無意針對這個世代作出整體的評斷。

一月二十一日。還沒有過於平靜。在劇院裡，看見弗洛倫斯坦所待的監獄[1]，深淵忽然裂開。歌手、音樂、觀眾、鄰座，這一切都比那座深淵更遙遠。

1 據學者考證，卡夫卡這天下午觀賞的是貝多芬的歌劇《費德里奧》（*Fidelio*），弗洛倫斯坦（Florestan）係劇中人物。

據我所知，沒有人的任務如此沉重。也可以說：這不是任務，甚至不是不可能的任務，甚至於不是不可能本身，它什麼都不是，甚至連一個不孕的婦人所希望懷上的孩子都不是。但這卻是我所呼吸的空氣，只要我還應該呼吸。

我在午夜過後入睡，五點鐘醒來，這是個非比尋常的成就，也是非比尋常的幸運，此外我還覺得睏。但這份幸運卻是我的不幸，因為那個難以抗拒的念頭隨即浮現：你不配擁有這麼多的幸運，所有的復仇之神都朝我俯衝而下，我看見他們憤怒的首領發狂地張開手指，威脅著我，或是嚇人地敲響了鈸。從五點到七點那兩個小時的激動不僅耗損了睡眠帶來的好處，而且使我一整天都戰慄不安。

沒有祖先，沒有婚姻，沒有後代，強烈渴望著祖先、婚姻和後代，他們全都向我伸出了手：祖先、婚姻和後代，但是對我來說太過遙遠。

對於這一切都有可悲的人工替代品：代替祖先、婚姻和後代。你在痙攣中創造出這個替代品，如果痙攣本身沒有毀掉你，這個替代品的淒涼也會毀掉你。

一月二十二日。夜裡的決定。

關於「記憶中的單身漢」那段話具有先見之明，當然是在十分有利的條件下才算是先見之明。不過，我和魯道夫舅舅的相似之處還更令人驚訝：兩人都安靜（我少一點），兩人都依賴父母（我多一點），和父親敵對，受母親疼愛（他還得受罪地和他父親同住，不過他父親也一樣受罪），兩人都害羞，過度謙虛（他多一點），兩人都被視為高尚、善良，因而受到尊敬，在我身上找不到這些優點，而據我所知，在他身上也不多（害羞、謙虛、膽怯被人視為高尚與善良，因為它們沒有什麼能力來抵抗別人的侵略本能），兩人起初都疑心自己有病，後來也真的病了，兩人身為閒散之人被這個世界供養得相當好（因為他閒散的程度比較小，所得到的供養比我差得多，以我到目前為止所能比較），兩人都是公務員（他比較稱職），兩人都過著完全單調的生活，沒有成長，直到生命盡頭都仍然年輕，比「年輕」更正確的用詞是「保存完好」，兩人都幾近瘋狂，他遠離了猶太人，以驚人的勇氣和彈性（藉此可以衡量出易於發瘋的程度），在教堂裡得到拯救，就我所見，直到最後教堂都還鬆鬆地掌控著他，而他自己可能已經許多年沒能掌控住自己。我們之間的一個差別在於他的藝術天分比我小（這個差別也許對他有利，也許對他不利），亦即在年輕時本來可以選擇一條更好的路，不像我那麼糾結，也沒有由於雄心壯志而糾結。我不知道他是否曾經為了女人而有過自我掙扎，我讀過的一個有關他的故事暗示出這一點，我小時候也聽人說過類似的故事。我對他知道得太少，也不敢打聽。此外，我隨手寫著關於他的事一直寫到這裡，就像在寫一個活著的人。說他不善良也不正確，我在他身上不曾察覺過吝嗇、嫉羨、仇恨、貪婪；也許他太過渺小，無法去幫助別人。他比我要無辜得多，這是沒法比較的。在細節上他是我的諷刺漫畫版，在本質上我卻是他的諷刺漫畫版。

一月二十三日。惶惶不安的感覺再度襲來。來自何處？來自某些念頭，很快就忘了這些念頭，但是留下的惶然卻難以忘記。比起那些念頭本身，我或許能指出它們出現的地點，例如一個念頭出現在經過「老新猶太會堂」的草地小徑上。惶然也來自一種偶爾朝我接近、夠羞怯、也夠遙遠的舒適之感。惶然也來自於夜裡所作的決定仍然只是個決定。惶然來自於我至今的人生是一場原地踏步，頂多只在一種意義上能稱之為發展，就像一顆逐漸蛀空、崩壞的牙齒所經歷的發展。我從未能證明自己有絲毫掌控生活的能力。事情彷彿是，我跟每個人一樣都有一個圓心，也跟每個人一樣想要走出具決定性的半徑，並且畫出一個漂亮的圓。但我卻始終在開始走半徑之後，就不得不中斷。（例如鋼琴、小提琴、外語、德語文學系、反猶太復國主義、猶太復國主義、希伯來文、園藝、木工、文學、結婚計畫、搬出去住。）僵在想像中那個圓的中心，每一條半徑都開始了一點點，到最後已經沒有空間展開新的嘗試，沒有空間表示年老、神經衰弱，而不再嘗試則意味著終結。偶爾我把一條半徑稍微多走了一點，像是攻讀法律或是幾次訂婚，結果一切又因為多走了這一點反而更糟，並沒有更好。

向馬克斯說起那一夜，那並不夠。接受你的症狀，不要抱怨，走下痛苦的深淵。

心悸。

一月二十四日。辦公室裡那些人夫的幸福，不管是年輕或年老。那是我無法企及的，假如我能夠企及，我也無法忍受，但卻仍是我唯一有天分讓自己滿足的幸福。

出生之前的躊躇。如果有靈魂轉世，那麼我尚未處於最後的階段。我的生命是誕生之前的躊躇。

堅定不移。我不想以特定的方式來發展自我，我想要站在另一個位置上，事實上這就好比「想要移居另一個星球」，只要能站在我旁邊的位置上也就夠了，只要我能把我所站的位置想成另一個位置也就夠了。

事情的發展很簡單。當我還滿意時，我想要不滿意，用時間和傳統上我能用上的一切手段把自己推進不滿意中，現在我則希望能夠回頭。事實上我總是不滿意，對我的滿意亦然。說也奇怪，只要有系統地進行，假扮能夠成為現實。我心智的衰退始於幼稚的遊戲，雖然我也意識到其幼稚。例如，我刻意讓臉部肌肉抽動，從護城河街上走過時把雙臂在腦後交叉。這種遊戲天真而惹人厭，但卻成功。（就和寫作的發展相似，只可惜這個發展後來停滯了。）如果能以這種方式迫使不幸降臨，就應該能夠強迫任何事降臨。雖然事情的發展似乎反駁了我，雖然這樣想根本就違反我的本性，我卻無論如何無法承認我的不幸的肇始乃內心所必要，它們也許有必要性，但不是在我內心，它們像蒼蠅一樣飛來，本來也可以像蒼蠅一樣輕易被趕走。

假如是在對岸，我的不幸也會一樣大，很可能還會更大（由於我的弱點），這種經驗我曾有過，可以說操縱桿自從我上一次轉動之後迄今仍在顫動，可是我何苦藉由渴望對岸而放大了身在此岸的不幸。

有來由的悲傷。依賴著這個理由。始終處於險境。沒有出路。第一次是多麼輕鬆，這一次何其艱難。那個暴君多麼無助地看著我：「那就是你要帶我去的地方？」也就是說，無論如何還是平靜不下來；早晨的希望到了下午就被埋葬。要愛上這樣一種生活是不可能的，肯定從來沒有人能做到。當其他人來到這個邊界——光是來到這裡就很可悲——他們就掉頭轉彎，我卻不能這麼做。我也覺得自己似乎根本不是來到這裡，而是在小時候就被推過來，用鎖鍊被緊緊綁住，只是漸漸才意識到自己的不幸，不幸本身卻是已完成的事實，要看出這份不幸只需要一道銳利的目光，並不需要先知的眼力。

早晨時我心想：「以這種方式你或許能夠活下去，現在就只要保護這份生活不受女人打擾。」保護它不受女人打擾，但是在「以這種方式」裡就已經藏著她們。

若說你拋棄了我，這樣說很不公平，但是我被拋棄了，有時被可怕地拋棄了，這卻是實話。即使就我的「決定」而言，我也有權利對我的處境感到無邊的絕望。

一月二十七日。史賓德米勒[1]。不受外力影響的必要，不受限於與不幸交織的笨拙，雙人雪橇，摔壞了的皮箱，搖晃的桌子，不良的照明，午後在旅館裡想靜一靜而不可得，諸如此類。置之不理是達不到目標的，因為無法置之不理，要想達到目標只有援引新的力量。不過，這時會有驚喜出現；即便是最無望的人也得承認，依照經驗無中可以生有，從廢棄的豬圈裡能爬出車伕和馬匹。

搭乘雪橇時逐漸消蝕的力氣。一個人無法像體操選手表演倒立一樣來過日子。

寫作帶來的安慰

寫作帶來的安慰奇怪而神祕，或許危險，或許能帶來解救：從「行動—觀察—行動—觀察」這樣的循環裡跳脫出來，藉著創造出一種更高形式的觀察，更高而非更銳利。這種觀察愈高，從「循環」的位置看來更無法企及，它就也更為獨立，更加遵循著自己的運動法則，它的路徑更加難以預料、更加歡樂、更加上升。

1 史賓德米勒（Spindlermühle）位於捷克北端的巨人山區（Riesengebirge），卡夫卡於一月二十七日前往當地休養，接下來幾則日記（直到二月十六日）都寫於該地。

雖然我分明把我的名字寫給了旅館，而他們也正確地寫了兩次，樓下的黑板上卻還是寫著約瑟夫．K[2]。我該去跟他們說清楚嗎？還是該請他們跟我說清楚？

一月二十八日。有點暈眩，由於滑雪橇而疲倦，還有武器可用，但鮮少使用，我要接近它們是如此困難，因為我不懂得使用它們的樂趣，小時候沒有學過。之所以沒有學過，不僅是「父親的錯」，也因為我想摧毀那份「平靜」，想干擾那份平衡，因此不能允許某人在那邊獲得新生，當我在這邊努力將他埋葬。當然，在這一點上我也有「過錯」，因為我為什麼想要離開這個世界？因為「他」讓我在他的世界裡活不下去。不過，現在我無法如此清楚地判斷，因為如今我已是這另一個世界的居民，這個世界和尋常世界的關係就好比沙漠之於農田（我從迦南移居出來四十年了），身為異鄉人回首遙望，不過，即使在那另一個世界裡——這是我從父親那兒得到的遺產——我也是最小、最膽怯的一個，之所以能活下去就只是多虧了該地的特殊安排，根據這種安排，就連最卑微的人在那裡也能得到閃電般的提升，但也有重如海水的千年猛擊。儘管這一切，難道我不該心懷感謝嗎？我本該找到來此的路嗎？由於從那裡被「放逐」，在這裡又遭到拒絕，我不是可能會卡在邊界上嗎？由於父親的權力，那股驅逐的力量（而不是我）勢不可擋？不過，那就像是逆向的沙漠漂泊，一直朝著沙漠接近，並且懷著天真的希望（尤其是關於女人）：「或

2 約瑟夫．K（Josef K）是卡夫卡的小說《審判》中主角的名字。

許我還是該留在迦南」，如今我早已在沙漠之中，而這些希望就只是絕望的幻覺，尤其是在那段時間裡，當我在沙漠中也是最可憐的生物，而迦南必須把自己呈現為唯一的希望之地，因為第三個地方對人類來說並不存在。

一月二十九日。傍晚在雪地裡的路上病情發作。腦中一直有混亂的想像，例如：在這個世上，隻身待在史賓德米勒這個地方處境堪虞，況且還是在一條荒涼的路上，在黑暗中，在雪地裡，在路上一再滑倒，更何況是一條沒有意義的路，沒有塵世上的目的地（通往那座橋？為什麼要去那裡？再說我也沒有走到那座橋），而我在此地也是孤單的（我無法把那個醫生當作有人性的私人救星，我不配擁有這樣的救星，基本上和他就只有付費的醫病關係[1]），沒有能力去結識別人，沒有能力忍受與人熟識的關係，當我面對一群愉快的人，基本上我心中充滿了無盡的訝異（不過在此地的旅館裡沒有太多令人愉快的事，我並不想誇張地說原因在於我，比如說身為「陰影太大的那個人」，但我的陰影在這個世界上的確太大，而我重新懷著詫異看見某些人的抵抗力，「儘管如此」還偏偏想要生活在這個陰影之中；但在這一點上還摻雜了一點別的東西，之後還會再談），甚至是當我面對帶著子女的父母，而且並不是只在此地如此孤單，而是根本孤單，在布拉格也一樣，在我的「故鄉」，而且不是被人們遺棄（那並不是最糟的，假如人們遺棄了

1　卡夫卡的一位醫生（Dr. Otto Hermann）和他一同來此地度假。

我，我可以追在他們後面，只要我還活著），而是在與別人的關係上被我自己遺棄，在與別人的關係上被我的精力遺棄，我喜歡相愛的人，但我無法去愛，我離得太遠，被驅逐了，由於我畢竟是個人，我的根想要養分，我在那「下面」（或是上面）也有我的替身，可悲而能力不足的滑稽演員，他們之所以能夠使我滿足（其實他們根本無法使我滿足，因此我才會如此孤單），就只是因為我的主要養分來自別種空氣裡其他的根，這些根也一樣可悲，但是更有生存能力。

這段話導向了那些混亂的想像。假如事情就只像是在雪地裡那條路上看起來那樣，那就很可怕，那我就完了，不會將之理解為一種威脅，而是理解為就地處決。但是我置身於別處，而人類世界具有驚人的吸引力，能在一瞬之間使人忘了一切。然而，我的世界也很有吸引力，那些愛我的人之所以愛我，是因為我「孤單」，而且也許並不像魏斯筆下的真空，而是因為他們感覺到，在幸福的時刻，我在另一個層面上擁有我在此地完全缺少的行動自由。

例如，假如米蓮娜忽然到這兒來，那將會糟透了。雖然表面上我的處境相對而言會立刻光明起來。我會受到尊敬，被當成眾人之中的一員，聽到的將不只是客套話，我會和眾演員同桌而坐（不過不像此刻坐得這麼挺，由於我此刻獨自坐著，而且即使是此刻，我也癱坐著），表面上我和H醫生幾乎能平起平坐，但是我將墜入一個我無法在其中生活的世界。就只剩下一個待解之謎，為什麼在瑪麗亞溫泉鎮那十四天我很快樂，為什麼由此推論，我在這裡和米蓮娜也可能會快樂（當然是在痛苦地突破藩籬之後）。但是也可能會比在瑪麗亞溫泉鎮困難得多，因為我的看法更為堅定，經驗也更多。從前只是一帶之隔，如今則隔著一堵牆或一座山，或者說得更正確一點：是一座墳墓。

一月三十日。等待著肺炎發作。害怕，不那麼害怕疾病，而是由於母親，也害怕著母親、父親、局長和其他所有的人。在這件事情上似乎清楚看出有兩個世界存在，而面對疾病，我是如此無知、如此事不關己、如此膽怯，就好比面對著餐廳領班。除此之外我卻覺得這個分隔太過確定，由於確定而危險、悲哀、並且太過專橫。那麼我是住在另一個世界嗎？我敢這麼說嗎？

如果有人說：「我哪裡在乎生命？我之所以不想死，就只是為了我的家人。」但是家人就是生命的代表，所以他終究還是為了生命而繼續活著。就母親而言，這句話似乎也適用於我，不過是最近才這樣。然而，是否是感激和感動才促使我這樣想？是的，感激和感動，因為我看出她努力要彌補我和生命的無關，所用的力氣以她的年紀而言是無窮盡的。但感激也是生命。

一月三十一日。這將意味著我是為了母親而活著。這話不可能正確，因為就算我遠比實際上的我更重要，我也只是生命的一個特使，並且透過這個任務而與生命有了連結，如果不是透過別的東西。

在我最不快樂的時候，我認為只要否定就夠了，但是單只有否定是不夠的，即使它是那麼強烈。因為只要我爬上了小小的一階，處於某種安全狀態，哪怕是最可疑的安全，我就伸展四肢等待著否定，不是等著它跟在我後面爬上台階，而是等著它把我從那個小台階上拽下來。因此，是自衛的本能不能容忍我擁有一丁點持久的舒適，例如，在夫妻床尚未架好之前就把它砸爛。

二月一日。無事，就只是疲倦。車伕的幸福，他每天晚上都像我度過今晚一樣，甚至還要更加美好。例如晚上坐在炕上，整個人比清晨時分更加純淨，在疲倦地入睡之前那段時間是真正沒有鬼魂作祟的時候，所有的鬼魂都被趕走了，隨著漸深的夜才會再度接近，早晨他們就全員到齊，就算還難以辨識，這時健康的人又展開了每日對他們的驅逐。

用原始的目光來看，真正不容駁斥、不受任何外在事物（殉教、為一個人犧牲）干擾的事實就只有肉體的疼痛。說也奇怪，疼痛之神居然不是最早出現的宗教的主神（也許到了較晚期的宗教才是）。每一個病人都有自己的家神，肺病患者的家神是窒息之神。你要如何忍受他的接近，如果你不是在那可怕的結合之前就加入了他？

二月二日。上午在前往塔能史坦[1]的路上吃力掙扎，在觀看跳台滑雪比賽時吃力掙扎。年紀

1　塔能史坦（Tannenstein）是個觀光景點，從史賓德米勒步行約四十五分鐘可以抵達，由於氣候適宜，常有冬季運動比賽在該地舉行。

小而快活的B，純真的他莫名地被籠罩在我身上鬼魂的陰影中，至少在我眼中是如此，尤其是那條向前伸的腿，裹在一隻往裡捲的灰色襪子裡，那道漫無目的、四下掃視的目光，那些不著邊際的話語。此刻我想到（但是這已經帶著造作），接近傍晚時他想陪我走回去。

假如要習得一門手工藝，這種「吃力掙扎」可能會慘不忍睹。

由於「吃力掙扎」而達到可能最強的否定，使得在瘋狂與自保之間的抉擇迫在眉睫。

和人群相處的快樂。

二月三日。失眠，幾乎完全無法入睡；被夢境折磨，就好像它們刻在我身上，刻在一種不情願被刻的材質上。

我有一個明顯的缺點、一種不足，但是難以描述，摻雜了膽怯、退縮、多話、淡漠，藉此我想表達某種特質，一組缺點，從一個特殊的觀點來看代表著被準確描述的單一缺點（不和說謊、虛榮……等重大惡習混淆）。這個缺點阻止了我發瘋，但也阻止了我往上爬。由於它阻止了我發瘋，我便維持著它；由於害怕發瘋，我犧牲了往上爬，這肯定是樁虧本生意，因為在這個層面是不能談生意的。若非瞌睡也來插一腳，用它日以繼夜的工作拆毀了阻擋它的一切，使道路暢通。但是這樣一來，還是只有發瘋一途，因為只有想要往上爬的人才能往上爬，而我不想。

二月四日。在絕望的寒冷中，我的臉改變了，其他人的臉難以理解。

米蓮娜曾說到與人閒聊的快樂，雖然我無法完全理解這話的真實性（這當中也有一種合理而悲哀的傲慢）。除了我，閒聊怎麼可能給人帶來愉悅！可能我太晚回到人群中，而且繞了一段獨特的遠路。

二月五日。躲開了他們。藉由靈活的一躍。回到家中在安靜的房間裡坐在檯燈旁。不小心說了出來。這把他們從樹林裡喚出，就彷彿你之所以點燈是為了幫助他們追蹤。

二月六日。聽到一件令人安慰的事。有一個人曾在巴黎、布魯塞爾、倫敦、利物浦和一艘順著亞馬遜河駛往祕魯邊界的巴西輪船上工作，在戰爭中相對容易地忍受了冬季遠征七村鎮[1]的磨難，因為他從小就習慣了吃苦。令人安慰之處不僅在於這個故事顯示出這種事是可能的，也在於那份欣喜，知道在某個層面的成就勢必也將帶來另一個層面的成就，從緊握的拳頭裡能拉扯出許多東西。也就是說，這是可能的。

二月七日。受到K和H的保護和消耗[2]。

1　七村鎮（Sieben Gemeinden）係指義大利北邊七個說德語的村鎮，一次大戰時位在當時義大利與奧匈帝國的邊境上，雙方在當地多次激烈交戰。

2　可能係指住在同一間旅館的兩名女客。

二月八日。被這兩個人佔盡便宜，然而——雖然我無法這樣生活，而且這不是生活，而是一場拔河，對方不斷使勁並且佔了上風，但是從不曾把我拉過去。不過，這是一種和緩的麻醉，就像當年在W[1]身旁。

二月九日。損失了兩天，但是用了這兩天來適應。

二月十日。失眠，和旁人沒有絲毫關連，除了由他們自己製造出的關連，在當下說服了我，一如他們所做的一切。

G的新攻擊。比其他任何東西都更明確，我左右都受到強敵攻擊，既無法往左邊閃躲，也無法往右邊閃躲，只能向前。飢餓的野獸，循路去找可吃的食物，可呼吸的空氣，自由的生活，即使是在生命背後。威武的大將軍，你率領著群眾，帶領那些絕望的人穿過雪地底下的山中隘道，是別人都找不到的道路。是誰給了你這股力量？是那個給了你清晰視野的人。

將軍站在那間殘破小屋的窗前，睜大了閉不上的眼睛，看向外面在雪地裡和朦朧月光下行軍經過的一排排軍隊。偶爾他會覺得好像有一個士兵脫離了行列停在窗前，把臉貼在窗玻璃上，看了他一眼，然後就繼續往前走。雖然每次都是一個不同的士兵，卻似乎總是同一個，一張骨骼強

1 係指一九一三年卡夫卡在里瓦療養時愛上的瑞士女孩 G. W.。

健的臉，肥胖的臉頰，圓圓的眼睛，粗糙泛黃的皮膚，而且每次要走開時都把身上所有的皮帶繫好，聳起肩膀，甩動雙腿，以重新配合背景中繼續行進之隊伍的步伐節奏。將軍不想再容忍這種遊戲，暗中等待下一個士兵來到，在他面前扯開窗戶，抓住那人的前胸，說道：「給我進來。」那人從窗戶爬進來，被趕進一個角落，站在他面前。將軍問道：「你是誰？」——「無名小卒」，那個士兵膽怯地說。「這在我意料之中」，將軍說，「你為什麼往窗戶裡看？」「為了看看你是否還在這裡。」

二月十二日。我一再遇見的那個拒絕我的人，並不是說「我不愛你」，而是說「你沒法愛我，不管你再怎麼努力，你痛苦地愛著你對我的愛，而你對我的愛卻不愛你」。因此，說我經驗過「我愛你」這句話並不正確，我只經驗過等待的沉默，應該由我說「我愛你」來打破的沉默，我只經驗過這個，沒有別的。

滑雪橇時感到害怕，走在滑溜的雪地上心中膽怯，今天我讀的一則小故事又使得那個長久以來未加注意、但始終顯而易見的念頭浮現：我之所以衰敗是否就只是由於瘋狂的自利，擔心自己，而且不是擔心更高層次的自己，而是擔心自己庸俗的舒適安康；不過這就表示我自己派出了復仇者來對付自己（一個「右手不知道左手在做什麼」的特例）。在我的辦公室裡還在不停地計算，彷彿我的人生從明天才開始，而我卻已經到了盡頭。

二月十三日。發自肺腑去服務別人的可能性。

二月十四日。舒適掌控著我，缺少了舒適我就軟弱無力。我不認識有誰像我一樣依賴舒適。因此，我所建立的一切都像空氣一樣無法持久，如果女傭在早上忘了替我端熱水來，我的世界就被弄得天翻地覆。而舒適一直以來就糾纏著我，不僅讓我無力忍受別種情況，也使我無力自行創造出舒適，它在我周圍自動生成，或是由我靠著乞求、哭泣和放棄更重要的事物來獲得。

二月十五日。樓下有些許歌聲，走道上偶爾有人把門甩上，而一切都完了。

二月十六日。冰隙的故事[1]。

二月十八日。劇場總監得親自從零開始打點一切，就連演員都得先由他來生養。有人來訪，吃了閉門羹，總監正忙著處理重要劇務。什麼事呢？他在替一個未來的演員換尿布。

二月十九日。希望？

1　冰隙係指冰川上的深溝，據學者考證，卡夫卡可能是讀了丹麥極地探險家米克森（Ejnar Mikkelsen, 1880-1971）所寫的《北極迷途》（*Lost in the Arctic*）。

二月二十日。看不出的生活。看得出的失敗。

二月二十五日。一封信。

二月二十六日。我承認——向誰承認呢?向那封信嗎?——在我身上有著可能性,近在咫尺的可能性,我還不識得的可能性;但是得要找到通往它們的路徑,而且在找到這條路徑之後膽敢去走!這意味深長:意味著可能性的確存在,甚至意味著一個惡棍可以變成君子,一個在正派中感到快樂的人。

最近在半睡半醒時的幻想。

二月二十七日。午覺睡得很不好,一切都變了,困境又朝我逼近。

二月二十八日。眺望那座高塔和那片藍天。蟄伏。

三月一日。《理查三世》[2]。昏厥。

三月五日。臥床三日。床前的小型聚會。情況驟變。逃。潰敗。這種被關在房間裡的世界史一再重演。

---

2 卡夫卡當天去劇院觀賞了莎士比亞的這齣知名悲劇。

三月六日。前所未有的嚴重和疲倦。

三月七日。昨天是最糟的一夜，彷彿一切到了盡頭。

三月九日。但那就只是疲倦，今天卻又來勢洶洶地發作，使汗水冒出額頭。一個人使自己窒息會是什麼情況？假如不斷湧出的自省堵塞了注入世界的出口？有時候我距離這個情況也不遠了。一條倒流的河。這種情況大部分發生已久。

把攻擊者的馬搶過來自己騎。這是唯一的辦法。可是這需要何等的力量和技巧！而且也已經太遲了！

叢林生活。嫉妒大自然的快樂和用之不竭，雖然大自然的運作分明是由於不得不然（和我沒有兩樣），但總是能滿足對手的所有要求。而且如此輕鬆，如此具有音樂性。

從前，當我感到疼痛，等疼痛消褪，我就覺得快樂，如今我只覺得鬆了一口氣，同時卻有種苦澀之感：「又只是好轉，如此而已」。

救援在某處等候，驅趕者把我往那邊趕。

三月十三日。純淨的感受，同時清楚知道引發這種感受的原因。看見那群小孩[1]，尤其是一個小女孩（挺直的步態，短短的黑髮）和另一個（金髮，臉部特徵不明顯，淡淡的微笑），令人振奮的音樂，行進的步伐。感覺就像一個受困的人，救援來了，他感到高興，卻並非因為自己即將得救——他根本不會得救——，而是因為年輕的下一代來了，滿懷著信心，準備好要去戰鬥，雖然並不知道他們將要面對的是什麼。但是這種無知並不會使旁觀者感到無望，反而使他感到佩服，感到喜悅，使他泫然淚下。這當中也摻雜著對戰鬥對象的憎恨（但不是猶太民族那種憎恨，我這麼認為）。

三月十五日。對這本著作的批評：通俗，而且帶著興味——還有魔法。他如何躲過了這些危險（布呂厄[2]）。

逃到一個被征服的國家，不久就覺得難以忍受，因為再也無處可逃。

尚未出生，就已經被迫在街道上走來走去，和人們交談。

---

1 三月十二日在布拉格的猶太人舉行了普珥節慶祝活動，體育社團的孩童表演了體操與舞蹈，卡夫卡的外甥女瑪莉安娜（Marianne Pollak, 1913-2000，卡夫卡二妹瓦莉之女）也在其中。

2 布呂厄（Hans Blüher, 1888-1955），德國作家與哲學家，卡夫卡此言係針對其一九二二年出版的著作《脫離猶太，猶太文化以及反猶運動之歷史現況的哲學基礎》（*Secessio Judaica. Philosophische Grundlegung der historischen Situation des Judentums und der antisemitischen Bewegung*）。

三月二十日。晚餐時聊到殺人兇手和處決。平靜呼吸的胸腔不識得任何恐懼。不識得已完成的謀殺和計畫中的謀殺之間的差異。

三月二十二日。下午。夢見臉頰潰瘍。在尋常生活和似乎更為真實的恐怖之間，那條界線不斷挪移。

三月二十四日。它多會埋伏！例如在去看醫生的路上，經常在那兒。

三月二十九日。在激流中。

四月四日。從內心的困境到院子裡的一幕情景，這條路是多麼遙遠，而回程又是多麼短促。既然已經身在家鄉，就無法再離開。

四月六日。兩天前就有預感，昨天突然發作，敵人的力量強大，窮追不捨。一個起因在於和母親交談，談到未來時開了個玩笑。——計畫要寫給米蓮娜的信。

三個復仇女神。逃進小樹林。米蓮娜。

四月七日。展覽會中的兩幅畫和兩個陶偶。

《童話公主》（庫賓），裸身坐在臥榻上，從打開的窗戶向外望，窗外的風景逼近眼前，帶有一股自由的氣息，像在施溫德[1]的畫上。

《赤裸的少女》（布魯德[2]），德國與波希米亞，她那旁人難以企及的優雅，被愛人忠實地捕捉到，高貴，誘人，具有說服力。

皮屈[3]：《坐著的農家少女》，一隻腳在下面，愜意地靜置，腳踝彎曲；《站著的少女》，右手臂環繞著腹部，左手擱在下巴底下撐著頭，扁平的鼻子，單純而又深刻，獨一無二的臉。

史篤姆的信。

四月十日。通往地獄的五個定理（按照起源的順序）：

一、「最糟的東西在窗外。」其餘的一切都有如天使，不管是明言還是默認（後者較常發生）。

二、「你必須佔有每一個女孩！」不是像唐璜一樣，而是按照「性愛禮節」這種鬼話。

三、「你不准佔有這個女孩！」因此你也無法佔有。地獄裡的天堂幻象。

四、「一切都只是生之所需。」既然你有這個需要，就認命吧。

---

1 施溫德（Moritz von Schwind, 1804-1871），後浪漫主義時期的奧地利畫家，常自文學作品中擷取靈感，有「詩人畫家」之稱。

2 布魯德（Anton Bruder, 1898-1983），奧匈帝國時期生於捷克的德裔畫家。

3 皮屈（Jost Pietsch），布拉格藝術家團體「朝聖者」（Die Pilger）的成員，這場展覽就是以該團體成員的作品為主。

五、「生之所需就是一切。」你怎麼可能擁有一切？因此你就連生之所需也沒有。

年少時，我對於性方面的事不感興趣，在這方面非常純真，不感興趣的程度就像如今之於「相對論」（如果不是有人強迫我去接觸這方面的事，我的純真和不感興趣還會維持很久）。當時我只注意到一些小事（而且也是在經過仔細教導之後才注意到），例如，偏偏是街上那些我覺得長得最漂亮、也最會打扮的女人據說是壞女人。

青春永駐是不可能的；即使沒有別的阻礙，自我觀察就使得此事不可能。

四月十三日。馬克斯的苦惱[1]。上午在他辦公室。

下午在泰恩教堂前（復活節的星期日）。

嬌小的少女從教堂裡走出來，十八歲，鼻子，頭的形狀，金髮，從側面驚鴻一瞥。

四月十六日。馬克斯的苦惱。和他一起散步。週二他將遠行。

四月二十七日。昨天在《自衛》[2]週刊社碰見的猶太體育社團女孩，她用捷克語在講電話：

1 布羅德此時在柏林有個女友，是個女演員，他在情人和妻子之間無法作出抉擇，因此而苦惱。

2 《自衛》（*Selbstwehr*）是一本推展猶太復國主義的德語週刊，於一九〇七年至一九三八年間在布拉格發行，卡夫卡的好友威爾屈自一九一九年起擔任該週刊的編輯。

「我來是為了幫忙你。」聲音和話語純淨、誠懇。

不久之後，替米蓮娜開了門。

五月八日。犁田。那具犁深深鑽進土裡，卻很容易拉動。也許它只是刮過地面，也許犁頭被拉高了，使不上力，沒有犁進土裡，有沒有犁頭都無所謂。

工作結束了，就像一個並未癒合的傷口可以封住。

這能叫作交談嗎？如果對方沉默不語，而你為了保持交談的假象而試圖代替他發言，亦即模仿他，謔仿他，亦即謔仿你自己。

米蓮娜來過，她不會再來了，這樣做可能是明智的，而且正確，但或許仍然存在著一種可能，我們兩個都守住它緊閉的門，不讓它打開，或者應該說是我們不去打開它，因為它是不會自動打開的。

五月十二日。《巡迴講道人》[3]。

不斷變化的形式，有一次感動地看見這股變化的力量暫時鬆弛下來。

---

3 係指猶太裔哲學家馬丁・布伯（Martin Buber, 1878-1965）的著作《偉大的巡迴講道人及其繼承者》（*Der Grosse Maggid und Seine Nachfolge*）。

摘自《求道者卡馬尼塔》[1]，摘自《吠陀經》：「就好比一個人被蒙住雙眼，從健馱邏國被帶到此地，在荒漠中被釋放，流浪到東方、北方或南方，因為他被蒙住雙眼帶到這裡，被釋放時雙眼也被蒙住；可是如果有人拿掉綁住他眼睛的布，告訴他：『健馱邏人住在那個方向，你要往那邊走』，他就從一座村莊走到下一座村莊，沿途詢問，得到指點，領會了，最後返回健馱邏人之中：在塵世間找到一位導師的人也明白：我只在這熙熙攘攘的人間待到我得到解救為止，之後我就將返回家鄉。」

同一本書。「這樣一個人，當他還在他的肉體之中，世人和眾神都看見他，但是等到他的肉體在死亡中化為塵泥，世人和眾神就不再看見他。看盡一切的大自然也不再看見他：他使大自然目眩，從惡人的視線中消失。」

五月十九日。兩個人在一起時，他比獨自一人更覺得孤單。如果他和某個人獨處，對方就會伸手抓他，而他就只能無助地任由對方擺佈。如果只有他一個人，雖然全人類都伸出手來抓他，但是那無數隻伸長的手臂彼此糾纏在一起，誰也抓不到他。

五月二十日。老城廣場上的共濟會員。每一種言論和學說都可能含有真理。

1 《求道者卡馬尼塔》（*Der Pilger Kamanita*）是丹麥作家蓋勒魯普（Karl Gjellerups, 1857-1919）所寫的一本受到佛教影響的傳奇小說。

那個髒兮兮的小女孩打著赤腳奔跑，穿著連衣裙，頭髮飛揚。

五月二十三日。說某個人過得很輕鬆，沒吃什麼苦，這樣說是不正確的。比較正確的說法是：他的天性使得他不會碰上不好的事。最正確的說法是：他經歷過一切，但是都在單單一個時刻，由於各式各樣的痛苦已經窮盡，他怎麼可能還會碰上不好的事呢？（泰納[2]筆下的兩個英國老婦。）

六月五日。米瑟貝克[3]的葬禮。

「東拼西湊」的天分。

六月十六日。要談論這本書[4]，除了布呂厄的思考力與幻想力一再會帶來難以克服的困難，還有另一個原因使人身處困境，亦即讀者很容易會想對此書中的思想輕蔑地一笑置之。即使是像我一樣對此書毫無嘲諷之意的讀者，也難免會有這種嫌疑。相對於談論此書的困難，布呂厄也有一種無法克服的困難。他自稱為不帶憎恨的反猶人士，不具好惡，而他也的確如此，可是他很容易使人懷疑他與猶太人為敵（幾乎是他說的每一段話），不管是出於快樂的憎恨，還是出於不快

---

2 有學者考證可能係指法國史學家泰納（Hippolyte Adolphe Taine, 1828-1893）所寫的有關英國的札記。
3 米瑟貝克（Josef Myslbek, 1848-1922），捷克雕塑家，被視為現代捷克雕塑風格的開創者，作品在布拉格多處可見。
4 係指布呂厄的反猶著作《脫離猶太》，請參見前注。

樂的愛。這兩種困難就像自然情況一樣對立，而我們必須讓大家注意到這兩種困難，使人在思考這本書時不會在這些錯誤上絆倒，因而從一開始就無法繼續深入。

按照布呂厄的看法，要駁斥猶太文化，無法從數字上來歸納或是靠著經驗，昔日反猶主義所使用的這些方法在面對猶太文化時是佔不了上風的，其他所有的民族都可以用這種方式來否定，猶太人這個被揀選的民族卻不能，針對反猶人士的所有指控，猶太人都能合理地逐一加以回應。不過，針對這些指控及其回應，布呂厄就只草草帶過。

就猶太人而言，這份認知深刻而正確（對其他民族而言卻不然）。布呂厄從中得出了兩個結論，一個完整，一個只有一半……

六月二十三日。普拉納[1]。

七月二十七日。幾次發作。昨天傍晚帶著狗去散步。塞德雷茲堡壘[2]。在森林出口處的櫻桃樹大道，置身其中簡直像在房間裡一樣隱密。從田地上返家的夫妻。破敗的農舍，廄棚門裡的女孩，幾乎在與她壯碩的胸脯對抗，動物般的眼神，無辜而又警覺。戴眼鏡的男子推著手推車，車

1 普拉納（Planá）係位於捷克西端的一個市鎮，卡夫卡的小妹歐特拉（這時已經結婚）一家人在該地度過夏天，卡夫卡於六月底搬去與她同住，一直住到九月十八日。

2 塞德雷茲堡壘（Tvrz Sedlec）位在普拉納附近的森林裡，是一座已經廢棄的堡壘。

上載著沉重的飼料，上了年紀，背有點駝，但由於綳緊了身體而站得很直，穿著長靴，妻子拿著鐮刀，有時走在他旁邊，有時走在他後面。

九月二十六日。兩個月沒有寫日記。多虧了歐特拉，斷斷續續度過了一段好時光。這幾天來又崩潰了。第一天在森林裡有了一種發現。

十一月十四日。晚上的體溫總是三十七度六，三十七度七。坐在書桌前，什麼也寫不出來，幾乎沒有上街。儘管如此，抱怨病情乃是惺惺作態。

十二月十八日。這一段時間都躺在床上。昨天讀了《非此即彼》[3]。

3 《非此即彼》是丹麥哲學家齊克果的著作，提出了兩種對立的人生觀。

1923年

Kafka Tagebücher

在去世的前兩年，卡夫卡經歷了最後一段愛情。對象朵拉出身於傳統猶太家庭，正符合卡夫卡對東歐猶太人的想像，且對卡夫卡百依百順。兩人計畫要一起移民巴勒斯坦，在此之前，則先在柏林同居。

從九月開始的柏林生活，爲卡夫卡帶來了最後的安寧。然而外在環境卻極爲糟糕，當時德國正逢嚴重的通貨膨脹，讓卡夫卡本就不寬裕的財務狀況更加捉襟見肘。

在貧病交加的處境下，卡夫卡仍然寫出了他最後的幾篇作品。

但在這一年年底，卡夫卡的病情越來越不容樂觀。隔年三月，卡夫卡不得不回到布拉格。六月三日，卡夫卡在維也納的一間療養院病逝。

六月十二日。最近這一段可怕的時間，算不清，幾乎不曾中斷。散步，夜晚，白天，除了疼痛外，沒有能力做任何事。

然而。沒有「然而」，你如此焦慮緊張地看著我，克里贊諾夫絲卡雅[1]在我面前的相片明信片上。

下筆時愈來愈膽怯。這是可以理解的。每一個字在鬼魂的手裡翻來覆去——手的搖晃是鬼魂特有的動作——就成了一支矛，轉過來瞄準了說話的人。像這樣的一段話更是如此。而就這樣循環往復，直到無窮。唯一的安慰是：不管你願不願意，它都一樣發生。而你想做的事就只提供了一絲感覺不到的幫助。勝於安慰的是：你也握有武器。

1 克里贊諾夫絲卡雅（Maria Krizanowskaja）是一位俄國女演員，當時在布拉格客座演出。

【旅行日記】

前往弗里德蘭特及賴興貝格之旅途日記

（一九一一年，一月 / 二月）

* 弗里德蘭特（Friedland）與賴興貝格（Reichenberg）都是位於捷克北部工業區的城市，也是身爲保險局公務員的卡夫卡要負責訪視的地區。

我必須徹夜書寫，這麼多思緒湧來，但是還很蕪雜。這件事以何等的力量掌控了我，而從前，就我記憶所及，我只要稍稍轉身就能閃躲，而且轉身這件事還能使我感到快樂！

在車廂裡，一個來自賴興貝格的猶太人針對快速列車發了幾句牢騷，引起了別人的注意，所謂的快車就只反映在票價上。同一時間，一個瘦削的旅客狼吞虎嚥地吃下火腿、麵包和兩條香腸，用一把刀把腸衣刮成透明，最後把所有的殘餘和包裝紙都扔到長椅底下的暖氣管後面。在吃東西時，他以毫無必要的倉促面朝著我讀完了兩份晚報（我雖然覺得這種看報的方式不錯，卻無法成功模仿）。他有一對招風耳，鼻子相對較寬。他用油膩的手去擦頭髮和臉，卻沒有把自己弄髒，這我也做不到。

坐在我對面的先生聲音單薄，聽力很差，唇上一撇小鬍子，下頷留著山羊鬍，起初帶著譏諷無聲地嘲笑那個賴興貝格猶太人，並未洩露自己的身份，而我出於某種尊重，透過眼神交換而參與，雖然始終帶著一點不情願。此人閱讀《星期一週報》，吃了點東西，在一個車站買了葡萄酒，並且用我喝酒的方式小口喝著，後來才發現此人根本不值一提。

另外還有一個臉頰紅潤的年輕小伙子，他花了很多時間在讀《趣味畫報》週刊，雖然他粗魯地用掌緣把頁面分開，最後卻像我一向佩服的那種閒人，把報紙仔細摺了好幾次，彷彿那是條絲巾，把邊緣壓進去，再從外面壓緊，把表面拍一拍，收拾好，再把厚厚一份畫報塞進胸前的口袋。可見他回到家裡還會繼續讀。我根本不記得他是在哪一站下車的。

弗里德蘭特的飯店。門廳很大。我記得有個十字架上的基督像，也有可能根本不在那裡。沒有沖水馬桶。暴風雪從下方吹上來。有一段時間我是唯一的住客。當地的婚禮大多都在飯店裡慶祝。我依稀記得在一場婚禮過後的隔天早晨看進了一間大廳。在門廳和走道上到處都很冷。我的房間位在飯店車道入口上方。我立刻就注意到那股寒冷，後來才察覺其原因。在我的房間前面有個小房間，像是門廳的一間側室，那裡的一張桌子上有兩束花插在花瓶裡，是上一場婚禮留下的。窗戶並非用把手關閉，而是用上下兩支鉤子。此時我才想到我曾經聽見音樂聲，持續了好一會兒。但是在用餐區並沒有鋼琴，也許是在舉行婚禮的那個房間。每當我去關窗戶，就會看見市場另一側有一間販賣熟食的商店。生火取暖用的是大塊木頭。打掃房間的女僕有張大嘴，有一次儘管天冷也裸露著脖子和前胸；她有時拒人於千里之外，有時又親切得令人驚訝，我總是態度恭敬而且尷尬，在那些和善的人面前我通常都是這樣。當我為了要在下午和晚上工作而請人裝了一個比較亮的燈泡，她很高興，當她來替房間生火時看見了。是啊，在從前的燈光下是沒辦法工作的，她說。「在這個燈光下也沒辦法工作」，我說，在那之前我先感嘆了幾聲，每當我感到尷尬的時候就習慣發出這種感嘆。我不知所措，只好說出我已經背熟的意見，說電燈的光線太過刺眼，也太微弱。聽了這話，她就只默默地繼續生火。直到我說「何況我也只是把先前那盞燈點得更亮一點」，她才稍微笑了，而我們意見一致。

另一方面，這些事是我能做的：我一直都把她當成淑女來對待，而她也習慣了；有一次我回飯店的時間與平常不同，看見她在那寒冷的門廳裡洗地板。於是我跟她打了個招呼，並且為了生火的事向她提出請求，免得她受窘，做這種事對我來說一點也不費力。

從拉斯普瑙[1]返回弗里德蘭特的回程上，在我旁邊坐著一個僵硬有如死人的男子，他的鬍子從張開的嘴巴上垂下來，當我向他詢問一座車站，他和善地轉過來面向我，給我的資訊再鮮活不過。

弗里德蘭特那座城堡可以用許多種不同的方式去觀賞：從平原上，從一座橋上，從公園裡，在樹葉落盡的林木之間，從森林裡穿過高大的杉樹。那座層層疊疊建造起來的城堡令人驚訝，當你走進院子，久久弄不清楚其層次，而深色的長春藤、灰黑色的圍牆、白雪、覆蓋在斜坡上的石板色的冰更增添了其層次。因為那座城堡不是建在寬廣的山頂，而是圍著那相當尖銳的山峰而建。我沿著一條車道往上走，途中一再滑倒，而我在上面遇見的守門人則沿著兩道階梯很輕鬆地

1　拉斯普瑙（Raspenau），距離弗里德蘭特僅數公里的捷克小鎮，捷克名為拉斯佩納瓦（Raspenava）。

就爬了上去。到處都爬滿了長春藤。在一小片突出的空地上視野遼闊。緊貼著圍牆的一道階梯在半途戛然而止。吊橋的鐵鍊年久失修，從鉤子上垂下來。

美麗的公園。因為它以梯田的形狀位在斜坡上，下面有一部分圍著一個池塘，種植著各式各樣的樹木，簡直無法想像它在夏天的風貌。兩隻天鵝坐在冰冷的池水裡，一隻把頭頸伸進水中。我跟在兩個女孩後面，她們一直不安而好奇地轉過頭來看我，而我除了好奇不安還猶豫不決。她們讓我跟著她們沿著山頭走過一座橋、一片草地，穿過鐵路的路堤底下，走進一個令人驚訝的圓形空間，被長滿林木的斜坡和鐵路路堤圍住，再往上走進一片一望無際的樹林。那兩個女孩起初慢慢走，當我開始訝異這片樹林的廣大，她們加快了腳步，這時我們也已經置身於一片風勢強勁的高原，距離鎮上只有幾步之遙。

全景幻燈[2]。弗里德蘭特唯一的娛樂。我在裡面坐得並不舒適，因為我沒有料到那裡會有這麼漂亮的設備，穿著沾滿雪的靴子就走了進去，坐在那些鏡片前面只敢用靴尖去碰觸地毯。我已經忘了全景幻燈如何運作，有一會兒還擔心得要一直換座位。一個老人坐在一張被燈光照亮的小

2 「全景幻燈」是一種可供二十五個人觀賞幻燈片的裝置，流行於十九世紀末、二十世紀初，形狀像一座巨大的金屬圓筒，觀眾圍著圓筒而坐，透過兩個接目鏡觀賞經立體鏡放大的照片，這些照片逐一經過每個窗口，所以不管坐在哪個位置都能觀賞到全部的照片，故稱為「全景」。

桌子旁負責播放，一邊在讀一冊《圖解世界》雜誌。過了一會兒，他讓機械手搖琴演奏起來。後來又來了兩個年長的婦人，坐在我右邊，接著又有一個坐在我左邊。布雷西亞、克雷莫納、維洛那[1]。裡面的人物有如蠟像，鞋跟被固定在地上。墓園雕像：一位女士的長裙拖曳在一道低矮的階梯上，把門微微打開，同時還回首凝望；一個家庭，前方一個少年在閱讀，一隻手擱在太陽穴上，右邊一個小男孩拉開了一把無弦的弓。英雄提托．史培里[2]的紀念雕像：破舊的衣衫在他身上飄動，他身穿襯衫，頭戴寬邊帽。影像要比在電影院更為鮮活，因為它們讓目光能在現實中休憩。電影賦予影片中的事物一種動感，目光的平靜顯得更為重要。大教堂光滑的地板就在我們的舌尖前面。為什麼不能以這種方式來結合電影和立體鏡？「伍爾啤酒」[3]的廣告海報，我去布雷西亞時就見過了。只聽人敘述和看見全景幻燈，這兩者之間的差距要大於後者和看見實景之間的差距。克雷莫納的舊鐵市場。結束時想告訴那個老人我有多麼喜歡這場演出，但卻不敢說。接著又看了下一場節目。開放時間從上午十點到晚上十點。

我注意到書店櫥窗裡擺著「杜勒學會」所編的《文學指南》。決定買下來，接著又改變了主意，之後又重新拿定主意，由於舉棋不定，我經常在一天裡的各個時刻站在櫥窗前。書店在我眼

1 這三個地方都是位於義大利北方的城市。
2 提托．史培里（Tito Speri, 1825-1853），義大利統一運動的英雄，在其出生地布雷西亞有他的紀念雕像。
3 伍爾啤酒（Pilsen Wührer）產自義大利布雷西亞的一家啤酒廠。

中顯得如此孤寂，那些書也如此孤寂。只有在這裡，我才感覺到弗里德蘭特和世界的連結，而這個連結是如此單薄。但是每一份孤寂也都替我帶來溫暖，我也很快就感覺到這間書店的幸福，有一次我走進去，就只為了看看書店裡面。因為當地人不需要學術著作，書架上的純文學作品幾乎比城市書店更多。一個老太太坐在一盞有綠色燈罩的燈泡下。四、五本剛拆封的《藝術守護者》[4]提醒了我又到了月初。老太太拒絕了我的協助，從櫥窗裡抽出那本她幾乎不知道在那兒的書，遞給了我，訝異於我隔著結冰的櫥窗玻璃注意到它（其實我更早以前就看見了），開始在帳簿裡查看書價，因為她不曉得價錢，而她丈夫出門了。我說我稍後等晚上再來（那時是下午五點），但是我食言了。

賴興貝格。

傍晚時分在一座小城裡行色匆匆的路人，我完全不明白他們究竟為何行色匆匆。如果他們住在城外，那就必須搭乘電車，因為距離太遠了。而他們若是住在城裡，那就沒有什麼距離，也就沒有理由走得那麼快。然而行人邁開大步穿越中央廣場，這個廣場即使對一座村莊而言也不算大，而市政廳卻出乎意料地龐大，使得廣場顯得更小（市政廳的陰影足以遮蔽廣場）。另一方

4 《藝術守護者》（*Kunstwart*）是一本談文學、戲劇、音樂、美術的德國雜誌，按月發行，於一八八七年創刊，一九三七年停刊，全盛時期的訂戶超過兩萬名。

面，由於廣場這麼小，你很難相信市政廳會這麼大，於是你會想用廣場的小來解釋你對市政廳大小的第一印象。

一個警察不曉得勞工醫療保險機構的地址，另一個不知道勞工事故保險局分支機構的地址，第三個就連約翰尼斯街在哪裡都不知道。他們的解釋是他們才上任不久。為了一個地址，我得到警察局去，那裡的警察夠多，以各種方式在局裡休息，全都穿著制服，制服嶄新漂亮、色彩豐富，令人驚訝，因為在街上到處都只看見深色的冬季大衣。那些狹窄的街道只容鋪設一條軌道。因此，來往火車站的電車走在不同的街道上。從火車站駛來的電車經過維也納路，我就住在那條路上的「橡樹飯店」，駛往火車站的電車則經過許克爾路。

去了劇院三次。《大海與愛情的波浪》[1]。我坐在廊台座位上，一個十分出色的演員飾演的船東太過喧鬧。我好幾次熱淚盈眶，例如在第一幕結束時，當赫洛和勒安得耳的目光無法從彼此身上移開。赫洛從廟門中走出來，從廟門裡可以看見某件東西，想來只可能是個冰櫃。在第二幕裡，森林就像古老精裝書裡的圖畫，打動人心，一棵棵樹上藤蔓纏繞。所有的東西都是苔綠色和

1　《大海與愛情的波浪》（*Des Meeres und der Liebe Wellen*）是奧地利作家格里帕策所寫的一齣悲劇，改編自希臘神話裡女祭司赫洛（Hero）與俊美青年勒安得耳（Leander）的愛情故事。

深綠色。塔上小屋的背景圍牆隔天晚上在《風笛小姐》[2]這齣戲裡再度出現。從第三幕起這齣戲就開始走下坡，彷彿後有追兵似的。

2 《風笛小姐》（*Miss Dudelsack*）是一齣輕歌劇，由德國作曲家尼爾森（Rudolf Nelson, 1878-1960）作曲，奧地利劇場藝人古林包姆（Fritz Grünbaum, 1880-1941）作詞。

【旅行日記】

盧加諾—巴黎—埃倫巴赫之旅

（一九一一年，八月／九月）

一九一一年八月二十六日出發。中午。我提出的餿主意：同時描述這趟旅程以及在旅行中內心對彼此的看法[1]。當一列載著農村女子的火車經過，就證明了這個主意行不通。英勇的農婦（德爾斐女先知[2]）。其中一個躺在一個笑著的農婦腿上，她醒了過來，向我們揮手。假如我要描述馬克斯向她們打招呼的情景，我的描述中就會滲入虛假的敵意。

一個女孩在比爾森上車，後來得知她名叫艾莉絲．雷貝格（Alice Rehberger）。在旅途中如果想要咖啡，就會把綠色小紙條黏在車窗上，讓餐車服務生看見。但是就算黏了紙條，你也不一定要拿咖啡，而就算沒有黏紙條也可以拿。起初我沒法打量她，因為她坐在我旁邊。共同經歷的第一件事：她裝在行李中的帽子飛到了馬克斯頭上。就這樣，帽子要穿過車廂的門很難，要從大大的車窗飛出去卻很容易。——馬克斯可能毀掉了事後描述這段插曲的機會，身為已婚男士，他必須說點什麼，來消除這一幕的危險，而他略過了最重要的事，強調了具有教誨意義的事，使場面變得有點難看。——「瞄得真準」，「發射」，「加速零點五」，「迅速」，她是辦公室裡年紀最小的（在辦公室裡拿錯了帽子，把小麵包釘在牆上），我們用明信片開玩笑，她將在慕尼黑寫這張明信片，而我們將從蘇黎世寄到她辦公室去，上面寫著：「所預言的事不幸成真……搭錯了

1　卡夫卡提議和馬克斯．布羅德一起記錄這趟旅程。

2　德爾斐女先知（delphische Sibylle）是古希臘神話中具有預言能力的女子，在米開朗基羅的壁畫裡以農婦的樣貌呈現。

火車……此刻在蘇黎世……損失了兩天的行程。」她好高興。但是她期望我們像個紳士，不要在明信片上再多寫些什麼。在慕尼黑改搭汽車。下雨，車開得很快（二十分鐘），視線只及於半位在地下室的住宅，導遊喊出了我們看不見的景點名稱，輪胎在潮濕的柏油路面沙沙作響，就像電影院裡的放映機，最清晰的景象是：「四季飯店」放下窗簾的窗戶，燈光倒映在柏油路面就像倒映在河裡。

在慕尼黑火車站的一個「盥洗間」裡洗手洗臉。

把行李留在火車上。艾莉絲被安頓在一節車廂，一位女士表示願意保護她（其實這位女士比我們更令人害怕），艾莉絲欣然接受了。可疑。

馬克斯在車廂裡睡著了。兩個法國人，深膚色的那個一直在笑，一會兒是笑馬克斯幾乎弄得他沒地方坐（馬克斯把身體攤開來睡），一會兒又為了逮住機會讓馬克斯無法躺平而笑。馬克斯躺在用他的風衣搭起的頂篷下。另一個強壯的法國人抽著香菸。在夜裡用餐。三個瑞士人擠進來。一個抽菸。在另外兩人下車之後還有一人留下，他起初毫不起眼，接近清晨時才開朗起來。波登湖。舉目可見，就像是從湖岸看過去。——清晨的瑞士遺世獨立。我叫醒了馬克斯，當我看見一座像這樣的橋，讓我對瑞士有了第一個強烈的印象，雖然我早就看見它了，從朦朧的車廂裡看出朦朧的窗外。聖加侖（St. Gallen）給我的印象是一棟棟獨自矗立的房屋，沒有形成街道。——溫特圖爾（Winterthur）。——在符騰堡（Württemberg）那間別墅裡有著燈光，一個男子在凌晨兩點站在陽台上倚著欄杆，通往書房的門開著。——瑞士還在沉睡，牛群已經醒來。——電報桿：就像衣鉤的橫斷面。——牧草地隨著太陽升高而漸漸變白。——想起卡姆（Cham）那棟有如監獄的車站建築，地名以聖經般的嚴肅寫在上面。窗戶上的裝飾似乎違反了規定，儘管少得可憐。在那棟大房子兩扇相距甚遠的窗戶裡各有一棵樹在風中搖曳，一大，一小。

溫特圖爾火車站有個流浪漢，拿著一根棍子，唱著歌，一隻手插在褲袋裡。

在窗前自問：蘇黎世，瑞士第一大城，將如何由獨棟房屋構成？

座落在別墅裡的商號。

夜裡在林道（Lindau）火車站有許多人在唱歌。

愛國的統計方式：把瑞士攤平了來計算面積。

外國的巧克力公司。

蘇黎世。

火車站從幾個在記憶中融為一體的火車站影像中浮現——（馬克斯稱之為A＋x）[1]。

外國軍人給人有如歷史人物的印象。對本國軍人沒有這種印象——反軍事主義的論點。

在蘇黎世火車站的射手。我們擔心他們跑動起來時槍枝會走火。

買了蘇黎世市區地圖。

在一座橋上來回踱步，因為決定不了洗冷水澡、熱水澡和吃早餐這幾件事的先後順序。

利馬特河[2]的流向。烏拉尼亞天文台。

主要交通幹道，空空的電車，一家義大利男裝店的櫥窗前景中堆疊得有如金字塔的束袖環。

放眼只見由藝術家繪製的海報（溫泉旅館，節慶演出韋岡德的《馬里尼亞諾》，由傑默里配樂[3]）。

---

1 布羅德和菲利克斯·威爾屈合寫過一篇哲學論文，題目是〈觀點和概念〉（Anschauung und Begriff），文中用A+x這個符號來表示「一般的記憶影像」，A代表共同點，x代表相異之處。

2 利馬特河（Limmat）穿過蘇黎世市區，河水源自蘇黎世湖，根據布羅德的日記，他和卡夫卡討論著河水是注入湖水還是自湖裡流出。

3 《馬里尼亞諾》（*Marignano*）是一齣五幕劇，以馬里尼亞諾戰役為背景，作者韋岡德（Carl Friedrich Wiegand, 1877-1942）是瑞士德語作家，傑默里（Hans Jermoli, 1877-1936）則是生於蘇黎世的瑞士作曲家與鋼琴家。

一家百貨公司在擴建。最佳廣告。多年來受到全體居民的關注。(杜法耶[1])。郵差看起來像是穿著睡衣，在逐漸接近南部與西部的此地，他們是最早穿上防風外套的人。一個小箱子背在身前，堆得高高的信件整理得就像聖誕市集上的算命籤條。湖景。想像自己是此地的居民，強烈的週日感。騎馬的人。受驚的馬兒。噴泉上帶有教誨意義的銘文，浮雕上的人物也許是利百加[2]。銘文和浮雕的平靜，在宛如被吹成玻璃的流水上。

老城：狹窄陡峭的街道，一個身穿藍襯衫的男子踩著重重的腳步往下跑。拾級而上。

我想起巴黎「聖洛克教堂」前方在馬路交通中備受威脅的廁所。

在不賣酒的餐廳吃早餐。奶油有如蛋黃。《蘇黎世日報》。

大教堂，老還是新？男士要坐在兩側。教堂司事向我們指出比較合適的座位。我們遵照他的指示，因為那正是我們要走出教堂的方向。眼看我們就要走出去，他似乎以為我們沒找到座位，於是穿過教堂正殿朝我們走來。我們把彼此推了出去。大笑不已。

馬克斯：把許多種語言混在一起，以解決國家主義造成的問題。沙文主義就會被弄糊塗了。

---

1 係指巴黎的杜法耶百貨公司(Grands Magasins Dufayel)，創建於一八五六年。
2 利百加為《聖經》中的人物，以撒的妻子。

蘇黎世的泳池：只有男士泳池。摩肩擦踵。瑞士德語：鉛鑄的德語。有些地方沒有更衣間，在衣鉤前脫衣服的共和國自由，泳池管理員也自由地用水管噴水，清空了滿是人的日光浴場。清空想來不會沒有理由，只是我們聽不懂他說的話。跳水的人：雙腳在欄杆上張開，他先跳到跳板上，藉此提高了彈跳力。——泳池的設備要在使用過較長時間之後才懂得欣賞。沒有游泳課。某個留長髮的自然療法治療師形單影隻。低矮的湖岸。

軍官聯誼俱樂部的免費音樂會。聽眾當中有一個偕伴同行的作家，他在一本寫得密密麻麻的筆記本裡書寫，在一首曲子結束後被他的同伴給拉著走了。

沒有猶太人。馬克斯：猶太人錯過了這筆大生意。開場：〈狙擊兵進行曲〉。結尾：〈祖國進行曲〉。在布拉格沒有單純的免費音樂會（想起盧森堡公園），照馬克斯的說法，這也是共和國的作風。

凱勒的房間沒有開放[3]。去找觀光局。在暗巷後面的明亮房屋。利馬特河右岸的住宅有階梯狀的露台。藍白相間的窗板。緩步而行的士兵是警察。音樂廳。沒去尋訪理工學院，也沒找到。在二樓吃午餐。邁倫葡萄酒[4]。（用新鮮葡萄製成，經過殺菌。）一個來自琉森的女服務生告訴

3 係指瑞士德語作家凱勒（Gottfried Keller, 1819-1890）的故居。
4 蘇黎世附近的邁倫區（Meilen）所產的葡萄酒。

我們有哪幾班火車前往該地。豌豆湯加西米，四季豆配烤馬鈴薯，檸檬布蕾。——帶有手工藝風格的體面房屋。大約三點時啟程前往琉森，環湖而行。楚格湖的湖岸空曠、灰暗、山丘起伏、長滿樹林，有許多地岬。美國式的風光。我不太願意把旅途中所見拿來和我還不曾見過的國家相比較。琉森火車站的大片全景。車站右邊是溜冰場。我們走到那群服務生當中，喊道：「瑞伯史托克飯店。」這家飯店在當地所有飯店當中的地位是否就如同其服務生在所有服務生當中的地位？一座橋分開了湖泊與河流，就像在蘇黎世（馬克斯這麼說）。證明德語招牌有存在意義的德裔居民在哪兒呢？溫泉療養館。蘇黎世的德裔瑞士人似乎並不擅於經營飯店，而在他們擅於經營飯店的此地，卻看不見他們的人影，也許就連飯店主人都是法國人。對面是空著的熱氣球庫。很難想像飛船滑翔進去的光景。溜冰場，看起來像柏林。水果。幽暗的湖岸步道晚間在樹梢下仍舊輪廓分明。帶著女兒或是妓女的男士。小船在水中搖晃，就連船底的邊緣都清晰可見。飯店裡可笑的女接待員，女服務生笑著把我們一路帶到樓上的房間，清潔房間的女僕表情嚴肅，臉頰紅潤。小小的樓梯間。房間裡有嵌在牆上的櫃子，上了鎖。很高興能走出房間。本來很想吃點水果當晚餐。哥特哈爾特飯店，女服務生穿著瑞士傳統服裝。糖漬杏子，邁倫葡萄酒。兩個上了年紀的婦人和一位先生在聊衰老。發現了琉森的賭場。入場費一法郎。兩張長桌。真正值得一看的事物描述起來卻不好看，因為它必須在翹首等待的人面前發生。每一張桌子的中央都有一個人負責呼喊，兩旁各站著一名守衛。

最高賭注五法郎。「由於賭局係為了娛樂觀光客而設，請瑞士國民禮讓外國遊客先玩。」

一張賭桌上擺了球，另一張上擺著小馬。賭桌管理員穿著禮服外套，用法語說道：「各位先生，請下注」——「請計分」——「下注完畢」——「已計分」——「不再接受下注」。賭桌管理員手持連著木桿的鍍鎳耙子。他們用這支耙子能做的事：把錢拉到正確的格子裡，把錢分開，拉向自己，接住他們扔到獲勝那一格裡的錢。不同的管理員對於贏錢機會的影響，或者應該說：讓你贏錢的管理員會令你有好感。我們共同決定去賭一下，這令我們感到興奮，一個人在賭場裡會感到孤單。那筆錢（十法郎）在一個微微傾斜的平面上緩緩消失。這十法郎的損失不足以引誘我們繼續賭下去，但引誘仍在。為了這整件事而感到惱怒。由於這場賭戲，這一天被拉長了。

八月二十八日，星期一。穿著長靴的男子倚著牆壁吃早餐。搭輪船，二等船艙。早晨的琉森。飯店的外觀看起來較為遜色。一對夫妻讀著來自家鄉的信，信裡附了義大利霍亂疫情的剪報。那些漂亮的住宅只有在搭船航行時才看得見，乘船者也和它們位在同一個高度。山巒的形狀不斷變化。維茨瑙（Vitznau），里吉山鐵路（Rigibahn）。穿過樹葉望向湖面，南國的印象。驟然出現的楚格湖平原令人驚訝。森林有如家鄉。鐵路建於一八七五年，在一本舊的畫報週刊《海陸漫遊》[1]裡查看。傳統上英國人喜歡來的地方，如今他們仍舊穿著格子呢、留著落腮鬍走在這裡。用望遠鏡眺望。少女峰在遠處，僧侶峰的圓頂，晃動的熱氣使得畫面移動。鐵力士峰攤開的手掌。一片雪地像一條麵包被切開。從上方或下方觀看都會錯判了高度。我們爭執著阿爾特——戈爾道（Arth-Goldau）火車站的位置是斜的還是平的，沒有結論。套餐。一個黑人女子坐在大廳裡，神情嚴肅，嘴角線條分明，先前在下面的車廂旁邊就已經看見了她。啟程時看見的英國女孩，整排牙齒都大小一致。一個矮小的法國女子上車坐進隔壁車廂，伸長了手臂，聲稱我們這間已經坐滿的車廂還不夠滿，催著她父親上車，還有她看起來既純真又像妓女的矮小姊姊，她用手肘搔癢了我的臀部。坐在馬克斯右邊的老太太說的英文像是從牙縫裡擠出來的，我們從她的口音猜想她來自哪個郡。搭船從維茨瑙到弗呂倫（Flüelen），途經蓋爾紹（Gersau）、貝肯里德（Beckenried）、布魯能（Brunnen）（全是飯店）、席勒石（Schillerstein）、泰爾普拉特（Tellplatte）、呂特里（Rütli）（船沒有靠岸）、阿克森景觀公路的兩條涼廊（馬克斯以為此地有好幾條，因為在照片上總是看見這兩條涼廊）、烏里山盆地、弗呂倫。史登納飯店。

八月二十九日，星期二。這個有陽台的漂亮房間。這份親切。過於被山巒環繞。一個男子和兩個女孩，穿著雨衣，拿著登山手杖，一個跟著一個，在晚上穿過大廳；當三個人都已經走上樓

---

1 《海陸漫遊》（*Über Land und Meer*）是一本娛樂性質的德國畫報週刊，一八五八年至一九二三年間在斯圖加特發行。

梯，打掃房間的女僕問了他們一個問題，使他們停下腳步。他們向她道謝，說他們已經知道。針對下一個關於他們登山健行的問題，回答是：「我可以告訴你，那段路也不輕鬆。」在大廳裡時，我覺得他們就像《風笛小姐》那齣戲裡的人物；在樓梯上時，馬克斯覺得他們像是易卜生筆下的人物，這時我也有同感。忘了帶望遠鏡。在火車上我們得知，明天甚至有個老太太要搭車前往熱那亞。拿著瑞士國旗的男孩。在琉森湖裡游泳。一對夫妻。救生圈。在阿克森景觀公路上散步的人。最棒的游泳經驗，因為一切可以自理。穿著淡黃色衣裳的漁婦。坐上哥達列車。我們國家河川的水像是摻了牛奶。美麗如花的匈牙利女子。豐滿的嘴唇。從背部到臀部的線條充滿異國情調。匈牙利人當中的那個美男子。格申恩（Göschenen）火車站的耶穌會將軍。忽然就到了義大利，一間間小酒館前面擺出了桌子，一個年輕人穿著色彩繽紛的衣服，興奮得無法自持，一個車站旁，黑髮梳得高高的女子在揮手道別（模仿著一種掐的動作），淺粉紅色的房屋，招牌上斑駁的文字。那股義大利風情隨後消失，或者應該說是瑞士的本質凸顯出來。聚在鐵路信號員小屋裡的女性，讓人想起婦權運動的抗爭。提契諾瀑布，一轉眼到處都是瀑布。德國風情的盧加諾[2]。喧嘩的體育館。郵局是新建的。貝爾維德飯店。溫泉療養館的音樂會。沒有水果。

八月三十日。從下午四點到夜裡十一點和馬克斯同坐在桌旁寫日記，先是在庭院裡，之後在

2　位在瑞士南端與義大利交界處的盧加諾（Lugano）屬於瑞士的義大利語區，但是卡夫卡覺得它像個德國城市。

閱覽室，然後在我房間。上午去了游泳池和郵局。

八月三十一日。里吉山上白雪覆蓋的山頭以順時針方向出現。

九月一日，星期五。上午十點五分從威廉泰爾廣場出發。——車上和船上的後座相似得像是一個模子裡印出來的。小船上有可以鋪上遮蓬的棚架，就像運送牛奶的車子一樣。——小船每一次靠岸都像是一次進攻。

沒帶行李，空出來的手用來撐著頭。——剛德里亞（Gandria）：一棟房屋疊在另一棟房屋上面，涼廊上掛著五顏六色的布巾，不是鳥瞰，街道又非街道。聖瑪格麗特（St. Margarita）靠岸處的噴泉。奧利亞（Oria）附近有間別墅種了十二棵柏樹。你無法想像也不敢想像在奧利亞居然會有一棟房子有著希臘列柱式的門廊。聖馬梅泰（San Mamette）：一座鐘塔彷彿戴著中古時期的魔法師帽子。稍早有一頭驢子在林蔭道上，沿著港口的一側。歐斯特諾（Osteno）。在一群女士當中的神職人員。陌生語言的叫喊尤其難以聽懂。男廁後面窗戶裡的小孩。看見蜥蜴在一堵牆上移動那種癢癢的感覺。賽姬[1]披散的頭髮。騎著腳踏車經過的士兵和飯店裡打扮成水手的服務生。

卡洛塔別墅[2]，冬青，冬青櫟；小動物被剝下的皮。西番蓮：物理學對稱平衡的藝術品。竹

---

1 係指希臘神話中丘比特的妻子賽姬（Psyche），卡夫卡看見的是一座雕像。

2 卡洛塔別墅（Villa Carlotta）位在北義大利科莫湖畔，建於十八世紀，庭園佔地八公頃，種植著各種植物。

子。猶如裹著老人頭皮的棕櫚樹幹。香桃木。蘆薈（雙面鋸）。雪松（枝條拂過一棵落葉松），軟軟下垂、已經響完的吊鐘（吊鐘花），智利酒棕櫚（樹幹像犀牛），懸鈴木。仙人掌。木蘭（撕不破的葉子）。澳洲棕櫚。稚嫩的月桂。長成圓球狀的杜鵑。桉樹：樹幹的肌肉裸露。檸檬樹。紙莎草：三角形的莖，頂端像燈心草。攀爬纏繞的豆科植物，巨大的懸鈴木。香蕉。

在梅納焦（Menaggio）靠岸棧橋上的孩童，他們的父親，他妻子的身體流露出為子女而感到的驕傲。

乘車經過的人對那些義大利男孩指指點點。

半張著嘴的達官顯要（卡洛塔別墅）。

一個法國女子的聲音像我姑姑，撐著一把草編陽傘，厚厚的傘緣呈鬚狀，在一本小筆記簿裡寫著和山地有關的文字。——小船上的黑膚男子站在由船篷構成的框架裡，俯身掌舵。海關人員迅速檢查了一個小籃子，翻動裡面的東西，彷彿所有的東西都是要送給他的禮物。從波爾萊扎（Porlezza）到梅納焦的火車上的義大利人。他們所說的每一句義大利語都鑽進我廣漠的無知，因此令我久久思索，不管懂不懂：我自己的義大利語沒有把握，跟不上義大利人說義大利語的沉穩，因此很容易被忽略，不管對方有沒有聽懂。往梅納焦的火車看起來像是倒著走，有人開起玩笑，是個很好的話題。——在道路的另一邊，那些別墅前面建有石砌的船庫，連同露台和裝飾。

販售古董的大商店，船夫說：小生意。——緝私船（尼莫船長的故事和《太陽系歷險記》[1]）。

九月二日，星期六。在小汽船上，臉在抽搐。卡代納比亞（Cadenabbia），商店門前撩起的布簾（褐色鑲白邊）。蜂蜜裡的蜜蜂。悶悶不樂的孤單女子，上身很短，外語女教師。服裝整齊的男士，穿著高腰長褲。他的下臂懸在桌上，彷彿他的雙手不是拿著刀叉，而是握住扶手的末端。孩童看見微弱的煙火：喊著「再來一次」——噓聲——高高舉起手臂。乘坐小汽船航行並不舒適。船身搖晃得太厲害。船身高度太低，感覺不到新鮮空氣，也沒有開闊的視野，近似司爐的處境。在卡斯塔尼奧拉（Castagnola）和剛德里亞之間，在我們所打造的湖畔座位上戲水。路過的人，男子、女子和母牛。女子在說些什麼。黑色頭巾，寬鬆的衣裳。——蜥蜴的心跳。一位男士的鋪張：過了用餐時間在閱覽室裡用餐，同時喝啤酒、葡萄酒和芙內布蘭卡利口酒，風景明信片，微微嘆氣。老闆年幼的兒子在母親提醒下把嘴巴向我湊過來，親吻我道晚安，雖然我先前並沒有和他說過話。那個吻很香。——剛德里亞：地窖般的階梯和走廊取代了街道。一個男孩挨了揍，拍打被褥的低沉聲響。爬滿了長春藤的房屋，長春藤的末稍攀出了屋緣。在剛德里亞，一個在縫紉的女子坐在窗前，窗戶沒有百葉窗板，也沒有窗簾和窗玻璃。從浴場到剛德里亞的路上，

---

1 尼莫船長是法國作家朱爾．凡爾納（Jules Vernes, 1828-1905）的小說《海底兩萬里》中的人物，《太陽系歷險記》也是他的作品。

我們由於太過疲倦而互相扶持。一列浩浩蕩蕩的小船跟在一艘黑色小汽船後面。年輕男士在剛德里亞的靠岸棧橋上或蹲或跪地觀賞圖片，其中一個皮膚很白，我們記得他是個喜歡和女孩廝混、喜歡搞笑的人。晚上在波爾萊扎的碼頭上。在威廉．泰爾紀念雕像旁，一個留著大鬍子的法國人又使我們想起了他的怪異，本來我們已經把他給忘了。這座紀念雕像連著教堂水管的出水管，黃銅水管從石頭裡伸出來。

九月三日，星期日。一個有顆金牙的德國人，如果要描繪他，就算其餘的印象模糊，也能靠著這顆金牙記住他。他在十二點差一刻時還買到了一張游泳池的入場券，雖然游泳池在十二點就要關閉。因此，他一進到裡面，游泳池管理員就立刻提醒了他這一點，說的義大利語我們聽不懂，因此顯得有點嚴厲。由於這番義大利語，那個德國人在他的母語中也被弄糊塗了，他結結巴巴地問，如果是這樣，為什麼售票處的人還賣票給他，並且抱怨他們把票賣給他，說他們其實不該再賣票給他的。從義大利語的回答可以聽出：他也還有將近一刻鐘的時間可以游泳和更衣。哭出了淚來。——坐在湖中的桶子上。貝爾維德飯店：「給老闆所有的讚美，但是食物很差。」

九月四日。關於霍亂的消息：觀光局，義大利文的《晚郵報》、「北德意志—勞埃德航運公司」所發行的《旅行與外貿新聞》，，打掃房間的女僕帶來一位柏林醫生提供的資訊，視所屬團體不同，以及自己的身體情況而定，這些消息的性質隨之改變，從盧加諾啟程前往切雷西奧港（Porto Ceresio）時，情況相當有利，那時是一點五分。——為了巴黎而短暫地興奮了一下[1]，在風中，那風把我們拿著的九月三日《極致日報》[2]吹得鼓了起來，我們拿著那份報紙跑向一張長椅。在橫跨盧加諾湖的那座橋上還有幾個廣告板可供出租……

在星期五之前。那三個傢伙把我們從船頭趕走，因為掌舵者的視線也許不該受到阻擋，後來他們卻推了一張長椅過去，自己坐了下來。我本來有唱歌的欲望。

星期五。一個義大利人建議我們前往杜林[3]（世界博覽會），我們向他點點頭，但是以擊掌確認了我們共同的決定，無論如何不去杜林。讚美降價的車票。腳踏車騎士在切雷西奧港一棟屋子面湖的露台上轉圈。鞭子，沒有皮帶，只有一小段用馬鬃製成的小尾巴。腳踏車騎士用一條繩子牽著在他旁邊小跑步的馬。

米蘭：把旅遊指南忘在一家商店裡。走回去偷偷拿回來。在商人廣場上吃了蘋果捲。健康蛋糕。佛薩提劇院[4]。所有的帽子和扇子都在搧動。高處有個小孩在笑。一張廣告黏在節目表上。

---

1 由於當時義大利的疫情，卡夫卡和布羅德曾考慮直接前往巴黎，但最後還是決定先去米蘭。

2 《極致日報》（*Excelsior*）是一份圖文並茂的法國日報，於一九一〇年十一月創刊。

3 杜林（Turin），義大利北方大城，也是商業與文化重鎮，一九一一年的世界博覽會在此舉行。

4 佛薩提劇院（Teatro Fossati）是米蘭一座歷史悠久的劇院，創立於一八五九年。

男子管弦樂團裡有個上了年紀的女子。前排座位。入口。樂團和觀眾席位在同一個平面。蘭吉雅汽車的廣告，嵌在一座大廳的天花板裝飾裡。後面那堵牆的所有窗戶都敞著。高大強壯的演員，鼻孔微微搽了粉，顯眼地保留了鼻孔的黑，即使仰起的臉在光線裡變得輪廓模糊。脖子細長的女孩踩著碎步、手肘僵硬地從房間裡跑出來，讓人猜想得到她穿著與她那細長的脖子相稱的高跟鞋。笑聲被高估，因為從不解到發笑，要比從心領神會到發笑之間的距離更遠。每一件家具的意義。在兩齣戲裡都有五扇門。一個女孩的鼻子和嘴巴在化了妝的眼睛下相形失色。包廂裡的男士大笑時張大嘴巴，使人能看見後面的一顆金牙，然後他就這樣張著嘴巴一會兒。舞台和觀眾席融為一體，這是無法以別種方式達到的，這種融為一體是為了觀眾，但不利於聽不懂這種語言的觀眾。

年輕的義大利女子，臉長得像猶太人，從側面看時就不像。看著她站起來，把雙手伸向欄杆，只看得見她苗條的身體，看不見她的手臂和肩膀，看著她朝著窗戶兩邊張開手臂，看著她用兩隻手抓緊窗戶的一邊，在火車行駛揚起的風中就像抓緊了一棵樹。她在讀一本平裝偵探小說，她弟弟一直央求要看，但徒勞無功。坐在她旁邊的父親有個鷹鉤鼻，她的鼻子則比較柔和，因此更像個猶太人。她好幾次看著我，出於好奇，想知道我是否會停止這樣用目光糾纏她。她的衣裳是生絲質料。坐在我旁邊的是個又高又胖、渾身香氣的女士，她用扇子把身上的香水味揮到空氣中。她腳上那許多肉在腳趾頭後面堆得高高的。在她旁邊我覺得自己又乾又癟。——在行李間，煤氣燈的錫燈罩形狀有如少女所戴的平頂帽子。房屋的柵欄形形色色，毫不單調。我們在通往斯卡拉歌劇院的入口拱門底下尋找這個劇院，等我們走出去到廣場上，看見劇院樸素而斑駁的正面，也就不訝異自己剛才沒有認出它來。

進入市中心，交通就愈加繁忙，到了大教堂廣場上，除了那緩緩繞著伊曼紐二世[1]紀念雕像行駛的電車，什麼也看不見，於是我們掉頭去找一家飯店。

我們很高興住進兩個相連的房間，中間隔著一個雙層門。每個人都可以打開一扇門。馬克斯認為這也適合給夫婦住。——先把一個念頭寫下來，然後再朗誦，不要一邊朗誦一邊寫，否則就只有在心裡已經打好草稿的開頭才寫得好，而尚待寫下的東西就逃逸了。——在大教堂廣場上一間咖啡館的小桌子旁，我們談到假死和用匕首刺入心臟[2]。馬勒也要求死後要有匕首插進他的心臟[3]。受到這番談話的影響，本來打算在米蘭停留的時間縮短了很多，雖然我不太情願。——大教堂的那許多尖塔很惹人厭。——漸漸作出前往巴黎的決定：在盧加諾閱讀《極致日報》的那一

---

1 伊曼紐二世（Vittorio Emmanuel II, 1820-1878）是義大利統一後的第一個國王。

2 從十七世紀到十九世紀，許多歐洲人害怕自己沒有真死就被活埋，因此在奧匈帝國允許醫生把一支匕首刺入死者的心臟。由於此時義大利有霍亂疫情，米蘭也不安全，因此布羅德向卡夫卡提出請求，萬一他客死異鄉，下葬前請將匕首插進他的心臟。

3 作曲家馬勒死於一九一一年五月十八日，距離卡夫卡寫這篇日記的時間只有幾個月。

刻，由於並非完全自願地買了途經切雷西奧港前往米蘭的車票而來到米蘭，出於對霍亂的恐懼而從米蘭前往巴黎，也由於想要補償自己這份恐懼。另外也計算了這趟旅行能替我們節省的時間和金錢。

一、里米尼（Rimini）—熱那亞—奈爾維（Nervi）（布拉格）

二、北義大利湖泊，米蘭—熱那亞（布拉格）（在羅加諾和盧加諾之間搖擺不定[4]）

三、捨棄馬焦雷湖，盧加諾，米蘭，城市之旅直到波隆那

四、盧加諾—巴黎

五、盧加諾—米蘭（好幾天）—馬焦雷湖。

六、在米蘭：直接前往巴黎（或許也去楓丹白露）

七、在斯特雷薩（Stresa）下車。藉此，這趟旅行頭一次有了好好回顧和前瞻的機會，它長大了，因此可以攔腰摟住。

我從未見過人群像在這座拱廊街[5]裡一樣顯得這麼小。馬克斯聲稱這座拱廊街的高度就跟戶外的房屋一樣，我不同意，提出了一個反對意見（現在我已經忘了），無論如何我永遠都會挺身

4　羅加諾（Locarno）和盧加諾（Lugano）這兩座瑞士南方城市的讀音相近，相距約五十公里。

5　係指米蘭大教堂廣場北側的十字形「伊曼紐二世拱廊街」，是有著玻璃拱頂的大型購物商場。

替這座拱廊街辯護。它幾乎沒有多餘的裝飾，不會使人的目光在它身上停留，因此顯得短，其高度也是它顯得短的原因，而顯得短也不是缺點。它形成了一個十字，空氣自由地從中飄過。從大教堂的頂端往下看，人群顯得要比在拱廊街裡來得大。這座拱廊街完全足以彌補我沒有見到古羅馬廢墟的遺憾。

妓院樓上門廊深處的透明招牌：Al vero Eden（真正的樂園）。從街道上進來的人川流不息，大多是隻身前來。我們在附近狹窄的街道上走來走去。街道很乾淨，雖然狹窄卻有人行道，有一次我們從一條窄巷看向成直角轉進的另一條巷子，在一棟房屋的頂樓有個女子憑窗而立。當時我面對一切都輕鬆而堅定，而且一如每次在這種心情之下，覺得自己的身體變得更有份量。那些女孩說起法語就像童貞處女。米蘭的啤酒聞起來像啤酒，喝起來像葡萄酒。馬克斯只在寫作之時對他所寫的東西感到遺憾，從不在事後感到遺憾。

出於恐懼，馬克斯牽著一隻貓在閱覽室裡散步。

一個女孩坐著時把肚子擱在張開的雙腿之間、之上，在那件透明的衣裳底下沒有形狀可言，可是當她站起來，肚子就消了下去，就像劇場布景在薄薄的簾幕後面被拖走一樣，最後出現的是具差強人意的女孩身軀。那個法國女的甜美主要表現於她的膝蓋，那膝蓋渾圓但細節分明，表情豐富而且小鳥依人。一個女人像一座威風凜凜的雕像，把剛賺到的錢塞進襪子裡。——一個老人把兩隻手交疊在膝蓋上。——站在門邊的那個女人，一張兇惡的臉像是西班牙人，雙手叉腰的模樣也像西班牙人，穿著一件類似緊身胸衣的絲質衣裳。在布拉格，妓院裡的德國女孩讓客人暫時忘了自己的國籍，在這裡則是那些法國女孩。也許我對當地的情況所知有限。——我因為愛喝冷飲而受到了報應：在劇院裡喝了一杯石榴汁和兩杯甜橙汁，在伊曼紐大街的酒吧裡又喝了一杯，在拱廊街的咖啡館喝了一杯水果冰沙，而後一杯法國提利礦泉水下肚，先前喝下的所有飲料的效果盡現。悲慘地上床睡覺，從床上看見一幅帶有強烈義大利風情的立體城市圖，由側面牆上一扇稍微凸出的窗戶製造出來。絕望地醒來，口乾舌燥。——此地的警察身上帶有一種完全不像公務人員的優雅，出來巡邏時一隻手拿著脫下來的棉紗手套，另一隻手拿著警棍。

九月五日。斯卡拉廣場上的義大利商業銀行。來自家鄉的信。——寫明信片給我的主管。——目瞪口呆地走進大教堂，穿過門簾，是棕色的，就像在卡代納比亞所見。——想要畫一幅大教堂的建築圖，因為放眼望去，這座大教堂純粹是建築藝術的呈現，大部分地方都沒有擺放長椅，柱子上的雕像不多，遠處的牆壁上只有少數昏暗的畫像，零星的參觀者散布在石板地上，可以用來衡量教堂的高度，當他們在地面上移動，就可以藉以衡量教堂的寬廣。——堂皇，但是很容易令人想起拱廊街。——旅行時不作筆記是不負責任的，就連生活中不作筆記也一樣不負責任。日子千篇一律地過去，這種要命的感受是難以承受的。——爬上大教堂頂端。一個義大利年輕人走在我們前面，他哼著一段旋律，試圖脫掉外套，從只容陽光透進的縫隙往外看，每次經過表示梯階數目的數字都會輕輕去敲一敲，有他走在前面，使得爬樓梯變得輕鬆不少。——從大教堂屋頂前面的迴廊向下眺望。下方電車的機械裝置有點問題，只藉由軌道的彎度而移動，滑動得如此無力。一名查票員匆匆跑向電車，跳了上去，從我們所站的位置看過去他的姿態歪斜，而且縮小了。——一個雨漏[1]，是個男子的形狀，去除了脊椎和大腦，好讓雨水能夠通過。——在每一扇彩繪玻璃窗裡，最強勢的顏色都是在每幅圖畫中一件重複出現的衣服的顏色。——馬克斯：他對米蘭最深刻的印象仍然是一家玩具店櫥窗裡的火車站，鐵軌形成一個圓圈，沒有終點。櫥窗裡的火車站和大教堂擺在一起，表示店家努力呈現出庫存商品的豐富多樣。——從大教堂的後門看出去，就與屋頂上一座大鐘正面相望。——馬克斯：既然看見了那座城堡[2]，就也可以不必去了。——佛薩提劇院。——搭車前往斯特雷薩。在客滿的車廂裡睡覺的人隨著車子的行駛而搖晃。一對情侶。——下午抵達斯特雷薩。

九月六日，星期三。生氣，晚上想出了一些關於飯店的點子[3]。

---

1 雨漏是建築輸水管末端出水處的一種雕飾，通常會雕刻成怪獸的模樣，讓屋頂流下來的雨水通過怪獸的嘴洞排出，人形雨漏比較罕見。

2 係指斯福爾扎城堡（Castello Sforzesco），從米蘭大教堂的屋頂上可以看得見，斯福爾扎家族曾經是米蘭的統治者。

3 從布羅德的旅行日記可知卡夫卡是跟布羅德生氣，下午兩人就言歸於好，晚上討論他們想要合寫的一本旅遊指南。

九月七日，星期四。游泳，寫信，啟程。——在大庭廣眾之下睡覺。

九月八日，星期五。旅程。一對義大利夫妻。自稱是薩魯斯太太的女子。神職人員。美國人。兩個矮小的法國女子，臀部多肉。蒙特勒（Montreux）。走在巴黎的大道上，兩條腿都快跟身體分家了。——在床邊泡腳。——夏季戶外餐廳裡的小夜燈。——協和廣場的規劃，把引人之處挪向遠方，使得目光能輕易找到它們，但是只在目光想去搜尋的時候。

佛羅倫斯畫派（十五世紀）：蘋果靜物畫。[4]——丁托列托（Tintoretto）：蘇珊娜。——西蒙尼．馬蒂尼（Simone Martini, 1284-1344）：耶穌背負十字架。（錫耶納畫派）——曼特尼亞（Andrea Mantegna, 1431-1506）：美德的勝利（威尼斯畫派）——提香（Tizian, 1477-1576）：特利騰大公會議。——拉斐爾：阿波羅和馬西亞斯。——維拉斯奎茲（Velázquez, 1599-1660）：西班牙國王菲利普四世肖像。——雅各布．約爾丹斯（Jacob Jordaens, 1593-1678）：餐後音樂會。——魯本斯：鄉村節慶。

小場街的甜點店。——穿著家常服的洗衣婦。——小場街十分狹窄，完全落在陰影中，即使另一側的房屋整排被陽光照亮，相距很近的房屋在明暗上卻相去甚遠。——基層士兵津貼，股份

4 以下都是卡夫卡在羅浮宮見到的畫作，畫家及作品名稱是他當時就抄寫下來的，包括幾個畫家的生卒年份。

有限公司，資本額一百萬，地址：歌劇院大街[1]。——羅伯特，山繆。——大使餐廳：一陣鼓聲，接著加進了銅管樂器，鼓槌還在揮動中就高高舉起，接著安靜下來。——里昂車站。挖土工人用纏在腰間的彩色飾帶來代替褲帶，在飾帶具有官方意義的此地顯得民主。我不確定自己是否還在打瞌睡，一整個上午在車上都在想這件事。提醒自己要小心，不要誤把那些保母當成是德國小孩的法語女教師。

《攻佔薩蘭》[2]，一六六八年五月十七日，拉法耶的作品。兩個朋友，一個身穿紅衣騎著白馬，一個身穿黑衣騎著黑馬，從圍攻一座位在背景中的城市稍事喘息，在暴風雨將至之前出來騎馬。

《路易十六前往瑟堡》[3]，一七八六年六月二十三日。畫的是載著路易十六的那艘船，他伸手指向瑟堡，對著站在他身後的朝臣說些什麼，尤其是對著一個把手擱在胸前的朝臣，那艘船由每邊各三排水手用綁在一起的船槳抬上岸。穿著輕盈衣裳的婦女從岸上蜂擁而來，一個男子用望遠鏡眺望。車輛已經在等候。另外幾艘船上的人就必須藉由靠岸的跳板下船，只有一個人在此受

1 這些可能是卡夫卡在路上見到的招牌或告示。

2 《攻佔薩蘭》（*Prise de Salins*）畫的是一六六八年法軍攻佔該城的情景，畫家拉法耶（Prosper Lafaye, 1806-1883）是法王路易—菲利普一世的宮廷畫家，擅畫歷史場景。

3 《路易十六前往瑟堡》（*Voyage de Louis XVI à Cherbourg*）是法國海景畫家克雷平（Louis-Philippe Crépin, 1772-1851）的作品。

到禮遇。

《拿破崙在瓦格拉姆戰役的紮營地》[4]，一八〇九年七月五日至六日夜裡。拿破崙獨自坐著，一條腿擱在一張矮桌上。在他後面是一堆冒煙的營火。他的右腿以及桌腳和椅腳的影子呈放射狀圍繞著他。半隱半現的月亮。眾將軍在遠處站成了半圓形，看著他和營火。[5]

典型的平面圖形：襯衫，衣物，餐廳裡的餐巾，糖，兩輪馬車的大車輪，拉車的馬一前一後，塞納河上平坦的汽船，把房屋橫向隔開的陽台，擴大了房屋的橫斷面，扁而寬的煙囪，摺起來的報紙。

用線條畫出的巴黎：從扁平的煙囪長出來的瘦高煙囪（連同許多花盆狀的小煙囪）——十分沉默老舊的煤氣路燈——百葉窗板的橫線條，在郊區與屋牆上的一條條髒印子連在一起——屋頂上的窄木條，如同我們在里沃利路上所見——巴黎大皇宮美術館玻璃屋頂上的格線——辦公樓被線條分隔的窗戶——陽台的柵欄——由線條構成的艾菲爾鐵塔——我們窗戶對面那幾扇陽台門兩側與中央的木條所產生的線條效果——戶外的小椅子和咖啡館的小桌子，椅腳和桌腳也是線條——有著金色尖刺的公園鐵柵。

4 《拿破崙在瓦格拉姆戰役的紮營地》（*Bivouac de Napoleon sur le champ de bataille de Wagram*）是法國畫家羅恩（Adolphe Roehn, 1780-1867）的作品。

5 以上三幅畫是卡夫卡在凡爾賽宮的畫廊裡所見。

加了氣泡水的石榴汁，笑起來多麼容易嗆到鼻子（喜歌劇院前面的酒吧）。月台票，對家庭生活的這種粗魯介入不為人知。

我一個人在閱覽室裡[1]，還有一位重聽的女士，我在她看向別處時徒勞地向她自我介紹，我向她指出外面在下雨，而她認為那就只是天氣持續悶熱。她按照擺在旁邊的一本書來用紙牌占卜，吃力地看著書，一手握拳撐著頭，手裡大概還有一百張尚未用到的小紙牌，雙面都印著圖案。在我旁邊，背對著我，有位身穿黑衣的老先生在讀《慕尼黑新新聞》。——一陣滂沱大雨。——來時和一個猶太裔金工匠同車。他來自克拉考[2]，大約二十出頭，在美國待過兩年半，如今在巴黎住了兩個月，只有十四天有工作。待遇很差（每天只有十法郎），生意環境欠佳。在一座城市初來乍到，很難知道自己的工作值多少錢。在阿姆斯特丹的生活很棒。有很多從克拉考來的人。每天都能得知發生在克拉考的新聞，因為總是有人回去，或是有人剛從那兒來。有一整條街上的人都只說波蘭語。在紐約的收入很高，因為那裡的女生都很會賺錢，有錢買飾品裝扮自己。在這一點上巴黎沒法比，只要走上那些大街就能看得出來。他離開紐約是因為他的家人畢竟在歐

1 係指瑞士蘇黎世湖畔埃倫巴赫（Erlenbach）療養院裡的閱覽室，卡夫卡結束了與布羅德同行的旅遊，於九月十四日至二十日獨自在此停留，布羅德則先行返回布拉格。

2 克拉考（Krakau）位於如今的波蘭南部，現名克拉科夫（Kraków），一次大戰前屬於奧匈帝國。

洲，也因為他們寫信給他：我們在克拉考也一樣賺錢，你到底要在美國待多久？他非常欣賞瑞士人的生活。像這樣生活在鄉下，畜養牲口，想必會身強力壯。還有那些河流！最重要的事情莫過於在起床之後可以去到流動的水邊。——他有一頭鬈曲的長髮，只偶爾用手指梳理，眼睛閃閃發亮，鼻子的彎度平緩，臉頰凹陷，穿著美式剪裁的西裝，襯衫邊緣已經磨損，襪子鬆垮。他的行李箱小小的，但是下車時提著它卻像是提著重物。他的德語受到英語重音和慣用語的影響而變得不穩定，英語是這麼強勢，意第緒語不必派上用場。徹夜搭車之後仍舊精神抖擻。「您是奧地利人？對吧，您也穿著這樣的雨披，凡是奧地利人都有。」我把衣袖秀給他看，證明那不是雨披，而是件大衣。他還是繼續說奧地利人都穿雨披，說他們就是這樣把雨披披上。說著他朝另一個人轉過身去，示範給他看奧地利人都怎麼披上雨披。他假裝把某件東西固定在襯衫領子後面，抖動身體，看看固定得牢不牢，接著把那件東西先從右臂上方拉過來，再從左臂上方拉過來，最後把自己整個裹住，直到別人看出他裹在裡面溫暖舒適。雖然他坐著，仍藉由擺動雙腿來示範奧地利人穿著這種雨披走起路來多麼輕鬆，簡直是無憂無慮。他的模仿幾乎完全沒有嘲諷之意，而像是一個見多識廣的旅人所作的表演，帶著一點稚氣。

我在療養院前面昏暗的小庭園裡散步。

晨間體操，一邊唱完一首《魔法號角》歌曲[1]，有人用短號伴奏。

那位祕書先生每年冬天都去徒步旅行，前往布達佩斯、法國南部、義大利。赤腳步行，只吃生鮮食物（穀粒麵包、無花果、椰棗），和另外兩個人在尼斯附近住上十四天，大多數時候是裸身在一間被棄置的屋子裡。

一個胖胖的小女孩，經常在挖鼻孔，聰明，但是不算漂亮，長著一個沒有前途的鼻子，名叫瓦爾特洛緹[2]，有個小姐說她煥發出某種神采。

用餐大廳裡的柱子，之前我在簡介裡看見的圖片（高大閃亮的純大理石）把我嚇了一跳，為了這些柱子，我在搭乘小汽船前來此地的航程中咒罵自己，後來發現它們其實是用磚砌的，很平民化，上面畫著拙劣的大理石花紋，而且出奇低矮。

有趣的談話，一個男子在我窗戶對面的梨樹下，在和一個我看不見的女孩交談，她住在一樓。

感覺愉快，當醫生一次又一次地聽診我的心臟，一再要求我變換姿勢，卻聽不出個所以然。他尤其在我的心臟部位觸摸了很久，花了那麼長的時間，乃至於幾乎顯得心不在焉。

1 《少年魔法號角》（*Des Knaben Wunderhorn*）是一本採集自民間的德語詩歌合集，孟德爾頌、舒曼、布拉姆斯和馬勒均曾把其中的詩篇譜寫成藝術歌曲。

2 瓦爾特洛緹（Waltraute）是華格納歌劇《尼伯龍根的指環》中的九個女武神之一，不是個常見的名字。

兩個女人夜裡在車廂裡爭吵。她們蓋住了車廂裡的燈，那個躺著的法國女子在黑暗中叫了起來，另一個上了年紀的婦人被她的腳擠向車壁，不知如何是好，她的法語說得很差。按照那個法國女人的意思，對方應該要離開這個座位，把行李搬到另一邊，讓她能在這一邊好好躺平。我坐的車廂裡那位希臘醫生認為她不講理，他的法語說得不好，但很清楚，似乎是建立在德語的基礎上。我把乘務員找來，他讓她們分開來坐。

又遇到那位女士，她也非常愛寫，隨身帶著一套文具，有很多信紙、卡片、鋼筆和鉛筆，整體而言非常具有鼓勵的效果。

此刻這裡就像一個家庭。外面在下雨，母親在用紙牌占卜，兒子在書寫。房間裡沒有別人。由於她重聽，我要喊她母親其實也可以。

儘管我十分不願意使用「類型」這個字眼，我卻認為透過自然療法和相關事物，的確產生了一種新的類型，例如費稜貝格先生[3]所代表的類型（雖然我對他的認識很粗淺）。這種類型的人皮膚很薄，頭很小，看起來過度整潔，帶著一、兩種與他們不相稱的小細節（在費稜貝格先生身上是缺了的牙齒和微凸的小腹），瘦削的程度似乎不適合他們天生的身體，意思是刻意壓抑脂肪的形成，彷彿把健康當成一種疾病來看待，或者至少是當成一種功勞（我沒有責備之意），這種

3 費稜貝格（Friedrich Fellenberg-Egli）是埃倫巴赫「費稜貝格自然療養院」的院長。

刻意勉強而得到的健康也帶來了其他的後果。

在喜歌劇院的廊台座位上[1]。第一排有個先生身穿禮服、頭戴禮帽，在最後幾排當中有個男子只穿著襯衫，沒穿外套（他甚至還把襯衫前襟打開，讓前胸不受拘束），一副準備要上床睡覺的樣子。

我原以為那個吹小喇叭的人天性風趣快活（因為他很活潑，腦筋動得很快，臉上一圈短短的金色鬍子，最後收束成一綹山羊鬍，紅臉頰，藍眼睛，穿著實用的衣服），而他今天和我談起他的消化不良，說話時用一種眼神看著我，以同樣的強度發自兩隻眼睛，簡直是圓睜著雙眼，那道目光擊中了我，然後斜斜地鑽進泥土中。

瑞士國內的爭議。比爾（Biel）在幾年前還是個完全說德語的城市，由於許多法國鐘錶匠移居此地而有法語化的危險。提契諾州（瑞士唯一的義大利語州）則想要脫離瑞士。有一場領土收復運動[2]。因為義大利族群在有七名成員的瑞士聯邦議會裡沒有代表，由於他們人數少（大約是十八萬人），只有在九人制議會裡才能有自己的代表。但是大多數人不想改變議會的人數。哥達

---

1 這是卡夫卡回憶九月八日在巴黎的喜歌劇院觀賞一場演出的情景。

2 在政治上尋求獨立並回歸母國（義大利）的運動。

鐵路過去是德國私人企業，雇用的是德國員工，他們在貝林佐納[3]成立了一所德國學校，如今既然這條鐵路改為國營，那些義大利人就想要雇用義大利員工，並且撤除那所德國學校。而的確只有州政府有權決定學校事務。瑞士全國人口：三分之二德裔，三分之一法裔和義大利裔。

那個生病的希臘醫生在半夜裡咳個不停，使我在車廂裡坐不住，他聲稱他只能吃羊肉。由於他必須在維也納過夜，他請我替他把羊肉的德文寫下來。

雖然在下雨，雖然後來我完全隻身一人，雖然我始終意識到我的愁悶，雖然他們在餐廳裡玩著社交遊戲，而我因為缺少能力而沒有參加，雖然我最終只寫出了差勁的東西，我卻既沒有感到難堪或侮辱，也沒有感到這種獨處的悲傷或痛苦——彷彿我只由骨頭構成。而讓我高興的是，儘管便祕，我好像有了一點胃口。拿著錫製餐具去裝牛奶的女士回來了，在重新去研究她的紙牌之前，她問我：「你究竟在寫些什麼？是觀察嗎？還是日記？」由於她知道她聽不懂我的回答，就又接著問：「你是大學生嗎？」我沒考慮到她重聽，答道：「不是，但是我讀過大學」。她已經又開始用紙牌占卜，留下我和這句話，而這句話的重量迫使我還繼續看著她一會兒。

我們是兩個男子和六、七個瑞士女子同坐一桌。只要我盤子上的食物空了一半，或是由於無

3 貝林佐納（Bellinzona）位在瑞士東南，是屬於義大利語區的提契諾州首府。

聊而在餐廳裡四下張望，離我最遠的菜餚就會被端起來，經過那些女子（我胡亂地用女士和小姐稱呼她們）的手中，迅速傳到我面前；當我婉謝，不想再添食物，那些菜餚就循著原路慢慢地被傳回去。

薩爾塞[1]所寫的《巴黎圍城戰》：一八七〇年七月十九日宣戰。曾經知名的日子漸漸不為人知。——這本書本身的多變性格，當它描述著巴黎的多變性格。——對同一件事物的褒與貶。巴黎在戰敗後的平靜一方面顯示出法國人的滿不在乎，另一方面則顯示出他們的抵抗能力。——九月四日，色當之役過後，共和國成立——工人和國民軍爬上梯子，用鐵鎚敲掉公共建築上的字母N——在宣佈成立共和國八天之後，民眾還是那麼興奮，乃至於找不到人來加強防禦工事。——德軍揮進。——流傳巴黎的笑話：麥克馬洪[2]在色當之役被俘，巴贊[3]棄守梅斯，這兩支軍隊終於會合了。——下令摧毀市郊——三個月沒有消息。——巴黎從不曾像在圍城之初有這麼大的胃口。甘必大[4]組織地方軍隊對抗德軍。有一次他的一封信僥倖送達，但是信中並未告知大家急於

1 薩爾塞（Francisque Sarcey, 1827-1899），法國記者、作家與劇評家，《巴黎圍城戰》寫的是一八七〇年普法戰爭時巴黎被普魯士軍隊包圍的那段歷史。

2 麥克馬洪（Patrice de MacMahon, 1808-1893），法國元帥，後來曾擔任共和國總統。

3 巴贊（François Achille Bazaine, 1811-1888），法國元帥，在普法戰爭中率領法國最後一支正規軍投降。

4 甘必大（Léon Gambetta, 1838-1882），法國政治人物，曾任第三共和國防政府內政部長。

得知的明確日期，只寫道「全世界都欽佩巴黎的抵抗」。——梯也爾[5]奔走各國宮廷。——瘋狂的社團集會。在特里亞體育館的一場婦女集會。「在敵人面前，女性要如何保護自己的名節？」用「上帝的手指」或者應該說「氰化氫手指」，那是一種類似橡皮骰子的東西，婦女戴在手指上，底部有個裝著氰化氫的小管子。如果來了一個德國士兵，就伸手與他相握，刺入他的手指，把毒液注入他手中。——學院用熱氣球送出一名學者去研究阿爾及爾的日蝕。——巴黎人吃去年留下的栗子還有巴黎植物園裡所養的動物。——在幾家餐廳裡直到圍城的最後一天都還什麼都吃得到。——那個侯夫下士，為了替父親報仇而殺死了多名德軍，從而名聲大噪，後來失蹤，被當成間諜。——軍隊的情況：少數前哨兵和德軍稱兄道弟一起喝酒。——路易·布朗[6]把德軍比喻為鑽研過科技的莫西干人[7]。——一月五日展開轟炸。沒多大效果。城中下令，如果聽見榴彈射擊的聲音，就趕緊趴下。街上的男童還有成年人站在泥濘裡，不時喊道「當心榴彈」。——有一段時間尚齊將軍[8]是巴黎人的希望所寄，他就跟所有其他將領一樣打了敗仗，當時的人就已經不

5 梯也爾（Adolphe Thiers, 1797-1877），法國政治人物與歷史學家，在巴黎被德軍圍攻時曾奔走各國尋求支援未果，後來成為第三共和的第一任總統。

6 路易·布朗（Louis Blanc, 1811-1882），法國政治人物，信奉社會主義，曾因革命失敗流亡國外二十餘年，後於第三共和時期擔任國民議會議員。

7 莫西干人是美洲原住民的一支。

8 尚齊將軍（Antoine Chanzy, 1823-1883），法國將領，在普法戰爭中曾打過幾場勝仗。

明白他何以出名。儘管如此，當時的巴黎是那麼歡欣鼓舞，乃至於薩爾塞在寫這本書時就感覺到一種沒有理由的欽佩。——當時巴黎的一天：在那些大道上陽光照耀，天氣舒適，行人平靜地散步，在靠近市政廳的地方情況改變，那裡有一場巴黎公社份子的暴動，許多死者，軍隊，場面失控。德軍的榴彈在塞納河左岸嗖嗖發射。碼頭和橋樑安安靜靜。回到「法蘭西劇院」。一場《費加洛婚禮》的演出剛剛結束，觀眾走出劇院。晚報剛出來，這些觀眾三五成群圍在售報亭旁邊，孩童在香榭大道上玩耍，週日出門散步的人好奇地看著一隊騎兵吹著號角騎馬經過。——一個德國士兵寫信給他母親：「妳無法想像巴黎有多大，而巴黎人生性快活，整天都在吹喇叭。」——巴黎有十四天沒有熱水。——四個半月的圍城在一月底結束。

車廂裡的老太太彼此互相照應。說起老婦人被汽車撞倒的故事，她們在旅途中遵循的原則：絕對不吃醬汁，把肉挑出來，搭車時閉上眼睛，但是一邊說話，吃水果時配上麵包，不要吃肉質硬的小牛肉，過馬路時請男士陪同，櫻桃是最重的水果，老婦人的救星。

米蘭火車站的雙子車廂[1]。

駛往斯特雷薩的火車上那對年輕的義大利夫妻在駛往巴黎的火車上加入了另一對夫妻。其中

1 這是一款一九〇九年才採用的新型車廂，兩節車廂像連體嬰一樣相連。

一個丈夫只被動接受妻子的親吻，看出窗外時，只允許她把臉頰倚在他肩膀上。當他因為天氣熱而把外套脫掉，閉上了眼睛，她似乎更仔細地看著他。她並不漂亮，只有稀疏的鬈髮圍著臉龐。另一個太太卻戴著面紗，面紗上的藍色圓點經常遮住了她的一隻眼睛，她的鼻子似乎太短，嘴角的皺紋是年輕人的皺紋，表現出青春的活潑。她低下頭時把眼睛轉來轉去，在家鄉我只見過戴眼鏡的人會這麼做。

凡是你碰到的法國人都會努力糾正別人講得不好的法語，至少是在當下。

鬍子沒刮乾淨的年輕神職人員和販售風景明信片的旅行推銷員。那個推銷員把幾十張明信片拿出來展示，那個神職人員則談起明信片上的風景。我十分專注地看著他，部分原因也在於天氣燠熱，後來不小心用鞋跟踢進了他的長袍。「不要緊」，他用義大利語說，隨即繼續說話，總是用力換氣，義大利語的「啊！」就是他即將換氣的信號。

由於決定不了要住哪間飯店[2]，我們坐在車上，似乎也沒有把握要車子駛往何處，有一次車子駛進了一條小巷，後來又回到幹道上。那是在里沃利路上午繁忙的交通裡，在批發市場附近。

第一次踏上我房間的陽台，環顧四周，彷彿此刻我在這個房間裡剛剛醒來，而我其實由於徹

2 從這一段開始是卡夫卡回到布拉格之後寫下關於巴黎之行的回憶。

夜搭車而如此疲倦，不知道自己是否還有精力在這些街道上走上一整天，尤其是當我此刻俯視著這些街道，而我還不在街上。

我們在巴黎的誤會是這樣開始的：馬克斯上樓到我的飯店房間裡來，看見我還沒準備好，而且正在洗臉，他有點火大，認為我先前明明說了我們只要稍加盥洗就馬上出門。可是我所謂的稍加盥洗指的就是只洗臉而不要洗澡，而我的臉還沒洗完，因此我不理解他的指責，繼續洗我的臉，雖然沒像平常洗得那麼仔細，這時馬克斯穿著連夜搭車而弄得髒兮兮的衣服坐在我床上等候。此刻他表現出他素來就有的一種習慣，在指責我時噘起嘴巴，皺起整張臉，作出一種諂媚的表情，彷彿他一方面想藉此使我理解他的指責，另一方面則想表示他之所以沒有賞我一巴掌，就只是被這個諂媚的表情給阻止了。另一個真正的指責則在於我迫使他作出這種違反他天性的虛偽表情。當他默不吭聲，為了放鬆這種諂媚的表情而把臉轉向另一邊，漸漸鬆開噘起的嘴巴，他似乎就是在對我作出這個指責，而這個表情的效果當然更勝過第一個表情。我卻擅於在疲倦中縮回自己內心（在巴黎時也是這樣），乃至於他的這些表情根本影響不了我，因此我能夠完全漠然並且不帶一絲內疚地向他道歉。在巴黎時這使他消了氣，至少是表面上，於是他和我一起走到陽台上，談論著眼前所見，主要是說這景色是多麼具有巴黎風情。我卻只看見馬克斯是多麼神采奕奕，他肯定適合巴黎，一個我根本不識得的巴黎，此刻看著他從昏暗的後室裡出來，這一年頭一次在陽光裡踏上巴黎的一個陽台，並且自覺配得上它，而我卻比我在馬克斯來到之前第一次踏上陽台時更為疲倦。這種疲倦無法藉由好好睡一覺來消除，只能藉由搭車離開來消除。有時候我甚至認為這是巴黎的一個特點。

我寫下這些其實心中並無反感，但是反感卻在我寫每一個字的時候亦步亦趨地跟著我。

起初我不贊成去「比亞爾咖啡館」，因為我以為在那裡只能喝到黑咖啡。後來發現那裡也提供牛奶，就算只搭配了軟趴趴的餅乾。我認為巴黎唯一需要改善之處就是這些咖啡館應該要供應更好的糕餅。後來我想到一個主意，在早餐之前，當馬克斯已經就座，我去附近的小巷裡轉一圈，尋找水果攤。在回咖啡館的途中我總是先吃掉一些，免得馬克斯太過訝異。當我們在凡爾賽宮火車站附近一間高級咖啡館裡，在一個倚門站立的服務生的注視之下，成功地吃掉了從另一家糕餅店買來的蘋果捲和杏仁餅乾，我們就也把這個習慣帶進「比亞爾咖啡館」，並且發現，除了享用這精緻的糕點，我們還更明顯地享受到這些咖啡館真正的優點，亦即完全不被注意，就算店裡沒什麼客人的時候也一樣，優良的服務，店門始終敞開，在櫃臺後面與來來往往的人很靠近。只不過得要忍耐來掃地的人，由於客人直接從街上進來，在櫃臺旁邊來回移動，地面經常要掃，而掃地時也仍然保持著不去注意客人的習慣。

看見通往凡爾賽的火車路段上那些小酒館，你會覺得開一間這樣的酒館對年輕夫婦來說很容易，可以過著多采多姿的有趣生活，沒有風險，每天只在特定的時段辛苦工作。就連在那些大道上，在兩條小巷構成的楔形街區，也有這種便宜的酒館座落在尖尖的轉角。

郊區客店裡圍坐在小桌旁的客人穿著濺上石灰的襯衫。

晚上在保梭尼亞大道上，一個女子推著一部小手推車，裡面裝著書籍，她叫賣著：翻一翻吧，各位先生，翻一翻吧，隨便挑，擺在這裡的書都是要賣的。如果圍觀者當中有人把一本書拿在手裡，她就立刻說出那本書的價格，但是並沒有強迫對方購買的意思，也沒有死盯著對方看。她似乎只要求這些人快快翻閱，讓書本在眾人手中交換得快一點，這也不難理解，如果她看見偶爾有人（例如我）慢慢地拿起一本書，慢慢地翻一翻，再慢慢地把書放回去，最後慢慢地走開。她正經八百地說出那些書本的價格，而那些書籍不正經得可笑，讓人無法想像會有人在眾目睽睽之下完成買賣。

比起在店內，在店門口買下一本書需要下更大的決心，因為面對那些湊巧被擺出來的書，所謂的挑選其實就只是一種不受約束的斟酌。

坐在香榭大道上兩張面對面的小椅子上。遲遲沒睡的小孩仍在薄暮中玩耍，在昏暗中他們不再能看清楚他們在沙地上畫的線條。

關閉的浴場，在記憶中外牆上畫著有如土耳其風格的圖案。下午時分，浴場浸浴在鐵灰色的光線裡，因為陽光只從上方頂篷一角的縫隙零零星星地透進來，而下方的河水也有助於使光線變暗。空間很大，在一個角落有個酒吧。管理員沿著浴場的這邊和那邊跑，趕著泳客離開。他們氣勢洶洶地從側面走近在更衣間前面的泳客，用聽不清楚的話語索取延遲離場的費用。用我聽不懂的語言所表達的要求讓我覺得很委婉。皇家橋旁的大浴場。在角落裡有人站在台階上用肥皂徹底清洗身體，肥皂水堆積在他們腳邊。透過面向河流的縫隙可以看見有個在移動的東西經過，那是汽船。有兩個人玩起一艘老舊的划艇，它從一面牆被推開，立刻就撞上對面的牆，這個休閒浴場的寒傖就顯露無遺。地下室的氣味。庭院裡美麗的綠色長椅。說德語的人很多。在一所游泳學校裡，有一條打了結的繩索垂在水上，可以用來做體操。我們問起「巴爾札克紀念館」，一個俊美的少年頂著被水沾濕而蓬亂的頭髮，向我們說明我們要找的是「格雷萬蠟像館」。他樂於助人地打開他的更衣間，拿出一小本旅遊指南（也許是某家商店的新年贈品），在裡面也沒找到「巴爾札克紀念館」。我們在心裡已經不斷道謝，由於早已預見了這個結果，也殷切地勸他別找了。在飯店和咖啡館裡供人查閱的地址簿上也沒有[1]。

1 這是因為巴爾札克的巴黎故居在這之前不久才被改設為紀念館。

喜歌劇院一個肥胖的帶位小姐相當倨傲地接受了我們給的小費。我認為原因在於我們手裡拿著戲票過於小心翼翼地一前一後往上走。心裡想著明天晚上再來看戲時要盯著這個帶位小姐的眼睛，故意不給她小費。但此刻，即使其他人進場時都沒給小費，我還是給了她一大筆小費，在她和我自己面前都感到丟臉。第二天我也把那句話說出口了，表示我認為小費並非「非給不可」，但後來還是得給，因為這一次換了個瘦削的帶位小姐，她抱怨管理部門沒付她工資，並且把臉歪向肩膀。

一開始是擦靴子那一幕。看著那群小孩陪著那個警衛齊步走下台階。草草演奏的序曲，方便遲到的觀眾進場。平常只有演出輕歌劇時會這樣做。場景很簡單。臨時演員無精打采，就跟我在巴黎所觀賞的所有演出一樣，而布拉格的臨時演員卻往往具有按捺不住的活力。《卡門》第一幕裡那頭驢子在劇院門口的窄巷裡被劇場人員和幾個圍觀的路人包圍，等待入口那扇小門打開。在所有的劇場前面都有人販售假的節目表，我在露天台階上幾乎故意買了一份。一個芭蕾舞伶代替卡門在那間走私者酒館裡跳舞。她無聲的身體隨著卡門的歌聲舞動。之後是卡門的舞蹈，由於她在之前演出中的優異表現，這支舞蹈顯得比實際上更美。看起來像是她在演出之前曾向那位首席芭蕾舞伶匆匆討教了一番。當她倚著桌子聆聽別人說話，讓兩隻腳在綠色裙子底下互相逗弄，舞台前緣的腳燈使她的腳底泛白。

看到最後一幕，我們已經太累了（我在倒數第二幕就已經累了），於是就離場，坐進喜歌劇院對面的一間酒吧。由於疲倦，馬克斯不小心把蘇打水整個潑在我身上，而我在疲倦中忍不住大笑，使得石榴汁跑進了我鼻子裡。這時最後一幕大概開演了，我們漫步走回飯店。經歷過劇院裡的悶熱（我敞開襯衫，把熱空氣搧向胸口），在這座廣場上我格外感覺到夜裡的空氣，感覺到自己坐在戶外，在一座城市廣場上伸展雙腿。被燈光照亮的劇院正面連同劇院兩旁那些咖啡館的燈光足以照亮那座小廣場，尤其是地面，連小桌子底下都照亮了，就像照亮了一個房間。

門廳裡一位先生在和兩位女士聊天，他所穿的禮服有點鬆垮，假如那件禮服不是新的，不是在這個場所穿著，並且更合身一點，就可能是件歷史服裝。他任由單片眼鏡落下，又再拾起。在談話無以為繼時，就侷促不安地用手杖敲著地面。站著時手臂不斷抖動，彷彿他隨時打算要伸出手臂，挽著這兩位女士穿過人群。臉部皮膚乾癟粗糙。

德語有個特性，在那些德語不流利、通常也無意說得流利的外國人口中變得悅耳。就我們所遇見的法國人來說，從沒見過他們樂於聽見我們講法語時的錯誤，也從沒見過他們覺得這些錯誤值得一聽，而就連法語說得不道地的我們……

在我眼中幸福的廚師和服務生，在眾人用餐完畢之後吃著沙拉、豆子和馬鈴薯，把食物混在大碗裡，每一樣菜餚都只拿一點，雖然遞給他們的菜量很多。從遠處看過去，他們就和我們家鄉的廚師和服務生沒有兩樣。——一個服務生有著優雅的嘴巴和小鬍子，有一天他替我服務，依我看來，他之所以替我服務就只是因為我疲倦、笨拙、心不在焉而且不討人喜歡，因此無法自己弄到食物，而他把食物端來給我時幾乎沒有注意到。

黃昏時分在塞瓦斯托波爾大道上的「杜瓦餐廳」。三個客人散坐在店裡。女服務生在輕聲交談。收銀箱還是空的。我點了一杯優酪乳，後來又點了一杯。女服務生靜靜地端來，店裡的昏暗也加深了那份安靜，她也靜靜地收走了我桌上的刀叉，那些刀叉原本是為了來用晚餐的客人所擺放的，卻可能會妨礙我喝飲料。能夠在一個如此安靜的女子身上察覺她容忍並理解我的苦惱，這使我心中舒坦。

黎希留路上的可笑餐廳。擠滿了人。鏡子玻璃前醜陋的煙霧。分岔平均、掛滿了帽子的衣帽架像樹木一樣。桌子與桌子之間以欄杆隔開。不知情的外國人誤以為欄杆是窗框，以為有窗框之處想必就也嵌著一塊玻璃，於是放膽看進一片玻璃，以為看見的是遠處客人的鏡像，而從對方投來的眼神看出自己看見的是真實的臉孔，從而澄清了自己先前的錯覺，一旦澄清了，就會覺得桌子之間的這種欄杆提供了很多與人接近的機會。

在羅浮宮，從一張長椅換坐到另一張長椅上。如果漏掉了一張，就感到心痛。——「方形大廳」裡擁擠的人群，氣氛激動，大家成群結隊地站立，就彷彿那幅蒙娜麗莎才剛剛被偷[1]。——畫作前面可以倚靠的橫桿提供了舒適，尤其是在原始派畫作展覽廳。——強迫自己和馬克斯一起觀看他最喜歡的畫作，因為我太累了，沒法自己去看。——讚賞地抬起目光。——一個高大的年輕英國女子精力充沛，和她的男伴在大畫廊裡從這一頭走到另一頭[2]。

馬克斯的模樣，當他在「阿里斯提德餐廳」前面的一盞路燈下讀著《費德爾》[3]，讓那小字印刷糟蹋了眼睛。為什麼他總是不聽我的話？——可惜我還從中獲益，因為在前往劇院的途中，他把他趁著我吃晚餐的時候站在街上從那本《費德爾》裡讀到的東西都講給我聽。短短的一段路，馬克斯吃力地把整個故事一五一十地講給我聽，我聽得也很吃力。門廳裡的軍事表演。士兵按照軍中規矩來管控售票口前面回堵了好幾公尺的觀眾。

在我們這一排有個可能是被雇來鼓掌的女子。她拍手似乎是隨著我們上方最高一層樓座上受雇帶頭鼓掌的人。她鼓掌時把臉伸向前方，臉上的表情心不在焉，乃至於當掌聲停止，她就訝異

1 《蒙娜麗莎的微笑》於一九一一年八月二十一日在羅浮宮遭竊，距離卡夫卡造訪羅浮宮的時間不到三週，這幅畫兩年後才在佛羅倫斯尋獲。

2 羅浮宮的大畫廊（Grande Galerie）有五百公尺長。

3 九月九日在巴黎，卡夫卡和布羅德去「法蘭西劇院」觀賞了法國劇作家拉辛的這齣悲劇作品。

而擔心地看著自己戴著粗網眼手套的掌心。但是一但有鼓掌的必要，她就馬上又開始鼓掌。不過，到最後她也會自主地拍手，原來她根本不是受雇來鼓掌的人。

有些觀眾想必自認為他們和劇作是平等的，才會在第一幕快結束時進場，迫使整排的人站起來讓他們就座。——一連五幕戲都留在台上的布景十分有助於營造嚴肅的氣氛，即使只是紙做的，也比不斷更換的木造或石造布景更為堅實。

一排面向大海和藍天的柱子，高處長滿了爬藤植物。直接受到委羅內塞所畫宴席的影響，也受到克勞德．洛蘭的影響[1]。

依包利特[2]的嘴巴，不管是閉著、張著或是正要張開，都馬上就冷靜上揚。

厄諾娜[3]，很容易進入靜止不動的姿勢，有一次站直了，雙腿被袍子緊緊裹住，舉起手臂，握起拳頭，朗誦了一段詩句。好幾次緩緩用雙手遮住臉部。主角的謀士一身灰色。

不滿意飾演費德爾的女演員，想起「法蘭西喜劇院」旗下的女伶拉雪，每次讀到對她的描述所帶給我的滿足。

1 這又是描述在羅浮宮所見。委羅內塞（Paolo Veronese, 1528-1588）是文藝復興晚期威尼斯畫派的代表人物，克勞德．洛蘭（Claude Lorrain, 1600-1682）則是以風景畫著名的法國巴洛克時期畫家。

2 依包利特（Hippolytes）是《費德爾》這齣劇中的雅典王子，此處指的是飾演此角的演員。

3 厄諾娜（Oenone）是《費德爾》這齣劇中雅典王后的奶媽和親信。

出人意料的第一幕，當依包利特拿著那把與人同高、靜置不動的弓箭，打算向他的老師吐露心聲，然後用冷靜自信的目光看向觀眾，唸出他的詩句，就像朗誦一首節日賀詩，我就覺得這彷彿是第一次發生（以前我就常有這種印象，只是十分微弱），而在我平素的佩服當中還摻雜了對於一舉成功的佩服。

布置得很合理的妓院。整間房子的大扇窗戶都拉下了乾淨的百葉窗板。擔任門房的不是男子，而是個衣著端莊的女子，她可以自在地出現在任何地方。在布拉格時，我就已經隱約察覺妓院具有亞馬遜族的特質。在此地還要更加明顯。那個門房女士按下了電鈴，當她得知剛好有客人正要下樓，就把我們先留在門房室裡。兩位端莊的女士（為什麼是兩位？）在樓上迎接我們，擰亮隔壁房間裡的電燈，尚未接客的女孩坐在房間裡的暗處。那是個四分之三的圓形（我們加入後就成了圓形），她們圍著我們，以能彰顯出自身優點的姿勢挺直站立，被挑中的女孩向前跨出一步，鴇母伸手邀請我的那一抓，當我想要奪門而出。我不知道自己是怎麼來到街上的，事情發生得那麼快。很難仔細去看那裡的女孩，因為她們人數太多，也因為她們眨著眼睛，尤其是因為她們站得太近。你必須要睜大眼睛，而這需要練習。留在我記憶中的其實就只有剛好站在我面前的那一個。她缺了好幾顆牙，拉長了身體，握起拳頭，在陰部的位置拽著她的衣裳，把一雙大眼睛和一張大嘴巴同時快速張開又闔上。她有一頭蓬亂的金髮，身材瘦削。擔心會忘記不要脫帽，必須用力拉開已經擱在帽沿的手。回家的路寂寞、漫長、沒有意義。

聚集在羅浮宮前面等待博物館開放的訪客。女孩子坐在高高的柱子之間，讀著旅遊指南，寫著風景明信片。

米洛的維納斯[1]，即使以最緩慢的速度繞著她走，她的模樣也會迅速改變，令人驚訝。可惜我作了一番矯情的評論（關於她的腰際和裹巾），但我也說了幾句真心話，假如要回想起這些評論，我就會需要一件立體的複製品，尤其是關於她彎曲的左膝如何影響了她從各個角度看起來的模樣。那番矯情的評論：你會以為她的身體在那條裹巾終止之處會馬上變細，但是那具身體起初卻還變得更寬。那垂墜的衣裳由膝蓋撐住。

博爾蓋塞角鬥士[2]，他的正面模樣並非重點所在，因為它使得觀看者向後退，因此視線不集中。但是從背面看，從那隻腳最先接觸地面之處，觀看者驚訝的目光被那條繃緊的腿吸引，安全地順著那條腿經過勢不可擋的背部，直到那條向前方舉起的手臂和那把劍。

地鐵當時在我看來很空，尤其是當我拿來和我生病時獨自搭車前往賽馬場那一次相比較。除了乘客人數之外，地鐵的樣貌也受到週日的影響。車壁的鋼鐵色最為顯眼。乘務員負責開關車廂

1　亦稱「斷臂維納斯」，卡夫卡是在一九一一年九月十日造訪羅浮宮時見到這座著名的古希臘雕像。
2　這也是一座收藏於羅浮宮的著名古希臘雕像。

的門，在停車時跳出去又跳進來，後來發現這是一份週日下午的工作。乘客慢吞吞地走向轉車地點，帶著一種刻意的漠然來忍受乘坐地鐵的車程，這份漠然此時變得更加明顯。轉身面向玻璃門，少數人在距離歌劇院尚遠的陌生車站下車，這都被視為任性之舉。雖然有電燈照明，在車站裡肯定還是能察覺日光的持續變化，在爬下樓梯時格外明顯，尤其是暮色降臨之前的午後光線。列車駛進王妃門空蕩蕩的終點站[3]，許多管線變得清晰可見，看見那些8字型的彎道，那是列車在長途直線行駛之後唯一能夠轉彎的地方。搭乘火車穿越隧道的感覺比搭乘地鐵更不舒服，乘客在地鐵上不會感覺到在火車隧道中所感覺到的山壁壓力（即使那股壓力被抑制住也一樣）。而且地鐵也並未遠離人群，而是一種城市設施，就像水管裡的水一樣。停車時會先往回彈，再猛地向前。下車時踩在位於同一平面的月台。列車的運行由通常無人的小辦公室指揮，裡面裝有電話和響鈴。馬克斯喜歡探頭去看。當我這輩子第一次搭乘地鐵，從蒙馬特前往那幾條大道，我覺得地鐵的噪音很可怕。除此之外搭乘地鐵並不難受，甚至還加強了快速前進那種愉快而平靜的感覺。杜本內酒的廣告海報[4]很適合讓悲傷而無事可做的乘客來閱讀、期待和觀賞。搭乘地鐵無須言語，因為不管是買票還是上下車都不必說話。由於簡單明瞭，對於一個充滿期待而又體力不足的

3 王妃門（Porte Dauphine）是巴黎地下鐵二號線西端的終點站，位在巴黎十六區。

4 杜本內酒（Dubonnet）是法國產的一種開胃甜葡萄酒，現代海報藝術的先驅儒勒．西勒（Jules Chéret, 1836-1932）曾經為之繪製新藝術風格的廣告海報。

外地人來說，地鐵提供了絕佳的機會，讓人以為自己在第一次嘗試時就又快又準地深入了巴黎的本質。

出地鐵站時，外地人在最後一段樓梯上就已經弄不清自己身在何處，不像巴黎人一出地鐵站就立刻融入街道上的生活，單從這一點就能認出那些外地人。而出站之後，周圍的現實也要慢慢才會和地圖相符，假如沒有地圖的引導，我們絕對不會徒步或搭車來到此刻我們爬出地鐵站之後所在之處。

對於在公園綠地散步的回憶總是美好的。欣喜於天色還亮，留心不要讓天色太快變暗，這一點以及疲倦的程度就掌控了行走和觀賞周遭風景的方式。汽車在平坦的大馬路上緊湊地行駛。身穿紅制服的樂隊在公園的小餐廳裡賣力地演奏，在車輛的噪音裡幾乎聽不見，他們只為了鄰近的聽眾而演奏。之前從未見過的巴黎人牽手同行。曬焦了的草地呈現泥土色。男人只穿著襯衫沒穿外套，帶著家人在陰暗的樹蔭底下，在明文禁止進入的花床裡。在此處最明顯地看不見猶太人。第一回望那列小小的蒸汽火車，它像是被人從一座旋轉木馬上拆下來然後開走了。前往湖邊的路。第一眼見到這座湖[1]，我最鮮明的記憶是那個彎腰男子的背部，他探身到我們所坐的小船撐開的布篷底下，把船票遞給我們。也許是因為我擔心著船票，也因為我沒有機會要求這個男子說明小船

1　係指巴黎西郊布洛涅林苑（Bois de Boulogne）裡的下湖（Lac inférieur）。

是將環湖一周還是駛向那座小島，以及中途是否有停靠站，所以我才會對他這樣念念不忘，乃至於有時我會看見他同樣鮮明地在湖面上彎著腰，但是卻沒有船。在上岸地點有許多人穿著夏季的衣服。有些小船上的人不熟練地划著槳。低矮的湖岸沒有圍欄。船走得很慢，讓我想起幾年前我在每個週日一個人的散步。把雙腳從水裡抽出來，擱在船底板上。聽見我們講捷克語[2]，其他的乘客訝異自己竟和如此陌生的外國人坐在同一艘船上。西邊湖岸的斜坡上有許多人，他們把手杖插進土裡，把報紙攤開，男子帶著女兒躺在草地上，零星的笑聲。東邊的湖岸低矮，用連續排列的彎曲木條把小徑和草地隔開，阻止那些寵物狗跑到草地上（在我們家鄉早就不再這麼做了），一隻野狗從草地上跑過，船上的人賣力划槳，一個女孩坐在他們沉重的船上。我撇下了馬克斯，留下他在一座半空的庭園咖啡館喝石榴汁，他坐在陰暗的邊緣，有一條馬路從附近經過，和另一條不知名的馬路短暫交會。汽車和馬車從這個昏暗的十字路口駛進更加荒涼的地區。一道高高的鐵柵也許屬於「消費稅務局」，但卻是開放的，人人都可以穿越。在近處可以看見魯納公園[3]刺眼的燈光，這燈光使得這片昏暗中的景色更顯凌亂。這麼多的光線，又如此空曠。在走向魯納公園並且走回馬克斯身邊時我絆倒了大約五次。

2 根據布羅德的旅行日記，他和卡夫卡感覺到當時法國人對德國人的仇視與蔑視，因此他們在公共場合以捷克語交談。

3 魯納公園（Luna Park）是一座於一九〇九年開放的遊樂園，名稱來自英文的 lunatic，一九三一年在全球性的經濟蕭條中關閉。

九月十一日，星期一。汽車在柏油路面上比較容易駕馭，但也比較難以剎住。尤其是當某位男士坐在方向盤前，想要好好利用寬廣的馬路、晴朗的天氣、他輕巧的汽車和他的駕駛技術，開車出門辦點公事，而在十字路口得像人行道上的行人一樣左右閃躲。於是，在即將駛入一條小巷之前，還在那片大廣場上，這樣一輛汽車撞上了一輛三輪車，但是優雅地停住了，沒有撞得太厲害，可以說就只是踩了對方一腳。一個行人如果被這樣踩了一腳，就會趕緊加速離開，可是這輛三輪車卻動彈不得，前輪被撞彎了。麵包店的伙計騎在這輛屬於公司的三輪車上，在這之前完全無憂無慮地騎行，那種慢吞吞的搖來晃去是三輪車的特色。他下了車，指責同樣下了車的汽車駕駛人，這番指責由於對擁有汽車之人的尊敬而減了幾分火氣，由於害怕被老闆責罵又添了幾分氣勢。首先得要釐清這場車禍是怎麼發生的。汽車主人用舉起的手掌來代表那輛駛近的汽車，這時他看見那輛三輪車橫向攔住了他的去路，於是他鬆開右手，來回揮動，向那輛三輪車示警，臉上露出擔憂的表情，因為有哪一輛汽車能夠在這麼短的距離剎車？那輛三輪車能否看出這一點，而讓汽車先走？不，來不及了，左手不再揮動示警，兩隻手碰在一起，表示車禍撞擊，他蹲下來觀察那最後一剎那。事情已經發生了，那輛被撞歪了、動彈不得的三輪車能有助於接下來的敘述。那個麵包店伙計不是他的對手。第一，開車的男子受過良好教育而且活力充沛；第二，在這之前他都輕輕鬆鬆地坐在汽車裡，不久就能再輕輕鬆鬆坐進去；第三，從汽車的高度他的確更清楚地看見了事發經過。此時路上聚集了一些人，他們並非圍著那個汽車駕駛人，而是站在他前面，他的唱作俱佳也值得他們這麼做。在這段時間裡，道路交通必須繞過這一群人所佔據的位置，此外這群人也隨著那個汽車駕駛人想到的主意而移動。例如，有一次大家全都移駕到那輛三輪車旁邊，去仔細看看一直被提到的損害。汽車駕駛人認為受損情形並不嚴重（有幾個人以中等聲量討論，同意他的看法），但他並不只滿足於隨便看上一眼，而是繞著三輪車走了一圈，先從上面打量，又從下面打量。一個想要嚷嚷的人替那輛三輪車出頭，因為那個汽車駕駛人不需要別人替他嚷嚷；但是一個剛剛出現的陌生男子大聲頂了回去，如果沒有弄錯，此人是那個汽車駕駛人的同伴。有幾次幾個聽眾忍不住一起笑了，但每次都又想出實際的點子使自己冷靜下來。其實汽車駕駛人和那個麵包店伙計並沒有嚴重的意見分歧，汽車駕駛人看見自己被一小群友善的人圍住，他的陳述說服了他們，麵包店伙計慢慢放棄了單調地伸出手臂指責對方，畢竟那個汽車駕駛人並未否認自己造成了一點損害，也沒有把過失完全歸咎於那個伙計，雙方都有錯，所以誰都沒錯，這種事情本來就難免會發生。簡而言之，這件事最後將在尷尬中收場，圍觀的人已經在討論修車的價錢，若非有人想到可以去把警察找來，他們就得要投票決定了。麵包店伙計在汽車駕駛人面前愈來愈屈居下風，索性被派去把警察找來，而把三輪車交給汽車駕駛人看管。汽車車主這樣做並無惡意，因為他沒有必要集結一群人來站在自己這一邊，即使對手不在場，他也沒有停止講述事發經過。由於一邊抽菸一邊講更好，他替自己捲了一根菸。在他口袋裡就備有菸草。新來的人、穿制服的人、哪怕就只是商店裡的雜役，會按照次序先被帶到那輛汽車旁邊，再帶到那輛三輪車旁邊，然後才得知細節。如果他聽見一個站在人群後方的人提出異議，他就踮起腳尖來回答，以便能夠看見對方的臉。後來發現，帶著眾人在汽車和三輪車之間走來走去太過費事，於是那輛汽車被駛進巷子裡靠近人行道的地方。一輛完好無損的三輪車停下來，騎車的人看了看這個情況。一輛大型公車在廣場中央拋錨，彷彿要說明駕駛汽車的困難。有人在車子前面處理引擎。從公車上下來的乘客是第一批彎腰圍著這輛公車的人，他們覺得自己與這輛車子的關係比較親密，而這種感覺也沒有錯。在這當中，那個汽車駕駛人稍微整理了一下現場，把那輛三輪車也推到比較靠近人行道的地方。公眾對這件事失去了興趣。新來的人只能猜測究竟發生了什麼事。汽車駕駛人和幾個從一開始就在場的觀眾退到一旁，小聲地和他們說話，這些人具有證人的價值。而那個可憐的伙計晃到哪裡去了呢？終於有人看見他出現在遠方，看著他和警察準備要穿越那片廣場。先前大家並沒有表現出不耐煩，但此刻又重新燃起了興趣。許多新的觀眾出現了，他們將能免費享受到旁觀警察作筆錄的樂趣。汽車駕駛人離開了那一群人，走向那位警察，警察立刻就冷靜地著手處理，那份冷靜是當事人經過半小時的等待才獲得的。警察沒有花很多時間調查就動手作筆錄，從筆記本裡抽出一疊又舊又髒、但是空白的紙張，動作就像建築工人一樣迅速。他記下了當事人的姓名，寫下那家麵包店的名稱，接著，為了寫得更加準確，他一邊寫一邊繞著那輛三輪車走動。在場之人原本懷著不自覺的、難以理解的希望，希望警察能夠乾淨俐落地立刻結束這整件事，現在他們轉而享受著作筆錄的細節。警察作筆錄時偶爾會停下來。他的筆錄有點弄亂了，當他努力想要弄出秩序，他就有好一會兒對其他事物都聽而不聞、視而不見。原來是他出於某種原因在那張紙上從不該開始寫的地方開始寫。可是現在他寫都寫了，而他一再重新為此感到訝異。他必須把那張紙一再翻過來翻過去，才相信他把筆錄的開頭寫錯了。不久之後他就捨棄了這個錯誤的開頭，改從另一個地方開始寫，每寫完一欄，就必須把那張紙攤開來檢查，才知道該從哪裡繼續往下寫。這件事因此冷靜下來，但是和先前僅只透過當事人而獲致的冷靜完全無法相比。[1]

1 這是卡夫卡記錄一九一一年九月八日他在巴黎街頭目睹的一樁交通事故，後來他稱之為「我那篇汽車小故事」。

【旅行日記】

威瑪—容波恩之行

（一九一二年六月二十八日至七月二十九日）

六月二十八日，星期五。從老火車站出發。體操社團的人延誤了火車駛離[1]。脫掉外套，在長椅上躺平。易北河岸。村莊和別墅的環境優美，就像座落在湖畔。德勒斯登。到處都有大量生鮮商品。服務整潔周到。言詞冷靜。由於混凝土的技術，建築的外觀很龐然，而這種技術在美國（舉例來說）就沒有產生這種效果。一圈圈的漩渦在易北河平靜的水面印出了大理石花紋。

萊比錫。和行李腳伕交談。歐珀斯飯店。半新的火車站。舊火車站的美麗廢墟。共用的房間。由於噪音的關係，馬克斯不得不關上窗戶，因此從清晨四點鐘起有被活埋的感覺。噪音很大。聽起來像是一輛馬車後面拖著另一輛車。由於是柏油路面，聽起來就像是奔跑的賽馬。逐漸遠離的電車鈴聲，鈴聲的中斷暗示出電車所經過的街巷和廣場。晚上在萊比錫。馬克斯天生的方向感，我的迷失。不過我發現了一扇美麗的凸窗，在王侯之屋[2]，後來查閱旅遊指南證明無誤。一個建築工地在夜間施工，可能是在奧爾巴赫酒窖[3]的位置。對萊比錫的不滿揮之不去。誘人的「東方咖啡館」。「鴿子籠」[4]，啤酒屋。留著長鬍子的啤酒屋老闆動作遲緩。他太太負責倒

1 據學者考證，當天剛好有法國體操選手來布拉格訪問，捷克體操社團成員前往車站迎接，據說有上千人。

2 王侯之屋（Fürstenhaus）是一棟美麗的文藝復興時期建築，位在萊比錫大學附近，由於曾有就讀大學的王公貴族在此居住而得名，後來在二次大戰中被炸毀。

3 奧爾巴赫酒窖（Auerbachs Keller）是萊比錫一間有數百年歷史的酒館，歌德在大學時期就是常客，後來將之寫進《浮士德》，因此聞名於世；卡夫卡造訪萊比錫時該酒窖正在擴建。

4 「鴿子籠」（Taubenschlag）係指萊比錫最古老的一間大學生酒館。

酒，兩個又高又壯的女兒充當服務生。桌子有抽屜。裝在木頭杯子裡的里希滕海恩啤酒。揭開蓋子時有股難聞的氣味。一個瘦弱的常客，泛紅的瘦削臉頰，皺起的鼻子，和一夥人坐在一起，但後來獨自留下，那個女孩拿著自己的啤酒杯過去跟他一起坐。一個常客的照片，他光顧這家酒館的時間長達十四年，在十二年前去世。照片中的他舉起酒杯，背後是一具骷髏。在萊比錫有許多大學生包著繃帶。很多人戴著單片眼鏡。

六月二十九日，星期六。早餐。那位在星期六不簽署匯款收據的先生。散步。馬克斯去「羅沃爾特出版社」。「圖書出版業博物館」。面對這麼多書籍使我心情激動。這個出版社林立的城區有著古老的街道，雖然道路筆直，而且也有外觀樸素的新式建築。公共閱覽廳。在「曼納餐廳」吃午餐。欠佳。「威廉酒館」，位在一個院子裡，光線昏暗。羅沃爾特。年輕，臉頰紅潤，汗水停留在鼻子和臉頰之間，上半身不動。巴瑟維茲伯爵[5]，《猶大》的作者，高大，神經質，面無表情。腰間的動作，照顧得當的強壯身體。哈森克雷弗[6]，小小的臉上有許多明暗變化，膚色泛青。三個人都揮動著手杖和手臂。每天都在酒館吃午餐的特殊習慣。又大又寬的葡萄酒杯，

5 巴瑟維茲伯爵（Gerdt von Bassewitz, 1878-1923），出身貴族的德國作家與演員，《猶大》（*Judas*）是他所寫的一齣悲劇，由「羅沃爾特出版社」出版。

6 哈森克雷弗（Walter Hasenclever, 1890-1940），德國表現主義文學作家，也是「羅沃爾特出版社」的顧問。

加了切片檸檬。品圖斯[1]，《柏林日報》的記者，肥胖，臉有點扁，後來在「法蘭西咖啡館」訂正一篇劇評的打字稿，評論的是《那不勒斯的喬萬娜》[2]（在前一晚舉行首演）。「法蘭西咖啡館」。羅沃爾特很認真地想要替我出一本書。出版商的個人承諾及其對德語文學的影響。也去了出版社。

五點搭車前往威瑪。車廂裡那位有點年紀的小姐。膚色深。下巴和臉頰渾圓美麗。看著她襪子上的縫線繞著她的雙腿轉動，她用報紙遮住了她的臉，於是我們就看著她的腿。威瑪到了。她也在那裡下車，下車前先戴上一頂又大又舊的帽子。後來我還又見過她一次，當我從市集廣場看向歌德故居。去「肯尼圖斯飯店」的路很遠。幾乎想要放棄。尋找游泳池。我們被帶到一間隔成三部分的套房。馬克斯得睡在一個只有一扇小窗的洞裡。基許貝格路的露天泳池。天鵝湖。夜裡步行至歌德故居。一眼就認了出來。整棟房屋都是黃褐色的。感覺到我們的上半生也參與了此刻的印象。那些無人居住的房間，黑漆漆的窗戶。茱諾的半身雕像。觸摸牆面。每個房間的白色遮光簾都稍微放下來。十四扇面向街道的窗戶。垂掛的鍊條。沒有一幅圖片能夠呈現出全貌。地面微微傾斜的廣場，那座噴泉，屋子的建築動線隨著那緩緩上坡的廣場而改變。嵌在黃褐色屋牆裡

1 品圖斯（Kurt Pinthus, 1886-1975），德國作家、記者與評論家，也是「羅沃爾特出版社」的顧問與審稿人。

2 《那不勒斯的喬萬娜》（*Johanna von Neapel*）是德國女作家拉德馬赫（Hanna Rademacher, 1881-1979）所寫的一齣悲劇。

的深色窗戶是長方形的。就其本身而言，這也是威瑪城中最引人注目的市民住宅。

六月三十日，星期日。上午。席勒故居。一個駝背的女子走出來，說了幾句話，似乎是為了這些紀念品的存在而表示歉意，主要是藉由她的語氣。樓梯上的克利俄[3]雕像，表現為在寫日記的女子。一八五九年十一月十日慶祝席勒百歲冥誕的紀念畫像，那棟經過裝飾、擴建了的房屋。義大利風景畫，貝拉焦[4]，歌德送的禮物。不再屬於人類的幾綹鬈髮，又乾又黃，像動物的毛。瑪麗亞．巴甫洛夫娜[5]，纖細的脖子，臉不比脖子更寬，大眼睛。形形色色的席勒頭像。設備良好的作家住宅。等候室，接待室，書房，凹進牆壁裡的臥榻。他的女兒尤諾特夫人[6]，長得很像他。他父親寫的書：《大規模植樹——根據小規模植樹的經驗》。

歌德故居。會客廳。匆匆看了一下書房和臥房。令人難過的景象，讓人想起亡故的祖父。這座庭園在歌德死後仍繼續生長。那棵山毛櫸遮蔽了他書房的陽光。

當我們坐在樓下的樓梯間裡，她就和她妹妹從我們旁邊跑過去。豎立在樓梯間裡的一座靈

3 克利俄（Klio）是希臘神話裡的九位繆斯女神之一，司掌歷史。
4 貝拉焦（Bellagio），義大利北部科莫湖畔市鎮。
5 瑪麗亞．巴甫洛夫娜（Maria Pawlowna, 1786-1859），沙皇之女，威瑪大公之妻，熱心贊助藝術。
6 係指席勒的長女卡洛琳娜（Caroline Schiller Junot, 1799-1850）。

石膏像在我的記憶中就與這番奔跑相結合。後來我們又在擺放茱諾雕像的房間裡看見她[1]，然後是在我們從庭院小屋裡向外看的時候。我自認為還聽見她的腳步聲和說話聲好幾次。兩朵康乃馨穿過陽台欄杆被遞過來。太慢走進庭園。看見她在樓上的一個陽台上。後來她才和一個年輕男子一起下樓。我從旁走過時向她道謝，謝謝她讓我們注意到那座庭園。但我們尚未走開。她母親來了，在庭園裡展開對話。她站在一叢玫瑰旁邊。馬克斯推了我一把，我走過去，得知了去提弗特[2]郊遊的事。我也將同行。她是和她爸媽一起去。她提到一間旅店，從那裡可以看見歌德故居的大門。天鵝客棧。我們坐在爬滿長春藤的棚架之間。她從屋子大門走出來。我跑過去，向所有人作了自我介紹，得到同行的許可，然後又再跑回來。稍後這一家人來了，她父親沒有同行。我想跟他們一起走，不，他們要先去喝咖啡，我應該跟她父親隨後加入。她要我在四點鐘進屋裡去。跟馬克斯道別之後，我去接她父親。在大門前和車伕交談。和她父親一起搭車離去。我們談起西利西亞、威瑪大公、歌德、國家博物館、攝影和素描，還有這個不安的時代。馬車停在他們喝咖啡的屋子前面。他跑上樓，把大家都叫到凸窗前，因為他想要拍照。由於焦躁不安，我和一個小女孩玩球。和那幾位男士同行，兩位女士走在我們前面，那三個女孩則走在她們前面。一條

1 卡夫卡在歌德故居認識了管理人的女兒瑪格莉特（Margarethe Kirchner），布羅德在他的旅行日記裡提到卡夫卡「和她搭訕成功」，在接下來的日記裡卡夫卡稱她為「格莉特」。

2 提弗特（Tiefurt）是位在伊爾姆（Ilm）河畔的村莊，距離威瑪大約四公里，如今是威瑪市的一個城區。

小狗在我們之間跑來跑去。提弗特城堡[3]。和那三個女孩一起參觀。城堡裡有許多歌德故居裡也有的東西，而且更好。在那些維特畫像前面的說明。葛希豪森小姐[4]的房間。被封死的門。仿製的獅子狗。之後和她父母一起出發。在公園裡拍照兩次，一次是在一座橋上，始終拍不成。最後在回程終於和她有了接觸，但沒有真正建立起關係。下雨。在檔案室說起布列斯勞嘉年華會的笑話。在屋前道別。我在塞芬街[5]上逡巡。這段時間裡馬克斯在睡覺。晚上不明所以地遇見她三次。她和一個女伴。第一次遇見時，我們陪著她們走。她說晚上六點以後我都可以到庭院裡來。現在她必須回家了。後來我們又在那片準備好要進行一場決鬥的圓形廣場上相遇。她們在和一個年輕男子說話，態度不甚友善，甚至帶著敵意。可是她們不是已經回家了嗎？先前我們明明已經陪她們走到了歌德廣場。她們不是說得要趕緊回家？為什麼此刻她們從席勒路上跑出來，跑下那道小小的階梯，來到那個偏僻的廣場？顯然她們先前根本沒有回家，是被這個年輕男子跟蹤，還是為了和他碰面。為什麼她們在距離十步遠的地方跟那個年輕男子說了幾句話，看似拒絕了他的陪同，卻又再度轉身往回跑？難道是我們打擾了她們？我們只不過是在經過時打了個招呼。後來我們慢慢往回走；當我們走到歌德廣場上，她們又從另一條街上跑出來，差點衝進我們懷裡，顯

3 提弗特城堡是威瑪大公夫人安娜．阿瑪莉亞（Anna Amalia, 1739-1807）的避暑別莊。

4 葛希豪森小姐（Luise von Göchhausen, 1752-1807）是威瑪大公夫人安娜．阿瑪莉亞的宮廷女官。

5 塞芬街（Seifengasse），意譯是肥皂街，與歌德故居前的廣場相連。

然嚇了一大跳。為了不讓她們感到尷尬，我們轉身離開。但是這表示她們剛才又繞了一段路。

七月一日，星期一。歌德的花園小屋[1]。在屋前的草地上把它畫了下來（圖見 IV, P242）。把刻在休憩處的那首詩熟記在心。箱形床。睡覺。院子裡的鸚鵡喊著「格莉特」。徒勞地走去艾爾福特大街，她在那裡上縫紉課。游泳。

七月二日，星期二。歌德故居。閣樓。在管理人那裡看了照片。小孩子在那兒晃來晃去。談起攝影。一直想找個機會和她說話。她和一個女伴去學縫紉。我們留了下來。

下午造訪李斯特故居。大師風範。老年的寶琳娜。李斯特從五點工作到八點，然後去教堂，之後再睡一覺，從十一點開始接待訪客。馬克斯去游泳，我去拿照片，先和她碰面，和她一起走到大門前。她父親把照片拿給我看，我帶了相框來，最後我還是得走了。她在她父親背後對我微笑，沒有意義，也沒有用處。令人心裡難過。想到把照片放大這個點子。去了藥局。為了拿底片再回去歌德故居。她從窗戶看見了我，替我開了門。——和格莉特多次碰面。在吃草莓的時候，在維特花園前面，那裡有一場音樂會。她寬鬆的衣裳裡靈活的身體。從「俄國宮廷飯店」裡走出來的高大軍官。各式各樣的制服。那些穿著深色服裝的人修長、強壯。——僻靜街巷裡的爭吵。

1 歌德的花園小屋（Goethes Gartenhaus）是歌德在威瑪的第一個住所，位在伊爾姆河畔的公園裡。

窗邊的人們。離去的一家人，一個醉漢，一個老婦人背著一個簍子，兩個小伙子跟著她。

想到我不久之後就得離開此地，這使我喉頭哽咽。發現了「蒂沃里歌舞劇院」。擺在牆邊的桌子叫作「側邊陽台」。那個表演軟骨功的老婦，她的丈夫充當魔術師。兩個女子扮演奧匈帝國軍官。

七月三日，星期三。歌德故居。據說要在庭園裡拍照。沒有看見她，我獲准去找她。她總是動個不停，但是只有當別人對她說話時才會這樣。照片拍了。我們兩個坐在長椅上。馬克斯告訴那個人該怎麼拍。她答應隔天和我碰面。厄廷根[2]從屋裡看出窗外，剛好只有我和馬克斯站在照相機旁，他禁止我們拍照。拍照的又不是我們！那時她母親還很友善。

不把學校學童和那些沒買門票的人算進來，每年有三萬人來參觀。——游泳。那些小孩嚴肅、冷靜的摔角。

下午去參觀威瑪大公的圖書館。特里普雕塑的歌德胸像[3]。導覽者對這座胸像的讚美。很容易認出來的威瑪大公。寬下巴，厚嘴唇，一隻手插在扣緊的外套裡。大衛．當傑雕塑的歌德胸像[4]，頭髮往後直豎，一張大臉神情緊繃。由歌德監督的改造工程，把一座宮殿改建為一座圖書

---

2 厄廷根（Wolfgang von Oettingen, 1859-1943），德國文學史與藝術史學者，當時是「歌德國家博物館」的館長。

3 特里普（Alexander Trippel, 1744-1793），生於瑞士的雕塑家，以他替歌德雕塑的兩座大理石胸像而知名。

4 大衛．當傑（Pierre Jean David d’ Angers, 1788-1856），法國雕塑家，一八二八年曾造訪威瑪。

館[1]。帕索夫[2]的胸像（俊秀的鬈髮少年），維爾納[3]，瘦削、凸出的臉帶著審視的表情。格魯克[4]。他還活著時製作的石膏像。嘴巴裡的幾個洞是他藉以呼吸的管子所留下的。穿過一扇門，直接來到斯泰因夫人[5]的庭園。那道螺旋樓梯由一個囚犯用一棵巨大的橡樹樹幹打造而成，一根釘子也沒用。

和木匠的兒子弗里茲·文斯基在公園裡散步[6]。他說話很認真，一邊拿著一根樹枝拍打矮樹叢。他將來也要成為木匠，並且徒步遊歷四方。如今的人不像他父親那個時代的人慣於徒步旅行，火車使人變懶了。要成為導遊必須要懂得外語，所以要不就是在學校裡學，要不就是購買這類書籍。關於這座公園，他所知道的事有些是在學校裡學到的，其他的是從導遊那兒聽來的。有些說明引人注意，和其他的導遊說明不相稱，例如，關於那座羅馬式房子，就只說了：那扇門是專門給送貨的人走的。

1 歌德從一七九七年起就兼任威瑪大公圖書館的總監，直到他去世。
2 帕索夫（Franz Passow, 1786-1833），德國古典語文學家，曾由歌德引介至威瑪任教，編纂過希臘語辭典。
3 維爾納（Zacharias Werner, 1768-1823），德國詩人與劇作家，旅行至威瑪時與歌德往來頻繁。
4 格魯克（Christopf Willibald Ritter von Gluck, 1714-1787），德國作曲家，以創作歌劇著名。
5 斯泰因夫人（Charlotte von Stein, 1742-1827），威瑪大公夫人安娜·阿瑪莉亞的宮廷女官，曾是歌德愛戀的對象。
6 從布羅德的旅行日記中可知這是個十一歲的男孩。

樹皮小屋[7]。莎士比亞雕像[8]。卡爾廣場上圍繞著我的孩童。談起航海。這些孩童的認真。說到船隻的沉沒。孩童的優越。答應給一個球。分食餅乾。庭園裡的音樂會，演奏《卡門》。完全沉浸在其中。

七月四日，星期四。歌德故居。講好的約會得到了大聲的確認。她從大門裡向外望。對此我解讀錯誤，因為當我們在那裡時，她也一樣向外望。我又問了一次：「風雨無阻？」——「對。」

馬克斯搭車前往耶拿去見出版商狄德里希[9]。我去參觀王侯墓室。和那群軍官同行。歌德的棺木上有金製的月桂花環，是由布拉格的德裔婦女在一八八二年所捐贈。在墓園裡找到了所有人的墓。瓦爾特．馮．歌德[10]，一八一八年四月九日生於威瑪，一八八五年四月十五日卒於萊比錫，「隨著他的去世，歌德家族就此消亡，但這個姓氏將永垂不朽」。法爾克夫人[11]的墓誌銘：「上帝帶走了她的七個子女，她卻成為陌生孩子的母親。上帝將會拭去她眼中所有的淚水。」斯

7 樹皮小屋（Borkenhäuschen）是公園裡一座屋頂以樹皮鋪成的小屋，是威瑪大公靜思之處。

8 這座大理石雕像於一九〇四年落成，是歐洲大陸唯一的一座莎士比亞雕像。

9 耶拿（Jena）位在威瑪東邊，是德國中部的一座大學城，與威瑪相距僅十九公里；狄德里希（Eugen Diederichs, 1867-1930）是德國知名的出版商。

10 瓦爾特．馮．歌德（Walter von Goethe），歌德的長孫，是位作曲家。

11 法爾克夫人（Caroline Falk），基督教作家法爾克（Johannes Daniel Falk, 1768-1826）之妻，曾經在家裡收容了三十個戰爭孤兒。

泰因夫人：生於一七四二年，卒於一八二七年。

去游泳。下午沒有午睡，為了持續關注那不穩定的天氣。她沒有來赴約。見到馬克斯時他和衣躺在床上。我們兩個的心情都不好。假如能把痛苦倒出窗外就好了。晚上見到西勒[1]和他母親。——我從桌旁跑開，因為我以為我看見了她。錯覺。後來我們都走到歌德故居前面。向她打了招呼。

七月五日，星期五。徒勞地走去歌德故居。——「歌德—席勒檔案館」。作家倫茨所寫的信。一八三〇年八月二十八日法蘭克福市民寫給歌德的信[2]：

「美茵河畔這座古老城市的一群市民，多年來就習慣在八月二十八日這一天舉杯祝賀，我們將會讚美上天的厚愛，倘若我們能在這座自由城市裡，親自歡迎在這個日子誕生的這位不凡的法蘭克福之子。

然而，年復一年，我們仍舊只能翹首期盼，於是我們只好舉起晶亮的酒杯，越過森林和溪流，越過邊界和海關，請求我們敬愛的同鄉賞臉，允許我們和他一起舉杯並且歌唱：

如果祢給予

1 西勒（Kurt Hiller, 1885-1972）是當時柏林文學界的重要人物，他很推崇布羅德早期的作品。

2 這是歌德家鄉的人寫給他的祝壽信，那一年歌德八十一歲。

忠心的子民赦免，
我們願意隨著祢的眼色
不斷努力，
戒絕三心兩意，
全心全意
堅決活在善與美之中。」

一七五七年，「尊貴的奶奶！……」[3]

耶路撒冷寫給凱斯特納的信[4]：「意欲遠行，敢問能否向閣下借手槍一用？」

〈迷孃之歌〉，沒有劃掉過一個字。——

取了相片。帶過去。無用地閒站，六張相片只遞交了三張。而且故意給了比較差的幾張，希望那個管理人會想再重新拍過以證明自己的能力。無此跡象。

去游泳。從那裡直接走上艾爾福特路。馬克斯去吃午餐了。她和兩個女伴一起走過來。我把她拉出來。喔，昨天她必須提早十分鐘離開，此刻才從女伴口中得知我昨天的等待。她也因為舞

3 這是歌德七歲時寫的一首詩，手稿展示在這個檔案館裡。

4 耶路撒冷（Karl Wilhelm Jerusalem, 1747-1772）是歌德在萊比錫讀大學時的舊識，後來成為《少年維特的煩惱》中維特的原型；凱斯特納（Johann Christian Kestner, 1741-1800）則是綠蒂丈夫的原型。

蹈課而心情欠佳。她肯定不愛我，但是對我有一些敬意。我送了她那盒用心形飾品和鍊子紮起的巧克力，陪她走了一段路。交談了幾句，關於約會的事。明天早上十一點在歌德故居前面。這只可能是個託辭，那個時間她得要準備午餐，何況是在歌德故居前面！但我還是接受了。難過地接受了。走進旅館，在馬克斯房間坐了一下，他躺在床上。

下午去美景宮郊遊。西勒和他母親同行。搭車穿過一條林蔭大道，景色優美。這座宮殿的配置令人驚訝，由一棟主樓和旁邊四間小屋構成，全都不高，漆上柔和的色彩。中央有一座低矮的噴泉。往前眺望著威瑪。大公爵已經好幾年沒到這兒來了。他喜歡狩獵，而此地無法狩獵。那個男僕沉穩而殷勤，一張臉臉有稜有角，鬍子刮得很乾淨。神情有一點悲傷，也許就跟所有在統治者底下走動的百姓一樣。寵物的悲哀。瑪麗亞・巴甫洛夫娜，威瑪大公卡爾・奧古斯特的媳婦，被勒死的沙皇保羅一世和瑪麗亞・費奧多羅芙娜的女兒。有許多俄國來的東西。銅胎掐絲琺瑯，在黃銅器皿上掐進銅絲，再填入琺瑯。有著天空穹頂的臥室。在還能住人的房間裡擺著照片，那是唯一屬於現代的物品，而它們也就這樣不引人注意地融入了整個房間！歌德的房間是個位在樓下的角間。天花板上有幾幅歐瑟的壁畫[1]，經過翻新，失去了原貌。許多來自中國的東西。「幽暗的宮女房間」。有兩排觀眾座位的露天劇場。長椅背靠背擺放的馬車車廂，女士坐在車廂裡，

1 歐瑟（Adam Friedrich Oeser, 1717-1799），德國畫家與雕塑家，歌德讀大學時曾向他習畫，建立了亦師亦友的關係，後來也將他引介至威瑪宮廷。

陪同的騎士則騎馬走在車子旁邊。那輛沉重的馬車，瑪麗亞．巴甫洛夫娜和她的夫婿在蜜月旅行時搭乘這輛三駕馬車，從聖彼得堡來到威瑪，花了二十六天。露天劇場和公園係由歌德所設置。

晚上去拜訪保羅．恩斯特[2]。在街上向兩個女孩詢問作家保羅．恩斯特的住處。她們先是露出深思的表情看著我們，然後其中一個推了另一個一下，彷彿想讓對方憶起一個她剛好想不起來的名字。接著另一個女孩問我們：你們是指維登布魯赫[3]嗎？——保羅．恩斯特，遮住了嘴巴的鬍鬚和山羊鬍。緊緊抓著椅子或是膝蓋，雖然他即使在激動時（由於批評他的人）也不會失態。他住在昂姆洪恩路。那是一棟別墅，似乎住滿了他的家人。氣味濃厚的一碗魚從樓下被端到樓上，看見我們在，就又被端了回去。——許密特神父[4]走進來，我在飯店的樓梯上就曾遇見過他一次。他正在檔案館編纂奧圖．路德維希[5]的作品全集，想把水菸筒帶進檔案館。他罵一份報紙是「虔誠的毒蟾蜍」，因為那份報紙攻訐他所編纂的《聖徒傳說》。

七月六日，星期六。——去拜訪約翰尼斯．許拉弗[6]，長相和他相似的妹妹接待了我們。他

2 保羅．恩斯特（Paul Ernst, 1866-1933），德國作家與記者，此時住在威瑪。
3 維登布魯赫（Ernst von Wildenbruch, 1845-1909），曾經住在威瑪的德國作家，他的前名與保羅．恩斯特的姓氏相同。
4 許密特神父（Expeditus Schmidt, 1868-1939），德國方濟各會神父，也是作家、編纂者與文學史家。
5 奧圖．路德維希（Otto Ludwig, 1813-1865），德國小說家與劇作家，被視為德國現代寫實主義文學的奠基者。
6 約翰尼斯．許拉弗（Johannes Schlaf, 1862-1941），德國作家，自然主義文學的代表人物。

不在家。我們晚上再來。

和格莉特一起散步了一小時。她似乎得到了母親的同意，走在街上時還隔著窗戶和母親說話。她穿著粉紅色衣裳，戴著我送的那個心形飾品。為了晚上的盛大舞會而焦躁不安。我和她沒有建立起任何關係。談話一再中斷又重新展開。有時走得特別快，有時又走得特別慢。我們之間沒有任何共同點，想盡辦法不讓這件事實變得明顯，這很費力氣。是什麼使我們一起散步穿過公園？就只是由於我的固執？

傍晚時去拜訪許拉弗。之前先去找格莉特。她站在半掩的廚房門口，穿著那件她早早就讚美過的舞會禮服，那件衣服根本沒有她平常所穿的衣服漂亮。她的眼睛哭腫了，顯然是為了她的舞伴，那人讓她操了很多心。我向她道別，這將是永別。她並不知道，即使知道，也不會在乎。一個婦人帶了玫瑰花來，也打擾了這番小小的告別。在街道上，從四面八方走過來的都是上舞蹈課的男男女女。

許拉弗並非住在一間閣樓裡，如同和他鬧翻了的恩斯特所說。他活力充沛，一件扣得緊緊的外套綳住他強壯的上半身。只有他的眼睛會神經質地抽搐，而且染患了疾病。他談的主要是天文學和他的地球中心論[1]。其餘的一切，諸如文學、評論、繪畫，都還只是附著在他身上，因為他

1　許拉弗晚年試圖推翻已被科學界認定的「太陽中心說」，而回歸「地球中心說」。

沒有把它們扔掉。他認為一切將在聖誕節時塵埃落定，絲毫不懷疑他將會獲得勝利。馬克斯說他面對那些天文學家的處境就類似歌德面對那些光學家[2]。「類似」，他答道，雙手一直按在桌上，「但是我的處境比他有利得多，因為我擁有不爭的事實。」他擁有一具價值四百馬克的小望遠鏡。但是他說他根本不需要望遠鏡來得到他的發現，也不需要數學。他過得很快樂。他的研究領域無窮無盡，只要他的發現被認可，將會在所有的領域（宗教、倫理、美學等等）產生巨大的影響，而他當然會首先被委任去作進一步的研究。我們來的時候，他剛把報章上為了他五十歲生日而刊載的評論貼在一本大簿子裡。「在這種場合，他們說話就比較客氣。」

之前和保羅．恩斯特去森林散步。他瞧不起我們這個時代，瞧不起豪普特曼、瓦瑟曼、托瑪斯．曼這些作家。他不在乎我們可能持有的看法，隨口把豪普特曼稱為蹩腳作家，在這句話說完很久之後我才聽懂了。此外他針對猶太人、猶太復國主義、種族問題等等發表了一些模糊的看法，在這一切之中，唯一值得注意的是他竭盡所能善用了他所有的時間。在交談的空檔中，當對方在說話時，他會呆板地說「對，對」，純粹是反射性的。有一次他這種反射性的「對、對」說得太多了，乃至於我不再相信。

2　對自然科學也很感興趣的歌德曾經研究過色彩學，但沒有受到科學界認可。

七月七日。二十七，這是哈勒[1]行李腳伕的人數。——此刻六點半，在格萊姆紀念雕像[2]附近那張我已經尋覓良久的長椅上坐下。假如我是個小孩，我就會央求別人抱著我走，我的一雙腿是如此痠痛。——向你告別之後[3]，還有很長一段時間我尚未感到孤單。後來又變得如此麻木，乃至於那也還不是孤單。——哈勒，小萊比錫。此地和哈勒的教堂雙塔，雙塔之間在空中以小木橋相連。——想到你不會馬上讀到這些，而是要等日後才會讀到，這種感覺就令我難安。——一個腳踏車騎士社團在哈勒的市集廣場上集合，要去郊遊。獨自遊覽一座城市是困難的，哪怕只是遊覽一條街道。

素食午餐很好。不同於一般的餐廳老闆，偏偏在素食餐廳老闆身上見不出素食的好處。他們是些羞怯的人，從側面朝你走過來。

從哈勒轉乘的火車上有四個來自布拉格的猶太人：兩個年紀較長的男子身強力壯，個性風趣，討人喜歡，一個長得像K博士，一個長得像我父親，只是矮得多；還有一對夫妻，年輕的先生身體虛弱，有點中暑，他不討喜的年輕妻子身體健壯，她的臉莫名地讓我想起X家族的人。她

1 哈勒（Halle）距離萊比錫約三十公里，是卡夫卡從威瑪前往位在哈茨山區的「容波恩自然療養院」（Naturheilanstalt Jungborn）途中經過的城市。

2 紀念德國啟蒙時期詩人與文學贊助者格萊姆（Johann Wilhelm Ludwig Gleim, 1719-1803），這座雕像位在哈爾伯施塔特（Halberstadt），卡夫卡前往容波恩途中在此鎮過夜。

3 「你」指的是馬克斯．布羅德，兩人在威瑪結束了共同的旅程，卡夫卡獨自前往「容波恩自然療養院」。

讀著「烏爾斯坦出版社」[4]的一本三馬克小說，作者是伊妲．博伊—艾德[5]，有著絕佳的書名《在天堂的瞬間》，可能是出版社的點子。她丈夫問她喜不喜歡這本書。但是她才剛開始讀。「現在還沒法說什麼。」一個和善的德國人，皮膚乾燥，泛白的金色鬍子很漂亮，分布在臉頰和下巴上，對於在那四個人身上發生的事表現出異常友善的興趣。

火車站旅館，樓下臨著街道的房間，前面有個小庭園。到市區去。一座非常古老的城市。桁架外露於牆壁的建築似乎被視為較能持久的建築形式。樑木到處彎曲，填充縫隙的建材往裡縮或是往外凸出，隨著時間，整棟建築頂多只會稍微變矮，但卻變得更為堅實。我還從未見過倚窗而立的人構成如此美麗的風景。窗戶中央的木框通常也是固定的。站在窗邊的人把肩膀靠在上面，小孩子繞著它轉圈。在一條深深的門廊裡，幾個強壯的女孩坐在最下面幾級台階上，穿著週日的體面衣裳。道路的名稱裡有龍（Drachenweg）有貓（Katzenplan）。在公園裡和幾個小女孩坐在一張長椅上，我們把它叫作「女生長椅」，保衛它不讓男生來坐。幾個波蘭猶太人。孩童喊他們猶太佬，不願意去坐在他們剛剛坐過的長椅上。猶太旅店「納坦．艾瑟斯貝格」，招牌是用希伯來文寫的。那是一棟有如城堡般的破敗建築，有著寬大的樓梯，敞露著從狹窄的街巷裡伸出來。我

4　「烏爾斯坦出版社」（Ullstein Verlag）於一八七七年在柏林成立，如今仍是德國知名的大型出版社。

5　伊妲．博伊—艾德（Ida Boy-Ed, 1852-1928），德國作家與文藝沙龍女主人，寫過七十多本小說，在當時廣被閱讀；《在天堂的瞬間》（*Ein Augenblick im Paradies*）於一九一二年出版。

走在一個從旅店裡出來的猶太人後面，和他攀談。九點已過。我想知道一些關於此地猶太社群的事[1]。沒有得知任何事。他認為我太可疑，一直看著我的腳。可是我明明也是猶太人。他說那我可以在「納坦．艾瑟斯貝格旅店」過夜。——不，我已經有住處了。——喔。——忽然他朝我湊近，問我一週前是否去過舍彭施泰特[2]。我們在他家的大門前道別，他很高興擺脫了我。他還告訴了我去猶太教堂的路，雖然我並未問起。

身穿睡袍的人坐在門口台階上。沒有意義的古老銘文。思索著在這些街道、廣場、庭園長椅、溪畔岸邊是否可能徹底感到不快樂。凡是能夠哭泣的人，應該在週日前來。在胡亂四處走動五個小時之後，回到我住的旅館，坐在露台上，面對著那座小庭園。老闆他們坐在鄰桌，同桌還有一個年輕活潑的女子，看起來像是寡婦。她的臉頰過於瘦削。中分的蓬鬆髮型。

七月八日。我住的那間小屋名叫「露特」[3]。裝潢得很實用。四個天窗，四扇窗戶，一扇門。相當安靜。遠處有人在踢足球，小鳥鳴唱得很大聲，幾個裸體的人靜靜躺在我門外。除了我

1 當時在哈爾伯施塔特有人數可觀的傳統猶太社群。

2 舍彭施泰特（Schöppenstedt）是德國下薩克森邦的一個小鎮。

3 係指「容波恩自然療養院」裡供人住宿的小屋，該療養院位在哈茨山區的埃克河谷地，成立於一八九六年，是德國第一間採用自然療法的療養院，強調以回歸大自然的生活方式來促進身體健康，起初占地十公頃，後來擴展到四十公頃，有一百間明亮通風的小屋。

以外，大家都沒穿泳褲。美好的自由。在公園，在閱覽室裡都能看見肥肥的漂亮小腳。

七月九日。在這間三面敞開的小屋裡睡得很好。我可以像屋主一樣倚在門邊。夜裡在好幾個不同的時間醒來，一直聽見老鼠或小鳥的聲音，牠們圍著小屋在草地上鑽動或是撲撲振翅。有一位先生身上有著花豹一般的斑點。昨天晚上有一場關於服裝的演講，說到中國婦女被纏足，好讓她們的臀部顯得更大。

那位醫生從前是個軍官，個性造作、瘋狂、愛哭，笑起來看似無拘無束。步伐輕盈。馬茲達茲南教派[4]的信徒。一張適合露出嚴肅表情的臉。鬍子刮得很乾淨，嘴唇適合緊抿。他從他的診間走出來，有人越過他身旁走進去，他會在此人背後笑著說：「請進！」他禁止我吃水果，但是語帶保留，說我不是非聽他的話不可。他說我是個受過良好教育的人，應該去聽聽他的演講，也有印刷稿，應該研究一下，形成自己的想法，然後再決定要怎麼做。

摘自他昨天的演講：「就算你的腳趾整個變形，只要你一邊去拉腳趾一邊深呼吸，過一段時間以後就能再把腳趾拉直。」做某種特定的練習能夠使性器官長大。行為準則中有這一條：「夜間空氣浴很值得推薦（興致來的時候，我就從床上溜下來，踏上我小屋前面的草地），不過不要

4　馬茲達茲南（Mazdaznan）教派源自祆教，創立於十九世紀末，信奉者吃素並且做呼吸練習，認為可藉由有意識的呼吸獲致身體健康。

照到太多月光，這對身體有害！」如今我們所穿的衣服根本沒法洗乾淨！

今天早晨：清洗，做繆勒式運動操[1]，集體做體操（他們喊我「那個穿泳褲的人」），唱了幾首歌，圍成一個大圓圈玩球。兩個長腿的瑞典美少年。一支來自戈斯拉爾[2]的軍樂隊的演奏。下午翻動乾草。晚上我把胃吃壞了，由於不舒服，我一步也不想走。一個瑞典老人和幾個小女孩在玩捉人遊戲，他玩得十分投入，有一次一邊跑一邊喊：「等等，我來替你們把達達尼爾海峽封住。」指的是兩排矮樹叢之間的通道。當一個長得不漂亮的年老保母經過，他說：「這分明就讓人想去拍一拍」（穿著黑底白點衣裳的背部）。那種持續不斷、毫無來由的需要，想要傾吐心聲。懷著這種需要看著每一個人，看對方是否可能是傾吐的對象，以及是否有傾吐的機會。

七月十日。扭傷了腳。疼痛。裝載新鮮牧草。下午和一個很年輕的中學教師去伊爾森堡[3]散步，他來自瑙海姆[4]，說他明年也許會去威克村[5]。說起男女同校、自然療法、科恩[6]、佛洛伊

---

1 由丹麥運動員兼體操教師繆勒（Jørgen Peter Müller, 1866-1938）所創的一套運動操，在當時的歐洲十分風行。

2 戈斯拉爾（Goslar）位於下薩克森邦哈茨山區，是一座名列「聯合國教科文組織」世界文化遺產的古城。

3 伊爾森堡（Ilsenburg）設有德國第一間鄉村寄宿學校（創立於一八九八年），是十九世紀末二十世紀初德國教育改革運動的先驅。

4 瑙海姆（Nauheim），位於德國黑森邦，如今屬於該邦最大城市法蘭克福的衛星市鎮。

5 係指「威克村自由學園」（Freie Schulgemeinde in Wickersdorf），是一所設立於一九〇六年的鄉村寄宿學校。

6 科恩（Hermann Cohen, 1842-1918），猶太裔德國哲學家，屬於新康德主義學派，也是猶太哲學的代表人物。

德。他說起他帶領男女學生一起去郊遊的故事。碰上暴風雨，大家都濕透了，不得不在附近一間旅店的一個房間裡脫掉衣服。

夜裡由於腳腫了而發燒。從旁邊跑過的小兔子製造出的聲響。當我在夜裡起來，三隻這樣的小兔子坐在我門前的草地上。我夢見自己聽到歌德在朗誦，帶著無盡的自由和隨興。

七月十一日。和一位席勒博士交談，布列斯勞的地方官員，曾經在巴黎待過很久，為了研究城市的設施。住在一間可以眺望皇家宮殿的飯店。之前則住在巴黎天文台附近的一家飯店。一天夜裡，隔壁房間住了一對情侶，那個女孩以恬不知恥地呻吟叫床，直到他隔著牆壁表示他可以替她請醫生來，她才安靜下來，而他才能夠睡覺。

我的兩個朋友打擾了我，他們走路會經過我的小屋，於是他們總是會在我門口停下來聊一會兒，或是邀我一起去散步。但是我也為此而感激他們。

一九一二年七月的《基督教佈道報》，談到在爪哇傳教的事：「對於傳教士大規模進行的業餘醫療行為，雖然可以合理地加以批評，但是另一方面，作為他們傳教工作的主要助力，這種業餘醫療行為卻又不可或缺。」

偶爾我會感到不太自在，當我看見這些全裸的人在樹木之間緩緩移動，雖然通常是隔著一段距離。他們的奔跑對這種情況也沒有幫助。此刻有一個赤裸的陌生人停在我門前，慢條斯理、好聲好氣地問這是否是我在此地所住的小屋，而這是根本不必問的事。他們走近時也這樣無聲無息。忽然就有一個人站在那兒，我不知道他是從哪裡來的。我對裸身躍過乾草堆的老先生也沒有好感。

晚上散步到施塔珀爾堡[1]。和兩個人同行，我把他們介紹給彼此，也推薦給彼此。廢墟。十點回來。在我小屋前草地上的兩堆乾草之間，有幾個赤裸的人躡手躡腳地走著，消失在遠方。夜裡當我穿過那片草地到廁所去，有三個人睡在草地上。

七月十二日。席勒博士說的故事。他曾經旅行了一年。之後我們在草地上針對基督教辯論了很久。年老而天真的阿道夫．尤斯特[2]，他什麼都用黏土來治療，要我提防那個禁止我吃水果的醫生。「基督教社團」的一個成員替上帝和《聖經》辯護；他朗誦了一首聖詩，作為他此刻正好需要的證明。我的朋友席勒博士搬出他的無神論，出了洋相。「幻覺」和「自我暗示」這些外來詞彙也幫不了他。一個我不認識的人問，為什麼美國人過得這麼好，雖然他們每說兩個字就要罵髒話。在多數人身上無法得知他們真正的想法，雖然他們也熱烈參與討論。有一個人熱情地說起

1 施塔珀爾堡（Stapelburg）是位在哈茨山區的古老村鎮，有中古時期留下的城堡廢墟。

2 阿道夫．尤斯特（Adolf Just, 1859-1936），自然療法的信徒，「容波恩自然療養院」的創立者，後來交由他兒子管理。

「花朵日」[3]，而對此持保留態度的偏偏是衛理公會教派的信徒。那個「基督教社團」成員和他俊秀的小兒子從一個小紙袋裡拿出櫻桃和乾麵包當午餐，此外就整天躺在草地上，把三本《聖經》攤開在面前，作著筆記。他走在正道上才只有三年。席勒博士那幅來自荷蘭的油彩素描。畫的是巴黎的新橋。

裝載乾草。——在埃克河邊的場地上。

兩姊妹，小女孩。一個臉龐瘦削，態度隨便，嘴唇靈活，鼻子線條柔和，鼻頭尖尖的，清澈的眼眸不完全坦率。她臉上洋溢著一種聰明，我已經興奮地盯著她看了好幾分鐘。當我看著她，彷彿有某種東西拂面而來。她的妹妹比較女性化，截獲了我的目光。——一個新來的古板小姐臉色泛青。一個金髮女子留著蓬亂的短髮。身體柔軟，瘦得像一條皮帶。裙子，上衣和寬鬆的內衣，此外什麼都沒穿。她的步伐！

晚上和席勒博士（四十三歲）在草地上。散步，伸展四肢，揉搓身體，拍打身體，搔抓身體。完全赤裸。一點也不害臊。——晚上當我從書房裡出來時聞到了一股香氣。

七月十三日。摘了櫻桃。魯茲朗誦金克的《靈魂》[4]給我聽。飯後我都會讀一章《聖經》，

---

3 「花朵日」（Blumentag）是一九一〇年到一九一四年間在德國各個城市盛行的一種募捐活動，藉由販售紙花來募款，所選擇的花卉隨著慈善目的而有所不同。

4 係指哲學家金克（Walter Kinkel）的著作《靈魂的夢境與現實》（*Aus Traum und Wirklichkeit der Seele*），一九〇七年出版。

在此地的每個房間裡都擺著一本。晚上，孩童在玩遊戲。小蘇珊娜．馮．普特坎莫，九歲，穿著粉紅色的內褲。

七月十四日。提著小籃子，爬在梯子上摘櫻桃。爬到很高的樹上。上午在埃克河邊的場地上進行了禮拜儀式。唱了安布羅斯聖歌。下午派那兩個朋友去了伊爾森堡。

我躺在草地上，這時那個「基督教社團」成員（修長美麗的身體，曬成了棕色，尖尖的鬍鬚，看起來很快樂）從他研讀《聖經》的地方站起來，走進更衣間，我不自覺地目送著他，可是等他出來，他沒有走回他的位置，而朝我走過來，我閉上眼睛，但是他已經開始自我介紹：希策，土地測量員，並且給了我四本小冊子作為週日讀物。在走開時他還說了「珍珠」和「丟」之類的話[1]，想暗示我不要把這些冊子拿給席勒博士看。這些冊子是：《浪子》，《買下，或不再屬於我（給不信神的信徒）》連同一些小故事，《為什麼受過良好教育的人不相信聖經》，還有《自由萬歲！可是：什麼是真正的自由？》。我稍微讀了一點，然後走回去找他，試圖向他說明（由於我對他的尊敬而感到躊躇），為什麼目前我不可能得到神的恩典。於是他向我說了一個半小時的話（到最後，有個身材瘦削、紅鼻子、裹著麻布的白髮老先生也加入了，對我們說了些不太清楚的話），漂亮地掌控著每一個字，只有發自真心才可能做到。他說那個不快樂的歌德使得

1 這是引用《馬太福音》第七章裡的話：「不要把你們的珍珠丟在豬前，恐怕他踐踏了珍珠，轉過來咬你們。」

那麼多人的生命變得不快樂。他說了許多故事。說他如何禁止他父親說話，當他父親在他家裡詆毀上帝。「但願你，父親，震驚到無法繼續說下去，我不在乎。」說到他父親在臨死之前聽見了上帝的聲音。說他看得出我即將得到神恩。——我則打斷了他提出的所有證明，並且請他要聆聽心聲。這話產生了效果。——

七月十五日。讀了屈內曼的《席勒》[2]。——有位先生口袋裡總是帶著一張寫給他妻子的卡片，以防他遭到意外。——《路得記》。——我讀著席勒。不遠處有個赤裸的老先生躺在草地上，把一支雨傘撐在頭上。

那個起初一身白色的古板小姐也有褐色與藍色的衣裳，她臉部的膚色隨著這些顏色而有了明顯的改變，這種改變簡直有規則可循。

柏拉圖的《理想國》。——充當席勒博士作畫的模特兒。——福婁拜談到賣淫的那一頁。——赤裸的身體大大影響了一個人給別人的整體印象。

一個夢：空氣浴社團在一場鬥毆中自我毀滅。分成兩組的成員先是互開玩笑，接著有一個人

2 屈內曼（Eugen Kühnemann, 1868-1946）是研究哲學與文學的德國學者，《席勒》是他為了紀念文學家席勒逝世百年而寫的專書，一九〇五年出版。

站出來，向其他人喊道：「路斯充和卡斯充！[1]」其他人：「什麼？路斯充和卡斯充？」那個人說：「沒錯。」鬥毆於是展開。

七月十六日。 屈內曼。——基多．馮．吉爾豪森，退役上尉，寫詩並且作曲，例如〈致我的劍〉。是個英俊的男子。出於對他貴族身份的尊敬，我不敢抬頭看他，全身冒汗（我們光著身子），講話太小聲。他戴著徽章戒指。——那些瑞典少年彎腰鞠躬。那個有點年紀的紅髮男子由於適應此地氣候而以呼吸沉重的方式說話。——穿著衣服在公園裡和另一個穿著衣服的人交談。錯過了去哈茨堡[2]的團體郊遊。——晚上。施塔珀爾堡的射手節。和席勒博士還有一位來自柏林的理髮師同行。朝著城堡山緩緩上升的大片平原，兩旁是古老的椴樹，被一條鐵路的路堤突兀地截斷。進行射擊的那間小屋。年老的農民在簿子裡登記分數。三個披著女性頭巾的吹笛手，頭巾從他們的背上垂下來。無法解釋的古老習俗。有些人穿著祖傳的古老藍色長袍，式樣簡單，係由極其精緻的麻料製成，要花十五馬克。幾乎每個人都帶著自己的槍。一種前膛槍。我覺得他們似乎全都由於務農而有點駝背，尤其是當他們排成兩排的時候。幾個長老戴著禮帽，身上配著軍刀。馬尾和另外幾種古老的象徵物被抬了進來，一陣興奮，接著是樂團演奏，更加興奮，最後在

---

1 這兩個名詞的原文是 Lustron 和 Kastron，前者在德文裡並不存在，但是和後者押韻，後者源自拉丁文，意思是「堡壘」。不過，在卡夫卡的夢裡，這兩個字似乎是被當成罵人的話來使用。

2 哈茨堡（Harzburg）是一座建於十一世紀的古堡廢墟，位在哈茨山脈北端。

壓軸的鼓聲和笛聲之中，三面旗幟被迎了出來，最後一陣興奮。下令出發。身穿黑色西裝、戴著黑色軟帽的老人，略顯消瘦的臉，不算長的白鬍子圍著整張臉生長，濃密有如銀絲、無與倫比。上一屆的射擊王，也戴著禮帽，身上披著一條綬帶，上面縫著許多小金屬牌，每一個金屬牌上都刻著某一年射擊王的名字，連同所屬的職業標誌。（例如，麵包師傅的標誌就是一個麵包。）伴著音樂在泥沙中行進，天空雲層密佈，光線時有變化。一個參加行進的士兵看起來像個木偶（一個正好在服兵役的射手），一蹦一跳的步伐。國民兵和農民戰爭。我們跟在他們後面穿過街道。他們時近時遠，因為他們在每個射擊大師的家門口停下來，表演一下，並且接受招待。在這列隊伍的尾端，塵埃均勻地散去。最後那兩個人看得最清楚。有時候他們完全離開了我們的視線。那個高個子農民，胸部略微凹陷，已經定型的臉，穿著翻領靴，衣服像是皮製的，看他大費周章地脫離門柱。三個女子站在他前面，一個接一個。中間那個膚色深而且美麗。對面那間農莊門口的兩個女子。兩座農莊裡都長著參天大樹，枝葉越過寬闊的街道長成了連理枝。歷屆射擊王所住的房屋的大片玻璃。

舞池從中間被隔成兩半，樂團坐在一個有兩排座位的棚子裡。舞池暫時還是空的，小女孩在光滑的木板上滑來滑去。（下棋的人在休息時間談話，干擾了我寫作）。我請那些小女孩喝我的「氣泡飲料」，她們喝了，年紀最大的先喝。我們缺少真正能夠溝通的語言。我問她們是否已經用過晚餐，她們完全聽不懂，席勒博士問她們是否已經吃過晚飯，她們開始有點明白（他說話不清楚，太常換氣），直到那個理髮師傅問她們吃飽了沒有，她們才能夠回答。我替她們點了第二杯飲料，她們不想喝了，但是她們想去坐旋轉木馬，於是我帶著六個女孩（從六歲到十三歲）朝著旋轉木馬飛奔而去。途中，提議去坐旋轉木馬的那個女孩誇耀著那座旋轉木馬屬於她爸媽。我們坐上去，坐在一輛馬車裡轉圈。我的女孩朋友們圍著我，一個坐在我膝蓋上。又有一些小女孩擠過來，也想花我的錢來坐旋轉木馬，被我身邊這些女孩給趕走了，這並非我所願。老闆的女兒監督著人數的計算，免得我替那些陌生人付帳。如果她們有興趣，我樂意再坐一次，但是老闆的女兒說一次就夠了，但是她想去賣糖果的帳棚。出於愚蠢和好奇，我先帶她們去玩命運之輪。在可能的範圍內，她們非常節省地用我的錢下注。然後就去買糖果。一個帳棚裡有大量存貨，排列得非常乾淨整齊，就像在一座城市的商業大街上。而賣的都是些便宜的商品，就像在我們家鄉的市場上。之後我們就回到舞池。我對我的贈與沒什麼感覺，對這些女孩的遊戲經驗感覺比較強烈。現在她們也又喝了氣泡飲料，並且好好向我道謝，最年長的那一個代表她們全體道謝，每一個女孩也一一向我道謝。舞會開始時已經是十點差一刻，我們必須走了。

那個理髮師一直說個不停。他三十歲，鬍子有棱有角，唇上的鬍子末稍拉得長長的。他追求女孩，但是愛著妻子，他太太在家裡照顧生意，沒法遠行，因為她太胖，受不了長途搭車。就連搭車前往瑞克斯村[1]，她都得中途從電車下來兩次，稍微走一走，休息一下。她不需要度假，只要偶爾能多睡一會兒就心滿意足了。他對她忠實，在她身上就擁有了他所需要的一切。理髮師所遇到的誘惑。那個年輕的餐廳老闆娘。那個每次都堅持要多付錢的瑞典女人。他向一個名叫普德波伊特的波希米亞猶太人買頭髮。有一次，一個社會民主黨的代表團來找他，要求他也在店裡擺放《前進報》[2]，他說：「如果你們這樣要求，那我就當你們沒來。」但最後還是讓步了。還是個「年輕人」（助手）時，他在哥利茲[3]。他是球隊組織裡的保齡球員。一週前去參加了布倫斯維克[4]盛大的保齡球日。全德國有組織的保齡球員大約有兩萬個。他們在四條球道上打球，接連三天直到深夜。但是很難說誰是德國最頂尖的保齡球員。

當我回到我的小屋，我找不到火柴，去隔壁小屋借來火柴，照亮了桌子底下，想看看火柴是否掉到桌下了。火柴不在桌下，但是喝水的玻璃杯卻在桌下。漸漸地看出來涼鞋在壁鏡後面，火柴在一個窗台上，小鏡子掛在一個凸出的角落。夜壺擺在櫃子上，那本《情感教育》在枕頭裡，一個衣鉤在床單下，我的旅行用墨水瓶和一塊濕抹布在床上，諸如此類。這一切都是在懲罰我，

1　瑞克斯村（Rixdorf）位在柏林南部，在一九二〇年前是個獨立於柏林的村莊，現名新克爾恩（Neukölln），為柏林第八區。

2　《前進報》（*Vorwärts*）是德國社會民主黨的黨報，創立於一八七六年，至今仍在發行。

3　哥利茲（Görlitz）位在如今德國的最東端，東臨波蘭。

4　布倫斯維克（Braunschweig）是位在下薩克森邦東南的一座大城。

因為我沒有一起去哈茨堡。

七月十九日。雨天。我躺在床上，雨滴大聲地敲在小屋屋頂上，就像敲在我胸膛上。那些雨滴機械化地出現在突出的屋頂邊緣，就像一整條街的路燈被逐一點亮。然後它們就墜落。一個老人忽然像隻野獸一樣衝過草地，洗個雨水澡。雨滴在夜裡的敲打聲。我彷彿坐在一個提琴盒裡。在早晨跑步，腳下鬆軟的泥土。

七月二十日。上午和席勒博士在森林裡。地面是紅色的，散發出光亮。高聳入雲的樹幹。枝繁葉茂、葉子扁平的山毛櫸。

下午從施塔珀爾堡來了一支化妝遊行隊伍。一個巨人和一個裝扮成熊、跳著舞的男子。他大腿和背部的擺動。跟著音樂遊行穿過庭園。觀眾奔跑著穿過草地和矮樹叢。小小年紀的漢斯·艾普看見了他們，瓦爾特·艾普坐在信箱上。那些假扮成女人的男人，用紗簾把自己整個遮住。當他們和廚房女僕一起跳舞，而她投入這個看似陌生的變裝者的懷抱，那一幕不成體統。

上午把《情感教育》的第一章朗誦給席勒博士聽。下午和他一起去散步。他說起他的女友。他是摩根斯坦、巴魯雪克、布蘭登堡、波本貝格的朋友[1]。晚上他在小屋裡和衣躺在床上，大發

1 係指德國詩人與作家摩根斯坦（Christian Morgenstern, 1871-1914）、寫實主義畫家巴魯雪克（Hans Baluschek, 1870-1935）、詩人與小說家布蘭登堡（Hans Brandenburg, 1885-1968）以及散文家波本貝格（Felix Poppenberg, 1869-1915）。

牢騷。第一次和波林格小姐交談，但是她已經得知了關於我的一切（值得知道的那一部分）。她對布拉格的認識得自於《來自史泰爾馬克的十二人》[2]。白金色的頭髮，二十二歲，看起來像十七歲，總是在擔心她重聽的母親；已經訂婚而喜歡調情。

中午，那個瘦得像皮帶的瑞典寡婦啟程離開，馮．瓦司曼太太。在她平常穿的衣服外面只加了一件灰色小外套，一頂綴著小片面紗的灰色小帽。在這個灰框裡，她曬成褐色的臉顯得十分柔軟，只有距離和遮掩會影響我們對於經常看見的面孔的印象。她的行李是個小背包，裡面除了一件睡衣沒有多少東西。她就這樣不停地旅行，從埃及來到這裡，現在要去慕尼黑。

今天下午，當我躺在床上，那些人弄得我這兒很熱，有幾個人令我很感興趣。——馮．吉爾豪森先生唱的一首歌叫作：「妳知道嗎，小媽媽，妳是這麼可愛。」

晚上在施塔珀爾堡跳舞。那個節慶持續四天，幾乎沒有人工作。我們看見了今年的射擊王，讀著他背上那些射擊王的名字，從十九世紀初至今。兩個舞池都滿滿是人，整座大廳裡都是成雙成對的男女。每一對都要等上十五分鐘才能輪到跳一支短短的舞。大多數人都沉默不語，不是出於尷尬或是什麼特別的原因，而就只是沉默。一個醉漢站在舞池邊緣，他認得每一個女孩，伸手去抓她們，至少是伸出手臂想去擁抱她們。她們的舞伴不為所動。由於音樂聲還有那些坐在桌子

2 《來自史泰爾馬克的十二人》（*Zwölf aus der Steiermark*）是奧地利作家巴爾屈（Rudolf Hans Bartsch, 1873-1952）所寫的一本小說，一九〇八年出版。

底下和站在櫃臺旁邊的人的大呼小叫，那裡已經夠吵了。我們（我和席勒博士）徒然地走來走去，走了很久。後來去和一個女孩攀談的人是我。還在外面時我就注意到她了，當她和兩個女伴吃著哈爾伯施塔特產的小香腸配芥末醬。她穿著一件白襯衫，衣袖和肩膀上繡著花。她楚楚可憐地歪著臉，因此稍微擠壓到上半身，使得襯衫鼓了起來。她小小的翹鼻子在這樣歪著臉時更增添了悲傷。整張臉上都有一塊塊紅褐色。我向她攀談時，她剛好走下通往舞池的那兩級台階。我們前胸抵著前胸地站著，於是她轉過身去。我們一起跳了舞。她名叫奧古斯妲，來自沃爾芬比特爾[1]，在阿本羅達[2]替某個名叫克勞德的人工作已經一年半了。我有個毛病，聽不懂專有名詞，就算別人說了好幾次也一樣，而且也記不住。她是個孤兒，將在十月一日進入一間修道院。她還沒有把這件事告訴她的女伴。本來她四月就想去，但是她的老闆不願意讓她走。她進修道院是由於她有過的慘痛經驗。這些慘痛的經驗她無法述說。我們在舞廳前面的月光下走來走去，我之前認識的那些小女孩跟著我和我的「女友」。儘管她心裡悲傷，她卻很喜歡跳舞，後來當我把她借給席勒博士當舞伴，這一點尤其顯現出來。她是在農地裡工作的人，十點鐘就必須搭車回家。

七月二十二日。格爾洛夫小姐，女教師，年輕、清新的臉有如貓頭鷹，面容活潑、專注，身

---

1 沃爾芬比特爾（Wolfenbüttel）位在德國下薩克森邦，既是縣名，也是縣府所在之城市。

2 阿本羅達（Appenroda）位在與下薩克森邦相鄰的圖林根邦，是個居民只有幾百人的小村莊。

體比較懶散。艾普先生，私立學校校長，來自布倫斯維克。一個使我自嘆不如的人。說話帶有霸氣，必要時熱情如火，經過深思熟慮，帶有音樂性，有時也看似猶豫。臉部柔和，鬍鬚柔軟，但是長滿了整個臉頰和下巴。走起路來忸怩作態。當他第一次和我坐在同一桌，我坐在他斜對面。我們都安靜地咀嚼食物。他偶爾會拋出幾句話。如果大家還是不吭聲，那他也無可奈何。可是如果有個坐得離他很遠的人說了一句話，他就接住了話頭，但並不特別費力，他會對自己說話，彷彿對方剛才是在跟他說話，現在則是在聽他說話，同時看著他正在削皮的番茄。每個人都聚精會神，除了那些自覺丟臉、所以故意忽視他的人（像我一樣）。他從不嘲笑任何人，而是讓每一種意見都出現在他的話裡。如果沒有動靜，他就輕聲唱歌，一邊敲破堅果，或是動手做食用新鮮蔬果時必須要做的事。（桌上擺滿了大碗，每個人按自己的喜好把食物混在一起。）最後他聲稱他必須把所有的菜餚記下來，然後把目錄寄給他太太，從而讓大家都參與了他的事。好幾天來他就說著他太太的故事，使我們聽得入迷，現在他又有她的新故事可說。說她有憂鬱症，必須去戈斯拉爾的療養院療養，必須要住滿八週，並且自己攜帶一個看護，院方才會讓她入住，他計算過這一共要花一千八百馬克，也在餐桌上又算給我們聽。不過絲毫感覺不出他有意引起別人的同情。但是要花這麼多錢，這種事需要仔細思考，大家都在思考。幾天之後我們聽說他太太要來，也許她到這家療養院來就行了。他在用餐時得知妻子帶著兩個兒子剛剛抵達，此刻在等他。他很高興，但冷靜地吃到最後，雖然在這裡吃飯沒有所謂的最後，因為所有的菜餚都同時擺在桌上。他太太年輕、肥胖，只在衣服上看得出腰身，聰明的藍眼睛，梳得高高的金髮，懂得烹飪，也很清楚市場行情。吃早餐時——他的家人還沒有來用餐——他一邊敲破堅果，一邊告訴我和格爾洛夫小姐：他太太患有憂鬱症，腎臟受損，消化不良，有廣場恐懼症，直到凌晨五點才睡著，然後在早上八點就被叫醒，「她當然氣壞了」，變得「像狐狸一樣狂野」。她的心臟問題很大，患有嚴重的氣喘。她的父親死在一間瘋人院裡。

卡夫卡年表

一八八三年

七月三日出生於布拉格，是赫曼．卡夫卡（Hermann Kafka, 1852-1931）和妻子茱莉．卡夫卡（Julie Kafka，娘家姓氏為勒維，1856-1934）的第一個孩子。赫曼．卡夫卡是猶太屠夫之子，受的是捷克教育，後經營女性飾品店；茱莉．卡夫卡是猶太釀酒商的女兒，受德語教育。卡夫卡的兩個弟弟喬治（Georg, 1885-87）和海因利希（Heinrich, 1887-88）皆早夭。另有三個妹妹：大妹加布里耶菈（Gabriele，暱稱艾莉〔Elli〕，婚後冠夫姓赫爾曼〔Hermann, 1889-1942?〕），二妹瓦樂里（Valerie，暱稱瓦莉〔Valli〕，婚後冠夫姓波拉克〔Pollak, 1890-1942?〕），三妹奧提莉（Ottilie，暱稱歐特拉〔Ottla〕，婚後冠夫姓大衛〔David, 1892-1943〕），三個妹妹皆死於奧斯威辛（Auschwitz）集中營。小妹歐特拉跟卡夫卡感情最好，是卡夫卡最信任的家人。

一八八九年至一八九三年

就讀肉品市場旁的男子小學：德國國民小學。

一八九三年至一九〇一年

就讀金斯基宮（Kinsky Palais）旁的舊城德語中學；通過高中畢業會考。一九〇一年卡夫卡第一次離開波西米亞，和他最親近的舅舅西格弗里德・勒維（Siegfried Löwy）同遊諾德奈（Norderney）和黑爾戈蘭島（Helgoland）。

一九〇一年至一九〇六年

入布拉格德語大學就讀法律；取得法學博士學位。當中卡夫卡曾唸了一學期的德文系，並且修過藝術史課程。

一九〇二年至一九〇四年

開始和小學同學奧斯卡・波拉克（Oskar Pollak, 1883-1915）通信；卡夫卡最早的短篇故事〈害羞長人和存心不良者之間的惱人故事〉（一九〇二年十二月）亦出現在通信內容中，卡夫卡在信中預告準備要寫「一整卷」故事，但「無所不包」的內容其實只是些「兒時的事」：「你瞧，不快樂從很早開始就壓在我的背上了。」（一九〇三年九月六日）。

一九〇二年

結識馬克斯·布羅德，布羅德後來成為卡夫卡最親密的朋友和最信任的人。

一九〇四年至一九〇五年

大量創作散文，這些散文是卡夫卡早期的散文作品。撰寫〈一次戰鬥紀實〉初稿。

一九〇七年

撰寫〈鄉村婚禮籌備〉（殘篇）。進入「忠利保險公司」（一九〇七年十月至一九〇八年七月）。

一九〇八年

在雙月刊《西培里翁》（*Hyperion*）上以「沉思」為題首度發表八篇散文。七月底進入「波西米亞王國布拉格勞工事故保險局」工作，卡夫卡在此一直任職到一九二二年七月一日退休。

一九〇九年

從〈一次戰鬥紀實〉中摘錄出〈與祈禱者對話〉及〈與醉漢對話〉，刊登在雙月刊《西培里翁》上。和好友馬克斯·布羅德及奧托·布羅德兄弟同赴義大利北部加爾達湖（Gardasee）邊的里瓦（Riva）度假；一同造訪了在布雷西亞（Brescia）舉行的航空週。在布羅德兄弟的鼓吹下寫就具報導性質的遊記〈布雷西亞觀飛機記〉，後刊登在布拉格德語報紙《波西米亞日報》（*Bohemia*）上。——開始在日記上寫札記。

一九一〇年

布羅德即時搶救下差點被卡夫卡銷毀的〈一次戰鬥紀實〉（Beschreibung eines Kampfes）草稿。於日記中撰寫〈處於不幸〉，此短篇收錄於他後來出版的《沉思》（*Betrachtung*）的最後一篇。至巴黎和柏林旅遊。

一九一一年

與東歐猶太演員吉茨恰克・勒維（卒於特雷布林卡〔Treblinka〕）結為朋友。勒維所屬劇團在布拉格演出至一九一二年。卡夫卡與意第緒語傳統劇場的接觸，啟發了他於一九一一年底在日記中寫下關於「小文學」的省思。撰寫長篇小說《失蹤者》（*Der Verschollene*，又名《美國》）的第一個版本，但此版本後來佚失了。

一九一二年

二月卡夫卡籌辦了一場演講晚會，與勒維同台，演講主題為「俚語導讀」（*Einleitungsvortrag über Jargon*）（這裡的「俚語」指的是意第緒語）。這篇演講稿和〈小文學〉殘篇乃卡夫卡所發表過的對語言和文學最重要的論述。卡夫卡的第一本書《沉思》由羅沃特出版社出版（一九一三年起改名為：庫特・沃爾夫出版社）。八月十三日在布羅德家中認識了後來的未婚妻菲莉絲・包爾（婚後冠夫姓馬拉舍〔Marasse〕，一九一九年結婚）；九月二十日寫下第一封給菲莉絲的信。九月二十二至二十三日徹夜撰寫短篇小說〈判決〉（Das Urteil）。至九月底一直在寫〈司爐〉（Der Heizer），亦即《失蹤者》的第一章。中間完成小說〈變形記〉（Die Verwandlung，又名〈蛻變〉）的創作，以及繼續致力寫作《失蹤者》。十二月四日在爐灶公會所舉辦的「布拉格作家之夜」上公開朗讀〈判決〉。

一九一三年

三月，第一次至柏林探望菲莉絲。《司爐》在庫特・沃爾夫出版社的「最後審判日」（Der jüngste Tag）系列叢書中出版成書。〈判決〉在布羅德發行的文學年刊《樂土》（*Arkadia*）上發表。九月前往維也納、第里亞斯特（Triest）、威尼斯、里瓦旅行。和瑞士女子格爾蒂・瓦思納（Gerti Wasner，縮寫為G. W.）短暫相戀。第一次在日記（十月二十一日）中提到〈獵人葛拉庫斯〉。一九一三年二月至一九一四年七月文學創作全面停滯。卡夫卡和菲莉絲的關係出現危機。和菲莉絲的好友葛蕾特・布洛赫（Grete Bloch, 1892-1944，卒於波蘭的奧斯威辛）密集通信，她在兩人間扮演傳話者的角色。

一九一四年

六月一日和菲莉絲在柏林正式訂婚。七月十二日在阿斯卡尼旅館（Askanischer Hof）解除婚約；卡夫卡後來稱之為「旅館內的法庭」（Gerichtshof im Hotel）。開始撰寫小說《審判》（*Der Prozeß*）；這也是他第一次在家裡以外的地方寫作，和妹妹們一起，在他自己的房間裡寫作。第一次世界大戰爆發，卡夫卡於一九一四年八月二日於日記中寫下：「德國對俄國宣戰了。——下午上游泳課。」十月：撰寫了《失蹤者》著名的奧克拉哈馬一章，以及短篇小說〈在流放地〉（In der Strafkolonie）。恢復與菲莉絲通信。十二月：撰寫〈在法律之前〉（Vor dem Gesetz）和〈鄉村教師〉。

一九一五年

撰寫〈老光棍布魯費〉（殘篇）。卡夫卡為自己租了間房間。又開始與菲莉絲・包爾見面（五至六月）。〈變形記〉發表於月刊《白色書頁》（*Die weissen Blätter*），十二月則被納入「最後審判日」系列叢書出版。獲頒「馮塔內文學獎（Fontane-Preis）」的卡爾・史登海姆（Carl Sternheim, 1878-1942）將獎金轉贈給卡夫卡。

一九一六年

卡夫卡因為在保險局的職務重要，得以免上戰場當兵，他為此提出「抗議」，但未被接受。七月和菲莉絲一同前往馬倫巴（Marienbad）度假。十一月在慕尼黑，卡夫卡朗讀〈在流放地〉時，里爾克（Rainer Maria Rilke, 1875-1926）很可能也在場。從一九一六年十一月至一九一七年五月，卡夫卡在妹妹歐特拉提供給他的，位於布拉格冶金術士巷（Alchimistengasse，亦稱黃金巷）中的工作室寫作。所謂的「八冊八開筆記本」就是在這個時期寫就的（事實上應該是九冊，因為至少有一冊佚失了），這些筆記本中收錄了包括《鄉村醫生》（*Ein Landarzt*）裡的一些重要短篇（但舊版的〈在法律之前〉和〈一個夢〉並不包含在內），和〈木桶騎士〉、〈獵人格拉庫斯〉殘篇、〈中國長城建造時〉（後來卡夫卡從中獨立出〈皇帝的口諭〉），以及〈隔壁鄰居〉。

一九一七年

卡夫卡開始學習希伯來語。七月和菲莉絲二度訂婚。八月嚴重咳血，九月診斷出罹患了肺結核。罹病讓卡夫卡下定決心要和菲莉絲解除婚約（十二月正式解除）；寫給菲莉絲的最後一封信日期為十月十六日。在八開筆記本裡寫下許多箴言，完成〈女海妖〉（十月二十三日或二十四日）。九月開始到屈勞（Zürau，位於波西米亞北部），在屈勞的鄉間與妹妹歐特拉一起生活了八個月。

一九一八年

撰寫最後兩冊八開筆記本，其中的作品包括〈普羅米修斯〉（一月）和〈寺廟建築〉殘篇（年初）。將所有的箴言整理成冊，一九二〇年又另外增加了八頁。五月重回勞工事故保險局上班。同盟國在軍事上的失利加速了奧匈帝國的瓦解。十月二十八日，捷克斯洛伐克共和國成立。

一九一九年

與捷克猶太人茱莉・沃里契克（Julie Wohryzek, 1891-1939）訂婚。原定十一月的結婚計畫告吹；隔年一九二〇年七月解除和茱莉的婚約。撰寫〈給父親的信〉，但卡夫卡的父親終其一生沒有讀到過這封信。在庫特・沃爾夫出版社出版《在流放地》。

一九二〇年

短篇故事集《鄉村醫生》在庫特・沃爾夫出版社出版（但版權頁上的出版時間為一九一九年）。寫下許多箴言，並完成了為數不少的短篇故事，包括〈法的問題〉、〈招募軍隊〉、〈海神波塞頓〉、〈市徽〉、〈考試〉、〈禿鷹〉、〈小寓言〉、〈陀螺〉等。開始和捷克已婚女記者米蓮娜・葉辛斯卡（Milena Jesenská, 1896-1944）（從夫姓波拉克〔Pollak〕，卒於拉芬布呂克〔Ravensbrück〕）交往並通信。米蓮娜也是第一個翻譯卡夫卡作品的人，她將卡夫卡的一些故事翻譯成捷克文。

一九二一年

一九二〇年十二月至一九二一年八月在塔特拉山的馬特里亞里一間肺病療養院進行療養，並結識了同在那裡療養的年輕醫師羅伯·克羅普史托克（Robert Klopstock, 1899-1972）。八月底返回工作崗位，又上了兩個月的班，之後開始請長假直到退休；卡夫卡於一九二二年七月一日退休。年底寫下兩封所謂「遺囑」中的第一封，指定馬克斯·布羅德為遺囑執行人，並囑託他銷毀自己所有的遺稿。

一九二二年

二月至八月致力於寫作小說《城堡》（*Das Schloß*）。並完成〈最初的痛苦〉、〈律師〉、〈飢餓藝術家〉、〈一條狗的研究〉、〈夫妻〉等短篇。寫下第二封「遺囑」（十一月二十九日）。

一九二三年

積極學習希伯來語。七至八月：與妹妹艾莉至波羅的海的濱海小鎮米里茲（Müritz）度假，結識了來自波蘭，出生於信奉東歐猶太教哈西第教派家庭的朵拉·迪亞芒（Dora Diamant, 1902-1952），朵拉當時正在那裡的猶太兒童度假屋工作。九月二十四日，移居柏林與朵拉共同生活。寫出〈巢穴〉和〈一個小女人〉。朵拉依卡夫卡的指示，燒掉了為數眾多的草稿；至於那些留在她身邊的卡夫卡遺稿，後來被納粹全數沒收，從此不知去向。

一九二四年

三月重新搬回布拉格。寫成〈約瑟芬、女歌手或者耗子的民族〉。病菌擴散至咽喉，卡夫卡幾乎無法進食、飲水和說話。他住進維也納附近基爾林的霍夫曼醫師療養院，由朵拉．迪亞芒和羅伯特．克羅普史托克負責照料。卡夫卡只能透過交談便箋與人溝通。開始校訂他的最後作品《飢餓藝術家》。六月三日，卡夫卡去世，六月十一日葬於布拉格城郊史特拉許尼茲的猶太墓園。八月底《飢餓藝術家，四則短篇故事》（*Ein Hungerkünstler. Vier Geschichten*）由柏林的「施密德出版社」（Die Schmiede）出版。